Laura Labas
Night of Shadows and Flames
Die Ewige Nacht

LAURA LABAS

Mit zwei Karten

PIPER

Von Laura Labas liegen im Piper Verlag vor:
Lady of the Wicked 1. Das Herz der Hexe
Lady of the Wicked 2. Die Seele des Biests
Emerald Witches 1. Ahnenmond
Emerald Witches 2. Seidenblume
Bronwick Hall 1. Dornengift
Bronwick Hall 2. Dornenkrone
Night of Shadows and Flames 1. Der Wilde Wald
Night of Shadows and Flames 2. Die Ewige Nacht

Unser Versprechen für mehr Nachhaltigkeit
Klimaneutrales Produkt
FSC®-zertifiziertes Papier
Hergestellt in Deutschland

FSC
www.fsc.org
MIX
Papier | Fördert gute Waldnutzung
FSC® C014496

Originalausgabe
ISBN 978-3-492-70912-5

Redaktion: Wiebke Bach
Karten: Stephanie Gauger | Guter Punkt, München
Satz: psb, Berlin
Gesetzt aus der LegacySerif
Druck und Bindung: GGP Media GmbH, Pößneck
Printed in Germany

Für alle Träumenden,
die sich von meinen Worten in
fantastische Welten tragen lassen.
Danke!

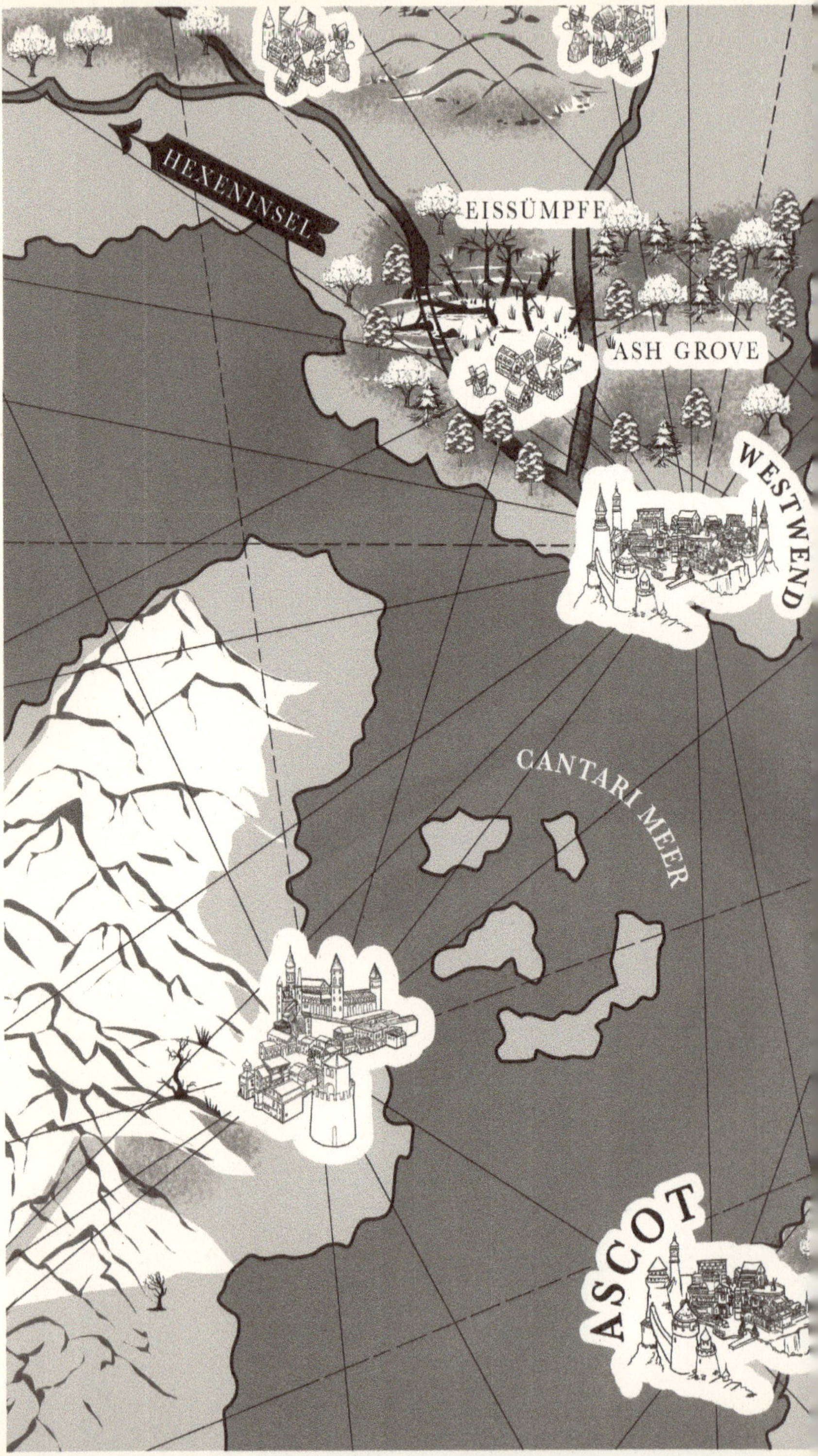
HEXENINSEL
EISSÜMPFE
ASH GROVE
WESTWEND
CANTARI MEER
ASCOT

Republik Wimborne
WOODPINE
N
W
O
S

WESTTOR
HIGH TOWN
ZENTRUM
FLUSS SANIL
JAMIES HAUS
TIANS HAUS
ZWILLINGSBRÜCKEN
Westwend

CATTLEHILL
MARKT
HALLE
WHITE
BELL
LUNAR
UHR
OTHS HAUS
OSTTOR
LOWE
TOWER
TEL

PROLOG

Jamie

Vorher

Jamie war kein Vampir. Etwas, das ihm längst hätte klar sein sollen. Schließlich war sein Vater ein Vampir, was das beste Beispiel für einen dieser Art war, und Jamie gehörte ganz offensichtlich nicht dazu. Gegen diese Erkenntnis hatte er sich jedoch lange Zeit gesträubt. Weil er dazugehören wollte.

Sein Vater hatte ihn als Säugling gefunden und bei sich aufgenommen. Jemand hatte Jamie vor dem riesigen magischen Palast ausgesetzt und ihn seinem Schicksal überlassen. Hin und wieder, wenn Jamie ungehorsam gewesen war, hatte sein Vater ihm damit gedroht, das zu tun, was er längst hätte tun sollen: ihn ertränken wie einen räudigen Köter.

Jamie hatte rasch gelernt, seinen Ungehorsam zu verschleiern. Denn gehorsam zu werden wäre unmöglich gewesen.

Nachdem ihm klar geworden war, dass er ein Blutfae und kein Vampir war, erkannte er auch recht bald danach, dass er keinem vertrauen konnte. Weder dem seltsamen Bediensteten mit der finsteren Aura noch dem Boten, der als Einziger den Palast verließ. Abgesehen von Jamie selbst natürlich, aber das wusste niemand.

Heute Nacht war sein Vater damit beschäftigt, sich die

Neuigkeiten aus der anderen Welt anzuhören und Strategien zu entwickeln. Etwas, bei dem Jamies Anwesenheit unerwünscht war. Obwohl dies etwas gewesen wäre, das ihn interessiert hätte. Doch er wurde von allem ferngehalten, was auch nur im Entferntesten mit der anderen Welt zu tun hatte.

Immerhin konnte er die Stunden nutzen, die sein Vater nicht mit Adleraugen über ihn wachte, um sich im Anblick des Nachthimmels zu verlieren. Es war eine der wenigen Nächte, in denen Rosa und Lila in das Schwarz des Himmels flossen. Die Andeutung einer Sonne, von der Jamie bloß gelesen, die er aber nie gesehen hatte.

Er kletterte flink von seinem Turmfenster nach oben an der bröckeligen Steinfassade entlang, die genug Halt für seine Fußspitzen und Hände bot. Mehr als tausend Mal war er diesen Weg hochgekraxelt und mindestens genauso oft hatte er sich geschworen, eines Tages frei zu sein.

Es war nicht so, als würde er seinen Vater nicht respektieren. Im Gegensatz zu ihm wollte Jamie jedoch mehr als das hier. Mehr als diesen Palast. Er wollte alles sehen.

Mühelos erreichte er die Attika des Spitzdaches und zog sich daran hoch. Mit ausgestreckten Armen, um sein Gleichgewicht zu bewahren, balancierte er am Abgrund entlang, bis er den dunkel angelaufenen, grotesk anmutenden Wasserspeier erreicht hatte. Dahinter legte Jamie sich hin, sodass er seine Sohlen an dem steinernen Körper abstützen konnte. Andernfalls würde er direkt hinabschlittern und das würde erhebliche Strafen nach sich ziehen. Blutige Strafen. Schmerzhafte Strafen.

Die Hände verschränkte er hinter seinem Schädel, ehe er in den Himmel hinaufsah und die Farbenpracht bewunderte. Schönheit, die es in diesem verfluchten Palast zuhauf geben sollte, die er jedoch nicht finden konnte.

Hier oben spürte er die Einsamkeit am stärksten. Wenn er

die unzähligen Stunden mit seinem Vater als Lehrer durchlebte, konnte er das Gefühl ignorieren. Es war wie ein Fass, bei dem sein Vater vorübergehend einen Deckel draufdrückte. Doch sobald Jamie allein war, setzte sich das Wasser darin zur Wehr und drückte den Deckel auf. Alles in ihm wurde überschwemmt.

Aber wenn er wie jetzt den Himmel betrachtete und die unzähligen Sterne, den vollen großen Mond ... dann dachte er an ein Volk, das so sein musste wie er. Lebendig. Atmend. Blutend.

Nicht wie sein Vater. Tot. Kalt. Allein.

Er wollte diese Welt sehen, von der er ferngehalten wurde. Seit achtzehn Jahren war er ein Gefangener dieses Anwesens. Sollte sein Leben hier beginnen und hier enden?

Langsam legte er die Hände vor seine Augen, bis er nunmehr durch eine ganz kleine Lücke sehen konnte. Und in dieser Lücke fand er den allerletzten Stern.

Der Stern seiner Hoffnung. So strahlend hell, dass er nichts anderes mehr wahrnehmen konnte außer diesen. Solange er seinen Stern hatte, würde sich alles fügen.

Solange der allerletzte Stern funkelte, war Jamie glücklich.

»Jamie? Mach die Tür auf!«, rief der Bedienstete seines Vaters.

Jamie brach der Schweiß aus, was fast nie geschah. Seine Körpertemperatur war im besten Fall moderat zu nennen. Doch auf Ungehorsam folgte Strafe und er ...

Noch während er hinabstieg, wurde die Tür gewaltsam aufgebrochen. Holz splitterte und barst. Es war nicht das erste Mal, dass dies geschah, und an das letzte Mal hegte Jamie dunkle Erinnerungen.

Er war zu spät. Stand im offenen Fenster, als der Mann mit dem zerfurchten Gesicht im Türrahmen ein wölfisches Grinsen aufsetzte.

»Bitte …«, flehte Jamie, bevor er sich auf die Zunge biss.

Wenn es etwas gab, das sein Vater noch mehr hasste, dann war es, wenn er bettelte.

Ein paar Minuten später fand sich Jamie zitternd im Garten seines Vaters wieder. Es war nicht kalt, trotzdem bekam er das Beben seiner Gliedmaßen nicht unter Kontrolle. Hemd und Schuhe hatte er bereits ausgezogen, wie es von ihm erwartet wurde.

Sein gesamter Körper stand unter Spannung. Er wusste genau, welche Qualen auf ihn zukamen.

Jamie wünschte sich, er würde vergessen. Wenn er sich nicht erinnern könnte, wäre das Kommende nur halb so schlimm.

Doch das Vergessen war ihm nicht vergönnt.

Der treue Diener seines Vaters stand neben ihm. Ein Leuchten in den Augen, das ihm sagte, wie sehr er es genoss, Jamie bei seinem Ungehorsam erwischt zu haben.

Jamie war zu gut darin geworden, sich zu verstecken. Den guten Sohn zu spielen. Gleichzeitig hatte er in seiner Vorsicht nachgelassen. Jetzt musste er dafür bezahlen.

»Jamie«, hörte er die Stimme seines Vaters und jäh brach das Beben ab. Jede Zelle seines Körpers fürchtete sich vor dem Vampir, der ihn gefunden und mit Blut und Schlägen aufgezogen hatte.

»Vater, ich wollte bloß …«

Er hob eine dunkelbraune beringte Hand. Stille. Mehr brauchte es nicht. Wenn Jamie nicht gehorchte, würde es noch schlimmer werden. Er presste die Lippen zusammen, um sich von weiteren Ausflüchten abzuhalten. Vielleicht auch, um nicht zu weinen. Denn *das* wäre katastrophal. Das war das Schlimmste, was Jamie tun könnte.

»Die Geißel?«, fragte der Vampir fast gelangweilt und streckte eine Hand aus.

Jamie zögerte nicht und legte das Folterinstrument in die wartende makellose Hand.

»Ich habe einen Knochen hinzugefügt«, murmelte er.

Die Geißel war eine kleine Peitsche mit einem soliden Holzgriff und vier Lederriemen, so lang wie sein Unterarm. Mit jeder Ungehorsamkeit wurde an ihnen etwas Neues aufgezogen, um ihm Verstand einzubläuen. Stücke aus Blei, Kugeln, Widerhaken aus Eisen und scharfe Knochenteile.

»Immerhin etwas, das ich dir nicht mehr beibringen muss, hm? Du weißt, dass mir das kein Vergnügen bereitet, Jamie. Ich wünschte mir, du würdest gehorchen. Dreh dich um.« Jamie tat wie geheißen. Es fiel ihm schwer, seine Sohlen zu heben. Trotzdem, eine andere Möglichkeit gab es nicht. Wie Dutzende Male zuvor hielt er sich an dem Pfahl vor ihm fest. Das einzige Zugeständnis seines Vaters, damit er aufrecht stehen bleiben konnte. Selbst wenn seine Beine den Dienst versagten. »Wie viele Hiebe waren es beim letzten Mal, Fend?«

»Siebenundsiebzig, mein Meister«, antwortete Fend.

Jamie biss die Zähne zusammen. *Siebenundsiebzig?* Letztes Mal waren es höchstens sechzig gewesen.

Sein Vater hielt inne, als würde er bloß darauf warten, dass Jamie versuchte, sich vor der Strafe zu drücken. Mit aller Macht hielt Jamie an seiner Selbstbeherrschung fest. Er hatte achtzehn Jahre überlebt, er würde weiter überleben.

»Dann sollen es heute achtzig sein.«

Jamie hörte das Zischen der Lederriemen einen Moment bevor sie auf seine Haut prallten. Sofort riss ihm der Widerhaken etwas zwischen seinen Schulterblättern auf. Warmes Blut rann bis zum Bund seiner Hose hinab. Es passierte noch mal und noch mal, bis Jamie so weit von sich selbst entfernt war, dass er nicht mal mehr die Zahlen hören konnte, die Fend ausstieß. Seine Konzentration galt allein der Aufgabe, nicht hinzufallen. Selbst als seine Hose kein Blut mehr aufsaugen konnte. Selbst als sich eine Lache um seine nackten Füße bildete. Selbst als von seinem Rücken nur noch eine Kraterlandschaft übrig war.

Erst, als sein Vater um ihn herumging und sich neben den Pfahl stellte, gestattete er sich, einen tiefen Atemzug zu tun.

»Nimm es.«

Jamie war fast davon überzeugt, dass seine Hände am Pfahl festgeklebt waren. Anders konnte er sich nicht erklären, warum es so schwer war, sie zu lösen. Schweiß rann ihm in Strömen von den Schläfen, bis es ihm endlich gelang, die blutbesudelte Geißel anzunehmen. Sofort glitt sie ihm aus den steifen Fingern und landete in der Lache.

Wie versteinert blickte Jamie sein Missgeschick an.

Die aufkommende Stille ploppte in seinen Ohren. War so laut. Unmöglich laut.

Sein Vater bückte sich, um die Geißel aufzuheben und sie ihm erneut zu reichen. Dieses Mal ließ er sie nicht fallen.

»Lass uns darüber hinwegsehen«, sagte der Vampir beinahe freudig. So hatte Jamie ihn selten gehört. »Denn ab heute beginnt deine richtige Ausbildung, Jamie. Bald schon wirst du deinem Vater gute Dienste leisten können. Freust du dich?«

»Sehr«, sagte Jamie, aber nur ein Krächzen löste sich aus seiner Kehle.

Er war zwar kein Vampir, doch auch er würde wieder heilen. Sein Rücken würde nie wieder so werden, wie er einmal gewesen war, aber er würde stärker werden. Härter werden. Kälter werden.

Wie sein Vater.

Er würde alles tun. Nur um dieser Folter endgültig zu entkommen.

»Fend, kümmere dich um ihn. In einer Stunde will ich ihn im Saal sehen.«

Jamie beobachtete, wie sein Vater aus seinem Sichtfeld verschwand. Er zählte die Sekunden. Erst als er sicher war, dass er mit Fend allein war, fiel er auf die Knie. Ein Stöhnen entfloh seinen aufgebissenen Lippen. Die Kraft floss aus ihm hervor und er landete auf der Seite. In seinem eigenen Blut liegend starrte er in den Himmel. Auf der Suche nach dem letzten Stern.

Das wäre *nicht* sein Ende. Dafür würde er sorgen.

1

Es war bitterkalt und dunkel. Ich wusste nicht, wie viel Zeit vergangen war, seit man mich in diesen beschissenen Raum gesperrt hatte. Kerker traf wohl eher zu. Es gab keine Fenster und nur eine Tür, die fest verschlossen worden war.

Ich hatte mich an der kahlen Steinwand entlanggetastet, bis ich die Tür erfühlt hatte. Aber sie wollte weder meinem Ziehen noch Drücken nachgeben. Auch meiner neu erwachten Magie widersetzte sie sich. Ich spürte sie in mir brüllen. Gleichzeitig fiel es mir schwer, mich genug zu konzentrieren, um sie für mich zu nutzen. Eine magische Mauer hielt mich außerdem davon ab, meine Magie auszuschöpfen.

Wahrscheinlich waren Kerker wie diese hier für Hexen und Hexer kreiert worden, bevor ihnen die kleinen Stäbchen unter die Haut implantiert werden konnten. So eines hatte auch ich getragen, nachdem Tian mich ersteigert hatte.

Seufzend lehnte ich mich an die Wand und ließ meine Gedanken schweifen. Es gab nichts, das ich sonst tun konnte. Jamie, der, wie ich nun wusste, ein Blutfae war, hatte sich mit mir verbunden, wodurch jeder von uns mächtiger geworden war. Doch das war nicht alles. Unsere Leben waren nunmehr miteinander verknüpft. Ich spürte seine Präsenz und hörte manchmal auch seine Gedanken in meinem eigenen Kopf. Als würde er direkt neben mir stehen und mit mir reden. Es gab kein Entkommen.

Weder körperlich noch mental.

Nachdem ich das Bewusstsein verloren hatte, weil mich die Konvergenz übermannt hatte, war ich an diesem Ort aufgewacht. Es wunderte mich nicht, dass Jamie die Notwendigkeit gesehen hatte, mich einzusperren. So, wie ich seine Gedanken spüren konnte, konnte er das vermutlich auch bei meinen. Für ihn war es kein Geheimnis, dass ich bei der erstbesten Gelegenheit fliehen würde. Das wiederum wollte er nicht zulassen, weil er mich *mochte.* Ich hatte nie etwas Lächerlicheres gehört.

Es schadet dir selbst, nichts zu essen, sagte Jamie in meinen Gedanken.

Ich presste die Hände auf die Ohren, als würde ihn das davon abhalten, in meinen Verstand einzudringen.

Die Wahrheit war, dass ich ihm durch meine zunehmende Schwäche immer weniger entgegenzusetzen hatte. Mein Magen knurrte längst nicht mehr vor Hunger, doch meine Muskeln fühlten sich schwach und zittrig an. Er hatte recht. Ich schwächte mich durch meine Weigerung zu essen selbst. Andererseits wollte ich auf irgendeine Weise gegen diese Behandlung protestieren und was sonst blieb mir übrig?

Ich ließ seinen Kommentar ins Leere gleiten, bevor ich mit einer Hand Obambos Stein umfasste. Seit wir eingesperrt waren, hatte er sich nicht blicken lassen. Vielleicht wurde auch die Magie des Wohnsteins, seiner momentanen Energiequelle, unterdrückt. Trotzdem spendete mir seine Anwesenheit Trost.

Obwohl ich längst jegliches Zeitgefühl verloren hatte, wusste ich, dass Kit, die Kirke, mittlerweile wieder zu dem Wohnwagen meiner Tanten zurückgekehrt war. Ich war sicher, dass sie allen mitgeteilt hatte, wie naiv ich gewesen war, mich auf ein Treffen mit Jamie einzulassen. Hätte ich gewusst, dass eine Konvergenz zwischen Hexe und Blutfae auch möglich war, hätte ich klüger gehandelt. Es wäre mir bestimmt gelungen, das Mottentattoo von meiner Haut zu kratzen, damit Jamie mich nicht mehr rufen konnte.

Trotzdem ... Ich konnte nicht alle Schuld von mir weisen. Ein Teil von mir hatte Jamie sehen wollen.

Ein Teil von mir hatte Ja gesagt.

Ich hasste mich selbst dafür.

Sollte ich fliehen können, würde ich mich sofort um das Tattoo kümmern. Ich wollte nichts mehr mit Jamie und seinen Plänen zu tun haben. Er hatte mich lange genug an der Nase herumgeführt. Erst als Moth, eine Identität, deren Zweck ich immer noch nicht ganz begreifen konnte, und dann als Jamie, Tians besten Freund mimend, nur um ihm bei der erstbesten Gelegenheit in den Rücken zu fallen.

»Wir haben uns in eine echte Zwickmühle manövriert«, murmelte ich zu Obambo, der mich in seiner Quelle eingesperrt vielleicht hören konnte.

Ich bin wieder da, sagte Jamie in meinem Verstand. *Es tut mir leid, dass wir deine Magie nicht zusammen erkunden konnten.*

Meinst du das ernst? Ich wollte nicht mit ihm reden, aber meine Fassungslosigkeit hatte ihre Grenze erreicht. *Erst verbindest du dich mit mir, dann haust du ab und sperrst mich tagelang in einem Kerker ein? Und das tut dir leid?*

Wut schlug mir entgegen, doch sie galt nicht mir. So viel konnte ich entschlüsseln.

Glaub mir, es ist nicht auf meine Anweisung geschehen.

Bitte was?

Ich habe dich nicht in den Kerker sperren lassen, Billie. Jemand hat meine Abwesenheit ausgenutzt und deine Gedanken sind so unsortiert auf mich übergegangen, dass ich dich aussperren musste. Aus meinem Kopf. Das ist alles.

Dazu konnte ich nichts mehr sagen. Ich glaubte ihm für keine verdammte Sekunde.

Benimm dich, wies Jamie mich schließlich an, ein paar Sekunden bevor ich draußen Schritte vernahm.

Mit einer Hand an der feuchten Steinwand rappelte ich mich auf und bereute es sogleich, als es mir in der Dunkelheit schwindelte.

Wie viel Zeit ist vergangen?

Er schwieg einen Moment. *Drei Tage. Es ...*

Ich hörte einen Schlüssel im Schloss, ehe die Tür aufgezogen und ich von einem warmen Lichtstrahl getroffen wurde. Meine Augen tränten und ich blinzelte heftig, ehe ich mich an das wenige Licht gewöhnt hatte.

Jemand, hatte Jamie gesagt. Wen hatte er damit gemeint? Ich hatte bisher niemanden außer seinen Leuten gesehen, die mir regelmäßig Essen gebracht hatten. Zumindest hatte ich geglaubt, dass sie ihm gehorchten.

»Mach keine Sperenzien«, wies mich eine Blutfae an, die auch bei der Konvergenz dabei gewesen war. Ihre spitzen Zähne blitzten beim Eintreten auf und sie trug ein blaues Seidenband um ihren muskulösen Oberarm. Das war das Zeichen der Blutfae, die Jamie unterstanden. Nur kurz fragte ich mich, ob es auch Blutfae gab, die ihm nicht gehorchten. Letztlich war die Antwort darauf nicht relevant für meine Situation. »Hände nach vorn.«

Da ich mich zu schwach fühlte, um mich auf irgendeine Weise zu wehren, befolgte ich ihre Anweisung, in der Hoffnung auf ein paar Stunden fernab dieser Zelle.

Mit einem endgültigen Klicken befestigte die Blutfae überraschend leichte Handschellen an meinen Gelenken und führte mich wie einen Hund an einer Kette aus dem feuchten Kerker. Immerhin spannte sie diese nicht und ließ mir genug Freiraum, damit ich mich nicht ganz so elendig fühlte. Vor allem musste ich auf jeden meiner Schritte achten, um nicht über meine eigenen schweren Füße zu stolpern.

»Sie stinkt«, sagte ein zweiter Blutfae, der neben der offenen Tür gewartet hatte. Er rümpfte auffällig die Nase.

»Würdest du nach drei Tagen hier drin auch«, pfefferte ich zurück, ohne ihm mehr als einen kurzen Blick zu gönnen.

Ich reckte das Kinn nach oben, während unsere Schritte von den kahlen Steinwänden widerhallten. Fackeln tanzten in einem Luftzug, ehe sie nach einer Kreuzung von Gaslaternen ersetzt wurden.

Nach und nach gewöhnten sich meine Augen wieder an die Helligkeit, auch wenn sich ein pochender Schmerz in meiner Stirn festsetzte. Ich fühlte jedoch lieber den Schmerz, als dass ich erneut der tristen Dunkelheit ausgesetzt würde.

Meine Gedanken rasten. Jamie hatte mit seinen Worten etwas in meiner Erinnerung in Gang gesetzt.

Ich wusste noch, wie ich eine weiche Unterlage unter mir gespürt hatte. Kurz nach der Konvergenz. Die wohltuende Wärme eines prasselnden Feuers und die Geborgenheit, die mich dazu bewegt hatten, wieder in köstliche Bewusstlosigkeit zu gleiten.

Nur um dann in Kälte geworfen zu werden. Ein hohes Lachen und ein Versprechen, geflüstert in mein Ohr von ... von ...

Meine Schläfen begannen zu pochen und hinderten mich daran, tiefer zu graben.

Die Blutfae führte mich durch die kargen Gänge, bis wir eine Wendeltreppe erreicht hatten. Ich wusste nicht, in welchem Gebäude wir uns befanden. Nachdem ich wieder bewusstlos geworden war, war ich erst hier unten wieder zu mir gekommen. Seitdem hatte niemand mit mir geredet. Niemand hatte mir auch nur einen Hinweis darauf gegeben, was mich erwartete.

Ich betrachtete die Blutfae und überlegte krampfhaft, ob ich sie schon mal gesehen hatte. Außerhalb von Moths Haus.

Sobald wir ganz oben angekommen waren und die Blutfae mir einen Moment gab, um wieder zu Atem zu kommen, konnte ich durch ein schmales Fenster sehen. Die Aussicht kam mir bekannt vor. Blaue und rote Dächer im Glanz einer Mondscheinnacht. Westwend. Rathausviertel.

»Warte, sind wir ...«, begann ich, ehe mich die Blutfae unterbrach.

»Im Rathaus, ja«, beendete sie meinen Satz. »Weiter.«

Im Rathaus. Es sollte mich nicht überraschen. Schließlich hatte Jamie die herrschenden Vampirinnen und Vampire in einer Nacht ausgelöscht. Einzig Ellewy und Tian hatten überlebt und befanden sich gerade bei meiner Familie. Dementsprechend hatte Jamie freie Hand. Niemand würde ihn vorerst bei seiner Machtübernahme aufhalten.

Mir war immer noch nicht ganz klar, was er sich davon erhoffte, außer dass er seine Artgenossen nach Wimborne zurückholen konnte. Wo auch immer sie bisher gelebt hatten. Es gab so viel, was ich nicht wusste. Fragen, die mir nicht mal kamen, weil ich Probleme damit hatte, die neue Realität zu begreifen.

Aus einem Impuls heraus rief ich meine Magie. Dieses Mal antwortete sie mir, nur um in der nächsten Sekunde von dem Bann, der in den Handschellen lag, erstickt zu werden.

Dir wird nichts geschehen, sagte Jamie in meinem Kopf.

Verpiss dich, erwiderte ich und schloss die imaginäre Tür zwischen uns, die er viel zu leicht wieder öffnen konnte. Gerade jetzt verfluchte ich mich selbst dafür, dass ich das Essen aus falschem Stolz verweigert hatte.

Ich wurde in einen der Korridore geführt, die mit weichem Teppich ausgelegt und mit goldgerahmten Landschaftsgemälden geschmückt waren. Der Teil des Rathauses, der keine Gefangenen einschüchtern sollte.

Als ich das erste Mal mit Tian hergekommen war, war ich von der Pracht beeindruckt gewesen, und auch jetzt wurde mir wieder bewusst, wie riesig das Anwesen war. Einst hatte es den Menschen gehört, doch vor mehr als einem halben

Jahrhundert hatten sich Vampirinnen und Vampire hier einquartiert und nun hatten Blutfae die Macht übernommen. Besonders das Hexenvolk hatte unter der vampirischen Herrschaft leiden müssen, weil sie uns unterdrückten. Jamie hatte mir gesagt, dass Blutfae generell keine Blutbraut oder keinen Blutbräutigam brauchten, um mächtig zu sein. Anders als ihre entfernten Verwandten, das Vampirvolk. Bedeutete dies, dass er auch unser Sklavendasein abschaffen würde? Das hatte er gesagt, oder?

Wir schritten mehrere Minuten durch verschiedene Gänge, ohne irgendwem zu begegnen, obwohl ich immer mal wieder Schritte und Gesprächsfetzen aus den angrenzenden Räumen vernahm.

Jedes Mal, wenn wir ein Fenster passierten, versuchte ich, einen weiteren Blick nach draußen zu erhaschen. Wie weit hatte sich der Wilde Wald bereits ausgebreitet? Machten die geisterhaften Reiter immer noch Jagd auf Unschuldige, um so den unersättlichen Wald mit Lebenskraft zu füttern?

Abgesehen von Dunkelheit und vereinzelten Lichtern in den Häusern konnte ich aber nichts Verräterisches entdecken. Alles wirkte ungewöhnlich ruhig dafür, dass es erst vor wenigen Tagen einen brutalen Machtwechsel gegeben hatte und die Bewohnerinnen und Bewohner von Westwend von unheimlichen Kreaturen attackiert worden waren.

Die Blutfae führten mich in einen langen Raum mit breiter Fensterfront zum weiten Garten hin. Mondschein mischte sich mit dem Licht der zwei riesigen Kronleuchter, die über einem massiven Tisch hingen. Ein Dutzend Stühle, eine Konsole aus Kirschholz und ein Kamin, in dem ein Feuer prasselte. Es erinnerte mich an den Ratssaal, in dem Jamie und Lucille den Vampirrat getötet hatten. Ob er jenen Raum absichtlich mied und nun diesen hier für Gespräche und Verhandlungen mit wem auch immer nutzte?

Er selbst wartete bereits auf mich. Ich hatte seine Anwesenheit längst durch unser Band gespürt, weshalb ich nicht überrascht war, ihn am Fenster stehen zu sehen.

Mein Körper reagierte augenblicklich auf ihn, als würde er durch ihn entzündet werden. Ich hasste ihn dafür.

Meinen Körper *und* Jamie.

Sein blondes Haar hatte er zurückgekämmt, sodass ich sein kantiges Gesicht mit den dunklen Brauen genau erkennen konnte, als er sich zu uns umdrehte. Die Lippen presste er bei meinem Anblick missmutig aufeinander, während er die Arme vor seinem Oberkörper verschränkte.

Du siehst schlimmer aus, als ich befürchtet habe, hörte ich seinen Gedanken so klar und deutlich, als wäre er mein eigener.

»Vielen Dank auch. Du kannst dir einzig selbst die Schuld geben«, antwortete ich ihm laut.

Die Blutfae warf mir einen fragenden Blick zu. Ihr Partner war zurückgeblieben. Natürlich. Anders als mich konnte Jamie sie nicht wortlos an seinen Gedanken teilhaben lassen. Ich Glückskind.

»Lass uns allein, Resia«, bat er die Blutfae und sie gehorchte.

2

Jamie trat um den Tisch herum und hielt ein paar Schritte vor mir inne. Sein Blick glitt von meinen Füßen nach oben und blieb an meinem Gesicht haften. Meine Knie waren weich und mein Magen knurrte ununterbrochen. Ich fühlte mich Jamie nicht gewappnet. »Ich wollte dich nicht einsperren.«

»So was aber auch. Kann ich dir kaum abkaufen«, entgegnete ich kühl.

»Die letzten Tage waren hektisch und chaotisch. Es gab viel zu tun, und ich bin davon ausgegangen, dass du dich in dem Raum befindest, in dem ich dich zurückgelassen habe.«

»Und welcher wäre das?«

»Nicht der Kerker«, sagte er bloß, ohne meinem Blick auszuweichen. Es wirkte auf mich, als würde er all den Hass, den ich ihm entgegenschleuderte, förmlich in sich aufsaugen. Als glaubte auch er, dass er ihn verdient hatte.

»Wer war es dann?«

Überrascht hob er die Brauen. »Du glaubst mir?«

»Für den Moment will ich wissen, wer dreist genug ist, sich deiner Meinung nach gegen dich zu stellen.« Ich verzog die Mundwinkel nach unten. »Vielleicht lässt sich ja eine Partnerschaft eingehen.«

»Das wage ich zu bezweifeln.«

»Weil ...?«

»Weil es Lucille gewesen ist.« Diese Schlampe hatte ich fast wieder vergessen. »Ich weiß noch nicht, wie es ihr gelungen ist, aber irgendwie hat sie meine Leute dazu gekriegt, vorübergehend ihren Willen auszuführen.«

Er sagte die Wahrheit. Ich wollte ihm nicht vertrauen, doch durch unser Band spürte ich seine Ehrlichkeit.

»Wo ist sie jetzt?«

»Ich kümmere mich um sie.«

»Ich würde das gern übernehmen.«

»Nein.« Er zögerte nicht mal.

»Warum nicht? Ist es nicht das, was du willst? Du und ich gegen alle Vampire?«

Er atmete aus und senkte das Kinn. Mit dem Zeigefinger fuhr er über die Maserung des glatt polierten Tisches.

»Sie hängt mit Tians Schicksal zusammen. Ich bin sicher, auch er will dich weit entfernt von ihr wissen.«

Ich hatte mit jeder an den Haaren herbeigezogenen Ausrede gerechnet, aber nicht mit Tian.

»Was interessiert es dich? Du wolltest ihn und mich auseinanderbringen.« Götter, dieser Kerl weckte einen Zorn in mir, der nicht gesund war. Und er selbst ließ sich nicht das Geringste anmerken.

Fast schon wünschte ich mir wieder den Jamie mit dem lässigen Lächeln herbei, der ständig einen schneidenden, aber amüsanten Kommentar parat hatte. Mit ihm wollte ich meine Zeit verbringen, nicht mit dieser Version, die unnahbar war. Die mein Feind war.

»Wir drehen uns im Kreis. Lass uns nicht darüber reden.«

»Worüber sollen wir sonst reden? Das Wetter? Die Opfer des Wilden Waldes? Unsere Konvergenz?«

Es war die erste richtige Regung, die ich von seinem Gesicht lesen konnte. Angst.

»Wie fühlst du dich?«

»Wie verdaut und ausgeschissen. Und du?« Das entlockte ihm wiederum ein Lächeln, was ich nicht beabsichtigt hatte.

Genauso wenig konnte ich das Kribbeln in meiner Bauchgegend unterdrücken.

»In etwa auch so. Was das angeht, Billie, es ... ich wünschte, ich hätte uns mehr Zeit geben können.« Er klaubte den Eisenschlüssel vom Tisch und näherte sich damit meinen Handschellen. Ich regte mich nicht, als er meine Hand berührte und den Schlüssel ins Schloss steckte. Die Wärme seiner Haut stand in starkem Kontrast zu meiner Kälte. Als wäre ich im Kerker zu einer Vampirin geworden.

Eine Drehung und ein Klicken später fielen die leichten Ketten und Schellen zu Boden. Ich war frei. Sofort spürte ich, wie meine Magie sich wie eine Schlange erhob, als würde sie aus einem langen Schlaf erwachen.

Macht, wie ich sie nie gekannt hatte, schoss durch meine Adern. Sie gehörte mir allein. So lange hatte ich mich nach ihr gesehnt und ausgerechnet mein Feind hatte sie mir gegeben.

Gab es noch verwirrendere Gefühle als die, die ich gerade dadurch spürte?

»Warum ich, Jamie? Warum willst du mich bei dir haben?«, fragte ich dann doch, weil ich in meiner Einsamkeit keine Antwort darauf gefunden hatte. »Ich bin bloß eine einfache Hexe, die zufällig deine Blutbraut ist.«

»Du bist mehr als das«, sagte Jamie nach einem Moment, ehe er losließ. Er beobachtete mich ganz genau. Suchte nach dem kleinsten Anzeichen dafür, dass ich ihm meine Magie entgegenschleudern würde. Doch ich wollte nicht wieder eingesperrt werden – ob in den Kerker oder anderswo –, und die Wahrscheinlichkeit, dass ich es in meinem geschwächten Zustand allein mit ihm aufnehmen konnte, war verschwindend gering. Zudem wartete Resia sicherlich direkt vor der Tür und würde mich augenblicklich einfangen. »Für mich bist du mein Anker.«

»Was?« Absolut nicht das, was ich erwartet hatte.

»Es war natürlich nicht von Beginn an so, doch je mehr ich dich und deine Stärke kennenlernen durfte, desto mehr vertraute ich dir. Ich vertraute auch mir und ich ... zum ersten Mal habe ich die Stärke gefunden, in meinem eigenen Interesse zu handeln.«

»Ich komme nicht mehr ganz mit«, gab ich zu. Eines war jedoch klar: Nicht nur ich hatte die Spannungen zwischen uns gespürt.

Vor Kurzem hätte es mir noch geschmeichelt, dass jemand so Mächtiges wie Moth Interesse an mir haben könnte, jetzt bereitete es mir Sorgen.

»Mach dir keinen Kopf, wir werden bald alle Zeit der Welt haben. Wenn Blutfae und Hexen gleichgestellt sind. Wenn Vampire endlich wieder ganz unten stehen. Sie sind schwache Ausgeburten, die vergessen haben, wem sie zu dienen haben. Wozu sie kreiert worden sind.« Er hatte die Hände zu Fäusten geballt, so aufgebracht war er.

Mein Verstand arbeitete nur sehr langsam, und auch wenn ich seine Worte verstand, kam ich nicht gänzlich dahinter, was er damit sagen wollte.

»Also war alles eine Lüge?« Ich rieb mir die Handgelenke. Meine Kopfhaut juckte und ich war schmutzig und mit Blutergüssen übersät. Ich sehnte mich nach einem heißen Bad, gleichzeitig stand das auf meiner Prioritätenliste weit unter meiner Flucht. »Deine Freundschaft mit Tian? Kit und Ruglio? Das hier war dein eigentliches Ziel?«

Das hier ... Als hätte ich eine Ahnung davon, wie die momentane Lage aussah.

Er blickte zur Seite und verschloss seine Gedanken vor mir. Darin war er – wenig überraschend – viel besser als ich. Als hätte er bereits Übung darin. Dabei war ich seine erste Blutbraut. Das hatte er zumindest gesagt. Auch hier musste ich ihm vertrauen. Ich wusste so gut wie nichts über Blutfae und wie viel sich veränderte, wenn sie eine Konvergenz mit einer Hexe oder einem Hexer eingingen.

»Lass uns nicht zurückblicken«, sagte er schließlich, nachdem sich sein Schweigen in die Länge gezogen hatte. Fast glaubte ich, so etwas wie Reue in seiner Stimme zu hören, doch er war durch und durch ein Schauspieler und Schwindler. »Solange Tian auf Abstand bleibt und sich nicht in meine Angelegenheiten einmischt, werde ich ihm nichts tun. Er war mir ein guter Freund und ich habe nichts gegen ihn persönlich.«

Aber gegen Vampire im Allgemeinen? Er hatte mehr preisgegeben, als ihm vermutlich klar war.

»Hätte er gewusst, was du vorhast, hätte er dich nie eingelassen«, gab ich zurück. Allein der Gedanke an Tian reichte aus, um mich zur Weißglut zu treiben. Nicht weil ich wütend auf ihn war, sondern weil ich wütend *für* ihn war. Er hatte Jamie vertraut. »Du hast Lucille dabei geholfen, ihn zu terrorisieren! Persönlicher geht es kaum noch.« Selbst wenn sie jetzt keine gemeinsame Sache mehr machten, radierte das nicht einfach das Vergangene aus.

»Sie war aus unterschiedlichen Gründen auf meiner Seite und ihre Abneigung musste ich für den Rest in Kauf nehmen. Jetzt wird sie die Konsequenzen ihres Handelns zu spüren bekommen.« Der Ausdruck seiner grauen Augen war stürmisch. Anscheinend war er doch fähig, Gefühle zu empfinden, die er nicht so leicht dämpfen konnte. Auch wenn ich nicht sagen konnte, was genau in ihm vorging.

Ich schüttelte den Kopf. »Ich verstehe dich einfach nicht.«

»Es geht um mein Volk und es geht um mich, Billie. So wie du Vampire für Hexen getötet hast, so habe ich alles getan, um meine Familie nach Wimborne zurückzubringen.« Mit einer Hand fuhr er sich übers Gesicht. »Es ist meine Aufgabe gewesen, dies zu tun.«

»Wenn du von Anfang an geplant hast, den Vampirrat auszumerzen, warum hast du mich nicht sofort auf die Mitglieder angesetzt? Ich hätte alles getan, um Hugh zu beschützen. Ich *habe* alles getan.« Ein Jahr lang hatte er als Moth meine Fäden gezogen und mich dazu gebracht, Vampirinnen und Vampire zu töten.

»Mir hat die Macht gefehlt, um danach den Thron zu besteigen. Ich musste zunächst die Wilde Jagd beschwören und dann einen Weg finden, sie mit Magie zu nähren. Bis dahin war es wichtig, dem Rat Macht zu entziehen, ohne dass seine Mitglieder sofort in Alarmbereitschaft versetzt werden.« Er lachte leise. »Das war zumindest der eine Grund.«

»Was war der andere?«

»Sie haben jemandem, den ich einst kannte, in einer heiklen Situation nicht geholfen. Im Nachhinein hätte ich sie dafür am Leben lassen sollen, aber um ehrlich zu sein ... je weniger Vampire, desto besser.«

Es stand für mich fest, dass sich während Jamies Plan etwas verändert hatte. Hatte Lucille nicht etwas Derartiges angedeutet? Wer fand sich noch in den Schatten lauernd?

Meine Knie zitterten mittlerweile so heftig, dass ich meinen Stolz herunterschlucken und mich setzen musste. Jamie zögerte, als müsste er eine schwerwiegende Entscheidung treffen, ehe er sich neben mich sinken ließ. Den Stuhl zog er dabei so neben den Tisch, dass er mich direkt ansehen konnte. Auch ich rückte ein Stück zur Seite.

Ich wollte nicht, dass dieses Gespräch wirkte wie das von zwei Freunden, die sich nach einem Streit aussprachen. Gleichzeitig ließ sich das Gefühl von Vertrautheit nicht ausmerzen. Ein Jahr lang hatte ich Moth gekannt, und obwohl er mir nie seine wahre Identität offenbart hatte, hatte ich gelernt, mit ihm umzugehen. Seine Antworten und Forderungen zu antizipieren.

Ein paar Wochen war Jamie an meiner Seite gewesen und ich hatte ihn mehr eingelassen, als ich vorgehabt hatte.

»Warum ich?«, zwang ich mich erneut zu fragen. »Warum hast du mich ausgewählt? Vorher, meine ich.«

»Ich habe dich und deine Familie eine Weile bei der Jagd beobachtet. Du hast mich beeindruckt. Anders als andere Jägerinnen hast du dich kaum auf deine Magie verlassen. Du hast deinen Körper und deinen Verstand gestählt, und ich war davon überzeugt, dass du jeden meiner Aufträge erfüllen würdest.«

Mich überkam ein eiskalter Schauder. Er hatte mich beobachtet? Wie lange? Wieso hatten wir nichts bemerkt?

Ich hatte mich für so clever gehalten, bis er Hugh entführt und mich damit seinem Willen gebeugt hatte.

»Das bedeutet wohl auch, dass du Hugh absichtlich zur Flucht verholfen hast?« Er nickte, sah mich aber nicht an. Mit den Fingerkuppen tippte er auf seine Knie. »Warum hast du mir nicht direkt den Auftrag gegeben, Tian zu bestehlen? Warum so kompliziert? Ich nehme an, dass du Tian zum Markt gelockt und dann auf seine Empathie gesetzt hast?«

»Du kennst Tian. Er ist sehr ... misstrauisch und sein Haus ist durch Obambo geschützt. Du wärst niemals reingekommen oder wenn doch, dann zumindest niemals mehr heraus.« Er zog eine Schulter hoch. »Ich hatte vorgehabt, dich zu erstehen und dich ihm zu überlassen, aber es lief besser und schlechter, als ich geplant hatte. Besser, weil er dich aus eigenem Antrieb ersteigert hat. Denn es hat dabei geholfen, sein Misstrauen zu verringern.«

Er hatte recht. Tian hätte mich sofort durchschaut, wenn ich im Auftrag von Moth gehandelt hätte. Ich hatte nur eine Begegnung mit ihm ausgehalten, nachdem ich beschlossen hatte, ihn zu bestehlen, weil ich gewusst hatte, dass er meine Täuschung bemerken würde.

»Und warum schlechter? Du hast alles bekommen, was du wolltest.«

Der Blick, den er mir daraufhin zuwarf, hätte mich in die Knie gezwungen, wenn ich nicht bereits gesessen hätte. Sein Schmerz schoss in einem Tsunami auf mich zu und prallte gegen meinen Verstand. Gerade rechtzeitig konnte ich unsichtbare Mauern hochziehen, um nicht darin zu ertrinken.

»Du wurdest verletzt«, raunte er. »Es war nicht vorgesehen, dass die Hexenhändlerin dich ... *bestraft.*« Er spuckte das Wort förmlich aus. »Es tut mir leid, Billie. Mehr, als ich zu sagen vermag.«

Ich schluckte und sah fort. Was auch immer in seiner Vergangenheit lag, es war schmerzhaft gewesen. Aber ich wollte nichts davon wissen.

»Wie lange hast du darauf hingearbeitet?«

Langsam erhob er sich und schritt zurück zum Fenster, von wo er nach draußen blickte. Nach kurzem Zögern stellte ich mich neben ihn. Meine Knie fühlten sich sicherer an als noch vor ein paar Minuten.

Der rechteckige Innenhof, den man von hier aus einsehen konnte, war hell erleuchtet. Rund vierzig bis fünfzig Blutfae hatten sich dort versammelt und traten in Übungskämpfen gegeneinander an. Jeder und jede von ihnen trug ein blaues Seidenband. Entweder um den Oberarm wie Resia, um die Stirn oder gut sichtbar an einem anderen Körperteil.

»Ich bin einer der ersten Blutfae, die es zurück in diese Welt geschafft haben. Ohne den Wald war ich jedoch zu schwach, um etwas zu tun.« Ich bemerkte, dass er die Hände an den Seiten zu Fäusten geballt hatte. Als eine Welle des Mitleids in mir aufsteigen wollte, unterdrückte ich sie mit aller Macht. Jamie warf mir einen neugierigen Seitenblick zu und stützte sich dann auf dem Fenstersims ab. »Es sind ein paar Jahrzehnte vergangen«, antwortete er schließlich. »Doch mit einem Ziel vor Augen vergehen sie schneller, als man erwarten würde.«

»War das dein Plan? Dein Ziel?«

Er öffnete den Mund, doch bevor er zu einer Antwort ansetzen konnte, wurden wir von Resia und zwei anderen Blutfae unterbrochen, die einen halb bewusstlosen Mann zwischen sich hereinzerrten.

Jamie wirbelte herum. Ich spürte eine Welle der Wut, die auf mich überschwappte.

»Was geht hier vor sich?«

»Entschuldigt, ich wollte sie aufhalten, aber ...«, begann Resia, die einen Teil ihrer Souveränität eingebüßt hatte.

Jamie fletschte seine Fangzähne. Unwillkürlich rückte ich ein Stück von ihm ab. Er schenkte mir keinerlei Beachtung.

»Er hat sich nicht an Eure Regeln gehalten«, sagte der linke, blonde Blutfae mit einer Narbe auf dem Nasenrücken. »Wir haben ihn dabei erwischt, wie er eine Familie massakriert hat.«

Ich erstarrte. »Massakriert?«

Niemand sah in meine Richtung, als wäre ich nicht existent.

Der Beschuldigte konnte nicht mal mehr die geschwollenen Augen öffnen, so sehr war er verprügelt worden. Blut troff ihm aus diversen Wunden und ruinierte den Holzfußboden.

Das ist jetzt wirklich nicht wichtig, Billie, ermahnte ich mich selbst.

Jamie sah mich stirnrunzelnd an. Offenbar hatte er meine Gedanken aufgefangen. Selbst schuld, wenn er ihnen lauschte.

»Hast du etwas zu deiner Verteidigung zu sagen?« Jamies Stimme klang rau und dunkel. Sämtliche Gefühle darin erstickt. Er offenbarte eine weitere Seite seiner facettenreichen Persönlichkeit. Keiner von ihnen vertraute ich.

»Ich ... war durstig«, keuchte der Blutfae. »Das ist doch ... der Grund, warum wir ... wieder hier sind.«

Wieder hier? Woher genau kamen all die Blutfae? Wo hatten sie bisher gelebt?

Die Blutfae, die ihn an den Armen aufrecht hielten, verzogen zeitgleich angewidert das Gesicht.

»Nein. Ihr seid zurückgekommen, weil ich gnädig gewesen bin«, erwiderte Jamie ruhig.

»Wir sollten ein Exempel an ihm statuieren«, sagte Resia, die sich beruhigt hatte. »Es gibt durchaus Aufregung in unseren Reihen, wegen der ... Planänderung. Das würde dem ein sofortiges Ende setzen.«

Jamie nickte. »Sorgt dafür, dass er heute Abend bereit ist. Bis dahin sperrt ihn ein.«

»Jawohl.«

Die beiden Blutfae schleppten den Täter nach draußen. Er wehrte sich, kam aber nicht gegen sie an. Ich sah ihnen hinterher und versuchte herauszufinden, was es für mich bedeutete.

Jamie wollte offenbar nicht, dass seine Blutfae wie Bestien über die menschliche Bevölkerung von Westwend herfielen. War das ein kleiner Trost? Machte es das wieder wett, dass er Hexen und Hexer für seine Zwecke ausgenutzt hatte? Wohl kaum.

»Ihr werdet für die Vorbereitungen gebraucht«, sagte Resia, nachdem die Tür hinter ihr zugefallen war. Sie sah Jamie nicht mal in die Augen, als würde sie ihn wahrlich für jemand Besseren als sich halten.

»Verstehe.« Jamie wandte sich mir zu. Er war mir so nahe, dass ich seinen Atem auf meinen Wangen spüren konnte. Ich erschauerte. »Resia wird sich um dich kümmern und für den Abend herrichten. Bring mich nicht dazu, dir wieder das Stäbchen einzusetzen. Ich fühle, was du fühlst. Du kannst mir nichts verheimlichen, Billie. Das hier wird vorerst deine letzte Chance sein, mein Vertrauen zu gewinnen. Vergib sie nicht leichtfertig.«

Ich hielt es für besser, den Mund zu halten, bevor ich ihm alle möglichen Beleidigungen an den Kopf warf. Andererseits bekam er sie wahrscheinlich ohnehin durch unser Band mit. Seine Mundwinkel zuckten als Antwort.

Nachdem er gegangen war, warf ich einen letzten Blick in den nächtlichen Hof. Noch immer waren die Übungskämpfe in vollem Gang. Vielleicht musste ich meine Strategie doch noch einmal überdenken. In dem ich mich selbst geschwächt hatte, war ich in einer schlechteren Position als zuvor. Wenn ich etwas an meiner Lage ändern wollte, musste ich klüger handeln.

»Lass uns gehen«, verkündete ich und wartete darauf, von Resia weggeführt zu werden.

3

Es gab einen ganzen Flügel im Rathaus, in dem sich ein Schlafzimmer ans nächste reihte. Dass man Kerker für wichtig erachtet hatte, hatte mich weitaus weniger erstaunt, als die Schlafzimmer vorzufinden. Dann wiederum hatte ich nicht gewusst, wo sich das Haus des ehemaligen Ratsvorsitzenden Crosspin befunden hatte. Möglicherweise hatte er das Rathaus nie verlassen.

Resia brachte mich zu einem dieser Schlafzimmer, in dem bereits drei Frauen warteten.

»Blutfae?«, fragte ich langsam und sie fletschten ihre Zähne. Tatsächlich waren nicht nur ihre Eckzähne spitz zulaufend wie beim Vampirvolk, sondern die oberen und unteren Schneidezähne ebenso. Immerhin hatte ich ein Merkmal entdeckt, woran ich sie erkennen konnte. Abgesehen davon interessierte mich jedoch auch, wer von ihnen stärker war. Wenn sich Vampirinnen und Vampire gegen Jamie auflehnten, hätten sie eine Chance? Schließlich hatten sie schon einmal die Blutfae erfolgreich verjagen können. Was hielt sie davon ab, es ein weiteres Mal zu tun? Und die viel wichtigere Frage: Wollte ich das? Es war leider viel schwieriger, darauf eine Antwort zu erhalten.

Während ich mich über das Essen hermachte, das man für mich vorbereitet hatte, testete ich meine wiedererlangte Magie aus. Die Blutfae ließen gerade mein Bad ein, während Resia an der Tür postiert blieb. Ihr starrer Blick war aus dem Fenster gerichtet.

Ich wagte nicht, meine Magie zum Angriff zu benutzen, weil ich nicht glaubte, eine Chance zur Flucht zu bekommen. Gleichzeitig wollte ich aber herausfinden, was sich nach der Konvergenz verändert hatte. Schließlich konnte ich nun eine tiefere Quelle der Macht ausschöpfen als zuvor.

Tatsächlich fühlte sie sich anders an, wenn ich mich auf sie konzentrierte. Sie war lebendiger und widerspenstiger. Wenn ich nach ihr greifen wollte, bekam ich sie nur kurzzeitig zu fassen. Sie wand sich wie ein Aal im tiefen Gewässer. Es war schlichtweg frustrierend, dabei wollte ich nicht mal wirklich etwas mit ihr anfangen.

Als mir schon fast schlecht war von den Rosmarinkartoffeln und dem gegrillten Fisch, ließ ich das Besteck sinken.

»Bist du bereit?«, fragte die Blutfae mit dem langen kastanienroten Haar. Sie wirkte um einige Jahre älter als ich. Ob sie sich gern um mich kümmerte oder ob sie fand, dass es unter ihrer Würde war, konnte ich nicht einschätzen.

Keine von ihnen lächelte, aber sie warfen mir genauso wenig bösartige Blicke zu. Alles in allem hielten sie ihre Gefühle sehr gut unter Kontrolle.

Wahrscheinlich war ich ihnen schlichtweg egal.

Ich versuchte, ihnen mit ebenso wenig Gefühl zu begegnen, weil sie mir letztlich nichts getan hatten. Es waren nicht sie gewesen, die mich auf Lucilles Geheiß eingesperrt hatten.

Ja, sie hielten mich jetzt fest, doch das taten sie immerhin, ohne mir wehzutun.

Ich wollte lernen, mit den kleinen Dingen zufrieden zu sein. Zu großer Hass würde mich lediglich einschränken und mir nicht dabei helfen, eine Lösung aus meiner Misere zu finden.

Ich folgte der Rothaarigen in den angrenzenden Waschraum, wo ich meine Verlegenheit zusammen mit meiner stinkenden Kleidung zu Boden warf.

»Wie lange seid ihr schon in Westwend?«, fragte ich, als die Blutfae mich am Ellbogen fasste, damit ich beim Klettern in die Messingwanne nicht umkippte. Das heiße Wasser raubte mir für einen Augenblick den Atem. Meine Haut begann angenehm zu kribbeln.

»Zwei Tage«, antwortete sie.

Ich ließ mich in die Wanne gleiten und lehnte den Kopf mit geschlossenen Augen zurück. Götter, ich hatte vergessen, wie es sich anfühlte, sauber zu sein. Die Blutfae hatten zudem eine angenehm duftende Kräutermischung ins Wasser gegeben, sodass ich schon bald nicht mehr nach menschlichen Ausscheidungen roch. *Götter, segnet sie.*

Es war nicht so, als würde ich meine heikle Situation vergessen, aber in einem sauberen Zustand ließ es sich besser nachdenken.

Außerdem konnte ich zum ersten Mal entspannen, weil meine Familie und Freunde in Sicherheit waren. Ja, ich selbst befand mich auf verlorenem Posten, doch das war für den Moment in Ordnung. Weil es Hugh gut ging. Er war sicher. Meine Tanten waren sicher.

Es war nicht schlimm, für ein paar Minuten nicht zu kämpfen.

»Wo seid ihr vorher gewesen?«, fragte ich.

»In der Hölle.« Da ich die Lider noch geschlossen hielt, wusste ich nicht, welche der drei mir geantwortet hatte. Ihre Worte brachten mich jedoch rasch wieder in die Gegenwart zurück.

»Hölle?« Das Hexenvolk verstand unter dem Begriff Hölle einen düsteren Ort, an dem die Seelen bösartiger Hexen und Hexer nach dem Tod wandelten und für eine Ewigkeit gefoltert wurden.

»Einst eine Heimat für andere, dann unsere Zuflucht und jetzt unsere Vergangenheit«, sagte die Rothaarige.

»Ihr seid also dorthin geflohen? Warum?« Ich hatte mir die Antwort längst zusammengereimt nach dem, was während der Ratssitzung damals besprochen worden war, aber ich wollte ihre Sicht der Dinge hören.

»Weil der Wilde Wald dort noch existiert. Magie ist so viel wilder an diesem Ort. Ihr Hexen habt nicht mal den Hauch einer Ahnung, zu was sie fähig ist. Interessanterweise ...«

»Ja?« Sie kämmte mein feuchtes Haar aus, während die zwei anderen Blutfae sich um meine eingerissenen und schmutzigen Fingernägel kümmerten. Das war der Moment, in dem mir siedend heiß einfiel, dass Obambos Stein noch in meiner Kleidung versteckt war. Ich musste unbedingt daran denken, ihn an mich zu nehmen, ehe meine Kleider entsorgt wurden. Ich bezweifelte, dass sich jemand die Mühe machte, sie zu waschen. Oder überhaupt den Drang verspürte, sie länger als notwendig anzufassen.

»Blutfae und Hexen sind enger miteinander verbunden, als es Vampire und Hexen je sein können. Du solltest dich nicht gegen die Verbindung mit Jamie wehren.« Diese Tatsache hatte er also nicht geheim halten können. Oder wollen. »Die Verbindung ist von der Natur gesegnet. Alles andere ist entgegen dieser.«

»Jamie hätte mich nicht dazu zwingen sollen«, widersprach ich. Es war einfach, meinen Anteil an dieser Verbindung zu verdrängen.

Mein wackliges Ja zu vergessen.

»Zwang ist relativ. Er hat viel für uns geopfert. Seine Einsamkeit hat ihren Tribut gefordert. Stell dich hin.« Ich gehorchte und ließ mich in ein langes Tuch wickeln, ehe ich aus der Wanne stieg. »Für uns ist Jamie der einzig wahre Retter.«

»Das sehen aber nicht alle so.« Ich hatte den Blutfae nicht vergessen, der eine ganze Familie massakriert hatte, weil er der Meinung war, dass ihm dies zustand.

»Es ist eine Umstellung«, sagte sie ausweichend. Den Kopf hielt sie gesenkt, während sie mich eincremte, als wäre ich nicht selbst dazu imstande. Ich musste an mich halten, mich nicht gegen sie zu wehren. Der Duft von Lavendel stieg mir in die Nase. »Mehrere Generationen lang sind wir im Exil gewesen und mussten um Nahrung und Macht kämpfen. Die Hölle ist kein einfacher Ort. Und für Jamie war sie noch schwieriger als für uns andere.«

»Nahrung«, echote ich nachdenklich. »Leben dort überhaupt Menschen? Ernährt ihr euch wie Vampire?«

»Grundsätzlich können wir lange Zeit ohne Blut und mit menschlicher Nahrung zurechtkommen. In der Hölle haben wir Jagd auf Kreaturen gemacht, deren Blut nährreich genug war. Wenn auch bei Weitem nicht so zufriedenstellend wie Menschen- oder Hexenblut«, erklärte die Blutfae.

Ich zog eilig die dargebotene Leinenunterwäsche und das Unterkleid an, froh, endlich wieder bekleidet zu sein. Nicht dass ein paar Minuten jetzt noch einen Unterschied gemacht hätten.

»Wenn es dort so schrecklich war, wieso seid ihr erst jetzt wieder zurückgekehrt? Es sind doch ... Jahrzehnte oder Jahrhunderte vergangen, seit der Wilde Wald verschwunden ist«, überlegte ich laut. Solange die Blutfae ihr Wissen mit mir teilten, würde ich jede Sekunde ausnutzen. Es würde mir nur Vorteile verschaffen, mehr über sie zu erfahren, damit ich mir einen Plan zurechtlegen konnte. Wie genau dieser Plan aussah, war allerdings noch unklar. Gerade jetzt fühlte ich Jamies Abwesenheit in meinem Kopf, aber es wäre ein Leichtes für ihn, in meinen Verstand einzudringen.

»Niemand wusste, wie wir den Wilden Wald zurückbringen können«, sagte die Blutfae mit den dunklen, fast schwarzen Augen. Bisher hatte sie dem Gespräch nur gelauscht.

Die rothaarige Blutfae nickte. »Jamie hat einen Pakt geschlossen und dadurch ein Opfer für uns alle gebracht.«

»Pakt? Mit wem?«

Die Blutfae sahen sich kurz an. Ertappt. Als hätten sie zu viel preisgegeben. Und tatsächlich antwortete niemand mehr auf meine Fragen.

Es musste alles mit dieser unbekannten Person zusammenhängen, die bereits mehrmals in Gesprächen aufgekommen war. Doch sie blieb ein Phantom und wurde nie zu mehr als dem.

Wir schwiegen uns an, während ich in ein schwarzes Kleid mit glitzerndem Rock und besticktem Mieder stieg. Die Schnüre an meinem Rücken wurden festgezurrt, bis ich zu ersticken glaubte. Der Herzausschnitt war gewagt, und ich hätte mich normalerweise nie getraut, so viel zu zeigen.

Als ich mich im personenhohen Spiegel sah, erkannte ich mich nicht wieder. Ich konnte mich nicht daran erinnern, jemals etwas so Elegantes getragen zu haben. Die Kleidung, die ich bei Tian getragen hatte, kam dem Kleid zwar nahe, doch sie hatte nicht diese magische Ausstrahlung gehabt.

Der mehrlagige Rock fiel ab der Hüfte weit aus und streifte flüsternd den Boden, nachdem ich in zierliche Riemchensandalen geschlüpft war. Seide, Tüll und Spitze. Das Kleid vereinte alles, ohne aufgesetzt zu wirken. Die Ärmel waren durchsichtig und eng anliegend, ließen allerdings meine weißen, sommersprossigen Schultern frei. Meine dunkelroten Locken, die mittlerweile getrocknet waren, fielen mir über den Rücken und wurden an den Seiten mit silbernen Klammern festgesteckt.

Ich hasste es.

Ich liebte es.

So war ich nicht. Das war ich nicht und trotzdem …

Ich wollte bei meiner Familie sein. In meiner gewohnten Kleidung und mit meinem üblichen Pferdeschwanz.

Dessen war ich mir eigentlich sicher, doch warum fühlte es

sich auch richtig an, hier zu sein? Mein Spiegelbild anzusehen, als wäre es jemand anderes? Eine Adlige ohne schwerwiegende Vergangenheit. Ohne Narben.

Da das Kleid keine Taschen besaß, platzierte ich Obambos Wohnstein unauffällig in meinem Ausschnitt. Die Blutfae hatten ihre Arbeit erledigt und räumten das Zimmer auf, noch während ich mich im Spiegel betrachtete.

»Was für eine Feierlichkeit ist das heute?« Tatsächlich hatte ich versucht, in Jamies Gedanken einzudringen, doch er hielt mich gekonnt auf Abstand. Deshalb musste ich auf die Gesprächsbereitschaft meiner Gesellschaft bauen.

In Zukunft müsste ich definitiv an meiner Fähigkeit arbeiten, seine Barrieren zu überwinden. Im besten Fall unbemerkt, um ihm seine Geheimnisse zu entlocken und mich vor ihm zu schützen.

»Es ist Jamies Krönung«, sagte Resia indigniert.

»Er ... was?« *Krönung?* »Wir sind eine Republik und keine Monarchie.« Wow. Ein besseres Argument fiel mir nicht ein?

»Es ist wichtig, dass er Stärke zeigt und verhindert, dass sich Chaos ausbreitet«, verteidigte ihn Resia und sah mich streng an. »Deshalb solltest du ihm so wenig Probleme wie möglich bereiten.«

»Mir ist egal, ob er König oder Bettler ist. Ich gehöre und gehorche ihm nicht«, stellte ich klar.

»Ich verstehe nicht, wie du Lügen von dir geben kannst, während du die Wahrheit lebst.« Resias Blick bekam einen angewiderten Zug. »Ihr seid gemeinsam die höchste natürliche Verbindung miteinander eingegangen. Das, was zwischen euch ist, kann nicht ungeschehen gemacht werden. Die Konvergenz ist nun ein Teil deines Seins.«

Wütend presste ich die Lippen zusammen. Sie hatte recht. Hier war ich und ließ mich wie eine Puppe ausstaffieren, während ich mich verzweifelt an die Lüge klammerte. Die Lüge, dass ich es nicht gewollt hatte.

»Manchmal lässt es sich nicht mit der Wahrheit leben«, murmelte ich.

Resia schüttelte den Kopf. Für sie war es wohl unvorstellbar, dass man so schwach sein konnte. Oder dass man nicht nach der Macht greifen wollte, die ganz klar bereitlag. »Fertig?« Da sie nicht mich ansah, hatte sie anscheinend genug von mir.

»Sie ist bereit«, antwortete die Rothaarige.

»Los geht's«, stimmte ich aus Trotz zu, auch wenn niemand nach meiner Meinung fragte.

Während mich Resia durch das Rathaus geleitete, versuchte ich, meine Gedanken ruhig zu halten. Allein um Jamie Fügsamkeit vorzugaukeln. Ich musste mir immer wieder selbst sagen, dass ich schon ausweglosere Situationen überstanden hatte und auch mit dieser Herausforderung fertigwerden würde. Für den Moment war ich von meiner Familie getrennt, doch das würde nicht lange so bleiben. Früher oder später wären wir wiedervereint und würden diese fürchterliche Stadt endlich hinter uns lassen. Und dann für immer. Ich war mit Westwend fertig.

Zumindest sagte ich mir selbst, dass dies alles war, was ich wollte. Dass mir das Schicksal der anderen Hexen und Hexer egal wäre und mich nichts anginge.

Nachdem wir unzählige Treppenstufen nach unten gestiegen waren, wurde die unheimliche Stille, die im oberen Stockwerk geherrscht hatte, von Streichmusik und Stimmengewirr durchbrochen. Beides wurde lauter, je näher wir dem großen Ballsaal kamen. Ich war beeindruckt davon, was Jamie in so kurzer Zeit bewerkstelligt hatte.

Andererseits hatte er viel Vorlauf gehabt, um all das vorzubereiten. Wie die Blutfae gesagt hatten. Das Wichtigste war, Chaos zu unterbinden, um Menschen und allerlei Wesen

Sicherheit zu geben und die damit einhergehende Folgsamkeit zu erreichen. Alles, damit Jamie als neuer Herrscher anerkannt werden würde. Dennoch fragte ich mich, ob das so einfach zu bewerkstelligen war, wie er es sich vorstellte. Nur weil er die vampirische Ratsversammlung vernichtet und durch mich hochrangige Vampirinnen und Vampire aus dem Weg geräumt hatte, hieß das noch lange nicht, dass sich ihm alle beugten.

Als ich den Ballsaal mit Resia an meiner Seite betrat, wurde mir keinerlei Beachtung geschenkt. Es waren mehrere Dutzend Personen anwesend, ohne dass ich sagen konnte, ob es sich ausschließlich um Blutfae handelte. Es war gut möglich, dass sich Menschen oder Hexen und Hexer oder andere Geschöpfe hier befanden. Vielleicht hatten sich bereits Vampirinnen und Vampire ergeben. Ich war drei Tage eingesperrt gewesen und hatte durch meine Verbindung zu Jamie nur einzelne Informationsfetzen aufgeschnappt.

Die Absätze meiner Sandalen klackerten auf dem blank polierten schwarzen Marmorboden, der mit goldenen Adern durchsetzt war. Riesige Kronleuchter hingen auf unterschiedlichen Höhen von der stuckverzierten Decke herab und tauchten die Anwesenden in warmes Licht, das von den Spiegeln an den Wänden zwischen den Fenstern reflektiert wurde. Das Streichquartett war in der linken Ecke platziert worden. Die Musiker wirkten nervös, was in mir den Gedanken aufkommen ließ, dass es sich bei ihnen nicht um Blutfae handelte. Wahrscheinlich waren sie gezwungen worden, heute Abend anlässlich der Krönung zu spielen.

Krönung. Ich konnte mich nicht daran erinnern, wann es das letzte Mal einen König in Wimborne gegeben hatte. So ganz wollte ich mich nicht damit abfinden. Andererseits wäre dies wohl kaum schlimmer als alles zuvor, oder? Für das Hexenvolk war jede Veränderung besser als Vampire und Vampirinnen an der Spitze.

Resia führte mich ganz ans Ende des Saals. Am weitesten vom Thron entfernt, der auf einer Erhöhung stand. War dieser speziell für Jamie angefertigt worden? Soweit ich das von meiner Position aus beurteilen konnte, war er aus massivem, schwarz lackiertem Holz gefertigt worden. Schnörkel, die an Efeu erinnerten, rankten sich an den Kanten entlang und liefen an dem Rückenteil spitz zu. Die Armlehnen endeten in Angst einflößenden Fresken von Bestien.

Niemand näherte sich dem Thron, als wäre ein unsichtbarer Bannkreis darum gezogen worden. Auch wenn sich einzelne Blutfae gegen seine Gesetze auflehnten, schien Jamie größtenteils Respekt entgegengebracht zu werden.

Ich verschränkte die Hände vor meinem Körper und versuchte mich zu entspannen. Resia bekam nach ein paar Minuten Gesellschaft von zwei männlichen Blutfae, die ebenfalls ein Auge auf mich haben sollten. Jamie hatte sie beauftragt, und was Jamie wollte, bekam er.

Rückblickend hatte ich geglaubt, dass ich mich nicht schlechter fühlen konnte als während meines Sklavinnendaseins. Jetzt wurde ich eines Besseren belehrt. Ich hatte mich noch nie so einsam und verlassen gefühlt wie in dieser Nacht. Und das Schlimmste war, alles war meine eigene Schuld.

4

Das Streichquartett setzte zu einem ruhigeren Stück an, als Jamie mit einem Gefolge bestehend aus sechs weiblichen und männlichen Blutfae den Saal betrat. Auch er war herausgeputzt und hatte seine schwarze Kleidung gegen welche aus blauem Brokat getauscht. Dazu trug er einen Samtumhang, der vorne von einer goldenen Schnalle zusammengehalten wurde. Die Gäste hielten gefühlt den Atem an, als er durch die Menge schritt, die ihm bereitwillig Platz machte.

Einerseits konnte ich sehen, was sie sahen. Einen Ehrfurcht gebietenden und gut aussehenden Anführer, der Respekt verlangte und Souveränität ausstrahlte. Andererseits wusste ich um seine List und Täuschung. Niemand würde allerdings etwas auf meine Meinung geben, und schon gar keine Blutfae, die ihr Leben lang im Exil verbracht hatten. Ich konnte mir nicht mal ausmalen, was sie erlebt hatten, doch es war deutlich, dass es sie verzweifelt nach einem neuen Leben verlangte.

Natürlich war ich noch nie Zeugin einer Krönung gewesen und ich konnte nicht sagen, dass ich übermäßig hohe Erwartungen gehegt hatte. Trotzdem war ich überrascht, als sich Jamie die Krone selbst aufsetzte. Hatte sie in der Schatzkammer gelegen oder hatte ein Schmied in den letzten Tagen rund um die Uhr daran gearbeitet? Es war ein schönes Schmuckstück aus Gold mit Zacken und eingesetzten Rubinen. Florale Gebilde, die sich darumwanden.

Nachdem Jamie auf dem Thron Platz genommen hatte,

ließ er seinen Blick über die Menge schweifen. Das Schweigen dehnte sich in die Länge und die Spannung nahm zu. Selbst die sanften Melodien der Streichinstrumente kamen nicht dagegen an.

»Mein starkes und mutiges Volk«, begann er mit dröhnender Stimme, wie ich sie noch nie von ihm gehört hatte. Überhaupt wirkte er wie ein Fremder auf mich, was er prinzipiell auch war. Selbstbewusst, mächtig. Weder der schelmische Jamie noch der düstere Moth. »Fast zwei Jahrhunderte des Leids sind vergangen. Der Hoffnungslosigkeit und der Angst davor, niemals mehr in unsere Heimat zurückkehren zu können. All das ist mit diesem neuen Anfang vorbei. Viele haben bereits den Weg zurück gefunden, mehr noch werden meinem, nein, unserem Ruf folgen!«

Jubel brandete auf, was mich erschreckte. Die Gäste waren bis dahin so zurückhaltend gewesen, dass ich nicht mit dieser Euphorie gerechnet hatte. Ich machte jedoch vereinzelt Personen aus, die nicht mit in das Geschrei einstimmten. Waren das Jamies Gegner?

»Bevor es morgen weiter darangeht, uns in unserer Heimat zurechtzufinden, verlange ich eines von euch in dieser Nacht: Amüsiert euch und genießt den Sieg!«

Weiterer Jubel. Gläser klirrten gegeneinander und die Musiker stimmten ein fröhlicheres Stück an.

Du siehst wunderschön aus, hörte ich Jamie in meinem Kopf sagen, während er vom Thron stieg. Die Gäste wandten sich wieder einander zu und manche schwangen gar das Tanzbein. Wein und Blut flossen in Strömen. Einzig meine drei Leibwachen schienen gegen Spaß gefeit zu sein.

Glaubst du wirklich, es bedeutet mir etwas, so was von dir zu hören? Dann bist du weiter von der Realität entfernt, als ich ohnehin schon gedacht habe.

Meinst du nicht, dass du übertreibst? Er schüttelte hier und dort

Hände, klopfte jemandem auf den Rücken und nickte einer anderen Blutfae zu. Gleichzeitig reduzierte er die Distanz zu mir, bis er mich letztlich erreicht hatte.

»Du hast mich getäuscht, manipuliert und ausgenutzt. Es hat vielleicht einen kurzen Moment gegeben, in dem wir Freunde hätten sein können, aber das ist jetzt vorbei«, stellte ich klar, als wir uns direkt gegenüberstanden. Aus der Nähe sah die Krone noch beeindruckender aus. Meine Finger zuckten unter dem Impuls, sie ihm vom Haupt zu schlagen.

Seine Mundwinkel hoben sich amüsiert. Ob wegen meiner Worte oder meiner Gedanken konnte ich nicht sagen.

Ich hasste es. Als würde er ein Geheimnis kennen, das uns beide betraf und in das er mich nicht einweihte.

»Auf einen Tanz.« Er griff bereits nach meinen Händen, doch ich entzog sie ihm und wich einen Schritt zurück.

»Ich kann nicht tanzen.«

»Und ich kann es gut genug für uns beide.«

Ich ließ mich überreden, weil es besser war, mit ihm zu sprechen, als nichts zu tun.

Er positionierte meine linke Hand auf seiner Schulter und nahm die rechte in seine eigene linke. Mit der anderen umfasste er meine Taille und drückte mich damit enger an sich heran.

»Ich habe davon geträumt, dich nochmals zu kosten«, gestand er, als er mit den Lippen viel zu nah an meinen entblößten Hals kam.

»Das wird niemals mehr passieren«, zischte ich voller Abneigung und entgegen meiner eigenen körperlichen Reaktion. Anders als bei Tians Biss war bei Jamie die Freude ausgeblieben. Stattdessen hatte ich nur Schmerzen gespürt und im Anschluss körperliche Macht. Gleichzeitig gingen mir die lebensverändernden Minuten nicht aus dem Kopf. »Und hör auf, so unheimliche Dinge zu sagen.«

»Wir sind für den Rest unserer Leben miteinander verbunden, ob du das nun akzeptierst oder nicht, Billie. Du machst es dir nur selbst schwer, je länger du dich dagegen wehrst.«

Ich atmete unauffällig aus, weil er sein Gesicht endlich abwandte. Mein Herz schlug jedoch weiter in doppelter Geschwindigkeit aus Angst oder Erwartung, dass er mich jeden Moment wieder beißen würde. Ich sollte meine Magie gegen ihn einsetzen und mich endgültig aus seinem Griff befreien. Aber unsere Verbindung würde uns für immer zusammenhalten.

»Du hast mich vorher nicht um Erlaubnis gefragt, Jamie.«

»Du hast Ja gesagt, als es zählte«, erwiderte er mit einem verärgerten Unterton.

»Ich konnte nicht nachdenken.«

»Du bist niemand, der sich von so einer Situation derart schnell überwältigen lässt.«

Wahrheit tat immer weh, wenn man sie wie einen Spiegel vorgehalten bekam.

Ich blickte zur Seite. »Ich wollte Macht, aber ich wollte sie nicht durch dich.«

»Sondern Tian?«

»Vielleicht.«

Er versteifte sich unter meinen Händen. Die einzige Reaktion, die er nicht unterdrücken konnte, weil sie seine Eifersucht offenbarte. Auch etwas, das ich weder von Moth noch von Jamie früher gekannt hatte.

»Ist es so schlimm, als Repräsentantin deines Volkes mein Ohr zu haben? Wenn du dich nur darauf einlassen würdest, könntest du so viel verändern.« Sein Blick bohrte sich in meinen.

Er bot mir all das an, wonach ich mich insgeheim immer gesehnt hatte, und ich gab mich wie eine verwöhnte Göre, die beleidigt war, weil er ihr nicht vorher den Hof gemacht hatte. Ich fand mich selbst unausstehlich.

Doch obwohl ich das wusste, konnte ich ihn nicht so leicht vom Haken lassen.

»Möglicherweise hätte ich mich darauf eingelassen, wenn du mir Zeit gegeben hättest. Mir alles erklärt und mir die Wahl gelassen hättest.« Ich schüttelte den Kopf. Eine Locke fiel in mein Gesicht und Jamie löste kurzzeitig den Griff um meine Taille, um die Strähne wieder nach hinten zu stecken.

»Zeit war etwas, das ich nicht im Überfluss hatte. Ich musste handeln.«

»Du hättest mich außen vor lassen können.« In dieser Sache würde ich nicht nachgeben, auch wenn mir klar war, dass er nicht von seiner Meinung abrücken würde.

»Was geschehen ist, lässt sich nicht ungeschehen machen.« Er machte eine Pause, aber er entschuldigte sich nicht. »Gibt es denn keine Gedanken, die dir jetzt durch den Kopf gehen? Vergiss einmal die Verbindung zwischen uns. Willst du die Chance nicht nutzen, die sich dir bietet?«

Ich biss mir wie ertappt auf die Unterlippe, weil ich bereits darüber nachgedacht hatte. In den letzten Tagen hatte ich sehr viel Zeit gehabt, mir Jamies Worte immer und immer wieder durch den Kopf gehen zu lassen. Dabei war ich gelegentlich so von meiner Wut überwältigt worden, dass ich nicht weit gekommen war. Dann wiederum hatte es ertragreiche Stunden gegeben, in denen ich mir eine heilsame Zukunft für Hexen und Hexer ausgemalt hatte.

»Ich weiß nicht, ob ich dafür qualifiziert genug bin«, antwortete ich ihm, anstatt ihm von meinen Vorstellungen zu erzählen.

»Warum solltest du das nicht sein?« Seine Frage zeugte von ehrlicher Überraschung. Als wäre ihm wahrlich nicht einmal in den Sinn gekommen, dass ich die Falsche für den Posten war.

Was für eine Person sah er in mir? Sie passte ganz sicher nicht zu dem Bild, das ich von mir hatte.

»Ich bin bloß eine einundzwanzigjährige Hexe, die Jagd auf Vampire gemacht hat, weil du mich dazu gezwungen hast.«

»Nicht wahr. Du hast auch vorher schon ihresgleichen getötet«, erwiderte er prompt.

»Aber nie ...«

»Nie was? Nie, um jemandem zu helfen? Nie, um damit irgendetwas zu erreichen?«

Ich errötete, weil seine Worte genau ins Schwarze getroffen hatten. »Wir waren ein Tropfen auf dem heißen Stein. Mehr auch nicht.«

»Jetzt könntest du ein ganzer Wasserfall sein, Billie. Wenn du nur willst.« Er sah mich eindringlich an. Wir hatten das Tanzen längst aufgegeben und die Gäste schoben sich wie Wellen um uns herum, als wären wir ein einsamer Felsen im Meer. »Ich werde dir nichts vorschreiben. Verdammt, du darfst mir befehligen, wenn du möchtest. Das hier ist dein Reich. Ich lege es dir zu Füßen, damit wir beide überleben. Damit unsere beiden Völker überleben, denn die Schatten werden kommen. Das hier ist noch nicht das Ende der Vampirherrschaft, so gerne ich dies auch hätte.«

Zu meinem Glück wurden wir von einem seiner Lakaien unterbrochen. Der Blutfae, der schwarzes Leder und unzählige Waffen an seinem Körper trug, räusperte sich neben uns. Seine Miene war finster, als er sich leicht zu Jamie verbeugte. Mir schenkte er keinerlei Beachtung, was besser für uns alle war, denn Jamies Worte ... hatten mich vollkommen eingelullt. Ich hatte gesehen, was er sah, und ich fühlte mich nicht fähig, diese Zukunft abzuweisen, solange er sie mir mit diesem offenen Blick darbot.

»Wir würden den Gefangenen nun hereinbringen, Eure Majestät«, sagte er, die Augen ehrerbietig zu Boden gerichtet, nachdem sich Jamie ihm zugewandt und mich losgelassen hatte.

Jamie nickte steif. »Ich bin bereit.«

»Bereit wofür?«, fragte ich, nachdem sich der Blutfae wieder von uns abgewandt hatte.

»Eine Bestrafung steht noch aus.« Jamie musterte mich einen Moment. »Ich wünschte, du müsstest das nicht sehen, aber vielleicht ist es besser so. Damit du erkennst, dass ich nicht für unnötige Brutalität stehe. Ich will keine Menschenleben verschwenden. Das Gleiche gilt für Hexen. Wenn mir Lucille nicht entwischt wäre, würde sie die gleiche Bestrafung erfahren.«

Ich hielt es für das Beste, nicht darauf einzugehen. Zum einen würde er das Chaos in meinen Gedanken ohnehin bereits aufgeschnappt haben, zum anderen wollte ich nicht eine weitere Diskussion starten. Jamie sollte besser dort hingehen, wo er gebraucht wurde.

Vielleicht hätte ich dann Zeit, wieder zu mir selbst zu finden.

Sein Blick blieb einen Moment länger an mir haften, ehe er Resia zunickte, die hinter mir stand. Lautlos begab sie sich sofort wieder an meine Seite und Jamie schritt zurück zu seinem Thron.

Ich zog mich in den hinteren Teil des Saals zurück, um den Weg der Tanzenden nicht zu kreuzen. Jamie befahl den Musikern jedoch kurz darauf mit einem Wink, aufzuhören, sodass auch die restlichen Leute auf der Tanzfläche verstanden, dass etwas Wichtiges bevorstand.

Es dauerte nicht lange, bis die Blutfae den verwundeten Gefangenen in den Saal zogen. Dieses Mal fehlte ihm die Kraft, sich zu wehren. Er hing förmlich von den Armen der begleitenden Blutfae. Von seinem Mundwinkel troffen Blut und Speichel.

Auch wenn mein erster Impuls nach wie vor Mitleid war, setzte ich mich dagegen zur Wehr. Er hatte fünf Menschen auf dem Gewissen. Nicht, weil er seinen Blutdurst hatte stillen wollen, sondern weil er glaubte, dass es ihm zustand, Leben zu nehmen und Leben zu lassen. So jemand hatte all das verdient, was ihm jetzt bevorstand. Diese Art zu denken hatte Vampirinnen und Vampire jahrzehntelang in dem Glauben gelassen, dass es ihr Recht war, mein Volk für ihre Zwecke zu nutzen.

Jamie beobachtete auf seinem Thron sitzend, wie der Gefangene zu ihm gebracht wurde. Die Gäste hatten sich drum herum geschart, sodass ich nicht alles erkennen konnte.

Da ich mit Resia und meinen zwei anderen Leibwächtern ganz hinten stand, konnte ich außerdem nicht alles von dem hören, was Jamie sagte. Ich schnappte aber die wichtigsten Worte auf und konnte mir den Rest zusammenreimen. Er erzählte etwas von Ungehorsam und falschen Privilegien, was darin mündete, dass der Blutfae vor ihm sein Leben verwirkt hatte.

Eigentlich hatte ich erwartet, dass der finster dreinschauende Blutfae sein Schwert in sein Herz rammen würde. Deshalb war ich überrascht, als sich Jamie vom Thron erhob, um nach unten zu steigen. Ich konnte gerade so einen Blick von seinen verlängerten Zähnen erhaschen, ehe sich die Menge in mein Sichtfeld schob. Ein Knurren fuhr mir durch Mark und Bein. Es war Jamie. Er war das Raubtier, das er mir bis dahin nicht gezeigt hatte. Eine weitere Seite, die er erfolgreich verhüllt hatte. Wie viel mehr steckte in ihm? Würde ich ihn jemals richtig kennen?

Wollte ich das überhaupt?

Ich hörte das Reißen von Haut und das Vergießen von Blut. Die Anwesenden johlten und klatschten Beifall, während sich mir der Magen umdrehte.

Dann, als Jamie wieder zu seinem Thron stieg, sah ich das Blut, das von seiner Wange tropfte und seine Zähne rot färbte. Mit der Zunge fuhr er daran entlang, als würde er den Geschmack genießen.

Ich presste eine Hand auf meinen Mund, um mich nicht zu übergeben. Brutalität und Mord waren nichts, worauf ich mit einem nervösen Magen reagierte. Eigentlich. Etwas war anders. Vielleicht lag es daran, dass ich Jamie bis dahin nicht ernst genommen hatte. Konnte es sein, dass er recht gehabt hatte? Er hatte mir von seiner Kaltblütigkeit erzählt, aber bis dahin hatte er sie mir nicht gezeigt. Er hatte die Ratsmitglieder getötet und er hatte Sklavinnen und Sklaven ihrer Magie beraubt, womöglich auch ihrer Leben. Doch hier und heute schien endlich auch bei mir angekommen zu sein, wie weit er für Macht zu gehen bereit war.

Dagegen standen die Gefühle, die sich ungefragt in mir für ihn entwickelt hatten. Für Jamie. Teilweise auch für Moth. Doch nicht für den Blutfae. Diese Person war jemand anderes.

Ich wusste nicht, was ich fühlen oder denken sollte. Wie ich mich verhalten sollte. Mein einziger Gedanke galt der Stärkung meiner mentalen Mauer. Ich wollte ihm nicht zeigen, wie sehr ich mich vor mir selbst fürchtete.

Während das Opfer weggetragen wurde, entspannte sich die Atmosphäre. Ein neues flottes Stück wurde angestimmt, das mir aufgrund des Kontrasts eine Gänsehaut bescherte. Es wurde gelacht, getrunken und getanzt.

Jamie suchte mich erneut auf und ich konnte einzig die Blutspritzer anstarren, die auf seiner Kleidung wie harmlose dunkle Flecken wirkten. Sein Gesicht hatte er gereinigt und das Rot war aus seinen Augen verschwunden, die wieder ihr übliches Steingrau aufwiesen.

»Komm mit. Wir erwarten ein paar Neuankömmlinge«, bat er. Oder befahl er. »Ich will dir alles zeigen, Billie. Und danach …«

»Danach lässt du mich gehen?«

Er hielt seine Lider einen Moment länger geschlossen. »Hast du jemals von dem Märchen gehört, in der die Schöne das Biest zu lieben lernte?«

»Wenn du glaubst, dass sich hier etwas Ähnliches abspielen wird, dann muss ich dich enttäuschen«, entgegnete ich rasch. Niemals. »Du hast von der ersten Sekunde an alles falsch gemacht, Jamie. Tust es immer und immer wieder.«

»Vielleicht«, lenkte er ein. »Doch immerhin kämpfe ich für mein Volk. Was tust du?«

Er hakte meinen Arm ungefragt bei sich ein und ich musste dagegen ankämpfen, mich ihm zu entziehen. Mein Fokus galt der Mauer in meinem Inneren. Die Wirklichkeit würde ich irgendwie ertragen können, solange er nichts von dem Ausmaß erfuhr, wie sehr der Hass auf mich und auf ihn in mir wütete.

Was tust du?, hallte es in mir nach.

Ja, was tat ich eigentlich?

Daneben schlich sich eine andere, für mich viel wichtigere Frage an: Vor was fürchtete sich Jamie? Natürlich hatte er den Blutfae bestrafen müssen. Das stand für mich nicht zur Debatte. Einzig die Art, wie das geschehen war, gab mir zu denken. War dies wirklich als Abschreckung für diejenigen gedacht, die an seiner Machtposition zweifelten und seine Befehle nicht respektierten? Oder hatte es etwas mit der Person zu tun, von der mir die Blutfae erzählt hatten? Stellte sie eine Gefahr für Jamies Herrschaft dar?

Musste ich mir darüber Gedanken machen, um einen Fluchtweg zu finden? Letztlich wollte ich nichts anderes, als zu meiner Familie und meinen Freunden zurückzukehren. Aber selbst das war nicht richtig.

Was tust du?

Mein Herz krampfte sich zusammen. Anstatt daran zu denken, wie ich mit Tian wiedervereint war, Jamies bestem Freund

und dem Vampir, der mir gezeigt hatte, dass meine Vorurteile falsch waren, sollte ich für meinesgleichen kämpfen.

»Hier sind wir«, verkündete Jamie, nachdem wir durch einen langen Korridor gegangen waren und eine offen stehende Tür erreicht hatten.

Ich blickte kurz über meine Schulter und sah, dass uns Resia und die Leibwächter gefolgt waren. Sie trauten mir wohl nicht über den Weg. Vielleicht unterschätzte ich meine eigenen Fähigkeiten und war mächtig genug, Jamie auszuschalten. Die Magie knisterte in meinen Adern. Sie war nun immer zum Greifen nah. Wartete darauf, dass ich Verwendung für sie fand.

»Was passiert hier?«, fragte ich, weil ich ihm meine Gedanken nicht mitteilen wollte. Immerhin schien es, als wäre er zu abgelenkt, um sich in meinen Verstand zu drängen.

»Das ist das Portal zur anderen Welt«, erklärte er mir beim Eintreten. Der Raum an sich war leer und dämmrig. In seiner Mitte stand eine Art personenhoher Spiegel mit einem Rahmen aus ausgeblichenen Schädeln und Knochen. Statt einer reflektierenden Oberfläche befand sich darin eine Mischung aus roten und schwarzen Wolken. Obwohl ... Wolken war nicht das richtige Wort dafür. Ein Teil davon quoll hervor und breitete sich als kreisrunde Lache vor dem Portal aus. Wie Blut.

»Hast du das kreiert?« Meine Stimme klang fremd in meinen Ohren. Angst, wie ich sie selten gekannt hatte, schnürte mir die Kehle zu.

»Der Verbinder und die Magie der Hexen haben mir zusammen mit der Konvergenz genug Macht gegeben, ja.« Wir blieben einen Meter vor der Lache stehen. Die anderen Blutfae verteilten sich im Raum. »Viele Blutfae sind bereits meinem Ruf gefolgt, aber die Welt ist groß und die Anreise dauert. Ich habe Späher hinausgeschickt, die die Kunde verbreiten sollen, dass wir endlich wieder unsere Heimat für uns beanspruchen können.«

Dahinter befand sich also die sogenannte Hölle.

»Ist das auch der Ort, von dem die Bestien in unsere Welt kommen? Zusammen mit dem Wald?«

»In der Tat. Das war nicht von mir geplant, aber es ließ sich auch nicht vermeiden.«

»Als ob es dir auf dem Gewissen lastet«, gab ich schnaubend zurück. Ich entzog ihm meinen Arm, um ihn mit dem anderen vor meiner Brust zu verschränken. »Ich nehme an, du hast die Wilde Jagd noch nicht zurückgerufen?«

»Warum sollte ich? Sie leistet gute Arbeit und hilft, den Wald zu stärken«, antwortete er mir, ohne mich anzusehen. Seine Aufmerksamkeit galt dem Tor, dessen Oberfläche stürmischer zu werden schien. Rot und Schwarz wirbelten hektisch umher.

Unwillkürlich wich ich zurück, bis ich die verputzte Wand in meinem Rücken spürte. Theoretisch wusste ich, dass mir nichts geschehen würde. Jamie hätte mich nicht eingesperrt, wenn er mich hätte loswerden wollen. Er würde mich beschützen. In der Realität fürchtete ich jedoch, dass etwas Unvorhergesehenes geschah und ich nie wieder meine Familie sehen würde. Sie nicht länger beschützen könnte.

»Und was ist mit den Hexen, die du für deine Zwecke ausgenutzt hast?«, überwand ich mich dann doch zu fragen. Es half mir nicht, mich von meiner Furcht fesseln zu lassen.

»Sie sind frei und regenerieren sich«, antwortete er mit leichter Ungeduld in der Stimme. Ich konnte sein Gesicht zwar nicht sehen, aber seine Schultern waren angespannt. »Ich bin kein Monster, Billie. Ich töte nicht aus Vergnügen.«

»Nein, das hast du mir überlassen«, murmelte ich. Nicht, dass ich Spaß dabei empfunden hatte, als Auftragsmörderin zu agieren, dennoch ... Ich hätte lieber für mich selbst entschieden, auf welche Vampirinnen und Vampire ich Jagd machte, anstatt einem Blutfae gehorchen zu müssen.

Jamie sagte nichts darauf, weil ein weiterer Schwall Blut aus dem Portal floss und mit ihm löste sich eine Person von der Oberfläche. Sie trat elegant und selbstsicher in unsere Welt und schien von der Flüssigkeit unberührt, als sie in die Lache trat. Einen Moment sah sich die Blutfae um, ehe ihr Blick auf Jamie und seiner Krone landete. Nachdem sie ihn erkannt hatte, verbeugte sie sich tief in ihrem zerrissenen Kleid.

»Eure Majestät, ich bin Eurem Ruf gefolgt und freue mich, wieder in unserer Heimat zu sein«, sagte sie.

Jamie trat vor und legte eine Hand auf ihre Schulter. »Und wir freuen uns, dich hier begrüßen zu dürfen. Willkommen. Wie ist dein Name?«

»Fana«, antwortete sie beim Aufrichten.

»Resia hier wird sich um dich kümmern und dir alles zeigen.« Jamie deutete mit einer Hand auf Resia, die neben mir vortrat.

»Meine Familie sollte jeden Moment folgen«, entgegnete Fana und neigte leicht den Kopf.

Und tatsächlich traten noch insgesamt fünf männliche und weibliche Blutfae aus dem Portal, bis der Raum viel zu eng wirkte. Ich fühlte mich sekündlich unwohler, vor allem, weil die Blicke in meine Richtung zunahmen. Ihnen war durchaus klar, dass ich nicht von ihrer Art war. Nicht nur ich erkannte den Blutdurst in ihren Augen, auch Jamie wirkte zunehmend nervös. Er hatte mir seinen Erfolg zeigen wollen, aber dadurch hatte er mich auch in Gefahr gebracht. Anders als die Blutfae im Ballsaal waren diese hier hungrig und verzweifelt.

»Bringt Billie zurück zu den Feierlichkeiten«, befahl er schließlich meinen beiden Leibwächtern. Resia blieb mit den Neuankömmlingen in dem Portalraum zurück.

Ich war zwar dankbar, doch ich ließ mir nichts anmerken, als ich rausgeführt wurde. Meine Gänsehaut legte sich erst, nachdem wir den Ballsaal betreten hatten.

Meine Reaktion machte mich nervös. Wie sollte ich für längere Zeit mit den Blutfae zusammenleben und so tun, als wäre alles in Ordnung? Ich hatte abgesehen von Obambo nicht einen einzigen Verbündeten.

Selbst während meiner Zeit als Sklavin in Tians Haushalt hatte ich mich nicht so verloren gefühlt. Meine innere Stärke war unangetastet geblieben. Doch jetzt, da sich Jamie auch in meinem Verstand eingenistet hatte, schien nichts mehr von meinem alten Selbst übrig geblieben zu sein.

Frustriert stellte ich mich wieder in die Nähe der hinteren Wand. Die beiden Blutfae, die auf mich aufpassen sollten, gaben mir ein wenig Raum. Anders als Resia hielten sie mich für ungefährlich genug, um mich nicht durchgehend ansehen zu müssen. Sie führten sogar mit anderen Gespräche.

Ich war müde und innerlich erschöpft, weshalb ich kaum reagierte, als auf der Tanzfläche Tumult ausbrach. Offenbar hatte jemand Ungeschicktes seinen Wein über jemand anderen gekippt, wie ich nach einem Blick erkannte.

»Billie«, wisperte jemand an meinem Ohr. Ich zuckte zusammen, ehe ich bereits in der nächsten Sekunde die Stimme zuordnete. »Schau weiter nach vorn.«

»Tian.« Ich atmete aus. War das nur eine Illusion oder stand er wirklich neben mir? Mein Herz pochte unermüdlich gegen meinen Brustkorb. »Wie bist du reingekommen?«

»Scheinbar sind alle, die sich wagen, zur Krönung geladen.« Sein Atem streifte mein Ohr und ich erzitterte.

»Es ist gefährlich. Du solltest nicht …« Ich brachte es nicht über mich, den Satz zu beenden, aber er ahnte, was ich hatte sagen wollen.

»Du kamst nicht zurück, also bin ich zu dir gekommen.« Dieses Mal konnte ich nicht verhindern, ihn anzusehen. Als sich unsere Blicke trafen, verpuffte jeder Gedanke. Ich erkannte die Verletzlichkeit in seiner Miene, die meiner gleich war. »Hätte ich das nicht tun sollen? Willst du ... hierbleiben?«

»Ich ...« Ich schüttelte den Kopf, um das Chaos in meinem Verstand zu ordnen. »Nein. Auf keinen Fall.«

Er lächelte sanft, bevor er wieder nach vorne sah. Meine Leibwächter blickten auf die missmutig dreinschauenden Gäste auf der Tanzfläche. »Mehr brauche ich nicht. Kannst du in fünf Minuten zum nächstgelegenen Waschraum gehen?«

»Ja.« Eine andere Antwort gab es nicht. Ich würde alles tun, um mit Tian zu verschwinden.

»Bis gleich.«

»Sei vorsichtig«, warnte ich ihn, als er sich zum Gehen wandte.

»Immer.« Seine Hand streifte meine, dann war er fort und ich musste an mich halten, nicht die Beherrschung zu verlieren.

In den folgenden Minuten, während sich der Aufruhr auf der Tanzfläche legte, tat ich nichts anderes, als zur Ruhe zu kommen. Es wäre fatal, versehentlich Jamie zu alarmieren. Sollten meine Gedanken in einem emotionalen Sturm aufgewirbelt werden, würde er dies sicher bemerken und in meinem Verstand nachforschen, bis ich ihm nichts mehr entgegenzusetzen hatte. Noch konnte ich den Vorteil nutzen, dass er mit den Neuankömmlingen beschäftigt war und davon ausging, dass ich von den Leibwächtern bewacht werden würde.

Deshalb begann ich, die Melodie mitzusummen. Einfach damit keine verräterischen Gedanken überschwappen konnten. Gleichzeitig stärkte ich meine mentalen Mauern und suchte nach etwaigen Schwachstellen, bis ich glaubte, dass genug Zeit vergangen war.

Ich ging zu einem der beiden Wächter.

»Ich muss zum Waschraum«, sagte ich.

Ohne auf eine Antwort zu warten, wandte ich mich zum Gehen.

Zum Glück hielten sie mich nicht auf, sondern folgten mir schweigend. Sie hatten nichts Verräterisches wahrgenommen und taten lediglich das, wofür Jamie sie eingesetzt hatte.

Erst als ich den Ballsaal durch eine der weißen Flügeltüren verlassen hatte und in einem unbekannten Korridor stand, fiel mir auf, dass ich nicht wusste, wo sich der nächstgelegene Waschraum befand. Zu meiner Überraschung übernahm einer der Leibwächter die Führung und deutete auf einen schmaleren Flur.

»Die erste Tür links«, sagte er forsch.

Ich hatte gerade einen Schritt darauf zugemacht, als mit einem Mal sämtliche Laternen gelöscht wurden. Ich spürte eine niederdrückende Welle der Magie, die sich wie ein Gewicht auf meine Brust legte, ehe sie gemeinsam mit dem Licht verschwand. Dunkelheit stob durch jeden Winkel im Rathaus und ihr folgten die ersten Schreie.

Hektisch blinzelte ich, in der Hoffnung, etwas sehen zu können, als mir einfiel, dass ich meine Magie einsetzen konnte. Ich atmete erleichtert auf, als sie mir so schnell wie noch nie gehorchte. Eine kleine Flamme blitzte auf meiner ausgestreckten Handfläche auf und erleuchtete unsere unmittelbare Umgebung. Es war das erste Mal, dass ich eine Flamme aus dem Nichts kreiert hatte.

Meine Leibwächter stellten sich um mich. Mir wandten sie den Rücken zu und zogen ihre Schwerter aus den ledernen Scheiden, denen ich bis dahin keine Beachtung geschenkt hatte. Bereit zur Verteidigung. Denn darauf lief dieser Überfall hinaus, wie mir wenig später klar wurde.

Es war ein Überfall – und Hexen und Hexer waren dafür verantwortlich.

Für einen kurzen Moment kam mir der Gedanke, dass all dies von Tian geplant worden war, um mich zu retten. Doch sobald die ersten Flüche durch die Luft wirbelten, verwarf ich die Theorie. Die Angreifer nahmen keine Rücksicht auf mich. Für sie war ich ein weiteres Ziel, weil ich ein Gast der Krönung war. Sie sahen mich nicht als Hexe, sondern als Blutfae.

Ich presste mich an die Wand, um nicht im Kreuzfeuer erwischt zu werden. Von meiner Position aus konnte ich vier Hexer wahrnehmen, die schwarze Masken trugen und sämtliche Anwesende mit Feuer, Wasser und Blitzen attackierten. Manche waren sogar talentiert genug, mit einer einzigen Bewegung ihrer Hände einen Knochen zu brechen. Auch wenn sie das sehr viel Magie kostete und sie sich danach mit Stahl und Holz verteidigen mussten. Ich bemerkte, dass ihr Hauptziel der Ballsaal war. Sie attackierten meine Leibwächter lediglich, weil sie im Weg standen. Einem von ihnen gelang es dann, sein Schwert in die Brust eines Hexers zu rammen, der blutend zu Boden fiel. Er bäumte sich noch zweimal auf, ehe er im Licht meiner Flamme, die mittlerweile über uns waberte, seinen letzten Atemzug tat.

Ich wollte nicht in diesem Konflikt, der wie aus dem Nichts gekommen war, untergehen, weshalb ich das tat, was ich Tian versprochen hatte zu tun.

Ich wartete nur wenige Sekunden, bis meine Leibwächter mit zwei Hexern im Nahkampf beschäftigt waren, dann rannte ich direkt zum Waschraum.

Bevor ich jedoch die Tür aufziehen konnte, traf mich etwas an der Schulter. Ich wurde herumgerissen und landete rücklings auf dem Boden. Mein Hinterkopf knallte auf den Marmor. Dunkelheit und Sterne explodierten vor meinen Augen.

Verflucht.

5

Es brannte. Der Geruch von verkohltem Holz drang in meine Nase. Es knisterte. Beißender Rauch breitete sich aus und die Dunkelheit wurde von den züngelnden Flammen aus dem Ballsaal erhellt. Ich fand endlich wieder zu mir. Doch während ich mich aufrappelte, stolperte jemand gegen mich und ich fiel ein weiteres Mal zur Seite. Der Vampir, der mich nicht auf dem Boden liegen gesehen hatte, prallte mit dem Kopf gegen die Wand. Ich erkannte ihn an den ausgefahrenen Zähnen. Sie glänzten blutig, als er sich zu mir umdrehte. Er musste dem Ruf von Jamie gefolgt sein. Entweder aus Neugier oder weil er sich einen Vorteil erhofft hatte, während andere seiner Art sich versteckt hielten.

Sein animalisches Knurren versetzte mich in Panik. Nicht weil ich glaubte, ihm nicht gewachsen zu sein, sondern weil es die allgemeine Lage verschlimmerte. Er war nicht der einzige Vampir, der aus dem Saal lief. Es war reines Chaos. Hexen, Hexer, Vampirinnen, Vampire und Blutfae kämpften gegeneinander und ich wusste nicht, warum oder wer dahintersteckte.

Ich stutzte. Natürlich, die Sumpfhexe hatte sicher ihre Finger im Spiel. Wie hatte ich sie nur vergessen können? Sie war die Einzige, die so viele Hexen und Hexer mobilisieren konnte. Niemand vor ihr und auch bisher niemand nach ihr hatte das geschafft.

Sie musste es sein.

Der Vampir fletschte seine Zähne, bevor er sich auf mich stürzte, weil er nicht wusste, dass ich nicht zu den Angreiferinnen gehörte. Gerade rechtzeitig konnte ich meine Magie rufen. Die Luft verdichtete sich vor mir und der Vampir knallte frontal dagegen. Seine Nase brach. Blut spritzte und er jaulte auf. Sofort drückte er eine Hand dagegen, sodass ich den Augenblick zum Aufstehen nutzen konnte.

Die Luftwand waberte und meine Magie wurde brutal aus mir herausgerissen, ohne dass ich es kontrollieren konnte. Sie ließ sich nicht mehr von mir einfangen. Mein magischer Speicher, so gefüllt er bis vor wenigen Sekunden auch gewesen war, war vollkommen leer.

Ich sah mich um. Der Waschraum. Ich musste bloß in den Waschraum und dann würde alles gut werden.

Der Kampf hatte sich durch die tobenden Flammen jedoch auf die Korridore ausgebreitet. Durch den Qualm, der sich zunächst in dichten Wolken unter der gewölbten Decke sammelte, sah ich Tod und Zerstörung. Eine Hexe mit Maske und schwarzem Umhang streckte eine Hand zur Faust aus, wodurch ihr Gegenüber sich panisch an den Hals fasste, als würde sie diesen zudrücken. Und das tat sie auch.

Um diese Art von Magie zu wirken, musste sie mit einem Vampir oder einer Vampirin die Konvergenz eingegangen sein. Jetzt nutzte sie den Vorteil, um ihr Gegenüber leiden zu lassen.

Auch wenn Vampire ohne zu atmen weiterleben konnten, musste er Schmerzen verspüren, während der Druck zunahm. Neben ihnen und um sie herum wurde weiter gekämpft. Mit Zähnen, Magie und Schwertern.

Als der Druck unerträglich stark wurde, wurde sein Hals entzweigerissen. Der Kopf fiel vom Körper getrennt zu Boden und es herrschte für eine Sekunde absolute Stille. Als würde die Welt von dieser Brutalität abgeschreckt die Luft anhalten.

Ich musste hier weg. Meine Magie gehorchte mir nicht mehr. Der Vampir vor mir wurde zwar von einem meiner Leibwächter beschäftigt, doch ich konnte mich nicht darauf verlassen.

Eilig drehte ich mich um und überbrückte die letzten drei Meter.

Das Blut rauschte laut in meinen Ohren, sodass ich kaum etwas anderes hören konnte. Sobald ich im dämmrigen Waschraum stand und die Tür hinter mir zuzog, wurde es ruhiger. Ich konnte tief ein- und wieder ausatmen und dann, eine Sekunde später, wurde ich von der Tür weggezogen und fand mich in Tians Armen wieder.

Ich war nicht schwach. Ich wurde nicht von meiner Angst beherrscht. Ich konnte gut auf mich allein aufpassen. Aber ... Aber in diesem Moment die Möglichkeit zu bekommen, mich fallen zu lassen, wenn auch nur für einen kurzen Augenblick, bedeutete mir die Welt.

»Ich wollte gerade nach dir sehen«, raunte er. Eine Hand legte er an meinen Hinterkopf. Zärtlich und behutsam. Er wollte mir nicht wehtun. Trotzdem zeigte er mir damit, dass er für mich da war, was an sich kaum zu fassen war – nach allem, was zwischen uns geschehen war. Ich war seine Hexe gewesen und hatte gleichzeitig sein Vertrauen missbraucht, weil ich ihn für Jamie bestohlen hatte.

»Draußen wird gekämpft«, sagte ich, als wir uns voneinander gelöst hatten.

Erst jetzt bemerkte ich Tians edlen Aufzug. Er trug einen mitternachtsblauen Anzug mit schwarzen Akzenten. Sein Kurzschwert hing von seinem Ledergürtel. Ich war mir zudem sicher, dass er noch viele weitere Waffen versteckt an seinem Körper hatte. Darin waren wir uns ähnlich.

»Was für Kämpfe?«, fragte er. Seine Miene war ernst. Die Kampfgeräusche drangen auch bis hierher. In wenigen Worten weihte ich ihn in meine Beobachtungen ein.

»Gibt es hier Fenster?«

Ich sah an ihm vorbei, doch abgesehen von den Waschbecken und den abgetrennten privaten Bereichen gab es nichts zu sehen. Eine Kerze flackerte zwischen den Keramikbecken und spendete als einziges Licht. »Mist.«

»Es war ohnehin geplant, durch die Gärten zu fliehen. Kannst du dich verteidigen?« Er musterte mich sorgenvoll. »Du siehst ...«

Ich legte einen Finger auf seine Lippen, weil ich wusste, dass ich stark abgenommen hatte. »Mir ist der Appetit vergangen in den letzten Tagen. Und gerade habe ich meine Magie verbraucht, aber ich habe Obambo.« Damit holte ich den Wohnstein aus meinem Dekolleté.

»Ich habe mich schon gewundert, wo er steckt. Kit war zu aufgelöst, um wirklich viel aus ihr herauszubekommen.« Noch während er sprach, löste er das Kurzschwert von seinem Gürtel und reichte es mir. »Bleib dicht hinter mir. Das Chaos kommt uns vielleicht zugute und niemand achtet auf uns.«

Zögerlich wog ich das Schwert in meinen Händen. Ich hatte mit Vorwürfen und einer langen Tirade gerechnet. Nichts davon kam, was mich aus dem Konzept brachte. Dann wiederum hatte Tian kaum jemals meine negativen Erwartungen erfüllt, was einer der Gründe war, wieso ich ihn mochte.

Im Gegensatz zu Jamie, der sich noch schlechter verhalten hatte, als ich es erwartet hatte.

»Vielleicht.« Sollten meine Leibwächter noch nicht gefallen sein, würden sie mich verfolgen. Nach der brutalen Strafe vorhin wollte keiner von ihnen Jamie enttäuschen und zum nächsten Exempel werden. »Welchen Weg nehmen wir?«

»An dem Ballsaal vorbei und Richtung Küche. Dahinter gibt es einen Ausgang, der in die Gärten führt. Dort können wir hoffentlich untertauchen.«

»Warum gehen wir nicht zum Haupteingang?«

»Da haben vor dem Angriff die meisten Blutfae Wache gehalten. Außerdem gibt es in den Gärten mehrere Ausgänge und Möglichkeiten, sich versteckt zu halten.« Er fing meinen Blick auf und seine Miene wurde weicher. »Ich bin froh, dich wohlauf zu sehen, Billie.«

Mein Herz flatterte. Doch er gab mir keine Möglichkeit zu antworten. Schon legte er die Hand auf die Klinke, und nachdem er mein Nicken abgewartet hatte, stürmte er hinaus.

So schnell, kam mir wieder der Gedanke, als ich ihm nachlief. Mein Kleid behinderte mich minimal in meiner Geschwindigkeit, aber selbst mit anderer Kleidung hätte ich Tian nicht das Wasser reichen können.

Er war nicht mal ein Kronvampir und trotzdem fühlte er sich in vielen Bereichen überlegen an.

Ich hielt das Schwert fest in der einen Hand und drückte die andere Handfläche an die Wand, während ich mich umsah. Bereit, den ersten Angreifer aufzuschlitzen. Doch Tian hatte bereits gute Arbeit geleistet.

Zwei leblose Personen lagen vor mir im Korridor und er beschäftigte einen Blutfae. Dabei war er selbst ohne Waffen präzise und tödlich. Seine Augen leuchteten rot in dem Schein der Flammen, die sich weiter ausgebreitet hatten. Ich spürte die Hitze auf meinem Gesicht, obwohl ich noch weit von dem Saal entfernt war. Schreie, Rufe und das Knirschen von brennendem Holz drangen zu mir. Es war schwer, den Überblick zu behalten, während weiter magische Flüche in leuchtenden Farben durch die Gänge schossen. Schwarzer Rauch brachte mich zum Husten und reizte meine Lunge. Er breitete sich unbarmherzig im Rathaus aus.

Tian senkte seine Zähne in die Schulter des Blutfaes und riss an seinem Arm, bis ein fürchterliches Knacken ertönte. Der Blutfae schrie auf. Tian ließ ihn los, sodass ich sehen konnte, wie der Arm nutzlos an dessen Schulter herabhing.

Tians Gesicht war blutüberströmt, als er sich mir zuwandte. Ich fühlte mich an Jamie und die Strafe vorhin erinnert, ehe ich den Gedanken eilig verbannte. Erst da fiel mir auf, dass es von seiner Seite aus ungewöhnlich still war. Ich glaubte nicht, dass er getötet worden war, da ich seine Präsenz immer noch spürte. Aber er wurde eindeutig in Schach gehalten. Zu sehr, um sich um mich zu kümmern.

»Weiter«, krächzte ich. Der Qualm setzte mir zu.

Tian nickte und ging voran. Danach fand ich mich in einer Art Rausch wieder. Unfähig, einen klaren Gedanken zu fassen. Ich reagierte mehr, als dass ich bewusst Entscheidungen traf.

Während Tian Kehlen durchtrennte und blutige Herzen herausriss, verteidigte ich mich mit dem Schwert. Die Waffe war schwerer und unhandlicher als mein Obsidiandolch, trotzdem reichte meine Handhabung aus, um die Angreifenden so lange auf Abstand zu halten, bis Tian Zeit hatte, sich um sie zu kümmern.

Wenn ich körperlich gesund und ausgeruht gewesen wäre, hätte ich mich allein verteidigen können. Aber schon bald wurden meine Arme schwerer und meine Atmung schneller. Ich wurde langsamer und langsamer, je weiter wir uns von dem Feuer und dem Hauptschauplatz des Kampfes entfernten. Mittlerweile achtete ich nicht mal mehr darauf, wer mich angriff. Ob Hexe, Vampir oder Blutfae.

Überleben und Entkommen war alles, was von Bedeutung war.

Wir hatten bereits den Korridor erreicht, von dem die Küche abzweigte, als ich über einen leblosen Körper stolperte. Ich fiel der Länge nach hin und verlor das Schwert. Es schlitterte klirrend gegen die Wand mir gegenüber. Meine Ellbogen schmerzten vom Aufprall und mein rechtes Knie pochte unangenehm. Mir blieb gerade genug Zeit, mich auf den Rücken zu drehen, ehe sich eine Blutfae über mich beugte. Ich sah bloß ihren Arm, mit dem sie ausholte. Ihre Klauen einer tödlichen Waffe gleich. Instinktiv kreuzte ich die Arme vor meinem Gesicht und schloss die Augen. Der schmerzhafte Angriff blieb jedoch aus.

Die Blutfae löste sich vor mir in Rauch auf. Sie konnte nicht mal mehr schreien.

Ich sah nach links und erkannte die Sumpfhexe, die ihre Arme ausgestreckt hielt. Ihre Aufmerksamkeit galt der Blutfae, und als nichts mehr von dieser übrig war, grinste mich die Sumpfhexe schwer atmend an.

Ich kraxelte rückwärts zur Wand, um aufzustehen. Tian wirbelte herum, nachdem er einer Blutfae die Kehle rausgerissen hatte. Es war schwer, ihn als den klugen, zurückhaltenden Vampir zu sehen, wenn er wie jetzt über und über mit Blut besudelt war und seine roten Augen eine Warnung für jeden darstellten, sich ihm nicht zu nähern.

Mein Herz krampfte sich zusammen. Ich hatte nicht vergessen, was die Sumpfhexe bei unserem letzten Aufeinandertreffen gesagt hatte. Sie würde mich nicht mehr verschonen, weil es ihr Ziel war, sämtliche Blutbräute und Blutbräutigame zu vernichten.

Dagegen sprach allerdings, dass sie gerade mein Leben gerettet hatte. Warum?

»Weiter«, wies ich Tian an und hob das Schwert auf.

»Renn, so schnell du kannst«, warnte mich die Sumpfhexe. Sie machte keinerlei Anstalten, uns zu folgen. Ich blickte zurück und hielt inne. Ihr strähniges Haar verhüllte einen Teil ihres faltenlosen Gesichts. Nachdem der Bannzauber aufgehoben worden war, hatte sich auch ihr Aussehen verändert. Einst eine grausige alte Schachtel war sie nun eine wunderschöne Frau mit faszinierenden violettfarbenen Augen.

»Ich lasse mich nicht von dir einschüchtern«, entgegnete ich wütend.

»Das solltest du aber.« Sie richtete sich auf und blickte über ihre Schulter den Gang hinunter. Dichter Rauch breitete sich weiter aus. »Am Ende wirst du darum betteln, dass ich dein Leben nehme.«

»Verwechsle mich nicht mit dir«, entgegnete ich. »Du wirst früher oder später erkennen, dass dein Weg der falsche ist.«

»Ist er das wirklich? Oder bist du nur zu feige, um ihn selbst zu gehen?« Sie strich das vorne weiße und hinten schwarze Haar hinter die Ohren. »Das war das letzte Mal, dass ich dir geholfen habe, Wilhelmine Kron.«

Wo bist du?, fragte mich Jamie und lenkte mich vollkommen ab. Nein. Er durfte mich nicht finden. Nicht, solange ich mich noch im Rathaus befand und er unter seinesgleichen war.

Ich verstärkte die inneren Mauern erneut, die eher einem Flickenteppich glichen, wodurch ich nicht weiter auf die Sumpfhexe achten konnte. Sie nutzte meine Ablenkung und feuerte einen Strahl Wasser auf Tian, den sie aus dem Nichts erschaffen hatte. Ich rief Tian eine Warnung zu, doch er reagierte bereits, packte mich und drehte sich mit mir in den Armen um. Wurde von der Fontäne am Rücken getroffen. Obwohl es schmerzhaft gewesen sein musste, zuckte er nicht mal mit der Wimper.

Überfordert blickte ich in sein Gesicht. Blut perlte von seinem Kinn und traf auf meine Wange. Seine rot glühenden Augen fixierten sich auf einen Punkt hinter mir, während er weiter gekrümmt dastand. Mit einer Hand hielt er meinen Kopf umfasst, die andere drückte er leicht an meinen unteren Rücken.

»Lauf«, sagte er und ich verlor keine Sekunde. Die Sumpfhexe war ein guter Ansporn, davonzurennen, aber mehr noch setzte ich mich in Bewegung, weil ich Jamie entkommen wollte. Ihn in meinen Gedanken und in meiner Nähe zu wissen brachte mich der Verzweiflung nahe. So kannte ich mich nicht. So wollte ich nicht sein.

Tian nahm meine Hand in seine und zusammen rannten wir in die Küche hinein. Niemand hielt uns auf, als wir die Hintertür ansteuerten und in die endlos wirkende Nacht hinaussprinteten.

6

Die Erleichterung hielt nur für kurze Zeit an. Sobald wir den ersten Abschnitt im Garten erreichten, der aus parallel angelegten Büschen und Obstbäumen bestand, wurden wir verfolgt. Blutfae. Sie hatten mich als Jamies Blutbraut erkannt und riefen meinen Namen. Als wäre ich so nett und würde zu ihnen zurückkehren.

Ich erzitterte nicht nur wegen der eisigen Kälte, während meine Sandalen in den Schnee sanken. Immerhin war der Himmel nicht bewölkt und der Mond spendete uns Licht.

Schnell erkannte ich trotz unserer hartnäckigen Verfolger, dass wir nicht mehr die Einzigen waren, die sich in Sicherheit bringen wollten. Wir kreuzten den Weg von anderen Vampirinnen, Vampiren und Blutfae. Nur meinesgleichen sah ich nicht, während wir über den Kiesweg preschten.

»Sie ist da vorne!«, rief jemand.

Tian und ich blieben nicht stehen, um herauszufinden, ob wir gemeint waren.

Billie, sagte Jamie nicht besonders laut in meinem Verstand, trotzdem hörte ich ihn über allem anderen.

Was?

»Hier entlang«, raunte Tian. Seine Hand lag warm in meiner, obwohl er selbst als Vampir kaum Körperwärme ausstrahlte. Es musste meine eigene Wärme vermischt mit dem Blut seiner Opfer sein.

Wir duckten uns unter einem teilweise mit Efeu zugewachsenen Torbogen hindurch und betraten dadurch das riesige Labyrinth, von dem ich mal gehört hatte. Seit der Übernahme des Vampirvolkes hatte sich niemand mehr um die Instandhaltung gekümmert, weshalb manche Pfade bereits zugewachsen waren.

»Kennst du den Weg?«, fragte ich im selben Moment, da wir von der Seite angegriffen wurden. Der Vampir fletschte seine Zähne, als er sich auf Tian stürzte. Ich verlor seine Hand und stolperte zurück, bis ich mich wieder fangen konnte.

Ich habe Lucille gesehen. Lauf.

Als ich Tian mit meinem Schwert zu Hilfe eilen wollte, erreichte uns bereits die nächste Vampirin.

Lucille.

Ihr Lächeln war breit. Arroganz vermischt mit Irrsinn.

Zu spät, sandte ich zu Jamie, bevor ich nur noch reagieren konnte.

Lucille war überraschend erprobt im Nahkampf, weshalb sie meine Verteidigung umgehen konnte und ihre Fänge in meinen Oberarm grub. Ich schrie durch zusammengebissene Zähne hindurch, bevor ich mit dem Kurzschwert ihre Seite aufriss. Blut spritzte, während sie zurückwich. Ein animalisches Knurren löste sich aus ihrer Kehle.

Mein Arm schmerzte höllisch, doch ich konnte die Verletzung nicht überprüfen, solange ich noch in Gefahr schwebte.

»Miststück«, knurrte sie mit verlängerten Zähnen und rot glühenden Augen.

Tian hatte sich erfolgreich gegen seinen Angreifer zur Wehr gesetzt. Während er kaum angestrengt wirkte, hob sich meine Brust schwer und schnell. Sein Blick glitt von mir zu seiner ehemaligen Geliebten. Der Person, die ihn gewandelt und dann allein gelassen hatte.

»Was tust du hier?«, sagte er leise, während sie weiterhin eine Hand auf die Fleischwunde gepresst hielt, die ich ihr zugefügt hatte.

Ich hielt das Kurzschwert weiterhin umfasst. Zwar hatte sich ein winzig kleiner Teil meiner Magie regeneriert, doch das war nicht ausreichend, um Lucille etwas entgegenzusetzen. Sie war eine jahrhundertealte Kronvampirin. Ich brauchte jede Waffe, die ich kriegen konnte.

»Eigentlich hatte ich Artac einen Gefallen tun und Jamie erledigen wollen, aber warum nicht gleich deine kleine Gefährtin auslöschen?« Sie legte den Kopf schräg und fuhr mit der Zunge an ihren Zähnen entlang. »Ich werde es genießen, dich leiden zu lassen, Tian.«

»Es wird Zeit, dass ich dir ein Ende bereite.« Damit stürzte er sich auf sie.

Ich wich bis zu einer Hecke in meinem Rücken zurück und hielt die Klinge weiterhin erhoben. Mein Blick blieb an den zwei Kämpfenden haften. Sie bewegten sich so verflucht schnell. Selbst wenn ich mir meiner Magie sicher gewesen wäre, hätte ich nicht genau zielen können.

Je länger ich sie ansah, desto klarer wurden ihre Bewegungen. Sie schienen einander mehr zu umtanzen, als tatsächliche Treffer zu landen. Tian war flinker, aber Lucilles Schläge besaßen mehr Wucht, und wenn Tian nicht von ihnen k. o. geschlagen werden wollte, musste er ihnen ausweichen.

Keiner von ihnen würde heute einen Gewinn erzielen. Es stand allerdings fest, dass Tian und ich kostbare Zeit verloren.

Für den Moment waren wir den suchenden Blicken der Blutfae entkommen, aber für wie lange noch? Ich ignorierte hartnäckig Jamies Fragen nach meinem Befinden, weil ich ihm nicht versehentlich zeigen wollte, wo ich mich aufhielt.

»Tian«, rief ich, in der Hoffnung, er würde mich verstehen.

Als er nicht reagierte, griff ich auf mein allerletztes Ass im Ärmel zurück. Die wenige Magie, die sich wieder in meinem Speicher befand, würde genau für ein Ablenkungsmanöver ausreichen.

Ich hob das Kurzschwert über meinen Kopf, ließ die Magie hineinfließen, zielte und warf. Dass ich dabei meine Augen vor Aufregung nicht schloss, war auch schon das Einzige. Ich hätte gut und gerne Tian damit treffen können, doch die Magie ließ mich dieses Mal nicht im Stich.

Die Klinge glitt problemlos bis zum Heft in Lucilles Bauch hinein und kam auf der anderen Seite wieder raus.

Tian wich aus, als sie von der Wucht nach hinten geschleudert wurde und gegen die Hecke prallte.

Die Kronvampirin würde sich leider schon bald davon erholen können.

»Wir müssen gehen«, sagte ich zu Tian, der mich ansah und dann seinen Blick zu seiner Erzfeindin wandern ließ. Sie stöhnte laut, war aber nicht bereit aufzugeben. Schon hatte sie ihre blutigen Hände um das Heft gelegt und zog das Kurzschwert Zentimeter für Zentimeter raus. »Tian!«

Ich wusste, was in ihm vorging. Einerseits sah er seine Chance gekommen, sie zu erledigen, andererseits war es nicht gesichert. Und wenn wir diese Gelegenheit zur Flucht verspielten, bot sich uns vielleicht keine weitere.

Schließlich umfasste er mein Handgelenk und wir liefen gemeinsam davon.

Billie!

Lucille befindet sich im Labyrinth. Halte sie mir vom Leib! Das brachte Jamie zum Schweigen.

»Ich glaube, ich habe uns in die Irre geführt«, murmelte Tian nach ein paar Minuten.

Ich lächelte außer Atem. »Dass du das zugeben würdest, überrascht mich.«

»Warum? Jeder macht Fehler.« Er wirkte ehrlich überrascht, was mich noch mehr davon überzeugte, was für ein guter ... Vampir er war. Anders als alle anderen, die mir bis dahin begegnet waren.

Gut, Ruglio ausgenommen.

Wir verlangsamten unsere Geschwindigkeit. Dichter Schnee fiel um uns herum und verschluckte die Geräusche aus dem Rathaus.

»Ich habe eine Idee.« Mit blutigen Fingern holte ich Obambos Wohnstein aus meinem Ausschnitt und bat ihn, herauszukommen. Er gehorchte augenblicklich und manifestierte sich als grüner durchscheinender Geist mit einem von Lianen und Blättern durchsetzten Körper. Ohne Beine, aber mit einem flachen Gesicht, weißen Knopfaugen und Händen, die er meistens an ausgestreckten Armen herabhängen ließ. Er stöhnte leise. Seine Art der Kommunikation. »Bam, kannst du uns einen Weg aus dem Garten zeigen?«

Bam sah von mir zu Tian, ehe er sich in Luft auflöste.

»Ich hoffe, das war ein Ja«, murmelte Tian. »Komm, wir halten uns solange versteckt. Hier sind wir zu leicht zu finden.«

Ich folgte Tian erst nach links, dann nach rechts und schließlich durch einen Vorhang aus Efeu. Dahinter offenbarte sich eine kleine und vor allem schmale Sackgasse. Wir stellten uns einander gegenüber hin und ich schöpfte lautstark Atem.

Tian umfasste meinen Unterarm. »Sie hat dich gebissen?«

»Es ist nicht so schlimm, wie es aussieht«, beschwichtigte ich ihn, entzog mich ihm aber nicht. Das schnelle Klopfen meines Herzens verriet ihm mit Sicherheit, wie sehr mich seine Berührung aus der Ruhe brachte. Selbst in einer Gefahrensituation wie dieser hier.

Mein Kleid war zerrissen, ich war übersät mit Wunden und wir beide waren mit dem Blut unserer Feinde besudelt. Es gab kaum einen unangebrachteren Moment als diesen, um mich körperlich zu ihm hingezogen zu fühlen.

Mit dem Daumen fuhr er zärtlich über meine Haut. Ich

konnte meinen Blick nicht von ihm wenden, weshalb ich selbst in dem silbernen Licht sofort wahrnahm, wie das Rot seiner Augen heller wurde.

»Dein Blut«, erklärte er und ließ mich sofort los, als hätte er sich an mir verbrannt.

Verwirrt blinzelte ich. Natürlich. Ich hatte vergessen oder eher verdrängt, dass ich nicht nur Jamies Blutbraut war, sondern auch Tians. Nachdem er mein Blut in der Höhle getrunken hatte, hatten wir die Gewissheit. Würde er mit mir die Konvergenz eingehen, würde er zum Kronvampir aufsteigen.

Das Problem war, dass er das nicht wollte. Und nun war ich mit Jamie verbunden, was Tian nicht wusste. Wäre es für mich überhaupt noch möglich, mich mit ihm zu verbinden? Es war gang und gäbe, dass ein Vampir mehrere Blutbräute besaß, aber andersrum hatte ich es noch nie gesehen. Oder davon gehört.

»Entschuldige«, murmelte ich.

»Du kannst nichts dafür. Ich ...«

Ein altbekanntes Stöhnen unterbrach ihn. Obambo schwebte durch den Efeuvorhang und wartete einen kurzen Moment.

»Ich schätze, wir sollen ihm folgen«, sagte ich, nachdem Tian seinen Satz nicht fortsetzte. Er nickte und gemeinsam traten wir zurück in den nächsten Gang des Irrgartens.

Es roch mittlerweile auch hier draußen nach Rauch, während uns Obambo den Weg wies. Wenn er zu schnell für uns war, wartete er einen Moment, auf und ab schwebend.

Wir brauchten nur wenige Minuten, ehe wir einen der Ausgänge erreicht hatten. Es gab keine weiteren Komplikationen.

Weder Lucille war uns gefolgt noch Jamie. Wir hatten es geschafft.

Ich blickte über meine Schulter zurück. Das Rathaus war wieder von innen erleuchtet. Anders als gedacht züngelten keine Flammen durch die Fenster nach draußen. Wahrscheinlich hatte jemand das Feuer gelöscht, was für einen vorübergehenden Sieg der Blutfae sprach. Die Sumpfhexe hätte sicherlich gelacht, während das Rathaus völlig ausbrannte, aber damit könnte ich auch falschliegen. Ich hätte schließlich auch nie gedacht, dass sie mein Leben retten würde.

Obambo führte uns zu einem unscheinbar wirkenden Tor, das zu unserem Glück nicht verschlossen war. Erst als wir auf die Straße getreten waren, die sich dahinter entlangschlängelte, beruhigte ich mich.

»Komm wieder rein, Bam. Danke für deinen Einsatz.« Ich hielt ihm den Wohnstein hin, bevor er zu viel Kraft verlor und ich ihn nicht mehr einsammeln konnte. Ein letztes Stöhnen und er löste sich mit einem Puff auf.

»Wir müssen zuerst zum Haus«, erklärte Tian. »Schaffst du das?«

»Mach dir keine Sorgen.« Ich raffte erneut das Kleid, damit ich nicht über den Saum stolperte, und stapfte dann weiter durch den Schnee. Meine Zehen spürte ich längst nicht mehr. »Wir müssen uns dort um mein Tattoo kümmern. Damit Jamie mich nicht aufspüren kann, falls er das damit je getan hat.«

Das Letzte, was ich wollte, war, ihn zu meiner Familie zu führen. Ich wusste nicht, wie genau ich die Magie der Motten, die er mit Tinte in meine Haut gestochen hatte, entfernen sollte, aber ich baute meine Hoffnungen auf Tians Wissen.

»Du bist wirklich allein gekommen, um mich zu retten?«, fragte ich auf dem Weg aus dem Rathausviertel. Es war dunkel und unheimlich, weil keine Menschen unterwegs waren. Der Wald hatte sich in jeder Nische und Ecke eingenistet und schien eine bedrohliche Aura auszustrahlen. Weiße Wolken bewegten sich am Firmament und Schneeflocken verfingen sich immer wieder in meinen Wimpern, ehe sie schmolzen.

Ich war froh, solange sich uns weder die Wilde Jagd noch

irgendein Monster in den Weg stellten. Meine Erschöpfung hatte sich tief festgesetzt, und mir fiel es schon enorm schwer, überhaupt einen Fuß vor den anderen zu setzen.

»Ich konnte nicht verantworten, das Leben der anderen zu riskieren. Außerdem ...« Er warf mir einen Seitenblick zu. Das Rot in seinen Augen war verschwunden, obwohl ich immer noch blutete. Trotzdem hatte ich mich nicht für eine Sekunde unsicher gefühlt. Ich würde niemals an Tian zweifeln. »Du hättest mir das Fell über die Ohren gezogen, wenn ich es getan hätte.«

»Das ist wahr«, stimmte ich leise lachend zu. »Ich bin froh, dass du gekommen bist. Danke, Tian.«

»Dir wäre es auch allein gelungen, zu fliehen«, entgegnete er.

»Vielleicht. Aber mit dir war es einfacher.« Am liebsten hätte ich seine Hand genommen, doch ich wollte seine Selbstbeherrschung nicht auf die Probe stellen. Etwas Abstand tat uns beiden sicherlich gut.

Nachdem wir die Sanil auf einer der Zwillingsbrücken überquert hatten, spürte ich Jamie.

Sie ist geflohen, sagte er.

Überraschung.

Dir wäre nichts passiert, wenn du bei mir geblieben wärst.

Mir ist nichts passiert, Jamie. Jetzt lass mich in Ruhe.

»Wir müssen uns beeilen«, sagte ich. »Jamie wird sicher in deinem Haus als Erstes nach uns schauen.«

»Hugh hat mich in alles eingeweiht. Ich verstehe aber immer noch nicht, was Jamies Ziel gewesen ist. Was du damit zu tun hast.«

»Er will über die Blutfae herrschen und sich als König von Westwend, vielleicht auch von ganz Wimborne etablieren. Und was meine Wenigkeit angeht ...« Ich atmete aus und beobachtete die weißen Wölkchen, die sich daraufhin in der Luft bildeten, ehe sie aufstiegen. »Ich bin ziemlich sicher, er will mich bloß besitzen, weil er es kann.«

Mein Gewissen meldete sich, weil ich zu feige war, Tian die Wahrheit zu erzählen. Doch ich würde seine Reaktion nicht ertragen, wenn er erfuhr, dass Jamie mir die Konvergenz aufgezwungen hatte. Dass ich für immer mit ihm verbunden wäre. Selbst ich war auch nach mehreren Tagen nicht dazu fähig, das zu akzeptieren.

Dazu kam, dass ich Tian nichts von Jamies Plan erzählen wollte. Von der Zukunft, die er sich ausgemalt hatte. Mit Hexen, Hexern und den Blutfae in Frieden lebend. Etwas, das ich auch wollte. Frieden, ein Wort, das schon lange keine Bedeutung mehr hatte, weil es so entfernt für mich war.

Schließlich erreichten wir das riesige Haus, das ich zu lieben gelernt hatte. Es war mir zu einer Zuflucht geworden in einer Zeit, in der ich nicht geglaubt hatte, so etwas zu bekommen.

Innen war es dunkel und kalt. Tian löste sich von mir, um Waffen und Gegenstände zusammenzusuchen, die er gebrauchen konnte. Ich kümmerte mich um Bams Haus und packte dieses so sorgfältig wie möglich in eine kleine Truhe, ehe ich den Wohnstein ebenfalls darin platzierte.

Es waren nicht mehr als zehn Minuten vergangen, als wir uns in der Küche wiederfanden. Tian hatte ein Feuer im Ofen entzündet und ein Eisen in die Flammen gelegt. Ich stellte die Truhe auf den Küchentisch, ohne den Blick von dem glühenden Eisen zu nehmen.

»Das sieht dramatisch aus«, kommentierte ich nüchtern.

»Es ist der einzige schnelle Weg, um die Magie zu unterbrechen. Vorausgesetzt, sie funktioniert so, wie ich das glaube.« Tian hatte sich wie ich Gesicht und Hände gewaschen. Anders als er hatte ich die Möglichkeit genutzt, um das scheußliche Kleid und die Sandalen gegen Wintersachen einzutauschen. Meine Zehen bedankten sich. »Setz dich am besten.«

Ich legte den Umhang ab und zog dann die Fellweste aus, bevor ich die Schnüre des Leinenhemds vorne öffnete. Tian half mir dabei, die Schulter weit genug freizulegen, damit er problemlos an das Tattoo kam. Seine Fingerspitzen tanzten über meine Haut. Fühlten sich fast an wie die drei Motten, die Jamie vor einem Jahr darauf gezeichnet hatte.

Die Bisswunde, die mir Lucille hinzugefügt hatte, hatte ich bereits fest verbunden und der Geruch meines Bluts würde ihn dadurch nicht ablenken.

»Meinst du, das funktioniert? Was ist mit der darin verwobenen Magie?«

»Solltest du das als Hexe nicht besser wissen?«

»Nun, Recherche und derlei sind nicht meine Stärke. Ich bin besser im Messerschwingen«, gab ich widerwillig zu.

»Deine Tanten haben mich darum gebeten, das zu tun, bevor ich dich zu ihnen zurückbringe. Sie waren sich sicher, dass selbst der Bann dadurch gebrochen wird«, erklärte er ruhig.

»Hm, fein. Hast du ein Stück Leder? Ich glaube, ich muss meine Zähne schützen. Und meine Zunge.«

Er lachte leise, bevor er mir seinen Ledergürtel reichte. Ich steckte mir einen Teil davon zwischen die Zähne und biss zu.

Mein Herz wollte sich nicht beruhigen, weil ich mich freute, Jamies Symbol endlich loszuwerden. Und dann wiederum ... glaubte ein klitzekleiner Teil von mir, dass ich vielleicht doch einen Fehler beging. Dass Jamie mich vor langer Zeit gefunden und als Teil von sich markiert hatte, weil er genauso ein Teil von mir war. Doch diese Gedanken mussten durch unsere Verbindung entstanden sein. Es war unmöglich, dass ich wirklich mit Überzeugung daran glaubte.

»Es ist gleich vorbei«, versprach er und holte das Eisen aus dem Feuer. »Eins, zwei, drei ...«

Ich schrie.

Bei allen Gottheiten ...

Es war wahrlich nicht so, dass ich zimperlich war, aber einen derartigen Schmerz hatte ich noch nie gespürt.

Nein. Das stimmte nicht. Die Peitschenhiebe der Hexenhändlerin waren möglicherweise in der gleichen Kategorie gewesen. Mir wurde für einen Moment schwarz vor Augen. Es war gut, dass ich einen Stuhl mit Lehne hatte, sonst wäre ich bestimmt nach hinten gekippt.

»Es tut mir leid, aber einmal noch. Halt dich fest«, sagte Tian mit deutlichem Bedauern in der Stimme.

Ich konnte gerade so meine Hände um die Tischkante klammern, als er das Eisen ein weiteres Mal auf meine Haut presste. Der Geruch von verbranntem Fleisch stieg in meine Nase und neben dem Schmerz verspürte ich nun auch schreckliche Übelkeit in mir aufsteigen.

»Fertig«, sagte er und tauschte den Stab gegen einen feuchten, kühlen Lappen aus. »Spürst du eine Veränderung?«

»Abgesehen davon, dass mir alles wehtut?«, murmelte ich und erntete ein Schmunzeln.

Er tauschte das Tuch aus und strich mir die schweißnassen Strähnen aus der Stirn. Mit der Wange lehnte ich mich gegen seine Seite, da er immer noch neben mir stand. In den folgenden Minuten konzentrierte ich mich einzig auf meine Atmung.

Wenn ich meine Magie nicht während des Kampfes vorhin erschöpft hätte, hätte ich die Heilung sicher schon beschleunigen können. Jetzt musste ich allerdings mit den Schmerzen zurechtkommen. Zumindest, bis wir meine Tanten erreicht hatten und ich die wirkungsvolle Salbe von Elma benutzen konnte.

Tian war geduldig und wechselte Tuch um Tuch, ohne mich zur Eile zu drängen.

Das hättest du nicht tun müssen, merkte Jamie an. Er fühlte sich so nah an, dass ich sein enttäuschtes Gesicht förmlich vor mir sehen konnte.

Ich war so erschöpft, dass ich nicht mal gegen ihn ankämpfte.

Natürlich musste ich das, erwiderte ich. *Glaubst du, ich will weiterhin von dir verfolgt werden? Schade bloß, dass die Sumpfhexe dich nicht ausgemerzt hat. Das hätte mir ein Problem genommen.*

Autsch. Das ist ungerecht. Ich bin nicht der Böse hier, Billie. In meiner Vorstellung legte er sich eine Hand aufs Herz und schüttelte den Kopf.

Doch. Das bist du. Vielleicht hast du irgendwann mal gute Absichten gehabt, aber dir war der Weg egal. Die Opfer. Die Zerstörung und die Konsequenzen. Ich holte tief Luft, als Tian das Tuch ein weiteres Mal wechselte. *Jetzt bist du nichts anderes als ein egoistischer Bastard.*

Ich habe dir Macht und Unsterblichkeit gegeben. Wie kann ich von uns beiden der egoistische Bastard sein?

Wie ich dir bereits gesagt habe, du hast mir nicht die Wahl gelassen. Nicht wirklich jedenfalls. Du hast getan, was du *wolltest, Jamie. Dir ging es nie um mich. Seit du mich als Moth benutzt hast, hast du mich nie als eigenständige Person gesehen. Immer nur als Erweiterung deines Egos.*

Schweigen schlug mir entgegen. Ich bezweifelte, dass ihn meine Worte erreichten oder etwas in ihm verändern würden. Trotzdem war er noch nicht so weit von der Person entfernt, die Tian einst als Freund gehabt hatte.

Ich habe getan, was nötig war, kam es schließlich zurück.

Wenn du damit besser schlafen kannst ... Ich presste die Lippen zusammen. *Ich werde nicht zurückkommen, Jamie. Ich will nichts mit dir oder deinen Machtspielen zu tun haben.*

Wir werden sehen, war seine nüchterne Antwort, ehe er sich freiwillig aus meinem Verstand zurückzog.

Ich nutzte das sofort aus, um meine Mauern wieder zu stärken. Dieses Mal nahm ich mir die Ruhe und Zeit, es vernünftig zu tun. Stein um Stein stapelte ich in schwindelerregende

Höhen, bis ich sicher war, zumindest vorübergehend vor ihm geschützt zu sein.

»Wir sollten gehen«, sagte ich harsch.

Tian wich zurück, als ich abrupt aufstand. Das Tuch fiel zwischen uns zu Boden.

»Was ist passiert?« Verwirrt runzelte er die Stirn. Natürlich. Er hatte nichts von meiner lautlosen Diskussion mit Jamie mitbekommen. Er wusste nicht, dass ich mit unserem Feind verbunden war, und wenn ich nicht aufpasste, ihm all unsere Geheimnisse verraten könnte.

»Warum hast du mich nicht als Blutbraut genommen, Tian?«, fragte ich wütend.

Wütend auf ihn.

Wütend auf Jamie.

Wütend auf mich selbst, weil ich mich nicht hatte beschützen können.

Tian blinzelte, als hätte ich ihn geschlagen.

»Das Thema hatten wir bereits, Billie.« Er war sichtlich um Ruhe bemüht. Die Arme verschränkte er vor seinem Oberkörper, als müsste er sich selbst davon abhalten, nach mir zu greifen.

Ich hasse auch seine Zurückhaltung, beschloss ich. Warum konnte er nicht einmal so handeln, wie er fühlte? Wenn er und ich bereits verbunden gewesen wären, hätte ich Jamie vielleicht etwas entgegensetzen können. Womöglich wäre die Konvergenz gar nicht mehr zustande gekommen ...

»Du hast einfach eine Entscheidung getroffen«, murrte ich und sah ihn direkt an.

»Ja, weil es um mein Leben geht.« Er erhob nicht die Stimme, trotzdem klang er verärgert. Ich kannte ihn gut genug, um die Nuancen herauszufiltern.

»Wie willst du stark genug sein, Lucille zu töten, wenn du kein Kronvampir bist? Wir haben ja gerade gemerkt, wie toll es andernfalls klappt.«

Mit einer Hand fuhr er sich durchs wirre Haar. »Ich verstehe nicht, warum wir jetzt darüber reden. Wo kommt das auf einmal her?«

»Wenn wir die Konvergenz eingegangen wären, wäre all das vielleicht gar nicht passiert!« Frustriert breitete ich die Arme aus.

»All das? Was meinst du damit?«

Ich stockte. Das wäre der perfekte Augenblick gewesen, ihm von meiner Verbindung mit Jamie zu erzählen. Doch ich brachte es nicht übers Herz. Ich konnte ihm nicht sagen, wie schwach ich gewesen war.

Die Wut verpuffte mit einem Mal. Ich senkte meine Schultern und holte tief Luft. Die Brandwunde prickelte weiter schmerzhaft.

»Vergiss das«, murmelte ich beschämt. »Es ist einfach alles etwas viel. Wir sollten uns auf den Weg machen.«

Ich wandte mich bereits zum Gehen, als mich Tian mit einer Hand an meiner Wange zurückhielt. Ganz sanft drehte er mein Gesicht wieder in seine Richtung.

»Hey«, sagte er leise. »Es wird alles gut. Wir sind gemeinsam entkommen. Deine und meine Familie sind wohlauf. Es ist in Ordnung, Schwäche zu zeigen. Du warst sehr stark in den letzten Tagen, Billie.«

Ich schloss die Augen, weil sich Tränen in ihnen sammelten und ich nicht weinen wollte.

Tian beugte sich vor, bis ich seinen warmen Atem auf meiner Haut spürte. Als ich nicht zurückwich, platzierte er einen keuschen Kuss auf meine Lippen. Es war, als würde dadurch ein Fluch gebrochen werden. Sofort erinnerte ich mich wieder daran, wer ich vorher gewesen war. Was ich vor der Konvergenz mit Jamie empfunden hatte. Wie viel mir Tian, Kit, Ruglio und Bam bedeuteten. Meine Familie. Mein Zuhause.

Instinktiv legte ich meine Arme um Tians Hals und

drückte ihn an mich. Ließ nicht zu, dass er sich wieder von mir entfernte. Ließ nicht zu, dass sich Jamie zwischen uns drängte.

Der Kuss entfachte all die Stellen in meinem Körper und in meinem Verstand, die während der Zeit im Rathaus eingefroren waren.

Ich öffnete meinen Mund und hieß Tians Zunge willkommen. Meine Hitze, die seine Kälte umschlang. Wir kämpften miteinander und gleichzeitig verschmolzen wir.

»Billie«, stöhnte er. Mit den Daumen strich er über mein Kinn und verursachte mir eine Gänsehaut.

Ich merkte erst, wie sehr ich mich in dem Kuss verloren hatte, als meine Knie weich wurden und meine Beine wegknickten. Tian konnte mich gerade so halten.

»Langsam«, sagte er mit einem Schmunzeln.

»Bin vielleicht doch nicht ganz gesund«, murmelte ich. Hitze war in meine Wangen gestiegen, eine Mischung aus Sehnsucht und Verlegenheit.

»Oder meine Kusskünste haben dich umgehauen«, witzelte er.

Ich verdrehte amüsiert die Augen, während in meinem Bauch Schmetterlinge umherflogen. »Das muss es sein.«

Ich hielt still, als Tian einen letzten Kuss auf meine Stirn platzierte, bevor er mich losließ. »Komm. Bisher haben wir Glück gehabt, aber wer weiß, wann Jamie hier aufkreuzt.«

»Darauf kann ich verzichten, ja.«

7

Wir hatten uns nach kurzer Überlegung dafür entschieden, ein Boot zu nehmen. Jamie war nie unten im Gewölbe des Hauses gewesen und wusste nichts von dem privaten Steg. Deshalb würde er auch nicht erwarten, dass ich auf dem Fluss unterwegs sein würde.

Dabei war ich mir nicht mal mehr sicher, ob er mich überhaupt jagen würde. Ich musste mich bloß an sein schlechtes Bild klammern, damit ich meine Gefühle für ihn nicht näher beleuchtete.

»Außerdem sind wir auf der Sanil sicher vor dem Wald«, fügte ich hinzu. »Bisher hat er sich nur auf festem Boden ausgebreitet, oder?«

Tian stimmte mir zu. Er hatte seine zerrissene und mit Blut befleckte Kleidung gegen frische ausgetauscht, was uns nur wenige Minuten gekostet hatte. Nun ruderte er durch den dunklen Tunnel und das einzige Geräusch war für lange Zeit das Schwappen des Wassers gegen Boot und Steinwände.

»Es war Jamie damals, oder?«, fragte Tian mit einem resignierten Tonfall. Er kannte die Antwort längst, konnte die Hoffnung jedoch nicht ganz loslassen. »Er hat den Wilden Wald mit ins Haus gebracht.«

»Ich denke schon«, sagte ich vorsichtig. »Er wollte mich vermutlich aus der Reserve locken. Aber er kann durchaus auch andere Beweggründe gehabt haben.«

»Inwiefern aus der Reserve locken?«

»Er musste sicherstellen, dass wir einander näherkommen. Dass du mir genug vertraust, damit ich dich ... bestehlen kann. Und Vertrauen entsteht meiner Erfahrung nach meistens dann, wenn man eine schwierige Situation gemeinsam übersteht.« Ich atmete aus. »Aber wie gesagt. Das ist nur eine Vermutung.«

Darauf sagte er nichts mehr und seine Miene verschloss all seine Gefühle vor mir.

Nachdem wir den Tunnel verlassen hatten, fühlte ich mich wieder wie durchgefroren. Die Kälte stand im scharfen Kontrast zum Brennen meines Schlüsselbeins. Ich sehnte mich nach Tante Elmas Wundheilsalbe.

Wir mussten nur ein überschaubares Stück durch die Stadt segeln, ehe wir sie in nordöstlicher Richtung verließen. Der Wind wehte stark genug, sodass Tian nicht durchgehend rudern musste. Es war aber überraschenderweise immer noch stockduster, obwohl der Morgen bereits hätte anbrechen müssen.

»Die Nächte werden länger und länger«, erklärte Tian daraufhin. »Das hat sicher etwas mit der zunehmenden Stärke des Wilden Waldes zu tun.«

»Das ist unheimlich. Das Fehlen der Sonne wird den Menschen und Hexen das Leben schwer machen. Und somit auch allen anderen, die davon abhängig sind.« Schließlich waren wir immer noch die Hauptnahrungsquelle für Vampirinnen und Vampire. Und offenbar auch für Blutfae.

»Ich bezweifle, dass die Sonne vollständig verschwinden wird, aber ja ... es wird eine Umstellung, sollte Jamie nicht aufgehalten werden.«

Schweigend hielt ich mich an der Reling fest und beobachtete die Natur, die sich am Ufer ausbreitete. Es war befreiend, Westwend wieder zu verlassen. Die Stadt, die ich so gut kannte und in der ich viele Abenteuer erlebt hatte, wirkte mehr wie eine Feindin als eine Verbündete.

Ich nutzte die folgenden Minuten, um meine Mauern zu überprüfen und zu stärken, auch wenn ich Jamies Präsenz nicht spüren konnte. Sicher war er mit dem zurückgelassenen Chaos des Überfalls beschäftigt. Solange ich ihm meinen Aufenthaltsort nicht versehentlich in Gedanken übertrug, wären wir vor ihm geschützt. Das Mottentattoo war fort. Er besaß nichts mehr, mit dem er mein Handeln steuern konnte.

Nach einem Jahr war ich endlich frei. Mehr oder weniger.

Wenn ich die Konvergenz ignorierte, existierte sie auch nicht. Oder?

Wir hatten gerade inmitten eines Waldes eine kleine Bucht erreicht, in der Tian das Boot festmachte. Es gab einen natürlichen Steg, der durch umgeknickte Bäume, die ins Wasser ragten, entstanden war. Tian knotete das Boot an einem robust aussehenden Ast fest, ehe wir nacheinander mit unserem Gepäck ans Ufer balancierten.

Hier war weit und breit nichts von dem Wilden Wald zu sehen, den Jamie uns gebracht hatte. Als wäre Westwend vom Rest des Kontinents abgekapselt.

Tian trug die Taschen aus dem Anwesen und ich die Truhe mit Bams Haus. Dabei hielt ich sie mit beiden Händen vor meinem Körper fest, um sie ja nicht versehentlich fallen zu lassen. Ich hatte Bam schon einmal fast auf dem Gewissen gehabt, das würde mir nicht noch mal passieren. Der Geist war mir ans Herz gewachsen.

Zitternd versuchte ich, mir meine Erschöpfung nicht anmerken zu lassen, damit Tian keine Rücksicht auf mich nahm. Er hatte mir bereits gesagt, dass uns eine kleine Wanderung bevorstand. Es war wichtig, dass wir am Wohnwagen ankamen, bevor die Sonne aufging. Sie war der einzige Gegner, der mir gerade Sorgen machte. Um Tians willen.

Als die Schneeflocken trotz der dicht stehenden Tannen zunahmen, schob ich mir die Kapuze meines Umhangs über den Kopf. Tian ging voran, ohne dass ich einen Weg oder Pfad erkennen konnte. Das war nicht so schlimm, weil es bedeutete, dass meine Familie einen gut versteckten Ort gefunden hatte. Der einzige Nachteil war der, dass der Weg bis zu ihnen uneben und anstrengend war. Wäre ich nicht von drei Tagen ohne Essen und Schlaf geschwächt gewesen, wäre das ein Klacks gewesen, aber so musste ich gegen mich selbst kämpfen.

Meine Atmung wurde angestrengter und die Truhe schwerer. Tian warf mir einen sorgenvollen Blick zu.

So viel zum Thema, meine Schwäche verbergen.

»Mir geht es gut«, versicherte ich ihm, noch bevor er etwas sagen konnte.

»Ich kann die Truhe für dich nehmen«, bot er an.

»Nein, das bin ich Bam schuldig«, murrte ich. »Geh nur. Es wird bald hell.«

Tatsächlich konnte ich mehr und mehr von meiner Umgebung erkennen. Schon bald würde die Sonne über den Horizont geschritten sein und damit jede Hilfe für Tian zu spät. Auch er sah immer wieder nach oben, bis er ein erleichtertes Seufzen ausstieß.

»Wir sind da«, verkündete er und sagte damit die drei großartigsten Worte, die ich seit Langem gehört hatte.

Nur wenige Sekunden später trat ich auf eine Lichtung, an der ein Bach vorbeiplätscherte und in deren Mitte der Wohnwagen meiner Familie stand. Die beiden schwarzen Gäule Salazar und Paddy standen mit gefütterten Decken in der Nähe eines Pfades, der in die gegenüberliegende Richtung führte. Von dort mussten sie gekommen sein.

Die Tür des gelben Wohnwagens wurde prompt geöffnet, als hätte durchgehend jemand aus dem Fenster geschaut. Tante Elma stürmte heraus. Dicht gefolgt von Frinn und Hugh. Sie rannten an Tian vorbei und fielen mir in die Arme. Lachend und weinend. Die Kanten der Truhe stießen in meinen Bauch, aber der Schmerz war mir egal. Ich war so froh, endlich alle sicher an einem Ort zu wissen. Mit ihnen hier zu sein.

Dieses Mal konnte ich die Tränen nicht zurückhalten. Endlich konnte ich Schwäche zeigen, ohne schlimme Konsequenzen fürchten zu müssen.

»Du bist wieder da«, sagte Frinn und küsste meine Wange. Elma strich die Kapuze von meinem Haupt, als müsste sie sich noch davon überzeugen, dass ich es wirklich war.

Hugh streichelte über meinen Arm. »Willkommen zu Hause.«

»Lasst uns reingehen. Ich friere«, sagte ich lachend.

Ich hatte nicht erwartet, dass ich so gerührt sein würde, doch das war ich. Meine Familie bedeutete mir alles. Und dazu gehörten auch Kit und Ruglio, die beide wohlauf waren und Tian die Taschen mit Kleidung und Waffen abnahmen.

Kit nahm mir anschließend die Truhe aus den kalten Fingern und umarmte mich fest, nachdem ich eingetreten war. Wie erwartet war es warm und gemütlich. Im geräumigen Inneren konnte man sehr schnell vergessen, wie gefährlich die Welt draußen geworden war.

Ruglio nickte mir einmal zu, wobei seine Miene weich war. Er freute sich, mich zu sehen, und mir ging es ganz genauso.

Die einzige Person, mit deren Anwesenheit ich nicht gerechnet hatte, war Fiona Ellewy. Die Vampirin, die Kit vor Jamie gerettet hatte. Das letzte lebende Ratsmitglied – abgesehen von Tian. Und wenn man Vampirinnen und Vampire als lebend bezeichnen wollte.

»Du bist noch immer hier«, sagte ich trocken, als ich sie an dem kleinen Tisch sitzend wahrnahm. Das Feuer knisterte und knackte neben ihr. Sie war in ein dunkelblaues Kleid gehüllt, das mir bekannt vorkam. Gehörte das nicht Frinn?

»Wo soll ich sonst sein?« Sie hob eine dunkelbraune Augenbraue und schlug ihre Beine übereinander. Obwohl sie nicht mehr so aufgetakelt war wie während der Ratssitzung, besaß sie weiterhin eine herrische Ausstrahlung. Ihre Wangen glänzten rot im Schein der Flammen. »Meine Optionen sind limitiert.«

Da ich mich nicht streiten wollte und außerdem meinen Tanten vertraute, zuckte ich bloß die Schultern. Jetzt, da ich wieder da war und nicht sogleich verschwinden würde, würde sich eine bessere Gelegenheit ergeben, um darauf zu sprechen zu kommen.

Tian unterhielt sich mit Ruglio und benutzte lebhaft seine Hände. Kit hatte Bams Haus ausgepackt und suchte zusammen mit Frinn eine geeignete Stelle im unteren Wohnraum. Elma legte eine Hand auf meine Schulter, die nicht vor Schmerzen brannte.

»Gibt es noch etwas von deiner Heilsalbe? Tian hat die Motten für mich entfernt«, erklärte ich auf ihren fragenden Blick hin.

Elma kümmerte sich daraufhin um meine Wunden und Hugh und Ruglio um etwas zu essen, während draußen die Sonne aufging. Der Bannzauber an den Fenstern hielt und würde die Vampirin und die Vampire vor den für sie tödlichen Strahlen schützen.

Ich setzte mich irgendwann Ellewy gegenüber an den Tisch und kämpfte gegen die Müdigkeit an. Weil die Schmerzen durch die Salbe gedämpft waren, fiel es mir schwerer und schwerer, meine Lider offen zu halten. Gleichzeitig musste ich meine restliche Stärke dafür nutzen, die mentale Mauer nicht zu vernachlässigen. Ich fürchtete mich davor, einzuschlafen. Wäre dann meine Arbeit umsonst gewesen? Würde Jamie einen Weg finden, meine Schwächen auszunutzen, weil ich mich nicht zur Wehr setzen konnte?

Schließlich drang der Geruch des herzhaften Kohleintopfs in meine Nase und weckte zumindest für den Moment meine

Lebensgeister. Tian setzte sich neben mich. Auch er hatte seinen Umhang und die Stiefel abgelegt. Die Schnüre seines Hemds waren teilweise lose, sodass ich einen Teil seiner gestählten Brust erkennen konnte. Als Reaktion darauf kribbelte es in meinem Bauch und ich erinnerte mich an den viel zu kurzen Kuss, den wir im Haus geteilt hatten.

Ruglio und Hugh verteilten den würzigen Eintopf. Bis auf Ellewy und Obambo konnten wir alle an dem Tisch Platz nehmen.

»Schau mich nicht so mitleidig an«, sagte die Vampirin forsch zu Kit. »Ich brauche keine Gesellschaft beim Essen.«

Auf Kits Wangen erschien eine beeindruckende Röte, dabei sollte ihre Sorge kein Grund zur Verlegenheit sein. So war sie nun mal. Sie wollte niemanden ausgrenzen.

»Sei dankbar, dass wir dich überhaupt versorgen«, brummte ich, weil ich meine Freundin in Schutz nehmen wollte.

»Billie«, ermahnte mich Frinn.

Ich zuckte als Antwort bloß mit der Schulter, ehe ich mich darauf konzentrierte, meinen Hunger zu stillen. Es gab andere Themen, die meiner Energie würdiger waren.

Tian schmunzelte, während er einen vollen Löffel an seinen Mund führte. Das reichte aus, um jeglichen Anflug schlechter Laune zu vertreiben.

Letztlich war ich zu Hause. Meine Familie und Freunde waren wohlauf und wir hatten eine Chance, den Albtraum von Westwend hinter uns zu lassen.

Ich stockte. War das wirklich noch das, was ich wollte?

Während ich für Moth Aufträge erledigt hatte, war das unser aller Ziel gewesen. Wir hatten darauf hingearbeitet, in den Norden zu fahren, sobald wir Hugh aus Moths Fängen befreit hatten. Doch war dieses Vorhaben noch gültig, nachdem sich in Westwend alles verändert hatte?

Mir wollten Jamies Worte einfach nicht aus dem Kopf

gehen. Würde er sich wirklich für meinesgleichen einsetzen? Konnte ich auch ohne ihn eine Führungsrolle einnehmen, um das Hexenvolk endlich von dem Einfluss unserer vampirischen Feinde zu befreien?

Es war schwer, sich von einer festen Vorstellung zu lösen. Gleichzeitig war mir klar, dass ich es bald tun müsste.

»Wir sind froh, dass du wieder da bist«, sagte Elma und umfasste meine linke Hand. Ihr Lächeln war zittrig und voller Gefühl. »Wenn uns Tian gesagt hätte, was er vorhat, dann wären wir natürlich mitgekommen.«

»Ich bin froh, dass er allein gegangen ist«, entgegnete ich. »Für ihn war es schon schwer genug. Mein Leben ist nicht mehr wert als eures. Vor allem, da ich mich selbst in Gefahr begeben habe.«

»Du hattest keine Wahl«, kam mir Kit zu Hilfe. »Und du hast mich mitgenommen, damit ich dir helfe, aber …« Ihre Augen glänzten. Es war nicht überraschend für mich, dass sie sich Vorwürfe machte.

»Es ist alles gut ausgegangen.« Niemand von ihnen musste von meiner Verbindung zu Jamie erfahren. Solange ich nicht plötzlich meine gesteigerte Magie nutzte, die ich momentan sowieso nicht kontrollieren konnte, würde das Geheimnis nicht aufgedeckt werden.

So einfach.

»Ich kann nicht glauben, was sich in den wenigen Tagen verändert hat. Mit jeder Nacht nimmt die Dunkelheit zu. Dabei halten wir uns von Westwend fern.« Frinn schüttelte den Kopf.

Zwischen uns flackerte eine Kerze, die zusätzlich zum Licht der aufgehenden Sonne hinter den weißen Wolken die Schatten vertrieb. Ein Blick aus den verzauberten Fenstern bestätigte meine Ahnung, dass der Schneefall zugenommen hatte. Es würde definitiv dabei helfen, unsere Spuren vom

Boot bis hierher zu verwischen. Für den Fall, dass Jamie den Aufwand betrieb, mir zu folgen.

Einerseits konnte ich das nicht glauben, andererseits hatte er mich mit seinen Taten mehrmals überrascht.

»Was habt ihr jetzt vor?«, fragte Kit. »Oder wir?« Sie sah in die Runde, unsicher, wer von uns eine Entscheidung treffen würde und zu welcher Gruppe sie nunmehr gehörte.

»Was ist mit der Nordinsel? Das war unser Ziel, oder nicht?«, fragte Hugh. Er sah viel besser aus als vor meinem ungeplanten Ausflug. Seine Wangen hatten Farbe bekommen und der Schrecken in seinen blaugrauen Augen hatte sich verflüchtigt. Sie wirkten fokussierter. Ich konnte mir nur ausmalen, wie es für ihn gewesen war, fast ein Jahr getrennt von uns leben zu müssen, nur um dann entführt und versklavt zu werden.

»Das war unser Plan, stimmt«, sagte ich vorsichtig. Die Insel des Hexenvolkes, die sich im Norden von Wimborne befand und ausschließlich von Hexen und Hexern betreten werden konnte. Sie war das Licht am Horizont für mich gewesen. Der Ort, an dem wir uns zur Ruhe setzen würden, nachdem wir unsere Pflicht getan und Vampire dezimiert hatten.

Während ich den Gedanken weiterspann, wurde mir bewusst, dass sich, sollten wir wirklich diesen Weg wählen, spätestens am Ufer, vor der Überfahrt, unsere Gruppe auflösen würde. Tian und Ruglio würden definitiv keinen Zutritt zu der Insel erhalten. Für Kit und Bam würde man möglicherweise eine Ausnahme machen. Beide würden jedoch nicht ohne ihre Freunde gehen. Das stand außer Frage. Lediglich über Ellewy machte ich mir keine Gedanken. Niemand würde sie vermissen und ehrlicherweise würde sie wohl auch nicht auf einer Insel voller Hexen und Hexer glücklich werden.

»Ihr wollt dem Ganzen einfach so den Rücken zukehren?«,

meldete ausgerechnet sie sich zu Wort. Sofort wandten sich ihr sämtliche Gesichter zu.

»Warum nicht? Es ist nicht unser Kampf.« Gut möglich, dass ich ihr diese schnippische Antwort nur gab, weil ich sie nicht leiden konnte. Schließlich hatte ich vor Moth bereits eine Art Gerechtigkeitsgefühl empfunden und zusammen mit meiner Familie Jagd auf unsere Feinde gemacht, weil es sonst niemanden gab, der für uns einstand.

Außerdem wusste ich mit plötzlicher Klarheit, dass meine Aufgabe in Westwend noch nicht ihr Ende gefunden hatte. Und dass ich nicht mitgehen würde. Ganz gleich, welche Entscheidung meine Tanten und Hugh für sich selbst trafen.

»Es hat zumindest in *deinem* Haus begonnen«, erwiderte Ellewy, sah dabei jedoch Tian an. »Dir ist Jamie durchgerutscht. Als Ratsmitglied solltest du Verantwortung übernehmen.«

»Erstens gibt es keinen Rat mehr«, zischte ich ungehalten, da mir bei ihrer Stimme der Geduldsfaden riss. »Zweitens hättest du lauter bellen müssen. Ich war nur einmal bei einer inoffiziellen Ratssitzung dabei, aber selbst da hast du niemanden von deiner Theorie überzeugen können. Wenn also jemanden die Schuld trifft, dann dich.«

»Weil ich klüger als alle anderen gewesen bin?«, empörte sie sich.

»Nein, sondern weil du nicht überzeugend genug gewesen bist.« Mit verschränkten Armen drehte ich mich auf dem Stuhl wieder zu den anderen um.

»Ich war völlig allein mit meiner Meinung.«

»Und es waren immer wir Hexen gegen euch Vampire«, sagte Frinn ruhig, aber bestimmt.

»Ganz genau«, stimmte ich ihr zu. »Also sag uns nicht, was unser Kampf ist oder nicht. Jeder von uns hat das Recht auf Frieden. Niemand von uns wird gezwungen zu kämpfen, nachdem wir ein Leben lang gelitten haben. Und wenn doch, dann gilt das nur für unsereins. Eine Vampirin hat bei den Angelegenheiten von Hexen nichts zu melden.«

Ellewy schnaubte. Da ich mit dem Rücken zu ihr saß, konnte ich sie nur im Wandspiegel erkennen. Sie hatte ihre Schüssel abgestellt und sich auf dem Bett zurückgelegt. Da spielte wohl jemand gern die Beleidigte.

»Ich verstehe, dass das eine schwierige Entscheidung ist«, merkte Tian an.

»Natürlich ist uns ... oder mir das Schicksal von Wimborne nicht egal«, gab ich zu. Mit dem Löffel kratzte ich den restlichen Eintopf von der einen Seite der Schüssel auf die andere. »Aber was haben Menschen und Vampire je für uns getan?«

Nur weil ich mich entschieden hatte, zu bleiben, bedeutete das nicht, dass ich wusste, was ich tun sollte.

»Es ist beschämend, mit der Wahrheit konfrontiert zu werden«, sagte Tian leise.

Ich hob unsicher eine Schulter. »Ich wollte dich nicht angreifen, es ist nur ... letztlich sind wir nur eine Gruppe ohne Macht.«

»Und was ist mit der Sumpfhexe? Ist sie jetzt nicht auch frei?« Hugh sah mich stirnrunzelnd an.

»Oh.« Mir fiel ein, dass Tian und ich ihnen noch nicht von dem Kampf im Rathaus erzählt hatten. »Sie ist in der Tat ein Problem, auch wenn sie erst mal gegen Jamie bestehen muss.«

»Was bedeutet das?« Elma legte fragend den Kopf schief.

»Es gab ein paar Komplikationen im Rathaus«, antwortete Tian und weihte sie in das Geschehene ein. Erst jetzt wurde mir bewusst, wie knapp wir entkommen waren. Wie Tian noch im Waschraum gesagt hatte, war uns das Chaos zugutegekommen.

Einzig Lucille hatte uns beinahe das Genick gebrochen. Oder viel eher mir, da sie Tian als seine Schöpferin nicht töten konnte.

Frinn schüttelte den Kopf und stand auf, um etwas aus dem verschlossenen Regal hinter sich zu holen. »Das ruft nach einem Absacker. Wir müssen nicht sofort eine Entscheidung treffen.«

Sie hatte recht. Wenn jemand einen Abend verdient hatte, um durchzuatmen, weil wir allesamt lebend zusammengefunden hatten, dann wir.

»Die grüne Flasche, Schwester!«, rief Elma.

Hugh grinste von einem Ohr zum anderen und verteilte die daumengroßen Becher, von denen wir glücklicherweise genug hatten. Er war so zuvorkommend, dass er sogar Ellewy einen reichte.

»Grüne Flasche?« Kit beobachtete neugierig Frinn dabei, wie sie die bauchige Flasche mit dem besten selbst gebrauten Kräuterschnaps öffnete. Sofort verteilte sich der herbe Geruch im Wageninneren.

»Glaub mir, danach wirken alle Probleme zumindest für die nächsten Stunden ganz unbedeutend«, versicherte ihr Frinn und goss allen einen Schuss ein.

Tian begutachtete argwöhnisch die Flüssigkeit und hielt sie näher an sein Gesicht, woraufhin er die Nase rümpfte.

»Trinkst du nicht?« Ich lehnte mich an seine Schulter und hielt meinen Becher fest, darauf wartend, dass alle bereit waren, anzustoßen.

»Ungern.« Sein scheues Lächeln wärmte mich von innen. »Heute mache ich eine Ausnahme.«

»Alle versorgt?«, rief Frinn, ehe sie sich wieder an ihren Platz begab. »Da die Zukunft ungewiss ist, stoßen wir lieber darauf an, dass wir hier und heute alle wohlauf beisammen sind.«

»Hört, hört« stimmten wir ein. Ich atmete einmal tief durch, dann kippte ich den Schnaps runter. Husten und Gelächter folgte augenblicklich als Reaktion.

Tian schüttelte den Kopf. »Was für ein Brand.«

»Können Vampire eigentlich betrunken werden?«

»Sicher.« Er stellte seinen Becher dicht neben meinen. Die Gespräche der anderen rückten in den Hintergrund, während meine Aufmerksamkeit allein Tian galt. »Ich hoffe, du weißt, dass ich dich bei allem, was du tun willst, unterstützen werde.«

Auch er hatte den Gedanken bezüglich unserer Zukunft weitergesponnen. Wenn ich die Nordinsel betrat, würden wir uns vermutlich nie wieder sehen. Nicht, dass ich das vorhatte.

Gerne hätte ich gesagt, dass ich es zu schätzen wusste, dass er mich einfach so gehen ließ, doch das tat ich nicht.

Er hätte um mich kämpfen können. Mich darum bitten, zu bleiben.

Doch wie immer stand seine Rache an erster Stelle.

Ich wollte nicht wütend sein, aber wie sollte ich mich sonst fühlen? Er sagte, er würde mich in allem unterstützen, aber insgeheim war er sehr froh, wenn ich ihn nicht mehr von seiner persönlichen Vergeltung ablenkte.

»Komm mit.« Ich nahm seine Hand und zog ihn daran bis zur Leiter, die in das obere Stockwerk führte. Wenn die anderen uns fragende Blicke zuwarfen, so nahm ich diese nicht wahr. Letztlich wären sie mir auch egal gewesen. Niemand hatte etwas zu Tian und zu mir zu sagen.

Oben angekommen führte ich ihn an dem Werkraum und den Zimmern meiner Tanten vorbei, bis wir die kleine Kabine erreichten, die ich mir mit Hugh teilte. Tian war nicht viel größer als Hugh, trotzdem musste er seinen Kopf unter dem Querbalken einziehen. Seine Schultern füllten den Türrahmen fast vollständig aus.

Auf dem Bett sitzend zog ich meine Schuhe und die Weste aus. Tians Blick lag dabei durchgehend auf mir. Selbst in dem Sonnenlicht, das vom Schnee reflektiert wurde, wirkten seine eigentlich kobaltblauen Augen fast schwarz.

»Komm her«, bat ich ihn, bevor ich mich unter die Decke ins Bett legte.

Natürlich würde nichts weiter passieren, während meine Familie in Hörweite war und Hugh jederzeit sein eigenes Bett aufsuchen könnte, doch darum ging es nicht. Ich verspürte jäh das unbändige Bedürfnis, Tian festzuhalten und nicht mehr loszulassen.

Das würde sicherlich die Wut verschwinden lassen, die sich in mir ausgebreitet hatte. Meine Gedanken und Gefühle waren einfach noch von Jamie durcheinandergebracht. Mehr nicht.

Auch Tian schnürte seine Stiefel auf, bevor er sich zu mir legte. Dabei wirkte er mit seinen langen Armen und Beinen etwas seltsam, was mir ein leises Lachen entlockte.

»Dein Bett ist nicht für mehr als eine Person ausgelegt«, brummte er, nachdem ich die Decke auch über ihn geworfen hatte. Selbst wenn ihm nicht kalt wurde.

Wir lagen einander seitlich zugewandt und blickten uns in die Augen.

»Du willst immer noch deine Rache, oder? Wenn nicht, dann gäbe es sicher eine Möglichkeit, wie wir ...« *Zusammenbleiben könnten?* Ich scheute mich davor, den Satz zu beenden. War nicht mal sicher, ob es überhaupt darum ging.

»Es hat sich nichts geändert«, sagte er nach einem langen Moment des Schweigens. Gelächter von unten wurde bis zu uns getragen. Bestimmt floss noch viel mehr Alkohol.

»Gar nichts?« Ich biss mir auf die Unterlippe. »Du müsstest nur Ja sagen, Tian, ich würde sofort deine Blutbraut werden.«

Das würde sicherlich Jamie auslöschen, sagte ich mir selbst, ohne es zu glauben. Doch ich musste etwas tun. Ich konnte nicht für den Rest meines Lebens Jamies Partnerin sein, obwohl ich mich doch gerade erst dazu entschlossen hatte, die von Tian zu werden.

Er strich mir liebevoll über die Wange, bevor er mit dem Daumen meine Unterlippe berührte. Auch ich starrte seine Lippen an, unfähig, zu vergessen, wie sie sich auf meinen angefühlt hatten.

»Ich kann dir das nicht aufbürden, Billie«, raunte er und legte seine Hand zwischen uns. Er war so gänzlich anders als Jamie und ich verfluchte mich dafür, dass ich dies in dieser Situation dachte. »Ich wünschte, unser Leben wäre nicht von so vielen schwierigen Entscheidungen gespickt.«

»Dann würde es nur halb so viel Spaß machen, oder?«, witzelte ich, ohne es wirklich zu meinen.

In meiner Vorstellung waren wir alle zusammen so wie heute und müssten uns nur darüber Gedanken machen, zu welchen Orten wir als Nächstes fuhren, um Neues zu entdecken.

Als mich bleierne Müdigkeit überkam, wehrte ich mich nicht länger. In Tians Armen schlief ich schließlich ruhig und geborgen ein.

8

In der nächsten Nacht, die viel zu früh kam, machten wir uns auf den Weg in den Norden. Wir hatten noch keine gemeinsame Entscheidung getroffen, doch für den Moment war es wichtiger, erst mal den Ort zu wechseln. Ich konnte Jamie an meinen mentalen Mauern entlangschleichen fühlen, obwohl er bisher keinen weiteren Versuch unternommen hatte, in meinen Verstand einzubrechen.

Das bedeutete allerdings nicht, dass er nicht in meinen Gedanken auftauchte. Noch während ich neben Tian gelegen hatte, hatte ich von ihm geträumt. Von seinen Fingerkuppen an meiner Wange. Seinen Lippen ...

Das musste das Band zwischen uns sein. Die Konvergenz, die uns miteinander verknüpfte. So lange, bis ich eine Lösung fand, wie ich sie aufheben konnte.

Momentan sah mein einziger Plan so aus, die Konvergenz mit Tian einzugehen. Vielleicht würde das die Verbindung von Jamie und mir ... überschreiben.

Wir wechselten uns ab, in Zweiergruppen auf dem Kutschbock draußen zu sitzen, weil wir der Stille nicht trauten. Ich bezweifelte zwar, dass sich die Wilde Jagd außerhalb der Stadtmauern rumtrieb, doch es gab noch viele andere Gefahren.

Nachdem Frinn und Kit die erste Schicht übernommen hatten, saß ich nun mit Tian auf dem Kutschbock und hielt die Zügel von Salazar und Paddy locker in einer Hand. Es hatte aufgehört zu schneien und der Himmel hatte sich aufgelockert. Ich besaß keine gute Orientierung, weshalb ich froh war, dass Frinn immer mal wieder rausschaute, um nach dem Rechten zu sehen.

Tian und ich verfielen sehr schnell in Schweigen, das nicht unangenehm, aber auch nicht entspannt war. Wie sollte es auch, wenn er mir nicht sagen konnte, dass er mich wollte. Dass er ein Leben nach der Rache wollte.

War es egoistisch von mir, dies von ihm zu verlangen, obwohl ich gerade erst in sein Leben getreten war?

Jamie hat kein Problem damit gehabt, mir einen Platz neben sich einzuräumen, schoss es mir ungebeten durch den Kopf.

Das war unfair. Ich sollte meinen Feind und meinen Freund nicht gegeneinander ausspielen. Nicht mal in Gedanken.

Außerdem konnte Tian vielleicht meine Zweifel spüren und zögerte deshalb, sich mir zu öffnen. Oder ein Risiko einzugehen.

Aber war ich nicht auch über meinen Schatten gesprungen? Hatte ich nicht für ihn meine Überzeugung, dass generell alle Vampirinnen und Vampire furchtbar waren und vernichtet gehörten, über Bord geworfen?

»Gibt es etwas, worüber du reden möchtest?«, fragte Tian schließlich. Er hatte sich ein Stück Holz mit nach draußen genommen, an dem er zu schnitzen begonnen hatte. Ich wusste, dass er gerne handwerklich arbeitete und Buntglas zusammensetzte, wobei er seine Gedanken sortierte. Da er seine Werkstatt nicht mitnehmen konnte, musste wohl das Stück Holz aus Hughs Vorrat herhalten.

»Nicht wirklich.« Ich wollte ihn nicht mehr unter Druck setzen als ohnehin schon. Zudem fühlte es sich zwischen uns nicht ganz stimmig an, seit er mich aus dem Rathaus befreit hatte.

Lag es an mir? Oder ihm?

Salazar schnaubte und Paddy stimmte mit ein. An und für

sich war das nichts Ungewöhnliches. Die beiden Gäule waren sehr kommunikativ, besonders wenn sie Zuhörer in unmittelbarer Nähe hatten. Allerdings tänzelten sie hin und wieder nervös, was die Fahrt holprig werden ließ.

Aufmerksam sah ich mich um. Wir befanden uns auf einem Pfad, der mitten durch den Wald führte. Nicht in der Nähe von Ash Grove, weshalb ich mir weniger Sorgen gemacht hatte. In diesem Abschnitt hatten Tian und ich den Wendigo durch mein Blut angelockt, um ihm ein magisches Artefakt für die Sumpfhexe zu entwenden.

»Sind die Schatten dunkler geworden?«, fragte Tian, das unförmige Holzstück zwischen uns ablegend. Das Schnitzmesser hielt er fest.

Ich verengte die Augen, als ich von Tanne zu Tanne sah. Direkt in die Schatten hinein, die nicht nur, wie Tian gesagt hatte, dunkler geworden waren, sondern ... dichter. Sie hatten sich manifestiert und quollen wie Blut auf den teilweise mit Schnee gepuderten Boden. Eine schwarze, klebrige Flüssigkeit, die sich ins reine Weiß stürzte.

»Das bedeutet nichts Gutes«, murmelte ich, ehe ich mit der Faust mehrmals aufs Holz hinter uns klopfte, um die anderen auf die Lage aufmerksam zu machen. »Es ist der Wilde Wald, oder? Er hat sich bis hierher ausgebreitet.«

Tian fletschte die Zähne. Offenbar hatte er etwas gehört oder gesehen, das mir noch verborgen war. Sollte ich froh darüber sein?

Sofort griff ich nach meiner Magie, um einen Teil davon in den Schutzbann fließen zu lassen, der um den Wagen lag. Ich würde ohnehin nicht alles verwenden können, ohne die anderen misstrauisch zu machen. Besser, ich nutzte schon einen erheblichen Teil, um sie vorab zu beschützen. Für den Fall der Fälle.

Ich und feige? Mitnichten.

Kit steckte den Kopf durch die Tür links neben mir. »Gibt's Probleme?«

»Sieht so aus.« Mein Herz pochte immer schneller. Es dürstete mich förmlich nach einem Kampf. Als hätte ich all die überschüssige Energie, die endlich ein Ventil brauchte, damit ich nicht implodierte. »Der Wilde Wald. Verstärkung hier draußen wäre gut.«

»Sofort.« Die Tür fiel wieder zu, aber ich machte mir keine Sorgen. Kit würde die Nachricht augenblicklich weitergeben und dafür sorgen, dass alle vorbereitet waren.

»Soll ich anhalten?«, fragte ich Tian, der sich erhoben hatte. Er konnte zwar nicht über den Wagen hinwegsehen, doch er versuchte zumindest auf seiner Seite alles im Blick zu behalten.

»Noch nicht«, knurrte er. »Wenn wir Glück haben, dann ...«

Er kam nicht mehr dazu, mir zu sagen, wie genau unser Glück sich gestaltete. In jenem Moment sprang aus der schwarzen Flüssigkeit, die sich wie ein Netz zwischen den Bäumen ausgebreitet hatte und auch auf den Boden tropfte, ein Monster mit weißem Fell. Es wirkte wie eine zu groß geratene Wildkatze mit schwarzen Fangzähnen. Fauchend riss sie diese auseinander. Sofort stürzte sie sich auf Salazar, doch mein Schutzbann hielt sie zurück. Sie prallte dagegen, als wäre sie ungebremst gegen eine Mauer gerannt.

Salazar wieherte dennoch protestierend und blieb schockiert stehen. Paddy schnaubte unglücklich.

Tian sprang vom Kutschbock auf die Katzenbestie zu, die ihm bis zur Schulter reichte, und attackierte sie mit dem Schnitzmesser. Bei jedem anderen hätte ich mir Sorgen gemacht, aber er war selbst ohne Waffe gefährlich. Zudem trug er noch sein Kurzschwert an der Hüfte und würde sich jederzeit zu verteidigen wissen.

Kit und Frinn traten gerade nach draußen, als weitere Katzen folgten, die sofort attackierten. In ihren rot glühenden

Augen funkelte der Wunsch nach Zerstörung. Vielleicht hatten sie auch einfach Appetit. So oder so, ich würde ihnen die Nacht vermiesen.

Kit, Frinn und ich sprangen nacheinander vom Wagen, ehe sich uns die anderen bewaffnet und bereit anschlossen. Ellewy war von Kopf bis Fuß in eine lederne Rüstung gekleidet, die mir verdächtig bekannt vorkam. Da hatte sich wohl jemand erneut an der Kleidung von Frinn bedient.

Aus dem Augenwinkel nahm ich wahr, wie Ruglio zuletzt heraustrat und mit einer Armbrust bewaffnet unsicher auf der letzten Stufe stehen blieb. Ich hatte seine Abneigung gegen Kämpfe jeglicher Art nicht vergessen und hoffte, dass er heute nicht dazu gezwungen wurde.

Mit meiner Magie kreierte ich mehrere Feuerbälle. Ich war froh, dass sie mir zu einem gewissen Maß gehorchte, ohne gegen mich zu rebellieren. Ich dachte nur kurz darüber nach, ob es daran lag, dass ich einen großen Teil bereits verpulvert hatte. Sicher konnte ich mir für den Moment jedoch nicht sein.

Der Wald breitete sich weiter aus. Unnatürlich ächzte und stöhnte er. Schwarze Äste und Zweige erschienen aus dem Nichts und umklammerten die Natur, die zuvor existiert hatte.

Ich verbrannte ein paar Katzen so schwer an den Ohren und Schnauzen, dass sie einen Bogen um mich machten. Das war kein schlechtes Zeichen. Jedoch reichten die Verletzungen nicht aus, um sie in die Flucht zu schlagen.

»Feuer! Benutzt Feuer«, rief ich meinen Tanten, Hugh und Kit zu. Letztere hatte immer noch nicht ihren vollständigen Zauberstab, aber sie konnte schon einiges mit den gesammelten Überresten ausrichten.

»Wir brauchen eine effektivere Taktik«, rief Ellewy, deren Gesicht voller Blut war. Sie hatte einer der Katzen die Kehle rausgerissen, was an sich ein großer Erfolg war, wäre nicht sofort eine weitere aus dem schwarzen Tor gekommen. Wie lange war das Portal noch offen? Das Tor auf dem Dachboden von Tians Haus hatte sich erst geschlossen, nachdem wir den Wilden Wald in Brand gesetzt hatten …

Vielleicht war das die Lösung?

Da die Katzenwesen für den Moment von mir abließen, schöpfte ich Atem. Außerdem konnte ich mir einen Überblick über die Kämpfe verschaffen.

Hugh blieb an Ruglios Seite, der sich von der Leiter getraut hatte. Wahrscheinlich war ihm keine andere Wahl mehr geblieben. Er schoss einen Bolzen nach dem anderen ab. Der Unterarmköcher leerte sich jedoch schnell. Hugh bewegte seine Hände vor dem Körper und kreierte Flammenlinien, die von ihm wegstoben. Diese wurden von Mal zu Mal dünner. Er hatte nicht mehr viel Magie übrig.

Frinn hatte Magie gänzlich aufgegeben und kämpfte mit Stock und Körperkraft. Sie verpasste einer der Katzen einen Tritt gegen den Kopf, duckte sich und setzte mit dem robusten Stock gegen eines der glühenden Augen nach. Elma war sofort zur Stelle und platzierte einen Feuerball ins geöffnete Maul, als eine andere Katze kam und ihre Zähne in Elmas Schulter senkte.

Elma schrie auf, aber die Gäule waren zwischen uns. Es war unmöglich, ihr zu Hilfe zu eilen.

Zum Glück hatte Tian ihren Schrei gehört, und er bewegte sich so geschwind, wie ich es nur während seiner Kämpfe erlebt hatte. Er rammte die Katze mit seinem gesamten Körper. Beide schlitterten über den Boden und prallten nacheinander hart gegen Baumstämme. Rinde platzte auf und Holz barst stöhnend. Elma fiel blutend auf die Knie. Sie presste sich eine Hand auf die Wunde, ehe Frinn sie erreichte.

Kits qualvoller Aufschrei riss mich aus meiner Versteinerung. Sie musste sich gegen zwei Katzen zur Wehr setzen. Mit ihrem Zauberstab hatte sie eine unsichtbare Mauer vor sich gezogen, gegen die die Wesen drückten und pressten. Dadurch wurde Kit mit dem Rücken gegen den Wagen geschoben und drohte entweder zerquetscht oder – sollte sie den Zauber fallen lassen – gefressen zu werden.

Ich pfefferte die letzten Flammen auf die Katzen, während Ruglio neben Kit gegen den Wagen geschleudert wurde. Sein Arm schien halb abgerissen zu sein, als hätte eine der Katzen darauf herumgekaut.

Panik ließ mich unvorsichtig werden. Was sollte ich tun? Wem sollte ich helfen?

»Pass auf!« Tian war plötzlich wieder vor mir und wehrte einen Angriff mit seinem Schwert ab. Irgendwo hatte er sein Messer verloren. Die Spitze der Klinge bohrte sich in den Kiefer der Katze und kam oben wieder raus. Durch die heftigen Bewegungen verlor Tian jedoch den Halt.

Ich dachte nicht nach, stürzte mich an ihm vorbei und bekam das metallene Heft zu fassen. Während ich alle meine Kraftreserven ausschöpfte, gelang es mir, das Schwert aus Haut und Knochen zu ziehen. Meine Schultern schmerzten und sämtliche Muskeln protestierten.

Tian riss mit den Klauen die Seite der Katze auf. Heißes Blut spritzte auf mein Gesicht.

Ich wirbelte herum, als mir ein Luftzug verriet, dass mir von hinten ein Angriff drohte. In letzter Sekunde gelang es mir, meine Arme zu heben, ehe ich von den Pranken der Bestie auf meinen Schultern zu Boden gedrückt wurde. Ich kam so hart mit Rücken und Hinterkopf auf, dass mir die Luft zunächst wegblieb.

Was ist passiert? Geht es dir gut?

Nicht jetzt, Jamie, fauchte ich in Gedanken. Meine mentale Stärke hatte durch meine Konzentration auf den Kampf eingebüßt.

Ich drückte das Gesicht der Katze mit einer Hand auf deren

Stirn und der anderen auf deren Unterkiefer von mir weg. Speichel troff auf mein Gesicht, brannte mir in den Augen.

Scheiße.

Geht es dir gut? Es fühlt sich nicht an, als würde es dir gut gehen, setzte er nach. Ich spürte, wie er versuchte, tiefer in meine Gedanken einzudringen.

Verpiss dich.

Und dann, als ich endlich wieder etwas sehen konnte, blickte ich in die roten Augen des Tieres, die plötzlich nicht mehr zu ihm gehören schienen. Stattdessen sah ich das Gesicht eines Fremden.

Komm zu mir, sagte er. *Ich erwarte dein Schwert, Hexe.*

Der Moment verstrich. Ich blinzelte. Eine Klinge fuhr durch den Hals des Monsters und ich konnte mich wegrollen, ehe es mich unter sich begrub.

Tian half mir mit einer Hand aufzustehen, während ich mit den Gedanken an dem Fremden hing. Was zur Hölle hatte das zu bedeuten? Oder hatte ich mir das eingebildet, weil Jamie noch immer in meinem Verstand lauerte und ich damit nicht klarkam?

Kopfschüttelnd schloss ich mich Tian an, der Kit zu Hilfe eilte. Letztlich konnten wir uns gegen die wachsende Anzahl an Katzen nicht zur Wehr setzen. Die einzige Möglichkeit war, uns in den Wagen zurückzuziehen und zu warten, bis der Schutzbann versagte. Denn er würde nicht unendlich lange dem Angriff der Wesen standhalten. Und dann hätten wir ihnen wirklich nichts mehr entgegenzusetzen.

Ich werte es als Zustimmung, dass du noch am Leben bist. Er schwieg kurz. Bedeutete das, dass er nichts von meiner Vision mitbekommen hatte? War sie also nicht real gewesen? *Nachdem du meinen Schutz um dich zerstört hast, ist es schwierig für die Bestien aus der Hölle, dich als ihre Königin zu erkennen.*

Bestien aus der Hölle, echote ich in Gedanken. Befand sich dort auch dieser seltsame Fremde? Falls er überhaupt wirklich war. Götter, ich hatte keine Zeit dafür!

Ich bin nicht *ihre Königin,* entgegnete ich verwirrt und genervt.

Doch. Du bist meine Blutbraut und im gleichen Maße ihre Königin, wie ich ihr König bin. Sobald ich mich um die Sumpfhexe gekümmert habe, reden wir.

Träum weiter. Und damit trat ich ihn mit voller Wucht aus meinem Verstand. Meine Mauern in diesem kritischen Moment zu verstärken war eines der schwersten Dinge, die ich je getan hatte, doch es gelang mir. Und die Befriedigung, die auf das darauffolgende Schweigen eintrat, war allen Schmerz wert.

Dazu kam der angenehme Gedanke, dass immerhin die Sumpfhexe ihm noch Probleme bereitete.

»Wir halten nicht mehr lange durch«, sagte Tian, zwar nicht außer Atem, aber geschwächt. Er hatte sich von einem Kampf zum anderen begeben, um uns alle zu schützen.

»Feuer«, keuchte ich die Klinge hebend, damit ich der angreifenden Katze etwas entgegensetzen konnte. Doch im letzten Moment bog sie ab und rannte auf Hugh zu. Dieser hatte damit gerechnet und feuerte einen kläglich aussehenden Feuerball auf sie. Das reichte immerhin, dass sie zurückwich. »Wir müssen den Wilden Wald in Brand setzen«, erklärte ich. »Ich kümmere mich darum.«

Es war ein Risiko, mich aus dem Kampf herausziehen, doch eine andere Möglichkeit sah ich nicht. Ich lief in den Wagen und holte vier Flaschen mit Kräuterschnaps. Wieder draußen warf ich sie in die beiden Ecken mit den Portalen. Zum Glück waren nicht mehr als diese entstanden, sonst hätten wir ein noch größeres Problem.

Das Glas brach und der Schnaps verteilte sich. Meine magischen Flammen setzten den Alkohol in Brand und rasch weitete sich das Feuer aus. Frinn und Elma erkannten, was ich vorhatte, und sie nutzten ihre allerletzten Reserven, um dem Feuer bei der Ausbreitung zu helfen. Es wurde heller und heißer.

Tian manövrierte die Katzen zu den meterhohen Flammen, bis ihre Felle ebenfalls lichterloh brannten.

Die Gäule tänzelten nervös auf der Stelle, doch der Schutzbann war definitiv ausreichend, um sie vor dem Feuer zu schützen. Und da sie schon in anderen gefährlichen Situationen gewesen waren, vertrauten sie uns.

Dann endlich verschafften wir uns mehr und mehr einen Vorteil. Es tauchten keine weiteren Katzen auf und Tian, Kit und mir gelang es, die übrigen verletzten Wesen zu erledigen, bis auch sie von dem Feuer vernichtet wurden.

Die anderen hatten sich auf unsere Anweisung hin in den Wagen zurückgezogen. Zu dritt sprangen wir auf den Kutschbock.

»Na los, weg hier!«, rief ich Salazar und Paddy zu, bevor ich die Zügel in die Hand nahm. Keuchend drückte ich die andere Hand auf meine schmerzenden Rippen.

Sofort setzten sich die Tiere in Bewegung und galoppierten durch die einzige Öffnung, die nicht vom Feuer versperrt wurde.

9

Erst als wir über eine halbe Stunde weitergefahren waren, ohne erneut angegriffen zu werden, beruhigte ich mich.

Der Wilde Wald war nicht bis hierher vorgedrungen, und nachdem wir freie Feldwege erreicht hatten, wagten wir es, zu den anderen reinzugehen. Salazar und Paddy verfielen in ein gemächlicheres Tempo.

Drinnen herrschte bei Weitem nicht die gleiche Ruhe wie draußen auf dem Kutschbock.

Auf den ersten Blick schien es, als wären die Fronten zwischen Ellewy und meinen Tanten verhärtet. Ruglio saß neben Hugh auf dem Boden. Sein Arm und die Schulter waren bandagiert, der Ausdruck in seinen Augen wirkte gehetzt und verwundet. Sofort regte sich Mitleid in mir. Doch noch während ich die wenigen Stufen von der Tür in den Wohnraum tat, wurde mein Fokus auf die Streithennen gelenkt.

Ellewys Augen verengten sich, als ihr Blick sich auf mich richtete. Mit einem blutigen Finger deutete sie auf meine Wenigkeit. Tian kam hinter mir zum Stehen, eine Hand an meinem Rücken.

Kit stellte sich neben Bam, der vor dem Kaminfeuer auf und ab schwebte.

»Glaubst du auch immer noch, dass es euch nichts angeht?«, spuckte Ellewy in meine Richtung, ehe sie mit einer umfassenden Geste alle miteinbezog. »Ganz gleich, wie weit ihr flieht, es wird euch immer einholen!«

»Mach mal halblang. Du klingst, als würde die Welt untergehen«, erwiderte Frinn spitz. Sie wirkte mit ihrer Geduld am Ende. Ich wusste nicht, wie lange sie diese Diskussion schon führten.

»Ist das so weit hergeholt?« Ellewy verschränkte ihre Arme. Die Kratzer auf ihrem Gesicht verheilten bereits. Trotzdem würde sie bald ihren Blutdurst stillen müssen, wie die anderen Vampire auch. Wunden wie diese zehrten an ihnen.

Ich biss auf meine Unterlippe, während sich die Unterhaltung im Kreis drehte. Ellewy wollte etwas unternehmen, Frinn wollte nicht kopflos vorpreschen.

Auch wenn mich Ellewy immer noch verärgerte, war ich mit ihr einer Meinung. Wir waren zwei Tagesritte von Westwend entfernt und trotzdem hatte uns der Wilde Wald erwischt. Was würde passieren, wenn wir Jamie nicht Einhalt geboten? Wenn die Sumpfhexe ihn nicht aufhalten konnte? Oder wenn sie ihn aufhielt und uns in ein noch dunkleres Zeitalter führte?

All dies hatte mich in den letzten Stunden nicht losgelassen. Obwohl Jamie sich zum König aufgeschwungen hatte, war seine Regierung keineswegs gesichert. Wir konnten jetzt eine Wendung herbeiführen. Das Durcheinander *jetzt* für uns nutzen.

»Was denkst du, Elma?«, fragte ich in die angespannte Stille hinein, weil ich weder ihr noch allen anderen meine Meinung aufzwingen wollte. »Und du, Hugh?«

Elma runzelte die Stirn. Ihr dunkles Haar war wirr und verknotet. Blätter und Dreck hatten sich darin verfangen. Ihr Blick allerdings war klar und geschärft.

»Wir haben schon vor Moth Vampire angegriffen und vernichtet«, sagte sie langsam und sprach damit einen Teil meiner eigenen Gedanken aus. »Das hier wäre jedoch etwas anderes.«

Hugh nickte zustimmend. Mit einem angewinkelten Bein saß er neben Ruglio und wirkte selbstsicherer, als ich ihn je gesehen hatte. »Mutter und ich haben darüber geredet.« Er räusperte sich und Röte stieg in seine Wangen, als er sich der Aufmerksamkeit aller gewahr wurde. »Es gibt so viele gefangene und unterdrückte Hexen. Wahrscheinlich schließen sie sich der Sumpfhexe in diesem Kampf an, weil sie einfach verzweifelt sind. Dabei hat sie wohl kaum einen besseren Grund. Oder eine bessere Vision unserer Zukunft.«

»Eben!«, stimmte Ellewy zu.

»Eben?« Verwirrt sah ich sie an.

»Die Sumpfhexe hätte schon längst eure Verbindung zu uns Vampiren kappen können«, erklärte sich Ellewy, ohne dass ich etwas verstand. »Sie muss einfach ihren Partner töten. Sich selbst zu töten hat leider keine Auswirkung auf ihn. Er ist derjenige, der die Verbindung mit seiner Macht aufrechterhält.«

»Was willst du damit sagen?«, fragte ich. Der Kampf hatte mich erschöpft und mein Hirn war träger als sonst. Zudem bekam ich eine Gänsehaut, wenn ich an meine kurze, seltsame Vision zurückdachte. Was hatte sie zu bedeuten?

»Solange er am Leben ist, werden Vampire von Blutbräuten abhängig sein.« Sie zuckte mit einer Schulter. Jetzt, da sie uns allen etwas sagen konnte, das niemand wusste, schien sie zufriedener. Ihr Ärger war kleiner geworden, was mich irritierte. Ich mochte es nicht, dass sie sich uns überlegen fühlte.

Noch weniger mochte ich es, dass sie uns dieses Wissen so lange vorenthalten hatte.

»Und woher weißt du das?«, fragte ich gefährlich leise. Eine Warnung.

Götter, sie war immer noch eine Vampirin und ich war immer noch eine verdammte Vampirjägerin.

»Es mag euch überraschen, aber ich lebe schon sehr, sehr lange.« Sie warf ihr Haar zurück. Fast hätte ich eines meiner übrig gebliebenen Wurfmesser in ihrer Brust versenkt. »Dementsprechend wär ich auch Zeugin, als sich das Machtverhältnis verändert hat. Als Vampire durch die Konvergenz stärker wurden und Blutfae nicht mehr allein herrschten. So gut dies auch im ersten Augenblick schien, glaubt ihr, ich finde es toll, dass meine Art davon abhängig ist, sich mit Hexen verbinden zu müssen?«

»Moment mal.« Mein Kopf pochte. Ich massierte meine Schläfen. »Das heißt, Vampir und Hexe ... ist keine natürliche Verbindung? Sondern durch Zauberei entstanden?«

Tian wirkte genauso überfragt wie ich. Er war zwar ein Jahrhundert alt, aber offenbar hörte er das auch zum ersten Mal.

»Genau das. Die Sumpfhexe war damals eine verwöhnte Göre, die sich in einen Vampir verliebte. Weil ihre Familie jedoch gegen diese unheilvolle Verbindung war, hat sie sich dunkler Magie bedient. Und von da an ging alles den Bach runter. Für uns alle.«

»Aber ... wann? Die Sumpfhexe ist vor siebzig Jahren ins Exil geschickt worden.« Ich wollte Ellewys Worte nicht für bare Münze nehmen, doch selbst wenn nur ein kleiner Teil davon der Wahrheit entsprach, wäre das beeindruckend.

»Sie ist viel älter als das.« Ellewy winkte ab. »Sie hat schon damals versucht, ihren Fehler auf die falsche Art und Weise zu revidieren. So, wie ich das sehe, ist sie auch heute noch unfähig, ihren vampirischen Partner auszumerzen. Wahrscheinlich liebt sie ihn immer noch. Wer weiß.«

»Und du rückst erst jetzt mit der Information raus?« Ich konnte nicht fassen, dass sie das alles für sich behalten hatte, nachdem wir sie mehr oder weniger unvoreingenommen bei uns aufgenommen hatten.

»Ich dachte nicht, dass ihr weitere Argumente braucht, so, wie sie dich und Tian behandelt hat.«

Da ich sie nicht darin eingeweiht hatte, musste es Tian oder einer der anderen gewesen sein.

»Wo ist der Vampir?«, erkundigte sich Frinn, die in solchen Situationen öfter als ich einen kühlen Kopf bewahren konnte. »Warum hast du oder deinesgleichen nichts gegen ihn unternommen, wenn es so einfach ist?«

»Weil es alles andere als einfach ist«, erwiderte Ellewy. »Er lebt an einem Ort, den zu erreichen fast unmöglich ist.«

»Und du willst, dass wir es stattdessen versuchen?« Tian wirkte ruhig, aber seine Hand an meinem Rücken war zu einer Faust geballt. Ellewy balancierte nah am Abgrund. Seine Geduld war nicht grenzenlos. Und meine sowieso nicht.

»Natürlich nicht, auch wenn ich euch nicht davon abhalten würde. Es geht mir einzig darum, euch vor Augen zu halten, dass die Sumpfhexe auch für euresgleichen nichts Gutes im Schilde führt.« Sie plusterte ihre Wangen auf, um die Pause zu füllen. »Was denkt ihr? Geht euch das Ganze doch etwas an?«

»Mir gefällt dein Tonfall nicht«, zischte ich. »Aber ob es uns etwas angeht oder nicht ... Was sollen wir schon ausrichten können? Wir sind vier mäßig talentierte Hexen und Hexer.«

»Und eine Kirke!«, meldete Kit stolz.

Auch Ruglio schloss sich mit einer Handbewegung an und Tian nickte zustimmend. Obambo stöhnte.

»Wenn, dann agieren wir zusammen«, sagte Tian. Seine Faust löste sich.

Blut tropfte von meinem Finger auf den Boden, weil ich aus Nervosität versehentlich die Kruste abgerissen hatte. Ich beobachtete, wie der Tropfen ins Holz sank. Mein Blut, das die Verbindung zwischen Jamie und mir zugelassen hatte. Das mir unvorstellbare Macht gegeben hatte, weil ich es so gewollt hatte.

»Ich helfe natürlich auch«, stellte Ellewy klar.

»Ich bezweifle, dass du für uns kämpfen würdest«, murmelte ich mehr zu mir selbst. Ihrem vampirischen Gehör entging das natürlich nicht.

»Du kennst mich nicht, Hexe.«

»Vielleicht nicht, aber Vertrauen muss man sich verdienen.«

»Dann gib mir die Chance.«

Wir sahen einander für ein paar Sekunden an. Ich hatte noch keine Entscheidung getroffen, was sie anging, aber für den Frieden gab ich nach.

Ich blickte zu Tian hoch. Ein Lächeln zupfte an seinem blutigen Mundwinkel.

»Was ist mit deiner Rache?« Meine Stimme klang plötzlich rau und weit entfernt.

»Seit gestern konnte ich kaum an was anderes denken«, sagte er, während ihm alle zuhörten. In meinen Ohren rauschte das Blut so laut, dass ich mich darauf konzentrieren musste, jedes Wort zu verstehen. »Es ist egoistisch von mir, mich darauf zu fokussieren, während die Welt vor die Hunde geht. Während du in Gefahr schwebst. Meine Kraft ist ... begrenzt, aber ...«

»Reiß dich zusammen, Junge«, stöhne Ellewy unfreundlich. »Nimm das, was die Hexe freiwillig anbietet, und steig zum Kronvampir auf. Damit ist allen geholfen. Sie ist alt genug, um die Konsequenzen zu tragen.«

»Das geht dich nicht das Geringste an, Ellewy«, erwiderte Tian scharf. »Wenn ich die Entscheidung treffe, dann gemeinsam mit Billie und mit niemanden sonst. So, wie es sein soll.«

Ich hatte mich nicht von Ellewy ablenken lassen. Meine Konzentration, mein Sein, war allein auf Tian ausgerichtet.

»Dann lass es uns tun«, sagte ich leise, aber mit Nachdruck.

Tian blickte zu Boden, ehe er nickte.

Ich musste mir bloß selbst sagen, dass ich das Richtige tat.

Die Tatsache, dass meine mentale Mauer nicht ganz so stark war und ich vergebens auf Jamies Reaktion wartete, ignorierte ich.

10

Wir brauchten einen ganzen Tag, bis wir einen geeigneten Ort ausfindig machen konnten, an dem Tian und ich das Ritual ungestört vollziehen konnten. Während die Vampirin und die beiden Vampire auf Jagd gewesen waren, hatte ich mich gewaschen und meine Wunden versorgt. Jamie war glücklicherweise still. Entweder war er weiterhin mit der Sumpfhexe beschäftigt oder er respektierte meinen Wunsch.

Einen Wunsch, den ich nicht mal ausformulieren konnte.

Wollte oder wollte ich nicht, dass er sich einmischte?

Das andere Problem, das riesige, große, nicht zu ignorierende Problem, war, dass ich Tian die Konvergenz versprochen hatte, obwohl ich nicht wusste, ob es möglich war. Mein Gewissen drohte mich zu verschlucken.

Ich konnte Tian nicht mal in die Augen sehen, als er zurückkehrte, weil ich die Konvergenz aus egoistischen Gründen vollziehen wollte. Um die Verbindung mit Jamie endgültig zu kappen.

Zum Glück waren wir kaum eine Sekunde allein, bis Frinn die leer stehende, aber gut gepflegte Hütte am Rand des Waldes ausmachte. Das Erste, was sie tat, war, einen Schutzbann darum zu kreieren.

Als ich ihr dabei helfen wollte, wies sie mich vehement ab.

»Wenn du all deine Magie nutzen kannst, wirst du mir diese Aufgabe abnehmen können. Bis dahin bin ich noch dafür zuständig.« Sie küsste meine Wange und machte sich dann an die Arbeit.

Ich kehrte unschlüssig in den Wagen zurück. Die Atmosphäre war deutlich gelöster. Ob ich zuvor das Gespräch hätte suchen sollen? Ihnen mitteilen sollen, dass ich nicht mehr bereit war, die Insel aufzusuchen, und sie fragen, was sie davon hielten? Vielleicht.

»Das brauchst du dir nicht aufbürden«, sagte Elma, nachdem sie sich neben mich an den Tisch gesetzt hatte. Ich hatte sie aus einem Impuls heraus in meine Gedanken eingeweiht. »Wir waren uns alle nicht sicher. Du dir bestimmt auch nicht.«

Eigentlich schon, aber ich wollte nicht auf etwas bestehen, das uns letztlich nicht weiterbrachte.

Es gab nämlich nur eine Sache, derer ich mir *nicht* sicher war, und das war Jamie.

»Ich habe Angst, dass einer von uns nicht überleben wird.« Sie umfasste meine Hand, was mir einen Teil der Angst nahm. Ich blickte an ihr vorbei zu Hugh, der sich mit Ruglio unterhielt und dabei Hände und Stimme nutzte. Er war viel besser darin, seine Sprache zu lernen. »Ich bin bloß froh, dass wir bisher heil und gesund geblieben sind.«

»Und das allein ist ein Wunder. Wir können den Moment zu schätzen wissen, ohne uns von der Angst lähmen zu lassen, was geschehen könnte. Ich bin so stolz auf dich, Billie. Wenn Frinn und ich nur eine Sache richtig gemacht haben, dann ist es die, dich und Hugh aufgezogen zu haben.« Ihre Stimme bebte.

»Bitte nicht«, beschwerte ich mich lachend, obwohl Tränen in meinen Augen brannten. »Ich kann jetzt nicht weinen.«

»Es fühlt sich wie ein Abschied an«, erklärte sie. »Albern, ich weiß.«

»Es ist keine Heirat oder so«, murmelte ich verlegen.

»Oder so«, wiederholte sie grinsend.

»Frinn!«

Sie lachte bloß, und dabei gelang es ihr, meine Laune zu bessern. Die Angst, das etwas schiefgehen könnte, blieb zwar hartnäckig bestehen, doch sie war nicht mehr allumfassend.

Warum bist du so aufgeregt? Jamie. So viel zu Thema.

»Die Sonne geht unter. Am besten, ihr fangt früh an, damit wir wissen, ob es funktioniert«, sagte Frinn.

»Warum sollte es nicht funktionieren?«

Sie warf mir einen langen Blick zu. Schon glaubte ich, ertappt worden zu sein, ehe sie ihre Bedenken erläuterte.

»Ich habe durchaus die Blicke gesehen, die ihr miteinander austauscht. Es würde mich nicht wundern, wenn es lediglich seine Wunschvorstellung ist, dass du seine Blutbraut bist.«

Ich öffnete den Mund und schloss ihn wieder. Dieser Gedanke war mir nicht einmal gekommen.

»Er hat sich dagegen gewehrt«, sagte ich, als ich meine Stimme wiedergefunden hatte.

»Hm. Ja, das ist auch der einzige Grund, warum ich glaube, dass alles gut gehen wird.« Sie strich mir über die Wange. »Es würde mich sehr freuen, wenn ihr nicht nur aus Machtgründen die Konvergenz eingeht. Das ist alles.«

Für mich war das nicht alles, aber ich beschloss, das Thema auf sich beruhen zu lassen. Vor allem, da mich Jamie immer noch mit Fragen plagte.

Langweilst du dich? Ich hatte genug von ihm. Die Mauer hielt ihn gerade offenbar nicht davon ab, mich zu löchern.

Ich mache mir Sorgen.

Ich brauche weder deine Sorgen noch deine Aufmerksamkeit. Bei den Göttern, lass mich in Ruhe!

Willst du das wirklich?

Was soll das bedeuten? Wenn ich das nicht wollen würde, würde ich dich nicht darum bitten.

Billie …

Jamie …, sagte ich in dem gleichen Tonfall.

Manchmal ist es in Ordnung, sich einzugestehen, wenn man einen Fehler gemacht hat. Das bedeutet nicht, dass man versagt hat.

Ich habe nicht den blassesten Schimmer, was du mir damit sagen willst.

Nein? Zum Beispiel sehe ich ein, dass es falsch war, dich derart zu überfallen.

Schön. Es bedeutete mir nichts, dass er einsichtig sein konnte. Rein gar nichts. Überhaupt nichts.

Er schwieg eine Weile. *Ich werde dich nicht mehr drängen, aber ich werde warten.*

Das kannst du tun, bis du alt und grau wirst. Jetzt geh aus meinem Kopf raus.

Für den Moment, konnte er sich dann doch nicht verkneifen, hinterherzuschieben, ehe ich ihn aussperrte.

Ich grübelte eine Weile über seine Worte nach, bevor meine Gedanken zu dem Augenblick weiterschweiften, in dem die Katze förmlich mit mir gesprochen hatte. Die Vision, die mir ein klein wenig Angst gemacht hatte.

»Bereit?« Tian war hinter mir aufgetaucht. Ich hatte an der Tür nach draußen gestanden, als mich Jamie abgelenkt hatte und ich vollkommen vergessen hatte, was mir bevorstand.

Ich blickte den Vampir über meine Schulter an und fühlte, wie seine Ruhe auf mich überging. Er lächelte schelmisch.

»Kann man dafür bereit sein?«

Er ließ sich das einen Moment durch den Kopf gehen. Meine Aufmerksamkeit galt allein ihm. Ich konnte nicht sagen, ob wir von den anderen beobachtet wurden oder ob sie Gespräche führten. Alles andere war unwichtig und rückte in den Hintergrund.

»Weiß nicht. Es ist auch mein erstes Mal«, antwortete er schließlich.

Ich errötete heftig, obwohl ich sonst nicht so zimperlich

war. Jemand – Hugh vermutlich – durchbrach meine Gedanken mit schnaubendem Gelächter.

Die Augen verdrehend öffnete ich die Tür und trat gemeinsam mit Tian in den späten Abend hinaus.

Bis zur Blockhütte war es nicht weit. Tian und ich mussten ungefähr fünf Minuten einen schmalen Trampelpfad entlangspazieren. Dabei war ich von meiner unheilvollen Ahnung abgelenkt, schon wieder vom Wilden Wald attackiert zu werden. Das Glück war jedoch auf unserer Seite und wir erreichten die hell erleuchtete Hütte ohne Vorkommnisse.

Sie besaß eine morsche Veranda, auf jeder der vier Seiten ein Fenster, und ein schräges Dach mit behelfsmäßigem Schornstein. Wir hatten angenommen, dass sie in den wärmeren Monaten als Jagdhütte diente. Jetzt, im tiefsten Winter, stand sie leer.

Das Innere war von Elma gefegt und geputzt worden. Sie hatte darauf bestanden. Flammen knirschten in der offenen Feuerstelle, über der ein Kessel mit einem Eintopf hing. Dieser verströmte einen angenehm würzigen Geruch. Es gab ein schmales Bett auf der gegenüberliegenden Seite zur Tür mit etlichen Decken und Kissen, die Elma sicherlich ausgeklopft hatte. Mein Blick wanderte weiter über die Regale und Küchenschränke, in denen sich allerlei Krimskrams befand. An den Wänden hingen Messinghaken, ein kreisrunder, gewebter Teppich und Kohlezeichnungen von verschiedenen Waldtieren. Mehrere Kerzen in Leuchtern spendeten ebenfalls Licht. Die Vorhänge waren zugezogen, aber da sie aus dünnem Stoff bestanden, ließen sie den Schein durch bis nach draußen.

Tian zog die Tür hinter uns zu. Ich ging weiter in den Raum hinein, meine Hände knetend.

Die Ruhe war mit dem Eintreten komplett von mir abgefallen.

»Willst du zuerst was trinken? Ich glaube, deine Tanten

haben hier irgendwo Alkohol versteckt«, witzelte er und ging an mir vorbei, um sich umzusehen.

»Ich weiß nicht, ob das so gut ist. Vor dem Ritual und so«, nuschelte ich.

Mit hochgezogenen Brauen drehte er sich zu mir um. Seine Lippen waren leicht geöffnet und auf seinen Wangen täuschten die warmen Farben der Flammen eine Röte vor, die dort nicht existierte.

»Wenn du Bedenken hast, dann können wir das hier und jetzt abbrechen, Billie. Ich mache dir keine Vorwürfe. Dich zu zwingen ist wirklich das Allerletzte, was ich will.« Mit einer Hand fuhr er sich durchs Haar, das so weich war, wie es aussah.

Dich zu zwingen ist wirklich das Allerletzte, was ich will. Er war das komplette Gegenteil von Jamie. Wieso aber ließ mich Tians gutes Herz nicht Jamies Gesicht vergessen?

Ich schüttelte den Kopf. *Reiß dich zusammen, Billie.*

»Es ist meine Entscheidung. *Unsere* Entscheidung«, erwiderte ich entschlossen und ergriff seine Hand. »Ich bin bloß nervös, weil ich nicht weiß, ob ich alles richtig mache. Nichts weiter.«

Die Falten auf seiner Stirn glätteten sich. Immerhin hatte ich einen von uns beiden beruhigen können.

»Ich weiß, dass ich mich sehr dagegen gewehrt habe, aber es hat nie an dir gelegen. Wenn überhaupt, kann ich mein Glück kaum fassen, dass du es bist, die mit mir die Verbindung eingeht.« Er presste seine vollen Lippen aufeinander, sodass sie zu einer dünnen Linie wurden. Ich erinnerte mich an unsere erste Begegnung und wie ich gedacht hatte, dass er das schönste Wesen war, das ich je gesehen hatte. Und das, obwohl ich mich einerseits vor ihm gefürchtet und ihn andererseits gehasst hatte. »Wäre es jemand gewesen, der mir nichts bedeutet, hätte ich viel leichter zusagen können. Und leichter ablehnen.«

Ich legte den Kopf in den Nacken, um ihn besser ansehen zu können. Seine Worte ergaben durchaus Sinn. Er wollte nicht, dass die Verbindung etwas Schlechtes für mich war und er hatte nur zugestimmt, weil ich dadurch Magie und ein langes Leben bekommen würde.

Aber er hatte auch so lange abgelehnt, weil ich sterben würde, wenn er starb. Das bedeutete, dass er sich nicht selbst das Leben nehmen konnte, nachdem er seine Rache bekommen hatte. Weil er mir dadurch schaden würde.

»Wirst du es bereuen?«, fragte ich, weil er gestern noch dagegen gewesen war.

»Niemals.« Er beugte sich hinab und küsste mich zärtlich. Meine Finger krallten sich wie von selbst in sein Leinenhemd. Anders als mir machte ihm die Kälte nichts aus, weshalb er auf einen Umhang verzichtet hatte.

Ich stellte mich auf Zehenspitzen, um mehr Druck auf seinen Mund ausüben zu können. Ein Stöhnen entfloh mir und wurde von ihm aufgefangen.

Ganz vielleicht fühlte es sich doch nach mehr an. Ich hatte die Hitze zwischen uns nicht vergessen. Das Verlangen. Selbst wenn Jamie ein Teil von mir war, konnte ich immer noch Sehnsucht nach Tians Nähe verspüren. So, wie es eigentlich sein sollte.

Das Problem war, dass ich den eigentlichen Grund nicht vergessen konnte. Ganz gleich, wie sehr ich mich in Tian verlieren wollte.

Schließlich lösten wir uns voneinander – ich atemlos und er verschmitzt lächelnd. Diese sorgenfreie Seite an ihm imponierte mir am allermeisten.

»Wir sollten das Ganze wohl erst mal hinter uns bringen.«

»Um uns dann dem Schönen zu widmen?« Er wackelte mit den Brauen und ich brach in Gelächter aus, weil er so verkrampft versuchte, die Situation zu lockern.

»Kommt drauf an, wie du dich benimmst«, gab ich zurück. »Ähm, sollen wir uns setzen?«

Meine Erinnerung an die Konvergenz mit Jamie war noch frisch. Ich war so überwältigt von der Macht gewesen, dass ich mein Bewusstsein verloren hatte.

Tian löste die Hände von meinen Schultern und sah sich um. Abgesehen von einem Stuhl neben dem Feuer gab es nur das Bett als Sitzmöglichkeit.

Schweigend setzten wir uns darauf nebeneinander, seitlich zugewandt.

»Du weißt, wie das Ritual vollzogen wird, oder?«, fragte er leise, als er sein Hemd bis zu den Ellbogen hochkrempelte.

»Meine Tanten haben mich aufgeklärt.« Und natürlich hatte ich es selbst erlebt.

»Dann mal los.« So wie bei Jamie färbten sich auch seine Augen rot, während sich seine Fangzähne verlängerten. Anders als der Blutfae wartete er jedoch meine Reaktion ab. Als er meine verkrampften Hände auf meinen Oberschenkeln sah, umfasste er sie mit seinen eigenen. »Du kannst jederzeit aufhören, Billie.«

Ich zwang mich zu einem Lächeln. »Keine Sorge, ich bin an Bord.«

Er wartete dennoch, bis sich meine Fäuste lösten, dann hob er sein eigenes rechtes Handgelenk an die Lippen und punktierte eine Ader mit seinen Fängen. Blut färbte seine Zähne und Lippen hellrot.

Behutsam hielt er mir die Hand mit der Wunde hin und überließ es mir, sie an meine Lippen zu führen. Ich atmete ein letztes Mal tief ein und wieder aus. Langsam legte ich meine Hände einmal an seine Hand und dann an seinen Ellbogen, sodass ich ihn festhalten konnte. Es gab kein Zögern mehr. Entweder es funktionierte oder nicht.

Entweder Jamie und ich wurden voneinander getrennt. Oder nicht.

Als ich Tians Blut auf meiner Zunge spürte, drehte sich mir der Magen um.

Ich würde mich nie an den metallischen Geschmack gewöhnen, was vermutlich eine gute Sache war.

Auch wenn es mir unangenehm war, saugte ich drei Mal an der Wunde und schluckte ebenso oft, bis ich sicher war, diesen Teil des Konvergenzrituals korrekt ausgeführt zu haben.

Ich löste meinen Umklammerungsgriff von Tian und griff dankbar das Wolltuch, das er von dem Beistelltisch neben sich genommen hatte. Damit tupfte ich mir das Blut von den Lippen.

»Alles in Ordnung?« Die Wunde an seinem Handgelenk schloss sich bereits, als ich ihm das Tuch zurückreichte.

Ich nickte, weil ich meiner Stimme nicht traute. In jenem Moment fiel mir siedend heiß ein, dass ich ihm definitiv nicht die linke Seite von meinem Hals anbieten sollte. Denn dann würde er die Narbe sehen, die Jamies Biss hinterlassen hatte. Bisher hatte ich sie unter meinem Kragen oder mit einem Schal verhüllen können.

Es war bereits die zweite Bissnarbe, die mir hinzugefügt worden war. Die erste stammte von Tian und diese war mir bei Weitem lieber. Die Bisse, die ich im Kampf erhalten hatte, waren allesamt verheilt und hatten wegen Elmas Salbe keine Narben hinterlassen.

»Wo ...«, Er räusperte sich.

Aus einem Impuls heraus legte ich den Kopf schief und schob meine roten Locken über die andere Schulter. Die Seite war noch unbefleckt. Sozusagen.

»Wenn schon, denn schon«, witzelte ich, weil ich die Sache schnell hinter mich bringen wollte, ohne dass er Fragen stellte.

Er nickte, bevor er sich über mich lehnte. Ich spürte seinen lauwarmen Atem auf meiner Haut und erschauerte.

Als Tian seine Fangzähne in meinen Hals stieß, wurde der brennende Schmerz von Euphorie abgelöst. An diese konnte ich mich zu gut erinnern. Wohlige Wärme flutete meinen Körper und füllte jeden Winkel aus. Es war definitiv anders als bei Jamie.

Ich seufzte auf. Unwillkürlich fasste ich in Tians Haar und schloss die Augen. Lehnte meinen Kopf zurück und dachte nicht mehr daran, dieser Freude ein Ende zu setzen.

Im Gegensatz zu mir verlor sich Tian aber nicht und er löste Zähne und Lippen, bevor ich mich dazu bereit fühlte. Anstatt von mir wegzurücken, blieb er in meiner Nähe. Das Rot seiner Augen flammte auf, obwohl seine Fangzähne verschwanden.

Ich dachte nicht nach, als ich ihn mit der Hand, die immer noch an seinem Hinterkopf lag, zu mir zog. Kurz bevor sich unsere Lippen berührten, hauchte ich seinen Namen. Jeglicher Widerstand, der möglicherweise noch übrig geblieben war, löste sich auf. Sein Mund senkte sich suchend und leidenschaftlich auf meinen. Das Ritual war vollendet. Die Konvergenz eingegangen. Und mit ihr kam der Schmerz, der brennend durch mein Innerstes wütete.

Dieses Mal war ich jedoch gewappnet.

Mit meiner anderen Hand umfasste ich Tians Schulter, als könnte ich dadurch einen Teil der Qual abwenden. Ich wollte nicht in Ohnmacht fallen. Ich wollte mich an meine eigene Stärke klammern und Tian dazu verhelfen, zum Kronvampir aufzusteigen. An meiner Macht würde sich nichts ändern. Meine Magie musste sich bloß daran erinnern, dass wir bereits ihr volles Potenzial ausschöpfen konnten.

Es würde alles gut werden.

Nach und nach ebbte der Schmerz ab.

Womöglich hatte ich zwischenzeitlich doch das Bewusstsein verloren, denn ich kam auf dem Rücken liegend zu mir.

Tian lag neben mir. Eine Hand hatte er auf meine Rippen gelegt, mit der anderen stützte er seinen Kopf auf.

Ich drehte mich zu ihm um und bemerkte, dass seine Augen wieder zum gewohnten Kobaltblau zurückgekehrt waren. Etwas Blut war noch an seiner Wange und ich spürte das Pochen der Wunde an meinem Hals. Abgesehen davon ging es mir gut.

Zumindest redete ich mir das ein. Wenn ich ehrlich war, spürte ich ein unterschwelliges Brennen, das vorher nicht da gewesen war. Ich konnte jedoch nicht sagen, wo es sich befand. Ob in meinem Körper oder in meiner Seele.

War das vielleicht ein Zeichen dafür, dass Jamie verschwunden war? Dass wir getrennt waren?

»Wie fühlst du dich?«, wisperte ich. Das Feuer knisterte. Die Flammen waren kleiner geworden und schon bald müssten wir sie mit neuen Scheiten füttern.

Mit den Fingerspitzen tastete ich an seinem Kiefer entlang.

»Anders und gleich«, antwortete er. »Ich habe mich vorher kaum jemals müde gefühlt, aber jetzt kann ich nicht mal die Erinnerung an eine derartige Empfindung hervorrufen. Alles fühlt sich leicht an. Schwerelos fast schon. Es kommt mir vor, als könnte ich bis ans andere Ende von Wimborne rennen, ohne rasten zu müssen. Gleichzeitig ...« Er stockte.

»Ja?«

»Gleichzeitig dürstet es mich mehr nach Blut. Das Verlangen ist größer geworden. Doch es kontrolliert mich nicht«, fügte er hastig hinzu. Wahrscheinlich befürchtete er, mir mit seiner Ehrlichkeit Angst zu machen.

»Ich vertraue dir«, sagte ich.

Als Antwort bekam ich ein warmes Lächeln. »Es war unkomplizierter als angenommen.«

»Ja, oder?« Er hatte ja keine Ahnung ...

»Was ist mit dir? Und deiner Magie?«

»Äh, fühlt sich auch anders an«, murmelte ich. »Wahrscheinlich muss ich meine Grenzen erst mal testen. Es ist schwer zu bestimmen, was genau sich verändert hat.«

»Ich spüre dich außerdem hier.« Mit dem Finger tippte er sich gegen die Schläfe. »Und hier.« Sein Herz.

Das sollte mich nicht unvorbereitet treffen. Schließlich war ich auf diese Art auch mit Jamie verbunden gewesen. Konnte ich nun aber eine andere Präsenz ausmachen? Und war Jamie wirklich verschwunden oder traute ich mich bloß nicht, meine Fühler nach ihm auszustrecken? Würde ich Jamie einlassen, wenn ich versuchte, Tian zu erfühlen? Und was, wenn sie beide in meinem Kopf … aufeinanderträfen? Götter, das war die schlimmste Vorstellung von allen.

Nein. Noch schlimmer wäre es, wenn Jamie wirklich noch da war. Wenn die Konvergenz nicht so funktioniert hatte, wie ich es mir erhofft hatte.

»Davon habe ich gehört«, sagte ich ausweichend. »Vielleicht wird die Verbindung mit der Zeit enger.«

Lächelnd zog er mich an sich, sodass sich unsere Nasenspitzen beinahe berührten.

»Es wird für uns beide eine Herausforderung, aber ich hoffe, wir können sie ehrlich und mit Vertrauen gemeinsam überwinden.« Seine Worte trugen zu meinem schlechten Gewissen bei. Was würde geschehen, wenn ich ihm jetzt die Wahrheit sagte? Immerhin könnte er nun nicht mehr die Konvergenz rückgängig machen und vielleicht … Nein, wenn ich ohnehin nicht mehr mit Jamie verbunden war, gab es keinen Grund dazu.

Anstatt ihm also zu antworten, überbrückte ich den Abstand zwischen uns und küsste ihn. Es war anders. Definitiv anders.

Die Leidenschaft, die vorher schon zwischen uns gezüngelt hatte, war zu einem wild lodernden Brand herangewachsen. Ich rollte auf ihn drauf und setzte mich rittlings auf ihn. Mit den Händen um sein Gesicht und ohne den Kuss zu unterbrechen.

Die Unsicherheit, das Ritual und all die Fragen, die unsere Zukunft aufwarf, ließen sich dadurch ignorieren. Ich musste nicht nachdenken. Ich wollte bloß Haut an Haut spüren. Mich vollkommen in ihm vergraben und alles vergessen.

Alle Unsicherheiten.

Alle Zukunftsängste.

Und vor allem alle Gedanken an Jamie. Unseren Feind.

Mit den Händen fuhr Tian unter meine Weste und mein Hemd. Seine kühle Haut an meiner warmen. Der Kontrast, der mir eine Gänsehaut bescherte.

Er biss mir leicht in die Unterlippe, bevor wir den Kuss vertieften.

Ein Raunen entfuhr seiner Kehle, das mich ungeduldiger werden ließ. Ich zog und zerrte an seinem Hemd, bis er mir dabei half, es über seinen Kopf zu ziehen.

»Götter, du bist wirklich perfekt«, murmelte ich.

»Warum klingst du enttäuscht?«

»Ich bin neidisch, nicht enttäuscht. Auf keinen Fall enttäuscht«, stellte ich klar, während ich mit den Händen über seinen gestählten Oberkörper fuhr. Seine Muskeln zuckten unter meiner Berührung. Die Narben, die der Wendigo in seine Seite gerissen hatte, waren längst verblasst. Die Haut makellos. Anders als meine, das stand fest.

Mit flinken Bewegungen hatte er die Knöpfe meiner bestickten Weste geöffnet und ich warf diese direkt danach zu Boden. Ich löste die Schnüre des Hemds, um auch dieses loszuwerden, als das Brennen, das ich zuvor erfolgreich ignoriert hatte, wütend an die Oberfläche stieg.

Das Brennen, das mir mitteilen wollte, dass etwas nicht stimmte. Eine Blutbraut, die zwei Verbindungen eingegangen war und nun gefühlt in der Mitte in Flammen stand.

Ich keuchte auf. Meine Finger gruben sich in Tians Schultern, als ich versuchte, Atem zu schöpfen, ohne den Schmerz zu vervielfachen.

»Billie?« Die Sorge in seiner Stimme brach mir das Herz.

»Es ist nur …« Ich kam nicht dazu, den Satz zu beenden. Der Schmerz raubte mir jeden klaren Gedanken. Mir war so heiß, dass ich aus allen Poren schwitzte. Mein Nacken brannte.

Tian legte mich sanft zurück aufs Bett und schob mir behutsam das Haar aus der Stirn. »Billie, kann ich was tun?«

»Nein, ich …« *Endlich* spürte ich das Abschwellen des Brandes. Meine Gedanken kehrten zurück. Mein Verstand. »Es geht mir gut.« Langsam setzte ich mich auf. Tian hielt eine Hand unterstützend an meinem Rücken. »Das müssen Nachwirkungen des Rituals sein. Frinn hatte erwähnt, dass das passieren kann.«

»Mir haben sie nichts davon gesagt.« So ganz kaufte er mir die Erklärung nicht ab, was ich ihm nicht verübeln konnte. Schließlich hatte ich sie gerade erfunden.

Ich rutschte an die Bettkante und kämpfte gegen die Schatten an, die sich am Rand meines Sichtfelds tummelten. Doch weil sie sich allmählich verflüchtigten, brach ich nicht in Panik aus.

»Wir sollten besser zurückgehen. Damit sie sich keine Sorgen machen. Außerdem ist die Zeit knapp.« Ich wartete seine Antwort nicht ab, bevor ich mich erhob, um meine Weste zu suchen.

Aus dem Augenwinkel sah ich, wie er sich das Hemd überzog. Zu meinem Gewissen meldete sich nun auch Reue, weil ich ihm so harsch begegnete.

Ich war bloß froh, dass Jamie stumm blieb. Mit ihm konnte ich mich gerade nicht auch noch auseinandersetzen. Denn eines war mir klar geworden: Unsere Verbindung war enger als jemals zuvor. Sie würde niemals verschwinden.

Ich bildete mir ein, dass die Atmosphäre bei unserer Rückkehr gar nicht so merkwürdig war. Das lag vor allem daran, dass nicht alle unten auf einem Haufen saßen und auf uns warteten. Tatsächlich war Ellewy nicht mal da und Ruglio saß allein mit Hugh am Tisch, wo sie eines der Brettspiele aus unserer Kindheit spielten.

»Schon zurück?«, fragte Hugh erstaunt, eine schwarz bemalte Tonfigur in der Hand haltend. »Hat alles geklappt?«

»Redest du mit mir?« Tante Elma blickte vom oberen Stockwerk nach unten. Sie trug eine weiße Haube über ihrem Haar und einen Morgenmantel, der schon mal bessere Tage gesehen hatte. Sie schwor allerdings feierlich, dass das Monstrum mit dem dunklen Blumenmuster so gemütlich war wie nichts anderes in ihrem Kleiderschrank.

»Nein, mit Billie und Tian«, antwortete Hugh meiner Meinung nach viel zu laut.

»Sind wieder da«, fügte ich hinzu, ohne so zu klingen, als hätten wir was Schlimmes getan. Und das hatten wir ja wirklich nicht.

Die Nacht war bloß nicht ganz so gelaufen, wie ich es mir gewünscht hatte. Einmal abgesehen davon, dass das Ritual offenbar erfolgreich abgeschlossen war, hatte ich darauf gehofft, Jamie endgültig loszuwerden.

Die Schuld, dass das nicht funktioniert hatte, konnte ich mir allein auflasten. Vielleicht gab es noch einen anderen Weg, aber meine Tanten wollte ich nicht fragen.

Die einzige andere Person, die etwas darüber wissen könnte, war die Sumpfhexe. Doch wenn ich ihr begegnete, würde sie mich sogleich töten. Das war ihre Warnung gewesen.

»Seid ihr hungrig? Hat es Schwierigkeiten gegeben?« Elma sah von mir zu Tian.

»Nein und nein. Wir dachten nur, dass es besser wäre, euch so schnell wie möglich Bescheid zu geben.« Das hatten wir zwar nicht besprochen, aber immerhin fiel mir Tian nicht in den Rücken.

»Wartet, ich komme runter.«

»Nein, nein, ruh dich aus ...«

»Papperlapapp.« Während Elma nach unten kletterte, zog ich meine Schuhe aus und setzte mich neben Hugh. Ruglio räumte das Spiel weg. Tian goss sich und mir jeweils einen Becher Tee ein.

Elma setzte sich ans Kopfende und verzichtete auf weitere prüfende Blicke in Richtung von Tian und mir. Letztlich waren wir erwachsen und kämen schon allein mit unseren Problemen zurecht. Selbst wenn Tian das größte Problem noch nicht kannte.

Ich blickte über den Rand des Bechers hinweg aus einem der Fenster. Dunkelheit bewegte sich dahinter. Meine Nackenhaare stellten sich allein bei dem Gedanken auf, dass die geisterhaften Reiter zurückkehren könnten oder wir uns erneut mit seltsamen Geschöpfen aus der Hölle messen müssten.

Die Hölle. Ein Ort, den es wirklich gab? In dem jemand angeblich auf mich wartete? Auf mich und mein Schwert? Ich war noch immer nicht dahintergekommen, was diese kryptische Aussage zu bedeuten hatte.

»Ich habe über das Kommende nachgedacht. Unsere Pläne«, spezifizierte Elma in das Knistern des Feuers hinein. Ich war froh, dass Ellewy nicht da war, um sich erneut in das Gespräch über unsere Zukunft zu drängen. Sosehr ich auch von ihrem Wissen beeindruckt war, sie war im Gegensatz zu meiner Familie und mir eine Vampirin, die mehrere Jahrhunderte auf dem Buckel hatte. Ihr Hintergrund könnte sich nicht mehr von dem unseren unterscheiden. »Ich weiß, dir wird es nicht gefallen, aber die Hexenkommunen in Westwend sollten unsere erste Anlaufstelle sein, um uns Verbündete zu sichern. Um Aufklärung zu schaffen.«

»Warum wird es dir nicht gefallen?«, fragte Tian leise, der so beeindruckend ruhig war. Ihn schien nichts aus der Fassung bringen zu können.

»Weil meine Eltern in einer solchen gelebt haben. Oder immer noch leben.« Ich zuckte mit den Schultern, während ich mit einem Finger über den Rand des Bechers fuhr. Erinnerungen stoben an die Oberfläche. Erinnerungen, die ich versucht hatte, in den letzten Jahren auszumerzen, als hätten sie nie existiert. »Meine Tanten haben mich gerettet.«

»Sie wollten sie an einen Vampir verkaufen«, echauffierte sich Elma. Ihre Wut war noch genauso heiß wie damals.

Über kurz oder lang wäre es darauf hinausgelaufen, dass ich verkauft worden wäre, doch an dem Tag, als ich geflohen bin, hatte lediglich mein Blut getestet werden sollen.

»Du glaubst, sie hören sich überhaupt an, was wir zu sagen haben?«, beeilte ich mich zu fragen, um nicht bei diesem unliebsamen Thema zu verweilen. Tian stieß leicht mit dem Fuß gegen meinen und lächelte warm.

Ich lächelte zurück. Er akzeptierte meine Entscheidung und er war für mich da.

»Vielleicht, vielleicht nicht.« Elma presste die Lippen kurzzeitig zusammen. »Aber es sind die einzigen Orte, an denen so viele Hexen mehr oder weniger ungestört zusammenleben. Unsere Botschaft wird sich zwangsläufig verbreiten.«

»Und es wird der Sumpfhexe das Leben hoffentlich etwas schwerer machen«, fügte Hugh hinzu.

»Aber ist es richtig, uns auf sie zu fokussieren? Jamie hat angeboten, den Hexen einen Platz in seinem neuen Regime einzuräumen«, gab ich zu bedenken.

»Du glaubst ihm?«, fragte mein Cousin erstaunt, jedoch nicht verurteilend. »Es überrascht mich bloß, dich etwas Positives über ihn sagen zu hören.«

»Ist es schlimm für dich, wenn ich das tue?« Schließlich war er ein Jahr lang von ihm gefangen gehalten worden.

»Nein, denn das ist eine Sache, die ich ihm tatsächlich zutraue. Ihm liegt nichts daran, Hexen zu unterdrücken, aber …«

»Ja?« Interessiert beugte ich mich vor.

»Ich weiß nicht, ob er in einer Position ist, uns zu beschützen, während er von der Sumpfhexe attackiert wird und seinesgleichen seine Stellung nicht zu hundert Prozent unterstützen.«

Da hatte er nicht unrecht.

»Wir müssen eine Zusammenarbeit nicht ausschließen, aber für den Moment können wir den Plan mit den Kommunen durchziehen«, schlug Frinn vor. Ich beobachtete dabei Tian, der sich während der Erwähnung von Jamie immer mehr in sich zurückgezogen hatte.

»Hoffentlich«, murmelte ich schließlich. Nicht, dass ich mit Jamie zusammenarbeiten wollte, doch … ich kam nicht umhin, die Sehnsucht in meinem Herzen anzuerkennen. Ob nun vom Band verursacht oder von meinen eigenen wirren Gefühlen, ich vermisste den Blutfae, den ich ja doch kaum kannte und dem ich noch weniger vertraute.

11

Je mehr wir uns Westwend näherten, desto dichter wurde der Wald, den wir zuletzt gemieden hatten. Mittlerweile gab es keinen Weg drum herum, wenn wir nicht eine Verzögerung von mehreren Tagen auf uns nehmen wollten. Zeit war neben der Sumpfhexe unser nächster ernst zu nehmender Gegner.

Wir wechselten uns weiterhin in Zweiergruppen auf dem Kutschbock ab. Dieses Mal legten wir jedoch ein gutes Stück Weg bei dem wenigen Tageslicht zurück, weil die Wahrscheinlichkeit da hoffentlich geringer war, dem Wilden Wald zu begegnen. Bisher hatte sich dieser ausschließlich in der Nacht bemerkbar gemacht. Möglicherweise öffneten sich die unheilvollen Portale auch nur in den dunklen Stunden. Das bedeutete allerdings, dass wir in verschiedenen Schichten arbeiten mussten. Kit und ich saßen zusammen und ließen uns von der Sonne das Gesicht wärmen. Wenn uns nicht gerade dicke Wolken dazwischenkamen, die Schnee brachten.

Ruglio, Hugh, Tian und Ellewy übernahmen die Nachtschicht, sodass ich Tian kaum zu Gesicht bekam. Es hatte sich zwischen uns eine Distanz entwickelt statt einer Nähe, die nach der Konvergenz ganz von allein hätte entstehen sollen. Ich wusste, dass es mein Fehler war. Obwohl ich seine Präsenz in meinem Verstand fühlte, traute ich mich nicht, nach ihr zu greifen, aus Angst, damit auch Jamie einzuladen. Zudem spielte meine Magie verrückt und das Brennen in der Mitte meiner Existenz wurde zu einem misstönenden Orchester, das meine Rationalität beeinträchtigte.

In einem Moment war ich davon überzeugt, alles würde gut werden, wenn ich nur ausharrte. Im nächsten wollte ich losstürzen und Tian all meine Geheimnisse anvertrauen, damit er mich von ihrer Last befreite.

Die Sache war jedoch die, dass man irgendwann so tief in seinem Loch steckte, dass es schwer war, den Weg raus zu finden. Meine Kräfte ließen nach.

Kannst du den Wald nicht zügeln?, fragte ich Jamie dann doch, während Kit ihren Zauberstab putzte.

Das ist der Plan, aber ... Seine Antwort kam prompt. Er hatte mich nie verlassen. Noch hatte er auch keine Veränderung erspürt, weshalb ich davon überzeugt war, dass er nichts von meiner eingegangenen Konvergenz mit Tian wusste.

Es beruhigte mich, seine Stimme zu hören, auch wenn er seltsam bedrückt klang.

Aber?, hakte ich nach, als er nicht weitersprach.

Es ist gerade nicht einfach, Billie. Manchmal kommt es anders, als man es sich erhofft. Ich wünschte, ich könnte mit dir darüber reden. Er stieß ein hohles Lachen aus. *Während unserer Zeit als Moth und Jägerin habe ich deine Einsicht stets zu schätzen gewusst. Das hat sich nicht geändert.*

Ich habe dir bloß Konter gegeben.

Wir haben uns über die Gesellschaft unterhalten. Du hast mir davon erzählt, wie es war, ständig auf Reisen zu sein. Wie ausweglos sich der Kampf gegen Vampire anfühlt. Was du anders machen würdest. All das und viel mehr. Ich habe nichts davon vergessen.

Ich dachte nicht, dass du mir so genau zugehört hast.

Machst du Witze? Auch wenn du jeden Moment gehasst hast, waren die Nächte mit dir das Beste in meiner Woche. Ich konnte kurzzeitig meinen Pakt vergessen. Mein Vorhaben. Die Schmerzen, die ich allen verursachte.

Obwohl ich jedes seiner Worte aufsog, blieb ich an einer ganz bestimmten Formulierung haften. *Pakt? Ein anderer als der unsere?*

Pass auf dich auf, Billie. Damit zog er sich freiwillig zurück.

»Hey, ihr zwei.« Frinn, die eine Wollmütze und einen dicken Mantel trug, kam heraus und setzte sich neben Kit. Ich konnte gerade so ein Zusammenzucken unterdrücken. »Wir sollten jetzt bald an einem Dorf vorbeikommen.«

»Millgarde«, sagte ich nickend, während ich gedanklich noch bei Jamie weilte. Warum machte ich mir plötzlich Sorgen? Er hatte nicht wie er selbst geklungen. »Es dürfte nicht mehr weit sein. Willst du dort haltmachen?«

Die Sonne hatte sich bereits hinter die Wipfel der Tannen geschoben, obwohl erst später Nachmittag war.

»Wir könnten ein paar Erkundigungen einholen. Es ist die letzte Siedlung vor Westwend und die Bewohner könnten Neuigkeiten für uns haben.« Sie rieb die Hände aneinander und schob sie dann in ihre Ärmel.

Oder ich könnte einfach Jamie fragen. Aber würde ich ihm vertrauen können? Vermutlich nicht.

»Wo sind deine Handschuhe?«, tadelte ich sie.

»Ich wollte gar nicht so lange hier draußen bleiben«, antwortete sie trotzig, als wäre sie das Kind und ich ihre Tante. Ich genoss die Leichtigkeit, die ich immerhin mit meiner Familie wiedergefunden hatte, wenn auch nicht mit Tian.

»Dann husch!« Kit verscheuchte sie grinsend. Ihre dunklen Locken hüpften bei der Bewegung ihrer Arme auf und ab. Frinn gehorchte lächelnd. »Deine Familie ist wirklich großartig, Billie. Danke, dass ihr uns aufgenommen habt.«

»Natürlich«, antwortete ich. »So, wie ihr mich aufgenommen habt.«

Die Kirke schnaubte und steckte ihren Zauberstab ein. »Ich hätte einfühlsamer sein sollen.«

»Lass uns lieber nach vorne schauen.« Ich blickte weiter aufmerksam auf den mit Schnee gepuderten Pfad vor uns. Es waren weder Spuren von Reifen noch von Stiefeln zu sehen. Ob die Dorfbewohnerinnen und -bewohner den Wald mieden? Es war seltsam, aber aufgrund der Umstände nicht alarmierend. »Weißt du eigentlich, wo sich der letzte Teil deines Zauberstabs befindet?«

»In Westwend. Tatsächlich hat ihn sich ein Vampir gekrallt, der gerne magische Antiquitäten und dergleichen sammelt.« Sie seufzte. »Tian weiß nicht Bescheid, sonst hätte er ihn mir sicherlich längst besorgt, aber mein Zauberstab ... das war und ist etwas, das ich allein tun muss. Es besteht die Hoffnung, dass der Vampir bereits verjagt oder von Jamie getötet wurde. Vielleicht mache ich einen kurzen Abstecher und sehe nach ...«

»Ich bin beeindruckt von dir und deiner Entschlossenheit, Kit.« Mit einer Hand drückte ich kurz ihre, ehe ich wieder die Zügel ergriff.

»Danke, Billie.« Sie stockte. »Äh, ist das Blut?«

Am Wegesrand war der Schnee an einer Stelle hellrot. Es gab keine weiteren Anhaltspunkte.

»Vielleicht von einem Hasen oder so«, murmelte ich laut, aber angespannt. Eine Kurve direkt vor uns verhinderte, dass wir an den Bäumen vorbeisehen konnten.

Es wurde zudem sekündlich dunkler. Instinktiv entzündete ich mit einer Handbewegung die Laternen, die links und rechts von uns baumelten.

»Oh, das war beeindruckend«, kommentierte Kit. »Ich wünschte, ich könnte Magie auch so mühelos benutzen.«

Zuerst brach ich in Panik aus, dann fiel mir ein, dass ich die Konvergenz mit Tian eingegangen war und mich nicht mehr verstecken musste.

Es waren die kleinen Dinge ...

»Halt«, befahl ich den Gäulen, deren Ohren bereits nervös

zuckten. Auch sie hatten die Andersartigkeit in der Luft wahrgenommen. »Ich schau mal nach dem Rechten. Gib den anderen Bescheid, dass etwas nicht stimmt.«

Kit nickte sorgenvoll. »Sei vorsichtig.«

Ich sprang vom Kutschbock und zog meinen Dolch, den ich mir aus unserem eigenen Waffenarsenal genommen hatte. Es war eine Weile her, dass ich regelmäßig eine Waffe getragen hatte, aber ich würde mich sicher schnell wieder daran gewöhnen.

Im Vorbeigehen klopfte ich Salazar gegen die vordere Flanke, um ihn zu beruhigen. Sein Schnauben war es aber, das mir die nötige Ruhe gab, weiter den Pfad zu beschreiten.

Die Stille. Das war es, was zusammen mit den mangelnden Spuren und dem Blut mein Misstrauen schürte. Ich wollte nicht recht haben.

Ehrlich gesagt, ich betete zu den alten Gottheiten, dass ich um die Kurve kam und das Leben in Millgarde seinen gewohnten Gang ging. Die Bäume und der Schnee hatten die Geschäftigkeit bloß verschluckt. Nichts weiter.

Leider erhörte mich niemand.

Das Tor aus Holzstämmen hing aus den Angeln und der Schutzwall aus spitz zugeschnittenen Holzstämmen war unbesetzt. Ich konnte Dächer und Fassaden dahinter erkennen, aber die Luft blieb mir weg, als ich die erste Leiche sah. Sie war von einem dicken Ast aufgespießt worden und hing zur Hälfte über dem Wall.

Ein Moment verging, ehe mir klar wurde, dass es sich bei ihm um einen Vampir und nicht um einen Menschen handelte. Seine Fänge waren noch draußen. Die Wunde schmerzhaft, aber nicht unbedingt tödlich.

Ich umfasste den Dolch fester und hielt ihn auf Höhe meines Herzens; bereit, mich jederzeit damit und mit einem magischen Feuerball, der vor mir schwebte, zu verteidigen.

Als ich ein Wiehern vernahm, hielt ich inne. War das Paddy gewesen oder hatte sich mein Albtraum tatsächlich bewahrheitet? Hatten die geisterhaften Reiter Jagd außerhalb von Westwend gemacht?

»Billie!« Kit eilte auf mich zu. Sie war nicht allein. Wie versprochen hatte sie die anderen eingeweiht und selbst die Vampirin und die Vampire waren mitgekommen.

Ohne dass es mir bewusst geworden wäre, war die Sonne vollständig untergegangen. Allein meine Flamme erhellte unsere nähere Umgebung. »Entweder sind sie von Kreaturen aus der Hölle überrascht worden oder …«

»Der Wilden Jagd«, schloss Tian, der vorgegangen war. »Viele der Opfer sind geköpft worden. Alles Vampire, wie es scheint.«

Obwohl ich mich innerlich sträubte, ging ich auf ihn zu, um mir das Massaker mit eigenen Augen anzusehen.

Es waren vielleicht ein Dutzend Tote. Vampirinnen und Vampire, die zu langsam gewesen oder überrascht worden waren.

Ich glaubte nicht für eine Sekunde, dass sich das Dorf gegen so viele Vampire hatte auflehnen können. Waren sie hierher geflohen, weil es in Westwend wegen Jamie zu gefährlich geworden war? Doch was war hier geschehen? Konnten es wirklich die Reiter gewesen sein, die Jamies Befehlen gehorchten?

Die Macht, die die Jagd durch die Morde erhalten hätte, hätte sie in den Wilden Wald gegeben. Damit er sich weiter ausbreitete. Damit die Blutfae hier leben konnten. Wäre es Jamie darum gegangen?

Natürlich nur unter der Voraussetzung, dass es tatsächlich die Reiter gewesen waren und keine anderen Monster, die gerne Leute köpften und deren Schädel aufspießten.

Ich sah zur Seite auf den Boden. An Erbrochenem vorbei, dem Blut und schließlich zu einer Pfütze, die sich im Schnee gebildet hatte.

Stirnrunzelnd trat ich an ihren Rand, während die Stimmen der anderen zu einem Hintergrundrauschen verschmolzen. Anstatt die Spiegelung meines Gesichts im wabernden Schein meiner Flamme zu sehen, sah ich wieder den Fremden, den ich das erste Mal in den Augen der Katze gesehen hatte.

Komm zu mir, versuchte er mich zu locken. Ich wusste instinktiv, dass nur ich seine Stimme vernehmen konnte.

Schockiert trat ich einen Schritt zurück. Was war das für ein Zauber?

Billie? Natürlich. Jamie hatte sofort den Aufruhr in mir gespürt.

Lass mich, krächzte ich selbst ohne Stimme.

Rede mit mir. Bitte. Was ist geschehen? Du fühlst dich anders an.

Hast du die Jagd geschickt? Nach Millgarde? Ich schluckte. Wie lange konnte ich mir selbst noch etwas vormachen? Eine fremde Macht griff nach mir und ich konnte nichts dagegen tun. Wer auch immer dieser Unbekannte war, ich wollte ihm nicht zu nahe kommen. Niemand achtete auf mich, wie ich nach kurzer Überprüfung feststellte. Die anderen hatten begonnen, Lichter zu entzünden und die Leichen zusammenzutragen. In dem gefrorenen Boden würden wir sie zwar nicht vergraben, aber verbrennen können. Ich hoffte, dass die Dorfbewohnerinnen und -bewohner irgendwann zurückkehren konnten. Ohne diesen Schrecken sehen zu müssen.

Du bist dort? Er klang erschrocken. *Billie, du musst sofort verschwinden.*

Warum?

Ja, ich habe sie geschickt, um dem Dorf gegen die Vampire zu helfen, aber sie gehorchen mir nicht länger. Ich habe ... Ich kann nichts mehr für dich tun. Es ... Verschwinde, bitte. Vertraue mir dieses eine Mal.

Verwirrt wischte ich mir mit dem Handrücken grob über den Mund.

Du machst mir Angst, Jamie. Ich hatte ihn noch nie so aufgelöst erlebt. *Was geht hier vor sich?*

Jetzt lauft!

»Wir bekommen Besuch!«, brüllte Tian gleichzeitig. Einen Moment danach hörte ich erneut das Wiehern von Pferden gemischt mit dem Klingeln von Glöckchen.

Sie sind hier, zischte ich.

Billie, hör mir genau zu. Du kannst ihnen nicht entfliehen. Und ihnen zu schaden ist fast unmöglich, aber es gibt einen Weg.

Ich lauschte seiner schnellen Erklärung, während die anderen sich um mich herum verteilten.

Schaffst du das?

Für wen hältst du mich? Ich habe jahrelang Jagd auf Vampire gemacht. Diese Geister hier sind ein Klacks!

So kenne ich dich! Bitte sperr mich nicht aus.

Ich schüttelte den Kopf, ließ Jamie aber dort, wo er war. Sofort rannte ich an Tians Seite. Magie und Dolch waren bereit.

Bevor ich Jamies Vorschlag Folge leisten konnte, musste ich mich orientieren. Wir waren zu weit von dem Wagen entfernt, was die größte Problematik darstellte.

Auch die anderen rückten auf dem schmalen Innenhof näher zusammen. Das war die einzige Möglichkeit, wie wir uns erfolgreich gegen die Geister zur Wehr setzen konnten. Geschlossen.

»Wir werden sie nicht vernichten können«, sagte ich in die Runde, als die Reiter durch das Tor hereingaloppierten. Sofort verloren sie an Geschwindigkeit, während sie sich aufreihten, um uns zu mustern. »Wir müssen sie ablenken und es zu unserem Wagen schaffen. Der Bannzauber sollte gegen sie bestehen.« Und dann hätte ich die Chance, Obambos Energiesteine zu verwenden. Wie Jamie mir gesagt hatte.

»Dann lasst es uns gemeinsam schaffen«, brüllte Frinn und hielt ihren Speer in die Höhe. Von dem Anblick der geisterhaften Gestalten vollkommen unbeeindruckt. Und warum auch nicht? Wir hatten schon im Kampf gegen gefährlichere Geschöpfe gestanden. So ein paar Geister würden uns nicht in die Knie zwingen.

»Ich brauche Obambos Energiesteine«, sagte ich zu Tian. »Damit können wir sie besiegen.«

»Woher weißt du das?« Stirnrunzelnd sah er mich an.

»Jamie«, antwortete ich bloß.

Seine Miene verriet mir, dass das hier nicht das Ende vom Lied sein würde.

Wir warteten jedoch nicht ab, angegriffen zu werden, sondern liefen auf unsere Gegner zu.

12

Die sechs Reiter waren auf ihren Rössern noch genauso grauenvoll wie bei meiner letzten Begegnung, bei der ich noch den Schutz der Motten auf der Haut getragen hatte. Ihre skelettartigen Körper von dem bläulichen Licht eingehüllt und die Nacht in ihrer Grausamkeit erhellend. Die Pferde waren so riesig, dass ihre Rücken bis zu meinem Kopf reichten. Unnatürlich und bereit zu vernichten.

Sie warteten nicht, bis wir sie erreicht hatten, sondern preschten auf uns zu. Speere, Äxte und Schwerter erhoben, ohne ihre Gesichter unter den Helmen zu entblößen. Nicht, dass ich erpicht darauf gewesen wäre, sie genauer zu betrachten.

Obwohl ich meinen neuen Obsidiandolch weiter festhielt, griff ich mit meiner Magie an. Dabei sandte ich erneut ein Stoßgebet an sämtliche Gottheiten, die zuhörten, und hoffte, dass mir die Magie gehorchte. Nicht gegen mich rebellierte, weil ich die Blutbraut zweier Personen war.

»Passt auf!«, rief ich. »Stopp!«

Mit den Flammen zog ich eine Linie zwischen uns und den Reitern. Ich war froh, dass mir zumindest das gelang. Auch wenn das Feuer mächtiger und größer war als beabsichtigt.

Ich streckte die Handfläche nach außen und beugte das Feuer meinem Willen. Drängte es weiter und weiter zurück, bis es einen Kreis um die Reiter bildete. Obwohl sie Geister waren, existierte in ihnen weiter die angeborene Furcht vor diesem Element.

Es reichte aus, damit Kit und Frinn an ihnen vorbeirennen und nach draußen laufen konnten. Ich war froh, dass sie nicht zögerten. Im besten Fall holten sie den Wagen und brachten uns damit dem Sieg ein erhebliches Stück näher. Vielleicht auch ein lebensentscheidendes ...

»Billie!«

Ich war so auf meine Flammen konzentriert gewesen, dass ich den Speer zu spät bemerkte. Einer der Reiter hatte ihn auf mich geworfen und er hätte sich genau in mein Herz gebohrt, wenn mich Tian nicht zur Seite gestoßen hätte. In einer ungelenken Umarmung rollten wir über Schnee, Blut und Dreck, ehe wir zum Stillstand kamen.

»Danke«, keuchte ich und reichte ihm nach dem Aufstehen eine Hand.

Fokussier dich, Billie. Das ist nicht dein schwierigster Kampf.

Sehr aufmunternd. Danke, Jamie.

Immer gern. Ich will meine Partnerin noch nicht verlieren.

Die Reiter übersprangen die Flammen einer nach dem anderen und verteilten sich. Hugh und Ruglio mussten sich mit drei von ihnen auseinandersetzen, während Ellewy und Elma gegen zwei kämpften. Ein einziger steuerte Tian und mich an. Es war derjenige mit den breitesten Schultern und der glänzenden Axt. Zu gut konnte ich mich daran erinnern, wie er den Mann damit geköpft hatte. Er musste auch für den Großteil der Toten hier verantwortlich sein.

»Ich schwöre dir, ich werde dich vernichten«, knurrte ich, ehe ich mich unter seiner Axt durchduckte. Dabei rutschte ich meterweit über den schmutzig feuchten Boden. Tian nutzte die Möglichkeit, um mit seinem Schwert die Flanke des Tieres aufzureißen.

Leider erzielte das nicht die gewünschte Wirkung. Reiter und Pferd drehten sich nur einmal im Kreis und schüttelten sich. Die Flanke schloss sich. Dorthin, wo die geisterhafte

Flüssigkeit, die bei jedem anderen Tier Blut gewesen wäre, tropfte, wuchs der Wilde Wald in die Höhe.

»Verdammt. Wenn wir uns nicht beeilen, öffnet sich bestimmt gleich ein Tor.« Und dann müssten wir uns zusätzlich gegen die Kreaturen verteidigen. Das würde der Schutzbann nicht aushalten.

Ich wusste zwar nicht genau, in welcher Verbindung Reiter und Portal standen, aber es war klar, dass sie irgendeine zueinander besaßen. Zusammen mit dem Wilden Wald. Und da Jamie offenbar die Kontrolle verloren hatte, konnte ich mich nicht mal darauf verlassen, dass er mir eigentlich nicht schaden wollte.

»Geh vor«, sagte Tian. Wir fassten gleichzeitig unsere Unterarme, als hätten wir uns ohne Worte verstanden, wirbelten herum und griffen einen zweiten, auf uns zueilenden Reiter an. »Ihr seid verwundbarer als wir Vampire.«

»Schon vergessen? Wir sind miteinander verbunden«, erinnerte ich ihn amüsiert wegen seines zuvorkommenden Verhaltens. Er wirkte für einen Moment schockiert. »Du hast das nicht wirklich vergessen, oder? Ah, Mist.«

Eilig zog ich eine Wand aus Eis zwischen uns und dem Reiter. Er konnte zwar durch sie hindurch, doch es kostete ihn etwas. Das blaue Licht schimmerte. Meine Magie griff die der Reiter an. Damit konnte ich vorübergehenden Schaden anrichten, der uns eine Gelegenheit zur Flucht ermöglichte. Kein Wunder, dass sie so lange vor meinem Feuer zurückgeschreckt waren. Sie hatten sicherlich einen Teil ihrer Energie verloren, um sich selbst zu regenerieren.

»Daran muss man sich erst mal gewöhnen«, nuschelte Tian. Wenn ich es nicht besser gewusst hätte, hätte ich gesagt, er wäre verlegen.

Wir hatten uns eine kleine Verschnaufpause erkämpft. Die beiden Reiter, die uns anvisiert hatten, fixierten uns mit ihren kohlschwarzen Augen. Tian hielt sich jedoch nicht mehr zurück, jetzt, da er sich daran erinnert hatte, dass er nicht länger ein normaler Vampir war. So wie ich konnte er auf viel mehr Macht zurückgreifen.

Er wandelte sich im Bruchteil einer Sekunde. Seine Augen wurden flammend rot, die Fangzähne verlängerten sich und die Klauen wuchsen anstelle seiner Finger. Es kam mir zudem so vor, als würden sich seine Muskeln an den Stellen, die ich sah, vergrößern. An seinem Hals und an seinen Unterarmen. Er warf mir das Kurzschwert zu, das er mit den Klauen nicht mehr ganz so gut führen konnte.

Ich hatte bereits oft genug Waffen aus der Luft gegriffen, sodass dies kein Umstand für mich war. Sobald sich meine Finger jedoch um das geriffelte Heft schlossen, rannten die Reiter auf uns zu.

Hoffentlich würden die anderen gleich mit dem Wagen zurückkommen. Wir brauchten diese verdammten Energiesteine, wenn mein Plan aufgehen sollte.

Der Reiter, der mir am nächsten kam, schwang seine Axt. Doch er kam nicht dazu, sie auch nur in meine Nähe zu bringen. Tian hatte sich so schnell zwischen den beiden bewegt, dass sie erstarrten. Dabei hatte er nicht vor ihnen haltgemacht, sondern war durch sie hindurchgerannt. Es war der eigenartigen Magie zu verdanken, dass uns die Reiter überhaupt mit ihren Waffen Schaden zufügen konnten. Scheinbar mussten sie dafür jedoch ein gewisses Maß an Konzentration aufbringen, und weil ihr Fokus auf mir gelegen hatte, hatten sie sich nicht gegen Tian manifestieren und ihn somit aufhalten können. Ich vergeudete nicht einen Atemzug, sondern setzte augenblicklich mit meiner Magie nach. Feuer und dann Eis, das ich aus der Umgebung an mich riss und in die Pferde und Reiter manövrierte.

Sie bewegten sich nicht. Das blaue Licht wirkte stumpf und träge. Wir hatten einen vorübergehenden Sieg errungen.

Tian war bereits Ruglio und Hugh zu Hilfe geeilt. Ruglio hatte sich zwar von seiner letzten Verletzung erholt, doch wieder war er getroffen worden. Blut tränkte sein Hemd und den zerrissenen Umhang. Hugh hatte mit der Magie, die ihm zur Verfügung stand, sein Bestes getan, um sie beide zu verteidigen.

»Geht!«, rief ich ihnen im Laufen zu. Hugh stützte Ruglio und gemeinsam rannten sie aus dem Tor hinaus. Das war auch der Moment, in dem der Wohnwagen in Sichtweite kam. »Tian!«

»Geh und hol die Steine. Ich lenke sie ab.« Auch wenn es mir zuwider war, gehorchte ich. Zeit war kostbar.

»Kit und Frinn haben den Wagen geholt«, rief ich Elma und Ellewy zu. Letztere hatte sich überraschenderweise vor meine Tante gestellt, während diese die beiden Reiter mit einzelnen Feuerpfeilen auf Abstand hielt. Sie lenkten ihre Rösser immer wieder auf sie zu, um dann vor den Flammen zurückzuschrecken.

»Wir brauchen nur einen Moment«, keuchte Elma.

Aus dem Augenwinkel sah ich, dass sich das blaue Licht der ersten beiden Reiter fast regeneriert hatte. Uns blieben höchstens zwei Minuten.

Ich wollte, dass sie sich in Sicherheit begaben, damit ich mich darauf konzentrieren konnte, die Geister einzufangen.

»Auf drei. Keine Widerrede.« Ich wartete ihr Nicken ab. Dann endlich setzte ich meine Magie ein, um eine weitere, zwei Meter hohe Mauer aus weißen Flammen zu kreieren. Das Problem war ... »Eins, zwei, drei.«

... meine Magie gehorchte mir nicht. Es war, als wäre sie wie die Flamme einer Kerze in einem plötzlichen Windzug gelöscht worden. Als wäre ich ein ganz normaler Mensch, ohne magische Fähigkeiten. Nichts geschah, als ich meine freie Hand ausbreitete und das Feuer rief.

Leider hatten sich Elma und Ellewy bereits auf den Weg gemacht. Die Reiter verfolgten sie, um ihre Aufgabe endlich zu beenden.

»Nein!«, schrie ich, bevor ich aufgab, meine Magie zu rufen. Stattdessen rutschte ich mit den Knien über Schnee und Eis. Ich kam gerade so rechtzeitig an und konnte mit dem Kurzschwert die Attacke unterbrechen. Das geisterhafte Schwert des Reiters kam geräuschlos auf meiner Klinge auf. Ich spürte den Aufprall jedoch in meinem gesamten Körper widerhallen. Mein Arm vibrierte.

Ich wagte es, den Kopf ein Stück zu drehen. Elma hatte nicht bemerkt, wie knapp sie dem Tod entronnen war. Sie hatte es zum Wagen geschafft. Frinn hielt die Tür auf.

»Billie! Hier!« Sie hob ihre Faust. Darin hatte sie hoffentlich die dringend benötigten Steine.

»Bleib dort! Ich komme!« Ich wollte auf keinen Fall, dass sie sich wieder in Gefahr begab.

Ellewy stöhnte auf dem Boden liegend. Der zweite Reiter beugte sich über sie, während sie rückwärts wegzukriechen versuchte. Sie blutete aus einer Kopfwunde. Der Reiter hatte sie mit seinem Morgenstern getroffen. Bösartig ragte er über ihr auf, um ihr den Todesstoß zu versetzen.

Meine Magie war nicht wieder zurückkehrt. Dafür wuchs das Brennen in meiner Seele. Sie drohte mich zu entzweien.

Ich wollte jedoch nicht an mich denken. Ellewy hatte meiner Familie beigestanden und ich sollte sie nicht im Stich lassen.

Meinen Geisterreiter beschäftigte ich mit komplizierten Bewegungsabfolgen mit dem Kurzschwert, bis ich mich unter dem Kopf des Tieres hindurchrollen konnte.

Innerlich betete ich, dass Ellewy lange genug durchhielt.

Tatsächlich war ihr Tian zu Hilfe gekommen. Gemeinsam war es kein Problem, Ellewy den entscheidenden Moment zur Flucht zu verschaffen. Und nachdem Tian sich mit den Klauen durch die Seite des Pferdes gebohrt hatte, konnten wir beide auf die offen stehende Tür des Wagens zulaufen.

Er hielt mir den Rücken frei, während ich Frinn die Steine abnahm.

Schon musste ich ihr die Tür förmlich vor der Nase zuschlagen, weil ich spürte, wie sich uns die Reiter näherten. Nun gab es nur noch Tian und mich, die ihnen zum Opfer fallen konnten. Doch das hatte ich nicht vor.

Ich würde sie ein für alle Mal auslöschen.

Tian löste sich von meiner Seite, um mir Raum zu schaffen. Trotzdem konnte er nur die Hälfte der Reiter an sich binden. Ich musste mit den anderen drei zurechtkommen.

Der Reiter vor mir warf den Speer. Er zischte dicht an meinem Ohr vorbei, da ich mich bereits seit- und vorwärtsbewegt hatte. Damit hatte er nicht gerechnet. Für ihn war klar, dass jedes Opfer davonlaufen würde.

Ich erreichte ihn jedoch in nur wenigen Schritten, holte mit meiner freien Hand einen leeren Energiestein hervor und presste diesen auf das Knie des Reiters. Wie erhofft, ging meine Hand nicht hindurch. Ich traf den Geist und der hungrige Stein labte sich an dessen Energie. Weder er noch ich konnten uns bewegen, während seine Erscheinung blasser und blasser wurde.

Nach nur wenigen Sekunden war das bläulich leuchtende Pferd nunmehr ohne Reiter. Seine Energie vollkommen in dem Stein verschwunden und bereit, von Obambo gefressen zu werden.

Es hat funktioniert, rief ich Tian gedanklich zu.

Perfekt, presste er hervor. *Allerdings bräuchte ich hier mal deine Hilfe.*

Ich blickte durch das Pferd hindurch, das nicht vom Stein aufgesogen worden war. Vermutlich benötigte ich dafür einen eigenen Stein, doch Priorität hatten die Reiter.

Tian war von den fünf übrigen umzingelt, da sich die anderen offenbar ihn als leichteren Gegner ausgesucht hatten, nachdem ich einen der ihren vernichtet hatte. Zwei andere bewegten sich allerdings nicht, weil sie von seinen Klauen verletzt worden waren. Tian bekam die scharfe Kante der Axt zu spüren, die seinen Unterarm aufriss.

Bin sofort da.

Ich wehrte ein Schwert mit meiner Klinge ab und gab Tian während einer Drehung zwei Steine.

Es gelang uns, einen Reiter nach dem anderen in die Wohnsteine zu saugen. Abgesehen von Tians Arm und einem Kratzer auf meinem Kinn blieben wir unverletzt zwischen den Rössern stehen.

Meine Atmung ging schwer und ich schwitzte trotz der klirrenden Kälte. Nachdem ich mein Schwert in die Scheide geschoben hatte, teilte ich mit dem Dolch ein Stück von meinem Umhang ab. Ich verband damit Tians Unterarm.

Die Pferde standen unschlüssig in der Dunkelheit, als hätten sie ganz vergessen, wie es war, ohne ihre Reiter zu sein. Da sie jedoch nicht angriffen, schenkte ich ihnen keine weitere Beachtung.

»Wir funktionieren gut miteinander«, sagte Tian, als ich mich von ihm lösen wollte. Er hielt mein Handgelenk sanft umfasst.

Ich blickte zu ihm auf. Das Gewissen überkam mich, denn nicht er war es, an den ich zuerst gedacht hatte.

Die Jagd ist vernichtet, sandte ich Jamie zu.

Es war, als könnte ich sein Aufatmen hören.

Nichts anderes wäre mir in den Sinn gekommen, erwiderte er kühl. Warum dachte ich, dass er eigentlich etwas anderes hatte sagen wollen?

»Hm, ja«, antwortete ich Tian, der mich fragend angesehen hatte. »Komm, wir kümmern uns noch um die Leichen, bevor wir von hier verschwinden.«

Sein Blick folgte mir, als ich mich von ihm entfernte, ohne den anderen Bescheid zu geben, dass die Luft rein war. Wahrscheinlich hatten sie ohnehin alles aus einem der Fenster verfolgt.

Da meine launische Magie doch wieder gehorchte, war es ein Klacks, die Vampirinnen und Vampire in der frostigen Erde zu vergraben. Ich hätte sie vermutlich auch verbrennen können, doch aus irgendeinem Grund konnte ich mich nicht dazu überwinden. Tian half mir dabei, wobei er den einen Vampir, der lediglich aufgespießt worden war, in eines der Häuser verfrachtete, in der Hoffnung, er würde sich erholen. Ich fragte ihn nicht, ob er ihm Blut einflößte oder etwas anderes tat.

Wäre es nach mir gegangen, hätte ich das beendet, was die Wilde Jagd begonnen hatte.

Nur ein toter Vampir war ein guter Vampir, erinnerte ich mich an ein Motto aus einer anderen Zeit.

Schließlich stiegen wir in den Wagen, wo sich alle versammelt hatten. Immer noch wurden Wunden verarztet und mit Magie geheilt.

Kraftlos ließ ich mich auf den alten Sessel neben der Leiter nach oben fallen und streckte die Beine aus.

Das Schwert lag schmutzig und blutverschmiert auf dem Boden vor mir. Dabei war es mein Blut, das von meinem Arm runtergeronnen war, und nicht das der Geister. Erst jetzt, viel zu spät, wurde mir das klar. Ich hatte mir mehr Verletzungen zugezogen, als mir im Kampf bewusst gewesen war. Nach und nach sickerte der Schmerz in mein Bewusstsein. Bisher war ich so von meiner Aufgabe gefangen gewesen. Nein, von meinen sich verstärkenden Gefühlen für Jamie, die nicht sein durften. Deshalb hatte ich meinem eigenen Gesundheitszustand keine Beachtung geschenkt.

Wie konnte ich Jamie gleichzeitig hassen und ... *wollen?* Nach allem, was er mir angetan hatte?

Was war mit Tian? Er war durch und durch gut und tat alles, um uns zu beschützen. Wir funktionierten auch auf körperlicher Ebene zusammen und waren miteinander verbunden.

Hatte ich damit etwa den nächsten Fehler begangen? War ich so unzurechnungsfähig, dass ich mich niemals hätte entschließen dürfen, mich mit irgendjemandem zu verbinden?

Ruglio ging es gar nicht gut, was mich aus meinem Selbstmitleid zog. Er wurde von Hugh umsorgt, der ihm tatsächlich Blut gegeben hatte, das der Vampir aus einem Becher trank. Hugh ließ sich von Elma das Handgelenk verbinden, während er selbst den Verwundeten sorgenvoll anstarrte. Ruglios Oberschenkel war von einer Axt getroffen worden und an seinem Bauch schien es eine weitere tiefe Verletzung zu geben, die zum Glück mithilfe des Blutes bald heilen würde.

»Warum kann der da nicht normal trinken?«, erkundigte sich Ellewy in einem so unsensiblen Tonfall, dass ich unwillkürlich knurrte. »Was? Das ist eine berechtigte Frage?«

»Sie wäre nur berechtigt, wenn er dir eine Antwort schuldig wäre. Ist er aber nicht«, fauchte Kit, sofort bereit, ihre Familie zu verteidigen. Blutschlieren und Schmutz verzierten ihre Wangen. Ihr sonst voluminöses kurzes Haar hing platt herab.

Ruglio stellte seinen Becher neben sich auf den Boden und gestikulierte langsam und gewählt mit den Händen, wobei er auch – wie gewohnt – seine Mimik stark benutzte und seine Lippen bewegte.

Tian übersetzte für uns, auch wenn ich bereits einzelne Ausdrücke gelernt hatte. Jedoch war ich noch weit davon entfernt, einer kompletten Unterhaltung folgen zu können.

»Er versteht die Neugier und Verwunderung«, sagte Tian, seine Arme verschränkend, als würde er alles andere lieber tun. Er strahlte eine Aggression aus, die ich zu gut verstehen konnte. Wie Kit und ich wollte er beschützen und nicht einen der seinen in eine entblößende Lage bringen. Doch es war

Ruglios Entscheidung und er wollte reden. »Und da jeder von uns bereits einen Teil von sich der Gruppe gegeben hat, will er es auch tun.«

»Für mich ist es in Ordnung, wenn du nicht darüber redest.« Ich fühlte mich verpflichtet, das zu sagen. Gleichzeitig war es die Wahrheit. Nur weil Ellewy ständig Dreck aufwirbelte, hieß das nicht, das wir hinter ihr herscheuern mussten.

Danke, gestikulierte Ruglio in meine Richtung und Tian musste nicht übersetzen.

»Ich bin erst vor ein paar Jahrzehnten gewandelt worden«, übersetzte Tian für ihn. Vermutlich war es einfacher, aus Ruglios Perspektive zu sprechen. »Von Lucille. Ich sollte ihr – wie viele vor und wahrscheinlich auch viele nach mir – als Sklave dienen. Sie hält nichts von Hexen. Menschen hingegen nahm sie gerne in ihren Kreis auf, um sie zu quälen und in den Tod zu treiben. Ich ... Ich habe mich in einen von ihnen verliebt. Er war der Erste, der mich als wertvoll erachtet hatte, und ... ich konnte nicht dabei zusehen, wie Lucille ihn Stück für Stück brach. Als ich versuchte, ihn zu befreien, hat sie uns erwischt. Seit sie bemerkt hatte, dass wir Gefühle füreinander hegten, wartete sie auf die Gelegenheit.« Ich blickte von Ruglio zu Tian, der die Fäuste an den Seiten geballt hatte. Die Wut ging weiter in Wellen von ihm aus, auch wenn sie jetzt nicht mehr ausschließlich auf Ellewy gerichtet war. Ruglio hingegen wirkte überraschend ruhig, was auch an Hugh liegen konnte, der stützend neben ihm saß. »Als Strafe hat sie ihn vor meinen Augen getötet und mir ... mir hat sie die Zähne gezogen. Die Wunden hat sie mit Silber versiegelt, um sicherzustellen, dass sie nie wieder nachwachsen.«

Ein entsetztes Raunen ging durch den Wagen. Nur das Rattern der Räder und das gelegentliche Kratzen von Ästen gegen die Wände hatten bis dahin Tians Übersetzung unterbrochen.

Es war grausam. Unglaublich. Traurig.

Doch es war noch nicht vorbei.

»Lucille hat mich gezwungen, in den Ring zu steigen und gegen Menschen zu kämpfen. Wenn ich mich geweigert habe, sie zu töten, hat sie aus Spaß aus dem nächstgelegenen Dorf ein Kind entführt und wie Vieh geschlachtet.« Mir wurde speiübel. Frinn legte eine Hand auf ihren Mund. Uns alle traf es hart, weil wir wussten, was für ein gutherziger Vampir Ruglio war.

Mein Gewissen meldete sich im gleichen Zug. Schließlich hatte ich viele Jahre lang nicht glauben wollen, dass es so etwas gab.

»Dann endlich ist Tian aufgetaucht und hat zwar gegen Lucille im direkten Kampf verloren, mich aber gerettet.« Ruglio und Tian sahen einander an. Zwischen ihnen wirbelten so viele tiefe Gefühle, das selbst mir schwindelig wurde. »Ich werde ihm für immer dankbar sein, dass er mir eine neue Chance aufs Leben gegeben hat.«

Nachdem Tian geendet hatte, herrschte für einige Sekunden undurchdringliches Schweigen.

Es war zu meiner Überraschung Ellewy, die sich mit einem Räuspern zu Wort meldete. Beinahe verlegen kratzte sie sich hinter dem Ohr.

»Das muss schlimm gewesen sein«, war jedoch ihr einziges Eingeständnis.

Während Ruglio sie mit einem Nicken von der Angel ließ, war ich nicht geneigt, es ihm gleichzutun.

»Kannst du dir das fürs nächste Mal merken?«, rief ich beim Aufstehen. Ich musste ein Stöhnen unterdrücken, als sämtliche Muskeln in meinem Körper protestierten. Blut rann weiter meinen Arm hinunter. Das Schwert ließ ich auf dem Boden liegen. Noch wollte ich Ellewy nicht das Herz durchbohren.

Falls sie überhaupt eins besaß.

»Entschuldige, dass ich damit Vertrauen aufbauen wollte.« Angewidert sah sie mich an.

»Dann hättest du damit begonnen, von dir selbst zu erzählen, anstatt einen meiner Freunde unter Druck zu setzen, meinst du nicht?« Aus dem Augenwinkel sah ich, wie Kit heftig nickte.

»Was ist dein Problem? Ich war eben neugierig und er hat meine Frage beantwortet.« Sie zuckte mit den Schultern. »Setz dich nicht für andere ein, die nicht um deine Hilfe gebeten haben. Du bist nicht unsere Retterin.«

»Darum geht es nicht. Abgesehen davon klang das vor ein paar Tagen noch ganz anders.« Mein Schwertarm erzitterte.

»Du hast dich bloß feige verhalten. Werde erwachsen, Kind.«

Genug war ...

Mit einem Puff erschien Obambo zwischen uns aus dem Nichts und stöhnte laut. Ich konnte Ellewy durch seinen grünlichen Körper nur schemenhaft erkennen, was vermutlich genau seine Absicht gewesen war.

Ein weiteres Stöhnen.

»Ich würde sagen, Bam hat ein Machtwort gesprochen«, murmelte Tian neben mir, als er eine Hand auf meine Schulter legte. »Lassen wir es für heute gut sein.«

»Ich weiß nicht, wie du das akzeptieren kannst.«

»Es gibt andere Kämpfe auszufechten.« Er berührte meine Wange. »Und selbst wenn wir gegen die Sumpfhexe und gegen Jamie gewinnen, es wird immer wieder andere Konflikte geben. Du musst lernen, deine Kräfte einzuteilen.«

Ich schüttelte den Kopf. Einerseits stimmte ich ihm nicht zu, andererseits hatte ich immer noch mit Ruglios Geschichte zu kämpfen. Durch Ellewys Verhalten war sie nur zeitweilig überschattet worden.

»Wenn wir gewinnen …«, presste ich hervor, ohne jemanden direkt anzusprechen. »Wenn wir gewinnen, dann will ich ein Reich, in dem es mehr Personen gibt, die sich gegen Unrecht und Grausamkeiten auflehnen. Ist das so viel verlangt?«

13

Frische Luft war nicht das Einzige, das ich benötigte, aber es war das Dringendste. Umso erleichterter war ich, als wir eine große Straße erreicht hatten, die nur auf einer Seite von Wald gesäumt war. Auf der anderen gab es weite, unebene Felder, die von Schnee bedeckt waren.

Wir erlaubten den Gäulen Rast und ich bot an, nach dem Rechten zu sehen. Für den Fall, dass sich weitere Vampirinnen und Vampire hierher verirrt hatten.

Mittlerweile hatte ich meine Verletzungen von Tian verbinden lassen, der mein Schweigen nicht durchdrungen hatte. Wahrscheinlich spürte er meinen Missmut, den Ellewy zwar heraufbeschworen hatte, der aber in meinen eigenen, nicht nachvollziehbaren Gefühlen begründet lag.

Zudem war das Brennen in der Mitte meiner Existenz zu einem steten Begleiter geworden. Ich wusste nicht, wie lange ich meine Seele noch würde zusammenhalten können. Und was ich tun konnte, um zu überleben.

Tian folgte mir nach draußen, obwohl ich allein sein wollte. Nicht, dass ich das in so vielen Worten gesagt hätte, aber ich hatte angenommen, er würde mich auch schweigend verstehen.

Beruhigende Worte vor mich hin murmelnd, klopfte ich die Gäule ab und striegelte ihre Flanken. Wir würden sie zwar während der Dunkelheit aus Sicherheitsgründen nicht vom Wagen abschirren, doch ich wollte sie auch nicht verletzt weitergehen lassen. Deshalb nahm ich mir viel Zeit dabei, ihre Hufe und Gelenke zu untersuchen.

Tian sah sich derweil in der Umgebung um, wobei er dem schwarzen Waldrand, der mit einzelnen weißen Flecken gesprenkelt war, besondere Aufmerksamkeit schenkte. Aber ich spürte momentan keine Gefahr. Die unheimliche Düsternis, die sich wie eine Aura um das Dorf gelegt hatte, war hier nicht zu finden.

Die Energiesteine hatte ich mittlerweile neben Obambos Haus gelegt, damit er aus ihnen seine eigene Energie ziehen konnte.

»Mir tut es leid, dass ich so kurz angebunden bin«, sagte ich, als ich mit meiner Untersuchung zufrieden war. Salazar und Paddy ging es so hervorragend, dass sie mir die Karotten förmlich aus dem Beutel rissen. Nachdem ich diesen wieder auf den Kutschbock gelegt hatte, entfernte ich mich vom Wagen.

Tian folgte mir. Zusammen spazierten wir die Straße hinab, um nicht von den anderen gehört zu werden. Zumindest war das meine Absicht. Auf so engem Raum zusammenzuwohnen, wenn auch hoffentlich nur für begrenzte Zeit, erforderte einen emotionalen Tribut.

»Du hast viel, über das du nachdenken musst«, antwortete er leise.

»Aber?«

Er rieb sich das Kinn. »Bereust du es? Die Konvergenz?«

Ich erstarrte. Auch er blieb neben mir stehen. Mein Schweigen zog sich in die Länge und war Antwort genug. Dabei wollte ich das nicht.

Wie auch immer ich für ihn empfand, ich wollte auf gar keinen Fall, dass er dachte, er hätte einen Fehler begangen.

»Ah«, merkte er verletzt an.

»Das ist es nicht …«, widersprach ich, sobald ich meine Stimme wiedergefunden hatte.

»Es hört sich sehr danach an«, entgegnete er nach einem Moment. Scharf wie die Klinge, die ich vorhin noch durch Geisterkörper gedrückt hatte. »Ich verstehe es bloß nicht. Wie kannst du in dem einen Moment so überzeugend sein und im nächsten …« Unsicher deutete er mit einer Hand auf mich.

Eine schneidende Bö wirbelte meinen Umhang auf und ließ mich erzittern. Tian, der bloß in Hemd, Weste und Hose dastand, schien die Kälte nicht zu spüren.

»Es ist bloß so, dass ich dir nicht die ganze Wahrheit gesagt habe …« Ich seufzte. Mit einer Hand fuhr ich mir durch die verknoteten Locken. Es hatte sich noch kein geeigneter Moment ergeben, sie von dem getrockneten Blut und Dreck zu befreien. Ich ekelte mich vor mir selbst.

»Bedeutet was genau?«

»Zuallererst, dass ich keinen Ausweg gesehen habe«, murmelte ich. »Ich dachte, unsere Konvergenz würde alles rückgängig machen.«

»Was genau?« Sein Blick hielt meinen fest, obwohl ich nichts lieber wollte, als zu fliehen.

Denn wenn ich Tian von Jamie erzählte, dann … ich wusste nicht, was er tun würde. Nur, dass er leiden würde.

»Du kannst mir alles sagen«, ergänzte er, während ich weiter von meinen eigenen Gedanken festgehalten wurde. »Ich werde dich niemals verurteilen, Billie.«

»Pass auf, was du versprichst, Tian«, sagte jemand. Nein. Nicht *jemand*. Die Person, die die Hälfte meines Seins zu hüten schien. »Es ist nicht einfach, urteilsfrei zu bleiben, wenn die eigenen Gefühle auf dem Spiel stehen.«

Während ich zu Stein erstarrte, wirbelte Tian zu Jamie herum. Sofort hatte er einen Dolch gezogen und hielt ihn damit auf Abstand. Möglicherweise war es auch das tiefe Knurren, das Jamie zögern ließ.

Ganz langsam drehte ich mich zu dem Blutfae um, der aus

dem Wald getreten war. Er stand am Rand der Straße. Hinter ihm erhob sich die Silhouette von Westwend als dunkler Schemen in einer Ebene aus Schnee und Eis. Sein schwarzer Umhang flatterte und Strähnen seines Haares bewegten sich auf seiner Stirn.

Ihn in dem Halbdunkel zu sehen brachte mich wieder zu Verstand. Für einen kurzen Moment hatte ich gedacht, seine Stimme in meinem Kopf zu hören – trotz meiner sorgfältig errichteten Wälle. Ich war fast erleichtert, ihn in meiner Wirklichkeit zu wissen.

Ich gab mir Mühe, jegliche Gefühle sorgsam von meinem Gesicht zu wischen.

Sobald er ahnte, was für Irrsinn er in mir hervorrief, wäre es vorbei. Trotzdem konnte ich nicht verhindern, dass mein Herz heftig zu schlagen begann. Als wäre es der einzige Teil meines Körpers, der zur Flucht bereit war, während der Rest wie festgefroren war.

»Du hast die Sicherheit von Westwend verlassen, um herzukommen?«, zog ich ihn auf. Magie, die sich zu einem großen Teil regeneriert hatte, knisterte zwischen meinen Fingerspitzen in Form kleiner Blitze.

Ich hatte nicht vergessen, was er gesagt hatte. Nur keinen freien Moment gehabt, um *wirklich* darüber nachzudenken. Wie konnte es sein, dass er die Kontrolle über die Jagd verloren hatte?

Er öffnete den Mund und schloss ihn wieder. Sein Blick glitt von mir zu Tian und zurück. »Was hast du getan, Billie?«

Entsetzen zeichnete sich auf seinem Gesicht ab. Wie konnte er nach einem einzigen Blick wissen, was geschehen war, während Tian noch immer ahnungslos blieb?

Mir wurde heiß und kalt gleichzeitig. »Warum bist du hier?« Ich durfte ihm bloß nicht die Kontrolle über das Gespräch überlassen. Ja, ich hatte vorgehabt, Tian von ihm zu erzählen, aber nicht in Jamies Anwesenheit. Dann könnte ich mich sofort die Klippe runterstürzen, weil es zu keinem ruhigen Austausch kommen würde.

Jamie verengte die Augen, die einen rötlichen Schimmer bekamen. Was auch immer er zu erkennen geglaubt hatte, es würde ihn nicht von seinem Plan abhalten. Ich hoffte bloß, dass Tian und ich es gemeinsam konnten.

»Um euch zu warnen.«

Nicht das, womit ich gerechnet hatte.

»Was redest du da?« Tian klang zwiegespalten. Er wollte Jamie wahrscheinlich nicht die Genugtuung gönnen, gleichzeitig hasste er es, im Dunkeln zu tappen.

»Hat sie es dir wirklich nicht gesagt?« Jamie sah ganz und gar nicht amüsiert aus, obwohl er trocken auflachte. *Du weißt nicht, was du getan hast, Billie,* sandte er mir lautlos zu. »Sie ist mit dir die Konvergenz eingegangen, ohne dir zu beichten, dass wir beide bereits miteinander verbunden sind?«

Ich konnte mich zwar nicht selbst sehen, doch ich bezweifelte nicht, dass mein Gesicht jegliche Farbe verloren hatte.

»Tian ...«

Sein Gesichtsausdruck hatte sich zu einer Maske des Ekels gewandelt und raubte mir den Atem. Ich hatte ihn so noch nie zuvor gesehen. Es fühlte sich an, als hätte mir jemand einen Tritt in die Magengrube verpasst.

»Du bist ein widerwärtiges Schwein, Jamie«, raunte er. »Wie konntest du ihr das antun?«

»Sie ist freiwillig zu mir gekommen. Sie hat Ja gesagt.« Der Boden wurde mir unter den Füßen weggerissen.

Hör auf, bat ich ihn.

Er sah mich an. Ich sah ihn an. Die Welt hörte auf, sich zu drehen, denn ich erkannte, was er Tian niemals zeigen würde.

Er war verwundet. Vielleicht nicht nur durch mich. Nein. Innerlich war er roh und verloren, weil etwas geschehen war, das nichts mit mir zu tun hatte. Doch die Konvergenz, die ich nun auch mit Tian eingegangen war, brachte das Fass für ihn zum Überlaufen.

»Letztlich sind wir beide vom gleichen Schlag. Wir haben beide von ihr bekommen, was wir wollten«, sagte er in Richtung Tian, weil er nicht aufhören konnte, wie ein verletztes Tier um sich zu schlagen.

Du willst nur nicht der Einzige sein, der Schmerzen erleidet, presste ich unnachgiebig hinterher, weil sich zu meiner Scham auch Wut mischte. *Du hast nicht das Recht, so mit meinem Leben umzugehen.*

Nicht das Recht? Wieder dieses grausame Lachen, das ich so verabscheute. Es erinnerte mich an Moth, wenn er ein besonders schwieriges Ziel für mich hatte.

»Wir könnten nicht unterschiedlicher sein.« Tian sah mich nur kurz an. Der Ekel war nicht gegen mich gerichtet, das wusste ich nun. Aber ich war zu sehr von meinen eigenen Gefühlen überwältigt, um mehr in seinem Blick zu lesen.

Natürlich, fügte er an. *Ich bin dein Feind. Mehr nicht. Warum habe ich dann nicht mal das Recht, dir und allen anderen wehzutun?*

Weil es kindisch wäre. Was ist aus deinem Ziel geworden, deine Familie zurückzuholen? Dein Volk? Wie passt es da hinein, dass du dich mit Tian anlegst, als hätte er dein Lieblingsspielzeug zerstört?

»Du hast recht ...« Ich wusste nicht, ob er damit Tian oder mich meinte, und eigentlich war es egal. »Immerhin hat sie durch die Verbindung zu mir ihre gesamte Magie erhalten. Durch dich hingegen? Was hat sie bekommen? Dich? Ein baldiges Ableben?«

Was hatte er vor? Wollte er Tian reizen, bis dieser ihn erledigte? Denn das würde der Vampir tun.

»Was meinst du damit?« Noch hatte ich Jamies Motive nicht herausgefunden, aber ich konnte ihn nicht einfach eine derartige Information aussprechen lassen, ohne sie zu verfolgen.

»Denkst du wirklich, du kannst mit zwei Personen verbunden sein, ohne dass es Konsequenzen nach sich zieht? So funktioniert das nicht.« Dass er mit mir wie mit einem Kleinkind sprach, brachte mich auf. Insbesondere, weil er sich selbst wie eines verhielt.

»Vampire können mehrere Blutbräute haben ...«

»Aber es gibt nur einen Vampir für eine Blutbraut.« Zur Untermalung hob er einen Zeigefinger in die Luft. »Die Tatsache, dass die Konvergenz überhaupt zweimal funktioniert hat, liegt daran, dass es sich in deinem Fall um einen Blutfae und einen Vampir handelt. Ich bin mir jedoch sehr sicher, dass das Band nicht mehr lange hält zwischen uns dreien. Du müsstest es bereits spüren. Es ist zum Zerreißen gespannt, nicht wahr?«

Das Brennen in meiner Seele ... War es das? Hatte das Band begonnen, gegen mich zu rebellieren?

»Ich sollte dich einfach töten«, zischte Tian, der die Unterhaltung mit wachsender, kalter Wut verfolgt hatte. »Wenn du dir schon die Mühe gemacht hast, herzukommen.«

»Tian, das ist keine so gute Idee«, murmelte ich.

»Hör auf Billie, Tian. Wenn du mich erledigst, stirbt sie auch. Ich bezweifle, dass das Band zwischen euch sie retten kann.« Er hob eine Schulter. »Aber wenn du risikofreudig bist, nur zu. Wenn du denkst, du kannst ohne sie weiterleben, trau dich.«

Und du könntest es?, fragte ich Jamie unwillkürlich.

Ich kann ohne dich sterben, sagte er bloß, aber es war keine Antwort auf meine Frage.

»Entschuldige, Billie, ich kann seine Stimme nicht mehr hören. Niemand hat was gegen eine Tracht Prügel gesagt.« Er wartete nicht mein Einverständnis ab und stürmte auf Jamie zu.

Der Blutfae war unfassbar schnell. So schnell, dass ich ihn kaum mit dem bloßen Auge verfolgen konnte. Wäre Tian nicht zum Kronvampir aufgestiegen, wäre der Kampf eine einseitige Angelegenheit gewesen.

Zu seinem Glück war Tian durch den Kampf gegen die Geisterreiter bereits erprobt und wusste, wie er seine neue Machtquelle einsetzen konnte.

Ich sah keinen Grund, mit meiner Magie einzugreifen. Das Brennen war nach wie vor da und ich fürchtete, es würde mit jedem Mal, da ich mich magisch verausgabte, an Intensität gewinnen. Wie viel Wahrheit steckte tatsächlich in Jamies Worten?

Die daraus resultierende Angst klopfte in einem stetigen Rhythmus an meine Barrieren, die ich errichtet hatte, um funktionieren zu können. Fürchtete ich mich vor dem Tod? Oder fürchtete ich mich davor, mehr als mein eigenes Ableben zu verantworten, weil ich niemandem mehr würde helfen können?

Der Blutfae duckte sich, doch Tian war schneller und riss mit seinen Klauen den Umhang von Jamies Schultern. Ich trat ein paar Schritte zurück, um nicht zwischen die Fronten zu geraten.

Es war möglich, dass Jamie meine Gedanken gelesen hatte. In einem Moment meiner Unachtsamkeit. Hatte er das Brennen bemerkt und wollte mir damit nun Panik machen? Fest stand bloß, dass ich ihm nicht trauen konnte. Ganz gleich, wie wahr sich seine Worte anfühlten.

Ganz gleich, wie ich mich in seiner Anwesenheit fühlte.

Ich verschränkte zitternd die Arme vor meinem Körper. Mir wurde zunehmend kälter, während sich die beiden vor mir verausgabten. In den ersten Minuten konnte ich keinen Stärkeren ausmachen, doch mit der Zeit gewann Tian immer öfter die Oberhand, bis er Jamie unter sich begraben hatten.

Immer wieder schlug Tian mit der Faust auf Jamie ein, bis

ich ernste Zweifel zu hegen begann. Tian war so von dem Zorn auf seinen ehemals guten Freund gesteuert, dass er nicht mehr klar denken konnte. Ich wollte seiner Beherrschung vertrauen, aber ich wollte auch nicht sterben. Und Jamie hatte den Tod genauso wenig verdient. Lange Zeit hatten wir mehr oder minder freiwillig auf einer Seite gestanden. Vampirinnen und Vampire waren unsere Feinde gewesen.

Bis er mein Vertrauen missbraucht hatte. Bis er mich überwältigt hatte. Bis mir klar geworden war, wie sehr er mich tatsächlich manipuliert hatte.

Wie sollte ich ihm das je verzeihen?

»Tian! Wenn du so weitermachst, könnten wir alle sterben. Hör auf«, sagte ich laut.

Sofort hielt er inne und richtete seinen rot leuchtenden Blick auf mich. Seine Lippen zu einem grausamen Lächeln verzogen, ehe er wieder zu sich selbst fand. Mit einem Mal zog er seine Fangzähne zurück. Ich erschauerte.

Manchmal übersah ich die brutale Seite von Tian, die er wie ein Raubtier in einem Käfig hielt und nur hervorholte, wenn es keine andere Möglichkeit gab.

Oder wenn Jamie ihn reizte.

»Habe mich gehen lassen«, grummelte er, ehe er wieder auf den Blutfae hinuntersah. Ich hörte dessen Stöhnen. Das Gesicht war blutig und geschwollen. »Was sollen wir sonst tun? Wir können ihn wohl kaum gehen lassen.« Mit einer Hand hielt er ihn weiter am Kragen fest.

Jamie lachte.

Es war die unpassendste Situation, doch er lachte, drehte seinen Kopf in meine Richtung, um Blut zu spucken, und lachte weiter.

Das war der Moment, in dem ich das erste Mal den Vorstoß wagte und in seinen Kopf eindrang. In seinen Verstand. Freiwillig. Weil ich es hasste, ihn zu sehen.

Weil ich es hasste, ihn zu mögen.

Weil ich es hasste, dass er ein Teil von mir war und ich von ihm.

Als ich meinen Verstand wie Fühler nach ihm ausstreckte, verstummte Jamie. Sein Blick aus den angeschwollenen Augen fand meinen.

»Jetzt akzeptierst du die Verbindung?«, fragte er mit einem Lispeln, als würde ihm ein Zahn fehlen.

Tian sah ratlos zwischen uns hin und her. Ich ließ ihn in meinen Kopf. Jetzt, nachdem ich nichts mehr vor ihm verheimlichen musste.

Nun, das stimmte nicht ganz, doch ich vergrub meine eigenen verräterischen Gefühle tief in mir drin, wo er schon gründlich danach suchen müsste.

»Ich will wissen, was du vorhast«, sagte ich bloß, während ich weiter versuchte, seine Mauern zu durchdringen, die um ein Vielfaches mächtiger waren als meine eigenen. Vielleicht besaß ich auch weniger Kraft, die seinen zu überwinden.

Kein Wunder, dass seine Gedanken nie versehentlich auf mich herübergeschwappt waren.

»Dazu musst du mich bloß fragen. Ah, macht es dir was aus, von mir runterzugehen?«

Tian verdrehte die Augen, doch er zog sich zurück.

Er ist uns nicht gewachsen, sagte Tian lautlos zu mir. *Wenn er was versucht, können wir ihn immerhin k. o. schlagen.*

Ich nickte, auch wenn ich nicht ganz davon überzeugt war, dass Jamie nicht etwas geplant hatte, das weder Tian noch ich kommen sahen.

Jamie erhob sich schwerfällig. Er begann bereits zu heilen und sein Gesicht sah bei Weitem nicht mehr so furchtbar aus wie noch vor wenigen Minuten.

»Ich habe dir ein Geschenk mitgebracht, Tian, weil ich ohnehin nicht mehr nach Westwend zurückkann. Allein«, sagte er, während er sich den Schmutz von der Kleidung klopfte. Eine große Verbesserung erzielte er dadurch nicht.

»Deine Großzügigkeit in allen Ehren, aber ich verzichte«, entgegnete Tian an meiner Seite. Er verstummte und wischte sich übers Gesicht. »Jamie, bitte, denk noch mal über den Pfad nach, den du ausgewählt hast.«

Ich verstand nicht, warum es genau dieser Satz war, der Jamies Zorn entfachte. Doch jäh war sämtlicher Witz aus seinen Zügen verschwunden.

»Warum? Was ist so falsch daran, Tian? Du tust auch alles, um deine Familie zu beschützen. Warum ist es so verwerflich, dass ich das Gleiche machen wollte?« Fast schon hilflos breitete er die Arme aus. Ich bildete mir ein, Tränen in seinen Augen schimmern zu sehen, dabei war es zu dunkel, um das zu erkennen. Mir entging allerdings auch nicht, dass er in der Vergangenheit gesprochen hatte. »Gibt es Kollateralschäden? Ja. Aber die gab es vor mehreren Hundert Jahren auch. Als Vampire meine Familie systematisch gejagt und getötet haben. So wie Vampire Jagd auf Hexen machten, Billie. Nur weil du Tian zuerst kennengelernt hast, hast du dich auf seine Seite geschlagen? Ist es das?«

Ich blieb ihm eine Antwort schuldig, weil ich keine parat hatte. Es waren keine Argumente, die ich mir noch nicht selbst genannt hätte. Im Stillen.

»Darum geht es nicht«, sagte ich schließlich leise, weil Hass manchmal zu Verzweiflung wurde. »Warum hast du Tian nicht um Hilfe gebeten? Du kennst ihn so lange. Glaubst du wirklich, dass er dich rausgekehrt und verraten hätte?«

Jamie lachte höhnisch. »Meinst du das ernst? Er hat nichts anderes außer seiner Rache im Kopf und wenn du denkst, dass das nicht stimmt, nur weil ihr miteinander verbunden seid, dann machst du dir größere Illusionen als ich.«

»Ich hätte dich angehört«, mischte sich Tian ein.

»Mehr auch nicht.« Das Rot in Jamies Augen erlosch vollkommen. Wütend presste er die Lippen zusammen und gestikulierte wild mit einer Hand. »Weißt du, wie oft ich darüber nachgedacht habe, dich in all das einzuweihen? Dir zu zeigen, wer ich wirklich bin und zu was ich gezwungen werde? Mehr, als ich zählen kann. Aber immer hast du abgeblockt, Tian. Du wolltest mich beschützen, doch du wolltest mich nicht sehen. Du wolltest, dass ich bei dir bleibe, aber du wolltest mir nicht helfen.« Seine Stimme brach und ich presste eine Hand auf meinen Mund, um all meine Gefühle runterzuwürgen. Das hier war nicht mein Moment. Es war Jamies und Tians.

Sie hatten einander geliebt und einander auf unterschiedliche Arten betrogen. Bewusst und unbewusst. Und Jamie so gebrochen zu sehen rief einen Schmerz in mir hervor, den ich noch nie gefühlt hatte.

»Jamie …« Tian machte Anstalten, nach ihm zu greifen, doch er hatte sich bereits entfernt.

»Behaupte nicht, ich hätte dir nie was geschenkt, Tian«, raunte Jamie heiser.

Bevor seine Worte richtig bei mir ankamen, sprang jemand anderes aus den Büschen. Ein Schatten, der sich sofort auf Tian stürzte und ein fast animalisches Knurren verlauten ließ. Als wäre das ein zuvor abgemachtes Zeichen gewesen. Als wären wir von Anfang an Beute gewesen.

In dem Knäuel, das Tian und sein Angreifer formten, erkannte ich erst nach ein paar Sekunden, dass es sich dabei um eine Frau handelte. Eine Vampirin, um genau zu sein. Sie hatte kurzes schwarzes Haar und glühend rote Augen. Immer wieder versuchte sie, ihre Fangzähne in die Nähe von Tians Hals zu bringen, doch er war zu stark für sie. Konnte sie bestens auf Abstand halten.

Sie rollten sich über den Weg. Immer wieder wechselte sich ab, wer die Oberhand hatte, ehe sich das Blatt ein weiteres Mal wendete. Jamie blieb, wo er war. Er hätte die Gelegenheit zur Flucht nutzen können, doch er bewegte sich nicht. Gleichzeitig hätte er nicht weiter von mir entfernt sein können. Sein Blick war leer und voller Schatten, als ich mich von ihm abwandte, um den Kämpfenden zuzusehen, falls ich eingreifen musste. Noch vertraute ich Tians Können.

Ich drehte mein linkes Handgelenk und kreierte eine orangerote Flamme. Die Angreiferin setzte sich auf Tians Oberkörper, und er hielt sie mit seinen Händen auf ihrer Stirn von sich fern. Ich schleuderte die Flamme auf sie zu. Noch eine und noch eine.

Sie wurde erst an der Schläfe und dann an der Schulter getroffen. Sofort richtete sich ihr Fokus auf mich. Ihr Fauchen war laut und grausig. Das Gesicht zu einer Grimasse voller Hass verzerrt.

»Nein. Stopp!«, rief Tian.

Sie hörte natürlich nicht, als sie sich auf mich stürzte. Anstatt aber, wie bei ihm, ihre Zähne in meine Haut senken zu wollen, womit ich gerechnet hatte, schlug sie mit ihrer Hand aus. Ihre Klauen rissen meine Wange auf, ehe ich einen Schritt zurückweichen konnte. Der Schmerz ließ mich stolpern. Instinktiv legte ich eine Hand auf die blutende Wunde, als die Fremde bereits nachsetzte. Dieses Mal mit den Klauen der anderen Hand.

Doch ich hatte nicht so lange mit meiner Familie auf der Straße überlebt, um mich nicht rasch nach einem Schlag fangen zu können.

Die Pein zurückdrängend, blendete ich die Vampirin mit gleißendem Feuer, das zwar keine Hitze ausstrahlte, aber an Helligkeit nicht zu übertreffen war. Dann schleuderte ich sie mit einer Armbewegung zurück und war bereit, dem Ganzen ein Ende zu setzen. Sie prallte gegen einen Baumstamm am Wegesrand und wirkte für den Moment verwirrt.

»Jamie! Was zur Hölle!«, herrschte ich ihn an, doch er verschränkte bloß die Arme.

Wen auch immer er als Assassinin geschickt hatte, ihr gegenüber empfand ich immerhin keine Skrupel. Für mich war sie eine Vampirin wie jede andere, und da sie Tian und mich angegriffen hatte, hatte sie wohl ebenfalls keine Intention, uns zu verschonen.

»Billie, nicht!« Tian legte eine Hand auf meinen ausgestreckten Unterarm.

»Was?« Ich wagte es nicht, den Blick von ihr abzuwenden. Auch wenn ihre Kampfkünste unkoordiniert und laienhaft wirkten, hatte sie Schaden anrichten können. Ich konnte froh sein, dass sie mein Auge verfehlt hatte.

»Sie ist …« Ich konnte sein Schlucken hören. Er rang nach Worten, was ich nicht von ihm gewohnt war. Je länger ich ausharrte, desto prominenter wurde der Schmerz in meinem Gesicht. Ich spürte, wie Blut von meinem Kiefer sowie von meinem Lid troff, und musste heftig blinzeln.

»Tian? Ich will dich nicht zur Eile antreiben, aber die da erholt sich gleich.« Sie versuchte bereits wieder aufzustehen, doch ihre Knie versagten. Ich musste sie härter mit meiner Magie getroffen haben als beabsichtigt.

»Das ist meine Schwester«, raunte er und drückte meinen Arm endgültig nach unten. Die Magie in mir verpuffte. »Rosy.«

14

Rosy hielt wohl nicht viel von ihrem Bruder. Sobald sie aufrecht stand, griff sie ihn erneut an. Dieses Mal war er jedoch vorbereitet und mit einem gezielten Schlag in die Magengrube brachte er sie aus dem Gleichgewicht.

»Rosy, ich bin es«, sagte er mit so viel widerstreitenden Gefühlen in der Stimme, dass mir schwindelig wurde. Ich konnte mir nicht ausmalen, wie er sich fühlte, und schreckte ebenso davor zurück, in seinen Verstand zu tauchen, um es herauszufinden.

Freust du dich nicht für ihn?, fragte mich Jamie. Erst jetzt bemerkte ich seinen Blick, der auf mir ruhte. Ich konnte nicht sagen, ob die Schwellung seines Auges ab- oder zunahm.

Bleib aus meinem Kopf raus, zischte ich lautlos zurück. Anstelle einer Antwort, die ich nicht mal mir selbst geben wollte.

Sekunden nach dem Schlag lag Rosy bäuchlings auf dem Boden und Tian hielt ihre Arme fest. Ich sah ihm an, dass es ihm wehtat, Gewalt gegen sie anzuwenden, doch sie war wie ein aufgeschrecktes Tier.

»Sie hört dich nicht«, sagte ich, als er immer wieder versuchte, mit Worten zu ihr durchzudringen.

Sie zappelte, knurrte und trat um sich. Er musste ein Knie in ihr Kreuz drücken, damit sie ihm nicht entkam.

Ich trennte derweil ein Stück Stoff von meinem Umhang und nutzte dafür den Dolch, den ich bei mir trug. Die Kratzer bluteten so stark, dass ich mich schon jetzt davor fürchtete, später einen Blick in den Spiegel zu werfen. Ich war nicht frei von Eitelkeiten.

»Rosy, bitte ...« Tians sanfter Tonfall stand in starkem Kontrast zu seiner angespannten Körperhaltung.

Ich konnte seine Verwirrung verstehen. Schließlich hatte er geglaubt, seine gesamte Familie kurz nach seiner Wandlung im Wahn getötet zu haben. Er war nach dem Massaker zu sich gekommen und hatte das Schlimmste angenommen. Offensichtlich hatte er übersehen, dass nicht alle gestorben waren.

Mein Misstrauen wurde jedoch davon geweckt, dass Rosy ebenfalls eine Vampirin war und dass Jamie sie zu uns geführt hatte. Ich war mir sicher, sie war das Geschenk, das er Tian versprochen hatte.

Da sich meine Geduld dem Ende neigte, weil unser Rastplatz offenbar längst aufgeflogen war, knockte ich Rosy aus. Dafür genügte ein intelligenter Kniff meiner Magie, mit der ich ihr Genick brach. Sie würde sich in ein paar Stunden davon erholt haben, aber bei den Göttern, wenn sie weiter so herumschrie, würde ich ihr mit bloßen Händen den Hals umdrehen.

Tian blickte entgeistert von ihr zu mir.

»Das war unnötig«, sagte er kühl und hievte sie auf seine Arme.

»War es nicht. Wir wissen nicht, vor wem dieser Mistkerl davonläuft und wen er unter Umständen zu uns geführt hat«, widersprach ich. »Lass uns von hier verschwinden.«

»Wir hätten sie fesseln können, ohne ihr das Genick zu brechen.« Finster sah er mich an. So, wie während unserer Anfangszeit. Als wäre ich bloß ein weiteres Problem auf seiner nie kürzer werdenden Liste.

»Tian. Sie hat mir das halbe Gesicht aufgerissen, entschuldige, dass ich keine Geduld aufbringe.«

»Offenbar triffst du Entscheidungen gern allein.« Er

bewegte sich immerhin in Richtung Wagen. »Kannst du dich zumindest um deinen anderen Partner kümmern?«

Anderen Partner …?

»Das ist unnötig«, murmelte ich. Bei jedem Wort schmerzte meine Wunde mehr. »Ich hätte dich nicht für so kleinkariert gehalten.«

»Du hättest mir die Wahrheit sagen sollen. Dann hätten wir uns etwas überlegen können.«

»Du hast dich doch ohnehin schon geziert, die Verbindung mit mir einzugehen. Das wäre bloß ein weiterer Grund für dich gewesen, mich abzulehnen! Autsch.«

Abrupt blieb er stehen und drehte sich mit einer leblosen Rosy in den Armen zu mir um. Sein Blick wurde weicher, als er meinem begegnete.

»Wir sollten später darüber reden«, sagte er nach einem Moment. »Deine Tante hat bestimmt noch etwas von der Salbe übrig.«

Schnaubend drehte ich mich zu Jamie um.

»Du, hierher.«

»Ich bin kein Hündchen«, sagte er, gehorchte mir jedoch.

»Streck deine Hände aus.«

»Das ist wirklich nicht notwendig.«

»Das entscheide ich. Jetzt halt die Klappe.« Ich war froh, als er nicht weiter widersprach. Dann erst bemerkte ich, dass ich unglücklicherweise nichts bei mir hatte, um seine Hände zu fesseln.

»Brauchst du einen Vorschlag?«, fragte er dann doch, weil ich nichts anderes tat, als seine Handgelenke anzustarren. Im darauffolgenden Moment hatte ich aber meine Magie gewirkt und seine Gelenke wurden wie magnetisch voneinander angezogen. »Du solltest nicht so viel Magie nutzen.«

»Pass auf, dass ich den gleichen Zauber nicht auch auf deine Lippen anwende.«

»Dazu wäre kein Zauber nötig.«

Ich ignorierte das Flattern in meinem Bauch, packte ihn grob an der Schulter und führte ihn zum Wohnwagen.

Natürlich hatte Tian nicht auf mich gewartet. Warum auch? Erstens vertraute er mir, dass ich mit Jamie fertigwurde, und zweitens hatte er Rosy, um die er sich kümmern musste.

Ich konnte meinen Ärger nicht gänzlich aufgeben. Klar, Tian stand wahrscheinlich unter Schock, plötzlich von seiner totgeglaubten Schwester angegriffen zu werden, aber ich war seine Blutbraut! Wir sollten eine Einheit sein.

Du bist es gewesen, die mit ihrem Schweigen einen Keil zwischen euch getrieben hat, erinnerte ich mich selbst.

Zu meinem Glück hörten weder Tian noch Jamie meine Gedanken.

Die anderen waren selbstverständlich vollkommen entsetzt, als ich hinter Tian mit Jamie in den Wagen trat. Sofort setzten wir uns wieder in Bewegung. Frinn und Hugh auf dem Kutschbock, um alles im Auge zu behalten.

Rosy wurde von Tian auf das Bett von Ellewy gekettet, die überraschenderweise ihren Missmut für sich behielt und auf die andere Seite umzog. Dort stand der durchgesessene Sessel.

Jamie erlaubte ich, sich auf den Boden neben der Feuerstelle zu setzen. Elma half mir dabei, meine Magie durch Fesseln zu ersetzen, von denen ich nicht mal wusste, ob sie ausreichten.

»Ich sagte doch bereits, dass ich nicht fliehen werde. Es gibt keinen anderen Ort für mich – außer der Hölle.«

»Du hältst dich wohl für besonders witzig, oder?«, fragte ich ihn scharf.

»Nicht besonders, nein.«

Ich verdrehte die Augen und entfernte mich von ihm. Allmählich wurde es hier unerträglich eng.

Während Tian den großen Bruder mimte, verdrängte ich das Mitleid, das ich mit ihm hatte, und zog mich an den Küchentisch zurück. Elma half mir, die Wunde in meinem Gesicht zu reinigen und die Salbe aufzutragen. Erst danach besah ich mir das Ergebnis im Spiegel.

»Sie hat dich ziemlich gut getroffen«, murmelte Elma verlegen, als wäre es ihre Schuld.

Ich knallte den Handspiegel auf die Tischplatte. »Ich war abgelenkt.«

Drei Striemen. Sie hatte mir drei verdammte, blutige Striemen verpasst. Von der linken Augenbraue bis zu meiner Nase und Oberlippe. Ich war zwar auch eitel, aber hauptsächlich ging es mir darum, dass so außergewöhnliche Narben ungebetene Aufmerksamkeit auf sich ziehen würden. Hoffentlich konnten Elmas Magie und ihre Salbe das Schlimmste verhindern.

»Können wir reden?«

Ich hatte nicht bemerkt, wie Tian sich mir genähert hatte. In letzter Sekunde konnte ich den Impuls unterdrücken, zusammenzucken. Ich musste ja nicht schuldiger wirken als ohnehin.

Wenn es unbedingt sein muss, kam mir als Erstes in den Sinn, doch ich wollte nicht kindisch sein. Obwohl ich wegen der Art, wie er sich draußen mir gegenüber verhalten hatte, verletzt war.

»Sollten wir nicht zuerst den da befragen?«, erkundigte sich Kit und deutete mit einem Finger auf Jamie. Ich folgte ihrem Blick. Der Blutfae hatte seinen Hinterkopf gegen die Holzbretter der Wand gelegt und die Augen geschlossen, als befände er sich hier in einem Entspannungsraum.

»Was meinst du?«, fragte ich Tian.

»Wir brauchen nicht lange«, sagte er laut und ging dann vor.

Widerwillig folgte ich ihm. Ich wusste, was er sagen würde,

und ich glaubte nicht, dass es wichtiger war, als Jamie jetzt sofort ins Kreuzverhör zu nehmen.

Es war so beengt, dass uns nur der Weg nach oben blieb, um allein miteinander zu reden. Der Wagen ruckelte plötzlich so heftig, dass ich mit dem Rücken gegen Tian stieß. Seine Hände legten sich um meine Oberarme.

»Vorsicht«, sagte er.

»Ich komme schon klar«, murmelte ich und erklomm die Leiter nach oben.

In meinem und Hughs Zimmer konnten wir uns lediglich mit einem dicken Vorhang Privatsphäre schaffen. Wenn keiner von uns seine Stimme erhob, sollte uns aber über den Radau des Wagens niemand hören können.

Ich gab mir Mühe, möglichst unbeteiligt zu wirken. Zwischen den Betten war so wenig Platz, dass ich mich schließlich hinsetzte, auch wenn ich ihm dadurch einen Vorteil verschaffte.

»Wir kämpfen nicht gegeneinander, Billie«, sagte er leise.

»Geh aus meinem Kopf raus«, erwiderte ich harsch. Ich hatte vergessen, meine Mauern wieder hochzuziehen, weshalb er vermutlich ein paar meiner Gedanken aufgeschnappt hatte, die ich ihm nicht hatte zeigen wollen. »Gerade fühlt er sich sowieso übervölkert an.«

»Ist es, weil ein gewisser Jemand sein Lager darin aufgeschlagen hat?« Er verschränkte die Arme und zog die Brauen hoch.

Während ich mich um meine Verletzung gekümmert hatte, hatte er sich um seine Schwester gesorgt. Deshalb war er noch dreckig und trug seine zerrissene Kleidung. Die kleinen Wunden und Blutergüsse, die ihm hauptsächlich von Jamie zugefügt worden waren, hatten sich bereits zurückgebildet.

»Ich habe gelernt, ihn auszusperren. Worüber willst du reden?«

»Genau darüber.« Dieses Mal zuckte ich wegen des anklagenden Untertons wirklich zusammen. »Warum hast du es mir nicht gesagt? Sei ehrlich.«

»Ich war ehrlich. Du willst es bloß nicht hören.«

»Billie …« Er setzte sich mir gegenüber auf Hughs Bett, sodass sich unsere Knie berührten. Ich wagte es nicht, den Kopf zu heben. »Natürlich hätte ich die Konvergenz abgelehnt, weil dein Leben auf dem Spiel steht. Selbst wenn wir Jamies Worten nicht trauen können, ergibt es Sinn, was er gesagt hat. Es … Es zerreißt mich, dass du meinetwegen so ein Risiko eingegangen bist.«

Und mich zerriss es, dass er plötzlich wieder der sanfte, bedachte Tian war, den ich kennengelernt hatte. Wo war seine Wut von vorhin? Und warum fühlte ich mich derart distanziert von ihm?

»Ich kann durchaus meine eigenen Entscheidungen treffen und das Risiko für mich selbst tragen. Mir war bewusst, was geschehen kann, und ich wollte es trotzdem tun«, log ich.

Wenn ich zurückdachte, war mir eigentlich gar nichts bewusst gewesen. Ich hatte wie ein aufgescheuchtes Tier gehandelt, das einfach etwas tun wollte, ohne seine Wunden zu offenbaren. Und jetzt hatte ich den Salat. Jamie und Tian unter einem Dach und ich zwischen ihnen gefangen.

»Warum? Was kann ich dir schon geben, das es wert ist, dein Leben aufs Spiel zu setzen?« Frustriert legte er die Hände auf meine Knie und bewegte sie leicht.

»Ist das wirklich eine Frage, die du stellen musst?«, wisperte ich und sah ihn an. »Hättest du nicht das Gleiche für mich getan?«

»Ich wollte das Gleiche für dich tun. Ich wollte dein Leben retten und mich rausnehmen.«

»Warum hast du es dann nicht getan? Wenn alles so schrecklich ist, warum bist du dann nicht einfach gegangen?«, rief ich. »Wir drehen uns hier bloß im Kreis. Es ist, wie es ist.«

»Wärst du nicht wütend auf mich? Wenn ich mein Leben einfach so aufs Spiel setzen würde, um dir einen Vorteil zu verschaffen?«

»Bist du es denn?«

Er blinzelte. »Was?«

»Ich kann dich nicht lesen, Tian. Fühlst du überhaupt etwas, abgesehen von Verärgerung, weil ich dir etwas so Wichtiges verschwiegen habe? Was geht in dir vor?«

Mit einer Hand in meinem Nacken zog er mein Gesicht näher zu seinem, bis ich mich in dem Kobaltblau seiner Augen verlor. »Ich kann nicht in Worte fassen, wie frustriert ich bin. Welche starken Gefühle du in mir hervorrufst. Also sieh hin.«

Er öffnete sich mir. Zum ersten Mal ließ er alle Barrieren absichtlich fallen und gewährte mir einen Einblick in seinen Verstand und vor allem in sein Herz.

Erinnerungen schwebten schemenhaft an mir vorbei. Wie eine Theatervorstellung, der ich auf der Bühne stehend beiwohnte, ohne beteiligt zu sein. Gleichzeitig spürte ich jede einzelne Emotion, die von Tian ausging.

Glück, als wir miteinander verbunden waren und einander festhielten.

Ekel und Wut auf Jamie, als er von der anderen Verbindung erfuhr.

Trauer und Frustration, während er an mich dachte, weil ich mich immer mehr von ihm distanzierte.

Und als er mich von seiner Schwester verletzt sah, eine solche Welle der Angst, dass mir schwindelte.

Angst, mich zu verlieren.

Angst, dass er bereits zu tief gefallen war.

Angst davor, dass ich seine Gefühle nicht in gleichem Maß erwiderte.

Angst davor, dass er sich irgendwann zwischen mir und dem Leben vieler entscheiden müsste.

Ich tauchte atemlos aus seinem Blick wieder auf und kam blinzelnd zu mir. Mit dem Daumen strich er sanft über mein Kinn. Darauf bedacht, die Wunden nicht zu berühren. Nicht für eine Sekunde hatte er mich aus den Augen gelassen. Für Tian war ich zum Zentrum seiner Welt geworden und ich empfand nicht das Gleiche.

Das wurde mir jetzt klar. Doch wie sollte ich das in Worte fassen?

Wollte ich das überhaupt? Es hatte sich schließlich nichts daran geändert, dass ich mich zu ihm hingezogen fühlte. Dass ich ihn mochte und auch ein klein wenig in ihn verknallt war. Nur weil er mir voraus war, hieß das nicht, dass ich nie das Gleiche für ihn empfinden würde, oder?

»Ich hätte nicht gedacht, dass ich mich jemals verlieben würde, Billie. In all der Zeit, in der ich nur ein Ziel vor Augen gehabt habe, war das nie eine Möglichkeit gewesen. Diese Wirklichkeit gab es für mich nicht.« Ich war unfähig, Atem zu holen. Seine Fingerkuppen tanzten über meinen Hals. Kälte traf auf Wärme. »Doch es ist passiert. Ich habe mich in dich verliebt, Wilhelmine Kron. Kannst du mir sagen, wie ich dich jemals gehen lassen kann?«

»Warum sollte ich das?« Verwirrt runzelte ich die Stirn.

»Weil ich weiß, dass es dir nicht so geht.« Er berührte mit einem Finger meine Unterlippe.

Ich erstarrte. »Tian ...«

Er legte seine Stirn an meine. »Wenn du willst, dass ich all das künftig für mich behalte, dann sag es mir. Wenn du mich als Bürde wahrnimmst, sag mir Bescheid. Ich werde mein Allermöglichstes tun und dir nicht zur Last fallen.«

Ich hörte den Schmerz in seiner Stimme und er brach mir das Herz, weil ich ihm nicht das geben konnte, was er von mir wollte. Gleichzeitig war ich egoistisch und ich konnte ihn nicht gehen lassen. Noch nicht.

Machte mich das zu einer schlechten Person?

»Ich mag dich sehr«, sagte ich langsam, weil jedes Wort wichtig war. Er entfernte sich von mir, ließ die Hand sinken und sah mich offen an. »Aber ich kann gerade keine Versprechungen machen. Die Verbindungen zwischen dir und mir sowie zwischen Jamie und mir ... sie verwirren meine Sinne. Meine Gefühle. Ich war naiv zu glauben, ich würde mit Leichtigkeit damit fertigwerden.«

»Das verstehe ich.« Er wirkte selbstverständlich verletzt.

Ich fragte mich, ob es anders zwischen uns verlaufen wäre, wenn ich Moth keinen Gefallen geschuldet hätte. Wenn ich niemals zu ihm zurückgekehrt wäre. Wenn ich ihn nie als Jamie kennengelernt hätte.

»Du hast gesagt, dass ich dir sagen soll, wenn ich Abstand brauche, aber was ist mit dir? Ist es für dich in Ordnung, wenn ich noch keine Antworten habe?«

»Damit komme ich klar.« Sein Mundwinkel zuckte leicht. »Und wer weiß, vielleicht gelingt es mir, dich dazu zu bringen, dich Hals über Kopf in mich zu verlieben.«

Ich küsste ihn sanft. »Ich werde mich nicht dagegen wehren.«

Denn Tian war ein guter Vampir. Trotz seiner Fehler, die jeder andere auch hatte, würde er alles für mich tun.

»Nachdem ich dir mein Herz ausgeschüttet habe, sollten wir uns vielleicht doch langsam um den Blutfae kümmern. Du hast mit ihm in Kontakt gestanden?«

Ich nickte. »Er hat mir gesagt, dass er nicht mehr die Kontrolle über die Reiter hat. Etwas muss also in Westwend geschehen sein. Außerdem ... ich bin nicht sicher, ob es damit zusammenhängt, doch es gibt jemanden, der mit ihm zusammengearbeitet hat. Oder dessen Befehle er ausgeführt hat. Ich bin nicht ganz sicher, in welchem Verhältnis sie zueinander stehen, nur, dass da jemand anderes ist.«

»Hm, ich weiß nicht, ob er mit Informationen so zuvorkommend sein wird, aber wir müssen versuchen, mit ihm zu reden. Er wird nicht ohne Grund bei uns aufgetaucht sein. Zusätzlich müssen wir aber einen Weg finden, die Verbindung zwischen dir und ihm aufzuheben, bevor sie dich das Leben kostet. Ich würde unsere Konvergenz auch auflösen, wenn es einfacher wäre.«

»Tian ...« Ich hätte mich lieber weiter über Politik unterhalten als darüber, auch wenn er recht hatte.

»Darüber diskutiere ich nicht. Es wäre fatal, Jamies Worte für bare Münze zu nehmen, aber in dieser Sache bin ich geneigt, ihm zu glauben. Deine Schmerzen sind nicht normal. Wer weiß, wie viel Zeit du noch hast?« Er fuhr sich mit einer Hand durchs Haar.

»Es ist mein Leben.«

»Und du willst mir verbieten, es zu retten?«

»Ich will nicht sterben, natürlich nicht. Doch gerade gibt es Dringenderes. Wir haben Westwend fast erreicht und müssen Leute überzeugen, sich uns anzuschließen. Damit Hexen endlich eine Chance haben, einen Platz in der Welt für sich zu beanspruchen.«

»*Du* musst das tun. Die Hexen werden ohnehin nicht auf mich hören.« Mit den Händen stützte er sich auf der Matratze hinter sich ab und lehnte sich zurück. »Ich werde einen Weg finden, dich zu ...«

»Wenn du noch einmal *retten* sagst, schreie ich.« Mit hochgezogenen Brauen sah er mich an. »Können wir nicht alles gemeinsam machen? Die Konvergenz, die Hexen, Jamie? Lass uns zusammenarbeiten. Ich weiß, das ist nicht deine Stärke als einsiedlerischer Vampir, der niemanden an sich heranlässt, aber bitte ...«

»Als einsiedlerischer Vampir?«, wiederholte er lachend. Ich war froh, dass die Schwere von ihm abgefallen war. Wir hatten beide unsere Gefühle auf den Tisch gelegt und jetzt galt es weiterzumachen und dabei ehrlich zueinander zu sein.

15

Nachdem ich Tian das Versprechen abgenommen hatte, meinen Tanten nichts von meiner Verbindung zu Jamie zu sagen, weil ich es selbst tun wollte, war er schon mal nach unten vorgegangen. Ich hoffte, dass Jamie bis dahin einfach die Klappe hielt, doch immerhin ging er mir gerade nicht auf den Senkel.

Ich vermutete, dass Rosy noch nicht erwacht war, und nahm mir ein paar Minuten, um mich zu waschen. Danach fühlte ich mich überraschenderweise fast wie neugeboren. Das Brennen in meinem Kopf schien nicht mehr ganz so zerstörerisch. Vielleicht war das jedoch nur Einbildung.

Während ich meine Locken auskämmte, blieb ich auf meinem Bett sitzen. Das Ruckeln des Wagens lullte mich ein.

Warum bist du hier aufgetaucht?, fragte ich Jamie. War es ungerecht, dass ich das Gespräch ohne Tian begann?

Ich wollte euch sehen.

Euch?

Du hattest recht. Natürlich hattest du das. Sein Lachen klang hohl und verwundet. Mein Herz krampfte sich zusammen. Ich wollte kein Mitleid für ihn empfinden. *Tian war mein Freund. Ich habe ihn vermisst.*

Hast du keine Freunde unter deinesgleichen? Stille. *Jamie?*

Ich bin nicht der, für den du mich hältst. Mir tut es leid, Billie. Ich … Ich hätte dich nicht zwingen dürfen.

Seine Entschuldigung raubte mir die Worte. Mit allem hätte ich gerechnet, nur nicht damit. Es beunruhigte mich.

Was ist passiert? Ich meine abgesehen davon, dass Tian dich windelweich geprügelt hat und du uns seine Schwester auf den Hals gehetzt hast.

Es war ihr eigener Wunsch. Er zögerte. *Ich war wütend. Deshalb habe ich ihr erlaubt, Tian anzugreifen. Aber mal im Ernst, er war nie wirklich in Gefahr.*

Ich blieb ihm eine Erwiderung schuldig.

In Gedanken versunken kletterte ich die Leiter nach unten. Hugh und Ruglio hatte ich im oberen Bereich bereits passiert. Sie hatten sich auf der Matratze im Werkraum hingelegt und leise unterhalten. Frinn polierte ebenfalls oben ihre Klingen und Elma saß vermutlich mit Ellewy auf dem Kutschbock. Kit und Obambo spielten Schach. Jemand hatte Jamie Wasser gegeben. Er hielt den Becher in seinen magisch gefesselten Händen, die er auf seinen angezogenen Knien abgelegt hatte, und schaute den Spielenden zu.

»Wer gewinnt?«, fragte ich im Vorbeigehen, Jamie absichtlich ignorierend. Die Laterne wackelte über dem Tisch und fiel dabei immer wieder durch Bams Gestalt hindurch. Das schien ihm jedoch nichts auszumachen, da er weiter auf der Stelle schwebte. Sein Stöhnen und die dazu passenden Bewegungen seines Fingers verriet Kit, ob sie seine Figuren richtig oder falsch setzte.

»Er natürlich«, grummelte sie, versetzte ihre Königin und sah mich dann an. Mit den Fingern deutete sie auf ihre eigene Wange. »Tut's noch weh?«

»Nicht mehr so. Mein Stolz ist eher angekratzt«, gab ich zu.

»Wir werden alle hin und wieder unerwartet getroffen. Das nächste Mal passt du besser auf.« Ihr Lächeln war ermutigend. »Der da ist bisher still geblieben.« Damit war wohl Jamie gemeint. »Was hältst du von Rosy?« Mit einem Kopfnicken deutete sie auf die Gefangene, die noch immer bewusstlos auf dem Bett lag. Tian saß neben ihr auf einem Hocker.

»Wir werden es herausfinden«, murmelte ich. »Aber zuerst…« Ich trat an dem Tisch vorbei und fixierte Jamie mit einem Blick. »Hoch mit dir.«

»Hilft mir jemand?«

»Immer gern«, kam es von Tian, der neben mir erschien und Jamie grob am Oberarm packte. Er verfrachtete ihn auf einen der Stühle, den er zuvor mit einem Fuß vom Tisch weggeschoben hatte. Das Kaminfeuer prasselte in Jamies Rücken und verlieh ihm eine höllische Aura.

»Ah, nicht ganz so, wie ich es mir vorgestellt hatte, aber danke«, feixte er.

»Dass du noch zum Scherzen aufgelegt bist, zeigt, dass du nicht die geringste Ahnung hast von dem, was du angerichtet hast«, sagte ich kalt, weil das die richtige Reaktion war. Ich sollte ihm gegenüber nichts anderes als Abneigung empfinden.

»Oder es zeigt, dass ich niemandem von euch vertraue«, gab er zurück, ohne beleidigt zu wirken.

»Das sagt genau der Richtige. Bist du nicht derjenige, der mich erst als Moth und dann als Tians Freund manipuliert hat?«, knurrte ich.

Er hielt meinen Blick so fest, als würde sein Leben davon abhängen.

Ich behaupte nicht, dass ich keine Fehler gemacht habe, sagte er lautlos.

»Geh aus meinem verdammten Kopf raus!«, rief ich, bevor ich mich zurückhalten konnte.

Drückende Stille legte sich für wenige Momente über uns.

»Aus deinem Kopf?«, fragte Kit, die zum Glück die Einzige war, die abgesehen von Tian die Unterhaltung mitbekommen hatte. Alle anderen befanden sich außer Hörweite. »Wie geht das?«

»Ich wollte es euch in Ruhe sagen«, wich ich aus. Und dann, weil es besser war, es schnell hinter mich zu bringen: »Ich bin mit Jamie die Konvergenz eingegangen.«

»Was?«, rief sie so laut, dass ich mir fast sicher war, dass Tians Schwester davon wach werden würde.

»Psst! Lass uns später darüber reden, ja? Jetzt geht es darum, weshalb Jamie hier ist und nicht mehr auf seinem heiß geliebten Thron.«

Tian rollte mit den Schultern. Das war auch kein Thema, das er weiter verfolgen wollte. Zumindest nicht in Anwesenheit von Jamie.

»Ich kann euch nicht viel sagen.« Jamie dehnte seinen Nacken. Sein Auge sah nicht mehr so geschwollen aus, doch sein Kragen war noch blutig.

»Du kannst oder du willst nicht?« Wir brauchten Antworten, wenn wir etwas erreichen wollten.

Vor allem, wenn ein Machtvakuum entstanden war, das die Sumpfhexe vielleicht noch vor uns erkannte und für sich zu nutzen wüsste.

»Magie hält mich davon ab. Ein Bannzauber, der nur mit meinem Tod gebrochen werden kann.«

Tian, Kit und ich sahen uns abwechselnd an. Definitiv nicht das, was ich erwartet hatte.

»Wer hat ihn gewirkt?« Keine Antwort. »Gut, einmal abgesehen davon. Wer sitzt jetzt auf dem Thron?«

Mit der Bannzaubersache könnten wir uns später noch beschäftigen. Wichtig war erst mal was anderes.

»Niemand, soweit ich weiß«, antwortete er nach einem Moment. »Lucille hält ihn lediglich warm.«

»Lucille?«, knurrte Tian. Er musste bloß ihren Namen hören, und schon wurde er von seinem Rachedurst erfüllt. Ich bemerkte, wie sein Blick zur schlafenden Gestalt seiner Schwester hüpfte.

Es gab noch mehr zu seiner Geschichte, als uns beiden klar gewesen war.

»Es hat ihr wohl nicht gepasst, dass ich sie hintergangen habe.«

»Wie konnte sie deine Leute gegen dich aufbringen?« Irgendeine wichtige Information fehlte uns. »Wie konnte sie im Kampf gegen dich bestehen?

»Sie sind nie *meine* Leute gewesen. Jedenfalls die meisten nicht«, gestand er.

»Wie der Blutfae, den du während der Krönung getötet hast?«

Er nickte. »Und zu einem Kampf zwischen ihr und mir ist es nie gekommen. Diejenigen, die mir noch treu waren, haben mir bei der Flucht geholfen. Sonst wäre ich so wie du im Kerker gelandet.«

Ich erzitterte. Das waren keine schönen drei Tage meines Lebens gewesen, die ich dort verbracht hatte.

»Du bist also geflohen, statt für die Sache einzustehen, die doch so wichtig für dich ist?«, höhnte Tian.

»Hört zu, es steckt mehr hinter allem, als ihr sehen könnt.« Jamie überging Tians Häme, was mich erstaunte. Ich hätte ihm weniger Selbstbeherrschung zugetraut. »Ich dachte, ich könnte das Schlimmste aufhalten, indem ich eine Weile den guten S…« Er hustete heftig, als hätte er sich verschluckt. Bevor einer von uns reagieren konnte, beruhigte er sich jedoch wieder. »Nun, das war wohl schon zu viel des Guten. Jedenfalls … Lucille arbeitet so wie ich für jemand anderen.«

Davon hatte ich bereits gehört. So viel hatte er mir verraten, wenn auch unbeabsichtigt durch die Blutfae im Palast.

»Und wo befindet sich dieser jemand?«, hakte Tian nach, der nicht geneigt war, in seinem Verhör auch nur einen Millimeter nachzugeben.

»Noch nicht hier.«

»Ich nehme an, du kannst uns auch nicht sagen, wann er kommt oder wo er sich jetzt befindet?« Die Frage war rein rhetorisch. Scheinbar hielt ihn der Zauber davon ab, auch nur ansatzweise etwas in diese Richtung zu sagen.

»Tut mir leid.«

»Ich glaube dir nicht«, entgegnete Tian. »Aber immerhin wissen wir, dass Lucille sich nicht so leicht der Sumpfhexe geschlagen gibt.«

»Ist das was Gutes?«, fragte ich skeptisch.

»Zumindest können sie sich gegenseitig beschäftigen, bis wir mit dem Hexenvolk gesprochen haben, oder?«, fragte Kit, die bis dahin auffällig ruhig geblieben war.

Grübelnd rieb ich mir die Stirn, hinter der sich ein schmerzhaftes Pochen festgesetzt hatte. Ob das auch etwas mit dem Band zwischen dem Vampir, dem Blutfae und mir zu tun hatte?

Oder es wurde einfach von dem Stress erzeugt.

»Vielleicht. Aber Lucille ist unberechenbar und hat zudem eine persönliche Vendetta gegen Tian«, gab ich zu bedenken. »Apropos, was ist mit Tians Schwester? Wie und warum hast du sie zu uns gebracht?«

»Ich sagte doch, sie ist mein Geschenk an dich, Tian.«

»Wo ist sie bisher gewesen? Ich dachte, sie ...« Der Vampir konnte nicht weitersprechen. Fast ein Jahrhundert lang war er davon überzeugt gewesen, seine gesamte Familie im Blutrausch abgeschlachtet zu haben.

»Lucille«, antwortete Jamie. »Sie wollte sie nicht gehen lassen. Deshalb bin ich direkt zu Rosy und habe ihr gesagt, wenn sie mich begleitet, kann sie dich zu Kleinholz verarbeiten. Tut mir leid, aber sonst hätte sie mich nicht begleitet. Ich wusste natürlich, dass du nicht so leicht zu besiegen bist.« Er zwinkerte seinem ehemals besten Freund zu.

»Witzig«, merkte Tian trocken an, wirkte jedoch abwesend.

»Fürs Erste bleibst du hier gefesselt. Eine falsche Bewegung und …«

»Und was?« Jamie lehnte sich zurück. »Du kannst mich nicht töten, ohne Billie zu schaden. Lassen wir die leeren Drohungen doch bleiben. Je eher du akzeptieren kannst, dass ich hier bin, desto besser für uns alle.«

»Oh, ich habe akzeptiert, dass du hier bist. Als Verlierer.«

»Es ging nie ums Gewinnen, Tian. Es ging immer nur darum, zu überleben.«

Die beiden sahen einander für mehrere Herzschläge an, ehe ein leichtes Stöhnen die angespannte Stille durchbrach. Rosy hatte sich zu regen begonnen.

Sofort huschte Tian an Rosys Seite, während ich einen Moment länger ausharrte. Unsicher, wo ich gebraucht wurde. Ob meine Anwesenheit erwünscht war oder nicht.

Wenn du so da stehen bleibst, schlägst du noch Wurzeln. Jamie.

Klappe.

Sein Schmunzeln verfolgte mich bis zum Bett. Tian saß auf einem Hocker und ich stellte mich dicht hinter ihn. Ich war nicht erpicht darauf, Rosy mein Gesicht ein weiteres Mal hinzuhalten.

»Was …« Die Vampirin war endlich ganz zu sich gekommen und hatte ihre Ketten bemerkt, mit denen sie ans Bett gefesselt war. Sie richtete sich auf und zog so heftig daran, dass es klirrte. Es überraschte mich nicht, als sie zu knurren und zu fauchen begann. Die Zähne fletschte. Wahrscheinlich hätte sie mir am liebsten die Kehle aufgerissen. Und Tian. Sie war ihm so nahe, dass sich ihre Nasenspitzen beinahe berührten, doch weiter kam sie nicht mit ihren Ketten. Tian zuckte nicht mal mit der Wimper, als hätte er die Distanz vorher ganz genau kalkuliert.

So abwegig war der Gedanke nicht.

»Du kannst dich beruhigen. Wir wollen dir nichts tun.«

Tian klang so beherrscht, wie ich es von ihm gewohnt war. Das schien Rosy immerhin genug zu überraschen, um sie kurzzeitig aus ihrer Rage zu holen.

Der Vampir war unheimlich gut darin, Probleme und Gefühle in einzelne Teile aufzuspalten und sie für später in seine unzähligen Schubladen zu sortieren. Man merkte ihm das aufreibende Gespräch mit Jamie überhaupt nicht mehr an. Im Gegensatz zu mir. Ich hatte immer noch die Fäuste geballt.

Mehr und mehr erkannte ich aber die Ähnlichkeit zwischen Tian und Rosy, was mich abzulenken vermochte. Insbesondere als das Rot aus ihren Augen verschwand und ein sanftes Blau zum Vorschein kam. Auch ihre Lippen besaßen einen ähnlichen Schwung wie die ihres Bruders. Ihre Wangen hingegen waren voller und die Nase zierlicher. Ihre Körpergröße war in etwa gleich, womit sie mir überlegen war. Ich würde sie nicht noch mal unterschätzen. Egal auf welcher Ebene.

»Durstig?« Tian drehte sich zum Einbauregal hinter der Leiter und holte einen Becher mit einer roten Flüssigkeit hervor. Blut vermutlich.

Reh, sagte er lautlos zu mir.

Dachte nicht, dass du Elma angezapft hast.

Er lachte, ohne die Mundwinkel zu verziehen. Ob er mich während meiner Anfangszeit in seinem Haus auch so ausgelacht hatte? Und ich hatte ihn für so ernst gehalten.

Rosy schlug ihm den Becher aus der Hand. Instinktiv setzte ich meine Magie ein und verhinderte ein blutiges Chaos. Die Flüssigkeit zog sich mit einem Schlürfen aus der Luft zusammen und landete im Becher, den ich mit einer zweiten Handbewegung auf den Boden hatte sinken lassen.

»Vorsicht, man könnte meinen, du willst unseren Wagen schrubben«, zwitscherte ich.

»Du solltest mir dankbar sein. Dein Gesicht kann man jetzt immerhin ansehen, ohne kotzen zu müssen.«

»Damit triffst du mich leider gar nicht, Kleine«, gab ich lächelnd zurück.

»Erstens, du bist kleiner als ich, und zweitens bin ich älter als du. Also ganz gleich, auf was du das bezogen hast, es ist falsch.«

Ich hob eine Braue. »Tut mir leid, dich enttäuschen zu müssen, aber sowohl mein Intellekt als auch meine Schönheit sind größer.«

Sie starrte mich an. Ich starrte zurück. Tian seufzte.

»Rosy, ich ...«

»Nenn mich nicht so«, knurrte sie. Mit ihrem Namen schien er sie an einer empfindlichen Stelle getroffen zu haben. Gut zu wissen. »Das bin ich längst nicht mehr.«

»Wie sollen wir dich sonst nennen?« Viel zu schnell hatte sich Tian gesammelt.

»Ist mir egal.«

Götter. Wie konnte sie hundert Jahre alt und so unreif sein?

»Warum bist du hier?«, fragte ich, weil ich mir geschworen hatte, Jamies Worten nicht zu vertrauen.

Ich wollte nicht sofort mit der Tür ins Haus fallen, sagte Tian.

Das Haus ist längst eingestürzt.

»Ist das nicht offensichtlich?« Sie setzte sich im Schneidersitz hin und legte die Hände vor sich. Ihr dunkles Haar fiel leicht nach vorn, aber da es nur bis zu ihrem Kinn reichte, konnte ich die verheilten Bisswunden an ihrem Hals entdecken. Was hatte das zu bedeuten?

»Wenn es so wäre, würde ich nicht fragen, oder?«

»Du hast mit deinem Intellekt angegeben, kannst aber mit nichts aufwarten? Enttäuschend.«

Diese kleine Schlange. Ich verliere bald die Geduld. War sie schon immer so?

Nein, sie ist ... anders. Seine Traurigkeit war das Einzige, das mein Temperament im Zaum hielt. Ohne sie wäre ich längst wie ein Tornado durch den Wagen gestürmt und hätte meinem Ärger Luft gemacht.

»Du willst mich töten?«, fragte Tian, als würde er sich bei ihr nach dem Wetter erkundigen.

Auch Rosy hatte das aus dem Konzept gebracht. Sie blinzelte mehrmals. »Ich muss wohl ziemlich schlecht gewesen sein, wenn du das noch fragen musst.«

»Weil ich unsere Familie auf dem Gewissen habe?«

Ich ließ Tian nicht los. Meine Hand ruhte weiterhin auf seiner Schulter und ich bildete mir ein, ihm dadurch Halt geben zu können.

»Du erinnerst dich daran?« Ich konnte ihren Tonfall nicht deuten.

»Nicht an das Ereignis selbst, nein, aber an das Danach.« Er schloss kurz die Augen. »Bis eben habe ich geglaubt, auch dich ... Hätte ich gewusst, dass du am Leben bist, dann ...«

»Aber das bin ich nicht. Ich lebe nicht. Ich bin eine Vampirin.« Es war klar, dass sie ihre Existenz als Untote verabscheute. Oder sie bisher nicht akzeptiert hatte.

»Wie ist es dazu gekommen? Was ist passiert?«

»Nachdem sie alle ... tot waren, ist Lucille gekommen und hat mich mitgenommen.« Sie sah zur Seite. »Den Rest kannst du dir denken.«

Lucille muss sie danach gewandelt haben. Rosy sieht noch genauso aus wie damals. Tian presste die Lippen zusammen. *Wenn ich sie in die Finger kriege, werde ich* ihr *die Kehle rausreißen.*

Es besteht die Möglichkeit, dass Lucille immer noch mit Rosy zusammenarbeitet. Rosy könnte in ihrem Sinne handeln.

Ich weiß.

»Hat Lucille dich geschickt?«, fragte ich rundheraus. Selbst wenn sie uns anlog, bekam ich vielleicht ein besseres Gefühl für sie.

Es war offensichtlich, dass Tian sie weder verlassen noch

aussetzen würde. Deshalb mussten wir schnellstmöglich herausfinden, was Rosys Plan war.

»Warum sollte ich auf sie hören?«

»Du hast schließlich all die Jahre mit ihr zusammengelebt.« Ich hatte ins Blaue geraten, doch ihre schreckensgeweiteten Augen waren Antwort genug. »Sie hat dich also geschickt und darum gebeten, dass du ihr dabei hilfst, Tian zu töten. Weil sie es als seine Schöpferin nicht tun kann.«

»Meine eigenen Beweggründe reichen dafür aus. Ich habe gesehen, wie er Mutter und Vater getötet hat. Massakriert hat. Unsere Brüder, die ihn anflehten, aufzuhören. Er war ein Monster, das keine Gnade kannte.«

Hatte Jamie vielleicht doch die Wahrheit gesagt und sie war nur unter der Prämisse mit ihm gekommen, Tian töten zu können?

Tian erhob sich abrupt vom Hocker. »Entschuldigt mich.«

Ich sah ihm hinterher, wie er nach draußen auf den Kutschbock verschwand. Da sich der Wagen immer noch bewegte, waren seine Möglichkeiten, Abstand zu gewinnen, begrenzt. Wenige Sekunden danach kamen Frinn und Ellewy rein. Beide machten einen großen Bogen um Jamie, der scheinbar gelangweilt in die Gegend starrte. Dabei lauschte er vermutlich jedem einzelnen Wort.

Kit und Obambo hatten zu spielen aufgehört und behielten den Blutfae im Auge. Ich wandte mich wieder Rosy zu.

»Glaubst du wirklich, das war seine Absicht gewesen? Er war nicht bei klarem Verstand.«

»Und sein Verhalten davor? Das, was ihn zu Lucille gebracht hat?« Sie wedelte frustriert mit ihren Handgelenken und den Ketten. »Ich wünschte bloß, ich hätte ihn schon früher gefunden.«

»Er hat sich nicht gerade versteckt gehalten.« Egal, wie ich es drehte und wendete, etwas stimmte nicht. Nachdem ich einen weiteren prüfenden Blick über meine Schulter gewagt hatte, setzte ich mich auf den verlassenen Hocker. Leiser sagte ich: »Ich traue dir nicht. Du kommst nicht einfach mit Jamie und glaubst, du hast eine Chance, seinen besten Freund, der zudem zum Kronvampir aufgestiegen ist, erledigen zu können.«

Ich rechnete es ihr hoch an, dass sie mir nicht auswich. Immerhin war sie älter als ich. Ein bisschen Rückgrat sollte sie haben.

»Und nun?«

»Nun hast du dir dein eigenes Grab geschaufelt. Wir haben wichtigere Dinge zu tun, als uns um dich zu kümmern. Vorerst bleibst du wohl in Ketten. Herzlichen Glückwunsch. Du und Jamie habt eine großartige Zukunft vor euch.« Ich erhob mich wieder.

»Das kannst du nicht machen! Tötet mich wenigstens!«

»Pass auf, was du dir wünschst, Rosy.« Damit ließ ich sie allein. Oder so allein, wie man in dem Wagen mit neun weiteren Personen und einem Geist sein konnte.

16

Nach dieser ganzen Aufregung war es fast unmöglich, auch nur an Schlaf zu denken. Dazu kam noch, dass ich mir in jeder Sekunde sowohl der Anwesenheit von Tian als auch von Jamie gewahr war. Sie beide in meiner Nähe zu spüren machte das klar, was ich vorher nicht hatte sehen wollen. Die Verbindung, die während der Konvergenz entstanden war, war unzerstörbar.

Trotzdem mussten wir einen Weg finden, zumindest ein Band zu zerschneiden. Natürlich würde es das zwischen Jamie und mir sein.

Leider stimmte mir meine innere Stimme nicht zu, was mein schlechtes Gewissen gegenüber Tian anwachsen ließ.

Ich hatte Elma, Frinn und Hugh immer noch nichts davon gesagt. Es war nicht so, als hätte ich es nicht versucht, doch jedes Mal, wenn ich den Mund geöffnet hatte, war kein Laut rausgekommen.

Tian und Kit warfen mir ständig Blicke zu, die ich als verurteilend auffasste. Hielten sie mich für feige? Wahrscheinlich sah ich lediglich meine eigene Unsicherheit in ihre Mienen gespiegelt. Früher oder später musste ich es meiner Familie sagen und mich ihrer Enttäuschung stellen, wenn wir sie darin einweihen wollten, warum wir plötzlich noch ein anderes Ziel hatten. Nämlich herauszufinden, wie eine Konvergenz ohne einen Tod aufgelöst werden konnte.

Während einer der Unterhaltungen, die ich dann doch in eine andere Richtung gelenkt hatte, hatten meine Tanten und ich darüber nachgedacht, den Wagen vor Westwend zurückzulassen, weil er in seinem grellen Gelb zu auffällig war. Doch er fungierte als unser bester Schutzschild, und da wir nicht wussten, was uns in der Stadt erwartete, hielten wir an ihm fest.

Wir brauchten länger als einen Tag, weil wir uns dazu entschlossen hatten, durch das östliche Tor zu fahren. Unserer Erfahrung nach wurde es nicht so häufig frequentiert und war nicht stark bewacht. Vorausgesetzt, Lucille hielt an den alten Wachplänen fest. Wenn nicht, dann wären alle Überlegungen ohnehin umsonst.

Trotzdem gab uns dies etwas mehr Zeit, um unseren Plan durchzugehen.

Die wenigen Sonnenstunden am Tag nach Jamies und Rosys Auftauchen nutzte ich, um das Gelb des Wagens in ein unauffälligeres Braun zu wandeln. Meine Tanten waren zu meiner Unterstützung nach draußen getreten. Sie erwarteten von mir, dass ich nach der Konvergenz diese Art von Magie mit einem Ärmelschütteln leisten konnte. Damit lagen sie nicht falsch. Was sie nicht ahnten, war, dass das Brennen zunehmend stärker wurde.

»Was meint ihr?« Ich klatschte in die Hände, nachdem ich die braune Farbe, die Frinn hergestellt hatte, auf der Holzoberfläche des Wagens verteilt hatte. Sie war dunkel genug, dass sie in der Nacht mit den Schatten verschmelzen würde. Wie immer funktionierte der Illusionszauber, der das Äußere des Wagens kleiner aussehen ließ, als es das Innere vermuten ließ. Dadurch waren wir bisher ohne ungewollte Aufmerksamkeit davongekommen. Und nun, ohne das Gelb, wirkte der Wagen langweiliger als jemals zuvor.

Salazar scharrte mit den Hufen. Er und Paddy suchten im Schnee nach Grasbüscheln, obwohl sie bereits vor einer Weile gefüttert worden waren.

»Sieht gut aus«, antwortete Frinn, eine Hand über die Fassade haltend.

Ich wandte mich ab, weil das Brennen in mir einen neuen Höhepunkt erreichte.

Tief durchatmen, Billie. Tian war bei mir. Auch wenn er in der Sonne nicht nach draußen gehen konnte, ließ er mich nicht allein.

Ich sah auf und erblickte ihn am Fenster stehend. Seine Miene war kalt. Die Sorgen um mich, die ihn niederrangen, wollte er sich nicht anmerken lassen.

»Dann mal los«, verkündete ich schließlich, als ich wieder einen Satz formulieren konnte, ohne vor Schmerzen zu zittern.

Ich hoffte, dass mir mehr Zeit blieb, als ich in diesem Moment vermutete. Wenn sich mein Zustand weiterhin so rasch verschlechterte, würde ich nicht mal das Ende des Winters miterleben. Ob damit auch das Ende des sich anbahnenden Krieges einherging, konnte niemand voraussagen.

Wir erreichten Westwend weit nach Einbruch der Dunkelheit, die auch an diesem Tag früher gekommen war. Sobald wir durch das offen stehende Tor fuhren, wurde mir auch klar, wieso. Der Wilde Wald hatte sich einen sehr großen Teil der Stadt einverleibt und labte sich an Fleisch und Stein. Damit fütterte er die Ewige Nacht, die länger und länger wurde. Dunkle Ranken mit klebrigem Schwarz und spitzen Dornen breiteten sich an den Fassaden aus sowie massive Stämme, aus denen unheimlich anmutende Baumkronen wirkten. Schwarzes Geäst und fünfzackige Blätter.

»Es wird weiter Sonnenlicht geben«, sagte Jamie leise. Er war immer noch an den Händen gefesselt, der Knoten mit meiner Magie verstärkt, aber er konnte sich frei im Inneren bewegen. Anders als Rosy, die jede sich ihr bietende Gelegenheit nutzte, um Tian anzugreifen. Leider war seine Geduld mit ihr unendlich und er wurde nicht ein einziges Mal laut.

Ich warf ihm einen kurzen Seitenblick zu, als er neben mir an einem der Fenster zum Stehen kam.

»Soll mich das beruhigen?«

»Deine Gedanken sind offenbar besorgter Natur.«

»Sind meine mentalen Mauern so schlecht oder ...«

»Ja. Grottig.« Er lächelte schief und ich lächelte zurück, ehe ich mich wieder fing.

»Wie kann es sein, dass der Wald einen solchen Einfluss auf unseren Tag hat?«

»Magie.« Mit den verbundenen Händen hielt er den Vorhang weiter zurück, um den Wald besser betrachten zu können. »Gerade jetzt ist es noch schlimmer, weil er die Kraft braucht, um sich auszubreiten. Wenn er erst einmal wieder Fuß gefasst hat, werden die Sonnenstunden wieder zunehmen. Hoffentlich.«

»Hoffentlich? Hast du dir überhaupt zu irgendetwas Gedanken gemacht?«

Er ließ den Vorhang fallen und wandte sich mir gänzlich zu. Meine Instinkte meldeten sich, doch ich zwang mich, nicht zurückzuweichen. Ihm direkt in das kalte Grau seiner Augen zu sehen, obwohl mein Nacken protestierte. Seine dunklen Brauen zogen sich zusammen, als würde er versuchen, aus mir schlau zu werden, könne sich aber keinen Reim auf meine Gedanken machen. Obwohl sie ihm ja offenbar leicht zugänglich waren.

»Ich wünschte, ich könnte dir alles sagen, Billie«, sagte er leise, sodass nur ich ihn über das Rattern der Räder hinweg hören konnte. »Ich wünschte, mein Leben wäre anders verlaufen und wir wären uns auf andere Weise begegnet. Ich wünschte, ich hätte dir mehr vertraut.«

»Wünsche bringen uns nicht weiter«, sagte ich, obwohl ich

ihm mehr hätte entlocken wollen. Mehr zuhören. *Mehr.* Doch das war gefährlich.

Alles, was mit Jamie zu tun hatte, war tödlich.

»Wenn ich nicht wüsste, dass wir in Westwend sind, hätte ich es nicht geglaubt«, murmelte Kit auf meiner anderen Seite. Ich hatte sie nicht kommen hören, so gefangen war ich von dem Blutfae gewesen. Er wandte sich daraufhin wortlos ab und ging zurück zum Tisch.

»Wo sind alle?«, fragte Hugh hinter mir. Er schaute aus einem der gegenüberliegenden Fenster. Tian und Frinn steuerten den Wagen und Elma, Ellewy, Obambo und Rosy saßen verteilt, aber in Habachtstimmung. Selbst Rosy hielt den Mund.

»Sie verstecken sich«, murmelte ich, mit den Gedanken noch nicht wieder ganz da. Obwohl ich vor wenigen Tagen noch mit Tian durch die Stadt gerannt war, hatte sich so viel verändert.

Die Pflanzen, die ganze Bauten in einen Klammergriff genommen hatten, knirschten und quietschten selbst über das Rattern des Wagens hinweg. Sie wuchsen und breiteten sich weiter aus. Einzelne Wurzeln brachen von unten durch den Boden, bis sie wieder hinabtauchten. Tiefer und tiefer, um niemals mehr ihren Platz zu verlieren.

Da ein riesiges Exemplar mitten auf einer Straße emporgewachsen war, musste Frinn einen Bogen schlagen. Mit angehaltenem Atem wartete ich darauf, von den grausamen Bestien aus der Hölle angegriffen zu werden, doch keine davon zeigte sich.

Zumindest keines der riesigen Exemplare. Als ich genauer in die Schatten sah, bemerkte ich Kreaturen so klein wie gewöhnliche Nagetiere. Ihre dunklen Körper waren jedoch langgliedrig und seltsam gestreckt. Die Haut ledrig mit einzelnen Fellbüscheln und die Mäuler mit vier Reihen spitzer Zähne. Dazu dünne rosa Zungen, die immer wieder in der Luft tanzten.

Sie huschten in den Schatten umher und dicht an unserem Wagen vorbei, scheinbar auf der Suche nach etwas Essbarem. Ganz sicher konnte ich mir nicht sein. Jedoch attackierten sie uns nicht.

»Es liegen keine Leichen auf den Straßen«, kommentierte Ellewy hinter mir.

»Bedeutet was?«

»Lucille hat die Stadt noch nicht vollkommen in den Abgrund gestürzt. Die Leute kümmern sich noch umeinander, auch wenn sie Angst haben«, antwortete sie mir. »Es ist ein kleiner Hoffnungsschimmer.«

So hatte ich das noch nicht betrachtet, aber es war einleuchtend. Solange die Menschen noch die Kapazitäten hatten, an andere zu denken, war die Angst in ihnen noch berechenbar.

Denn dass es keine Leichen gab, war unvorstellbar. Wir hatten ja kaum gegen die katzenähnlichen Bestien gewonnen und wir waren ausgebildete Kämpferinnen und Kämpfer. In Westwend hatte es sicher Verluste gegeben und die Toten hatte jemand aufgelesen und bestattet.

»Warum kommen die Bestien durch die Tore, die vom Wilden Wald geboren werden?«, fragte Kit Jamie, der sich am besten von uns allen damit auskannte.

»Weil dies hier ihre eigentliche Heimat war, bevor sie von Vampiren verjagt wurden. Eigentlich machen sie keine Jagd auf menschliche Wesen. In der Hölle haben sie sich verändert. Wie wir alle.«

Die darauffolgende Stille machte überdeutlich, dass er nicht mehr zu diesem Thema sagen würde. Das, worauf ich mich allerdings gedanklich stürzte, war die Tatsache, dass er wirklich aus der Hölle kam. Dass er dort gelebt hatte, bevor er nach Wimborne gekommen war. Wie musste das Leben für ihn dort gewesen sein?

17

Die Kommune, in der meine Eltern lebten, befand sich im Hafenviertel. Dieses hatte ich in der Vergangenheit mehr noch als White Bell gemieden. Aus dem einfachen Grund, dass ich befürchtet hatte, einem bekannten Gesicht zu begegnen und herauszufinden, was ich fühlte. Hass? Abscheu? Enttäuschung? Damit käme ich zurecht. Was mich ängstigte, waren Gefühle wie Liebe, Trauer und Sehnsucht.

Ich wollte meine Eltern nicht vermissen. Ich hatte Jahre damit verbracht, sie aus meinem Kopf zu verbannen und nicht an sie zu denken. Weil ich mir selbst nicht traute.

Mein Problem ... nein, *das* Problem war, dass sie sich mir gegenüber nie anders als liebevoll verhalten hatten. Oder zumindest der Definition von liebevoll entsprechend, die ich damals gekannt hatte.

»Sie waren gute Eltern«, sagte ich laut.

Kit sah mich neugierig von der Seite an. Keineswegs verwirrt darüber, dass ich das Thema wie aus dem Nichts angeschnitten hatte. »Ja?«

»Sie haben mich geliebt, denke ich«, fuhr ich fort, weil ich es jemandem mitteilen musste, bevor ich mich ihnen stellte. Meine Tanten hatten immer wieder versucht, mit mir über sie zu reden, doch ich hatte sie zurückgewiesen. Sie hatten ihr Leben riskiert, um mich zu retten, wie konnte ich ihnen von meinem widerstreitenden Herz erzählen? »Aber sie haben schon immer in der Kommune unter der Herrschaft eines

Vampirs gelebt. Sie kannten nur diesen Weg. Am Tag beteten sie zu ihrer Retterin, die angeblich eines Tages kommen würde, doch in der Nacht ließen sie Blut für das Überleben der Vampire. Und für sie war es nur richtig, dass ich bis zum Tag meiner Flucht ... meiner Rettung auch mein Leben gab. Mich selbst aufgab und dadurch sicherstellte, dass wir uns mehren konnten.«

»Klingt scheußlich«, brummte Kit, ehe sie sich fassen konnte. »O Billie, ich ...«

Sanft lächelnd tippte ich gegen ihren Unterarm. »Schon in Ordnung. Das sehe ich genauso, sonst wäre ich nicht gegangen. Es tut trotzdem weh, zu wissen, dass sie ihre Fehler niemals erkennen werden. Es ist, als hätten sie eine undurchdringliche Mauer errichtet, um zu überleben, aber sie schließt mich gleichzeitig aus ihrem Leben aus.«

Das tut mir leid.

Im ersten Moment wusste ich nicht, wem die Stimme gehörte. Ob Jamie oder Tian, doch *seine* Präsenz flammte mit einem Mal auf und ein Blick zu ihm bestätigte meine Ahnung.

Ich glaube dir nicht.

Ich wollte dir nie Schmerzen zufügen, und der Gedanke, dass deine Eltern ... Der Rest seines Monologs ging unter, als ich ihn hochkant aus meinem Kopf rauswarf. Selbst wenn meine Mauern seiner Meinung nach ungenügend waren, konnte er meinen Willen dennoch respektieren, oder?

Tatsächlich verstand er den Wink mit dem Zaunpfahl und sagte nichts weiter.

»Billie ...« Tian war von mir unbemerkt hereingekommen.

»Wie lange stehst du schon da?« Ich versuchte, mit Aggressivität über meine Verlegenheit hinwegzutäuschen, doch Tian kannte mich gut genug. Seine Augen glänzten verständnisvoll.

Kit machte für ihn Platz und er stellte sich neben mich. Im Vorbeigehen warf er Jamie einen düsteren Blick zu. Götter, das war so verdammt unangenehm, sie beide hier auf so engem Raum bei mir zu haben.

Ich wehrte mich nicht, als er einen Arm um meine Schultern legte und ich seinen vertrauten Geruch einatmete, obwohl ich mich damit auch nicht ganz wohlfühlte. Vor allem nicht, während sich Jamies Blick in meinen Hinterkopf bohrte.

»Lange genug. Aber du musst nicht mit mir darüber reden. Manche Dinge sind schwer in Worte zu fassen.« Ohne ihn anzusehen, wusste ich, dass er von seiner Schwester sprach, die sich in eisernes Schweigen hüllte.

»Es gibt nicht viel mehr als das zu erzählen«, nuschelte ich. »Mein Leben war vorher keine Katastrophe. Das Einzige ... Das wirklich Furchtbare war die monatliche Inspektion von Baron Howarr. Dem Vampir, dem die Hexenkommune gehört hat. Oder immer noch gehört.«

»Was bedeutet das? Monatliche Inspektion?«

»Bis mich meine Tanten befreit haben, hat er einmal im Monat alle Kinder zusammengetrommelt und sie von Kopf bis Fuß ... untersucht. Um zu überprüfen, ob wir gesund sind. Und ...« Ich schloss die Augen, weil mich die Erinnerungen zu übermannen drohten. »Manchmal hat er eine Bekanntschaft dabeigehabt, wenn genug Geld geflossen ist. Sie durften prüfen, ob sich unter uns eine passende Blutbraut oder ein passender Blutbräutigam befindet.«

Tians Griff um meine Schulter wurde fester. »Ich war so egoistisch in der Vergangenheit. Ich habe gedacht, dass ich nur mit Lucilles und meinem Tod das Schlechte wiedergutmachen kann. Dabei hätte ich in all den Jahren etwas Gutes tun und etwas verändern können.«

»Du bist eben noch keiner Hexe begegnet, die dir die Augen öffnen konnte«, witzelte ich.

»Dein Humor in allen Ehren, es ist in Ordnung, wenn es auch jetzt noch wehtut, Billie.« Er küsste meine Schläfe, als

Frinn den Wagen auf einer mit normalem Unkraut bewachsenen Stelle anhielt.

Wir waren ganz in der Nähe unseres Ziels.

»Vielleicht. Im Nachhinein erscheint einem vieles klarer«, fügte ich noch hinzu, obwohl es eine Sache gab, die für mich immer noch in Schatten lag. Moth. Jamie.

»Das schon, aber …«

»Wir haben keine Zeit für so was«, würgte ich hervor. »Wir sollten uns auf den Weg machen.«

»Wie abgemacht?«, fragte Elma, als ich mich zu ihr umdrehte. Sie zog Frinns Waffengurt fest und überprüfte mit den Fingern sämtliche Verschlüsse an ihrer ledernen Ausrüstung.

Wir hatten zuvor einen Plan skizziert, der uns ein paar Freiheiten ließ, um auf Eventualitäten reagieren zu können. Sowohl Tian als auch ich waren gut darin, zu improvisieren. Und letztlich hatten wir kaum voraussagen können, wie sich der Wald und die Wilde Jagd auf die Hexenkommunen ausgewirkt hatten. Das hätte sowieso jeden Plan, egal wie ausgeklügelt er gewesen wäre, aus den Angeln gehoben. Wir hatten uns allerdings darauf geeinigt, bloß zu viert zu gehen. Tian, ich, Frinn und Kit. Ich hätte auch gern Elma dabeigehabt, doch ich wollte Hugh nicht mit Ellewy und den Gefangenen allein lassen. Ruglio würde ihn zwar beschützen, aber nachdem ich nun von seinem Trauma wusste, wollte ich ihn nicht in eine heikle Lage bringen.

»Passt auf euch auf, und wenn es vor Blutfae oder Vampiren wimmelt, zieht euch zurück«, sagte Elma, während sie an meinem Umhang zupfte. »Es gibt noch andere Kommunen und andere Wege, Hexen zu erreichen.«

»Wir werden sehen«, sagte ich bloß, ohne ihr zuzustimmen. »Sollte sich einer von den beiden nicht benehmen, wisst ihr, was zu tun ist.«

»Nett«, kommentierte Jamie. Ich war froh, dass er immerhin aus meinem Kopf blieb.

»Reiß dich zusammen oder Elma wird dich zum Schlafen bringen.« Sie besaß den einen oder anderen Schlaftrunk.

»Ich könnte euch begleiten.«

»Damit wir zusätzlich noch von dir angegriffen werden? Nein, danke.«

»Ich würde dich nicht angreifen.«

Darauf erwiderte ich nichts. Das Problem war, dass ich ihm glaubte, das aber nicht zulassen wollte. Besser, ich konzentrierte mich auf das Kommende.

Es kribbelte mir in den Fingern, endlich etwas zu tun.

»Bereit?«

Ich wartete das Nicken meiner Begleitung ab, ehe ich die Tür öffnete und aus dem warmen Wageninneren stieg. Draußen bildeten sich beim Ausatmen sofort weiße Wölkchen vor meinem Gesicht. Meine Hände hätte ich am liebsten unter meine Achseln gesteckt, stattdessen hielt ich in der rechten ein Messer fest umklammert. Mit der linken war ich bereit, Magie zu wirken.

Mit mir als Anführerin schritten wir nacheinander um den Wagen herum. Die Gäule scharrten mit den Hufen, weil sie sich eine Belohnung erhofften.

»Jetzt nicht«, murmelte ich, als ich an Paddy vorbeiging. Frinn hatte den Wagen am Ende der Straße geparkt, an der sich die Kommune befand. Sie war von einer mannshohen Mauer umgeben, die nicht schwer zu überwinden wäre. Man wusste allerdings erst mal nicht, dass einen auf der anderen Seite ein magischer Wall erwartete. Ich würde diesen zu neutralisieren wissen. Zumindest an einer bestimmten Stelle. Zunächst aber wollten wir uns den Haupteingang ansehen. Wenn dieser nicht bewacht wurde, gab es keinen Grund, Gefahren auf uns zu nehmen.

Ehrlicherweise würde es mich mehr überraschen, wenn sich alle Hexen und Hexer noch hier befänden. Hatten nicht bereits viele Vampirinnen und Vampire Reißaus genommen? Oder waren sie wegen Lucille wieder zurückgekehrt? Darauf hoffend, wieder einen Teil ihrer Macht zurückzuerobern.

Ich hasste es, dass Jamie uns nichts Genaues zu der Person sagen konnte, die hinter all dem stand und für die Lucille den Thron warmhielt.

Andererseits gäbe es keinen anderen Ort, an den sie sich zurückziehen könnten. Wie für meine Eltern war die Kommune das einzige Zuhause, das sie kannten. Zur Insel in den Norden würden sie sich niemals aufmachen, weil sie dort nicht von ihrer angeblichen Retterin erreicht werden könnten. Schließlich war das der Sinn ihres Lebens.

Der Eingang war schlicht. Er bestand bloß aus einem Wachhaus mit einem hölzernen, in die Mauer eingelassenen Tor. Das Wachhaus konnte meiner Erinnerung nach von der Vorder- und Rückseite betreten werden. Fenster waren auf drei Seiten eingelassen und ermöglichten es dem vampirischen Wächter oder der Wächterin, nach draußen zu sehen.

Es war schwer, auf der Straße nicht aufzufallen. Normalerweise gab es hier weit und breit nichts, um in Deckung zu gehen. Dieses Mal war ich ganz froh, dass sich der Wilde Wald ausgebreitet hatte und die Nacht noch dunkler machte. Wir konnten uns von einem Gebüsch oder Baum zum nächsten bewegen und dazwischen einen Blick auf das Häuschen werfen. Daneben schloss sich gleich das mehrstöckige und leicht schief wirkende Haus des Barons an. Er wollte sich nie weit von seiner Geldquelle, die die Hexen und Hexer darstellten, entfernen. Licht brannte in mehreren Räumen, lediglich einige Fenster waren mit Vorhängen abgedeckt. Entweder hatte sich jemand anders dort ein Zuhause geschaffen oder dem Baron ging es ganz wunderbar.

Letzteres wurde sogleich bestätigt.

»Halt«, zischte ich gerade rechtzeitig, als wir fast auf der Höhe des Eingangs waren. Ich duckte mich hinter einen Strauch, der sich leicht in der klirrend kalten Brise bewegte. Der Geruch von Schnee lag in der Luft.

»Kennst du sie?« Tian hockte dicht hinter mir und hatte in mein Ohr gesprochen.

»Baron Howarr mit Anhang«, knurrte ich. Sofort war die Wut wieder da und mit ihr die Machtlosigkeit.

Natürlich war der Baron nicht gealtert. Er war ein Vampir, der in seinen Zwanzigern gewandelt worden war. Seine klassische Schönheit machte ihm das Leben einfacher. Jeder ließ sich davon täuschen. Als könnte jemand mit so einem Äußeren und dieser sanften Stimme nicht zu den grausamsten Dingen fähig sein.

Dunkelbraunes, lockiges Haar, bronzefarbener, fast goldener Teint, große braune Augen, von vollen Wimpernkränzen umrandet. Unschuld stand ihm ins Gesicht geschrieben. Grausamkeit schrie jedoch das fiebrige Schimmern in seinen Augen, wann immer er uns Hexen und Hexer angesehen hatte.

Er war seit ein oder zwei Jahrhunderten ein Kronvampir und besaß mehr Blutbräute und -bräutigame, als man an zwei Händen abzählen konnte. Einfach, weil er Zugang zu so vielen Hexen und Hexern hatte. Und was er sich genommen hatte, konnte niemand anderes nehmen.

Das Brennen in meinem Kopf, in meiner Seele erinnerte mich daran, dass ich wusste, dass Jamie die Wahrheit gesagt hatte. Es hätte nur eine Konvergenz für mich geben dürfen. Eine zweite hätte ich nicht mal überleben sollen.

Würde ich vermutlich nicht überleben.

Konzentriere dich auf das Hier und Jetzt, ermahnte ich mich selbst, während der Baron mit einem halben Dutzend Wachleuten auf den Eingang zusteuerte.

»Wir können ihn töten, wenn es das ist, was du willst«, wisperte Tian so leise, dass nur ich ihn verstehen konnte.

Ich hatte nie schönere Worte gehört, aber ...

»Nicht jetzt. Vielleicht später«, rang ich mir ab und versuchte gleichzeitig, dies auch meinem Körper zu vermitteln. Ich war so angespannt, dass mir der Nacken wehtat.

»Warten wir?«, fragte Kit, die unser Gespräch nicht mitbekommen, dafür aber die Delegation bemerkt hatte.

»Für den Moment«, sagte ich und machte es mir hinter dem Gebüsch gemütlich. So weit das in der Kälte möglich war. »Behaltet den Wald im Auge. Ich will nicht von irgendwelchen Viechern überrascht werden.«

Das Tor öffnete sich von innen und der Baron ging mit seinen Wächterinnen und Wächtern hinein. Er hatte nicht mal gezögert. Jeder gehorchte ihm aufs Wort und wer es nicht tat, würde die nächste Nacht nicht mehr erleben.

Ich erschauerte, weil ich mich viel zu gut an seine langen Fingernägel erinnern konnte, die über meine Wangen geschrappt waren. Aus Spaß hatte er meine Haut durchbrochen und Blut gekostet, obwohl er längst herausgefunden hatte, dass ich nicht als seine Blutbraut geeignet war.

Das Warten machte mich nervös. Ich traute mich nicht, in meiner Aufmerksamkeit nachzulassen. Baron Howarr war immer für eine Überraschung gut. Wie oft ich versucht hatte, zu fliehen. Wie oft er mich wiedergefunden hatte.

Erst mit der Hilfe meiner Tanten hatte ich mich aus seinen Klauen befreien können. Bevor er mich an den Höchstbietenden verschachern konnte, weil ich ihm zu viele Probleme bereitet hatte. Zumindest hatte ich geglaubt, dass er das tun würde, sollte er niemanden finden, dem ich als Blutbraut dienen könnte.

Mir war die Ironie nicht entgangen, dass ich letztlich doch zur Sklavin geworden war.

Schließlich kehrte der Baron mit seiner Gefolgschaft aus der Kommune zurück. Er sah sich nicht um. Hielt die Hände auf seinem Rücken verschränkt, während er stolzierte. Trotz Blutfae im Rathaus und des Wilden Waldes vor seiner Tür schien er nicht im Mindesten beeindruckt. Er war sich seines Status sicher.

Wenn ich mir nur eine Sache wünschen könnte, dann, dass Bastarden wie diesem hier der Garaus ausgemacht würde.

»Jetzt dürfte es ruhiger werden in der Kommune. Wenn alles seinen üblichen Gang geht«, sagte ich, nachdem die Vampirinnen und Vampire im Haupthaus verschwunden waren. »Folgt mir.«

Da ich von meiner Position aus den Wachmann in seinem Häuschen erkennen konnte, wusste ich auch genau, wann er nicht zu uns sah. Das war der Moment, als ich mich ihm von der anderen Seite näherte und meine Magie rief.

Den Dolch hielt ich zwar weiterhin in meiner Hand, doch mit einem Schwall Magie konnte ich die Scheibe zum Bersten bringen. Bevor der Vampir überhaupt wusste, wie ihm geschah, war Tian durchs nunmehr offene Fenster gesprungen und hatte ihm mit seinen Klauen die Kehle rausgerissen. Blut spritzte bis an die Decke und kreierte ein beeindruckendes Kunstwerk. Sofort wandelte sich Tian wieder zurück.

Ich hielt mich nicht an ihm oder dem getöteten Vampir auf, sondern sprang ins Wachhaus, nur um so schnell wie möglich auf der anderen Seite wieder rauszukommen. Wie erwartet standen bereits zwei weitere Vampire verwirrt da. Ich versenkte meinen Dolch in dem Hals des einen, während Kit ihren fast vollständigen Zauberstab schwang und den anderen in ein grunzendes Etwas verwandelte. Halb Schwein, halb Mensch. Jedenfalls konnte er nichts mehr tun, außer davonzulaufen.

Frinn zog meinen Dolch aus der Kehle des Vampirs. Blut

sickerte hervor. Sie setzte mit ihrem Beil nach und trennte nach mehrmaligem Nachhacken den Kopf vom Hals.

Ich nahm ihr den Dolch ab. »Ob wir sie so überzeugen werden?«

Frinns Gesicht war voller Blut, das sie sich eilig mit einem Tuch wegzuwischen versuchte. »Vereint uns nicht der Hass auf Vampirinnen und Vampire?«

Nachdenklich sah ich an ihr vorbei. Lehmhäuser reihten sich dicht an dicht. Enge Gassen, Wäscheleinen mit löchriger Kleidung. Unrat hier und dort. Über all dem hing ein beißender Geruch.

»Da wäre ich mir nicht so sicher«, murmelte ich. »Es ist schlimmer als in meiner Erinnerung.«

Tian trat neben mich. »Es ist nicht zu spät, um umzukehren.«

»Ich weiß.« Aber was blieb uns sonst? »Lass uns dort hingehen. Es gab damals eine Hexe, die für die Einhaltung der Regeln gesorgt hat. Sie hat im Haus in der Mitte der Kommune gewohnt.«

»Und wenn es sie nicht mehr gibt?«, erkundigte sich Kit, nachdem wir uns in Bewegung gesetzt hatten. Noch war niemand aus den Häusern gekommen, um sich uns in den Weg zu stellen, was ich als etwas Positives bewertete.

Und wenn es sie nicht mehr gibt, echote es in mir. Wenn sie tot war? Ausgesaugt? Verkauft?

»Dann wird es jemand anderen geben, der ihren Platz eingenommen hat, schätze ich«, antwortete ich leise.

Wir hatten uns nun vorwärtsbewegt und waren auf zwei Seiten von den unscheinbaren, heruntergekommenen Bauten umgeben. Glasscheiben fehlten, Schatten saßen tief in den Ecken. Es war kalt. Nirgendwo fand sich Wärme oder Leben.

So war es schon immer gewesen, fiel mir ein. Die Kommune hatte sich doch nicht verändert, sondern ich.

»Wilhelmine?« Ich erstarrte. Vage nahm ich wahr, wie die anderen sich um mich herum sammelten und sich zum Kampf bereit machten. Langsam drehte ich mich zu der Stimme um. »Du bist es. Wilhelmine.«

»Mutter.«

18

Wenige Minuten später saßen wir in dem etwas größeren, etwas weniger schäbigen Haus, das einst der ernst dreinschauenden Vorsteherin gehört hatte. Jetzt lebten meine Eltern hier und kochten Salbeitee über der offenen Feuerstelle.

Nicht für eine Sekunde glaubte ich, auch nur einen Schluck von dem Gebräu runterkriegen zu können. Für den Augenblick mussten wir jedoch alle gute Miene zum bösen Spiel machen, weil wir sie nicht verschrecken wollten. Ich kannte meine Eltern. Wusste, dass Veränderung mitunter das Schlimmste war, das ihnen widerfahren konnte.

Während ich in dem vergangenen Jahrzehnt gelernt hatte, Jagd auf Vampirinnen und Vampire zu machen, waren meine Eltern offenbar innerhalb der Kommune aufgestiegen. Dabei war die Zeit nicht spurlos an ihnen vorbeigegangen. Sie beide waren schmaler geworden, gebrechlicher und blasser. Ihre Hälse waren voller alter Bisswunden, die sich über die Jahre angehäuft hatten und nie mehr ganz verschwinden würden. Auch ihre Handgelenke waren übersät und – wie ich noch von früher wusste – genauso ihre Arme und Beine. Das war das zehrende Leben in der Kommune. Trotzdem hatte es sie nie ausgereichend gezwungen, um zu fliehen. Um ihr Glück woanders zu suchen.

Mutter hatte ihr Haar, das komplett ergraut war, zu einem lockeren Pferdeschwanz gebunden, dessen Spitze bis zu ihren Schulterblättern reichte. Ihre Wangen waren eingefallen und ihre Schlüsselbeine stachen spitz hervor. Sie trug wie Vater grobe graue Wolle, die lose ihren Körper einhüllte.

Zu meinem Erstaunen erkannte ich in ihren Augen aber keine Mutlosigkeit oder Gleichgültigkeit, sondern einen Kampfgeist, der mich verwirrte. Waren sie erfreut, mich zu sehen? Hatten sie auf meine Rückkehr gehofft, damit ich sie mit mir nahm?

Ich traute ihnen nicht.

Nicht für eine einzige beschissene Sekunde.

Trotzdem waren sie der Schlüssel, um auch von den anderen gehört zu werden. Vielleicht war es möglich, zu ihnen durchzudringen.

Frinn und Mutter hatten sich nur einen flüchtigen Blick zugeworfen. Das Band der Schwestern war längst zerschnitten. Zwischen ihnen gab es nichts zu retten und nichts zu sagen.

»Wir haben nicht mit dir gerechnet, Tochter«, sagte Vater, nachdem er sich mir gegenüber hingesetzt hatte.

Tian saß neben mir an dem grob gezimmerten Holztisch, Frinn an dem einen Kopfende und Mutter an dem anderen, was Kit den Platz neben meinem Vater übrig ließ. Um uns herum gab es keine Dekorationen, keine Andenken und keine unnötigen Dinge. Die Küche war karg, der Boden schmutzig und der Tisch wies große Brandspuren auf. Immerhin waren die Fenster geschlossen und das Feuer prasselte, was die Kälte vertrieb.

»Wären die Umstände nicht, wie sie sind, wäre ich nie zurückgekommen«, sagte ich. Ich legte die Hände in meinen Schoß und hielt Kopf und Rücken gerade, um ja nicht für eine Sekunde in meiner Aufmerksamkeit nachzulassen. »Es überrascht mich, dass hier alles beim Alten ist. Trotz der Veränderungen im Rathaus.«

»Solche Entwicklungen interessieren uns nicht«, antwortete Vater, die Tasse an seinen strengen Mund hebend.

Nicht ein einziges Mal hatte er Hand oder Stimme gegen mich erhoben. Genauso wenig hatte er mich jedoch in den Arm genommen oder mir versichert, dass alles gut werden würde.

Nein. Das stimmte nicht. Er hatte wie Mutter darauf bestanden, dass unsere Retterin kommen würde. Früher oder später. Während unserer Lebensspanne oder danach.

»Du hättest nicht gehen sollen, dann wäre es dir besser ergangen«, sagte Mutter leise. »Dein Gesicht sieht furchtbar aus.«

Unwillkürlich hob ich eine Hand an die fast verheilten Kratzer, die mir Rosy verpasst hatte. Wut stieg in mir auf.

»Ihr hättet zugelassen, dass der Baron mich verschachert!«, rief ich.

Ihre Lider waren halb gesenkt, als sie mich ansah. »Du hattest kein Vertrauen in unsere Kommune. Im Gegensatz zu deinen Tanten wissen wir, was das Beste für dich ist.«

»Eine Sklavin zu sein? Das ist das Beste für mich?«, höhnte ich und sprang auf. Es hätte nicht viel gefehlt und ich hätte mit den Fäusten auf den Tisch geschlagen. Vermutlich hätte diese Krafteinwirkung dem klapprigen Möbelstück den Rest gegeben.

»Abzuwarten und auf unsere Retterin zu vertrauen.«

Ich verdrehte die Augen. »Ständig habt ihr von ihr geredet, aber seht ihr nicht, wie müßig das ist? Auch zehn Jahre später ist niemand gekommen, um euch von eurem Elend zu erlösen. Aber *wir* sind hier. Wir wollen die Chance nutzen und die Hexen zusammenführen.«

Meine Eltern wechselten einen Blick, den ich nicht deuten konnte. »Ihr? Zwei mäßig talentierte Hexen, ein Vampir und eine ... Missgeburt.«

Ich sog scharf die Luft ein. »Wage es nicht noch einmal, so von meiner Freundin zu sprechen.«

»Kirken sollten nicht existieren. Ihre Magie ist eine Perversion der Natur«, sprach Mutter weiter, als hätte ich nichts gesagt.

Hatte ich wirklich vergessen, wie verblendet sie waren?

»Wir wollen mit den anderen sprechen«, sagte Frinn eilig.

In den Gesichtern meiner Eltern regte sich nichts. Es war, als würden sie Frinn nicht mal wiedererkennen.

»Das würde keinen Unterschied machen. Wir haben unseren Weg bereits gewählt«, sagte Vater.

»Wie lange wollt ihr noch hier ausharren? Das ist unsere Chance, für die Freiheit der Hexen zu kämpfen! Eine Machtposition einzunehmen.« Frustriert lehnte ich mich auf den Tisch gestützt vor. »Wacht doch auf!«

»Das Warten hat längst ein Ende, Tochter«, sagte Mutter. »Unsere Retterin ist erschienen. Das, was unsere Eltern, *deine* Großeltern, prophezeit haben, ist eingetreten.«

»Was?« Ich zuckte zurück.

»Wir dachten, du würdest gern ihre Bekanntschaft machen.«

Ein Kloß setzte sich in meinem Hals fest, weil mir klar wurde, dass sie Zeit geschunden hatten. Meine Gruppe hatte mir vertraut und ich hatte sie direkt in eine Falle geführt. Auch wenn mir noch nicht klar war, was für eine Art Falle dies war.

»Lasst uns gehen«, sagte ich prompt. »Ich warte bestimmt nicht hier, bis …«

»Entschuldigt, dass ich euch habe warten lassen.«

Die Sumpfhexe.

Verdammt.

Sie hatte die alte Holztür aufgestoßen und stolzierte nun gemächlich in den Raum hinein. Eine kalte Bö erfasste meine roten Locken.

Abgesehen davon, dass sie nun edel bestickte Brokatkleidung

trug, Weste, Jacke und Hose, hatte sie sich seit unserer letzten Begegnung im Rathaus nicht verändert. Selbst die Abscheu lauerte weiterhin in ihren großen violettfarbenen Augen. Das zweifarbige Haar – vorne weiß und hinten schwarz – hatte sie zu einem strengen Knoten gebunden und an der Seite ihres Kopfes trug sie eines der Artefakte, die Tian ihr gebracht hatte. Ich erkannte außerdem den Rubin an ihrem Finger und die Brosche an ihrer Weste wieder.

Alle Anwesenden hatten sich bei ihrem Eintreten erhoben. Vater und Kit mussten sich umdrehen, da sie mit dem Rücken zur Tür gesessen hatten. Ich blickte sie mit genauso viel Abscheu an wie sie mich.

Dabei war es schwer, mich von ihrer beeindruckenden Gestalt nicht einschüchtern zu lassen. Andererseits war seit unserer letzten Begegnung viel geschehen und ich war längst nicht mehr so schwach. Hatte mich von den Strapazen erholt und in meiner Familie eine Quelle meiner Stärke ausgemacht.

Im ersten Moment wollte ich die Arme verschränken, um meine Abneigung auszudrücken, doch ich entschied mich dagegen. Es war besser, meine Hände frei zu haben, für den Fall der Fälle.

»Was jetzt? Bist du hier aufgetaucht, um links und rechts potenzielle Blutbräute zu vernichten? Wie es dir beliebt?« Ihre gespielte Höflichkeit konnte sie sich sparen.

»Soll ich mit dir beginnen?«

Ich hob eine Braue. »Noch nicht erkannt, dass ich bereits meinen Teil als Blutbraut erledigt habe?«

»Das war bloß ein Scherz. Götter, wo ist dein Sinn für Humor geblieben?«

»Ich habe deine Drohungen nicht vergessen, Sumpfhexe«, zischte ich. Immerhin blieb sie auf Abstand, sodass ich jede ihrer Regungen genau beobachten konnte.

»Und das ist auch ganz wunderbar, aber ich gebe zu, dass ich so entrückt von der Welt für mehr als ein halbes Jahrhundert kurzsichtig gedacht habe.« Sie verschränkte die Hände vor ihrem flachen Bauch. »Nachdem ich etwas Zeit hatte, kam mir der Einfall, dass wir Vampire doch nicht vollkommen auslöschen sollten. Warum denken wir nicht einfach rückwärts? Wir nutzen sie für unsere Konvergenz und sperren sie dann ein. Wenn wir sie schon nicht töten können. Wir brauchen die Macht, die sie uns geben können. Das sehe ich nun. Und wer sich nicht an unsere Regeln hält, wird dazu gezwungen.«

Ich verengte die Augen. »Großartig. Nachdem du uns geschwächt hast, willst du nun diesen halb garen Plan in die Tat umsetzen? Uns zwingen? Das macht dich nicht besser als den Vampirrat.«

»Was redest du da, Wilhelmine? Sie hat den Aufstand geleitet damals. Ihr liegt unser Volk mehr am Herzen als jedem anderen«, rief Mutter aus.

»Sie ist eine Täuscherin und Betrügerin, nichts weiter«, erwiderte ich, mit einer Hand auf die Sumpfhexe zeigend. »Sie hat sich vor Jahrhunderten in einen Vampir verliebt und unsere Schicksale mit seinem Volk verbunden, nur damit sie mit ihm zusammen sein konnte. Anstatt erwachsen zu handeln und ihren Partner zu töten, hat sie die Schuld auf alle anderen geschoben. Sie ... *Du* bist ein Feigling!«

»Halt den Mund!«, knurrte die Sumpfhexe, der meine Worte offensichtlich sauer aufstießen. In der nächsten Sekunde hatte sie mich mit einem Magiestoß gegen die Wand hinter mir geschleudert. Unsichtbare Hände hielten mich dagegengedrückt und schnürten mir die Luft ab. »Du weißt nicht, was die Wahrheit ist und was ...«

Ich schüttelte leicht den Kopf in Richtung Tian, der sich bereits gewandelt hatte. Das rote Glühen seiner Augen gab mir die Sicherheit, weiterzumachen. Im Notfall würde er mir immer zu Hilfe eilen. Noch fühlte ich mich jedoch nicht ausreichend in Gefahr.

Du kannst dich auch immer auf dich selbst verlassen, sagte Jamie, der das Geschehen scheinbar mühelos durch unser Band mitverfolgen konnte. Ob ich nun wollte oder nicht.

Der Druck auf meine Kehle ließ nach. »Was? Du liebst ihn immer noch?«

Sosehr ich es auch genoss, die Sumpfhexe aus der Reserve zu locken, die Konfrontation hatte noch einen anderen Zweck. Ich hatte überprüfen wollen, wie viel von dem, was uns Ellewy erzählt hatte, der Wahrheit entsprach.

»Er kann nicht erreicht werden«, sagte sie tief durchatmend, ehe sie ihre ausgestreckte Hand senkte und damit den Griff um mich fallen ließ. Unelegant landete ich auf dem Boden, wo ich mich sofort aufrichtete. »Von niemandem und von mir schon mal gar nicht. Ich tue das Beste, was ich kann.«

»Wo ist er?«, fragte Tian. Wir kannten beide eine Antwort, aber war es auch die richtige?

»In der Hölle. Er befindet sich in der Hölle, die ihn besser vor Eindringlingen beschützt, als es eine Armee je tun könnte.« Seufzend strich sie sich die Weste glatt, die gar keine Falten aufgewiesen hatte. Die Erwähnung ihres einstigen Geliebten hatte sie definitiv erschüttert.

»Der Ort, an dem auch die Blutfae leben?«

»Exakt.«

»Warum töten sie ihn nicht? Warum haben sie ihn nicht längst erledigt?«

»Warum sollten sie das tun?« Irritiert fixierte mich die Sumpfhexe mit einem Blick. So wie sie von meiner Frage verwirrt war, war ich von der ihren verwirrt. »Lass uns realistisch über eine Allianz sprechen, Billie. Du musst doch selbst einsehen, dass euer Kampf ein einsamer ist. Was wollt ihr schon gegen die Blutfae ausrichten, wenn ihr nicht mal etwas gegen Vampire tun konntet?«

»Die Situationen sind zwei völlig verschiedene. Der Vampirrat ist ausgemerzt und wir könnten etwas Neues kreieren«, erwiderte ich. Trotz Lucille.

»Genau das wollen wir auch. Auf meine Weise.«

»Deine Weise sieht Zwang vor«, erinnerte ich sie.

»Nur wenn absolut notwendig. Im Endeffekt wollen wir alle das Gleiche, oder nicht? Das Wohl der Hexen liegt uns am Herzen.«

»Und wie willst du das erreichen?«

»Ich habe bereits alle Kommunen besucht und die Nachricht verbreitet sich. Schon bald werden wir der Platzhalterin zeigen, dass sie ausgedient hat. Es ist viel besser gelaufen als gedacht, nachdem der Blutfae bereits von ihr beseitigt worden ist.«

Ich sagte ihr sicher nicht, dass Jamie keineswegs tot war.

Großzügig von dir, merkte er an.

Falls du doch noch einen Funken Anstand hast und uns helfen willst, will ich deine Rolle so lange wie möglich geheim halten.

Ich bin nicht sicher, ob so etwas wie Anstand in mir existiert.

Du wirst dich vielleicht selbst überraschen.

»Weil du auf den Thron gehörst?«, fragte ich die Sumpfhexe dann laut.

»Wer sonst?«

»Ich vertraue dir nicht«, knurrte ich, müde, gegen ihre Illusionen ankämpfen zu müssen. »Letztlich geht es dir nur um dich selbst und deinen verletzten Stolz, oder liege ich falsch, Sumpfhexe?«

»Mein Name ist Thali.«

»Schön für dich, aber das habe ich nicht gefragt.«

Du solltest sie vielleicht nicht provozieren, schlug Jamie amüsiert vor.

»Mein Name ist Thali«, wiederholte sie. »Und Stolz steht immer zur Debatte. Stolz kann sich nur diejenige leisten, die Macht in den Händen hält. Entweder bist du auf meiner Seite oder du bist gegen mich. Überleg es dir gut.«

»Wilhelmine, das ist der Augenblick, auf den wir gewartet haben. Komm zu uns zurück«, flehte mich meine Mutter an. Gleichzeitig entfernte sie sich zusammen mit meinem Vater von mir und stellte sich hinter Thali.

»Ich kann dich nicht unser Hexenvolk für deine Fehler opfern lassen«, sagte ich entschlossen. Der Zorn, der in mir aufwallte, fühlte sich unproportional riesig an, doch ich konnte ihn nicht kontrollieren. »Wir sind hergekommen, um meinesgleichen aufzuklären, aber ich sehe jetzt, dass das mit dir nicht möglich ist. Du bist zu gut darin, zu manipulieren. Sie sehen nicht, dass dir ihre Leben egal sind. Dass du sie in die Schlacht schicken wirst, ohne vorbereitet zu sein. Es werden Hexen sterben, weil sie für dich unwichtig sind.«

Thali lachte auf. »Der einzige Unterschied zwischen dir und mir ist, dass ich mächtiger und klüger bin. Deine Leichtgläubigkeit würde mehr Leben kosten, als du ahnst.« Sie legte den Kopf schief, als wäre sie von etwas überrascht worden. »Was ist das? Ein zweites Band?« Erstaunen wurde von Gelächter abgelöst. »Du bist mit einem Blutfae *und* einem Vampir verbunden? Und gerade dachte ich, du könntest mich nicht mehr überraschen. Faszinierend. Ich muss nicht mal viel tun, um dich zu töten. Die beiden Verbindungen werden dich von ganz allein auseinanderreißen.«

Ich musste ignorieren, dass Frinn nun von meiner miserablen Lage erfuhr, um nicht den Halt zu verlieren. Hätte ich gewusst, dass die Sumpfhexe auch mein zweites Band bemerken würde, hätte ich das Gespräch mit meinen Tanten früher gesucht.

»Ich bin stärker als das.«

»Die Verbindungen werden dich entzweien und nichts übrig lassen. Merk dir meine Worte.« Sie schüttelte den Kopf. Nicht eine Strähne entfloh ihrem festen Zopf.

»Der Blutfae hat sie mir aufgezwungen«, wisperte ich wütend, obwohl das nicht der Wahrheit entsprach. »Ich wollte das nicht ...« *Ich will nur Tian.*

»Sie kann nicht erzwungen werden. Deine Magie wollte die erste Verbindung und dein Herz die zweite. Vielleicht sehnte sich auch beides nach der ersten Konvergenz. Was geschehen ist, ist geschehen.« Ihr Blick wanderte zu Tian.

Ihre Worte glichen denen von Jamie. Wenn ich nicht gewusst hätte, dass sie Erzfeinde waren, hätte ich sie des Komplotts gegen mich bezichtigt.

»Es gibt einen Weg da raus«, sagte ich, weil ich daran glaubte. »Bevor ich mich aber um mich selbst kümmere, bist du an der Reihe.«

»Fauch, so viel du willst, Kätzchen. Im unwahrscheinlichen Fall, dass du gegen mich gewinnst, hast du nicht das Zeug, unser Volk zusammenzuführen. Du bist nichts weiter als eine Hexe mit einem tragischen Schicksal.«

»Warum probieren wir es nicht aus? Ein Kampf. Du und ich.« Ich rief meine Magie und blaue Flammen schossen von meinen Fingerspitzen bis zu meinen Ellbogen hinauf.

»Dafür habe ich keine Zeit. Aber wenn es dich so nach einem Kampf dürstet, dann leg dich gern mit deiner Familie an. Du wolltest sicher ohnehin erfahren, wie sich mein neuer Zauber anfühlt.« Sie drehte ihr Handgelenk, blickte zur Decke und murmelte etwas, das ich nicht verstehen konnte.

Mächtige Magie knisterte im Raum, ohne dass ich sie sah.

»Billie!« Es war Kit, die sich vor mich warf, als Frinn mit einem ausgestreckten Dolch auf mich zueilte. Die Klinge bohrte sich in Kits Seite, ehe ich realisiert hatte, was vor sich ging.

Doch auch Sekunden danach, als die Sumpfhexe das Haus bereits verlassen hatte, hinkte mein Verstand hinterher. Die Welt, die kurz gestoppt hatte, drehte sich wieder.

»Frinn!« Sie reagierte nicht auf meinen Ausruf. Tian riss sie an den Schultern zurück, während ich versuchte, Kit aufrecht zu halten. Ich presste instinktiv eine Hand auf ihre blutende Wunde.

Magie blitzte. Tian wurde zurückgeschleudert und Frinn stürzte sich erneut knurrend auf mich. Den blutigen Dolch erhoben, um ihr Attentat auf mich zu beenden.

Ich kniete mit Kit in meinen Armen auf dem Boden. Meine Hand hob ich an, aber mir fehlten die Zeit und die Konzentration, sie zu heilen. Mit meiner anderen Hand riss ich Eis in die Höhe. Eine Wand, die Frinn mühelos zerschmetterte. Das Eis schoss in alle Richtungen und zerschnitt meine Wangen.

»Verflucht, Frinn!«

»Sie ist nicht sie selbst«, hörte ich Mutter sagen. »Schwester, komm her.«

Es war, als hätte Mutter Frinn in Eiswasser getaucht. Sofort verließ sie jeglicher Lebenswille. Jegliches Feuer. Sie ließ den Dolch fallen und stellte sich neben meine Eltern. Ihr Blick war ins Leere gerichtet. Die Miene regungslos.

»Was bedeutet das?«, stotterte ich.

»Thali, unsere Retterin, hat mit den Artefakten, die der Vampir ihr gegeben hat, eine neue Gabe errungen. Sie kann Hexen ihren Willen, *unseren* Willen, aufzwingen«, erklärte Mutter. »Frinn wird bei uns bleiben. Sie hätte niemals gehen sollen. Mach dir keine Sorgen, wir kümmern uns um sie.«

»Stopp! Halt!«, rief ich, am Boden gefangen, weil ich befürchtete, Kit würde verbluten, wenn ich meine Hand wegzog. Tian knurrte. Er stand wieder aufrecht. Seine Schultern bebten, als er sich zum Angriff bereit machte. Seine animalische Seite hatte ihn überkommen.

Er würde meine Familie nie ernsthaft verletzen, aber er würde mich bis aufs Blut verteidigen.

»*Wir* nehmen Frinn mit«, stellte ich klar. »Was ihr tut, ist mir gleich. Wir haben euch eine Chance gegeben, die Wahrheit zu sehen.«

»Thali *ist* die Wahrheit«, beharrte Vater. »Und sobald du dich deiner Tante näherst, wird sie dich töten wollen.«

»Frinn«, flehte ich.

Was willst du tun?, fragte mich Tian lautlos.

Ich ... Tränen brannten in meine Augen. Wie konnte ich ohne Frinn zurückkehren? *Wir könnten sie ausknocken, oder?*

Ja.

Mehr Ermutigung brauchte er nicht. Während er sein Bestes tat, um gegen meine Familie zu bestehen, ohne sie zu sehr zu verletzen, kümmerte ich mich um Kit.

»Geht es?«, fragte ich sie.

Sie hatte die Zähne so fest zusammengebissen, dass ihr Kiefer ganz angespannt war. Mit Mühe rang sie sich ein Nicken ab. Vorsichtig hob ich meine blutige Hand an, nur ganz leicht, und erlaubte meiner Heilmagie, das Nötigste zu tun. Dabei flehte ich, dass sie mir gehorchte. Zumindest so lange, bis Kit außer Gefahr war.

Das Brennen erinnerte mich daran, dass meine Zeit ablief.

»Die Blutung müsste gestoppt sein«, verkündete ich, ehe ich aufsah, als mein Vater von Tian durch die offene Tür hinausgeschubst wurde. Frinn beschoss Tian mit einzelnen Eisspitzen, während Mutter bloß mich beobachtete.

»Danke«, sagte Kit und richtete sich vorsichtig auf. »Es tut kaum noch weh.«

»Du hast dich verändert«, sagte Mutter, als sich unsere Blicke trafen. Sie ließ sich nicht anmerken, ob sie es gut oder schlecht fand.

Du hast deine Magie benutzt, sagte Jamie.

Ja und?

»Stört es dich?« Es war schwer, meine Aufmerksamkeit derart zu teilen.

»Ein wenig«, gab sie zu. »Wenn du klug wärst, würdest du dich zurückziehen und abwarten. Dieser Kampf ist nicht der deine.«

»Das würdest du nicht sagen, wenn du wirklich verstehen würdest«, murmelte ich.

Sie senkte den Blick, flüsterte etwas Undeutliches und Tians Brüllen folgte. Ich konnte ihn nicht länger sehen, weil er das Haus verlassen hatte. Sofort sprang ich auf, um zu ihm zu eilen.

»Lass uns gehen. Mit meiner Schwester. Dann werde ich deinen Vampir verschonen.«

»Du hast nicht die Macht, einem Kronvampir zu drohen.« Würde sie ihn wirklich töten? Und damit vielleicht auch mein Leben verwirken? Da ich nicht nur mit ihm, sondern auch mit Jamie verbunden war, ließ sich das nicht mit Sicherheit bestimmen.

»Ich allein nicht. Aber Thali schon. Er muss bereits in der Falle sitzen.« Sie sah Kit voll tiefer Abneigung an. »Warte hier. Tu nichts. In ein paar Minuten, wenn wir weg sind, lässt der Zauber nach, ohne ihm oder dir zu schaden.«

»Also ist dir bewusst, dass du deine eigene Tochter töten würdest?«

»Vielleicht. Willst du das Risiko eingehen?«

Ich ballte die Fäuste. Es stand außer Frage, dass ich Tian nicht verlieren wollte.

Kann ich etwas tun? Jamie.

Du kannst deine Gefühle für dich behalten. Sie lenken ab.

»Ohne Frinn. Geh«, stieß ich hervor. Wenn ich mehr sagte, würde ich sie angreifen. Würde all meinen Frust an ihr auslassen.

Sie zögerte noch einen Augenblick, dann ging sie davon, weil ich ihr nicht so wichtig war wie ihre Retterin. Es nie gewesen war.

Während sie meiner Aufforderung folgte, dachte ich an meine eigene Hoffnung zurück. An meine Träume, die ich im Geheimen gepflegt hatte. Dass sie mich in den Arm nehmen würde bei unserem Wiedersehen. Dass sie mich festhalten und sich entschuldigen würde. Dass sie für mich da sein würde.

Wütend wischte ich mir die Tränen aus den Augen. Sie verdiente nichts dergleichen. Rein gar nichts. Weder sie noch Vater.

Kit, die auch aufgestanden war, hielt mich an einem Arm fest. Wenn sie es nicht getan hätte, wäre ich längst losgerannt. So wartete ich zwei Minuten, bevor ich nach draußen sprintete.

Frinn lag bewusstlos auf dem Boden, doch abgesehen von einer Kopfwunde schien sie unverletzt. Meine Mutter hatte Wort gehalten.

Tian stand wenige Meter von mir entfernt und war wortwörtlich am Boden festgewachsen. Wurzeln waren hervorgekrochen und hatten sich um seine Stiefel und Beine gelegt. Auch seine Arme wurden festgehalten, sodass er die braunen Wurzeln nicht mit seinen Klauen durchtrennen konnte.

»Billie«, rief er und hielt inne.

»Halt still«, bat ich ihn. Um uns herum war alles ruhig. Die Hexen und Hexer hatten die Kommune verlassen. »Der Zauber sollte gleich nachlassen. Tu dir nicht weh.«

Ich trat auf ihn zu.

»Sie haben uns ausgespielt«, sagte er verärgert.

»War ich zu leichtgläubig? Hätten wir das kommen sehen sollen?«

»Vielleicht.« Kit hielt sich immer noch die Seite und humpelte leicht. »Aber es hätte keinen anderen Weg gegeben, das herauszufinden. Wir mussten es versuchen und darüber waren wir uns einig.«

Ich sah in den Himmel hinauf. Dunkel und doch hell. Der Schnee fiel in sanften Flocken. Die Wut kühlte nicht ab.

Mein Blick fiel auf das Haus des Barons hinter den Mauern. Nichts hatte ich heute erreicht. Nichts außer ...

Du hast die Wahrheit gesagt, oder? Dass ich die Verbindung mit dir und Tian nicht überleben werde?

Es gibt keinen Grund für mich, dich anzulügen, Billie. Vielleicht liebe ich dich nicht auf die gleiche Weise wie Tian es tut, aber ich respektiere dich.

Wenn du mich respektieren würdest, hättest du mich nicht auf so abscheuliche Weise benutzt.

Es tut mir leid.

Zu spät.

»Warte hier bei Tian und Frinn.«

»Billie! Was hast du vor?« Kit hielt mich mit einer Hand auf meiner Schulter zurück.

»Etwas, das ich längst hätte tun sollen«, knurrte ich und schüttelte ihre Hand ab, ohne sie anzusehen.

»Billie ...«

Ich hörte weder auf sie noch auf Tian, der in meinem Kopf nach mir rief. Kalte Wut durchschnitt kurzzeitig unser Band. Für mich gab es nur einen einzigen Weg, um sie loszuwerden.

Es war unmöglich gewesen, ohne weiteres Blut zu vergießen, gegen Thali und meine Eltern zu bestehen. Sie kannten meine Schwachstelle und hatten sie ausgenutzt.

Aber Baron Howarr ... Er hatte lange genug in meinen Albträumen gelebt. Jahrelang hatte ich Vampirinnen und Vampire ermordet, doch um ihn hatte ich einen großen Bogen gemacht. Aus Angst. Aus Verzweiflung.

Das war vorbei.

19

Es war nicht schwer, Baron Howarr zu finden. Oder seine Leibwächter im Hof aus dem Weg zu schaffen. Sie sahen meinen Angriff nicht kommen, weil ich sie mit meiner Magie in die metaphorische Hölle schickte, noch bevor sie sich zu mir umdrehten. Aus diesem Grund machte ich mir keine Mühe, leise zu sein.

Warum sollte ich auch?

Meine Magie pulsierte. Ich wollte sie gegen jemanden richten, den ich vernichten konnte. Meinen Eltern konnte ich nicht schaden. Die Sumpfhexe hatte meine Schwäche für sich ausgenutzt. Ich wusste nicht, wohin mit meinem Zorn, der sich glühend heiß in mir ausbreitete, als würde er mir Leben geben, statt den Wunsch nach Zerstörung zu befeuern.

Bevor Moth mich von der Straße aufgelesen und manipuliert hatte, war ich früher während meiner Jagd nie emotional gewesen. Ich hatte mit meinen Tanten einen Plan ausgeheckt und ihn kühl und berechnend in die Tat umgesetzt. Denn jedes Gefühl führte dazu, dass man von Abmachungen abwich. Dass man seinen Verstand verlor und egoistisch wurde.

Jede Fehlentscheidung konnte den Tod bedeuten. Meinen eigenen oder den von Frinn und Elma.

Aber jetzt ... jetzt gab es nur mich. Ich hatte Tian und Kit absichtlich zurückgelassen. Zum einen wollte ich nicht, dass sie mich in einem derart besessenen Zustand sahen, und zum anderen sollte sich der Baron keinen Vorteil gegenüber mir verschaffen, indem er ihre Leben gegen mich einsetzte. Indem er ihnen drohte, um mich ruhigzustellen.

Nachdem ich durch die vordere, unverschlossene Tür des verwinkelten Hauses gegangen war, hatte ich die erste Leibwächterin mit Magie gegen die Wand gepresst. Ein gezielter Stich mit meinem Dolch durchs Herz und dann an der Kehle entlang. Sie hatte nicht mal Zeit, mir die Fangzähne zu zeigen.

Blut spritzte auf meine Wangen und Lider. Ich blinzelte, als ich den schweren Körper zu Boden gleiten ließ. Möglicherweise würde sie wieder heilen. Vielleicht auch nicht, wenn die Sonne am Morgen durch die offene Tür schien, sie erreichte und verbrannte.

Der Flur war eng und dunkel. Knarzende braune Dielen und holzverkleidete Wände, die sich mir von beiden Seiten zu nähern schienen.

Nur Einbildung, sagte ich lautlos.

Was hast du vor? Komm zurück, Billie. Tian. Ich blendete ihn aus. Anscheinend war er noch immer gefangen, sonst wäre er mir längst nachgeeilt.

Eine Kerze flackerte auf einer staubigen Konsole. So reich und protzig der Baron auch war, Schmutz schien ihn nicht zu stören. Möglicherweise nahm man ihn nach so vielen Jahren gar nicht mehr wahr. Schließlich wäre es für ihn ein Leichtes gewesen, eine Hexe oder einen Hexer aus der Kommune zum Saubermachen zu zwingen.

Doch er hatte uns nie erlaubt, die Kommune zu verlassen. Ganz gleich, wie wir uns benommen hatten. Wir waren freiwillige Sklavinnen und Sklaven gewesen. Meine Eltern hätten jederzeit gehen können, aber sie hatten sich den Regeln gebeugt. Und dementsprechend hatten sie auch auf ihre Magie verzichtet. Ohne dazu gezwungen werden zu müssen.

Dieser Gedanke fachte meine Wut von Neuem an. Ich hatte mir so viel von ihnen erhofft und nichts erhalten.

Die Fäuste ballend blickte ich in den nächsten Raum. Ein Waschraum, in dem sich niemand aufhielt. Genauso wenig in dem Arbeitszimmer dahinter oder dem Speisesaal. Erst im Salon wurden meine Magie und ich fündig.

Ich hatte gespürt, dass der Baron nicht allein war. Zwei Wächter waren bei ihm, die direkt an der Tür auf der anderen Seite standen. Ich schenkte ihnen nur einen beiläufigen Blick, als ich dem Linken mit einer Handbewegung das Genick brach und dem Rechten den blutigen Dolch in den Hals rammte. Alles innerhalb weniger Sekunden.

Das Brennen in meiner Seele nahm zu.

»Was? Wer bist du?«, hörte ich den Baron ausrufen, als beide Leibwächter zu Boden sackten.

Ich kniete auf dem Oberkörper des einen und zog meinen Dolch mit einem schmatzenden Geräusch aus seinem Hals. Aus dem Augenwinkel sah ich, wie sich der Baron von seinem Sessel erhob. Eine Tasse gefüllt mit Tee fiel auf den Teppich. Die helle Flüssigkeit breitete sich genauso auf dem Boden aus wie das Blut des gefallenen Vampirs, als ich seine Kehle komplett durchtrennte. Ich wollte nicht, dass er zu früh erwachte.

Blutüberströmt stellte ich mich wieder aufrecht hin. Mit dem Handrücken wischte ich mir über Wangen und Gesicht. Ich fletschte die Zähne, als ich dem Baron endlich meine vollkommene Aufmerksamkeit widmen konnte.

Du solltest dich zügeln. Jamie klang besorgt. *Deine Magie ist nicht unendlich.*

Es kümmert mich nicht, wenn sie endet. Ich bin mehr als meine Magie.

»Du erkennst mich nicht?«, fragte ich den Baron grinsend und schritt näher. Umkreiste ihn und registrierte mit Genugtuung, dass er mir nicht den Rücken zuwenden wollte.

Er war ein Kronvampir und trotzdem hatte ich Furcht in ihm heraufbeschworen. Ein Talent, von dem ich früher und öfter Gebrauch hätte machen sollen. Vielleicht hätte Jamie mich dann nie für seine Zwecke ausnutzen können.

Es war meine Schuld, nicht deine, Billie.

Lass mich.

Was auch immer du vorhast, du wirst dich dadurch nicht besser fühlen.

Das sagt genau der Richtige, zischte ich zurück.

Das jungenhafte Gesicht des Barons entspannte sich nach und nach, weil ich ihn nicht sofort angriff. Es war sein Fehler zu denken, dass ich aus Ehrfurcht zögerte und nicht, weil ich sehen wollte, wie er sich wand.

Ich drehte das Messer in der Luft und fing es wieder auf, bevor ich stehen blieb. Dabei achtete ich darauf, dass nichts zwischen uns stand. Weder der massige dunkelrote Ohrensessel mit den Klauenfüßen noch der flache Teetisch aus Rosenholz.

Meine Muskeln waren angespannt, meine Atmung ging flach. Ich konnte jedes Zucken im Gesicht meines Feindes erkennen, obwohl nur ein paar Lampen entzündet waren.

Mit verengten Augen sah ich ihn an. Wartete. Ließ ihm Zeit, das Geschehene zu verarbeiten und mich zu mustern. Meine roten Locken, die sich teilweise aus meinem Pferdeschwanz gelöst hatten, meine leicht hervorstehenden Wangenknochen und die Oberlippe, die immer schon voller war als die untere und keinen ausgeprägten Bogen aufwies. Meine Größe, die sich verändert hatte, genauso wie mein restlicher Körper, der sich weiterentwickelt hatte. Nicht mehr der eines Kindes war, sondern der einer Frau. Der gleiche Gedanke schien auch ihm zu kommen, da er seinen Blick wieder zu meinem Gesicht gleiten ließ.

»Und? Wie funktioniert das Gedächtnis eines so alten Vampirs noch?«

»Menschen kannst du mit diesen Worten treffen, aber ein Vampir wird mächtiger, je mehr Jahre er zählt«, sagte er ruhig. Ich hatte das kurze Flimmern von Angst in seinen braunen Augen jedoch nicht vergessen. Behutsam legte er seine Hände auf den Rücken, als hätte er nicht vor, jeden Moment seine Fangzähne in meine Haut zu rammen. »Insbesondere als Kronvampir.«

»Das war keine Antwort. Nicht auf die Frage, um die es eigentlich geht.«

»Wilhelmine Kron«, sagte er dann mit einem Grinsen. »Ah, ich würde dich ja willkommen heißen, wenn dein Besuch freundlicher Natur gewesen wäre. Was haben dir meine bemitleidenswerten Wachen getan?« Er blickte an mir vorbei, doch noch regte sich niemand.

Wenn er glaubte, er könnte mich so lange hier mit einem öden Gespräch festhalten, bis sich einer von ihnen erholte, würde ich ihn eines Besseren belehren.

Diese Konfrontation geschah unter meinen Konditionen.

»Sie haben sich nicht schnell genug bewegt«, sagte ich spitz. »Schade, dass du keine Gelegenheit haben wirst, sie auszutauschen.«

Er lachte schallend und bewegte sich dann von mir weg zum Fenster. Ob er darüber nachdachte, zu fliehen? Das würde die Angelegenheit spannender machen und vielleicht auch endlich meine Wut dämpfen.

»Du bist also nach all den Jahren zurückgekehrt, um dich an mir zu rächen? Für was? Dass ich dir ein Dach über dem Kopf gegeben habe?« Er drehte sich zu mir um. Höhnisch lächelnd.

Es war amüsant. Wirklich. Ich ließ den Dolch fallen.

Zu Boden blickend näherte ich mich Howarr, bis ich direkt vor ihm stand. Das ließ er nur zu, weil ich mich beschämt gab. Besiegt.

Ich atmete den Geruch seines herben Parfüms ein und darunter fand sich eine schwere Moschusnote. Langsam hob ich die Hände, damit ich seine Weste aufknöpfen konnte. Seine Arme fielen an den Seiten herab, während er ebenso wie ich auf meine blutigen Fingernägel sah.

»Was hast du vor?«

»Es sind Jahre vergangen«, antwortete ich mit Bedacht. Die Wut in mir brüllte wie eine Bestie direkt aus der Hölle und es wurde schwerer und schwerer, sie im Zaum zu halten. »Trotzdem kann ich mich noch an alles erinnern.«

Widerstandslos ließ er sich die Weste von den Schultern streifen. Mit einem leisen Rascheln fiel sie zu Boden.

Du spielst mit dem Feuer. Er wird herausfinden, was du vorhast, bevor du gewinnen kannst. Jamie.

Er ist zu geblendet.

Unterschätze ihn nicht.

Bist du auf meiner Seite, Jamie? Wäre es nicht einfacher für dich, wenn er mich erledigt?

Ich habe mich immer an deiner Seite gesehen.

Ich sandte ihm ein ungläubiges Lachen, während ich das Leinenhemd aus Howarrs Hosenbund zog. Mit den Fingerkuppen berührte ich darunter federleicht seine weiche Haut.

»A-an was?«

Jamie hatte recht. Obwohl der Baron verwirrt und abstoßend erregt schien, würde er in wenigen Sekunden mein falsches Spiel durchschauen. Ich musste mich beeilen.

Mit einem Ruck riss ich sein Hemd auseinander, sodass er mit bloßem Oberkörper vor mir stand.

»Daran, wie du dir genommen hast, was du wolltest«, sagte ich kalt, als meine Hand auf seiner Brust lag.

Vampirinnen und Vampire hatten kein schlagendes Herz mehr. Trotzdem war es ihre Schwachstelle. Aber ich wollte mehr als einen Dolch durch sein Herz oder einen abgehackten Kopf. Ich wollte seinen Tod fühlen.

»Daran, wie du dich den Mädchen aufgezwungen hast, weil du es konntest.« Als meine Worte zu ihm durchdrangen, war es zu spät.

Ich rief meine Magie und sandte sie durch meinen Arm in meine Hand und schließlich in seinen Körper. Setzte ihn in Flammen, weil sie Feuer und Eis war. Eine tödliche Mischung, die ihn zum Schreien brachte. So viele Qualen.

Seine Knie gaben nach und ich sank mit ihm zusammen auf den Boden. Hielt ihn mit der anderen Hand um seine Schulter aufrecht und lächelte.

Ich genoss jeden Moment, weil es endlich die Bilder meiner Erinnerung verblassen ließ. Die Augenblicke, in denen die älteren Kinder vor ihm flüchteten, weil sie befürchteten, ihm nicht nur ihr Blut geben zu müssen. Meine Tanten hatten mich rechtzeitig befreien können. Doch nur weil ich nicht direkt betroffen gewesen war, bedeutete das nicht, dass meine Angst nicht real war.

»Du verdammter Bastard gehörst in die schlimmste Hölle«, knurrte ich an seinem Ohr.

Ich entsandte einen weiteren Stoß Magie und fiel durch die Machtwelle rücklings auf den Hintern. Einen Arm warf ich schützend über mein Gesicht, als der Baron förmlich auseinandergerissen wurde. Sein Schrei hallte noch einen Moment nach, obwohl von ihm nichts mehr übrig geblieben war.

Blut und ... Dinge, über die ich nicht genauer nachdenken wollte, klebten an mir. Die erwartete Übelkeit blieb jedoch aus. Ich hatte getan, was ich mir vorgenommen hatte.

Ja, es änderte nichts an der Situation mit meinen Eltern, der Sumpfhexe und Lucille. Aber es half *mir*, und war das nicht genug?

Eine beeindruckende Vorstellung.

Genugtuung durchfuhr mich. *Habe ich dir nicht gesagt, du sollst verschwinden?*

Du könntest mich vertreiben, wenn du nur wolltest.

Ich will. Es ist bloß eine Frage der Prioritäten.

Und ich bin keine? Autsch.

Du solltest froh sein, sonst hättest du niemanden zum Reden. Ironischerweise brachte ihn das zum Schweigen.

Ich rappelte mich mühselig auf und sah mich in dem Salon um, der seine Glanzzeit hinter sich hatte. Wände, Boden und Decke waren mit den Überresten des Barons gesprenkelt.

Beim Hinausgehen entdeckte ich eine gefaltete Tischdecke auf der Kommode, mit der ich zumindest mein Gesicht und meine Kleidung abwischen konnte.

Ruhiger trat ich aus dem Haus und blieb davor stehen. Schneeflocken hüllten mich ein. Blieben in meinem Haar und in meinen Wimpern haften, ehe sie schmolzen.

Tian und Kit kamen vom offenen Tor der Kommune auf mich zugeeilt. Frinn hielten sie in ihrer Mitte aufrecht. Sie schien benommen, aber immerhin machte sie keinerlei Anstalten, sich zu wehren.

Das bedeutete hoffentlich, dass der Zauber der Sumpfhexe verflogen war.

Abgesehen davon sah Kit noch immer schlimm aus. Blass und gequält. Tian wies Blutergüsse und Kratzer auf.

Vor mir blieben sie stehen. Verwirrung und Erleichterung zeichneten sich parallel auf ihren Zügen ab. Ich beschloss, es ihnen einfach zu machen.

»Der Baron ist tot«, sagte ich. »Wir sollten gehen. Die Sonne könnte bald aufgehen.«

Da sich die Ewige Nacht unbeständig verhielt, ließ sich der Zeitpunkt des Sonnenaufgangs nicht mehr so leicht bestimmen. Dazu kam, dass der Himmel bewölkt war. Ich wollte nicht, dass Tian verletzt wurde.

»Was hast du getan, Billie? Warum …« Tian schob die Brauen zusammen. Ich spürte ihn in meinen Gedanken und erlaubte ihm, meine Erinnerung ab dem Moment zu sehen, da ich das Haus betreten hatte.

»Er hat bekommen, was er verdient«, betonte ich. »Kommt.«

Obwohl sie sich in Bewegung setzten, spürte ich vor allem Tians verurteilenden Blick. Kit legte trotz des Bluts ihren anderen Arm um meine Taille. Sie hatte nicht wie er meine Erinnerungen gesehen und ekelte sich nicht vor mir.

Das tu ich auch nicht. Tian. *Ich will dich bloß verstehen. Warum bist du allein gegangen? Ich wäre an deiner Seite gewesen.*

Das war etwas, das ich allein tun musste. So in etwa wie du Lucille allein erledigen möchtest.

Nicht mehr. Schweigen. *Ich vertraue dir. Du bist mir wichtiger als meine Rache.*

Er sprach es nicht in Gedanken aus, doch die Implikation war klar.

Ich war diejenige, die ihm nicht vertraute.

Ich war diejenige, die sich zwischen uns gestellt hatte.

Und er hatte recht. Meine Gefühle hatten mich übermannt. Es wäre nicht leicht gewesen, doch irgendwie hätte ich sie zügeln können. Wegsperren. Aber ich hatte mich dagegen entschieden. Es war mir wichtiger gewesen, den Baron zu erledigen, anstatt sicherzustellen, dass Tian, Frinn und Kit in Sicherheit waren.

Die Übelkeit, auf die ich vorhin vergeblich gewartet hatte, setzte jäh ein. Ich wand mich aus Kits Griff und rannte an den Straßenrand. Den Wohnwagen nahm ich nur am Rand meines Sichtfelds wahr.

Ich stützte mich mit den Händen auf den Knien ab und würgte das wenige hervor, das ich zu mir genommen hatte. Tian klopfte sanft auf meinen Rücken. Ich schüttelte ihn ab. Er war zu verständnisvoll. Ich verdiente ihn nicht.

Mein Magen krampfte sich weiter zusammen.

20

Wir hatten den Wohnwagen zu Tians Anwesen gebracht, weil uns die Möglichkeiten ausgegangen waren. Er war zu klein für unsere Gruppe geworden und niemand konnte nach dem Fehlschlag einen klaren Gedanken fassen.

Ich hatte geglaubt, so klug und gerissen zu sein. Dabei war ich zu meiner Schande ausgerechnet von meinen Eltern ausgespielt worden, die ihr Leben lang einer Illusion gefolgt waren.

Einer Illusion, die sich nun als Thali, die Sumpfhexe, entpuppt hatte.

Das einzig Gute war, dass sie in sich drin noch einen Funken Mitleid gefunden und Frinn zurückgelassen hatten. Ich hätte Elma nicht in die Augen sehen können, wenn wir ohne ihre Schwester hätten zurückkehren müssen.

Ich lag in meinem alten Schlafzimmer auf dem Bett und blickte an die stuckverzierte Decke, die mit einem schwarzen Spitzenhimmel abgehängt war. Mir war es mit letzten Kräften gelungen, mich auszuziehen und in die Zinkwanne sinken zu lassen, die ich erst verlassen hatte, als meine Haut schon ganz schrumpelig geworden war.

Obambo stöhnte neben mir in der Luft hängend. Wahrscheinlich spürte er meinen Unmut. Bis vorhin hatte ich mich ziemlich gut gehalten.

»Ehrlich«, sagte ich laut und seufzte. »Ich habe allen ihre Zimmer gezeigt und ich war sogar freundlich zu Ellewy. Jetzt, da ich weiß, dass sie die Wahrheit gesagt hat.« Bam stöhnte zwei Mal. »Rosys Schreianfall ist jawohl nicht meine Schuld. Mir ist das Glas aus der Hand gerutscht.«

Ein weiteres Stöhnen.

»Und Jamie kann froh sein, dass er nicht im Keller schlafen muss.« Wieder ein Stöhnen, das dieses Mal tiefer klang. »Nein, ich mag ihn nicht. Ich hasse ihn.«

Ich drehte mich auf die Seite. Mit dem Rücken zu ihm. Meine Hände von mir gestreckt.

Nachdem Frinn wieder ansprechbar gewesen war, hatte sie im Beisein von Elma gefragt, ob sie sich richtig erinnere. Dass Jamie und ich die Konvergenz vor Tian und mir eingegangen waren.

Damit war die Katze wohl aus dem Sack. Doch zu meiner Überraschung waren die enttäuschten und verurteilenden Blicke ausgeblieben. Möglicherweise lag das daran, dass es Frinn noch immer schlecht ging und Thalis Zauber ihren körperlichen Tribut forderte.

Ich freute mich schon auf die kommenden Gespräche.

»Hervorragend«, murmelte ich.

Es klopfte an meiner Tür. Nur eine Person würde mich zu dieser Stunde aufsuchen.

Die ersten Sonnenstrahlen drangen durch die verzauberten Fenster, vor denen ich nicht die Vorhänge zugezogen hatte.

Herein.

Seufzend setzte ich mich auf, als mir bewusst wurde, dass ich nackt war und nur die Decke unter meine Achseln geklemmt hatte. Ich war zu erschöpft gewesen, um mich anzuziehen.

Bam stöhnte ein letztes Mal, dann verpuffte er, als wollte er nicht Zeuge eines möglichen Streits werden.

»Kein guter Zeitpunkt?«, fragte Tian vorsichtig und schloss die Tür hinter sich erst, als ich den Kopf schüttelte.

»Der Zeitpunkt wird nichts ändern. Komm rein.«

Er hatte sich gewaschen und außerdem etwas Frisches angezogen. Eine schwarze Baumwollhose sowie ein lockeres Hemd, dessen Schnüre vorne lose herabhingen. Sein Haar war noch feucht und wellte sich leicht. Ich beobachtete, wie er sich mir näherte und dabei erst den Raum betrachtete, ehe sein Blick auf mir liegen blieb.

»Wie geht es dir?«, fragte er, nachdem er sich am Fußende des Bettes niedergelassen hatte.

Mein Herz machte einen Satz. Seine Wirkung auf mich sollte mich nicht mehr überraschen, aber sie tat es dennoch. Ich musste ihn nur ansehen, und schon verlangte es mich nach Dingen, die ich mit ihm nicht tun sollte. Nicht jetzt, wo wir so viele Probleme hatten, um die wir uns zu kümmern hatten.

Nicht jetzt, weil ich noch Jamie mit mir herumtrug und mir meiner Gefühle gegenüber ihnen beiden nicht im Klaren war.

Obwohl ich mir dessen bewusst war, blieb mein Blick an seinen Lippen haften. Hitze stieg in mir auf, je mehr sich meine Vorstellungen ausweiteten.

Letztlich war es Tian, der mich mit einem Räuspern zurück in die Gegenwart holte. Ein Glimmen meiner Leidenschaft blieb trotzdem zurück.

Ich verschränkte die Finger in meinem Schoß und unterdrückte einen Schauer. Durch unser Band wusste Tian wahrscheinlich eh, was in mir vorging, aber ich musste es ihm nicht unbedingt aufdrängen. Auch ich konnte ein Echo seines Verlangens spüren, das sich mit meinem vermischte.

»Den Umständen entsprechend«, beantwortete ich endlich seine Frage, die noch im Raum stand. »Und dir?«

»Auch.« Er räusperte sich ein weiteres Mal und kratzte sich am Nasenrücken. »Die Sache mit dem Baron ... Ich wollte sagen, dass ich es verstehe. Ich wünschte, du hättest mich als

Unterstützung akzeptiert, doch ich verstehe auch, dass du es allein tun musstest.«

Beschämt sah ich zur Seite. »Ich bin von Gefühlen getrieben worden. Diese Wut in mir ...« Ich fasste mir ans Herz. »Sie war wie ein glühender Schürhaken, der tief in meinem Körper steckte. Nur so konnte ich ihn loswerden. Wenn ich fähig gewesen wäre, nachzudenken, hätte ich das Risiko nicht allein auf mich genommen.«

Die Antwort schien ihn zufriedenzustellen, da er zu mir aufrückte. Die Spannung im Raum löste sich mehr und mehr auf, auch wenn dieses Thema bei Weitem nicht das einzige war, das zwischen uns stand.

»Ich wünschte, wir hätten etwas für deine Eltern tun können, Billie. Mir tut es leid, dass Thali uns zuvorkommen konnte.«

Ich griff nach seiner Hand und drückte sie. »Sie hatte viele Jahre, um sich vorzubereiten, das ist mir nun klar. Ich dachte nicht, dass sie sich in Freiheit so schnell fangen würde, doch ich werde sie nicht noch mal unterschätzen. Genauso wenig werde ich ihr allerdings mein ... unser aller Schicksal überlassen.«

»Ich weiß genau, was du meinst.« Entschlossen presste er die Lippen zusammen, noch während ich mein Erstaunen zu dämpfen versuchte.

»Tust du?«

Er nickte. »Thalis Partner befindet sich, wie sie es gesagt hat, in der Hölle. Also werden wir ihn finden und töten. Ich habe mit Ellewy gesprochen und wir sind uns einig, dass das schwarzmagische Ritual, das er und Thali vollzogen haben, dadurch umgekehrt wird. Die unheilvolle Verbindung zwischen Vampiren und Hexen wird verschwinden. In der Theorie zumindest. Wenn es so funktioniert wie andere, die wir bisher gesehen haben.«

»Hast du in meinen Gedanken gelesen oder haben wir wirklich dieselben Vorgehensweisen?« Ich musste mich dazu zwingen, meinen Mund zu schließen und Tian nicht weiter verloren anzustarren.

»Ist es ein so weiter Sprung? Wenn ihr Vampir stirbt, stirbt auch Thali, und dann müssen wir uns nur noch um Jamie kümmern.«

»Was meinst du damit?« Warum versetzte es mich sofort in Panik, wenn ich darüber nachdachte, dass Tian Jamie etwas antun würde? Das wäre doch nach der Auflösung des Bands nicht mehr meine Angelegenheit.

Jamies und mein Leben wären nicht mehr miteinander verbunden.

»Ich bin nicht sicher, was in ihm vorgeht. Ob er nicht doch irgendwelche Ansprüche auf den Thron erhebt, sollten wir Lucille erst mal besiegt haben. Und denjenigen, auf den sie offenbar wartet.«

»Ich habe nachgedacht. Was, wenn es sich dabei um den Vampir handelt?«

Er runzelte die Stirn. »Welchen Vampir jetzt?«

»Thalis Partner. Was, wenn er derjenige ist, der Jamie dazu gezwungen hat ... alles zu tun? Der hinter allem steckt?«

»Aber wo ist er dann? Und wäre das kein zu großer Zufall?«

»Ich würde ja Jamie fragen, aber ...« Sein Bannzauber verhinderte angeblich immer noch, dass er uns etwas über den mysteriösen Bösewicht erzählen konnte.

»Ich glaube, Ellewy weiß mehr, als sie bisher gesagt hat. Wir sollten noch einmal gemeinsam mit ihr sprechen.«

»Klingt nach einem guten Plan. Und was Jamie angeht ... ich hoffe, er sieht irgendwann ein, dass Macht nicht immer der Schlüssel ist.«

Er hatte sich bei mir entschuldigt. Er hatte gesagt, dass es ihm leidtat, dass er mich benutzt und manipuliert hatte. Doch konnte ich es mir leisten, ihm zu vertrauen?

Aus einem Impuls heraus beugte ich mich vor und küsste Tian. Er war hier. Tian war derjenige, den ich mochte.

Er ließ nicht zu, dass ich mich sofort wieder zurückzog. Sanft legte er eine Hand in meinen Nacken und hielt mich in seiner Nähe. Saugte an meiner Unterlippe, während mein Stöhnen in seinem unterging.

»Wenn ich gewusst hätte, dass es jemanden wie dich gibt«, begann ich, ohne mich wegzubewegen, »dann hätte ich viel eher nach dir gesucht.«

Tian hatte mir gezeigt, dass Vampirinnen und Vampire nicht alle böse und gewissenlos waren. Nur durch ihn hatte ich meine eigene Kurzsichtigkeit bemerkt.

»Wahrscheinlich bloß, um mich einen Kopf kürzer zu machen«, witzelte er. Bevor ich etwas erwidern konnte, vertiefte er den Kuss. Ich vergaß jeden rationalen Gedanken und sank zurück auf die Matratze. Sein athletischer Körper, der mir nun, da er auf mir lag, noch größer vorkam, hüllte mich wie ein Schutzschild ein.

Meine Hände bewegten sich fast von selbst, und schon wenige Augenblicke später befreite ich Tian von seinem Hemd. Ich spürte seine Hände auf meinen Armen und meinen Wangen, bevor er die Decke tiefer bis zu meiner Hüfte zog. Es war wie ein tiefgehender Drang, ihn anzufassen und mich an ihm zu verbrennen. Ich konnte nicht aufhören.

Keuchend grub ich meine Finger in seine Rückenmuskeln, als er mit den Lippen eine Spur von meinem Hals herab zwischen meine Brüste zeichnete. Mit jeder Berührung schien ich aus meinem Körper zu schweben und dann wieder zurückzusinken. Leichter und gleichzeitig schwer vor Leidenschaft.

»Tian«, wisperte ich.

»Ich wünschte, ich könnte deine Schönheit in Worte fassen«, raunte er mehr zu sich selbst. Er stützte sich mit einem

Ellbogen neben mir auf, um mich nicht mit seinem Gewicht zu erdrücken, gleichzeitig nutzte er die Chance, um meinen entblößten Oberkörper genau zu betrachten. Dabei fuhr er mit den Fingerspitzen meine Brüste entlang. Ins Tal hinab und wieder hinauf, während ich meine Arme sinken ließ.

Ich genoss es, von ihm angesehen und in aller Ruhe berührt zu werden. Als hätte niemand von uns vor, bald in die Hölle hinabzusteigen.

Westwend würde auch noch in ein paar Stunden existieren.

Das Brennen in meiner Seele riss mich nicht auseinander.

Um meine Familie sorgte ich mich später.

Später, nachdem ich mir diesen Moment der Vollkommenheit gestohlen hatte.

Doch ...

Tian umfasste meine Taille und vergrub das Gesicht zwischen meinen Brüsten, ehe er sich tiefer gleiten ließ. Ich fasste in sein weiches, leicht feuchtes Haar. Der Duft von Piniennadeln drang in meine Nase.

Als er meinen Bauchnabel erreichte, blickte er zu mir hinauf. Das Kobaltblau seiner Augen flammte auf. Ich sah das Flehen in ihnen und verstand.

Doch ...

Ich drückte ihn an den Schultern von mir. Nicht fest, aber bestimmend.

»Alles in Ordnung?«, fragte er sorgenvoll. Mit den Fingerspitzen fuhr er mein Kinn entlang.

»Ich will es tun, wirklich, aber ...« Wie sollte ich ihm erklären, dass ich Jamie durchgehend in meiner Seele spürte? Dass ich das Gefühl hatte, ich würde ihn betrügen?

Tian wich mit verletzter Miene zurück und ich zog eilig die Decke wieder bis unter meine Achseln, weil in mir der Impuls aufkam, mich beschützen zu müssen.

»Ich liebe dich, Billie«, flüsterte er. Es klang nicht wie ein Vorwurf. Warum fühlte es sich so an? »Ist es Jamie?«

»Es ist das Band«, antwortete ich, weil ich Jamies Namen nicht aussprechen wollte. »Es tut ...«

»Entschuldige dich nicht.« Er lächelte, als würde er damit den Schmerz der Zurückweisung übertünchen können. Doch ich hatte ihn gesehen. »Was hältst du davon, wenn wir einfach nur hier liegen bleiben? Ich würde gern bei dir sein.«

Selbst wenn ich gewollt hätte, nach diesem Geständnis hätte ich ihn nicht abwimmeln können. »Ich zieh mir vorher noch was an«, sagte ich und wickelte die Decke beim Aufstehen um mich. »Leg dich doch schon mal hin.«

»Ist das in Ordnung für dich?« Ich sah ihm an, dass ich ihn verunsichert hatte. Verwirrt saß er auf der Bettkante.

Ich ging noch einmal zu ihm zurück und küsste ihn sanft. »Bin gleich wieder da.« Damit schritt ich zum Waschraum, wo sich auch meine Kleidung befand.

Ging es noch irgendwie lauter?, fragte Jamie, als ich Unterwäsche und ein Nachthemd angezogen hatte.

Ich riss die Augen auf. *Jamie?*

Ja. Jamie. Hast du mich schon vergessen? Eine heiße Nacht mit deinem vampirischen Liebhaber und schon bin ich Geschichte?

Du warst nie etwas anderes als eine Anekdote in meinem Leben, brummte ich, nachdem ich mich wieder gefangen hatte. *Du ... hast mich gehört?*

Nicht nur dich. Er klang so düster wie auf der Beerdigung eines geschätzten Familienmitglieds.

Dann hättest du gemerkt, dass es fünf Minuten angedauert hat.

Länger hat er nicht durchgehalten?

Ich zweifle nicht an seinen Liebhaberfähigkeiten.

Was soll das bedeuten?

Was denkst du denn? Ich konnte nicht sagen, warum ich ihn weiter unterhielt.

Du hast nicht mit ihm geschlafen. Ich schwieg daraufhin. *Warum nicht?*

Das geht dich nichts an.

Billie? Ich spürte, wie sich die Atmosphäre zwischen uns änderte, obwohl wir uns nicht mal sehen konnten. *Können wir reden?*

Jetzt?

Vergiss es. Schlaf gut. Ich versuchte nach ihm zu greifen, doch er wich mir aus, und wie er mir gesagt hatte, waren seine mentalen Mauern meinen weit überlegen. Ich kam nicht zu ihm durch.

»Die Vorstellung, das Zimmer zu verlassen, ist grausam«, beschwerte sich Tian auf anbetungswürdig süße Weise.

Es waren ein paar Stunden verstrichen und die Sonne ging bereits unter. Die anderen hatten sich hoffentlich ausruhen können, denn was Tian und ich ihnen verkünden würden, würde ihnen einiges abverlangen.

Vermutlich fiel es Tian und mir auch deshalb so schwer, aufzustehen und zu gehen.

Der andere Grund war offensichtlicher. Seine Hände lagen an meiner Wange und seine Lippen streiften meine. Ich ballte die Fäuste in meinem Schoß, damit ich meinem inneren Drängen nicht nachgab.

Mein Verstand hatte mir mitgeteilt, dass ich nicht bereit war, mit Tian zu schlafen. Ich sollte keinen Fehler machen, selbst wenn mein Körper nach seiner Nähe verlangte.

Ein tiefer Kuss konnte allerdings nicht schaden, oder?

Es war keinesfalls so, als hätte ich die Sumpfhexe vergessen. Oder Lucille oder Jamie. Sie klopften allesamt bei mir an und verlangten nach Aufmerksamkeit. Wollten, dass ich mich um sie kümmerte. Und das würde ich. Sobald ich das Zimmer verließ, gäbe es keine Pause mehr. Keine Auszeit. Kein Ausruhen.

Tian und ich würden in die Hölle gehen und die Welt verändern.

Oder dabei sterben. Die Wahrscheinlichkeit dafür war ziemlich hoch, selbst wenn ich nicht genau wusste, wie die Hölle aussah. Eines war mir klar: Wenn solche Bestien, wie wir sie aus dem Wilden Wald kannten, dort beheimatet waren, würden wir es schwer haben, wenn es nicht sogar unmöglich war, Thalis Partner zu finden. Überleben war Priorität Nummer eins. Danach kam die erfolgreiche Suche.

»In fünf Minuten«, sagte Tian und küsste meinen Mundwinkel. »In fünf Minuten sind wir Billie, die Hexe, und Tian, der Vampir.«

»Und bis dahin?«, fragte ich mit geschlossenen Augen. Es war besser, mich nicht in dem Anblick seines wunderschönen Gesichts zu verlieren. Die scharfen Züge, die blasse Haut und die geschwungenen schwarzen Brauen.

»Koste ich das hier aus.«

Als hätte es nie eine andere Möglichkeit gegeben, öffnete ich ihm meinen Mund.

Meine Selbstbeherrschung warf ich über Bord und grub die Hände in seine weichen Locken. Er drückte mich sanft auf die Matratze. Gleichzeitig schob er sich halb über mich, ohne den Kuss auch nur für eine Sekunde zu unterbrechen.

»Verdammt«, keuchte er und entfernte sich so schnell von mir, dass ich blinzelte.

»Tian?«, rief ich verwirrt.

Als ich mich auf den Ellbogen gestützt umsah, fand ich ihn bereits an der Tür stehen. Wenn er ein Mensch gewesen wäre, hätte er sicher heftig geatmet. Als Vampir zeugte seine unnatürliche Starre von der inneren Aufregung, die in ihm herrschte.

Das blaue Feuer seiner Augen war längst auf mich übergesprungen, weshalb ich seine Abwesenheit schmerzlich vermisste.

»Entschuldige, aber ein weiterer Kuss und …«, erklärte er sich.

»Du hast recht.« Ich lächelte schwach, auch wenn ich spürte, dass meine Abweisung noch zwischen uns stand.

»Am besten, ich geh schon mal vor.« Er bewegte sich nicht.

»Ja?«

Es vergingen ein paar Sekunden der Stille, dann drehte er sich abrupt um und floh förmlich vor mir. Die Tür fiel mit einem Klicken ins Schloss. Er hatte sich zumindest noch die Mühe gemacht, sie nicht hinter sich zuzuknallen.

Seufzend legte ich meinen Kopf wieder ab und faltete die Hände auf meinem Bauch. Das Kribbeln in meinem Körper hallte noch eine Weile nach, als würde er sich nicht damit abfinden wollen, dass Tian einfach gegangen war.

Ob wir besser hätten reden sollen? Oder würde das nichts ändern? Wir beide wussten, dass das Band zwischen Jamie und mir an Stärke gewonnen hatte. Und wir würden nur eine einzige Sache dagegen unternehmen können. Vorher würde sich nichts ändern.

Das Band war zu stark. Jamie war ich zu Anfang ausschließlich mit Hass begegnet und das Band gab mir nun all seine Gefühle, als würde es verzweifelt versuchen, meine Meinung von ihm zu ändern.

Jamie?

Was?

Es ist das Band, oder?

Da ich nicht länger still sitzen konnte, begann ich damit, in dem dämmrigen Zimmer umherzulaufen. Vom Bett zur Zinkwanne und zu dem Fenster, das einen Blick auf die Dächer der Nachbarhäuser erlaubte. Alles war voller Schnee. Hier und dort lugte die Spitze eines neu gewachsenen Baums hervor. Immerhin sah ich keine seltsamen Kreaturen, die Jagd auf Unschuldige machten.

Was genau?

Meine Gefühle für dich werden durch das Band hervorgerufen, nicht wahr? Ich stieß ein trockenes Lachen aus. *Das hat nichts mit der Wirklichkeit zu tun.*

Er lachte ebenfalls. Selbstironisch. *Wenn du die Antwort schon kennst, warum fragst du mich dann?*

Stimmt. War eine schlechte Idee, sagte ich in Gedanken. Er schwieg, weil er in meiner Stille hören konnte, dass ich noch etwas hinzuzufügen hatte. *Was ist mit dir? Was fühlst du für mich?*

Ich spürte sein Lächeln, obwohl es die tiefe Traurigkeit in ihm nicht übermalen konnte. *Willst du das überhaupt wissen?*

Es ist wirklich ein Graus, dir Antworten entlocken zu wollen. Kannst du nicht ein Mal ehrlich sein? Frustriert hielt ich inne.

Für mich bist du kostbarer als der letzte Stern am Nachthimmel.

Damit schloss er mich erneut aus.

21

»Das ist echt kein Scherz, oder?« Kit raufte sich die Haare. Von ihrer ordentlichen schwarzen Kurzhaarfrisur war schon lange nichts mehr übrig.

Wir saßen zusammen in der Küche. Tian hatte sogar seine Schwester Rosy mit an den Tisch geholt, obwohl er sie nicht von ihren Ketten befreit hatte. Sie saß schmollend am weitesten von mir entfernt. Ich war mir aber sicher, dass sie jedem einzelnen unserer Worte lauschte.

Jamie hatte von seinem Platz mir gegenüber am Tisch nicht ein einziges Mal in meine Richtung gesehen. Es war meine Idee gewesen, ihn dazuzuholen. Selbst wenn Jamie uns nichts Genaues zu der Person sagen konnte, die hinter ihm gestanden hatte, konnte er uns dennoch wichtige Informationen liefern. Allerdings war auch er weiterhin gefesselt. Ich wollte weder ihn noch Rosy in Freiheit wissen.

Nachdem alle versammelt waren, hatten Tian und ich im Wechsel von unserem Plan erzählt, in die Hölle zu gehen, um Thalis Partner zu töten. Damit wir zwei Fliegen mit einer Klappe schlugen. Zum einen würde Thali ebenfalls sterben und zum anderen wäre der jahrhundertealte Zauber zerstört, der Vampire und Hexen miteinander verband.

Zumindest war das unsere Hoffnung.

»Uns sind die Hände gebunden. Wenn die anderen Hexen nur halb so verblendet sind wie meine Eltern, wird niemand auf uns hören«, rechtfertigte ich unseren Entschluss.

Ellewy nickte. »Es ist gefährlich, doch es würde die Machtverhältnisse erneut verrücken.«

»Aber wir haben es nicht mal versucht«, entgegnete Frinn. »Mit anderen Hexenkommunen in Kontakt zu treten, meine ich. Können wir auf Thalis Wort vertrauen?«

»Können wir es wagen, es nicht zu tun? Sie hat dich mit nur einem Zauber manipulieren können, Tante«, überlegte Hugh laut. Er saß neben Ruglio und hielt dessen Hand. Offenbar waren sie sich weiter nähergekommen, was mich freute.

Es wäre nicht gerecht von mir, mich überheblich meinem Cousin gegenüber zu zeigen, obwohl ich mir Sorgen machte. Letztlich war er jedoch erwachsen und musste seine eigenen Entscheidungen in der Liebe treffen.

»Das ist tatsächlich sehr bedenklich«, entgegnete Elma, die ihm mit geballten Fäusten gegenübersaß. »Aber wir würden uns aufteilen, nicht wahr? Wir könnten hier weiterhin versuchen, unter den Hexen Fuß zu fassen.«

»Das wäre eine Möglichkeit«, stimmte ich zu.

»Und was ist mit ihm?« Ich bildete mir die Schärfe in Elmas Stimme nicht ein, war aber immer noch zu feige, ihren Blick zu erwidern. Deshalb sah ich starr auf die Maserung des Tisches. Ich wusste auch so, wen sie meinte. Jamie.

»Es war nicht meine freiwillige Entscheidung, Elma.«

Jamie schnaubte. Ja. Es war nicht gerecht, zu lügen, aber wie sollte ich ihr und allen anderen die Wahrheit sagen?

»Ich weiß, dass das Gerücht umgeht, dass Vampire Hexen die Konvergenz aufzwingen, doch das stimmt nicht.« Ein Raunen ging durch den Raum. Nur Elma blieb ruhig, während sie weitersprach. »Natürlich wollen Hexen nicht an ihre Sklavenhändler gekettet sein. Das ist wohl kaum zu bestreiten. In uns herrscht allerdings ein angeborenes Verlangen nach Vollkommenheit, sodass wir der Verbindung freiwillig auf gewisser, unbewusster Ebene entgegengehen.«

»So oder so, ich habe die Verbindung mit Tian eingehen wollen und nicht mit Jamie. Es ist aber, wie es ist, und deshalb werden wir diesem ganzen Elend mit einem einzigen Tod ein Ende bereiten.« Elma presste die Lippen aufeinander. Ich wandte mich zu Kit. »Du hättest Zeit, das letzte Stück deines Zauberstabs zu finden. Allerdings würde ich mich wohler fühlen, wenn du nicht allein gehst.«

Obwohl sie mir gesagt hatte, dass sie es für sich tun musste, hatte ich Bedenken.

»Ich werde nicht allein sein«, versprach Kit.

Ruglio bot an, dass er sie begleiten könnte, doch die Kirke schüttelte den Kopf.

»Ähm, du erinnerst dich vielleicht, Billie. Als wir auf dem Markt waren und ich das vorletzte Stück gefunden habe.«

Ich musste kurz darüber nachdenken. Unser Marktbesuch erschien mir Wochen her zu sein. Seitdem war so viel geschehen. Kurz danach hatte ich sie betrogen und das magische Instrument an Jamie übergeben.

»Hattie?«

Kit nickte. Sie konnte ihr glückliches Lächeln kaum verbergen. »Ich habe sie nur einmal wiedergesehen, bevor alles den Bach runtergegangen ist. Aber wir sind in Kontakt geblieben.«

»Wie?« Selbst Tian war überrascht.

»Magie«, erklärte sie grinsend. »Mein Zauberstab hat ausgereicht, um zwei Bücher zu verzaubern. Eines davon hat Hattie und das andere habe ich.« Sie holte ein etwa handtellergroßes Büchlein aus einer der Innentaschen ihrer Jacke hervor. »Wenn ich etwas hineinschreibe, erscheint das Gleiche Wort für Wort in ihrem Exemplar. Und umgekehrt natürlich. Jedenfalls werde ich mit ihr zusammen gehen.«

»Bist du sicher? Kann sie dir helfen?« Mir wäre wohler dabei gewesen, wenn Elma oder Hugh sie begleitet hätten.

»Sie war zehn Jahre lang bei der Stadtwache«, sagte sie

prompt und klang bereits so, als würde sie Hattie bis aufs Blut verteidigen.

Es war besser, zurückzurudern.

»Du weißt es am besten«, murmelte ich. »Es kann jedoch nicht schaden, wenn du den anderen sagst, wo sich das letzte Stück befindet. Für den Fall der Fälle.«

Das schien sie gnädig zu stimmen. »Werde ich.«

»Und wir anderen klappern die Kommunen ab, die Thali noch nicht auseinandergenommen hat?« Es war ungewohnt, Hugh so aufmerksam zu sehen. Andererseits hatte er viel erlebt in den letzten Monaten – wie wir alle. Es war nur natürlich, dass er sich verändert hatte.

Tian und ich wechselten einen Blick. »Erst mal brauchen wir eure Hilfe, um überhaupt in die Hölle zu gelangen, und danach ...«

»Danach müsst ihr sicherstellen, dass wir zurückkehren können.«

Hugh schluckte schwer. Ruglio drückte seine Hand fester, während Elma nickte. Auch sie schien sich beruhigt zu haben. Sie machte mir keine Vorwürfe, das wusste ich, aber sie war verletzt und hatte Angst. Ich verstand ihre überbordenden Gefühle.

Jemand durchbrach die drückende Stille mit lautem, abgehacktem Lachen.

Wenig überraschend war es die Unruhestifterin Rosy. Sie war so in ihrem Gelächter gefangen, dass sich ihr gesamter Körper vor- und zurückbewegte. Tränen rannen aus ihren Augen, ehe sie sich wieder halbwegs fangen konnte.

»Was ist so witzig?«, fragte ich, bevor ich mir auf die Zunge biss. Sie mit meiner Aufmerksamkeit zu unterhalten war das Letzte, was ich wollte.

»Wie unglaublich leichtgläubig ihr seid«, antwortete sie gehässig. Ihre Brauen waren so hochgezogen, dass sie unter ihrem Pony verschwanden. »Jamie führt euch alle an der Nase herum.«

»Ich habe gar nichts damit zu tun«, erwiderte der Blutfae.

»Nichts? Wirklich? Du hast uns alle hier zusammengeführt und Billie am allermeisten manipuliert.«

»Was weißt du schon?« Wenn selbst Ellewys Geduld am seidenen Faden hing, dann hatte Rosy uns alle überstrapaziert.

»Gar nichts? Er will euch sicher in den Tod führen.«

»Kannst du bitte aufhören, über mich zu reden, als wäre ich nicht hier?«, bat Jamie mit gedehnter Stimme. Aber die vorgespielte Langeweile täuschte nicht über die aufblitzende Berechnung in seinen Augen hinweg.

Steckte doch ein Fünkchen Wahrheit in Rosys Anschuldigung?

»Er hat nichts mit unserer Entscheidung zu tun.« Ich schüttelte den Kopf. Noch hatten wir niemandem von meiner Theorie erzählt, dass der Vampir in der Hölle die gleiche Person war, die ihm Befehle erteilt hatte.

»Du überschätzt den Blutfae maßlos«, murmelte Ellewy.

»Vielen Dank«, murmelte Jamie.

»Außerdem sollte es dich ja freuen, wenn wir sterben. Dann kannst du deine Rache als vollendet betrachten«, fügte ich giftig in Richtung Rosy hinzu. Ich hatte nicht vergessen, dass sie Tian tot sehen wollte. Das würde ich jedoch unter keinen Umständen zulassen.

»Auch wieder wahr.« Am liebsten hätte ich ihr das Grinsen aus dem Gesicht geschlagen. »Ich weiß gar nicht, warum ich mich eingemischt habe. Ihr werdet schon sehen, was ihr davon habt.«

Ich verengte die Augen und erhob mich. Langsam ging ich auf der einen Seite am Tisch vorbei, bis ich direkt vor Rosy stand. Mit verschränkten Armen beugte ich mich vor, bis unsere Augen auf einer Linie waren.

»Das ist das Erste, was ich dir glaube. Du hast gesprochen, ohne nachzudenken.« Nur weil ich sie so genau beobachtete, konnte ich ihr Erstaunen erkennen. Ihre Wangenmuskeln zuckten verräterisch. Grinsend lehnte ich mich wieder zurück. »Das bedeutet, du willst Tian zumindest nicht tot sehen. Oder du willst ihn selbst töten. Also könnte es sein, dass Jamie doch seine Finger im Spiel hat.« Ich biss auf meinen Daumennagel und ging wieder zu meinem Platz zurück, ohne mich hinzusetzen. Stattdessen sah ich Jamie an, der auffällig blass wirkte. Ich blendete alles andere aus, um mich allein auf meine Gedanken zu fokussieren. *Jamie kam aus der Hölle. Die Blutfae kommen immer noch von dort. Der Vampir lebt auch da. Ich denke nicht mehr, dass es ein Zufall ist, wenn er auch Jamies Meister ist. An diesem Punkt ergibt das am meisten Sinn.* Ich leitete meine Gedanken an Tian und verdrehte mit Absicht seine Wortwahl vom Abend davor.

Ändert das etwas?, fragte Tian.

Nur er könnte es uns sagen.

»Der Blutfae ist zu schwach, um für lange Zeit der König zu sein. Das hat selbst Lucille erkannt. Er versucht bestimmt, durch euch an Macht zu kommen.«

Lucille und er hatten für die gleiche Person, den Vampir, gearbeitet. Bis Jamie sich gegen die Abmachung aufgelehnt hatte. Dann war Lucille eingesprungen und hatte ihn vom Thron gestürzt, ohne ihn zu töten. Er hatte gesagt, dass er rechtzeitig hatte fliehen können, aber stimmte das auch?

»Inwiefern sollte es dir etwas nutzen, wenn wir in die Hölle steigen?« Ich fokussierte Jamie.

»Sieh nicht mich an. Ich habe keine Ahnung, worauf Rosy anspielt.« Wären seine Hände nicht vorne zusammengebunden gewesen, hätte er seine Arme sicher verschränkt. So blieb ihm nur, sie nach einem kurzen Achselzucken in seinen Schoß zu legen.

»Vielleicht führt euch der Blutfae nur an der Nase herum und er und Lucille arbeiten weiterhin zusammen? Vampire sind Blutfae überlegen. Sich gut mit dem Mächtigsten zu stellen ist ja nicht so weit hergeholt.« Rosy zuckte mit den Schultern, weil sie unser aller Unglauben wahrnahm. »Ist es so schwer zu glauben? Hier gibt es eine alte, wütende Hexe, die nach siebzig Jahren frei ist. Warum sollte es nicht auf der anderen Seite einen alten, wütenden Vampir geben, der auch ausbrechen will?«

Das würde bedeuten, dass er sich gegen seinen Willen in der Hölle aufhielt. Aber Thali hatte gesagt, dass ihn niemand erreichen konnte. Das würde dagegensprechen.

»Und du weißt das, weil Lucille alles ausgeplaudert hat?« Lucille war die einzige Verbindung zwischen ihnen. Jamie hätte Rosy nichts davon erzählt.

Ich weiß nicht, warum du mit ihr über mich sprichst, anstatt mich direkt zu fragen, meldete sich Jamie dann doch zu Wort. Mehr oder weniger.

Du bist nicht gerade zuvorkommend mit deinen Antworten gewesen, erinnerte ich ihn.

»Lucille steht in Kontakt mit dem Vampir. Er wird sie zu seiner Partnerin machen und ihr beide werdet nichts ausrichten können. Wenn ihr in die Hölle hinabsteigt, wird das bloß euren schnellen Tod bedeuten.«

Sie wollte uns wirklich abhalten zu gehen? Es war schwer, ihre Worte und Intentionen miteinander zu vereinbaren. Sie hatte uns absichtlich mit so vielen Informationen überhäuft und schloss dann alles damit, dass wir besser hierbleiben sollten?

»Als würde dir unser Wohlbefinden am Herzen liegen«, spottete ich erneut. »Solltest du uns nicht eher Auf Nimmerwiedersehen wünschen?«

»Ich würde gern selbst die Möglichkeit in die Hand nehmen, Tian auszuweiden. Das war meine einzige Motivation in den letzten hundert Jahren.« Wieder log sie, ohne dass ich den Grund dafür erkennen konnte.

Ich traue ihr nicht für eine Sekunde, sagte ich Tian durch mein Band. Bisher hatte Jamie immerhin keinen Weg gefunden, sich zwischen uns zu drängen. Hoffentlich war es nicht möglich, dass sie sich gegenseitig in meinem Kopf hörten, aber bisher hatte Tian nichts erwähnt. Selbst wenn Jamie nichts dazu sagen würde, auf Tian wäre Verlass. *Ein Teil mag vielleicht der Wahrheit entsprechen, doch ein anderer ist gelogen. Besser, wir halten uns nicht an ihr auf.*

Es ist überraschend, wie viel sie weiß. Oder uns vorspielt zu wissen, gab Tian zu bedenken und verschränkte die Arme. Zwischen den Brauen erschien eine steile Falte. *Wir müssen alles im Hinterkopf behalten, doch ich stimme zu. Es wird uns nicht von unserem Plan abbringen.*

»Eine Frage habe ich allerdings noch«, sagte ich langsam, auf Rosy hinabsehend. »Wie gedenkt der Vampir, sich aus der Hölle zu befreien? Wenn er Jamie als seinen Handlanger vorgeschickt hat ... Hat er wahrlich geglaubt, Jamie würde die Chance nicht nutzen und seinen Platz einnehmen? Das erscheint mir doch sehr leichtgläubig.« Das war eine Frage, die Jamie aufgrund des Bannzaubers sicherlich nicht beantworten durfte. Tatsächlich wirkte er von Sekunde zu Sekunde blasser und rutschte auf seinem Sitz herum.

»Er wartet bloß auf den richtigen Moment. Lucille trifft alle nötigen Vorbereitungen.«

»Hat Lucille dich beauftragt, das zu sagen? Uns abzulenken?«

Rosy lachte Tian aus. »Sie braucht solche Mittel nicht. Du kennst sie, Bruder, sie bekommt immer, was sie will.«

Tians Wut schwappte auf mich über. Ich versuchte ihn zu beruhigen, doch auch ich war innerlich aufgelöst.

Es ist besser, wenn wir Rosy zukünftig nicht mehr in unsere Pläne einweihen. Ich hatte genug.

Das stimmt nicht. Selbst wenn sie uns Lügen auftischt. Mit jeder Lüge finden wir letztlich mehr heraus. Über ihre Motivationen, die von Lucille und von allen anderen Spielern, die wir noch nicht zuordnen können.

So ganz war ich nicht überzeugt. Trotzdem ließ ich das Thema auf sich beruhen.

22

Wir verbrachten in der Nacht viele Stunden damit, Pläne zu schmieden und diese wieder zu verwerfen – ohne Rosys Beisein. Immerhin hatte Tian eingesehen, dass es besser war, sie zumindest nicht in unsere unmittelbaren Pläne einzuweihen. Wer wusste schon, ob sie sich nicht auf raffinierte Weise befreien konnte.

Weil mir der Gedanke keine Ruhe ließ, suchte ich sie während einer Pause auf. Bam machte mir Platz.

Wir hatten sie ironischerweise in den Raum gesperrt, in dem auch ich meine ersten Nächte verbracht hatte. Der Geist sollte auf sie aufpassen.

Ihre und meine Situation damals ähnelten sich. Wir beide waren gegen unseren Willen festgehalten worden. Wir beide wollten Tian tot sehen. Wir beide wollten unsere Freiheit zurück.

Im Gegensatz zu ihr hatte ich jedoch gelernt, mich mit meiner Lage zu arrangieren, Tian zuzuhören und meine eigenen Überzeugungen zu reflektieren.

Nachdem Bam aus dem Zimmer geflogen war, lehnte ich mich mit verschränkten Armen gegen den Türrahmen. Rosy saß auf dem Bett. Ihre Handgelenke waren immer noch an einer Kette befestigt. Vorsicht war besser als Nachsicht.

»Du weißt nicht, wie sehr er gelitten hat. Wie sehr er immer noch leidet«, sagte ich aus einem Impuls heraus. Es war nicht das erste Mal, das ich versuchte, zu ihr durchzudringen, doch vermutlich das letzte Mal. Zu oft hatte sie mich bereits abgewiesen und mir fehlten mittlerweile Lust und Motivation.

Sie machte ein abfälliges Geräusch und verzog ihr Gesicht zu einer arroganten Grimasse.

»Wie sehr *er* gelitten hat?« Sie ballte die Fäuste. »Er hat kein Recht dazu, nachdem er mich verlassen hat. Warum soll seine Qual mehr bedeuten als meine?«

Machten wir Fortschritte, weil sie auf meine Worte einging?

»Das will ich damit gar nicht sagen«, antwortete ich. »Aber warum solltet ihr beide weiter leiden, wenn ihr euch einander zuwenden könntet? Wäre es so schlimm, ihm zuzuhören? Und ihn zuhören zu lassen? Ihr beide seid die Einzigen, die von eurer Familie übrig sind. Warum …«

Sie hob die verbundenen Hände, um mich vom Weiterreden abzuhalten. »Sag das nicht. Wir sind längst keine Familie mehr und werden niemals wieder eine sein. Was geschehen ist, ist geschehen. Für niemanden von uns gibt es Absolution.«

»Wie du meinst«, sagte ich ohne Nachdruck in der Stimme. Dazu war ich zu verwirrt von der Traurigkeit, die ich in ihrer eigenen vernommen hatte. Es war mehr, als sie mir bisher gezeigt hatte. »Benimm dich.«

Ich wartete noch ihr übliches Schnauben ab, ehe ich wieder den Platz mit Bam tauschte. Stöhnend schwebte er an mir vorbei und ich schloss die Tür hinter ihm ab.

Nachdenklich ging ich den Korridor entlang. Etwas an Rosys Antwort stieß mir sauer auf, aber ich konnte es nicht benennen.

Schließlich erreichte ich die Tür, hinter der sich Jamie aufhielt. Die anderen vertrauten ihm noch weniger als Rosy, was ich nicht ganz nachvollziehen konnte. Dann wiederum war ich durch das Band parteiisch.

Ich legte eine Hand auf das raue Holz, ohne Anstalten zu machen, den Türknauf zu drehen.

Ich *sollte* reingehen und ihn nach den Sicherheitsvorkehrungen im Rathaus fragen.

Ich *sollte* reingehen und mich nach Lucilles Schwachstellen erkundigen.

Ich *sollte* …

Doch die Furcht davor, mit ihm allein zu sein, hatte mich fest in ihrer Umklammerung.

»Es sind nur Gefühle, die durch das Band entstanden sind«, wisperte ich.

Stattest du mir einen Besuch ab oder nicht?, fragte Jamie, der meine Anwesenheit bemerkt hatte.

Seufzend lehnte ich die Stirn gegen das Holz. *Ich will nicht.*

Dann hättest du einen großen Bogen um meine Zelle gemacht.

Das hier hältst du für eine Zelle? Darf ich dich daran erinnern, wo ich drei Tage lang leben musste? Weil du nicht da warst?

Keine Erinnerung notwendig, erwiderte er steif. *Glaub mir, wenn ich Lucille das nächste Mal sehe, wird das ihr Ende sein.*

Gut zu wissen.

Du glaubst mir nicht.

Warum sollte ich?

Ich weiß. Ich vernahm ein leises Geräusch auf der anderen Seite der Tür. Als würde er sich ebenfalls dagegenlehnen. *Es ist sowieso besser, wenn du mich weiterhin hasst. Für uns alle.*

Ihn weiterhin hassen? Mein Verstand wusste noch, wie das ging. Mein Herz hatte es längst vergessen.

Wirst du uns noch einmal betrügen?

Du willst die Antwort darauf nicht wissen.

Doch. Sonst hätte ich nicht gefragt, Jamie. Moth. Wer auch immer du bist.

Dann öffne die Tür und sieh mich an.

Warum?

Wenn du die Wahrheit wissen willst, musst du schon Mut beweisen.

Wenn du wirklich in die Hölle hinabsteigen willst, bleibt dir gar nichts anderes übrig.

Also ist er dein ... Meister? Der Vampir, der auch Thalis Partner ist? Schweigen. *Das habe ich mir gedacht. Warum soll ich dich dabei ansehen, wenn du mir nichts verraten kannst?*

Geh nicht, bat er, doch ich fragte nicht mehr nach, was genau er damit meinte. Ob ich ihn hier und jetzt nicht verlassen sollte oder ob ich nicht in die Hölle gehen sollte.

Er hatte mich lange genug von meinen Plänen abgehalten.

Auch wenn es mich störte, hatte ich eingesehen, dass es besser war, Tian und mich auf unterschiedliche Gruppen aufzuteilen. Wir waren beide die stärksten Kämpfer, und falls während unserer Erkundung etwas schieflief, konnten wir den anderen besser helfen.

Während er mit Hugh loszog, war Ellewy an meiner Seite. Zugegeben, wir würden einander nie auf Augenhöhe akzeptieren, doch sie gab sich zurückhaltend und klug, während wir das Gelände des Rathauses von der Gartenseite aus erkundeten.

Elma und Kit würden sich von Osten nähern und Tian und Hugh aus Westen. Den Vordereingang sparten wir uns. Er war am besten gesichert. Alles andere würde schon schwierig genug werden und dabei wollten wir heute nicht mal in das Gebäude selbst einsteigen.

Es war entscheidend, dass wir einen Punkt fanden, der leicht zu erreichen war und von dem aus wir potenzielle Wachen mit geringem Aufwand weglocken könnten. Denn damit Tian und ich in die Hölle gelangen könnten, wollten wir Jamies Spiegel nutzen. Das Portal, durch das er nach und nach neue Blutfae nach Wimborne geholt hatte. Wenn es in die eine Richtung funktionierte, müsste es auch in die andere gehen. Natürlich hatte Jamie sich nichts dazu entlocken lassen, als Tian ihn in meiner Abwesenheit danach gefragt hatte.

»Wir könnten immer noch die Portale nutzen, aus denen die Bestien kommen«, hatte Tian danach während unserer Besprechung laut überlegt.

»Sie erscheinen willkürlich. Würden wir nicht zu viel Zeit verschwenden, sie zu suchen?«, entgegnete ich.

»Außerdem, wollt ihr wirklich an genau den Ort, an dem bis vor wenigen Augenblicken noch diese Bestien gehaust haben?« Elma hatte nicht unrecht, weshalb wir vorerst an Jamies Spiegel festhielten.

Ellewy und ich waren fast identisch gekleidet. Von Kopf bis Fuß trugen wir schwarze, eng anliegende Kleidung, die uns nicht behinderte. Außerdem war es damit leichter, mit der Dunkelheit zu verschmelzen. Das Einzige, das unserem Plan in die Quere kam, war der lautlos herabfallende Schnee.

Deshalb gab es in jedem Team auch eine Hexe beziehungsweise einen Hexer. Wir mussten nicht viel von unserer Magie verwenden, um unsere Spuren zu verwischen.

Ellewy und ich waren bereits über die Mauer geklettert und bewegten uns daran entlang zum Hauptgebäude, das bedrohlich über uns aufragte. Rötlich brauner Stein, dunkelblaues Dach mit schwarzen, grotesk anmutenden Wasserspeiern und spitz zulaufende Fenster, hinter denen sich Schatten und Personen im flackernden Kerzenlicht bewegten.

»Und? Gibt dir Jamie irgendwelche Ratschläge, wie wir am besten hineingelangen?«, fragte Ellewy zynisch. Immerhin hatte sie die Stimme gesenkt, wenn sie sich schon nicht die Mühe machte, freundlich zu sein.

Götter, ich hasste sie.

Sie konnte froh sein, dass sie sich bisher als nützlich erwiesen hatte.

»Nicht witzig.« Ich verdrehte die Augen. »Außerdem kennst du dich hier vermutlich besser aus als er.«

»Das war nicht als Witz gemeint. Es ist schwer, seinen Partner wegzudrängen. Man wird leicht von ihm abgelenkt, was in einer Situation wie dieser tödlich enden kann.«

»Du sprichst aus Erfahrung?« Meine Neugier war geweckt. Das änderte zwar immer noch nichts daran, dass ich lieber Ruglio in meinem Rücken gehabt hätte, doch es machte die Sache spannender.

Ruglio war im Wagen zurückgeblieben, um im Notfall zu Hilfe zu eilen. Mehr konnten und wollten Tian und ich nicht von ihm verlangen.

»Mein Partner ist längst tot. Es gibt niemanden, den ich verbannen müsste.« Sie klang nicht traurig darüber. Wahrscheinlich hatte sie sich wie viele andere ihrer Art den Blutbräutigam gekauft, ausgenutzt und dann beseitigt.

»Huh. Pass auf.« Ich duckte mich hinter einer weißen Frauenstatue, die nicht mehr als ein Tuch um ihren üppigen Körper gewickelt hatte. Da sie auf einem Steinsockel stand, ragte sie rund einen Meter über meinen Kopf hinaus.

Ellewy hörte auf meine Warnung und versteckte sich hinter dem Stamm einer Tanne. Erst da fiel mir auf, dass sich der Wilde Wald nicht in dem Garten ausgebreitet hatte.

Der sich bewegende Schatten, der mich zur Vorsicht ermahnt hatte, entpuppte sich als Wachfrau. Eine Blutfae, die sich von Kopf bis Fuß in eine lederne Rüstung geworfen hatte und ein paar Meter von mir entfernt einen Kiesweg entlangging. Ihre Sohlen knirschten auf dem Schnee und den kleinen Steinchen darunter. Gegen ihre Schulter gelehnt trug sie ein glänzendes Schwert und ihre Fangzähne waren zu sehen, woran ich sie als Blutfae erkannt hatte.

Ich erhaschte nur diesen einen kurzen Blick auf ihr spitzes Gesicht mit den buschigen Brauen, als sie zwischen den winterharten Hecken hervorkam. Sie wirkte ruhig und fast schon gelangweilt.

Von Tian wusste ich, dass er bisher nicht entdeckt worden

war, weil wir in ständiger Verbindung zueinander standen. Elma und Kits Fähigkeiten vertraute ich zwar, doch ich hätte nur durch einen Aufruhr gewusst, falls sie erwischt worden wären.

Schließlich bewegte sich die Blutfae im Schein des Gebäudes von uns weg. Ich rührte mich jedoch erst, als ich ihre Schritte nicht mehr hören konnte.

Alles in Ordnung bei euch?, fragte mich Tian. *Wir haben gute Sicht auf die westliche Seite. Einen leichten Einstieg gibt es nicht. Wir warten noch ein paar Minuten. Hier sind etliche Wachleute.*

Wir sind erst einer Blutfae begegnet, aber sie hat uns nicht gesehen, antwortete ich, als Ellewy und ich unseren Weg fortsetzten. Mit meiner Magie die Spuren hinter uns verwischend. Das kostete mich kaum Anstrengung. Immerhin lenkte mich das Brennen meiner Seele gerade nicht ab. *Ich will einen Blick auf das Erdgeschoss werfen. Da müsste es eine Tür geben. Wahrscheinlich ist sie bewacht, aber … Verdammt.*

Wir waren gesehen worden. Die Blutfae musste entweder meine Magiespur wahrgenommen haben – falls Blutfae dazu in der Lage waren – oder wir waren nicht so lautlos gewesen wie beabsichtigt.

»Wen haben wir denn da?« Sie hatte uns umrundet und kam hinter einem anderen Nadelbaum hervor. Ellewy sprang sofort an meine Seite. Ihre Augen rot und die Klauen ausgefahren. Ihre Fangzähne glänzten weiß, während wir weiter von Schneeflocken besprenkelt wurden. »Zwei Eindringlinge. Eine Vampirin und eine Hexe. Interessante Kombination.«

Die Blutfae senkte die Schwertspitze von ihrer Schulter auf den Boden, ohne diesen damit zu berühren.

Ich ballte die Fäuste. Mein Herz pochte heftig, ehe ich mich zur Ruhe ermahnte. Oft schon war ich in einer ähnlich brenzligen Lage gewesen. Kein Grund zur Panik.

Wir kommen.

Nein. Haltet euch an den Plan, wies ich Tian an. *Für den Moment. Sie ist allein.*

Tian zögerte, dann gab er nach. *Sobald sich das Blatt wendet …*

… rufe ich dich, versprach ich ihm.

»Ich wünschte, du wärst weitergegangen«, sagte ich und seufzte gespielt. »Das hätte unsere Nacht einfacher gestaltet.«

»Als würde es mich interessieren, wie eure Nacht verläuft.« Sie runzelte die Stirn. »Ich kenne dich. Du bist Jamies Frau.«

»Ich gehöre ihm nicht.«

»Du riechst nach ihm. Das reicht mir.«

»Bitte was?« Es hätte nicht viel gefehlt und ich hätte losgeschrien. *Nach Jamie riechen?*

»Du bist nicht auf sein Geheiß hier?«

Zu spät kam mir der Gedanke, dass ich mich einfach hätte dumm stellen sollen. Mich als Verbündete ausgeben und sie mit Worten hätte beschwichtigen sollen. Vielleicht gehörte sie noch zu den wenigen, die ihm treu ergeben waren und lediglich unter Lucilles vorübergehender Herrschaft ausharrten.

Stattdessen lief es jetzt auf einen Kampf hinaus, der das Potenzial hatte, viele weitere Blutfae anzuziehen.

Es sei denn, ich agierte schnell und mit Bedacht.

»Tut mir leid, dich enttäuschen zu müssen«, sagte ich und bewegte meine linke Hand in einer ausschweifenden Geste. Sofort wurde die Blutfae von einem Windstoß getroffen und nach hinten geschleudert. Der Griff um ihr Schwertheft war jedoch zu fest, um ihn zu lösen.

Ellewy setzte direkt nach. Ehrlich gesagt hatte ich ihre Anwesenheit kurz vergessen, weshalb ich mich schon zum nächsten magischen Angriff bereit gemacht hatte. Ein Kreis aus Flammen züngelte vor mir. Nur mit Mühe hielt ich ihn zurück, um Ellewy nicht in den Rücken zu treffen. Sie hatte sich zwischen die blonde Blutfae und mich gestellt und sie mit ihren Klauen angefallen.

Die Blutfae schwang trotz offensichtlicher Schmerzen durch den Aufprall ihr Schwert, um die Vampirin von sich fernzuhalten.

»Wenn du auf die Seite gegangen wärst, Ellewy, …«, murrte ich.

»Keine Zeit«, knurrte die Vampirin und wich der Klinge aus.

Mir blieb zunächst nichts anderes übrig, als meine Flammen zu löschen und den beiden zuzusehen. Es war ein beeindruckendes Schauspiel, bei der jede Nuance über Leben und Tod entscheiden konnte.

Dabei wusste ich nicht mal, wie leicht oder schwer Blutfae zu töten waren. Sie besaßen eine sehr lange Lebensdauer, die durch meine Verbindung zu Jamie auch auf mich übergegangen war. Im Gegensatz zu Vampirinnen und Vampiren alterten sie jedoch. Irgendwann zumindest. Von welchen Verletzungen konnten sie sich erholen und welche waren tödlich für sie?

Ellewy musste mehr darüber wissen. Sie versuchte ständig, mit den Klauen in die Nähe der Kehle ihrer Gegnerin zu gelangen. Entweder würde es die Blutfae ausschalten oder für den Moment ausknocken.

Ich sollte sie machen lassen. Was bedeutete es mir, eine Blutfae zu töten? Letztlich war sie nicht auf meiner Seite.

Oder?

Sie war auf Jamies Seite und Jamie war …

Die Blutfae verlor ihre Klinge durch eine Finte von Ellewy. Der Schwung war zu groß und das Heft glitt ihr aus der Hand. Fast lautlos sank die Waffe in den Schnee.

Verflucht.

Mit einem magischen Windstoß schubste ich Ellewy zur Seite, ehe sie ihre Zähne in den Hals der Blutfae rammen konnte.

»Was tust du?«, zischte Ellewy. Sie war auf ihrem Hintern gelandet.

Ich ignorierte sie und nutzte die gleiche Art von Magie, nur stärker, um sie gegen die Blutfae einzusetzen. Sie stieß mehrmals hart mit ihrem Hinterkopf gegen die Frauenstatue, bis diese zerbrach. Im gleichen Moment verlor die Blutfae das Bewusstsein.

Die Splitter und Teile der Statue lagen überall im Schnee verteilt. Der Bruch war nicht sonderlich laut, aber auch nicht gerade leise gewesen. Vermutlich würde jemand nach dem Rechten sehen.

»Bist du von allen guten Geistern verlassen?« Ellewy riss mich an einem Arm zu sich herum.

Ich schüttelte sie ab. »Beruhige dich. Wir nehmen sie mit. Hilf mir.«

»Was?«

»Sie kann uns am besten sagen, wer wo steht. Komm jetzt.«

Wir haben eine Gefangene, teilte ich Tian mit.

Geht ihr zum Wagen?

Ja.

Bis gleich.

Ellewy schluckte ihren Ärger runter und half mir dabei, die Blutfae mit einem Seil zu fesseln, das die Vampirin bei sich getragen hatte. Nachdem ich sicher war, dass unsere Geisel sich nicht sofort befreien konnte, klaubte ich noch das Schwert auf. Es war besser, keine Beweise zu hinterlassen. Auch wenn ich nichts für die Statue tun konnte.

Ellewy warf sich die Blutfae über die Schulter, als wöge sie nichts, während ich unsere Spuren verwischte. Wir gingen den gleichen Weg zurück, den wir gekommen waren. Wobei es selbst für die Kronvampirin eine Herausforderung darstellte, die Blutfae über die Mauer zu schaffen.

Ich fing sie auf der anderen Seite auf, nachdem Ellewy sie auf der Gartenseite hochgedrückt hatte. Mühsam suchte ich mein Gleichgewicht, um nicht mit dem zusätzlichen Gewicht der Länge nach hinzuschlagen.

Zum Glück nahm Ellewy mir die Last wieder ab, sodass ich mich um unsere Spuren und die Umgebung kümmern konnte. Bis zum Wagen war es nicht weit, trotzdem atmete ich erst auf, als Ruglio uns von drinnen die Tür öffnete. Tian und Hugh waren bereits zurückgekehrt. Elma und Kit würden ihre Sondierung wahrscheinlich noch beenden. Wir hatten keine Möglichkeit, ihnen Bescheid zu geben.

Hugh half Ellewy dabei, die Blutfae in die Ecke zu manövrieren, in der wir zuvor auch schon Rosy festgekettet hatten. Jene war noch in Tians Haus eingesperrt und Bam passte auf sie und Jamie auf.

Bei dieser Geschwindigkeit konnten wir bald schon einen ganzen Kerker mit Gefangenen füllen.

Es war erschöpfend.

»Das war nicht der Plan«, sagte Tian, nachdem er neben mich getreten war. Keiner von uns war verletzt. Lucille war uns nicht auf die Schliche gekommen. So klein der Sieg auch war, ich nahm, was ich kriegen konnte.

»Nein, aber es hat sich ergeben. Wir werden sie befragen und hoffentlich einen Weg finden. Anders als Jamie ist sie hoffentlich mit keinem Bannzauber belegt, der sie zum Schweigen zwingt.«

Ich spürte seinen bohrenden Blick auf mir. Unfähig, ihn zu erwidern, sah ich die Blutfae an.

Meine Gedanken kreisten mehr und mehr um Jamie. Es war das Band, das uns zusammenhielt. Nicht meine wahren Gefühle. Nicht die Wahrheit der anderen. Die Tatsache in ihren Augen, von der mich jeder zu überzeugen versuchte, dass ich die Verbindung gewollt hatte.

Wie masochistisch veranlagt hätte ich sein müssen? Ich hatte Ja gesagt, aber ich hatte lediglich die Macht gewollt und nicht den Blutfae.

All das ergab keinen Sinn. Und trotzdem musste ich dagegen ankämpfen, nicht nach Jamie zu rufen. Weil es sich ständig anfühlte, als würde ein Teil von mir fehlen. Als wäre das Brennen lediglich ein Anzeichen dafür, dass meine Seele Jamie brauchte.

»Sie wird es uns einfach sagen?«

»Ich kann sie überzeugen.«

»Mit was?« Tians Argwohn setzte mir zu, weil ich ihn nachvollziehen konnte.

Ich hatte unbedacht gehandelt.

»Mir fällt schon was ein«, sagte ich ausweichend und wandte mich ab. »Ich muss was trinken.«

Er verstand meine unausgesprochene Abweisung und ließ mich in Ruhe. Ich wusste nicht, ob ich darüber erleichtert oder traurig sein sollte.

Wenig später kehrten auch Kit und Elma unversehrt zurück und wir fuhren wieder zu Tians Anwesen. Sie berichteten uns von einem Dienstboteneingang, an den sich auch Ruglio erinnern konnte. Allerdings war er von außen mit Brettern vernagelt. Elma hatte außerdem einen Bannzauber gespürt.

Beides wären nur vorübergehende Hindernisse und würden mich nicht für immer aufhalten können. Doch sie zu durchbrechen würde Zeit in Anspruch nehmen. Vermutlich würden auch Wachen auf uns aufmerksam werden. Es war ein Risiko, das wir im Notfall eingehen mussten. Ich hoffte aber, dass sich die Gefangene bezahlt machte.

Trotz meiner Zweifel musste ich daran festhalten und …

Ihr seid auf dem Rückweg? Mein Herz stolperte, nur weil ich Jamies Stimme in meinem Kopf hörte. Ich wagte einen Seitenblick auf Tian. Er saß neben Ruglio vor der Feuerstelle und unterhielt sich mit ihm. Hugh betrachtete beide aufmerksam, während sie ihre Hände und Arme bewegten. *Billie?*

Obwohl ich ihn aus meinen Gedanken verbannt hatte, konnte er immer noch an meiner Tür anklopfen. Um mit ihm zu reden, musste ich ihn nicht einlassen.

Bist du so einsam?

Ihr habt mich eingesperrt. Allein.

Als ob du das nicht verdient hättest …

Verdient oder nicht verdient, so funktioniert die Welt nicht.

Was willst du mir damit sagen?

Wenn sie so funktionieren würde, dann …

Ja?

Er lachte leise. *Kannst du dich an den ersten Auftrag erinnern, den ich dir als Moth gegeben habe?* Das nachfolgende Schweigen wirkte drückend, weil ich spürte, dass er mehr zu sagen hatte. Natürlich konnte ich mich an alle Aufträge erinnern. *Ich bin dir damals gefolgt.*

Frustriert biss ich mir auf die Unterlippe. *Was?*

Ich wusste nicht, ob du der Aufgabe gewachsen bist.

Du hast geglaubt, ich vermassle direkt den ersten Auftrag?

Ich hatte Angst um dich.

Dass ich nicht lache. Hättest du dich um mich gesorgt, hättest du Hugh nicht entführt. Du hättest mich nie zu diesen willkürlichen Aufträgen geschickt. Du …

Ich habe gerade erst gelernt, was Freiheit bedeutet, und dann bist du aufgetaucht. Vielleicht hätte ich dich nie auswählen dürfen. Aber ich war fasziniert von dir. Bin es noch.

Ich blickte auf die Maserung des Tisches. Wie gelang es Jamie ständig, mich in die Ecke zu drängen? Allein mit Worten, die wie Rasierklingen in meine Haut schnitten?

Was willst du von mir? Nur weil du mir damals gefolgt bist, ändert das nichts.

Ich habe dir dabei zugesehen, wie du sie ausspioniert und dann angegriffen hast. In jeder Sekunde hast du selbstsicher und tödlich gewirkt. Sein leises Lachen berührte meine Seele, weil es traurig klang. *Ich dachte, dass ich dir nicht gewachsen bin. Denke es noch.*

Jamie? Was ist los? Irgendwas stimmte nicht. Plötzlich ergriff mich ein Gefühl der Machtlosigkeit, das ich nicht einordnen konnte.

Du hast in den letzten Tagen viel Magie benutzt. Warum wechselte er das Thema?

Ja und?

Ich fühle mich erschöpft. Ich glaube, du entziehst mir Kraft, wann immer du deine Magie auf erhebliche Weise benutzt. Hat Tian nichts dergleichen bemerkt?

Nein. Oder? Es konnte sein, dass ihm etwas aufgefallen war, doch er hatte mir nichts gesagt. Um mich nicht zu beunruhigen oder dergleichen. *Ist das normal?*

Für eine Verbindung zwischen Blutfae und Hexe? Wohl kaum. Die Kräfte sollten sich im Gleichgewicht befinden.

Spürst du noch etwas anderes?

Was genau?

Ein Brennen in deiner Seele. Ich war froh, mit ihm sprechen zu können, ohne meine Stimme zu benutzen. Andernfalls hätte sie mir sicher den Dienst versagt. Ihm meine Schwäche zu offenbaren, selbst wenn er bereits davon ahnte, war ein großes Risiko.

Billie, es gibt kein anderes Ende als den Tod, sagte er nach einem Moment. *Deine Seele versucht wahrscheinlich krampfhaft, ganz zu bleiben, während sie in zwei unterschiedliche Richtungen gezogen wird.*

Glaubst du, ich weiß das nicht?, gab ich schnippisch zurück. Meine einzige Hoffnung war nunmehr meine Flucht in die Hölle. Damit ich den Vampir finden konnte, mit dem alles begonnen hatte. *Du bist nicht sonderlich hilfreich.*

Du willst meine Hilfe bloß nicht. Wenn ich sterbe, stirbst auch du. Wenn Tian hingegen stirbt, wirst du gerettet und kannst weiterleben.

Dann würde ich so nicht weiterleben wollen. Nachdem ich Tian die Verbindung aufgezwungen hatte, um ihn stärker zu machen, konnte ich ihm nicht auf diese Weise in den Rücken fallen. Dazu kam ... ich wollte Tian nicht sterben sehen. Auf gar keinen Fall.

Mein Blick huschte zu ihm und ich fing ein sanftes Lächeln auf. Mein Herz krampfte sich zusammen.

Außerdem muss das nicht stimmen. Ich könnte genauso gut sterben, wenn er stirbt. Wie es auch bei einer normalen Konvergenz zwischen Vampir und Hexe ist. Du rätst ins Blaue.

Sicher, es ist bloß eine Theorie, aber sie lässt sich leicht austesten. Und wie? Ich fragte ihn nicht, doch die Worte geisterten in meinem Verstand herum und Jamie schien sie problemlos einzufangen. *In einer starken, lebensverankernden Verbindung wie der unseren spiegeln wir nicht nur unsere Gefühle, sondern auch unsere körperlichen Empfindungen. Wenn du dich mir öffnest, wärst du dazu in der Lage, zu erfühlen, was ich in der Wirklichkeit berühre.*

Ist das nicht bloß ein cleverer Trick, um dich in meinen Verstand zu lassen?

Du bist talentiert und mächtig genug, um mir Einhalt zu gebieten. Warum versuchst du es nicht? Die Pause dröhnte in meinen Ohren. *Du kannst mir vertrauen, Billie.*

Der Wagen kam zum Stehen. Wir hatten Tians Anwesen erreicht.

Ich denke nicht. Damit unterbrach ich die Verbindung und zog mich hinter meine Mauern zurück. Ich hatte Jamie bereits viel zu viel Zeit und Aufmerksamkeit geschenkt. Damit war nun Schluss.

Tian und ich kümmerten uns um die Blutfae, die nicht länger bewusstlos war. Das machte das Prozedere, sie ins Haus zu schaffen, leichter, weil sie selbst gehen konnte. Zu meinem Erstaunen wehrte sie sich nicht mal, sondern sah sich stattdessen alles ganz genau an. Etwas, mit dem ich mich identifizieren konnte. Sie war hellwach und suchte bereits nach einer Schwachstelle, die sie für sich nutzen könnte.

Unvorteilhaft für sie, dass ich ihr keine Schwäche offenbaren würde.

Wir führten sie an einer Kette, die aus Elma und Frinns nie endendem Vorrat stammte, in einen fast quadratischen Raum, direkt neben Tians Glaswerkstatt. Ich bemerkte seinen sehnsüchtigen Blick im Vorbeigehen.

Du vermisst deine Einsamkeit, hm?, neckte ich ihn, um die Stimmung zu lockern.

Nicht so sehr, wie ich dich vermissen würde. Seine Mundwinkel zuckten.

Fühle mich sehr geehrt, gab ich zurück, ehe ich mich darum kümmerte, die Blutfae an den Stuhl zu ketten. Außerdem wirkte ich einen raschen Bannzauber, der verhinderte, dass sie sich aus einem bestimmten Kreis herausbewegen könnte. Selbst wenn sie sich mit dem Stuhl vorwärtsbewegte.

Der Raum war dunkel und ohne Fenster. Ich schnippte mit den Fingern und die Kerzen in den Wandhalterungen flammten auf. Es gab abgesehen von dem Stuhl nicht viel zu sehen. Schmutziger Steinboden, staubige, leere Regale und drei verhüllte Gemälde, die gegen eine Wand gelehnt waren.

»Und jetzt? Wollt ihr mich foltern?« Die Blutfae reckte das Kinn nach vorn.

»Ungern«, antwortete ich. Tian stand neben mir und ich hörte sich nähernde Schritte aus dem Flur. Vermutlich Ellewy, die sich unglaublich involviert gezeigt hatte. Vielleicht ließ ich mich doch von ihren Absichten überzeugen. »Wie ist dein Name?«

Ich nahm es ihr nicht übel, dass sie zunächst darüber nachdachte, wie ich ihr mit dieser Information schaden könnte. Getrocknetes Blut auf ihrer rechten Gesichtshälfte verlieh ihr ein dramatisches Aussehen, doch die Bösartigkeit, die ich erwartet hatte, blieb aus.

»Zuka.«

Ich nickte. »Ich bin …«

»Ich weiß, wer du bist«, fiel sie mir harsch ins Wort.

»Ich bin Billie und das ist Tian«, sagte ich erneut, mich nicht von ihr aus der Reserve locken lassend. »Wir wollen Jamie nicht schaden, falls es das ist, was du denkst.« Zumindest nicht mit dieser Mission. Sie hob skeptisch die Brauen. »Wir wollen lediglich das Portal nutzen und in die Hölle gehen.«

»Warum solltet ihr das tun wollen?« Irritiert sah sie von mir zu Tian. Ellewy blieb im Flur stehen und zeigte sich nicht, was uns zugutekam. Eine weitere Person hätte Zuka möglicherweise verschreckt. Das hatte die Vampirin bestimmt selbst erkannt.

»Das brauchst du nicht zu wissen. Ich verspreche dir aber, dass es so ist.« Abwartend sah ich sie an.

Auch wenn Zuka versuchte, eine undurchdringliche Miene zu zeigen, konnte ich den inneren Kampf erkennen, den sie mit sich selbst ausfocht. Ich wollte sie nicht drängen, aber uns rannte die Zeit davon.

»Mit dem, was wir vorhaben, wird die Sumpfhexe geschwächt«, fügte Tian hinzu. Geschwächt war wohl ein anderer Ausdruck für *getötet*. Auch er hielt sich mit Informationen zurück.

»Diese Schlange«, zischte die Blutfae. »Sie gibt uns nicht mal Zeit, Dinge zu ändern.«

Hm, zumindest eine gemeinsame Feindin haben wir, murmelte ich in Richtung Tian.

Mal sehen, ob das ausreicht. Schließlich arbeitet sie für eine Vampirin, nachdem sie Jamie verbannt haben.

»Also, was sagst du? Hilfst du uns?« Um meine Nervosität

nicht zu zeigen, unterdrückte ich den Drang, mit dem Fuß zu wippen. Stattdessen verschränkte ich bloß die Arme vor der Brust und versuchte, möglichst lässig dreinzusehen.

Es war nicht so, als wären wir ohne ihre Informationen handlungsunfähig gewesen. Doch es hätte einiges erleichtert und sicherer gemacht.

»Was wollt ihr wissen?«

»Wie viele Wachen befinden sich zu welcher Zeit ums Rathaus herum und darin? Welche Runden drehen sie? Was wird am besten bewacht und wie kommen wir ungesehen hinein?« Die Fragen sprudelten nur so aus mir hervor, weil ich förmlich am Abgrund gestanden hatte. Immerhin schien Zuka nicht davon abgeschreckt. Nein, es war das Misstrauen, das ihre Züge vor mir verschloss.

»All der Aufwand, um zum Portal zu gelangen?« Ihre Augen blitzten auf. »Mit diesen Informationen könnt ihr Lucille ganz leicht angreifen. Nicht, dass sie nur von Wachpersonal beschützt wird, aber ...«

Ich winkte verärgert ab. »Sie ist mir egal. Ich will sie nicht. Was ich will, ist ein Zugang zu dem Spiegel. Komm schon, Zuka.«

»Was hast du geglaubt, was wir dich fragen?« Auch Tian hatte richtig erkannt, dass sie bereit gewesen war, zu reden. Nur die Richtung meiner Fragen hatte ihr nicht gepasst.

»Ob ich euch dabei helfen kann, den Spiegel herauszuschmuggeln.«

Überrascht wechselten Tian und ich einen Blick, ehe er einen Schritt auf Zuka zutat.

»Ist das eine Option?«

Sie lachte. »Nein. Definitiv nicht. Ihr werdet weder hineinkommen noch wird der Spiegel herauszubringen sein. Ihr müsst euch etwas anderes überlegen. Ah! Ich habe eine Idee. Wie wäre es, wenn ihr Lucille selbst fragt?« Ihr dunkler Blick bohrte sich in Tians. »Dich würde sie sicherlich liebend gern begrüßen. Es gibt eine Geschichte zwischen euch, oder nicht?«

»Eine Geschichte, die tödlich enden wird.«

Sie schnaubte. »Ihr solltet euch ergeben, solange ihr noch könnt.«

»Wenn du schon nichts von Wert zu sagen hast, dann halt den Mund.«

»Nichts lieber als das.«

Komm, wir kriegen für den Moment nicht mehr aus ihr raus. Wir müssen uns eine andere Strategie überlegen, sagte ich zu Tian.

Sehe ich auch so. Lass uns noch mal mit Kit, Frinn und Elma sprechen. Selbst wenn die Hintertür abgesperrt ist, könnte sie uns als Einstieg dienen.

Ich war froh, dass er normal klang und sich nicht weiter mit dieser verfluchten Bindung zwischen Jamie und mir aufhielt. Wenn ich sie mit einem Fingerschnippen beenden könnte, würde ich das augenblicklich tun. Von wegen Verlangen. Sie war bloß eine Blutfae von vielen. Was wusste sie schon von der Konvergenz zwischen Blutfae und Hexen. In der Hölle gab es nicht mal Hexen oder Hexer.

Mein Gehör hatte mich nicht getäuscht. Draußen erwartete uns tatsächlich Ellewy. Sie stand aufrecht da, das Gesicht uns zugewandt, in dem Versuch, in den Raum sehen zu können.

»Ich nehme an, sie zeigt sich wenig kooperativ?« Wenn Arroganz eine Person wäre, dann hätte sie sich in Ellewy manifestiert.

»Warum nimmst du das an?«, erwiderte ich.

Abwertend musterte sie mich von oben bis unten. »Ich kenne keine weniger Angst einflößende Person als dich.«

Das traf mich doch. Nicht, dass ich es mir hätte anmerken lassen.

»So was aber auch.« Ich verdrehte die Augen. »Es geht nicht immer um Einschüchterung.«

Ihre Verachtung grub sich in jede Linie ihres Gesichts.

Dafür habe ich keine Zeit.

Sie testet deine Grenzen.

Soll sie das mit sich selbst ausmachen, gab ich Tian zurück.

Ich ging mit Tian an der Vampirin vorbei, um in der Küche mit den anderen zu reden.

Die Werkstatt und der Raum, in dem wir Zuka untergebracht hatten, befanden sich in einem der unzähligen Untergeschosse. Obwohl die Zeit drängte, führte mich Tian in die Werkstatt direkt nebenan. Er schloss die Tür hinter sich, während ich versuchte, mir meine Aufregung nicht anmerken zu lassen.

Das konnte nichts Gutes bedeuten.

Ich erinnerte mich an das letzte Mal, als ich hier gewesen war und ihn bei der Arbeit beobachtet hatte. Obwohl seine Körpertemperatur nicht anstieg, hatte er mit freiem Oberkörper vor der Hitze des Feuers gearbeitet. Glas erhitzt und mit Farben durchsetzt, bis es zu seiner Zufriedenheit glänzte. War das der Moment gewesen, in dem ich realisiert hatte, dass ich mich zu ihm hingezogen fühlte?

Vielleicht.

Jetzt im Halbdunkel wirkte der schmutzige Raum plötzlich nicht mehr so gemütlich wie in meiner Erinnerung. Unwillkürlich entzündete ich erneut mit meiner Magie ein paar Kerzen, als das Brennen in meiner Seele aufflammte.

Ich krümmte mich leicht.

Aber nicht leicht genug. Tian hatte die Bewegung bemerkt und eilte an meine Seite. Mit den Händen umfasste er sanft meine Schultern.

»Billie«, wisperte er und strich dann über meine Wange.

Nach und nach ebbte der Schmerz ab, verschwand jedoch nicht zur Gänze.

Ah, bediene dich nur an meiner Kraft. Ich brauche sie ja nicht, kam der sarkastische Kommentar von Jamie, den ich geflissentlich ignorierte.

Ich richtete mich auf und sah in Tians kobaltblaue Augen. So viele Gefühle lagen in ihnen. So viel Vertrauen.

»Glaubst du, unsere Verbindung ist stärker als die zwischen Jamie und mir?«, entfloh es mir, ehe ich mich zurückhalten konnte.

Tian blinzelte, aber er wich nicht zurück. Für ihn war ich zum Zentrum seiner Welt geworden. Und ich wollte, dass er das meine war, doch …

»Die Wahrheit?« Sich räuspernd nahm er seine Hände zurück und blickte sich um.

»Vorzugsweise ja.« Ängstlich schlang ich die Arme um meinen Körper.

»Ich weiß es nicht. Es ist schwer herauszufinden, was in deinem Inneren vorgeht. Ich zweifle nicht daran, dass du mich magst.« Ich öffnete den Mund, doch er kam mir zuvor. »Das hast du aber nicht gefragt. Es gibt niemanden, der eine Verbindung mit einem Blutfae *und* einem Vampir eingegangen wäre. Die beste Antwort kannst du dir also nur selbst geben. Allerdings …«

»Allerdings?« Meine Augen brannten. Das war kein geeigneter Zeitpunkt, um in Tränen auszubrechen. Das Herz klopfte mir bis zum Hals.

Endlich wandte er sich mir wieder zu und die Zuneigung in seinem Blick vertrieb für den Moment all meine Zweifel.

»Allerdings ist das alles bloß Magie. Was ich für dich fühle, Billie, kommt aus meinem Herzen.« Er nahm meine Hände in seine und küsste meine Knöchel. Einen nach dem anderen. »Ich liebe dich.«

Wieder diese Worte, die – so wie schwere Anker auf den Grund des Meeresbodens – in meine Seele sanken.

»Ich …« Plötzlich erschien mir jedes Zögern unnütz und

unverständlich. Ich wollte ihm sagen, was ich fühlte. Meine Zerrissenheit. Meine Angst.

Ein Schrei durchbrach jedoch unsere Zweisamkeit. Zuka.

»Was …« Tians Blick schoss zur Tür, die er geschlossen hatte. Ich hingegen sah auf die Wand, die uns von unserer Gefangenen trennte.

Instinktiv wusste ich, was geschehen war.

»Ellewy«, zischte ich. »Wenn ich sie in die Finger kriege.«

Ich rannte hinter Tian nach draußen. Wie ich erwartet hatte, war die Tür zum anderen Raum verschlossen. Zukas Schrei ertönte ein weiteres Mal, ehe gemurmelte Worte folgten, die ich nicht verstehen konnte.

Die Vampirin folterte sie.

»Mach sofort auf!«, schrie ich und schlug gegen das Holz der Tür.

»Zur Seite«, bat mich Tian. Ich konnte gerade so einen Schritt zurück machen, als er bereits mit voller Wucht gegen die Tür prallte. Das Schloss brach unter großem Getöse und Tian stolperte zuerst in den Raum.

Sofort nahm ich den Geruch von Blut wahr. Noch ehe ich einen Blick auf unsere verunstaltete Gefangene werfen konnte, wusste ich, dass wir zu spät waren. Ellewy hatte ihr die Kehle rausgerissen. Blut war überall verteilt. Auf dem Boden, der Decke, den Wänden und auch auf dem Leinentuch, das über den Gemälden lag.

Zukas Augen starrten an die Decke, ohne etwas zu sehen. Ihr Hals war eine einzige Wunde. Hautfetzen hingen herab.

Ellewy war gründlich gewesen.

Zorn, glühend heißer Zorn, der den Wilden Wald in Brand setzen und die Ewige Nacht hätte erhellen können, durchfuhr mich. Ohne nachzudenken, schmetterte ich diesen auf das einzig logische Ziel.

Ellewy.

Sie wurde von meiner Magie nach hinten geschleudert. Ich hielt sie damit an der Wand fest und näherte mich ihr. Trat an Tian vorbei, der nichts mehr für die Blutfae tun konnte.

»Du wolltest Blut sehen?«, knurrte ich mit einem ausgestreckten Arm. Die Hand ballte ich langsam zu einer Faust, und während ich das tat, züngelten mehr und mehr Flammen an Ellewys Kleidung.

Blanke Angst spiegelte sich auf ihrem Gesicht wider. Mit welcher Reaktion von mir sie auch gerechnet hatte, diese war es nicht gewesen.

»Ich wollte ... uns Antworten verschaffen«, presste sie hervor. An meiner Magie vorbei, die sie beinahe komplett bewegungsunfähig machte.

»Du hast wieder mal keine Geduld bewiesen und vergessen, dass du hier nichts zu sagen hast«, gab ich zurück. Noch hatte ich die Flammen unter Kontrolle. Sie labten sich an ihrer Kleidung, ohne ihre Haut zu verbrennen.

»Billie, nicht ...« Tian umschlang mein Handgelenk, ohne Kraft aufzuwenden. »Sie ist es nicht wert.«

»Was ist sie nicht wert? Ob wir uns nun um eine oder zwei Leichen kümmern müssen, macht wohl kaum einen großen Unterschied«, murmelte ich, ohne den Blick von ihr zu wenden. »Ich konnte dich seit dem ersten Moment nicht leiden. Von allen Vampiren, die ich näher kennenlernen durfte, hast du wirklich bewiesen, dass du genau so bist, wie ich immer gedacht habe. Egoistisch. Hinterlistig. Grausam.«

»Im Gegensatz zu dir habe ich mit Brutalität herausgefunden, wie ihr unentdeckt ins Rathaus kommen könnt«, erwiderte sie.

Ich runzelte die Stirn. Die Flammen verschwanden. Die Bedeutung ihrer Worte war bis zu mir durchgedrungen, auch wenn ich sie nicht wahrhaben wollte. Am liebsten hätte ich sie ignoriert und Ellewy hier und jetzt zu einem Häufchen Asche verbrannt.

Doch es ging nicht nur um mich. Es ging um alle Hexen und Hexer.

»Sag es«, befahl ich. Tian ließ mich los. »Sag es jetzt sofort und ich verschone dich.«

Auch wenn ich ihr Zukas unnützen Tod nicht verzeihen würde. Die Blutfae hätte nicht sterben müssen.

»Im Hafen. Unter Wasser.« Sie erzählte uns alles, was Zuka ihr unter Qualen gestanden hatte. Es war nicht viel, aber es reichte aus. Wir würden ungesehen ins Rathaus gelangen.

Mit weitaus weniger Zorn, aber größerem Selbsthass löste ich meine Umklammerung. Die Vampirin fiel auf die Knie. Ich holte aus und rammte meine Faust in ihr Gesicht. Das darauffolgende Knacken ihres Kiefers und ihr eigenes Stöhnen glichen einer köstlichen Genugtuung.

»Widersetze dich mir nicht noch einmal«, setzte ich nach. »Und jetzt geh.«

Ich wusste nicht, woher ich die plötzliche Autorität nahm, aber sie fühlte sich richtig an. Wenn ich mich schon auf niemand anderen verlassen konnte, dann zumindest auf meine eigenen Moral- und Wertvorstellungen.

Bedauernd sah ich die Blutfae an, die nichts von alldem gewollt hatte.

Ich hasste die Welt, die so etwas nötig machte. Mehr noch aber verabscheute ich mich selbst dafür, dass ich keinen anderen Weg gefunden hatte.

23

Wir wussten nun, wie wir zum Portal gelangen konnten. Jedoch nicht, was Tian und mich in der Hölle erwartete. Es gab keine Karte. Keine Anhaltspunkte, wo wir Thalis Partner finden würden.

»Wir hätten die Blutfae fragen können, wenn jemand nicht eine so übereilte Entscheidung getroffen hätte«, merkte Kit spitz an.

Ellewy saß auf einem Stuhl neben dem Feuer und leckte im übertragenen Sinn ihre Wunden. Ihr Gesicht war grün und blau, doch die Farben verblassten mit jeder Stunde mehr. Sie senkte ihren Blick auf den dampfenden Tee, den sie sich selbst zubereitet hatte. Nicht mal Ruglio, der friedliebende Vampir, rührte noch einen Finger für sie.

Wir saßen in einem der großen Wohnräume. Abgesehen von der Vampirin hatte jeder einen Platz auf den Sofas und den Sesseln gefunden.

Ich hätte mich neben Tian setzen können, doch gerade jetzt war mir jede Nähe zu viel. Bis vor wenigen Minuten hatte ich mich noch um Zukas Leiche gekümmert und sie im Garten vergraben.

Da der Boden schneebedeckt und gefroren war, hatte ich das Begräbnis mit meiner Magie bewerkstelligen müssen. Kit hatte mir ihre Hilfe angeboten, aber ich hatte sie dankend abgelehnt. Das war etwas gewesen, das ich allein hatte tun wollen.

»Das war eine unglückliche Wendung«, sagte Ellewy, der die Stichelei nicht entgangen war. Es hätte mich eher überrascht, wenn sie sie schweigend hingenommen hätte. »Es könnte einfacher sein, den Vampir zu finden, als ihr glaubt.«

»Warum das?« Ich war froh, dass Tian sich am Gespräch mit ihr beteiligte.

All die Worte, die mir auf der Zunge lagen, würden Ellewy ins Grab bringen.

»Er lebt im Palast aus Nacht und Tränen.«

Hugh schnaubte amüsiert. »Einen noch dramatischeren Titel hat er sich nicht ausdenken können, oder?«

Ellewy sah ihn abwertend an. »Dieser Palast ist mächtiger, als du denkst. Nur weil sein Name nicht deinem Geschmack entspricht, solltest du nicht zu früh urteilen.«

»Und das weißt du woher?«

»Ich war lange genug Teil des Rats und im Gegensatz zu Tian habe ich mich ständig weitergebildet.«

Nicht aus der Haut fahren, Billie, ermahnte mich Tian, als wäre ich ein Zauber, der jeden Moment seine zerstörerische Macht entfaltete. *Mir ist es gleich, was sie von uns hält, solange sie uns Antworten gibt. Und bisher waren ihre Informationen korrekt.*

Das stimmte. Zu meinem Leidwesen.

»Unabhängig davon, dass er der Partner von Thali ist, erzählt man sich, dass in jenem Palast der Herrscher der Hölle seinen Thron hat«, antwortete Tian. »Auch ich habe von der Legende gehört, sie aber nicht damit in Verbindung gebracht.«

»Es ist die logische Schlussfolgerung, oder nicht?« Scheinbar zufrieden lehnte sich Ellewy zurück und nippte an ihrem Tee.

»Wenn das nicht bloß Unfug ist …«, murmelte ich.

Sollen wir Jamie nicht besser dazu befragen?, fragte ich Tian lautlos, weil ich Ellewys Meinung dazu nicht hören wollte.

Meinst du, er kann uns etwas zum Aussehen der Hölle sagen? Oder verhindert der Bannzauber auch das?

Kannst du nicht bei ihm nachhaken?

Angespanntes Schweigen schlug mir entgegen. Natürlich war ihm nicht entgangen, dass ich ihn vorschickte.

Ich bezweifle, dass er etwas Nützliches hinzuzufügen hat, aber wie du willst, sagte er dann.

»Wir können das Ganze immer noch abblasen«, schlug er dann laut vor.

»Es wird gehen.« Letztlich war alles gegen uns. Die wenigen Informationen waren immer noch besser als nichts.

Wann macht ihr euch auf den Weg? Jamie. Ich erstarrte mitten in der Bewegung, mir durchs Haar zu streichen.

Warum interessiert dich das?, zischte ich zurück.

Während das Gespräch um mich herum weiterplätscherte, konnte ich mich nur noch auf Jamie konzentrieren.

Du solltest nicht gehen, Billie. Er klang ehrlich besorgt. Andererseits war er ein Täuscher und Manipulator.

Soll ich stattdessen nichts tun und sterben?

Du könntest hierbleiben und versuchen, Thali zu töten.

Aber das würde die Verbindung zwischen Vampiren und Hexen nicht endgültig zerstören.

Wir könnten gemeinsam einen anderen Weg finden. Es muss eine Lösung geben, aber wenn du dich in die Hölle begibst…

Ja?

Es wird kein gutes Ende nehmen. Bitte. Vertrau mir dieses eine Mal.

Ich kann nicht.

Es war, als würde ich jäh in mich fahren und mit Jamie in einem Raum stehen. Ich konnte ihn ganz deutlich vor mir sehen. Uns trennten vielleicht zwei Meter in dieser schattenhaften Umgebung. Bis auf ihn konnte ich allerdings nichts erkennen.

Auch er wirkte überrascht.

Interessant.

Wo sind wir hier?

In uns selbst, wenn ich raten müsste. Er sah sich um, schien dann aber zu entscheiden, dass abgesehen von mir nichts seiner Aufmerksamkeit würdig war.

Jamie, hast du in der Hölle gelebt? Bist du da aufgewachsen?

Ja.

Und da hast du dich auch dafür entschieden, die Blutfae zurück in unsere Welt zu holen? Ich versuchte, so viel wie möglich aus ihm hervorzulocken, ohne dass uns der Bannzauber dazwischenkam. Die wichtigsten Informationen würde Jamie mir vermutlich nicht mitteilen können, doch vielleicht kam trotzdem etwas Hilfreiches bei dem Gespräch heraus.

Mehr oder weniger. Er war nähergetreten. Das Grau seiner Augen fing die wabernden Schatten um uns herum auf. Sie verschleierten seine Gefühle.

Trotz allem …

Trotz meines Misstrauens ihm gegenüber konnte ich mich nicht gegen seine Nähe wehren. Das magische Band zwischen uns hielt mich fest.

Stehst du auf meiner Seite?, fragte ich, meine Abwehr vollkommen aufgebend. *Würdest du für mich kämpfen? Für uns?*

Jamie blickte frustriert nach oben. Sein Kehlkopf hüpfte, bevor er wieder zu mir sah. Erst jetzt bemerkte ich, dass seine Hände meine Ellbogen umfassten. Wärme statt Kälte.

Ich tue alles, um dich und deine Familie zu beschützen.

Wie? Dir sind die Hände gebunden, falls dir das noch nicht aufgefallen ist.

Der Krieg wird hier nicht aufhören.

Ich sah zur Seite, bis er mein Kinn zwischen Daumen und Zeigefinger nahm und mein Gesicht wieder sanft zu sich drehte. *Du glaubst also, dass wir dich freilassen?*

Er seufzte. *Vielleicht, vielleicht auch nicht.*

Unsere Blicke verhakten sich ineinander. Dornen, die bei der falschen Bewegung unsere Haut aufrissen. Mein Herz schlug viel zu schnell. Selbst in dieser merkwürdigen Traumebene.

Ich gehe in die Hölle. Thali lässt sicherlich niemanden an sich herankommen. Vor allem mich nicht. Kannst du uns irgendetwas sagen, das uns dabei hilft, zu überleben?

Mir war klar, dass ich dich nicht davon abbringen kann, aber ich wollte es versuchen. Er ließ seine Hand sinken und ich spürte die Wärme, die er hinterließ. *Wenn ihr in der Hölle seid, traut nur euch selbst. Seid auf der Hut und lasst nie in eurer Achtsamkeit nach.*

Es war nichts, das ich nicht ohnehin tun würde. Trotzdem besaß seine Warnung eine eigene gefährliche Note.

Jamie?

Hm? Für den Moment schien er weit weg. Mit einem Finger gegen seine Brust gedrückt holte ich ihn wieder zu mir zurück.

Was würdest du tun, wenn es all die Widrigkeiten nicht gäbe? Wenn wir keine Feinde hätten.

Zu meinem Erstaunen lächelte er warm. *Dich davon überzeugen, mich zu heiraten.*

Ich meine es ernst.

Ich auch.

Jamie, wenn du nicht …

Er umfasste meine Hand und führte sie an seine Lippen. Die Geste erinnerte mich so stark an Tian, das mir schwindelig wurde.

Wenn es unsere Feinde nicht gäbe, würde ich mein Volk zur Ruhe mahnen. Ich würde Hexen, Menschen, Vampire und Blutfae an einen Tisch holen und ich würde sie alle anhören. Um Wimborne zu einem Kontinent zu machen, den wir unser gemeinsames Zuhause nennen können.

Ich schloss die Augen. *Deine Worte sind schön wie Blüten im*

Frühlingswind, doch deine bisherigen Taten sind wie der Boden unter dem Schnee im Winter.

Billie …

Ich werde mich nicht von dir verabschieden, Jamie.

Damit öffnete ich die Augen. Ich hatte den Traum verlassen und saß wieder in Tians Haus. Ein Holzscheit in der Feuerstelle krachte zusammen. Funken stoben und Ellewy zuckte zusammen.

Ich legte eine Hand auf mein pochendes Herz. *Verdammt.*

»Ich kann weder dem Band noch meiner Magie vertrauen«, beichtete ich Tian, nachdem wir uns in sein Zimmer zurückgezogen hatten.

Es war nicht so, als würde ich den anderen offen misstrauen, doch in Gegenwart von Ellewy überlegte ich mir lieber zweimal, was ich sagte. Und vor allem, welche Schwächen ich offenbarte.

War ich vielleicht vor einer Weile noch geneigt gewesen, ihr vorurteilsfrei zu begegnen, so hatte sich das Blatt gewendet. Sie hatte ihre eigenen Beweggründe. Für den Moment mochten sich unsere Wege in Einklang bringen lassen, doch ich dürfte nicht überrascht sein, wenn sich dies schlagartig änderte.

Vermutlich dann, wenn wir aus der Hölle zurückkämen.

Das Einzige, was mich nervös werden ließ, war die Frage, für wen sie arbeitete. Ich traute ihr nicht zu, dass sie die Rolle einer Anführerin bekleidete. Selbst wenn sie sich meistens unabhängig und entscheidungsfreudig gab. Jemand, vielleicht auch eine Gruppe, stand hinter ihr und wies sie an.

»Was meinst du damit?« Er hatte sich auf den Stuhl neben dem Flügel gesetzt. Die langen Beine von sich gestreckt massierte er seinen Nacken. Das war eine so menschliche Bewegung, dass ich fast vergessen konnte, dass er ein Vampir war.

»Ich hatte vorhin ein nicht ganz normales Gespräch mit Jamie. Es war nicht so, wie es vorher war.« Unsicher rang ich die Hände, während ich vor Tian auf und ab ging.

Die Glaskuppel um uns herum war teilweise mit Schnee und Eis bedeckt, doch wenn man genau hinsah, konnte man auf die Stadt hinausblicken. Sie wirkte so düster und schattenbehaftet, wie ich sie noch nie erlebt hatte.

»Hat er dich angegriffen?« Stirnrunzelnd beugte er sich vor. »Wir könnten ihn sicher auch in einen Schlaf versetzen, wenn dir das hilft …«

Ich schüttelte den Kopf. »Nein, im Gegenteil. Aber … ich konnte ihn sehen. Fühlen. Wir waren wie in einer Art Traum und keiner von uns beiden hat diesen Raum kreiert.«

»Du glaubst ihm?«

Ich dachte einen Moment darüber nach. »Es ist möglich, dass er mich angelogen hat. Sicher. Aber falls nicht … Dann haben das Band und meine Magie ohne mein Zutun gehandelt. Wir müssen in der Hölle vorsichtig sein. Insbesondere weil es nicht das erste Mal ist, dass ich mich nicht auf meine Magie verlassen kann.«

»Was bedeutet das? Davon hast du mir nichts gesagt.«

Ertappt blieb ich stehen und sah Tian entschuldigend an. »Ist mir wohl entfallen.«

»Billie …«

»Ja, ja, ich weiß. Es ist nur so viel passiert. Ich habe es im Griff. Weitestgehend.«

Er erhob sich und stellte sich vor mich. »Ich will dir keine Vorwürfe machen oder dich in die Ecke drängen, doch du hast gerade gesagt, wir können deiner Magie nicht vertrauen.«

Ihn von meinen Gefühlen und Gedanken auszuschließen gestaltete sich schwierig, wenn er derart einfühlsam sprach. Deshalb machte ich mir gar nicht erst die Mühe.

»Ja, das stimmt. Entschuldige. Ich bin es bloß so gewohnt,

Stärke zu beweisen.« Seufzend rieb ich mir über die Falten auf meiner Stirn.

Er umarmte mich fest und legte sein Kinn auf meinem Kopf ab. »Du kannst bei mir du selbst sein, Billie.«

Ich wünschte mir sehr, dass es so wäre.

24

Ich erwachte nach einem wenig erholsamen Schlaf ohne Tians beruhigende Nähe. Ich hatte unbedingt Schlaf nachholen müssen, bevor wir unsere Reise in die Hölle antraten und er ... er war bei mir geblieben. Wahrscheinlich hatte er auch ein oder zwei Stunden geschlafen, aber mehr brauchten Vampirinnen und Vampire normalerweise nicht. Offenbar hatte er mir nicht mehr beim Schlafen zuschauen wollen, was ich ihm nicht verübelte.

Mein Blick glitt zum Fenster. Wenig überraschend hatte ich die Sonnenstunden verschlafen. Bedauern stieg in mir auf. Ich hätte die Sonnenstrahlen gern auf meinem Gesicht gespürt, bevor das Abenteuer begann, das Tian und mich höchstwahrscheinlich das Leben kosten würde.

Seufzend stand ich auf.

Die leisen Stimmen und die gedämpften Geräusche, die durch die angelehnte Tür zu mir drangen, verrieten, dass zumindest ein paar der anderen längst mit den Vorbereitungen beschäftigt waren.

Ich zog eine robuste schwarze Lederhose, Schnürstiefel mit dicken Wollsocken und eine widerstandsfähige braune Tunika über ein dickes Hemd an. Frinn hatte an den Nähten der Tunika entlang verschiedene Blüten aufgestickt. Das war ihre Art, mir zu zeigen, dass das Leben nicht trostlos war. Mit den Fingerspitzen fuhr ich den Blütenpfad entlang. Der ausschlaggebende Grund, das Kleidungsstück zu tragen, waren jedoch nicht bunte Fäden, sondern die gefütterte Innenseite. In Westwend herrschten eisige Temperaturen und ich wollte gut für das Wetter in der Hölle vorbereitet sein. Wie auch immer dieses aussehen mochte.

Nachdem ich mein dickes Haar zu einem hohen Pferdeschwanz gebunden hatte, brachte ich eine fettige Salbe auf meinen Wangen auf. Das war der einzige Schutz, den ich meiner Haut vor der Kälte geben konnte. Nicht, dass noch viel Platz für Eitelkeiten geblieben wäre, aber ich wollte für Tian auch nicht wie die scheußlichste Hexe aussehen, der er je begegnet war. Meine Narben von Rosys Krallen waren immerhin verblasst und konnten nur noch bei bestimmtem Licht gesehen werden.

Ich verließ das Zimmer und kam an Hughs vorbei, das direkt neben meinem lag. Seine Tür war geöffnet, sodass ich einen Blick auf sein Bett werfen konnte. Er schien ebenfalls gerade erwacht zu sein.

»Morgen«, brummte Hugh, der sich im Bett aufgerichtet hatte. Sein braunes Haar stand zu allen Seiten ab und es wurde nicht besser, als er sich mit einer Hand hindurchfuhr.

»Morgen, Abend, wer weiß das schon«, witzelte ich lahm. Dennoch konnte ich ihm ein schmales Lächeln entlocken. »Hast du dich gut erholt?«

»So in etwa.« Ich nickte und machte mich bereit zum Gehen. »Billie! Warte, kann ich mit dir reden?«

»Das klingt unheilvoll.« Ich ging jedoch zu ihm und setzte mich auf sein Bett.

Nervös frickelte er an seiner Decke herum, ehe er genug Mut aufbrachte, um das Gespräch fortzusetzen.

»Was hältst du von Ruglio?«

»Äh ...« Definitiv nicht das Thema, mit dem ich gerechnet hatte. Ich hatte geglaubt, er würde davon sprechen, dass er es sich anders überlegt hatte und uns doch nicht begleiten wollte. »Er ist … nett? Götter, Moment, was genau willst du wissen?«

»Ach, vergiss das. Schon in Ordnung.«

»Nein, nein! Bitte, ich muss nur kurz darüber nachdenken«, beeilte ich mich zu sagen, als ich bemerkte, wie er sich innerlich zurückzog. Hugh und ich hatten immer ein gutes Verhältnis gehabt, insbesondere in der Zeit, als er bei Moth gelebt hatte. Gerade dann waren die Momente zwischen uns ironischerweise noch kostbarer geworden. »Ruglio ist sicher keine einfache Person. Als Vampir hat er schon einiges durchlebt, wie du weißt. Sein Trauma hat ihn immer noch im Griff, was nichts Schlechtes bedeutet. Aber man sollte sich dessen bewusst sein.«

Hugh nickte aufmerksam. »Wir haben schon viel darüber gesprochen. Er will aus diesem Strudel der Angst und des Selbsthasses raus, weiß aber manchmal nicht, wie.«

»Ich kann mir vorstellen, wie schwer das ist.« Ich hatte natürlich gemerkt, dass sich zwischen Hugh und Ruglio eine besondere Verbindung anbahnte. Mir war nur nicht klar gewesen, wie tief die Gefühle von Hugh bereits reichten. Auch wenn er es mir gegenüber nicht in Worte fasste, er war in Ruglio verliebt. »Es ist schön, dass ihr über so etwas sprechen könnt. Das zeigt, wie sehr er dir vertraut und dich schätzt. Kit und Tian sprechen in höchsten Tönen von ihm und ich kann auch nichts Schlechtes an ihm finden.« Er hatte sogar im Kampf gegen die Bestie auf dem Dachboden seine Angst kurzzeitig überwunden, um mir zur Seite zu stehen. Ruglio gehörte zu den Guten.

»Danke, Billie. Ich schätze deine Meinung sehr.«

»Ebenso.« Ich zwinkerte ihm zu.

»Wenn das so ist, warum hast du mir dann nichts von Jamie und der Konvergenz erzählt?« Ich zuckte zusammen. Er benutzte keinen harschen Tonfall und sah mich auch nicht verärgert an. Doch allein der Vorwurf in seiner Formulierung reichte aus, um mir ein schlechtes Gewissen zu machen. »Ich hätte dir helfen können, damit umzugehen. Du hättest die Bürde nicht allein tragen müssen.«

Bürde. Beschrieb das die Verbindung zwischen Jamie und mir? Am Anfang waren die Grenzen so klar gezeichnet gewesen. Mittlerweile war ich mir nicht mehr sicher. Aber all das konnte ich Hugh nicht sagen, ohne ihn zu verletzen. Von allen hatte er am meisten unter Jamies Entscheidungen gelitten.

»Weil du mich bestimmt davon abgehalten hättest, die Verbindung auch mit Tian einzugehen«, antwortete ich.

»Zu Recht«, grummelte er.

»Siehst du!« Grinsend erhob ich mich. »Aber ich bin auch froh, dass jetzt alles raus ist. Und sobald Tian und ich den großen, bösen Vampir in der Hölle vernichtet haben, geht es mir auch wieder gut.«

»Ich kenne dich besser, als du denkst, Cousine«, sagte Hugh argwöhnisch. »Jamie hat mich zwar manipuliert, so wie dich ebenfalls, aber er hat mich nie gefoltert oder verletzt. Tatsächlich haben wir viel Zeit damit verbracht zu reden, auch wenn er es mich zu großen Teilen hat vergessen lassen.«

Fast traute ich mich nicht zu fragen, doch ich musste. Nachdem ich für einen Moment meine Unterlippe mit meinen Zähnen malträtiert hatte, gab ich mir einen Ruck.

»Was willst du mir damit sagen?«

»Nichts, was du nicht schon weißt.«

»Hugh ...«

»Vielleicht ist er nicht unser Feind. Vielleicht müssen wir das große Ganze erfassen. Wenn die Sumpfhexe weg ist, was spricht gegen eine Allianz zwischen Hexen und Blutfae? Um die Macht der Vampire endgültig zu durchbrechen? Ich denke, keine Gruppe sollte allein herrschen und mit Jamie als Herrscher der Blutfae wäre ein friedvolles Zusammenleben möglich.«

»Das sagst du, nachdem er mich dazu gezwungen hat, bestimmte Vampire zu ermorden?«

»Das hättest du eh getan.« Er warf die Decke zurück und schwang die Beine aus dem Bett. »Das Einzige, das ich ihm nicht verzeihen kann, ist die Konvergenz. Doch wenn die anderen recht haben ... wenn es etwas war, was du wolltest, dann sehe ich keinen Grund, warum wir die Brücke zu ihm zerstören müssen.«

Mir rauchte der Kopf.

Ich hatte mich nach dem Aufstehen so fokussiert und voller Tatendrang gefühlt. Jetzt hatte Hugh eine Lawine an Gefühlen in mir ausgelöst, die mich unter sich zu vergraben drohte.

Elma saß an einem Werktisch im oberen Stockwerk und arbeitete an der Ausrüstung, die wir später benötigen würden. Feuerwasser und Salbei waren dabei das Wichtigste – neben den üblichen Waffen wie Dolche, Wurfsterne, Messer und Schwerter. Netze, Beutel mit magischen Steinen sowie Handschuhe und Masken lagen unten im Raum neben der Küche bereits griffbereit.

Meine Tante war so in ihre Arbeit vertieft, dass sie mein Vorbeigehen nicht bemerkte. Da wir momentan nicht auf einer Wellenlänge miteinander kommunizieren konnten, beschloss ich, sie nicht weiter zu stören. Ich wusste nicht genau, woran das lag. Vielleicht erkannte sie meine Lügen, wie sie gesagt hatte, und verurteilte mich dafür, dass ich die Konvergenz mit Jamie gewollt hatte.

Kit und Ruglio fand ich in der Küche. Sie bereiteten gemeinsam unser Frühstück vor.

»Die Henkersmahlzeit, hm?«, kommentierte ich, bevor ich mir eine getrocknete Pflaume stahl.

»Wo ist deine Zuversicht abgeblieben?« Kit drückte meine Schultern. Sie hatte sich eine senffarbene Schürze umgebunden, um ihr Leinenhemd nicht zu beschmutzen.

»Die hast du mir wohl gestohlen.« Sie lachte auf. »Wo ist Tian?«

Ruglio nahm die Pfanne vom Herd und kratzte mit einem Kochlöffel den angebratenen Reis zusammen.

»Er wollte nach seiner Schwester schauen.« Kit sah mich mit schief gelegtem Kopf an. »Geht es dir gut? Keine Beschwerden?« Sie spielte auf das Brennen in meiner Seele an, das mittlerweile ein konstanter Begleiter war und nach meiner Aufmerksamkeit verlangte.

»Geht schon«, sagte ich abwinkend. »Bin gleich wieder da.«

Bam schloss sich mir auf dem Korridor an, dessen Wände mit roter Seide bespannt waren. Vergnügt hüpfte er mal vor und mal hinter mir auf und ab.

»Bist du glücklich, weil du nicht auf Rosy aufpassen musst?« Er stöhnte, die Arme von sich gestreckt und die Hände nach unten zeigend. »Habe ich mir gedacht. Sei froh, dass du früher eine bessere Attitüde hattest, als du mir durchs Haus gefolgt bist.«

Er stöhnte zwei weitere Male und verpuffte dann. Kopfschüttelnd setzte ich meinen Weg fort. Immerhin war auf den Geist Verlass, dem es stets gelang, meine trübe Stimmung zu vertreiben.

Rosy war in meinem ehemaligen Zimmer, dessen Tür nur angelehnt war. Ich hatte nicht vorgehabt, sie zu belauschen, doch nachdem mich nicht mal das Knarzen der Bodendielen verraten hatte, blieb ich gegen die Wand gelehnt stehen. Die Tür links von mir, sodass der Schein der Kerzen knapp bis vor meine Stiefelspitzen reichte.

»... es gar nicht wissen«, murrte sie, ohne die übliche Schärfe.

Machten wir sie allmählich mit unserer mangelnden Aggressivität mürbe? Ich hatte nicht vergessen, wie abschätzig sie über unseren Plan und wie ehrerbietig sie über Lucille gesprochen hatte. Trotzdem konnte es sein, dass Zweifel bei ihr aufgekeimt waren.

»Ich glaube schon, dass es dir helfen würde, deine Lage zu überdenken«, kam es ruhig von Tian. Wie immer verlor er im Angesicht einer Herausforderung nicht die Geduld.

»Dazu sehe ich keinen Anlass«, gab sie spitz zurück.

Obwohl ich keinen von beiden sehen konnte, war es ein Leichtes, mir ihre Gesichter vorzustellen. Tians Mimik kannte ich ohnehin auswendig und Rosy hatte bisher nur eine Art von Miene gezeigt: verärgert.

»Rosy, ich habe ein Jahrhundert darüber nachgedacht, wie ich Lucille vernichten kann, um danach mein eigenes verfluchtes Leben zu beenden. Hätte ich auch nur geahnt, dass du lebst … Dass sie dich als Gefangene hält, hätte ich alles getan, um dich zu befreien.« Seine Stimme brach und er räusperte sich. Mein Herz zog sich zusammen wegen seiner brachliegenden Gefühle. Ein Feld, das Rosy gnadenlos zu zerpflügen verstand.

»Glaubst du wirklich, das ändert was? Es ist trotzdem alles deine Schuld.«

»Ich weiß, dass nichts unsere Familie zurückbringen kann. Ihr Blut klebt an meinen Händen. Es vergeht kein Tag, an dem ich es nicht sehe …«

»Stopp! Halt!« Ich zuckte zusammen. Ihre Stimme klang harsch und endgültig. »Ich will das nicht. Wenn du weißt, was richtig ist, würdest du mich freilassen und dein Leben trotzdem beenden. Aber offenbar sind all das nur leere Worte und sonst nichts.«

Ich ballte die Fäuste. Musste mich davon abhalten, in den Raum zu stürmen und sie kräftig zu schütteln.

Wie konnte sie ihrem Bruder gegenüber so kalt sein?

Meine eigene Angst stieg an die Oberfläche und offenbarte ihr grässliches Antlitz. Die Wahrheit war, dass sich nichts geändert hatte. Wenn die Verbindung zwischen Tian und mir durch den Tod des alten Vampirs aufgelöst würde, hätte er keinen Grund mehr, am Leben zu bleiben. Er könnte seinen ursprünglichen Plan verfolgen. Lucille töten und sterben. Nichts würde ihn aufhalten.

Mit fahrigen Bewegungen wischte ich die Tränen aus meinen Augenwinkeln und löste mich dann von der Wand. Ich hatte genug gehört. Wenn es das war, was Tian wollte ... Wenn seine hundertjährige Existenz ein Fluch für ihn war statt ein Segen, sollte ich ihn dann nicht gehen lassen?

»... und denkt daran«, ermahnte ich meine Freunde und Familie, bevor sich unsere Wege trennten. Ich ignorierte das Prickeln in meinem Nacken und das hastige Pochen meines Herzens, weil es mich ohnehin nicht von dieser Mission abhalten würde. Angst war bloß ein Gefühl, das mich effektiver im Kampf funktionieren ließ. Mehr nicht. »Euer Wohl steht an erster Stelle. Tian und ich kommen schon zurecht. Aber ich will nicht, dass ihr euren Hals dafür riskiert, dass wir zum Portal gelangen.«

»Das Gleiche gilt für euch«, sagte Frinn und drückte meine Hand. Ihre dunkelblauen Augen zeigten all die Liebe, die sie für mich empfand. »Kommt besser zurück, wenn alle Stricke reißen. Wir finden einen anderen Weg.«

»Versprochen.« Ich meinte es so. Sie hatte recht. Ich würde nicht sterben, bevor ich nicht die Hölle betreten hatte.

Ein letztes Mal sah ich jedem Einzelnen von ihnen ins Gesicht. Elma, Frinn, Hugh, Ruglio, Ellewy und Kit. Die letzten beiden würden Tian und mich noch ein Stück begleiten, während die anderen auf ihre Positionen gingen. Sie würden für die geeignete Ablenkung sorgen. Für den Fall der Fälle, dass die Informationen, die Ellewy von Zuka erhalten hatte, nicht aktuell oder korrekt waren.

Bam blieb als Aufpasser bei Rosy und Jamie, den ich wie angekündigt nicht noch einmal aufgesucht hatte. Ich konnte ihm gerade jetzt nicht gegenüberstehen.

Zu viert bewegten wir uns schließlich vom Wohnwagen fort, den wir in die Nähe des Rathauses gefahren hatten. Wir hatten ein Boot auf der Sanil bereitgestellt und stiegen nacheinander ein. Die Zwillingsbrücken ragten bedrohlich vor uns auf. Jemand hatte sich getraut, die Laternen zu entzünden, um der Dunkelheit und dem Wilden Wald gewissermaßen Einhalt zu gebieten. Seit wir die geisterhaften Reiter aus dem Verkehr gezogen hatten, hatte ich das Gefühl, als würde sich der Wald weniger schnell ausbreiten. Doch das konnte auch bloß Einbildung sein, weil ich es mir so wünschte.

Letztlich sorgte das gelbliche Licht, das über den grauen Stein und die dunklen Pflanzen kroch, nur dafür, dass die Welt noch grausamer wirkte. In der Ewigen Nacht war kaum Hoffnung für die Bevölkerung geblieben und das Flackern der Flammen war eine Erinnerung daran, wie wenig Kraft ihr geblieben war.

Ich hielt mich an der Reling fest und benutzte einen geringen Teil meiner Magie, um das Segel mit Wind zu füllen. Die anderen saßen angespannt auf den Bänken und ließen ihre Blicke über die Ufer schweifen.

Da die Sonne erst vor zwei Stunden untergegangen war, waren die Straßen noch relativ belebt. Vielleicht hatte das Volk auch bemerkt, dass die Wilde Jagd ausgeblieben war. Die Bedrohung durch die grausamen Bestien existierte weiterhin, aber immerhin konnte man sich mit Heugabeln und Magie verteidigen. Den Geistern war man hilflos ausgesetzt gewesen.

Schließlich erreichten wir den Eingang zum Tunnel, der zur unterirdischen Anlegestelle des Rathauses führte. Dieser war vermutlich genauso bewacht wie sämtliche überirdische Eingänge. Aber wir wollten auch nicht dort anlegen.

Zuka hatte Ellewy mitgeteilt, dass es kurz vorher eine geheime Abzweigung gab, die von ihr bei einer Erkundung entdeckt worden war. Nur ihr Begleiter wusste Bescheid, doch dieser war während des Überfalls der Sumpfhexe getötet worden, und sie hatte noch keine Audienz bei Jamie oder später bei Lucille erhalten, um ihnen davon zu berichten. Glück für uns.

Selbst Tian hatte nichts von diesem zweiten Zugang gewusst, weshalb er allerdings immer noch skeptisch war, ob er überhaupt existierte.

»Der Bannzauber ist intakt«, sagte ich leise.

Wir hatten uns einen Zauber überlegen müssen, der unser Herannahen verschleierte. Bis zu der Abzweigung wären wir theoretisch für alle anderen sichtbar, die uns auf Booten entgegenkämen.

Mein Verschleierungszauber dämpfte die Geräusche, die durch unser Boot und durch uns verursacht wurden, solange wir uns darauf befanden. Außerdem ließ er das Gefährt mit den Schatten verschmelzen. Solange niemand mit uns rechnete oder wir uns durch eine plötzliche Bewegung verrieten, würde man uns übersehen.

Hoffentlich.

Tian nickte. Das Segel bauschte sich auf. Meine Magie rebellierte für einen kurzen Moment gegen mich, ehe ich sie wieder unter meine Kontrolle brachte.

Wenn du eine Pause brauchst, sag Bescheid. Mir macht es nichts aus, zu rudern, bot Tian an.

Ich krieg das schon hin.

Das sollte nicht so klingen, als würde ich deinen Fähigkeiten nicht vertrauen. Er sah mich an.

Warum fühlt es sich aber so an? Wie würdest du reagieren, wenn ich dir etwas Ähnliches vorschlagen würde? Anstatt darauf zu vertrauen, dass du weißt, wie weit du gehen kannst? Er begegnete mir mit Schweigen, was meine Furcht jedoch bestätigte. Ich wollte nicht recht haben. *Genau. Du vertraust mir nicht.*

Billie ...

Ich schüttelte den Kopf. *Lass uns die Sache hinter uns bringen.*

Glaubst du nicht, dass es schlimmer ist, das Problem zu ignorieren, bevor wir die Hölle betreten?

Nicht im Mindesten, log ich.

»Hier muss die Abzweigung sein. Zuka hat gesagt, zehn Meter davor ragt ein weißer Stein aus der Tunnelwand«, verkündete Ellewy leise. Sie deutete mit einem Finger nach links. Der weiße Felsen war selbst im Schein der einzelnen Öllampe auf unserem Boot zu erkennen. Und kurz dahinter gab es eine Einbuchtung, die gar nicht so wirkte, als könnte ein Boot in sie hineinfahren.

»Meinst du wirklich, dass das damit gemeint ist?«, fragte Kit zweifelnd.

»Wir werden sehen«, erwiderte Tian.

Wie vorher abgemacht löste ich meine Windmagie auf und überließ es Tian, das Boot in den engen Durchlass zu manövrieren, der uns hoffentlich direkt zu einer geheimen Anlegestelle führen würde.

Zu meiner Überraschung prallten wir nicht sofort gegen eine Wand. Das Licht reichte zwar nicht weit, doch es offenbarte Stück für Stück einen zugegebenermaßen engen Tunnel.

Wir waren allesamt so angespannt, dass niemand etwas sagte. Ich rechnete jeden Moment damit, entweder erwischt zu werden oder auf Grund zu laufen.

Nach einigen nervenzerreißenden Minuten öffnete sich der Tunnel zu einer kleinen ovalen Bucht. Die gezackte Decke reichte weit über uns hinaus. Sofort erkannte ich eine in den Stein gemeißelte Treppe, die – ähnlich wie bei Tians Anwesen – zu einer Tür führte.

Zuka hatte nicht gelogen.

Mitleid und Bedauern regten sich in mir. Ich hätte sie beschützen sollen.

Sind diese Gefühle überhaupt echt, wenn ich gleich nicht mal zögern werde, weitere Blutfae zu töten, um mein Ziel zu erreichen?, fragte ich mich selbst.

Dabei hatte ich das nicht vor. Ich wollte niemanden mehr auf dem Gewissen haben. Ich wollte, dass unser Plan funktionierte und wir problemlos zum Spiegel gelangten. Ohne besondere Vorkommnisse. Ohne weitere Opfer.

Mir musste niemand sagen, wie naiv das war. Trotzdem hielt ich mich daran fest, als würde mein eigenes Leben von dieser Wahrheit abhängen.

»Immerhin etwas, das heute klappt«, verkündete Ellewy düster.

»Können wir alle mal mit dieser schlechten Einstellung aufhören?«, beschwerte sich Kit, die meine Worte von vorhin noch nicht vergessen hatte. »Wir haben die erste Etappe geschafft und sind sogar in der Zeit. In zehn Minuten gibt es die erste Ablenkung. Wir sollten uns besser beeilen.«

»Danke, Kit.« Ich war froh, dass sie gesprochen und mich damit aus meiner Laune gerissen hatte.

Wir hatten keine Zeit, die Spannungen zwischen uns aufrechtzuerhalten. Dann war ich gerade vielleicht wütend auf Tian, aber wir hatten eine Aufgabe zu erledigen und die besaß Vorrang.

»Immer gern«, zwitscherte sie und sprang als Erste vom Boot auf den Felsen.

Die Tür darauf war zwar verschlossen, konnte sich aber meiner Magie nicht widersetzen. Mit der Öllampe stiegen wir auch die nächste Treppe, die sich dahinter offenbarte, nach oben. Sie war aus Holz gefertigt und viele Stufen wirkten morsch und alt. Nicht nur einmal brach uns ein Stück unter den Füßen weg. Dabei machte ich mir mehr Gedanken um den Lärm als um unsere Gesundheit. Wir waren allesamt flink auf den Beinen, und da die Treppe auf festem Grund gebaut war, drohte kein tiefer Sturz. Leichte Blessuren würden wir auf der Stelle heilen können.

Einzig die Zeit saß uns im Nacken.

»Wie lange noch?«, fragte ich Kit, die als Einzige eine kostbare Taschenuhr bei sich trug.

»Vier Minuten«, sagte sie keuchend. Die Vampirin und der Vampir merkten keine körperliche Anstrengung durch den Aufstieg.

Lebende Tote müsste man sein.

Schließlich endete die Treppe vor einer weiteren verschlossenen Tür. Sie war mit Eisen beschlagen und besaß ein alt wirkendes, großes Schloss.

»Wartet«, bat ich und drängte mich auf der engen Treppe an Tian und Ellewy vorbei. »Ich muss sie erst auf einen Bannzauber überprüfen.«

Ich bewegte die Hände ein paar Zentimeter über der Holzoberfläche, schloss die Augen und ließ meine Magie wie in einem Kreislauf durch mich hindurchpulsieren. Dabei verließ sie mich an der einen Hand und wurde an der anderen wieder aufgenommen. So konnte ich bestimmen, ob sich ihr ein Bannzauber in den Weg stellte.

Zwar glaubte ich nicht daran, dass noch einer existierte, weil Zuka die Tür bereits einmal geöffnet hatte, doch ich wollte sichergehen.

»Scheint in Ordnung.« In der nächsten Sekunde benutzte ich meine Magie, um das Schloss zu öffnen, bevor ich eine Hand auf den Knauf legte. »Alle bereit?«

Ein zustimmendes Murmeln folgte.

Daraufhin öffnete ich die Tür und trat in einen leeren Korridor hinaus. Die anderen folgten mir sofort und stellten sich links und rechts von mir auf. Wir hatten unsere Waffen erhoben. Unsere Sinne waren geschärft. Doch niemand sprang aus einem Alkoven auf uns zu. Es schritten auch keine Wachleute den Gang ab.

Kit konnte sogar die Öllampe abstellen, weil genug Licht von den entzündeten Leuchtern zu uns drang. Auf der linken Seite schlossen sich spitz zulaufende Bogenfenster an, rechts wechselten sich verstaubte Gemälde mit geschlossenen Türen ab.

»Ich weiß, wo wir sind«, verkündete Tian, der sich im Rathaus zusammen mit Ellewy am besten auskannte. »Wir sind schon im richtigen Flügel und nicht weit von dem Raum entfernt, wo sich der Spiegel befindet.«

Mein Herz flatterte.

Kit sah auf ihre Uhr. »Eine Minute noch.«

»Am besten, wir begeben uns in die Nähe des Zimmers, damit wir nicht weit gehen müssen, wenn die Blutfae in den Hof laufen.«

»Auf geht's.« Als Ellewy die Führung übernehmen wollte, schritt Tian wortlos an ihr vorbei.

Ich lächelte sie überlegen an, als sie verärgert stehen geblieben war. Ganz gleich, wie viel sie uns half, ich zweifelte nicht daran, dass sie uns bei der erstbesten Gelegenheit in den Abgrund schubsen würde. Vermutlich dann, wenn wir den Vampir getötet hatten. Warum auch immer sie das erreichen wollte.

Wir hatten es gerade bis zur Kreuzung geschafft, als die Minute vorüber war und ein lauter Knall auf den nächsten folgte. Das Gebäude wurde erschüttert. Staub und Dreck rieselten von der Decke. Ich musste mich mit einer Hand an der rauen Wand abstützen, um nicht auf die Knie zu fallen.

Hugh, Ruglio und Elma hatten ihren Teil erledigt. Der Rest lag an uns.

25

Wir konnten uns bis zur nächsten Ecke vorarbeiten, wo wir uns anschließend versteckt hielten. Mehrere Blutfae rannten aufgebracht an uns vorbei. Die Explosionen waren im Zusammenspiel von Feuerwasser und Magie im Hof losgegangen.

Im besten Fall behinderte nun schwarzer Rauch die Sicht und ließ die Blutfae auf der Suche nach den Angreifenden ausschwärmen.

»Ich glaube, das war's«, flüsterte ich, als nach einer Minute keine weiteren Blutfae mehr an unserem Versteck in den Türeingängen des vernachlässigten Ganges vorbeigelaufen waren.

Wir riskierten es.

Tian führte uns links um die Ecke, weg vom Hof. Sofort erkannte ich den Korridor an den winterlichen Landschaftsgemälden wieder. Vor nicht mal zwei Wochen war ich hier gewesen und hatte komplett neben mir gestanden. Ich hatte geglaubt, Jamie hätte mein Leben zerstört und ich würde meine Familie nie wiedersehen.

Wie falsch ich gelegen hatte. Trotz seiner Taten hatte ich mein Schicksal immer noch selbst in der Hand. Ich war diejenige, die die Entscheidungen für ihr Leben traf, und niemand sonst.

»Das ist die Tür!«, presste ich hervor. Sie befand sich in der Mitte des Ganges gegenüber einem Bild, das eine verschneite Gebirgskette zeigte.

Bevor wir den Raum jedoch betreten konnten, liefen zwei

Blutfae oder Vampire um die Ecke und direkt auf uns zu. Sie hatten sich einander im Laufen zugewandt, um Vermutungen auszutauschen, weshalb sie uns spät bemerkten. Leider noch früh genug, um stehen zu bleiben und sich zu sammeln.

»Du!« Sofort erkannten sie mich, auch wenn ich nicht geglaubt hatte, ihre Gesichter jemals zuvor gesehen zu haben. Das änderte jedoch nichts daran, dass sie sofort wussten, dass wir ungebetene Gäste waren. »Halt!«

»Wir haben nicht vor, davonzurennen«, gab ich spöttisch zurück und schickte eine Feuerfront hinterher. Knisternd und rot raste sie auf sie zu. Leider konnten sie sich im letzten Moment auf den Boden werfen, sodass nur ihre Haarspitzen angekokelt wurden und einen scharfen Geruch verbreiteten.

Ellewy war vorgesprintet und attackierte den linken Blutfae - ich erkannte ihn nun an seinen Fangzähnen - mit Krallen und Zähnen. Er war zwei Köpfe größer als sie, wirkte beim Aufspringen athletischer und stärker. Trotzdem konnte sie ihn mühelos in die Ecke drängen.

Kit schwang ihren Zauberstab in Richtung des anderen, ebenfalls ein Blutfae, der seine buschigen Brauen zusammenzog. Ihr Funken sprühender Fluch krachte jedoch knapp an seinem Ohr vorbei gegen die Wand hinter ihm, wo er ein riesiges, rauchendes Loch hinterließ.

Tian und ich mussten uns nicht ansehen. Wir waren alles vorher durchgegangen. Kit und Ellewy würden uns verteidigen, während wir das Portal zu erreichen versuchten. Erst dann könnten die beiden sich zurückziehen und müssten nicht mehr ihr Leben aufs Spiel setzen.

Weil mir dieser Gedanke ständig durch den Kopf ging, setzte ich mich sofort in Bewegung. Tian war mir dicht auf den Fersen, als ich die Tür aufdrückte und in das kalte Zimmer stolperte. Er schloss sofort die Tür hinter sich, sodass wir von Dunkelheit umgeben wurden.

Etwas stimmte nicht.

Definitiv nicht.

Das Tor hatte das letzte Mal rot geglüht. Auf dem Boden hatte sich eine Lache ausgebreitet, als wäre das Portal eine offene Wunde und würde ausbluten.

Ich schnippte mit den Fingern und ein weißer Lichtball erschien in der Luft über unseren Köpfen.

Nichts.

Hier gab es rein gar nichts.

»Das kann nicht sein«, rief ich aus. Verzweifelt lief ich von Ecke zu Ecke und zog die Vorhänge auf. Doch ich konnte nur Staubkörner zählen.

»Hat sie mit uns gerechnet?«, fragte Tian.

»Oder Jamie?«

»Ist wahrscheinlicher.«

Ich bezweifle, dass Lucille euch erwartet, kam es von Jamie.

Wie immer war es kein Problem für ihn, herauszufinden, was ich sah und was ich dachte.

Wo könnte sie den Spiegel hingebracht haben?

Ich kann euch bei eurem Unterfangen nicht unterstützen. Im besten Fall kehrt ihr unverrichteter Dinge zurück.

Ich zeigte Tian mit einer Handbewegung, dass ich mich mit Jamie unterhielt, damit er sich keine Sorgen machte, weil ich nichts mehr sagte.

Wir werden mit oder ohne deine Hilfe in die Hölle gehen, Jamie. Mit ihr würde mir vermutlich weniger Gefahr begegnen.

Er seufzte. Ich war froh, dass mich unsere Verbindung nicht an diesen seltsamen Ort brachte, an dem wir uns gegenüberstanden. *Sicherlich gibt es nicht viele Orte, die infrage kommen. Sie muss immer noch Blutfae in diese Welt holen, ohne sie gleichzeitig zu verschrecken.*

Kerker ist also ausgeschlossen. Verstanden.

Ich beruhigte meine Atmung, während ich Jamie weiter mit

der Unterhaltung ablenkte. Gleichzeitig glitt ich in seinen Verstand. Durch ein Schlupfloch, das ich das letzte Mal ausfindig gemacht hatte, in der Hoffnung, ich würde es nie benutzen müssen. Nun war es das Einzige, was die Mission noch retten könnte. Ich war mir sicher, dass er einen genauen Ort im Kopf hatte.

Denkst du wirklich, dass du einen jahrhundertealten Kronvampir erledigen kannst? Dass es so einfach wird?

Wohl kaum. Aber mit Tian könnte es mir gelingen.

Das bezweifle ich.

Warum bist du so dagegen? Sicherlich kommt es dir zugute, wenn ich deinen Meister einen Kopf kürzer mache.

Er schwieg einen Augenblick. *Wenn es so einfach wäre, hätte ich dich längst zu ihm geschickt. Wenn mir dein Leben nicht am Herzen läge, hätte ich dich eigenhändig bis zu seiner Tür gebracht.*

Immer wieder sprichst du in Rätseln. Das ist aufreibend. Gefunden! Jamie glaubte, dass sich der Spiegel gar nicht weit von hier befand. Ein Ort, den er selbst in Erwägung gezogen hatte, ehe er sich für diesen Raum hier entschieden hatte.

Leise und unauffällig schlich ich wieder aus seinem Verstand, bevor er mich entdeckte. Nicht, dass er etwas tun könnte, sollte er mich erwischen.

Ich sagte Tian, wohin wir gehen mussten, ohne Jamie Einlass in unsere Unterhaltung zu gewähren. Dabei gab ich mir mehr Mühe als sonst und hoffte, dass meine Mauern dieses Mal ausreichten.

Ich führe uns, sagte Tian wortlos. Ich lief hinter ihm her, ohne auf unsere Umgebung zu achten. Ich konnte nicht mal sagen, ob Kit und Ellewy noch bei uns waren, als wir durch den Korridor schritten. Mein Blick haftete an Tians Hinterkopf, weil es wichtiger war, Jamies Misstrauen nicht zu wecken.

Das tue ich bloß, weil du die Wahrheit nicht sehen willst.

Was meinst du?

Du verleugnest uns. Du willst nicht wahrhaben, dass du im gleichen Maß an meiner Seite sein willst, wie du Tian bei dir haben willst. Du gibst nicht zu, dass du nicht vollständig bist, wenn einer von uns fehlt. Trotzdem bleibst du bei ihm, weil er so perfekt ist?

Er ist nicht perfekt, aber er steht zu seinen Fehlern. Und zu mir. Ich sagte ihm nicht, dass sich zwischen Tian und mir ein Graben aufgetan hatte, den ich nicht zu überspringen vermochte.

Glaubst du das wirklich? Er lachte spöttisch. *Glaubst du, dass er sich trotz seiner hübschen Worte für dich anstatt für seine Rache entscheiden wird? Besonders jetzt, nachdem er seine Schwester zurückhat?*

Ist das der Grund, warum du sie zu uns gebracht hast?

Nein. Ich habe sie zu ihm gebracht, weil er mein bester Freund war und er seine Familie verdient. Aber ich kann dich ihm nicht überlassen, ohne um dich zu kämpfen.

Es liegt nicht an dir, diese Entscheidung zu treffen.

Aber ich kann dir klarmachen, dass ich dich wertschätze, respektiere und auf dich warte. Kannst du mir nicht ehrlich sagen, dass du auch etwas für mich fühlst? Etwas, das nicht durch das Band entstanden ist, sondern das schon vorher da gewesen ist. So wie ich das sehe, bin ich die einzige Person, die ehrlich ist …

Ich blickte auf. Tian hatte sich gewandelt und es mit drei Blutfae gleichzeitig aufgenommen. Direkt hinter ihnen stand die Tür offen und die rote Flüssigkeit floss aus dem Spiegel auf den Teppich im Korridor.

Wie soll ich das unterscheiden? Ich kann mich nicht auf meine Gefühle verlassen, weil ich nie zuvor mit jemand anderem verbunden war. Es muss jedoch die Konvergenz sein, weil …

Ach, Billie. Die Konvergenz kann keine Gefühle erzeugen. Alles, was du spürst, sind allein deine Empfindungen.

Das ist nicht wahr. Ich will nicht mit dir zusammen sein, aber ich will Tian. Ich will nicht mit dir mein Leben verbringen. Ich will nicht sehen, wie du neben mir aufwachst. Auch wenn meine Magie nach dir ruft und mein Herz schneller schlägt, wenn wir uns unterhalten, gibt es nichts, das mich davon überzeugen würde, an deine Seite zurückzukehren.

Wir werden sehen.

Nein. Und damit ließ ich meiner Magie freien Lauf.

Ich hörte seinen Protestschrei, doch ich blendete diesen aus. Mit einem Sensenschlag meiner Magie war mit einem Mal unser Weg frei. Zum Glück hatte Tian rechtzeitig reagiert und sich geduckt, als er den Magiesturm gespürt hatte.

Gern hätte ich behauptet, dass ich meine Magie hätte aufhalten können, bevor sie ihm und damit auch mir geschadet hätte, doch das wäre gelogen gewesen. Meine gegensätzlichen Gefühle hatten mich waghalsig werden lassen.

Nichtsdestotrotz konnten wir über die blutenden und verletzten Blutfae steigen und den Raum mit dem Spiegel betreten.

Meine Sohlen schmatzten bei jedem Schritt, als ich die rote Spur erreichte, die direkt zum Portal führte. Es sah noch genauso aus, wie ich es in meiner Erinnerung hatte. Ein personenhoher Spiegel, der einen Rahmen aus ausgeblichenen menschlichen Knochen besaß und eine glitzernde, wabernde Fläche, durch die die Blutfae in unsere Welt gekommen waren.

Tian und ich hielten direkt davor inne. Unsere Hände fanden unwillkürlich zueinander. Das Gefühl seiner Haut an meiner gab mir Sicherheit. Ich sah ihn an.

»Vertrau mir nur dieses eine Mal noch«, bat ich ihn, weil ich es nicht ertrug, wenn er an mir oder meinen Fähigkeiten zweifelte. Selbst mit Berechtigung. Ich brauchte seinen unerschütterlichen Glauben an mich.

Er führte meine Handknöchel an seine Lippen, ohne den Blickkontakt zu mir zu unterbrechen. »Alles.«

Das reichte mir.

Ohne ein weiteres Wort gingen wir durch das Tor. Kälte

umfing mich. Hüllte mich ein und saugte mir die Luft aus der Lunge. Es war schwer, nicht in Panik zu geraten, doch solange Tians Hand in meiner lag, war alles andere unwichtig.

Ich konnte immer noch weitergehen, auch wenn sich der Boden unter meinen Stiefeln wie ein Sumpf anfühlte. Das änderte sich erst in dem Moment, in dem ich wieder etwas anderes sehen konnte. Keine silbernen Schlieren mehr, sondern eine karge braungraue Landschaft unter einem riesigen Blutmond.

Fast wäre ich über die kleinen Steine gestolpert, wenn Tian mich nicht festgehalten hätte. Er erschien direkt hinter mir wie aus dem Nichts. Das Tor war nur als eine wabernde Spiegelung der Umgebung zu erkennen.

Es war warm. Viel wärmer, als ich mir vorgestellt hatte. Schon nach wenigen Sekunden rann Schweiß meinen Nacken und meine Schläfen hinab.

Ich löste mich von Tian, um meine Weste zu öffnen und meine Ärmel hochzukrempeln. Währenddessen sah ich mich in der tristen Landschaft um.

Das Mondlicht war so hell, dass ich keine Probleme hatte, meilenweit zu schauen. Zumindest zu drei Seiten. Auf der linken ragte eine beeindruckende Gebirgskette in die Höhe, die sofort eine abschreckende Wirkung auf mich hatte. Ich hoffte wirklich, dass wir uns nicht in diese Richtung begeben mussten.

Überall sonst erstreckten sich Plateaus, die durch breitere und schmalere Flüsse unterbrochen wurden.

»Ist das Blut?«, fragte ich Tian, als wir uns bis dahin schweigend einem kleinen Ausläufer genähert hatten.

Tian hockte sich hin und streckte eine Hand aus. Die Flüssigkeit rann über seine Finger, ohne ihm zu schaden, und er hob diesen an sein Gesicht.

»Es riecht nach Blut, aber … auch wieder nicht«, kommentierte er, bevor er die Hand an seiner Hose abwischte.

»Hoffen wir, dass es ungefährlich ist«, murmelte ich.

Bisher hatte eine trügerische Stille geherrscht. Abgesehen vom Rauschen der Flüsse natürlich. Doch jetzt erhoben sich jäh die hier lebenden Wesen. Hohes Kreischen vermischte sich mit dem Zirpen kleinerer Geschöpfe, die ich fast mit grauen Steinen verwechselt hätte. Sie sprangen einen Meter weit, zogen aber einen großen Bogen um Tian und mich. Zumindest mussten wir uns nicht gegen sie verteidigen.

Das Kreischen und Brüllen aus der Ferne machten mir schon eher Sorgen.

»Da oben!« Tian war wieder aufgestanden. Ich folgte seinem Blick zum rot schimmernden Nachthimmel und erspähte ein halbes Dutzend Geier, die über uns kreisten. Zumindest wirkten sie wie geierähnliche Kreaturen. Ich hatte nicht das Bedürfnis, sie aus der Nähe zu sehen.

»Lass uns gehen. Alles ist besser, als hier auszuharren und darauf zu warten, angegriffen zu werden.« Eine kräftige Bö riss mir die letzten Worte von den Lippen. Das Wetter beunruhigte mich. Wie schnell könnte es kippen? Noch war es heiß und schwül, doch der Wind fühlte sich schneidend an. Ein Versprechen für unruhige Stunden. »Hast du einen Hinweis auf den Palast entdeckt?«

»Ellewy hat mir von den Flüssen erzählt. Auch wenn sie die Farbe nicht erwähnte. Scheinbar entspringen sämtliche Gewässer in und um den Palast. Das heißt, wir müssen über die Ebene.« Er deutete auf die gegenüberliegende Seite der Gebirgskette.

»Bisher hat sie immerhin richtiggelegen, auch wenn mir ihre Attitüde auf den Geist geht«, grummelte ich. »Da vorn gibt es mehr Schatten. Ob das der Wilde Wald ist?«

»Wenn ja, dann müssen wir durch ihn hindurch.« Da Tian nicht schwitzte, gab es für ihn keinen Grund, seine Kleidung dem Wetter anzupassen. Trotzdem schob auch er seine Ärmel nach oben.

Ich zog meine Weste gänzlich aus und befestigte sie an meinem Gürtel, an dem ich auch einen Wasserschlauch und einen Beutel mit Dörrfleisch und getrocknetem Obst trug. Sowie die Scheide, in der mein Kurzschwert ruhte, das ich hoffentlich erst zum Schluss würde benutzen müssen. Wenn überhaupt.

Wir setzten uns in Bewegung. Tian passte sich meiner Geschwindigkeit an, obwohl er zehnmal schneller hätte gehen können, ohne zu ermüden. Mir kam der Gedanke, dass ich viel eher ein Klotz an seinem Bein war als andersherum. Schließlich hatte ich die Mission ursprünglich allein auf mich nehmen wollen und er hatte sich mir angeschlossen.

Wäre es klüger gewesen, Tian ohne mich gehen zu lassen?

»Was geht schon wieder in deinem Kopf vor? Du siehst aus, als würdest du mir liebend gern eine verpassen.« Sein Schmunzeln war besser als jeder Beruhigungstee.

»Im Gegenteil. Macht es überhaupt Sinn, dass ich hier bin? Allein könntest du dich schneller fortbewegen.« Ich musste mit meinem Fuß in der Luft ausharren, als eine Gruppe Steinviecher unter mir davonsprang.

»Es geht bestimmt nicht um Schnelligkeit. Ich bezweifle, dass wir die Ersten und Einzigen sind, die hergekommen sind, um den Vampir aufzusuchen. Es muss also mehr geben, als es den Anschein hat. Gefahren und Fallen.«

»Warum hätten andere ihn finden wollen?« Die Frage war mir tatsächlich nicht vorher in den Sinn gekommen.

»Vielleicht aus demselben Grund wie wir. Vielleicht weil sie von Feinden der Sumpfhexe geschickt worden sind. Andere Hexen. Andere Vampire, um ihn zu unterstützen.« Er zuckte mit den Achseln, ehe er mir ein schelmisches Grinsen zuwarf. »Im Gegensatz zu ihnen werden wir es aber bis zu ihm schaffen und ihn mit einem Schlag erledigen. Wie klingt das?«

»Viel zu gut.« Ich lachte, als das Kreischen der Geier lauter wurde. Sie umkreisten uns immer noch und zeigten jedem anderen Raubtier, dass hier Frischfleisch zu finden war.

Hoffentlich achtete niemand auf sie.

Wir hatten gerade das Ende des Plateaus erreicht. Nicht nur die Flüsse stellten ein Hindernis dar, sondern auch die steilen Wände, die wir nun hinabklettern mussten.

»Nicht sehr tief, aber Springen steht außer Frage.«

»Wie steht es um deine Kletterfähigkeiten?«, witzelte Tian, während er ein Seil aus dem Beutel holte, den er bei sich trug. »Ich binde das zwischen uns, dann kletterst du zuerst und ich warte hier oben.«

»Wir haben keine Zeit. Ja, ich klettere zuerst, aber du kommst direkt hinter mir. Das sollte als Sicherung ausreichen. Wie gesagt, es ist nicht so tief.« Lautes Gebrüll erschütterte die Nacht. »Das behagt mir nicht.«

Er nickte und wir machten uns an die Arbeit. Als er mit den Knoten um unsere Mitten zufrieden war, krabbelte ich zum Abgrund und suchte zuerst mit meinen Füßen und dann mit den Händen nach einem Halt. Zentimeter um Zentimeter arbeitete ich mich vor.

Bald schon merkte ich, wie sich meine Finger verkrampften. Doch ich nutzte meine Magie, um die Vorsprünge zu erweitern. Immer nur ein kleines Stück, damit ich mich nicht so früh schon verausgabte.

Tian folgte exakt meinen Schritten, sodass wir sehr schnell bis zur Hälfte der rötlichen Felswand gelangt waren.

Das war jedoch der Moment, in dem nicht nur eine Bö nach der anderen an meiner Kleidung riss, sondern auch der Augenblick, in dem sich die riesigen schwarz-gelben Geier auf uns stürzten. Ein spitzer Schnabel bohrte sich nur wenige Zentimeter neben meiner Hand in den Stein. Er splitterte unter der Wucht. Meine Wange schmerzte, aber ich vertraute meinen

Instinkten. Ließ mich kontrolliert ein Stück fallen bis zu den nächsten Vorsprüngen, die ich bereits anvisiert hatte.

Doch das war erst der Anfang einer langen Reihe von Angriffen.

Ich kreierte mit Mühe und Not einen Schutzschild um Tian und mich. Das kostete mich viel zu viel Magie, weil er sich so weit oberhalb von mir befand.

»Diese Biester haben gewartet, bis wir am verwundbarsten sind«, presste ich zwischen zusammengebissenen Zähnen hervor. Eine weitere Kreatur krachte mit voller Wucht neben mir in den Stein, als würde ihr Körper einen solchen Aufprall gewohnt sein. Tatsächlich schien sie keinerlei Verletzungen davonzutragen, als sie sich mit ihren gigantischen Flügeln erneut in die Lüfte schwang.

Der Wind nimmt zu. Ich habe Regen gespürt. Wir müssen hier so oder so weg, sagte Tian in meinem Kopf. Dadurch verstand ich ihn viel besser und er musste keine zusätzliche Kraft aufwenden, um gegen den Sturm und das Krachen der Geierkörper gegen Stein anzuschreien.

Hektisch sah ich mich um. Das Klettern hatte ich zunächst aufgegeben. Es verlangte mir alles ab, den Schild aufrechtzuerhalten und nicht in Panik zu geraten.

Tian war es jedoch, der zuerst einen Ausweg fand.

Links von uns. Da ist eine Felsspalte, durch die wir uns zwängen können.

Es wird uns nur vorübergehend helfen, gab ich zu Bedenken.

Immerhin lange genug, um den Sturm auszusitzen, meinst du nicht? Er wartete meine Antwort ab.

Ich zögerte. Einerseits wollte ich keine Zeit verschwenden, andererseits schwanden sowohl meine körperliche als auch meine magische Kraft. Und der Regen peitschte nunmehr gegen meinen geschundenen Körper. Der Schild half nur gegen die brutalen Attacken der Bestien und nicht gegen das Wetter.

In Ordnung.

Die Minuten zogen sich zäh und anstrengend, bis ich als Erste den Spalt erreichte und mich seitlich hindurchquetschte. Das Innere war geräumig genug, um mich hinsetzen zu können. Tian folgte sofort.

Ich holte einen magischen Stein hervor, den Elma zuvor mit einem Bannzauber belegt hatte. Diesen positionierte ich direkt an der Schwelle nach draußen, wodurch ein schützender Schild erwachte. Im Gegensatz zu meinem hielt er sogar den Regen ab.

Seufzend ließ ich mich an der rauen Wand zu Boden gleiten. Die Geier kreischten nur noch ein paar Minuten, ehe auch sie vom Regen vertrieben wurden.

Tian setzte sich im Schneidersitz mir gegenüber. Eine Hand im feuchten Haar.

Ich konnte gerade so seine Umrisse erkennen, weil das Licht des Mondes zunehmend von schweren Wolken verschluckt wurde.

»Immerhin ist der Regen nicht giftig«, bemerkte ich.

»Es sind die kleinen Dinge«, stimmte Tian zu, ehe wir beide in Schweigen verfielen.

26

»Bereust du es?«, fragte ich ihn, um mich von dem anstrengenden Pfad abzulenken.

Vor Stunden hatten wir uns wieder auf den Weg gemacht, nachdem der Regen nachgelassen hatte und die Geier verschwunden waren. Mittlerweile hatten wir die Plateaus hinter uns gelassen und nach kurzem Zögern den Wilden Wald betreten.

Entgegen meiner Erwartung unterschied er sich von den Ausläufern in Westwend. Obwohl er dunkel und unnatürlich wirkte mit dem schwarzen Harz, das er blutete, war seine Aura eine andere. Nicht feindselig. Außerdem zwitscherten Vögel und ungefährliches, wenn auch seltsam anmutendes Nagetier huschte durch das Unterholz. Es öffneten sich keine Portale – wohin auch? Schließlich befanden wir uns bereits in der Hölle. Und bisher hatten uns auch keine riesigen Bestien angegriffen.

Trotzdem ließen wir nicht nach in unserer Aufmerksamkeit und setzten jeden Schritt mit äußerster Vorsicht.

Das Schweigen drückte mir jedoch auf die Ohren, selbst wenn es durch die nächtlichen Geräusche gedämpft wurde. Dazu kam meine Sorge, dass irgendwann die Sonne aufgehen und Tian schaden würde. In diesem Fall müssten wir uns sehr, sehr hastig einen Unterschlupf suchen. Das war im Wald immerhin leichter zu bewerkstelligen als auf einer Ebene.

Jamie hatte mich bisher nicht kontaktiert und ich hatte mich gedanklich nicht nach ihm ausgestreckt. Ich konnte somit nicht sagen, ob unsere Verbindung dieser Distanz standhielt. Selbst wenn ich seine Präsenz vermisste ...

»Was genau soll ich bereuen?« Obwohl Tian freundlich klang, löste das nicht die gedrückte Stimmung zwischen uns. Sie hatte sich immer weiter ausgedehnt, nachdem ich mich vor ihm zurückgezogen hatte.

»Die Konvergenz mit mir eingegangen zu sein«, erklärte ich nach einem kurzen Moment. Er drückte einen Ast zur Seite, damit ich weitergehen konnte, und ich dankte ihm mit einem Nicken.

Wir waren wie zwei Fremde.

Lag die Spannung einzig an mir? Ging es um Jamie? Oder um Rosy?

»Natürlich«, sagte er prompt.

»Du musst nicht mal darüber nachdenken«, entgegnete ich.

»Alles andere wäre egoistisch, Billie. Nur dadurch ist dein Leben in Gefahr.«

»Ist es nicht. Jedenfalls nicht nur.«

»Hm.«

Sein Tonfall ließ mich aufhorchen. »Was?«

»Dieses Mal sagst du nicht, dass Jamie schuld ist.«

Ich biss mir auf die Unterlippe. Hatte ich angefangen, allen zu glauben?

»Vielleicht liegt die Schuld auch bei mir«, sagte ich dann, in der Hoffnung, damit keinen Fehler zu begehen. Es machte mich nervös, dass diese Kluft zwischen Tian und mir entstanden war.

Aber noch viel mehr Sorgen bereitete mir die Tatsache, dass ich den Grund dafür nicht finden konnte. Ich sagte mir, dass es die Konvergenz war, aber Jamies Worte hatten mich zum Nachdenken gebracht. Sie hatten etwas in Gang gesetzt, das ich nicht sehen wollte.

»Das glaube ich nicht.«

»Warum nicht? Im Nachhinein ergibt das durchaus Sinn.« Wie sollte ich ihm meine Erkenntnis zusammenfassen? Dass ich ein Jahr lang Moths Handlangerin gespielt hatte, obwohl ich mich noch auf andere Weise hätte wehren können. Ich hätte mehr tun können, doch für mich war es in Ordnung gewesen, seine Drecksarbeit zu erledigen. Ich hatte unsere Treffen in seinem Haus nicht ganz so verabscheut, wie ich ihm und mir vorgegaukelt hatte. Und später war ich zu schnell mit Jamie vertraut gewesen. Sofort hatte ich eine Verbindung zu ihm gespürt und sofort hatte ich meine Schilde fallen gelassen, um zu ihm zu eilen. Wäre Kit nicht so aufmerksam gewesen, wäre ich sogar allein gegangen. »Ich hätte mich gegen ihn zur Wehr setzen können, doch ich habe es nicht getan. Nicht mit aller Macht. Genauso trage ich die Verantwortung dafür, dich zur Konvergenz überredet zu haben, ohne dass du von Jamie und mir wusstest.«

Ich stieg über einen umgefallenen Baumstamm, dessen riesige Wurzeln einen beachtlichen Teil Erde aufgerissen hatten. Einzelne Tropfen landeten vom Blätterdach auf meiner Wange. Die Kratzer, die mir von den Felssplittern hinzugefügt worden waren, brannten.

Tian fasste mich am Oberarm und drehte mich zu sich um. Nicht grob, aber auch nicht sonderlich sanft. Er war wütend. Oder zumindest frustriert. Ich konnte sein Gesicht nicht lesen, als ich gegen das dämmrige Licht anblinzelte.

»Magst du mich überhaupt, Billie?«

»Was?« Schockiert sah ich ihn an. »Was ist das für eine Frage? Wir haben … Du und ich …«

»Dafür muss man sich nicht mögen, auch wenn du bereits weißt, dass ich dich liebe.« Seine Hand rutschte von meinem Arm zu meiner Hand, die er fest umklammerte. »Ich kann nicht umhin, mir Gedanken darüber zu machen. Anfangs war ich mir sicher, du würdest genauso empfinden, aber mehr und mehr scheint es, als würdest du dich von mir entfernen. Liegt es an mir? An Jamie? Redet ihr viel miteinander? Hast du Gefühle für ihn?«

Ich schluckte schwer und blickte zur Seite. »Das wäre ganz schön töricht, nicht wahr?«, sagte ich voller Bitterkeit.

»Billie ...« Er ließ mich los, um sich mit der Hand übers Gesicht zu wischen. Frustriert blickte er über mich hinweg. »Götter, ich weiß nicht, was ich darauf erwidern soll.«

»Das bedeutet nichts«, beschwichtigte ich ihn eilig. Sofort bereute ich es, die Gefühle nicht verneint zu haben. »Und vor allem heißt das nicht, dass ich dich nicht mögen würde, Tian. Für manche mag es keine große Bedeutung haben, aber ich hätte nicht fast das Bett mit dir geteilt, wenn ich keine Gefühle für dich hätte.«

»Die Betonung liegt auf *fast*«, murmelte er mehr zu sich selbst. »Wir ...«

Ich bemerkte die Bewegung eine Sekunde eher als er, sodass ich ihn zur Seite stoßen und mit einem Feuerball ausholen konnte. Das Biest, das so groß wie ein Rehkitz war, wurde an der Flanke getroffen. Kreischend wich es an den Waldrand zurück. Noch hatte es seinen Angriff jedoch nicht aufgegeben.

Tian hatte sich direkt gefangen und war neben mir in Position gegangen. Anstatt sich zu wandeln, holte er sein Kurzschwert hervor. Sein Oberkörper war leicht nach vorn gebeugt, die Füße hatte er weit auseinandergestellt. Wie immer war auf ihn Verlass, wenn es ums Kämpfen und Beschützen ging.

Das Monster war nicht so Furcht einflößend wie diejenigen, die uns in Westwend und Umgebung begegnet waren. Es schüttelte sein angekokeltes dunkelgraues Fell, das mit weißen Punkten gesprenkelt war. Seine Hufe waren überproportional groß und schwarz, die Schnauze kurz, mit rosafarbenen Nüstern und breiten Wangen. Als ich die spitzen gelben Zähne sah, war klar, dass es sich um einen Fleischfresser handelte.

Bei seiner nächsten Attacke machte Tian kurzen Prozess. Entweder war das Vieh so hungrig, dass es jegliche Vorsicht vergaß, oder es war nie jemandem begegnet, der sich ihm widersetzen konnte. Es rannte direkt in die Klinge hinein und Tian konnte problemlos seine Kehle durchtrennen.

Ich stand nahe genug, um das dunkelrote Blut auf meinem Gesicht und meinen Händen zu spüren. Heiß und dickflüssig.

Erst knickten die Vorderbeine des Monsters ein, dann krachte sein halb abgetrennter Kopf auf den Boden, ehe der Rest folgte.

»Ich komme mir nicht mehr ganz so hilflos vor«, kommentierte Tian. »Hatte schon die Befürchtung, alle hier lebenden Bestien sind so stark wie die in Wimborne.«

»Wahrscheinlich sind das nur diejenigen, die es bis zu uns geschafft haben. Die Stärksten eben.« Mit einem Tuch wischte ich mir das Blut von den Wangen, während ich weiter den Leichnam ansah. Zu unserem Erstaunen löste er sich nur Sekunden später zu einer roten Flüssigkeit auf, die mir allzu bekannt vorkam. Sie sickerte in den Boden, bis nichts mehr übrig blieb. »Daraus bestehen also die Flüsse?«

»Das finde selbst ich unheimlich.«

Ich lächelte, bevor ich mich daran erinnerte, welches Gespräch das Biest unterbrochen hatte. Besser, wir setzten unseren Weg schweigend fort.

Bei genauerer Betrachtung war Schweigen wirklich nicht schlimm.

Ich hatte also sowohl Gefühle für Tian als auch für Jamie. Auch wenn ich große Angst hatte, war es Zeit, es mir einzugestehen. Ich wollte Tian am allerwenigsten verletzen, aber das tat ich, indem ich vor meinen eigenen Gefühlen davonlief.

Abgesehen davon änderte die Wahrheit nichts daran, dass ich für die Freiheit von Hexen und Hexern einstehen würde. Dass ich nicht erlauben würde, dass die Blutfae oder die Vampirinnen und Vampire über uns herrschten. Immerhin ein Punkt, um den ich mir keine Sorgen machen musste.

Doch es änderte etwas an meinem Hass. Ich konnte Jamie nicht länger hassen. Ich hatte ihm zwar auch nicht vergeben, aber ich ...

Und was ist mit Tian? Glaubst du, er nimmt das einfach so hin?, fragte mich meine innere Stimme.

Wenn es so weit war, würden wir vielleicht ein ausführliches Gespräch über uns geführt haben. Ich wäre nicht länger mit Jamie verbunden und es gäbe keinen Grund für Tian, eifersüchtig zu sein.

Aber ist es das, was du *willst? Willst du mit Tian zusammen sein?*

Oder mit Jamie?

Oder mit niemandem?

Das war eine Frage für einen anderen Tag, entschied ich.

Wir erreichten ein Dorf mitten im Wald, ohne Bevölkerung. Es war vermutlich noch nicht lange verlassen, denn es zeigte kaum Zeichen der Verwahrlosung. Dennoch gab es niemanden mehr, der sich um das Kehren des Versammlungsplatzes kümmerte oder ein Feuer entzündete. Die Ställe waren leer, die Gehege geöffnet.

Schon kroch die Erinnerung an ein ähnliches Dorf in Wimborne heran, als ich mir den entscheidenden Unterschied in Erinnerung rief. Es gab keine Vampirleichen. Die Türen waren geschlossen. Die Vorhänge zugezogen.

Wer auch immer hier unter dem Blutmond, umgeben vom Wilden Wald gelebt hatte, hatte sein Zuhause freiwillig und ohne Hektik verlassen. Waren sie Jamies Ruf gefolgt?

Ein blutroter Bach plätscherte neben dem schneebedeckten Dorf. Sobald wir auf den Pfad traten, der direkt an der ersten Häuserreihe entlangführte, sackten die Temperaturen ab.

»Gibt es hier eine magische Wettergrenze, von der wir nichts wissen?«, murrte ich, mich wieder in meine Weste kleidend.

»Es ist ungewöhnlich, ja.« Mehr konnte ich Tian nicht entlocken. Er war zu sehr auf unsere Umgebung fokussiert.

Ich folgte Tian durch das Dorf, bis wir an einen Brunnen gelangten. Rundherum gab es einstöckige Bauten mit Reetdächern und Holzwänden.

»Sieh nur!« Aus einem der Schornsteine stieg tatsächlich Rauch und der Vorhang im linken Fenster bewegte sich. Dann, bevor ich Theorien aufstellen konnte, wer da wohnen könnte, öffnete sich die Tür. Ein männlicher Blutfae mit grauem Vollbart und ebenholzfarbener Haut trat auf die Türschwelle. Ich nahm zumindest an, dass er ein Blutfae war, auch wenn er mir nicht seine Fangzähne zeigte.

Tian zog sein Schwert, richtete die Spitze allerdings auf den Boden.

»Hmpf.« Der Blutfae musterte uns misstrauisch und verschränkte die massigen Arme vor seiner breiten Brust. »Was wollt ihr hier?«

»Was machst du noch hier?«, fragte ich zurück. »Alle anderen sind gegangen.«

»Hier bin ich geboren und hier werde ich sterben.« Sein Blick glitt von uns zum Himmel, als uns die ersten Schneeflocken trafen. »Kommt rein und wärmt euch auf.«

Nachdem er sich umgedreht hatte, fing ich Tians Blick auf. Er schien genauso ratlos wie ich.

Lass uns hören, was er zu sagen hat. Vielleicht kann er uns helfen, schlug ich vor.

Nach dir.

In meinem Kopf hörte ich jedoch Jamies Warnung, dass wir niemandem vertrauen sollten.

27

»Hadaril?«, wiederholte ich seinen Namen, nachdem er sich vorgestellt hatte.

Wir saßen in einer aufgeräumten Küche an einem gedeckten Tisch. Auf dem offenen Feuer köchelte eine Suppe, die er uns wenig später zusammen mit weichem Brot, Käse und Feigen servierte. Ich griff zunächst zögerlich zu, weil ich Gift nicht ausschließen konnte. Vor allem nicht nach Jamies Warnung. Doch Hadaril bediente sich zuerst und zeigte keinerlei verdächtige Reaktionen.

Ich beschloss, meinem Hunger nachzugeben und zuzulangen.

»Und ihr seid?« Er saß am Kopfende, Tian zu seiner Linken und ich zu seiner Rechten, sodass ich den Schnee aus dem Fenster beobachten konnte. Der Wetterumschwung machte mir Sorgen. Gleichzeitig waren wir schon seit Stunden unterwegs und die Sonne war nicht aufgegangen. Wie war das möglich?

»Das ist Billie und ich bin Tian.«

»Freut mich, eure Bekanntschaft zu machen. Es kommen nicht mehr so viele Leute zu Besuch. Schon gar keine Hexen.« Hadaril zwinkerte mir zu.

Ich fragte mich, woran er mich als solche erkannt hatte. Besaßen Blutfae die inhärente Macht, Wesen auf den ersten Blick zu erkennen?

»Bist du nicht einsam?«, fragte ich, als ich meine Neugier nicht länger zurückhalten konnte.

»Manchmal. Aber es bereitet mir Freude, das Dorf weiterhin zu bewachen, wie ich es schon seit sehr langer Zeit tue. Selbst wenn hier außer mir niemand mehr lebt.« Es war die Traurigkeit in seinen dunklen Augen, die mich davon überzeugte, dass er die Wahrheit sagte. »Die Biester denken, sie hätten jetzt leichtes Spiel, sich hier einzunisten, doch ich belehre sie schnell eines Besseren.« Stolz klopfte er sich auf die Brust.

»Dich reizt es gar nicht, dem Ruf zu folgen? Jamie zu folgen?« Zumindest am Anfang war er es noch gewesen, der die Blutfae zurückgeholt hatte. »Nach Wimborne zurückzukehren?« Auch Tian schien damit Schwierigkeiten zu haben, Hadarils Entscheidung nachzuvollziehen.

»Es war nie mein Zuhause. Meine Eltern haben mir viel darüber erzählt, doch ich bin hier geboren und aufgewachsen. Ich kenne nichts anderes und es reizt mich nicht, etwas anderes zu erkunden. Jamie ... Er war immer schon ein Idealist. Es wundert mich nicht, dass er es geschafft hat.« Sein Lachen glich dem Brummen eines Bären. Das Feuer knisterte wohltuend im Hintergrund und ich bemerkte, wie sich meine Muskeln mehr und mehr entspannten. »Ihr seid von dort hergereist?«

Er hatte Jamie gekannt? Persönlich? Das fand ich doch schon etwas seltsam.

»So in etwa. Wir sind auf der Suche nach jemandem«, antwortete ich vage. Ich spielte mit dem Becher, der mit verdünntem Rotwein gefüllt war. »Diese Welt unterscheidet sich sehr von der unseren. Gab es immer schon Blutfae hier? Und der Wilde Wald wirkt weniger ... grässlich.«

»Er war für lange Zeit aus seiner Heimat vertrieben worden. Meinen Eltern und den Blutfae, die fliehen konnten, gelang es gerade so, Wurzeln mitzunehmen und sie hier neu wachsen zu lassen. Widerwillig hat er sich ausgebreitet. So wie das Volk der Blutfae sehnt er sich immer nach seinem Ursprung. Mittlerweile hat er sich mit seiner Existenz zufriedengegeben. Er wird seine Aufregung mit der Zeit zügeln und euch zu einem freundlichen, magischen Gesellen in Wimborne werden.«

Es war seltsam, dass er von dem Wald sprach, als handelte es sich dabei um einen guten Freund. Gleichzeitig hatte Jamie etwas Ähnliches behauptet. Wie oft ich gedacht hatte, dass er mir Lügen auftischte.

»Wenn weder der Wald noch die Blutfae hier ursprünglich gelebt hatten, wer hat dann diese Welt bewohnt?«, fragte Tian.

»Es war die Welt der Vampire«, brummte Hadaril. Er schlürfte seine Suppe aus, bevor er die Tonschüssel zurück auf den Tisch stellte. »Doch ein Großteil von ihnen hat sie vorher schon zugunsten von Wimborne verlassen. Obwohl die Sonne dort tödlich für sie ist. Obwohl ihre Magie nicht mit der vergleichbar ist, die sie hier für sich nutzen können.«

»Vampire können Magie für sich verwenden?«, rief ich erstaunt aus.

Hadaril lachte mich aus. »Nicht so wie du, kleine Hexe«, sagte er mit einer nachsichtigen Note. »Sie hilft ihnen dabei, ausdauernd zu werden. Stärker. Und naturverbundener. Du, Tian, wirst es vielleicht schon gespürt haben. Vielleicht auch nicht. Es könnte sein, dass Vampire bereits zu lange von der Magie getrennt sind.«

»Ich bin mir nicht sicher«, nuschelte Tian. Ich konnte nicht sagen, ob er ehrlich war, wollte aber nicht nachhaken. Dafür stand zu viel zwischen uns.

»Was ist dann geschehen? Nachdem dein Volk sich hierher zurückgezogen hat? Ihr seid ja von Vampiren vertrieben worden ...«

»Zu dem Zeitpunkt lebten kaum noch Vampire hier. Wir hatten diese Welt mehr oder weniger für uns, seit wir von ihresgleichen gejagt und getötet worden sind. Dann ... kurze

Zeit nach unserer eigenen Flucht wurde ein Vampir hierher verbannt, der das Gleichgewicht erneut bedrohte.« Mein Herz klopfte aufgeregt in meinem Hals. Das musste *er* sein. Thalis Partner. Gebannt lauschte ich den Worten des alten Blutfaes. »Und vor ihm hatten wir eine Veränderung in dem Machtgefüge zwischen Vampiren und Hexen gespürt. Der Grund, warum wir Blutfae uns kaum noch gegen das Exil hatten wehren können. Ihr müsst wissen, dass die Verbindung zwischen Blutfae und Hexen etwas Heiliges in unseren Kulturen war. Sie wurde freiwillig eingegangen, wenn sich zwei Seelen begegneten, die ohne einander nicht mehr existieren konnten. Sie war allein dafür gedacht, deren Leben miteinander zu verbinden. Hexen und Blutfae waren auch allein auf sich selbst gestellt mächtig genug.«

»Doch es hat sich etwas verändert«, warf ich ein. Ich wusste bereits, dass der Vampir und Thali dies verursacht hatten.

Hadaril nickte schwermütig. »Mit Magie hat jemand das Gefüge zerstört. Hexen geschwächt und Vampiren zu größerer Macht verholfen. Sobald sie nur den passenden Partner fänden, wären sie stärker als wir, die Blutfae. Die einzige Schwäche, die der Vampir nicht vorhergesehen hat, war die, dass nur noch dann weitere Vampire kreiert werden können. Erst als Kronvampir besäßen sie eine solche Fähigkeit. Aber ich denke, das ist nur gerecht. Jede große Macht benötigt eine Schwäche. Und wer sagt, dass Veränderungen immer schlecht sind?«

Ich lehnte mich zurück. Ellewys Geschichte bewahrheitete sich erneut. Auch wenn es mir Angst machte, dass die Verbindung zwischen Tian und mir als Perversion dargestellt wurde.

»Wo befindet sich der Vampir jetzt?«, fragte ich, als meine Lider immer schwerer wurden. »Du hast gesagt, dass er Schuld daran trägt. Also hast du dich mal mit ihm unterhalten?«

»Sozusagen. Er wohnt im Palast aus Nacht und Tränen. Geht es euch gut? Oh, nicht vom Stuhl fallen.« Ich bemerkte noch, wie sich der Blutfae vorbeugte, um zu verhindern, dass Tian bewusstlos zur Seite kippte.

Fliederfarbener Rauch breitete sich vom Feuer aus, doch es war zu spät. Ich hatte schon zu viel eingeatmet.

Ich musste meine Lider schließen. Meine Augen brannten.

»Was …?«

»Mein Meister will sich mit euch unterhalten. Keine Sorge«, beschwichtigte uns Hadaril. »Euch wird nichts geschehen.«

Aus irgendeinem Grund glaubte ich ihm nicht.

28

Ich erwachte abrupt und richtete mich sofort im Bett auf.

Bett?

Stirnrunzelnd sah ich mich um. Eine Kerze flackerte neben mir in einem Messinghalter. Das Zimmer kam mir nicht bekannt vor. Mit Seide bezogene Wände, cremefarbene Möbel und ein waldgrüner Teppich, der bis zu den Unterkanten der Fenster reichte. Eines davon befand sich in einem Erker, der von außen sicherlich beeindruckend wirkte. Im Inneren luden eine Sitzbank und Kissen zum Verweilen ein.

Das Licht des Blutmonds floss in den Raum hinein und offenbarte eine einzige schwarze Tür mit goldener Klinke. Von der stuckverzierten Decke hing ein Kronleuchter, der jedoch verstaubt wirkte. Spinnweben zogen sich von Arm zu Arm. Auch jetzt fiel mir auf, dass die rote Decke, auf der ich lag, mit einer dicken Staubschicht versehen war.

Es gab einen offenen Durchgang, den ich von meiner Position aus einsehen konnte. Ein Ankleidezimmer mit Männerkleidung. Ich konnte zumindest keine Röcke erkennen. Eilig sprang ich vom Bett. Springen war das richtige Wort, denn die Matratze ragte fast einen Meter über den Boden auf. Ich trug noch meine Stiefel und Kleidung. Einzig mein Gürtel mit den Beuteln sowie meine am Körper versteckten Dolche und das Kurzschwert waren verschwunden. Selbst die Nadel, die ich in meinem Zopf versteckt hatte, hatte man entwendet. Hadaril wahrscheinlich.

Nach und nach kehrten die Erinnerungen an unser gemeinsames Essen zurück. Von Kopfschmerzen begleitet setzten sie sich zusammen, während ich zu einem der beiden Sprossenfenster taumelte.

Was auch immer mir das Bewusstsein geraubt hatte, es war noch nicht ganz aus meinem Körper verschwunden.

Tian? Ich versuchte, nach ihm zu greifen, aber es kam nichts zurück. Entweder er hörte mich nicht oder …

Nein. Ihm war nichts zugestoßen. Wahrscheinlich befand er sich in einem anderen Raum. Das musste es sein.

Hadaril hatte gesagt, dass sein Meister uns beide treffen wollte. Warum er uns nicht einfach zu ihm hatte bringen können, war mir ein Rätsel. Vor allem weil es sich bei seinem Meister mit Sicherheit um den ominösen Vampir handelte, den wir sowieso gesucht hatten. Wie viele mächtige Meister befanden sich sonst in der Hölle?

Es machte mich allerdings stutzig, wieso ein Blutfae einem Vampir folgte. Dann wiederum hatte auch Jamie auf sein Geheiß hin gehandelt.

Ich konnte zwar den riesigen Blutmond erkennen, der sich gefühlt seit unserer Ankunft in der Hölle keinen Zentimeter bewegt hatte, die Sicht auf die Ebene wurde mir jedoch von anderen Gebäudeteilen versperrt. Gigantische Türme schraubten sich in die Höhe, verbunden mit rechteckig oder halbrund angelegten Bauten.

»Eindeutig ein Palast«, sagte ich laut, nur um meine eigene Stimme zu hören. Es war zu still für meinen Geschmack.

Ich blickte vom Fenster zur Tür. Dass ich keine Waffen hatte, behagte mir gar nicht, aber was war mit meiner Magie?

Als ich meine Handfläche ausstreckte, sprühten Funken, bevor nichts mehr geschah. Etwas unterdrückte meine Fähigkeiten. Ähnlich wie das Stäbchen, aber nicht ganz so potent.

Ich hatte das Gefühl, dass ich mit genügend Zeit und Willen dagegen ankommen würde.

Bevor ich mich aber weiter damit beschäftigte, wollte ich Tian finden. Zusammen könnten wir mehr ausrichten. Außerdem musste ich für mein Seelenheil herausfinden, ob es ihm gut ging.

Ganz gleich, was meine rationale Seite sagte; wie unwahrscheinlich es war, dass ihm etwas passiert war. Ich glaubte erst, dass er wohlauf war, wenn ich es mit eigenen Augen gesehen hatte.

Schweiß prickelte mir im Nacken.

Obwohl kein Feuer im Kamin prasselte, war es unangenehm heiß im Zimmer. Selbst wenn ich gewollt hätte, hätte ich es hier nicht länger ausgehalten.

Nach kurzem Zögern legte ich eine Hand auf die Klinke, als sie im selben Moment runtergedrückt wurde. Ich stolperte erschrocken zurück.

Nicht mein glorreichster Augenblick.

Während ich mich noch zusammenriss, folgte gleich darauf der nächste Schock. Kein anderer als Jamies ehemaliger Bediensteter, der alte Griesgram, trat mit überheblicher Miene ein. Er neigte leicht den Kopf zur Begrüßung, was mehr Höflichkeit darstellte, als er mir gegenüber jemals zuvor gezeigt hatte. Sein bleiches Gesicht lag in hundert Falten, als wäre ihm über die Jahre zu viel Blut ausgesaugt worden. Das verhüllte jedoch nicht das arrogante Blitzen in seinen Augen.

»Was machst du hier?«, fragte ich, froh, dass ich nicht stotterte, obwohl ich immer noch mit meiner Überraschung zu kämpfen hatte.

»Ich bin hier, um euch zu meinem Meister zu begleiten.« Seine Stimme klang so rostig wie altes Eisen.

Ich kniff die Augen zusammen. »Das bedeutet aber nicht zu Jamie, oder?«

»Zu meinem *wahren* Meister«, korrigierte er sich und sah sich einmal um. »Auch wenn wir uns gerade im Zimmer des jungen Herrn befinden. Folge mir.«

Des jungen Herrn? Das hier war ... Jamies Zimmer gewesen? Plötzlich wollte ich noch einen Moment länger bleiben, um den Raum mit anderen Augen zu betrachten. Bedeutete das, dass Jamie hier aufgewachsen war?

Der Griesgram ließ mir jedoch keine Zeit. Er drehte sich in einer geschmeidigen Bewegung um, die im Kontrast zu seinem gebeutelten Körper stand. Das Klackern seiner Lackschuhe war das Einzige, das die unheimliche Stille ausfüllte.

»Moment! Wo ist Tian? Der Vampir, der mit mir bei Hadaril war.« Ich verschränkte die Arme. Sicher, ich wollte hier nicht versauern. Doch ich wollte genauso wenig Zustimmung vorspielen, ohne etwas dafür zu gewinnen.

Der Bedienstete drehte sich nicht zu mir um, als er mir antwortete. »Du wirst ihm begegnen, wenn du mir folgst.«

»Ist er noch ...« ... *am Leben* war wohl nicht die richtige Bezeichnung, wenn man über Vampire sprach. »Existiert er noch?«

»Er hat noch alle Sinne beisammen.«

Mir entging nicht das *Noch* in seiner Antwort. Trotzdem, ich glaubte ihm, weshalb ich ihm mit Abstand folgte.

Sofort erinnerte mich der Korridor an Tians Anwesen mit seinen hohen Decken, den hellen Wänden und der offenen Balustrade zu meiner Linken. Auf dem dunklen Holzfußboden lag ein zerschlissener Teppich mit einem Schnörkelmuster und gelben Akzenten auf grauem Untergrund. Mein Blick huschte zu einem eingeritzten Schriftzug in der Wand, die mit einer hellen Tapete versehen war.

James Theodore Malevent war hier und wird nicht verschwinden.

Jamie? War das sein richtiger Name? Die Schrift war abgehackt und ... kindlich, was natürlich auch auf das Ritzen zurückgeführt werden könnte. Doch irgendwas sagte mir, dass Jamie dies in einem Anflug von Trotz getan hatte. Als er jünger gewesen war. Vielleicht emotionaler.

Ich war so von den Spuren abgelenkt, dass ich die Abwesenheit des Bediensteten erst bemerkte, als ich wieder aufsah.

»Wo …«, begann ich, als sich Wände, Boden und Decke drehten. Sie wirbelten herum und ich verlor meinen Halt. Farben vermischten sich, bis alles zu einem undurchdringlichen Schwarz wurde und ich ins Nichts fiel.

Mein Magen verknotete sich. Ich schrie auf.

Bevor ich mich gänzlich in meiner Angst verlieren konnte, fand ich mich auf einem Knie wieder. In einem anderen Korridor, der wie eine düstere, gespiegelte Version wirkte von dem, in dem mich die Magie gepackt hatte.

Vorsichtig richtete ich mich auf und blickte mich dabei um. Unmittelbar hinter mir waberten lebendige Schatten. Der Boden endete abrupt sowie Wände und Decke.

Vor mir breitete sich ein farblich ungleichmäßiger Holzfußboden aus und endete vor einem Steinbogen, über dem ein finster aussehender Wasserspeier thronte. Aus seinem Maul ragte eine an der Spitze geteilte Zunge, als würde er jeden, der durch das Tor gehen wollte, vorher kosten wollen. Seine grauen Augen wirkten allerdings tot und wenig Angst einflößend. Nur eine Statue.

Kein Grund zur Sorge.

Ich konnte nicht erkennen, was sich hinter dem Steinbogen befand, weil eine Tür darin eingelassen worden war. Selbst aus fünfzehn Metern Entfernung bemerkte ich das seltsame Schloss. Statt eines Schlüssels bräuchte man einen Gegenstand mit einer sechseckigen Form, den man in die Ausbuchtung drücken müsste.

Mein Blick wanderte zurück über den Teppich und dann an den Wänden links und rechts entlang. Es gab keine Balustrade wie in dem vorherigen Gang. Nur eine schwarze Tapete, die von Gemälden geschmückt wurde. Personen, deren Gesichter mit weißer Farbe zerstört worden waren.

Wunderbar.

Vielleicht ging die Tür ja einfach so auf und ich brauchte keinen seltsamen Gegenstand.

Ich machte einen Schritt nach vorn und wartete. Als nichts geschah, fasste ich Mut und ging weiter vorwärts. Das stellte sich sogleich als großer Fehler heraus.

Weil ich das Klicken unter meiner Sohle spürte und das Zischen hörte, ging ich instinktiv in Deckung.

Ein Speer brach durch die Wand. Flog über meinen gebeugten Rücken hinweg. Ganz knapp an mir vorbei. Dann bohrte er sich mit seiner Eisenspitze in die andere Seite. Das hölzerne Ende vibrierte noch eine Weile.

»Was bei den Göttern …?«, murmelte ich schockiert und blickte atemlos nach unten.

Anscheinend hatte ich mit meinem Gewicht einen versteckten Mechanismus ausgelöst.

Verdammt.

Von wegen, der Meister wollte sich mit mir treffen. Er hatte vor, mich bei lebendigem Leib aufzuspießen.

Als ich mich wieder aufgerichtet hatte, betrachtete ich das Loch, aus dem der Speer gekommen war. Nachdem ich daran nichts Ungewöhnliches erkennen konnte, außer dass es sich exakt zwischen zwei Gemälden befand, überdachte ich meinen ursprünglichen Plan.

Wahrscheinlich war es bereits heikel genug, einmal ans Ende des Ganges zu gelangen, dann aber wieder umzudrehen, falls ich das Schlüsselobjekt doch benötigte … Aber wo könnte es sich befinden?

Unter mir? Über mir? Oder gab es hier lediglich diese Mechanismen, die den Tod brachten?

Ich betrachtete wieder die Gemälde. Sie wirkten mit den weiß übermalten Gesichtern alle gleich abschreckend. Immer zeigten sie eine Person und immer befand sie sich an einem einsamen Ort. Auf einer Klippe, einer Brücke, einer Plattform. Schwarz auf weiß und grau.

»Streng dich an«, ermahnte ich mich, als meine Atmung schneller wurde.

Ich fürchtete mich nicht direkt. Hatte noch genug Vertrauen in meine Fähigkeiten. Aber wenn das nicht ausreichte? Ein falscher Schritt ... Einmal nicht aufgepasst.

Nein. So leicht ließ ich mich nicht aus dem Weg räumen.

Ich betrachtete alle Gemälde einzeln, doch allein damit würde ich nichts erreichen. Ich müsste sie anfassen und nachsehen, ob sich dahinter etwas befand.

Das zweite, dringendere Problem stellte der Holzfußboden dar, auf dem der Todesmechanismus auf sein nächstes Opfer wartete. Also auf mich. Das, was ich zunächst für einen normalen Alterungsprozess gehalten hatte, offenbarte sich jetzt als Glück oder Pech. Die verschiedenen Farbnuancen auf den braunen Dielen waren allesamt gleich groß und wiederholten sich in einem ungleichmäßigen Muster. Wenn der Mechanismus abhängig von einer Farbe war, dann würde das bedeuten, dass es in einer Reihe vier Möglichkeiten gab, zu überleben oder zu sterben. Hing all dies wirklich von Glück ab? Oder konnte ich herausfinden, welche Farbe einen sicheren Übergang darstellte? Und welche den Tod durch einen weiteren Speer?

Schweiß tropfte von meinem Kinn auf den Boden. Der Fleck breitete sich aus, bis die Farbe der Diele an dieser Stelle genauso aussah wie der Teil des Bodens, der den Mechanismus ausgelöst hatte.

Ich beugte mich hinab, ohne weiterzugehen. Nahm Schweiß von meinem Nacken und rieb ihn auf die Holzdiele, die den Mechanismus ausgelöst hatte. Diese Farbe blieb gleich.

Die zwei Dielen daneben reagierten auf meinen Schweiß, eine einzige tat dies nicht. Das dunkle Braun blieb. Die Diele, auf der ich stand, blieb ebenfalls unverändert.

Das bedeutete, alle Dielen, die mit meinem Schweiß reagierten und die Braunnuance von der Todesdiele aufwiesen, waren gefährlich.

»Es wagen oder nicht wagen«, murmelte ich und setzte meinen Fuß auf die unveränderte Diele. Mit angespanntem Körper wartete ich ab. Nichts geschah. »Bei den Göttern …«

Noch zwei Schritte weiter, ohne dass ich angegriffen wurde. Ich konnte nicht fassen, dass mir mein Schweiß dabei half, zu überleben.

Doch so erreichte ich das erste Gemälde, das von einem goldenen Rahmen eingefasst war. Ich krallte meine Hände um die unteren Ecken, um es von der Wand zu reißen, doch es bewegte sich keinen Zentimeter. *Nein, nein, nein.* Ich drängte mich enger ans Bild, als ich mit der Nasenspitze beinahe das aufgemalte Gesicht berührte. Deshalb erschrak ich auch so heftig, als sich plötzlich Augen, Mund und Nase auf dem Weiß bildeten.

Ich verlor den Griff um den Rahmen und ruderte wild mit den Armen, um mein Gleichgewicht wiederzufinden. Mein linker Fuß landete hinter mir. Ein Klicken ertönte. Das Zischen folgte und die Speerspitze bohrte sich schmerzhaft in meine Schulter.

Keuchend stützte ich mich mit der Hand meiner unverletzten Seite an der Wand ab.

»Verfluchter Mistdreck.« Ich stieß noch einige weitere Flüche aus, bis sich mein Körper an den Schmerz gewöhnt hatte. Oder Taubheit einsetzte. Jedenfalls konnte ich wieder einen klaren Gedanken fassen, während die Spitze vorne über meinem Schlüsselbein herausragte.

Instinktiv brach ich das Holz hinten ab. An die Spitze

vorne traute ich mich nicht dran. Ich wusste nicht, ob mich der Schmerz ohnmächtig werden ließ, sollte ich versuchen, das restliche Holz vorne aus meiner Wunde zu ziehen.

So konnte ich mich immerhin bewegen. Und ich hatte einen kurzen Stab, der hilfreich sein könnte.

Ich atmete ein paarmal tief durch, ignorierte das Blut, das in meine Weste und mein Hemd sickerte, und betrachtete das veränderte Gemälde. Eine Frau, die nun an mir vorbeisah. Ich folgte ihrem Blick und visierte direkt das Gemälde in der Mitte an.

Ich beschloss, diesem Hinweis zu vertrauen, und arbeitete mich bis zu dem Klippenbild vor. Dabei ging ich an dem Gemälde daneben vorbei. Wenn meine Ahnung richtig war, würden mich die Augen an den Ort bringen, an dem sich das Objekt befand.

Zu meinem eigenen Erstaunen ging mein Plan auf. Ich benutzte den Speer, um die Dielen vorher auszutesten, wenn ich mit meinem Schweiß keine eindeutige Antwort erhielt. Doch zu meinem Glück wurde ich kein weiteres Mal aufgespießt.

Das vorletzte Gemälde auf der rechten Seite ließ sich dann aufklappen und offenbarte einen Hohlraum in der Wand. Darin befand sich ein sechseckiger Gegenstand aus Bronze, auf den geometrische Figuren gemalt waren. Nichts Besonderes, aber genug, um diesem scheußlichen Ort zu entfliehen.

Der Blutverlust machte mir zu schaffen. Nicht, dass mir bald die Kräfte versagen würden, aber ich würde in einem Kampf körperlich eingeschränkt sein.

Schließlich erreichte ich die Tür mit dem Wasserspeier und setzte den sechseckigen Gegenstand ein. Es klickte und die Tür sprang nach innen auf. Ich schenkte dem Wasserspeier einen letzten misstrauischen Blick, bevor ich den Korridor verließ und in einen dämmrigen Raum trat.

Ich erkannte gerade so die Tausenden Schädel, die aufeinandergestapelt in die Höhe ragten, als die Tür hinter mir zufiel und damit das Licht verschwand. Es war nunmehr stockduster. Nichts, aber auch gar nichts ließ sich ausmachen. Fantastisch.

29

Mit zusammengepressten Lippen klammerte ich mich an meinem Willen fest. Es war in Ordnung. Es würde einen Weg hier raus geben.

Was hatte ich gesehen? Abgesehen von den Schädeln, die in dem kreisrunden Raum bis in die Unendlichkeit zu reichen schienen? Der Boden war nicht aus Holz, sondern aus Marmor gewesen. Dicke grüne Adern, die sich durch das Weiß geschlängelt hatten. Dort wäre kein Durchkommen. Nach oben hin hatte es kein Ende gegeben. Keine Luke, die auf mich gewartet hätte.

Sollte ich es trotzdem wagen und versuchen, an den Schädeln hinaufzuklettern? Selbst wenn es mir allein bei dem Gedanken eiskalt den Rücken hinablief …

Ich testete ein weiteres Mal meine Magie. Funken sprühten um meine Fingerspitzen.

Bildete ich es mir ein oder hatte sich die Bannung meiner Magie abgeschwächt? Ich versuchte es erneut, konnte aber wieder nicht mehr als Funken erzeugen und das Brennen meiner Seele spüren, das zu meinem immerwährenden Begleiter aufgestiegen war. Ratlos lief ich im Kreis. Mit den Fingern strich ich an den Schädeln entlang und bildete mir dabei ein, dass es sich nicht um echte menschliche Überreste handelte.

Während ich noch in Gedanken weilte, arbeitete mein Unterbewusstsein weiter. Ihm war etwas aufgefallen, was mir entgangen war, so widersprüchlich das auch klang.

Die Schädel fühlten sich fast alle rau und spröde an. Als würden sie bei dem leichtesten Druck zu Staub zerfallen. Doch ein paar von ihnen waren glatt und ... unnatürlich kalt.

Ich musste mehrmals im Kreis laufen, um einen von ihnen wiederzufinden. Weil mir immer kälter wurde und meine Schulter mich weiter peinigte, verlor ich jegliche Zurückhaltung. Mit beiden Händen zog ich an dem Schädel, und sofort gab dieser nach. Er rückte nach vorn und eine Kerze weit oben wurde entzündet.

Ich verlor keine Zeit und suchte sofort nach dem nächsten Schädel, der sich äußerlich nicht von den anderen unterschied. Wieder konnte ich ihn allein durch Ertasten erkennen. Diesen musste ich allerdings um die eigene Achse drehen, bis eine weitere Kerze in meiner Nähe aufflammte.

Dies geschah noch dreimal.

Die Kerzen würden mir jedoch nicht dabei helfen, von hier zu fliehen. Es wurde zudem zunehmend kälter.

Als meine Zähne klapperten, erkannte ich, dass es keine Einbildung war und auch nicht allein meinem Blutverlust zuzuschreiben war. Kleine Wölkchen bildeten sich beim Ausatmen vor meinem Gesicht.

Wenn ich mich nicht beeilte, würde ich schon bald erfrieren. Mittlerweile spürte ich kaum noch meine Zehen und Fingerspitzen. Nicht mehr lange und ...

Im Schein der Kerzen betrachtete ich die Schädel erneut. Vorher hatte ich das Licht nicht gebraucht. Jetzt war es vermutlich wichtig zu sehen. Es *musste* eine Logik geben. Daran hielt ich mich mental fest.

Weißer Schädel neben weiß-gelblichem Schädel. Schatten, die von den flackernden Flammen geworfen wurden. Was genau sollte ich erkennen? Ich drehte mich immer wieder im Kreis. Sah von oben nach unten und von rechts nach links.

»Ist das dein Ernst? Wie soll man irgendetwas ...« Ich unterbrach mich selbst.

Die Schädel wiesen ähnlich wie die Holzdielen vorhin verschiedene Farbabstufungen auf. Einzeln betrachtet wirkte dies willkürlich und wenig beeindruckend, doch ... aus einem Impuls heraus ging ich bis zur Wand hinter mir zurück.

Die Schädel auf der anderen Seite bildeten einen Stern und in dessen Mitte gab es einen einzigen Schädel. Dieser unterschied sich in keiner Weise von seinen Nachbarn. Einzig, dass er im Zentrum saß, war auffällig.

Ich musste meinen Blick auf ihn fixiert lassen, damit ich ihn nicht aus den Augen verlor, als ich mich ihm näherte. Direkt vor ihm stehend zog ich ihn mit aller Macht zu mir. Einen Wimpernschlag später rumorte der Boden unter mir und tat sich auf.

Ich fiel hinab.

Und landete hart, aber ohne ernste Verletzungen auf einem Steinboden. Magie musste mich abgefangen haben. Fremde Magie, denn meine versagte immer noch.

Ein kleiner Trost war die feuchte Wärme, die sofort Leben zurück in meine Zehen und Finger brachte. Als ich mich aufrichtete, betrachtete ich den blutigen Abdruck, den meine Schulter auf dem hellen Boden hinterlassen hatte.

Ich befand mich dieses Mal in einer Therme mit hohen Kalksteinbögen, die den Raum unterteilten, einem gigantischen Becken mit dampfendem, klarem Wasser und Bänken und Liegen aus Rosenquarz.

Ich schlurfte am Becken entlang zum anderen Ende. Auf einigen verputzten Wänden hatte jemand Szenen aus glücklicheren Tagen in ebendieser Therme gemalt. Die Farben waren zwar blass, trotzdem wirkten die Silhouetten der glücklichen Gäste eindringlich.

Es wäre ein schöner Ort gewesen ... an einem anderen Tag,

zu einer anderen Zeit. Mit grünen Palmen und bunten Blüten, die ich einmal während meiner Reise in den Süden von Wimborne gesehen hatte.

Die Tür zu finden war dieses Mal kein Problem. Sie zu öffnen hingegen schon. Ganz gleich, wie sehr ich gegen sie trommelte oder wie stark ich mich auf meine Magie konzentrierte, sie gab nicht nach. Schien mich durch das goldene Schlüsselloch, das sich genau auf Augenhöhe befand, gar noch mehr zu verhöhnen, als es der Wasserspeier im Korridor vorhin getan hatte.

Frustriert schleppte ich mich zur nächstgelegenen Sitzgelegenheit und ließ mich darauf nieder. Ich musste mich um meine Schulter kümmern. So konnte ich nicht weitermachen.

Vorsichtig zog ich meine Weste aus und dann mein Leinenhemd, bis ich nur noch den engen Stoff um meine Brüste trug. Das reichte, um die Wunde zu offenbaren. Grässlich und grob.

Die Peitschenhiebe auf meinem Rücken waren schlimmer gewesen. Daran musste ich mich klammern. Wenn ich das überlebt hatte, konnte ich auch das hier schaffen.

Ich stopfte mir einen Teil der Weste in den Mund, um mir nicht versehentlich auf die Zunge zu beißen. Doch selbst danach musste ich mir noch innerlich einen Ruck geben.

Tian? Jetzt bräuchte ich deine Unterstützung.

Er antwortete mir nicht.

Jamie? Du hast davon gewusst, oder? Von den Hindernissen, die uns im Palast erwarten würden.

Auch hier begegnete mir Schweigen.

Das bedeutete wohl, dass ich da allein durchmusste.

Ich holte durch die Nase tief Luft, dann umfasste ich die Speerspitze. Mit einem kräftigen Ruck zog ich sie nach vorne.

Der Schmerz fraß sich wie Säure in mein Fleisch und breitete sich alles verwüstend aus. Es gab kein Entkommen.

Genauso wenig war ich jedoch bereit, aufzuhören. Meine Hand bewegte sich wie von selbst. Jetzt oder nie.

Ich zog und zog, und endlich war das letzte Stück Holz draußen. Die Eisenspitze klackerte auf den Marmorboden, bevor ich mich atemlos gegen die Sitzlehne fallen ließ. Blut rann vorne und hinten an meinem Oberkörper hinab. Ich hatte nur Kraft genug, um die Weste auf die Wunde vorne zu pressen.

Hoffentlich war das kein Fehler gewesen.

Es wäre äußerst ärgerlich, zu verbluten.

Doch nach und nach klang der Schmerz ab und das Blut gerann. Mir gelang es, einen behelfsmäßigen Druckverband mit Stoffteilen der Weste als Kompresse und dem Leinenhemd als Bandage zu kreieren. Es war nicht mein bestes Werk, aber solange es seinen Zweck erfüllte, war ich zufrieden.

Behutsam stand ich auf und hielt dann inne, bis sich die schwarzen Punkte vor meinen Augen auflösten. Vor dem dampfenden Becken ging ich in die Hocke und tunkte meine blutigen Hände ein. Das war der Moment, in dem ich das glänzende Etwas am Grund erkannte. Rund drei Meter von den Seitenwänden entfernt und in der Mitte der Längsseite.

Ein Schlüssel?

Im ersten Moment registrierte ich die Veränderung nicht. Ich dachte beiläufig, dass sich das klare Wasser durch mein Blut verfärbte, doch das Rot breitete sich weiter und weiter aus, bis es das Blau vollkommen verschluckt hatte.

Verwirrt zuckte ich zurück und betrachtete meine Hände. Sie waren tatsächlich sauber und unverletzt. Was hatte die Färbung zu bedeuten? Sollte es an die Flüsse aus Blut erinnern, die sich durch die Hölle schlängelten?

Selbst wenn es mir nicht schadete, es hatte die unmittelbare Auswirkung, dass ich den Schlüssel nicht mehr sehen konnte. Der Logik der vorherigen Räume folgend müsste ich den Schlüssel an mich bringen, um die Therme zu verlassen.

So einfach würde man es mir jedoch nicht machen, oder? Würde die Temperatur hier nunmehr ansteigen und mich bei lebendigem Leib kochen? Oder käme von irgendwoher eine Axt aus der Wand geschlagen, um mich zu köpfen?

Ich lief das Becken mehrmals ab und versuchte abzuschätzen, wo es am klügsten war, reinzuspringen. Was würde mich sofort in unmittelbare Nähe des Schlüssels bringen?

Und viel wichtiger – was würde mich dann erwarten?

Scheinbar hatte ich aus Sicht der feindlich gesinnten Magie zu viel Zeit in Anspruch genommen. Ein ohrenbetäubendes Grollen ertönte. Staub rieselte auf mich herab und ließ meinen Blick nach oben huschen. Die steinerne Decke schob sich Zentimeter um Zentimeter auf mich zu, ehe das Grollen verebbte und sie wieder vollkommen stillstand.

»Ich hab's verstanden«, grummelte ich und überspielte damit meine ansteigende Panik.

Mir blieb keine andere Wahl. Trotzdem wünschte ich, nicht allein zu sein.

Es sah mir gar nicht ähnlich. Ich liebte es, allein zu sein. Meine eigene Gesellschaft zu genießen. Genauso gut konnte ich allein auf die Jagd gehen und mein Leben beschützen.

Was war also anders? Warum wollte ich jemanden bei mir haben?

Nicht *irgendjemanden.*

Jemand ganz Bestimmten.

Jemand, an dessen Anwesenheit ich mich gewöhnt hatte. Was gefährlich war.

Ich schüttelte den Kopf, um meine Gedanken zu ordnen. Mein Blick fiel dabei erneut auf die Speerspitze. Immerhin war ich jetzt bewaffnet.

Nachdem ich die Stiefel ausgezogen hatte, packte ich die Spitze am abgebrochenen Holzstück.

Ich hoffte, dass dies nicht mein letzter Atemzug sein würde, dann sprang ich kopfüber ins rote Wasser.

Meine Sicht war überraschenderweise nicht so eingeschränkt, wie ich befürchtet hatte. Als ich meine Lider öffnete, konnte ich sofort den Schlüssel erkennen, der sich ganz in meiner Nähe befand.

Mit hastigen Bewegungen schwamm ich auf den Grund und streckte meine Hand aus.

Ein glitschiges Etwas in wabernder Wolkenform schlang jäh seinen Körper um meinen Unterarm. Sofort zog es mich mit seinem beträchtlichen Gewicht am Arm weiter runter. Überall dort, wo es mich berührte, brannte es.

Verflucht!

Ich nutzte die Eisenspitze, um den Körper des Wesens aufzuschlitzen. Das war nicht so einfach, weil wir uns beide bewegten und ich für meinen Teil versuchte, in der Nähe des Schlüssels zu bleiben. Trotzdem gelang es mir, mehrmals in seine glibberige Haut zu schneiden, auch wenn ich mir dabei selbst mehrere Kratzer am Arm zufügte. Der Körper des Wesens löste sich endlich und waberte davon.

Aus dem Augenwinkel sah ich weitere Quallen auf mich zukommen. Bevor sie mich erreichten, konnte ich den Schlüssel packen und in das enge Band um meine Brüste stecken.

Die Quallen näherten sich rasch.

Wenn ich nur meine Magie hätte ...

Funken sprühten. Eine Flamme zischte unter Wasser. Ich riss die Augen auf.

Komm schon.

Wenige Sekunden, ehe mich der Schwarm erreichte. Wenige Sekunden, bis mir die Luft ausging.

Dieser Bannzauber ist meiner Magie nicht gewachsen.

Ich drückte die Augen zu und brüllte nach meiner Magie.

Dann endlich brach der Bann.

Eine Flammenwand stob vor mir auf und zischte ins Nichts. Das war nicht die beste Idee gewesen. Doch jetzt war ich bereit.

Ich ließ die Eisenspitze fallen, wandte den Quallen meine Handflächen zu und befehligte das Wasser. Es teilte sich links und rechts von mir, sodass ich hart auf dem Boden aufkam. Sofort schnappte ich nach Luft und sprang auf.

Die Quallen hatten mich erreicht, doch sie trauten sich nicht aus dem Wasser, obwohl sie ihre Fühler nach draußen streckten. Diese verschrumpelten jedoch sofort, als wäre Luft für sie schlimmer als Feuer.

Da ich meine wiedergefundene Magie nicht ausreizen wollte, beeilte ich mich, zum Beckenrand zu gelangen. Das stellte mich allerdings vor das nächste Problem.

Ich stand auf dem Grund und damit mehr als drei Meter vom Rand entfernt. So hoch konnte ich nicht springen.

Nach kurzer Überlegung fiel mir nur eine Möglichkeit ein. Dafür würde ich aber den Griff um das Wasser verlieren.

»Das funktioniert jetzt besser«, brummte ich.

Ich ließ das Wasser los und richtete die Magie auf mich selbst. Katapultierte mich förmlich in die Höhe und bewegte mich dann über den Rand.

Ich kam in dem Moment auf dem Marmorboden auf, in dem das Wasser unter mir gegeneinanderkrachte.

»Verdammte Gottheiten«, zischte ich und drehte mich auf den Rücken. Dabei winkelte ich ein Bein an, bevor ich den Schlüssel aus seinem Versteck holte.

Das Grollen drängte mich zur Eile, während sich die Decke weiter herabsenkte. Konnte man mir nicht eine Verschnaufpause gönnen?

Blutend, mit Verbrennungen und Kratzern rappelte ich

mich auf und stolperte mit schwerer, nasser Kleidung zu meinen Stiefeln. Eilig stieg ich in sie hinein und lief zur Tür.

Ich steckte den Schlüssel ins mittig angelegte Schloss, drehte ihn einmal und atmete auf, als es klick machte. Dieses Mal musste ich die Tür aufziehen, sodass ich in den alten Abstellraum blicken konnte, bevor ich diesen betrat.

Das Grollen verebbte, die Tür verschwand. Der Raum erinnerte mich an Tians Dachboden. Die angesammelten Möbel wirkten alt und verstaubt. Überall hingen Spinnweben, die sich in meinen Haaren verfingen. Eine einzelne Lampe war entzündet. Ich bewegte mich an den Gegenständen vorbei, immer weiter geradeaus, bis ich plötzlich nicht mehr auf einem Dachboden, sondern in einem majestätischen Thronsaal war.

Blinzelnd sah ich mich in der Halle um. Links und rechts reichten jeweils ein Dutzend steinerne Säulen bis zur bemalten Decke. Der Boden bestand aus schwarz-weißem Marmor, im Schachbrettmuster angelegt, und vor mir erhob sich ein einzelner goldener Thron, dessen Sitzfläche mit rotem Samt bezogen war.

»Billie!« Ich folgte der Stimme mit meinem Blick und erkannte Tian, der auf mich zueilte. Das große Tor in seinem Rücken schloss sich gerade, als wäre er dort durchgekommen. Selbst in dem spärlichen Licht der wenigen Leuchter an den Säulen sah ich, dass auch er mitgenommen war. Blut und Blessuren zeichneten sein Gesicht und seine Arme. Seine Kleidung war ebenfalls zerrissen und schmutzig.

Ich drückte mich an ihn und atmete erleichtert auf.

»Dir geht es gut.«

»Ich habe mich beeilt«, sagte er und strich über mein Haar. Die Spinnweben und der Staub störten ihn nicht. »Musstest du auch …?«

Ich nickte. Für mehr blieb uns keine Zeit, denn wir hatten Besuch bekommen.

Ich spürte seine Anwesenheit sofort in meinem Rücken, als er sich auf seinem Thron niederließ.

Langsam drehte ich mich zu ihm um.

Der Vampir strahlte mehr Macht aus, als ich erwartet hatte. Sein dunkelbraunes Gesicht hingegen wirkte seltsam normal. Eine kleine Stupsnase in einem ovalen Gesicht. Weit auseinanderliegende Augen und ein schwarzer Spitzbart. Anders als Tian und ich trug er makellose Kleidung. Eine Brokatjacke mit Goldbesatz und floralem Muster. Hosen, die seltsam veraltet wirkten in ihrem Schnitt, und Ringe an fast jedem seiner Finger.

Ich hatte ihn schon mal gesehen. Zweimal, um genau zu sein. Während der seltsamen Visionen, die ich gehabt hatte. Dabei hatte er mich zu sich gerufen. Aber ... warum?

Mein Herz hämmerte in meiner Brust, weil ich ahnte, dass ich mich verkalkuliert hatte.

»Wie ich sehe, sind alle wichtigen Personen anwesend«, verkündete er. Seine Stimme klang dröhnend und verzerrt, als würde sie von rundherum kommen und nicht aus seinem Mund. »Welche Ehre es ist, einen anderen Vampir und eine tapfere Hexe als Gäste begrüßen zu dürfen.«

Finster sah ich ihn an. »Behandelt man so etwa seine *Gäste?*«

Tian spannte sich neben mir an. Auch er war bereit, unserem Besuch alsbald ein Ende zu setzen.

Der Vampir verengte die Augen. »Gäste, die einen ganz offensichtlich töten wollen.«

30

Mist.

Es ist keine Überraschung, dass er das annimmt, antwortete Tian. Unsere Verbindung funktionierte hier wieder. *Lass uns für den Moment mitspielen, bis wir die Situation bewerten können.*

In Ordnung.

Ich gab zwar nach, aber innerlich blieb ich daran haften. Warum dachte er, dass wir ihn töten wollen? Wieso ging er nicht davon aus, dass wir einen Handel mit ihm eingehen wollen? Hatte er mir die Visionen geschickt und mich gleichzeitig beobachten können?

Da der Griesgram-Bedienstete aus unserer Welt kam, musste er zumindest eine Ahnung davon haben, was in Westwend vor sich ging. Selbst ohne Jamie auf dem Thron und lediglich mit Lucille. Hatte sie ihm von uns erzählt? Waren wir wichtig genug?

»Aber lasst uns nicht über etwas reden, das uns allen die Laune verdirbt, nicht wahr?« Er klatschte in die Hände, bevor er sich erhob. Neben ihm tauchte ebenjener ehemalige Bedienstete auf, der Griesgram. »Wie wäre es mit einem abendlichen Schmaus? Ihr müsst sicher ausgehungert sein.«

Er blickte nicht zurück, als er sich zu einer Tür neben seinem Thron bewegte. Einzig der Alte wartete, dass wir uns in Bewegung setzten.

Wir wurden blutig, verschmutzt und – zumindest in meinem Fall – erschöpft in den Garten gebracht. Wäre ich nicht so am Ende meiner körperlichen Kräfte angelangt gewesen, hätte ich die Umgebung voller Faszination betrachtet. Jetzt konnte ich ihr kaum einen längeren Blick widmen.

Trotzdem zwang ich mich, aufmerksam zu bleiben.

Ein weißer steinerner Springbrunnen plätscherte in der wolkenlosen Nacht, während der Blutmond weiter Licht spendete. Direkt davor öffnete sich ein schwarzes Tor, das von verzierten Quarzsäulen flankiert wurde, auf deren Sockeln Chimären mit ausgebreiteten Flügeln standen. An dem sich anschließenden Zaun rankten sich Rosen, deren blutrote Blätter im Wind wehten und den glitzernden Steinboden garnierten.

Der Vampir führte uns durch das Tor auf einen gepflasterten Hof. Statuen, Bäume und Sträucher sowie bunte Blumen, die sogar ohne Sonne ihre Blüten zeigten, verschönerten unsere Umgebung. Verhinderten zudem, dass ich mir ein Bild von dem Garten machen konnte. Wohin er führte und ob es Wege nach draußen gab.

Auf dem runden Hof fand sich eine beeindruckend geschmückte Tafel mit weißer gestärkter Tischdecke und Speisen, deren Gerüche mir das Wasser im Mund zusammenlaufen ließen. Vier Stühle waren um eine Seite des Tisches gruppiert. Geschnitzt aus edlem dunklem Holz, mit hohen Lehnen und Rosenmuster. Auf einem von ihnen saß bereits jemand, uns mit dem Rücken zugewandt. Trotzdem war er für mich sofort zu erkennen.

»Jamie«, keuchte ich und augenblicklich versteiften sich seine Schultern

»Setzt euch«, befahl uns der Vampir, ohne auf meinen Ausruf einzugehen, und deutete auf die übrigen Plätze, nachdem er die Stirnseite des Tisches für sich beansprucht hatte. Links neben ihm blickte Jamie immer noch auf seinen leeren Teller.

Obwohl ich darüber nachdenken sollte, mich mit Tian

auszutauschen, lief ich um den Tisch herum, um gegenüber von Jamie zu stehen. Ich hatte ihn nicht berühren wollen, aus Angst vor der Reaktion des Vampirs.

Er ist es wirklich, sagte ich zu Tian. *Jamie.*

Wie ist er hergelangt?

Das hier ist sein Zuhause gewesen, antwortete ich langsam, den Blutfae noch immer anstarrend, während Tian neben mir den Stuhl zurückzog. *Er muss einen anderen Weg kennen als den, den wir nehmen mussten.*

Schließlich setzte ich mich behutsam hin, als ich merkte, dass Jamie nicht aufblicken würde. Er trug ein schwarzes Hemd, dessen oberer Knopf geöffnet war. Die Ärmel waren bis zu den Ellbogen geschoben und offenbarten seine helle Haut und die Sehnen, die sich darunter abzeichneten. Seine Hände hielt er neben dem Besteck und dem Teller zu Fäusten geballt. Auch wenn ich sein Gesicht nicht direkt von vorne sehen konnte, bemerkte ich doch seinen angespannten Kiefer und die Falten zwischen seinen dunklen Brauen. Das silberblonde Haar hatte er zurückgekämmt, wodurch ich einen Blick auf seine Wangenknochen erhaschte. Dort breitete sich ein frischer Bluterguss aus und seine Unterlippe war an einer Stelle aufgeplatzt. Die Wunde war verkrustet. Jemand hatte ihn erst vor Kurzem geschlagen.

Hadaril erschien hinter mir in einer schwarzen Uniform. Sein Haar war gekämmt und das Gesicht gewaschen. Er wirkte wie ausgewechselt, als er die silbernen Speiseglocken anhob und auf einem Servierwagen platzierte.

»Du glaubst doch nicht wirklich, dass wir zweimal auf denselben Trick reinfallen, oder?« Meine Stimme troff vor Hohn. Dass ich hauptsächlich auf Tian und mich selbst wütend war, weil wir zu einer so leichten Beute geworden waren, verbarg ich vor ihnen.

Jamie? Bitte rede mit mir. Was geht hier vor sich?

Er zuckte kaum merklich zusammen. Gut. Zumindest funktionierte unsere Verbindung immer noch. Auch wenn ich noch nicht sehen konnte, wie sie uns nutzen sollte. Scheinbar ging hier etwas vonstatten, das ich erst noch einordnen musste.

Hadaril hingegen ließ sich keine Reaktion entlocken. Offenbar wusste er, wie man im Beisein seines Meisters den Mund hielt. Auch der finstere Greis blieb stumm hinter ihm stehen.

»Euer Essen war nicht vergiftet, sondern die Luft«, erklärte der Vampir, nicht im Mindesten von meinem Ausbruch beeindruckt. »Und es war notwendig, um euch zu mir zu bringen. Allein hättet ihr es nie geschafft.«

Was meint er damit?, fragte ich Tian.

Nicht sicher, aber es gefällt mir nicht.

»Ich werde euch auch jetzt nicht vergiften, nachdem ihr all die Hindernisse bewältigt habt. Greift zu.« Obwohl er dies sagte, war er der Erste, der sich an den Gerichten bediente. Eine knusprig gebratene und mit Rosmarin gewürzte Gans, dampfender Rotkohl und Pinienkerne mit Honig glasiert. Ein fluffiger Pudding, der neben einer Käseplatte stand.

Ich wartete nicht, bis sich der Vampir an allem bedient hatte. Letztlich hatte er recht. Wir hatten uns hierhergekämpft und Schlimmes durchgestanden. Ich brauchte meine Kraft, um meinen Mordplan in die Tat umzusetzen.

Wenn ich nichts esse, kann ich auch nicht gewinnen. Meine Magie hält mich noch auf den Beinen, aber das war es auch schon.

Ich verstehe, antwortete Tian, ohne sich selbst zu bedienen. *Ich brauche nichts.*

Warum fühlte ich mich dadurch wie vor den Kopf gestoßen? Sicher, es war klüger, wenn nur einer von uns das Risiko eingehen musste. Doch so wirkte es, als wäre ich schwach und er mir überlegen.

Ich hasste mehr, dass ich so empfand, als dass er das Essen

wirklich nicht brauchte. Das Problem entsprang eindeutig aus meiner eigenen Unsicherheit.

Jamie hingegen bediente sich, wenn auch ohne Begeisterung oder Eile. Ein Automatismus, den er gelernt hatte, um ...

Ich blickte von ihm zu dem Vampir, der offenbar die Zügel in der Hand hielt. Er befahl und Jamie war der Gehorchende. Die Dynamik stieß mir sauer auf.

Natürlich hatte ich gewollt, dass Jamie Demut lernte. Zurückhaltung und Weitsicht. Doch das hier? Die Angst, die er ausstrahlte, bereitete mir Übelkeit.

»Blut für dich stattdessen?«, fragte der alte Vampir, als er bemerkte, dass Tian sich in Abstinenz übte. Sofort servierte Hadaril einen Kelch mit Blut, den er vor Tian abstellte. Mein Partner beachtete diesen jedoch nicht mal und hielt seinen Blick unverwandt auf unseren Feind gerichtet. »Also ehrlich, ich verstehe diese Aggression nicht. Wir sind beide Vampire.«

Nachdem ich ein paar Bissen genommen hatte und noch immer bei Bewusstsein war, beruhigte ich mich. Ich spürte die Müdigkeit in meinen Knochen, aber sie war nicht länger überwältigend.

»Und ich verstehe nicht, warum du hier lebst.« Dass ich davon wusste, dass Thali ihn hierher verbannt hatte, musste ich ihm ja nicht sagen.

»Ganz sicher nicht freiwillig.« Seine Mundwinkel zuckten amüsiert, während er sie mit einer Stoffserviette betupfte. »Das war Thalis Art, sich an mir zu rächen. Thali kennt ihr ja.«

»Jamie hat also schön Bericht erstattet?«, sagte Tian abwertend. Ich konnte nicht bestimmen, ob er wirklich so gegenüber Jamie empfand oder ob das seine Taktik war.

»Er hat nur das getan, was ein guter Sohn tun soll«, antwortete der Vampir. Sein schneidender Blick zu Jamie verriet allerdings, dass er alles andere als zufrieden war. »Auch wenn er das in letzter Zeit nicht war.«

»Vater und Sohn? Du warst wohl kaum ein Blutfae, bevor du zu einem Vampir geworden bist«, entgegnete Tian skeptisch.

Ich selbst war unfähig, mich auf irgendeine Weise an dem Gespräch zu beteiligen, weil mein Blick auf Jamies Arme geheftet war. Blut rann von seinen Oberarmen herab und sammelte sich auf der weißen Tischdecke unter seinen Ellbogen. Er musste mehr Verletzungen davongetragen haben, als mir anfangs klar gewesen war. Mit wem hatte er sich angelegt? Mit dem Vampir?

»Obwohl Blut in unserem Leben von größter Wichtigkeit ist, bestimmt es nicht immer die Familienbande, nicht wahr? Ich habe meinen Sohn wie mein eigen Fleisch und Blut aufgezogen. Natürlich hat er mich auch wie ein Sohn des Öfteren enttäuscht, doch ich vergebe ihm.«

Ich konnte den Anblick nicht viel länger ertragen. Jamie hatte noch nie so ... gebrochen gewirkt.

»*Du* vergibst *ihm?* Während er nur das Beste für sein Volk wollte, hast du ein Desaster gigantischen Ausmaßes zu verantworten! Thali und du habt Hexen zu einem Sklavendasein verdammt. Es würde mich nicht wundern, wenn du auch Schuld daran trägst, dass Blutfae vertrieben wurden. Wie Hadaril dir folgen kann, ist mir ein Rätsel.«

»Das ist nicht mein Plan gewesen. Ich habe meiner Art lediglich einen kleinen Vorteil verschaffen wollen, um unseren Stand zu festigen. Hexen hätten einfach ihre neue Rolle annehmen und uns unterstützen sollen. Doch Thali war schon immer jemand, der nachtragend war. Sie konnte mich nicht gewinnen lassen.«

»Sie ist nicht die Einzige, die nachtragend ist«, erwiderte ich. »Du hast Jamie und damit doch auch mich auf Vampire angesetzt, die ich töten sollte. Jamie hat damals schon was in die Richtung angedeutet. Aber sie haben ihm nichts getan, sondern dir, oder?«

»Du bist klüger, als du aussiehst.« Seine Mundwinkel zuckten. »Diese *Vampire* haben mir nicht geholfen, als ich ihre Hilfe am meisten benötigt hatte. Thali hat mich nur austricksen können, weil sie es zugelassen haben.«

»Wart ihr kein Liebespaar?« Hatte nicht so in etwa die Geschichte gelautet? Nicht, dass es mich sonderlich interessiert hätte. Ich wollte bloß Zeit schinden, um zu Jamie durchzudringen. Und um mir zu überlegen, wie wir den Vampir töten könnten, obwohl wir in der Unterzahl waren.

Jamie, bitte sag etwas. Geht es dir gut? Was kann ich tun.

»Liebe ... Was bedeutet das schon? Ja, vielleicht hat sie mich geliebt, aber für mich gibt es nur Treue zu meinen Vampiren. Und den Blutfae.«

Wie konnte ihm überhaupt jemand abnehmen, dass er das Beste für die Blutfae im Sinn hatte? Wahrscheinlich hatte er sie bloß gebraucht, um ... ja, um was eigentlich?

»Du hast sie also ausgenutzt und ihr Herz gebrochen, um ein Ritual zu kreieren, das Vampire und Hexen für immer aneinanderbindet?« Ich konnte nicht fassen, wie er zu dieser Schlussfolgerung gelangt war.

»Mein Volk stand kurz vor dem Aussterben. Ich tat, was ich tun musste, und würde es jederzeit wieder machen.« Es war das erste Mal, dass ich eine ehrliche Reaktion an ihm wahrnahm. Trotz seiner Worte war er nicht ganz mit der Entscheidung, die er getroffen hatte, zufrieden. Oder mit dem Ergebnis.

»Und jetzt? Lebst du hier im Exil unter den Blutfae, die den Vampiren vor deinem Ritual überlegen waren. Hast einen von ihnen sogar zu deinem Diener gemacht?«

Ich könnte versuchen, ihm die Kehle rauszureißen, sagte Tian.

Der Griesgram steht direkt hinter dir. Ich müsste ihn und Hadaril mit meiner Magie ablenken.

Traust du dir das zu?

Ich versuchte, die Frage nicht persönlich zu nehmen. *Ich glaube, er erwartet deinen Angriff. Was, wenn ich ihn mit Feuer angreife?*

Und Jamie? Was wird er tun?

Auf diese Frage blieb ich ihm vorerst eine Antwort schuldig.

»Ich gebe zu, es hat eine Weile gedauert, doch mittlerweile habe ich meine Fehler eingesehen. Blutfae und Vampire können koexistieren. Deswegen habe ich einen der ihren ausgebildet und nach Westwend geschickt. Um den korrupten Rat zu vernichten und Wimborne auf meine Rückkehr vorzubereiten.« Zufrieden lehnte er sich zurück. Seine Augen fingen das Licht des Blutmonds ein. Trotzdem wirkten sie kalt.

Wir sollten handeln. Tian wollte nicht mehr warten.

»Du hast deinen angeblichen Sohn geschickt, um die Drecksarbeit für dich zu erledigen«, flüsterte ich abgelenkt. Tian hatte recht. Uns lief die Zeit davon, doch ich konnte mich nicht von dem Gespräch lösen. Von Jamie.

Der Vampir musterte mich eingehend. Ich wurde mir wieder meiner mangelnden Kleidung, der Wunde an meiner Schulter und meiner Verbrennungen gewahr. Trotzdem ... er war nur ein namenloser Kronvampir und mir nicht gewachsen.

Warum fühlte ich mich aber in die Ecke gedrängt?

»Ich sehe die Verbindung zwischen euch. Die Gefühle. Die Magie. Tragisch. Du konntest dich wohl nicht für einen von beiden entscheiden und jetzt musst du mit deinem Leben bezahlen.« Er nahm einen Schluck aus seinem Kelch, bevor er seinen Sohn ansah. »Jamie wird immerhin überleben und an meiner Seite bleiben. Auch wenn er dich liebt, wirst du nie den Platz einnehmen können, den ich für ihn habe.«

»Das würde ich auch niemals wollen«, zischte ich.

Jetzt, Tian.

Er reagierte sofort und sprang über den Tisch auf den anderen Vampir zu. Viel zu leicht bekam er ihn an seiner Jacke zu fassen.

Ich zögerte nicht, die beiden Diener davon abzuhalten, sich in den Kampf zu mischen. Mit meiner Magie schleuderte ich sie in die Hecken zurück. Mein Stuhl kippte nach hinten.

Jamie regte sich nicht.

Der Vampir hingegen war verdammt schnell. Noch während der mit Blut gefüllte Kelch zu Boden fiel, umfasste er Tians Hals und brach sein Genick mit einem einzigen Handgriff.

»Nein!«, schrie ich. Mein Magiefluss brach ab.

Tians Augen wurden leer, als der Vampir ihn ohne Umschweife auf den Tisch fallen ließ. Geschirr und Besteck klirrten, polterten teilweise zu Boden. Tian rührte sich nicht.

»Keine Sorge, du kennst das Spiel. Früher oder später wird er wieder erwachen.« Er zog seine Stoffserviette unter Tians Wange hervor und wischte sich das Blut aus dem Kelch von den Fingern.

Ich war um den Tisch herumgegangen und berührte Tian zaghaft an den Schultern. Der Vampir hatte recht. Ich spürte in mir, dass Tian noch da war. Nur für den Moment bewusstlos.

So vorsichtig wie möglich platzierte ich ihn zurück auf seinen Stuhl. Dabei vermied ich seinen leblosen Blick. Übelkeit stieg in mir auf.

Jamie, bitte, hilf mir.

Wütend drehte ich mich um und erschrak, als der alte Vampir mir direkt gegenüberstand. Kaum ein Blatt hätte zwischen uns gepasst. Ich konnte nicht zurück, weil die Stuhllehne sich bereits in meinen Rücken drückte.

»Ich kann verstehen, warum Jamie hier vom Weg abgekommen ist«, murmelte der Vampir. »Deine Kampfeslust ist beeindruckend. Dein Mut. Er hätte mit mir reden können, anstatt mir in den Rücken zu fallen. Wir hätten einen Weg gefunden, dich zu verschonen.«

Mein Verstand ratterte. Hadaril und der Griesgram hatten sich wieder aufgerappelt.

»Er hat sich von dir abgewandt?« Das hatte er mir gesagt, oder? Jamie hatte beteuert, dass er einen anderen Weg hatte einschlagen wollen.

Weil der Vampir direkt vor mir stand, konnte ich Jamie nicht sehen.

Ich hätte dir vertrauen sollen, Jamie. Es tut mir leid. Er hatte mich davor gewarnt, herzukommen. Wahrscheinlich hatte der Bannzauber ihn davon abgehalten, mir Einzelheiten zu sagen.

»Ihm ist die Macht wohl zu Kopf gestiegen. Aber ich wäre nicht so weit gekommen, wenn ich alles auf eine Karte setzen würde. Meine treuen Untergebenen haben euch direkt zu mir geführt, nachdem die Nachrichten, die ich dir gesandt habe, nicht gefruchtet haben.« Er senkte seinen Kopf, bis ich seinen Atem an meinem Ohr spürte. »Dich, um genau zu sein.«

»Was? Das macht keinen Sinn ...«, begann ich hilflos, während mir die Situation mehr und mehr entglitt. »Wir sind hier, um die Verbindung zwischen Vampir und Hexe zu zerstören. Den Fluch zu brechen. Mit deinem Tod!«

»Natürlich.« Ich hörte noch sein Lachen, als er mit einem Mal erstarrte.

Zuerst wusste ich nicht, was geschehen war, als aus seiner Brust eine Klinge herausragte. Blutig. Schwarzes Obsidian.

Auch er blickte sprachlos an sich hinab, eine Hand erhoben, als würde er die Spitze umfassen wollen. Mit einem Ruck wurde sie von hinten wieder aus ihm herausgezogen. Ich hörte, wie Klinge auf Klinge prallte, noch bevor der Vampir sich auf dem Tisch abstützte und ich an ihm vorbeisehen konnte. Jamie, der sich gegen Hadaril und den alten Bediensteten zur Wehr setzte.

»Du wirst sie nicht anfassen«, knurrte er tief. Animalisch. »Leg eine Hand an sie und ich bringe dich um.«

Ich reagierte, noch ehe ich gänzlich begriffen hatte, was er da sagte, und eilte ihm mit meiner Magie zu Hilfe. Erst Feuer und dann Wasser, um Jamie etwas Raum zu verschaffen.

Obwohl er das Schwert festhielt – wo auch immer er es hergezogen hatte –, sah ich ihm seine Schwäche an. Sein Rücken war gebeugt und Blut rann weiter seine Arme hinab.

Er erwiderte meinen Blick mit zusammengebissenen Zähnen. Feuer glomm in seinen hellgrauen Augen.

Es tut mir leid. Alles, sagte er lautlos. *Lauf. Bevor er dich kriegt.*

»Was ist mit Tian?«

Nur durch dich kann er entkommen, Billie. Dein Blut ist der Schlüssel. Lauf.

»Aber wenn Tian stirbt, sterbe ich auch.«

Das werde ich nicht zulassen. Vertrau ...

Ich konnte nicht sagen, ob er den Satz nicht beendete oder ob das Rauschen in meinen Ohren unsere Verbindung ertränkte.

Der Kronvampir hatte sich genügend erholt, um mich von hinten zu packen. Er neigte meinen Kopf brutal zur Seite und versenkte seine Fangzähne in meine Haut.

»Nein!«, brüllte Jamie, doch die beiden Diener konnten ihn in seinem geschwächten Zustand entwaffnen.

Mit meiner Magie wollte ich den Vampir von mir stoßen, doch er war wie festgewachsen. Dann übermannte mich auch schon das Glücksgefühl des Bisses und ich verlor für einen Moment den Fokus. Vergaß, dass ich mich befreien sollte.

Als ich mich endlich wieder erinnerte und durch die Wolke der Euphorie kämpfte, war es bereits zu spät. Er hatte mein Blut getrunken.

Jamie wurde auf die Knie gezwungen.

»Ah, endlich«, merkte er an, als er mich von sich schubste. Ich landete neben Jamie auf den Steinfliesen und schürfte mir die Knie auf, ehe ich den Blick hob.

Ich presste eine Hand auf meine offene Halswunde. Mir schwindelte es, dabei hatte er gar nicht so viel getrunken.

»Warum?«, fragte ich, obwohl Jamie die Antwort bereits mitgeteilt hatte.

»Das ist der Schlüssel, um meinem Exil zu entkommen. Frisches Hexenblut, das mich aus dem Klammergriff der Hölle befreit.« Er lachte lauter und lauter. »Ich wollte meinen Dienern nicht glauben, als sie sagten, sie hätten jemanden gefunden, der stark und clever genug wäre, zu mir durchzudringen. Ich sollte ihnen wohl mehr vertrauen.«

Ich hatte Schwierigkeiten, seine Worte zu verarbeiten.

»Das waren also nicht deine Hindernisse? Du hast sie nicht kreiert, um Feinde davon abzuhalten, zu dir zu gelangen?«

»Warum sollte ich das tun? Ich freue mich über Gäste. Das hat Thali natürlich gewusst. Deshalb die Fallen. Sie wollte sicherstellen, dass keine Hexe außer ihr selbst bis zu mir dringt.« Er drehte sich zu Hadaril und dem Diener um. Die Arme ausgebreitet.

»Ich …«

»Mach dir keine Vorwürfe. Ich hatte viele Jahre Zeit, mir einen Plan zurechtzulegen. Du hattest keine andere Wahl, als meinen Brotkrumen zu folgen.« Er ließ seinen Kopf kreisen. »Aus diesem Grund zeige ich mich gnädig und gönne dir und deinem Liebsten einen letzten Moment, bevor euch der Palast verschlingt. Und Jamie …«

Er sah seinen Sohn mit ausgefahrenen Fangzähnen an und wirkte beängstigender in seinem Zorn als all die Minuten zuvor.

»Die Geißel fruchtet bei dir wohl nicht mehr, hm?« Er

schritt an mir vorbei. In seiner Jacke war vorne und hinten noch ein blutiges Loch zu sehen, doch die Haut darunter war bereits verheilt. Er streckte eine Hand aus. »Fend?«

Der Griesgram, der bis dahin neben Jamie gestanden hatte, holte eine Art Peitsche aus seiner Innentasche hervor. Mehrere Lederbänder mit Steinchen und ... Knochen daran.

Als der Vampir damit ausholte, zuckte Jamie bereits zusammen. Er traf ihn damit direkt im Gesicht. Ich schrie auf.

Blut strömte erbarmungslos aus den Wunden hervor. Zwei Striemen hatten seine Haut aufgerissen. Sie lagen quer über seinem Gesicht. Von der linken Schläfe über seinen Nasenrücken und bis zur rechten Kieferseite.

Jamie verlor nicht einen Laut. Doch sein Schmerz ging in Wellen auf mich über. Ich spürte ihn das erste Mal von ihm unbeabsichtigt durch das Band.

Mir war so schlecht, dass ich mich fast übergeben hätte.

Jamie, rief ich in Gedanken, doch mir schlug Schweigen entgegen.

Artac ließ die Geißel zu Boden fallen, auf den er sich Sekunden später kniete. Mit einer Hand packte er Jamie am blutigen Kinn und brachte ihn dazu, seinen Blick zu erwidern. Das linke Auge schwoll langsam zu. Ich wusste nicht, wie schwer es verletzt war.

»Der Palast wird auch dich vergraben, mein Sohn. Hier war dein Anfang und hier wird dein Ende sein.« Damit ließ er ihn los und richtete sich wieder auf.

»Was meinst du damit?«, rief ich zittrig. »Warum ...«

»Sobald ich die Hölle verlasse, verschwindet mit mir ein Großteil der Macht, mit dem dieser Palast errichtet wurde. Meine Tränen. Meine Nacht.« Seufzend sah er auf mich herab. »Euer Grab.«

31

Tian wachte nicht auf. Auch nicht, als die Erde zu beben begann und die ersten Dächer unter einer unsichtbaren Kraft nachgaben. Schindeln zerschellten auf den Steinfliesen des Hofes, Fenster brachen.

Ich hockte neben Jamie, als der Vampir, dessen Namen ich noch immer nicht kannte, mit seinen zwei Gehilfen durch die Gärten verschwunden war. Es war mir zuwider gewesen, sie gehen zu lassen, doch was hätte ich sonst tun sollen?

»Jamie.« Meine Stimme brach. »Kannst du aufstehen?« Behutsam berührte ich seine Schulter. Er zuckte heftig zusammen und ein leises Stöhnen verließ seine Lippen.

Obwohl wir keine Zeit hatten und alles um uns herum einstürzte, konnte ich ihn nicht zur Hast zwingen. So zerbrechlich erschien er mir.

»Darf ich?«

Ich wartete sein Nicken ab, ehe ich vor ihm kniend die Knöpfe seines schwarzen Hemds öffnete. Einen nach dem anderen.

Die Erde bebte. Der Palast brüllte. Doch für Jamie fror ich die Hölle ein.

Ich bewegte mich auf Knien über den Boden und zog ihm das Hemd langsam von den Schultern. Als ich diese entblößte, sah ich bereits tiefe Wunden, die vermutlich die Geißel in sein Fleisch gegraben hatte. Jamies Atmung ging heftiger mit jedem Zentimeter, den ich freilegte, ehe ich auch seine Arme durch den Stoff führen musste. Dann erst betrachtete ich das gesamte Ausmaß der Vernichtung auf seinem Rücken.

Tränen stiegen in mir auf.

Ich hatte geglaubt, dass meine Wunden, die mir die Hexenhändlerin zugefügt hatte, schon tief gewesen waren. Schlimm. Ohne Kits Magie vielleicht auch tödlich.

Doch das hier ... Es war verheerend. Und dann noch sein Gesicht ...

»War *er* das?«, fragte ich überflüssigerweise, aber ich konnte bei dem Anblick kaum atmen, geschweige denn nachdenken.

Wir müssen uns beeilen, sagte er lautlos, was mich beruhigte.

Ich wusste nicht, warum er nicht laut mit mir redete, und hoffte, dass der Vampir ihm gerade mit seinem Tun nicht die Stimme genommen hatte.

»Ich kann dir die Schmerzen nehmen«, sagte ich zuversichtlicher, als ich mich fühlte. »Und dich ein bisschen heilen. Vor allem auch im Gesicht.«

Meine Hand schwebte über seinen Rücken, der nur aus Hautwülsten und Blut zu bestehen schien. Riesige Krater, die die Knochen- und Steinstücke gerissen hatten, nachdem die Haut durch das Leder aufgeplatzt war.

Mir drehte sich der Magen um, ehe ich entschlossen die Lippen zusammenpresste. Hier ging es nicht um mich. Hier ging es einzig und allein um Jamie. Dann entließ ich meine Magie und eine sanfte Wärme glitt von meiner Hand über Jamies Rücken.

Ich war nie gut darin gewesen, meine Magie zur Heilung einzusetzen, doch durch die Konvergenz besaß ich ausreichend Macht, um meine Unzulänglichkeiten auszugleichen.

Jamie ließ den Kopf sinken und auch seine Schultern entspannten sich. Das bedeutete, dass meine Betäubung wirkte. Ich bewegte meine Hand nach vorne, ohne sein Gesicht zu berühren. Ließ sie über seine Wange schweben und konzentrierte mich darauf, zumindest sein Auge zu heilen. Bevor ich allerdings alle meine Reserven aufbrauchte, wandte ich mich der Heilung der tiefsten Wunden in seinem Rücken zu. Ich stoppte die Blutung und kümmerte mich dann um die zerfetzten Muskeln. Alles, während sich die Erde weiterhin unter uns aufbäumte, als wäre unsere Anwesenheit ein Affront gegen sie.

Schließlich spürte ich, wie mir die Magie entglitt und das Brennen in meiner Seele zunahm, sodass ich aufhören musste.

»Mehr schaffe ich nicht«, sagte ich erschöpft.

Danke, Billie.

Mühsam richtete ich mich auf. Es war nicht der richtige Moment, um sich auszuruhen. Weil der Biss an meinem Hals immer noch blutete, verband ich die Wunde eilig mit einer Stoffserviette.

Als ich Jamie erneut ansah, spürte ich Erleichterung in mir aufsteigen. Er konnte sein Auge wieder normal öffnen und die zwei Striemen bluteten nicht mehr. Sie wirkten so, als hätten sie bereits eine Woche Zeit gehabt, zu heilen.

Ein weiteres Zittern der Erde. Wir mussten hier raus.

»Tian! Wach auf, verdammt!« Ich schüttelte den Vampir an der Schulter, doch er rührte sich nicht. »Was sollen wir tun, Jamie?«

Es könnte Minuten oder Stunden dauern, bis Tian wieder zu sich käme. Im schlimmsten Fall würde er mit mir von dem in sich zusammenfallenden Palast vergraben werden. Selbst im Hof taten sich Löcher auf. Noch waren sie nicht sehr groß, doch das war nur eine Frage der Zeit.

Schon bald würde nichts mehr von diesem Anwesen übrig sein. Auch wir nicht.

Ich kenne einen Weg, den mein Vater … Artac … Er hat nicht von ihm gewusst, weil ich ihn als Kind gegraben habe. Wir können Tian zwischen uns nehmen. Jamie hatte sich das blutige Hemd wieder übergeworfen und half mir nun, Tian vom Stuhl zu hieven. *Wir müssen durch den Garten.*

»Gut. Alles ist besser, als hier rumzustehen«, stöhnte ich, als ich Tians Arm auf meine Schultern legte. Jamie tat es mir auf dessen anderer Seite nach, seinen eigenen Wunden zum Trotz.

Im Gleichschritt - was durch die zitternde Erde nicht einfach war - begaben wir uns auf den Weg, der von personenhohen Hecken gesäumt wurde.

Ich schwitzte so stark, dass der Griff um Tians Hand immer rutschiger wurde, je länger wir uns fortbewegten. Schweiß floss in Strömen von meinem Gesicht und Hals.

Es ist nicht mehr weit. Halte noch etwas durch, bat mich Jamie. *Du schaffst das.*

»Wir schaffen ... das ... zusammen«, presste ich hervor, weil ich es laut hören musste, um es zu glauben.

Dann endlich erreichten wir einen Pfad, der von einem Rosenspalier eingerahmt war und an einer klapprigen Hütte endete.

Die Tür schlug unter dem Zittern der Erde immer wieder auf und zu.

Dort hinein, sagte Jamie.

Ich justierte Tians Arm neu auf meinen Schultern, bevor Jamie die Tür aufzog und eintrat. Auch von innen war das hölzerne Konstrukt wenig beeindruckend. Mit Regalen links und rechts sowie einer Laterne, die an einem Haken von der Decke baumelte.

Im Boden ist eine Luke. Ich halte Tian fest.

Nicht für eine Sekunde zweifelte ich an Jamie. Ich überließ ihm Tians Gewicht und machte mich im Halbdunkel daran, die Luke zu finden. So groß war der Schuppen nicht und ich hatte nach ein paar Sekunden die Eisenschlaufe gefunden. Mit zusammengebissenen Zähnen zog ich das schwere Teil auf und offenbarte bodenlose Dunkelheit. Nach und nach gewöhnten sich meine Augen jedoch an den Anblick und ich konnte die Strickleiter ausmachen.

Da hinein? Unwillkürlich war ich wieder auf die lautlose Kommunikation umgestiegen. *Das sieht eher nach einem Grab aus.*

Da unten gibt es einen Tunnel, der uns rausführt. Es wird erst schlimmer, bevor es besser wird, hm?

Puh, ich glaube, die Redewendung hast du dir gerade ausgedacht. Immerhin waren wir beide noch zu Scherzen aufgelegt, was mir half, bei Verstand zu bleiben. *Aber wie kriegen wir Tian runter?*

Ich hatte gehofft, du könntest mit deiner Magie nachhelfen?

Vielleicht. Meine Reserven waren so gut wie aufgebraucht und vorhin hatte ich den Halt um den Magiestrang verloren. Ich hoffte, dass ich zumindest für ein paar Minuten eine mächtige Hexe ohne Probleme sein konnte.

Wir können dieses Seil hier an ihm befestigen und ihn daran runterlassen. Aber es würde nicht schaden, sein Gewicht zeitweise zu verringern.

Guter Plan.

Eilig half ich Jamie dabei, Tian zu präparieren, bevor ich meine Magie einsetzte und Jamie das Seil festhielt. Langsam ließen wir Tian den Schacht hinab. Ich spürte, dass ich die Magie nicht lange würde einsetzen können, doch bevor sie mir vollständig entglitt, war Tian unten angelangt.

Geh zuerst, bat mich Jamie. Ich sah ihn misstrauisch an, was seine Miene weicher werden ließ. Mit den Knöcheln seiner Hand strich er nur ganz kurz über meine Wange. Das Lächeln, das er mir gab, war mehr gequält und weniger fröhlich. *Keine Sorge, ich bleibe nicht zurück.*

Ich vertraue dir, sagte ich betont. Eine Herausforderung.

Dann, weil das Klappern der Holzwände ein Zeichen für

die baldige Zerstörung der Hütte war, machte ich mich an den Abstieg. Wie versprochen folgte mir Jamie keine Sekunde zu früh. Der Schuppen krachte mit Getöse zusammen. Holz und Staub fielen durch das Loch auf uns runter, verletzten aber keinen von uns.

Unten angekommen war es stockduster. Jamie entzündete eine Laterne, von der er hatte wissen müssen, dass sie da war.

Ich nahm als Erstes Tian zu meinen Füßen wahr. Als ich mich neben ihn in den Dreck kniete, um das Seil zu lösen, flackerten seine Lider.

»Tian?«

»Ich bin wach«, stöhnte er und regte sich. »Wo sind wir?«

Ich half ihm aufzustehen und das Seil zu entfernen. Das brachte ihn offenbar wieder in die Wirklichkeit. Sofort spannte sich sein Körper an.

»Unter der Erde«, murmelte ich. In wenigen Worten fasste ich ihm die Ereignisse nach seinem schiefgelaufenen Angriff zusammen.

»Jamie?« Er drehte sich zu seinem ehemals besten Freund um, der sich von uns wegbewegt hatte. Seine Augen wurden groß, als er die Verletzungen auf seinem Gesicht sah.

»Er spricht nicht«, sagte ich leise. *Ich glaube, es war alles etwas viel auf einmal.*

»Ist das eine Folterkammer?«, fragte er und wechselte das Thema. An den Wänden waren allerlei Utensilien angebracht, mit denen man jemandem unter größter Pein all seine Geheimnisse entlocken könnte.

Das ist meine Werkstatt. Ich habe gern Dinge repariert, erklärte mir Jamie, während er an der Wand mit den Werkzeugen entlangging, und ich leitete Tian die Worte weiter. *Es gibt einen Mechanismus. Ich war lange nicht mehr hier … Helft mir mal. Es muss eines der Werkzeuge sein.*

Zusammen gingen wir die einzelnen Gegenstände durch,

als meine Schritte plötzlich schmatzten. Blutiges Wasser hatte sich unter uns gebildet. Oder stieg von irgendwoher rasend schnell auf, weil die Hölle verrücktspielte.

»Uns bleibt nicht viel Zeit«, rief ich, als das Wasser bereits bis zu meinen Knien reichte.

»Ich hab's!«, verkündete Tian und bewegte eine Zange, bis sie genau senkrecht hing. Ein Klicken ertönte.

Jamie watete bereits zur gegenüberliegenden Wand, wo sich ein Rechteck auftat. Eine Klappe, die hochgeschoben wurde. Auf Höhe meiner Schultern.

»Wir müssen wohl krabbeln«, murmelte ich wenig begeistert.

Jamie trug den einzigen Stuhl im Raum, dem ich bisher keine Beachtung geschenkt hatte, bis vor das Loch, um den Einstieg zu erleichtern.

»Hauptsache hier weg. Ich helfe dir.« Nachdem ich auf den Stuhl geklettert war, drückte mich Tian ins Loch. Es war gerade breit genug, damit Tian und Jamie hindurchpassten.

Ich besaß nicht mal mehr genug Magie, um einen ordentlichen Lichtball zu kreieren. Mehr als ein unregelmäßiges Blitzen bekam ich nicht zustande. Meine Angst war zu meiner ständigen Begleiterin geworden. Vor allem, weil ich befürchtete, dass der Tunnel durch das Beben jeden Moment in sich zusammenkrachte. Außerdem würde das Wasser bald die Öffnung erreicht haben und unseren Fluchtweg fluten.

Wir mussten uns sehr beeilen.

»Bin hinter dir«, ließ mich Tian wissen.

Jamie?

Ich bin da. Geh.

Das Blitzen offenbarte mir nichts als enge Wände und einen gewundenen Gang, der verhinderte, dass ich weiter als zwei Meter sehen konnte. Trotz meiner Schmerzen, meiner nassen Kleidung und den glitschigen Händen, meiner Erschöpfung …

ich krabbelte schneller, als ich anfangs für möglich gehalten hatte.

Wir kamen sogar so gut voran, dass wir nicht von dem Blutwasser eingeholt wurden, und schon bald spürte ich nicht mal mehr das Beben. Irgendwann ging es sogar bergauf, und als meine Muskeln protestierten, öffnete sich der Tunnel zu einem Schacht, an dem eine Leiter an die Oberfläche führte.

Die Eisensprossen waren stabil und robust. Jemand, vielleicht Jamie, hatte sie tief in die Wand geschlagen, sodass sie unter meinem Gewicht nicht nachgaben. Eine Sprosse nach der anderen und dann endlich das Licht des Blutmonds, das sich auf mein Gesicht legte.

Götter, war ich froh, dass wir Tian dieses Mal nicht würden tragen müssen.

Ein Gitter am Ende der Öffnung ließ sich überraschend einfach zur Seite schieben, bevor ich herausklettern konnte. Keuchend löste ich meine Lichtmagie auf, musterte meine Umgebung, entschied, dass keine unmittelbare Gefahr im Wald auf mich lauerte, und ließ mich dann auf den Rücken fallen.

»Verflucht noch mal«, stöhnte ich.

Tian tauchte neben mir auf. Im Gegensatz zu mir stellte er sich hin und blieb aufmerksam.

»Wir haben es geschafft. Danke, Billie.«

Ich winkte unkontrolliert. »Bedanke dich später. Gerade kann ich das nicht würdigen.«

Jamie folgte einen Moment später. Ungewohnt schweigend. Auch er blieb aufrecht. Ein dunkler Zug auf seinem Gesicht, der mir nicht gefiel.

Etwas hatte sich unweigerlich an ihm verändert. In ihm.

Für mich bist du kostbarer als der letzte Stern am Nachthimmel. Das waren einst seine Worte an mich gewesen. Aber gerade jetzt fühlte es sich an, als gäbe es weder einen Nachthimmel noch einen Stern für Jamie.

32

Wir konnten hier nicht bleiben. Natürlich nicht. Deshalb riss ich mich zusammen, als wir uns auf den Weg zurück zum Portal machten.

Jamie kannte den Weg, auch wenn er weiterhin nicht redete. Er berührte irgendwann mal einen Stamm des Wilden Waldes und schloss konzentriert die Augen.

Hilft sie dir? Die magische Verbindung zwischen euch?, fragte ich ihn.

Etwas. Sie unterdrückt zusammen mit deiner Magie den Schmerz.

Immerhin etwas.

»Wir müssen uns beeilen. Zum einen wegen meiner Schulter, zum anderen wegen Jamie«, sagte ich zu Tian.

Nicht…, bat er lautlos.

Warum nicht? Er wird dich nicht verurteilen, Jamie.

Es sind meine Wunden. Behalte es für dich. Bitte.

»Jamie?«, fragte Tian, der natürlich keine Ahnung von der Folter hatte. Für ihn sahen die Gesichtsverletzungen vermutlich nicht mehr sonderlich schwerwiegend aus, nachdem ich sie größtenteils geheilt hatte.

Ich fühlte mich innerlich zerrissen.

»Äh, ich bin sicher, er will hier nicht länger als nötig bleiben«, redete ich mich um Kopf und Kragen. Ich wollte Tian nicht belügen, aber Jamie hatte recht. Das war sein Geheimnis.

»Keiner von uns, denke ich.« Tian überließ Jamie die Führung, der sich am besten auskannte. Ob der Palast eingestürzt war? Ob Artac bereits in Wimborne auf dem Thron saß? »Es tut mir leid, dass ich dich im Stich gelassen habe, Billie.«

»Er hat uns beide unerwartet getroffen«, sagte ich abgelenkt.

»Geht es Jamie gut?« Sorge färbte seine Stimme dunkel. Trotz der Kluft zwischen den beiden kümmerte sich Tian immer noch um Jamie.

Ich blickte auf den Rücken des Blutfaes. Weil sein Hemd schwarz war und unsere Umgebung dämmrig, konnte man das getrocknete Blut nicht erkennen. Doch abgesehen davon waren die inneren Verletzungen vermutlich viel schwerwiegender.

»Ich weiß es nicht«, antwortete ich ehrlich. »Artac, der Vampir, war sein Ziehvater und er war nicht … nett.« Eine gewaltige Untertreibung. »Sie haben miteinander gebrochen.«

»Das ist für ihn wahrscheinlich das Beste. Artac schien … keinen guten Einfluss auf ihn zu haben.« Mehr Worte verloren wir nicht über Jamie.

Was sollten wir auch sagen? Oder vielmehr, was sollte ich dazu sagen? Dass mein Herz für ihn schmerzte? Dass ich ihn umarmen wollte?

Nichts war genug und alles war zu viel.

Wie ich befürchtet hatte, zog sich der Rückweg in die Länge. Der Blutmond bewegte sich nicht am Himmel, doch dessen Farbe änderte sich. Von Nachtschwarz über Lila bis zu Rosa. Zunächst hatte ich Angst, dass die Sonne aufsteigen würde, aber Tian merkte nicht mal ein leichtes Brennen. Es ergab Sinn, dass dies die Welt der Vampirinnen und Vampire gewesen war. Ihre natürliche Umgebung.

Wir hätten Jamie fragen können, doch ich war sicher, dass er mit seinen eigenen Gedanken beschäftigt war.

Er führte uns zu meiner Erleichterung einen Weg entlang, der aufs Plateau führte, ohne dass wir die steile Wand hinaufklettern mussten. Geier gab es zwar immer noch, die uns neugierig umkreisten, aber da wir uns nicht an die Steinwand begaben, ließen sie uns in Ruhe.

Und von dort aus war es nicht mehr weit. Zumindest hatte ich das geglaubt, doch das Portal war unauffindbar.

Stirnrunzelnd sah ich mich auf der Ebene um. Tian neben mir.

»Wir sind genau hier rausgekommen«, sagte ich verwirrt.

»Vielleicht ist es weiter da vorn«, schlug Tian mit wenig Überzeugung in der Stimme vor.

Es gab nichts. Kein Portal. Kein Tor. Nichts.

Artac muss es verschoben haben, murmelte Jamie.

Oder verschlossen.

Das Brüllen von sich nähernden Katzenbiestern riss uns aus unserer Suche. Das Herz klopfte mir bis zum Hals, weil ich mich an unser letztes Zusammentreffen erinnerte. Wir hatten nur knapp überlebt. Doch jetzt, ohne meine Magie, die sich noch nicht regeneriert hatte, und nur mit Tians und Jamies Körperkraft?

Wir konnten uns nicht mal irgendwo zurückziehen, weil sich auf der Ebene rein gar nichts befand.

»Götter«, keuchte ich, als ich sie auf uns zusprinten sah. Sechs ausgewachsene Katzenbiester.

»Bleib hinter mir«, bat Tian.

»Das wird wohl kaum funktionieren ...« Immerhin hielt ich noch an meinem Sarkasmus fest.

Jamie stellte sich neben den Vampir. Die Hände gehoben, aber noch nicht gewandelt.

»Wird es, wenn du losrennst.« Strähnen fielen Tian ins Gesicht und warfen Schatten über seine Augen. Ich konnte in ihm lesen wie in einem offenen Buch. So wie ich hatte er erkannt, dass wir dieser Situation nicht gewachsen waren.

Ich überbrückte den geringen Abstand zwischen uns und stellte mich zwischen den Vampir und den Blutfae.

»Wenn ihr sterbt, sterbe ich auch. Lasst uns zumindest gemeinsam untergehen.«

»Billie ...« Tians Stimme brach. Die Bestien näherten sich. Nicht mehr nur Silhouetten am Horizont. »Ich wünschte ...«

Er kam nicht mehr dazu, mir zu sagen, was er sich wünschte, da wir in jenem Moment unterbrochen wurden. Resia, die Blutfae, die mich aus dem Kerker im Rathaus geholt hatte, sprang vor uns aus dem Nichts. Hektisch blickte sie sich um; erkannte erst die Bestien und dann uns.

»Worauf wartet ihr noch?«

»Resia?«, fragte ich atemlos.

»Los jetzt, oder wollt ihr zerfleischt werden?« Sie trat an Jamies Seite, der keineswegs überrascht war, sie zu sehen, und der sich von ihr stützen ließ. Ich hatte nicht bemerkt, wie geschwächt er war. Zu sehr war ich darauf fokussiert, mir nicht anmerken zu lassen, wie viel ich für ihn fühlte.

Tian und ich fingen uns schnell wieder. Er ließ mir den Vortritt, durchs glänzende Portal zu springen, das sich links von uns aufgetan hatte. Eine schimmernde, lockende Oberfläche.

Dieses Mal kam ich weitaus eleganter auf der anderen Seite auf und verlor nicht mein Gleichgewicht.

Tian, Jamie und Resia folgten direkt nacheinander aus dem Spiegel steigend. Die rote Flüssigkeit breitete sich wie gewohnt auf dem löchrigen Holzfußboden aus, doch das Portal stand nicht mehr dort, wo wir es zuvor gefunden hatten.

Mit Leinen verhüllte Möbel waren an die kargen, schmutzigen Wände gerückt. Wasserflecken bildeten ein unregelmäßiges Muster auf der cremefarbenen Tapete. Spinnweben hingen zwischen den Armleuchtern.

Jamie ließ eine Hand über dem Portal schweben, bis die Oberfläche nunmehr einem normalen Spiegel glich. Die Flüssigkeit verschwand, als wäre sie nie da gewesen.

»Was zur ...?« Tian war der Einzige, der unsere Retterin

nicht kannte, und die Verwirrung spiegelte sich in seinem Gesicht wider.

»Tian, das ist Resia. Resia, das ist Tian«, stellte ich sie einander vor. »Danke, Resia. Aber woher hast du gewusst …?«

»Ich weiß immer, wo sich mein König befindet«, sagte sie indigniert. »Es hat etwas gedauert, das Portal unbemerkt hierherzuschaffen. Es tut mir leid, dass ich nicht rechtzeitig gekommen bin, Jamie.« Sie spielte sicher auf seine Wunden an.

Ich warf einen Blick aus einem der beiden Fenster, das nicht von außen mit Holz verbarrikadiert war. Wir befanden uns nicht im Rathaus. Wo hatte sie uns hingeführt?

Wo auch immer wir waren, es war möglich, dass wir jeden Augenblick unterbrochen wurden.

Man mag es nicht glauben, aber ein paar Blutfae sind mir weiterhin treu. Jamie verschränkte die Arme. Sein alter Schneid blitzte in den Worten auf, was mich mehr erleichterte, als ich gedacht hätte.

»Wie sieht es im Rathaus aus?«, fragte ich Resia.

»Hektisch. Artac hat seinen Thron bestiegen und Lucille ist ihm treu ergeben wie ein braves Hündchen. Allerdings …«

»Ja?« Tian hatte ebenfalls einen Blick nach draußen geworfen und wirkte nur ein klein wenig erleichtert, dass wir uns nicht in der Nähe des alten Vampirs befanden.

»Artac ist vermutlich nicht begeistert, wenn er erfährt, dass wir überlebt haben«, sagte Jamie laut. Das erste Mal, seit Artac gegangen war.

Tian und ich warfen uns einen vielsagenden Blick zu. Auch er, der am allermeisten von seinem besten Freund hintergangen worden war, fühlte sich dadurch besser.

»Aber wir sind wahrscheinlich nicht seine Priorität, oder?«, fragte ich.

»Nein. Das wird die Sumpfhexe sein. Seine Partnerin, falls

sich während unserer Abwesenheit an der Front nichts geändert hat.«

»Sie greift mit ihren Hexen gezielt Gruppen von Vampiren und Blutfae an«, teilte Resia uns mit. »Lucille hatte alle Hände voll zu tun, bevor Artac aufgetaucht ist.«

Ich schüttelte den Kopf. Hauptsächlich aus Verwirrung. »Ich verstehe immer noch nicht so ganz, warum die meisten Blutfae lieber einem Vampir als dir gehorchen, Jamie. Resia einmal ausgenommen, natürlich.«

»Er hat ein paar Jahrhunderte Zeit gehabt, sich ihre Treue zu erschleichen. Blutfae sind schon einmal vertrieben worden. Durch Vampire. Viele von ihnen erhoffen sich Frieden, indem sie auf der Seite eines Gewinners stehen.«

»Und dabei ist es ihnen gleich, dass sie ihr Erbe verraten«, fügte Resia wütend hinzu. Sie hielt ihre Fäuste an den Seiten geballt. Wie auch im Rathaus trug sie ihre Uniform, hatte sich zudem noch einen Umhang angelegt.

»Immerhin folgen Hexen einer anderen Hexe. Selbst wenn es diejenige ist, die Schuld daran trägt, dass wir von Vampiren abhängig sind«, merkte ich sarkastisch an. Das Brennen in meiner Seele machte sich mittlerweile in Wellen bemerkbar, und weil mein Körper zudem geschunden war, konnte ich den Schmerz nicht mehr so gut ignorieren. Ich hielt mich mit einer Hand am Fensterrahmen fest.

»Alles in Ordnung?«, fragte Tian. Natürlich entging ihm nichts, was mich betraf.

»Es geht mir gut, nur ... Wir sollten uns vielleicht zu den anderen begeben.« Ich wollte nicht das schwache Glied sein, doch nicht mehr lange und ich würde zusammenklappen.

»Ich muss zurück, damit meine Abwesenheit nicht bemerkt wird«, sagte Resia mit einem sorgenvollen Blick auf Jamie.

»Sei vorsichtig. Wir bleiben in Kontakt, wenn ich weiß, was zu tun ist.« Er zwang sich zu einem Lächeln.

Resia verneigte sich leicht, ehe sie als Erstes durch die einzige Tür trat. Wir hörten noch, wie sie eine Treppe nach unten stieg und dann das Haus verließ.

Jamie griff nach einer Decke, die hinter dem Spiegel gelegen hatte. Ich half ihm dabei, sie über das geschlossene Portal zu werfen.

»Gehen wir nach Hause? Zum Anwesen?«, fragte Tian.

»Um unsere Niederlage zu berichten. Das wird großartig«, murmelte ich.

»Es hat für euch nie eine Chance gegeben, falls euch das aufmuntert«, sagte Jamie heiser. »Artac hatte zu viel Zeit, alles zu planen.«

»Nicht wirklich, aber danke für den Versuch.« Wir sahen einander an. Es gab so viel, das ich sagen wollte, doch kein Wort verließ meine Lippen.

Die Freude war groß, alle wohlauf im Anwesen zu sehen.

»Wir wollten auf euch warten, aber wir wurden entdeckt. Es sind drei Tage vergangen. Wir haben schon überlegt, wie wir noch mal ins Rathaus gelangen«, sagte Hugh. »Aber als wir zurückkamen, war der da geflohen.«

Jamie zuckte mit den Schultern, als wäre er nicht gemeint. Allesamt hatten sie ihm am meisten argwöhnische, aber auch bemitleidende Blicke zugeworfen.

»Drei Tage?«, echote ich ungläubig.

»Die Zeit in der Hölle vergeht anders«, sagte Jamie erklärend.

»Du konntest einfach so fliehen?« Bis gerade war mir nicht mal der Gedanke gekommen, dass er bei Tians und meiner Abreise unser Gefangener gewesen war. Ich war so von allen anderen Dingen abgelenkt gewesen.

»Es gab keinen Moment, in dem ich nicht hätte gehen können«, antwortete er. »Ich hoffe, ihr könnt meine Anwesenheit auch ohne Fesseln akzeptieren.«

»Aber warum bist du uns nachgekommen?« Ich verstand das alles immer noch nicht ganz.

»Hier in Wimborne waren mir die Hände gebunden. Ich hatte gehofft, euch in der Hölle noch rechtzeitig zu erreichen. Dort hat der Bannzauber das letzte Mal keine Wirkung gezeigt, aber Artac …« Er räusperte sich und sah zu Boden. Anders als wir anderen hatte er sich nicht in die Küche gesetzt oder irgendwo angelehnt, sondern er stand vor dem Ausgang. Sein Rücken. Ich musste mich um seinen Rücken kümmern.

Deine Schulter sollte zuerst gereinigt werden, sagte er, weil ich ihm versehentlich meine Gedanken gesandt hatte.

Ich wollte seinen Blick auffangen, doch er wich mir noch immer aus.

»Wie seid ihr zurückgekommen? Was ist passiert?«, fragte Elma.

»Eine von Jamies Blutfae, die ihm noch treu ergeben sind, hat uns geholfen, aus der Hölle zu entkommen.«

»Und was ist mit dem alten Vampir? Der Konvergenz …?« Frinn runzelte besorgt die Stirn.

»Ich will euch gern alles erzählen, aber ich kann mich kaum noch auf den Beinen halten«, gestand ich. Auch wenn ich mit ihnen fühlte, konnte ich mir gerade nichts Schlimmeres vorstellen, als ihnen Rede und Antwort zu stehen. Ihnen unser glorreiches Versagen mitzuteilen.

»Oh, natürlich.« Kit stützte mich. »Komm, ich begleite dich nach oben.«

»Jamie kommt mit«, verkündete ich und erntete ungläubige Blicke, aber niemand widersprach. Auch Tian nicht, der dennoch einen Gedanken sandte.

Es ist besser, wenn ich sie alle schnellstmöglich einweihe, sagte er tonlos.

Danke. Ich muss Jamies Wunden heilen. Sehen wir uns später?

Dass ich die Verletzungen am Rücken meinte und nicht die im Gesicht, ließ ich unerwähnt. Ich hoffte, dass ich dies später nachholen könnte. Wenn Jamie es mir erlaubte.

Sicher. Er klang distanziert, als er auf die Tischplatte blickte.

Ich wollte mich bei ihm entschuldigen. Wollte ihm den Schmerz nehmen, den ich ihm offensichtlich zugefügt hatte.

Nichts davon konnte ich in der Situation tun. Ich hoffte, dass sich später eine Möglichkeit ergeben würde. Gleichzeitig fürchtete ich den Moment.

»Hallo Bam«, begrüßte ich den Geist einige Minuten später in meinem Zimmer. »Solltest du nicht bei Rosy sein?«

»Wahrscheinlich freut er sich bloß, dich zu sehen. Er hat sich von seiner besten Seite gezeigt in den letzten Tagen«, sagte Kit nachsichtig.

»Habe nichts anderes erwartet.« Wenn ich Bam hätte tätscheln können, hätte ich das getan. So blieb mir nur, ihm ein Lächeln zu schenken.

Er stöhnte zweimal, fuhr durch meinen Körper hindurch und verschwand dann – vermutlich zurück zu seinem Posten. In mir hinterließ er eine unangenehme Kälte, die ich ihm nicht übel nehmen konnte.

Jamie betrat unsicher das Zimmer und setzte sich dann auf den Hocker vor einem der Fenster, ohne seinen Rücken irgendwo anlehnen zu müssen.

Ich komme schon allein klar, sagte er.

Ich werde Kit nichts sagen, aber ich werde mich um deine Verletzungen kümmern. Sobald sie nach meinen gesehen hat. Das brachte ihn zum Schweigen.

Kit warf ihm nur einen kurzen Seitenblick zu. Doch er tat nichts anderes, als mit geschlossenen Augen dazusitzen, was sie wohl beruhigte. Anschließend holte sie ihren perfekt zusammengesetzten Zauberstab hervor, der wie ein schön geformter Zweig wirkte. Erst beim näheren Hinsehen erkannte ich die etwas helleren Schnörkel und Muster, die wie geschnitzt wirkten.

»Es hat geklappt?«, fragte ich unnötigerweise.

Stolz nickte sie. »Hattie war mir eine große Stütze. Sie ist wirklich eine beeindruckende Person.«

»Ich wünschte, wir würden uns nicht in so unsicheren Zeiten befinden, dann könntet ihr eure gemeinsame Zeit genießen«, murmelte ich, als wäre es meine Schuld.

Kit seufzte. »Wir hoffen auf das Beste. Und jetzt lass mich deine Wunden heilen. Mit meinem Zauberstab ist das nun ein Klacks!«

Sie ließ Taten auf ihre Worte folgen. So schnell, dass ich kaum realisierte, dass sie Magie nutzte, hatte sie sowohl meine Schulter als auch meine Verbrennungen und Kratzer vollständig geheilt. Kein Vergleich zu meinem schludrigen Versuch in der Hölle.

»Fast wie neu!« Sie strahlte förmlich, als sie den Zauberstab in die Innentasche ihrer Tunika steckte.

»Kostet es dich gar nichts?«

»Doch, aber was sollte ich sonst tun? Du musst gesund sein. Wie wir alle. In ein paar Stunden geht es mir wieder besser.«

Jetzt bemerkte ich auch den leichten Schweißfilm auf ihrer Stirn, weil sie sich zu mir herabgebeugt hatte, um mir gegen die Nasenspitze zu tippen.

Einzig der Biss an meinem Hals, den ich behelfsmäßig mit der Stoffserviette umwickelt hatte, blieb übrig. Doch ich entschied, dass ich der Kirke genug abverlangt hatte. Die Bisswunde würde mich schon nicht umbringen.

»Danke, Kit.« Zögerlich sah sie mich an. »Ja?«

»Kann ich euch allein lassen?«

Ich lachte leise. »Er wird mich schon nicht angreifen. Es ist alles gut. Wir kommen gleich wieder nach unten.«

»Du solltest dich besser ausruhen. Du siehst furchtbar aus.«

»Vielen Dank auch.« Ich lächelte, um meinen sarkastisch gemeinten Worten die Schärfe zu nehmen.

»Du bist keine Vampirin, Billie.« Sie drückte einmal meine geheilte Schulter. »Ich höre mir von Tian an, was geschehen ist, und bringe euch dann etwas zu essen. Bis später.«

Nachdem sie die Tür hinter sich zugezogen hatte, trat ich vor Jamie, der immer noch die Lider geschlossen hatte.

»Zieh dein Hemd aus und leg dich aufs Bett.«

»Oh, kein Vorspiel?«, witzelte er, aber es klang gezwungen. Das Grau seiner Augen wirkte dunkel und steinern.

»Wir sind allein, Jamie, kein Grund, mir etwas *vorzuspielen*.«

»Wie du meinst«, raunte er, aber diskutierte nicht weiter.

Ich holte aus dem Waschraum heißes Wasser und stellte die Schüssel neben dem Bett auf das Nachtschränkchen. Jamie hatte sein Hemd aufgeknöpft, saß aber noch auf der Bettkante wie ich vorhin. War es sehr schlimm, dass mich der Anblick seines gestählten Oberkörpers nicht kaltließ?

Das war definitiv nicht der Moment, um daran zu denken, wie es wäre, von ihm in die Arme gezogen zu werden. Wie es wäre, meine Wange an sein Herz zu legen oder mit den Händen …

»Erst deine Bisswunde«, sagte er tonlos.

Ich verdrehte die Augen. »Diskutieren wir wirklich darüber?«

»Die Bisswunde.«

»Fein.«

Ich löste die Serviette, was mehr wehtat als angenommen. Das Blut war getrocknet und hatte den Stoff an die Wunde gepresst. Jamie stellte sich hin, um mir dabei zu helfen.

»Ich mach das«, raunte er und ich ließ als Antwort die Hände sinken. Mit geübten Bewegungen wusch er die Wunde aus, die wirklich nicht viel mehr als zwei Löcher war, und trug dann die Salbe auf, bevor er sie mit einem frischen Leinentuch um meinen Hals verband. All das, ohne dass einer von uns ein Wort verlor. Weil ich nur darüber nachdenken konnte, ihn nicht anzufassen.

Mit geballten Fäusten stand ich ihm wenige Zentimeter entfernt gegenüber und starrte gegen seine blutverschmierte Brust. Sie wirkte wie in Stein gemeißelt. Stark und …

Reiß dich zusammen, sagte ich mir selbst. Dann endlich rückte er von mir ab.

»Fertig.«

»Super. Danke. Tut kaum noch weh.« Er nickte einmal, ohne mich anzusehen. »Dann kümmere ich mich auch zuerst um dein Gesicht.«

»Das muss du nicht tun, Billie. Es hat sich nichts verändert.«

»Warum weist du meine Hilfe jetzt ab, nachdem du mich die ganze Zeit nicht in Ruhe lassen konntest?« Verärgert wandte ich mich ab und sammelte all die Utensilien zusammen, die ich später noch für seinen Rücken brauchen würde.

»Ich brauche dein Mitleid nicht.«

»Und ich habe deine Aufmerksamkeit auch nicht gebraucht. Hör auf, dich kindisch zu verhalten, und lass mich dir helfen.«

Ich unterdrückte ein erleichtertes Aufatmen, als er sich endlich wieder auf die Kante setzte. Zum Glück hatte hier meine Magie ganze Arbeit geleistet, sodass ich nur noch etwas Salbe auftragen musste.

»Werden Narben bleiben? Oder heilt das alles ab? Die Salbe meiner Tante ist gut, aber ich weiß nicht, wie sie bei einem Blutfae wirkt.«

»Das ist nicht wichtig.«

»Natürlich. Du hast recht«, beeilte ich mich zu sagen. Die Narben, die von Rosys Attacke übrig geblieben waren, waren bei mir im Gesicht vollkommen verblasst. Doch selbst wenn sie geblieben wären, hätte ich mich damit arrangieren können. Jamie hatte recht. »So, jetzt leg dich hin.«

Er zögerte. »Das ist ...«

»Ich habe es bereits gesehen, Jamie. Komm schon.«

Seufzend zog er sein Hemd aus. Jede Bewegung schien ihn zu peinigen. Ich tat mein Bestes, geschäftig zu wirken und ihn nicht zu beobachten.

Auch wenn ich wollte, half ich ihm nicht dabei, sich auf den Bauch zu legen. Trotz meiner Heilversuche in der Hölle sah sein Rücken noch immer katastrophal aus. Ich konnte kaum hinsehen.

»Es war schon mal schlimmer«, sagte er, weil er natürlich all meine Gedanken hören konnte. Oder er hatte lediglich mein plötzliches Schweigen richtig interpretiert.

»Wie ...« Ich stockte.

»Wie konnte ich bei ihm bleiben?« Seine Stimme klang gedämpft, weil er mit der Wange auf dem Kissen lag. »Er ist mein Vater.«

»Er verdient diese Bezeichnung nicht.« Meine Eltern waren zwar bereit gewesen, ihre Tochter wegzugeben, aber sie hatten nicht ein einziges Mal die Hand gegen mich erhoben.

»Wenn nicht er sie verdient, gibt es niemanden, den ich so nennen kann, Billie. Autsch.« Er zuckte zusammen. Ich hatte begonnen, mit einer Pinzette sämtliche Fremdkörper aus seinen Wunden zu fischen. »Ich glaube, dein Zauber lässt allmählich nach.«

»Was ist mit deiner eigenen Heilung? Blutfae heilen schneller als Menschen, oder?« Ich überging seine Antwort geflissentlich. Dieser Punkt würde uns nur auseinanderbringen.

»Bei so tiefen Wunden dauert es immer eine Weile.«

Ich wusch die Wunden sorgfältig mit dem abgekochten Wasser aus, bevor ich die Salbe auftrug.

»Wie oft ...« Ich schluckte schwer. Plötzlich wusste ich nicht mehr, ob ich die Antwort wissen wollte.

»Ein paarmal. Je älter ich wurde, desto weniger oft.« Resignation schwang in seiner Stimme mit. »Ich habe meinen Ungehorsam besser verschleiern können.«

»Ungehorsam? Hast du nicht alles für ihn getan? Einen Komplott kreiert? Vampire getötet, die euch im Weg standen? Den Rat ausgeschaltet und die Blutfae zurückgeholt?«

Er stieß ein trockenes Lachen aus, das sich zu einem Zischen wandelte, als ich begann, die Salbe aufzutragen.

»Davor. Als ich jünger war. Ich durfte von niemandem außer den Bediensteten gesehen werden. Durfte mich zunächst nur im Palast aufhalten und mit niemandem reden. Musste gehorchen ...« Er seufzte. »Also all das, was keinen Spaß macht.«

»Und trotzdem hast du getan, was er von dir verlangt hat.«

»Müssen wir jetzt darüber reden?«

»Weißt du was? Ja. Ja, das müssen wir. Wenn du willst, dass wir auf irgendeine Weise zusammenarbeiten, dann hast du gefälligst meine Fragen zu beantworten!«

»Immerhin hat sich der Bannzauber aufgelöst, jetzt, da du Artac begegnet bist.«

»Wie hat er funktioniert? Richte dich auf, dann kann ich dich verbinden«, fügte ich hinzu, weil ich auch das letzte bisschen der Salbe verwendet hatte.

Als er mir gehorchte, rückte er zum Bettende, während ich mich vor ihn stellte. Unsere Gesichter befanden sich auf einer Höhe, da das Bett so hoch war. Ich hätte mich in dem Grau seiner Augen verlieren können, wenn ich nicht bereits von seinem Oberkörper abgelenkt gewesen wäre. Er war blass, seine Muskeln traten deutlich hervor und es schien, als hätte er schon eine Weile nicht mehr ganz so gut gegessen.

Bevor ich ihn mit dem Verband umwickelte, tunkte ich ein zweites Tuch noch einmal ins Wasser und wischte das getrocknete Blut von seinen Schultern und Armen. Dabei spürte ich seinen durchdringenden Blick die ganze Zeit auf mir.

»Ich kann nur mit denjenigen über Artac sprechen, die entweder seinen Namen kennen oder ihm begegnet sind.«

»Er hat dir also nie wirklich vertraut?«

»Er vertraut nur sich selbst.«

»Am besten stellst du dich hin«, bat ich ihn.

»Ich kann das auch allein.«

»Zweifellos«, sagte ich trocken, war aber froh, als er sich tatsächlich erhob und mir die Möglichkeit gab, den Verband unter seinen Achseln hindurch und dann über seine Schultern zu führen. Dabei kam ich ihm sehr, sehr nah, weil ich die Mullbinde an seinem Rücken von einer Hand in die andere nehmen musste. Meine Nasenspitze berührte beinahe sein Schlüsselbein. Jedes Mal ein Tanz am Abgrund.

Ich schluckte schwer, weil mich die Nähe keineswegs kaltließ.

Es ist nur das Band, sagte ich mir selbst, obwohl ich wusste, dass er bestimmt meinen Gedanken lauschte. Vielleicht sagte ich das auch gerade deswegen. Damit er sich nichts auf meine körperliche Reaktion einbildete.

Trotzdem, das Herz hämmerte mir in der Brust.

»Warum hast du seine Befehle befolgt, Jamie?«, kam ich wieder zum eigentlichen Thema zurück. Auch, um mich von seiner Wärme abzulenken.

»Was hätte ich sonst tun sollen? Ich hatte niemanden. Er ist … war meine Familie. Aber als es so weit war, dich zu ihm zu führen, den Blutfae wieder ihren Rang abzuerkennen und Vampiren die Zügel zu überlassen … Das konnte selbst ich nicht tun. Das war nicht das, was ich wollte.« Er rieb sich über die dunklen Bartstoppeln. »Im Nachhinein lässt es sich einfach sagen, dass ich anders handeln würde, hätte ich noch mal die Chance. Weil ich jetzt weiß, wie es sich anfühlt. Es wäre mehr wert gewesen, wenn ich mich von Anfang an von Artac hätte abwenden und meinen eigenen Weg gehen können. Reue hilft jetzt niemandem mehr. Sie macht mich nicht zu einem Helden. Zu jemand Reformiertem. In den Augen vieler bin ich zu Recht der Bösewicht und das werde ich vermutlich für immer sein.«

Schweigend befestigte ich den Verband vorne vor seiner Brust mit zwei Klammern. Einen Moment ließ ich meine Handfläche auf seinem Rippenbogen liegen, ehe ich mich zurückzog. Ich spürte seinen schnellen Herzschlag. Die Wärme, die er vor seiner Enthüllung verschleiert hatte.

»Fertig«, sagte ich leise.

»Danke«, raunte er. Damit drehte er sich um, nahm sein Hemd und verließ das Zimmer.

Ich betrachtete die Hand, die ihn berührt hatte.

Warum überkam mich jäh der Drang, in die Knie zu gehen und zu weinen, als hätte er mir das Herz gebrochen?

Er hatte recht. Er war der Bösewicht. Und trotzdem änderte das nichts daran, dass sein Schmerz der meine war.

33

Ich erwachte jäh und am ganzen Körper angespannt. Meine Augen brannten, weshalb ich sie wieder schließen musste, obwohl meine Instinkte mich anschrien. Doch es gab keine unmittelbare Gefahr. Ich war sicher in meinem Schlafzimmer in Tians Anwesen. In meinem Bett.

Artac wusste entweder noch nicht, dass wir überlebt hatten, oder er wurde von ... wichtigen Angelegenheiten abgelenkt.

Nachdem sich meine Augen nicht mehr so trocken anfühlten, wagte ich, sie zu öffnen. Dämmriges Licht, das Flackern einer einzelnen Kerze auf der gegenüberliegenden Kommode, die Kit wohl für mich angelassen hatte. Draußen herrschte Dunkelheit. Keine weißen Wolken und nur der Schnee auf den Dächern, der ohne einen Mond jedoch kein Licht reflektieren konnte.

Es herrschte drückende Stille, die mich eigentlich beruhigen sollte. Solange es keine Kampfgeräusche oder dergleichen gab, musste alles in Ordnung sein, oder nicht?

Seufzend gab ich dem Druck meiner Blase nach und torkelte in den Waschraum.

Nachdem ich wieder klar denken konnte, klatschte ich kaltes Wasser in mein Gesicht und zog mir anschließend etwas Praktisches an. Eine weiche schwarze Wildlederhose zusammen mit einem Leinenhemd und einer grauen Wolljacke. Ich musste ein paar Minuten mit meinem Haar kämpfen, weil ich vor dem Schlafengehen zu müde gewesen war, meine roten Locken zu kämmen.

Schließlich bediente ich mich noch an meinem eigenen Waffenarsenal, beließ es aber bei kleinen Messern und Werkzeugen. So paranoid war ich nun nicht, mit einem Kurzschwert im Haus herumzulaufen. Außerdem hatte sich meine Magie so gut wie erholt, und selbst wenn mich das Brennen daran erinnerte, dass meine Lebenszeit knapp bemessen war, war ich für den Moment zuversichtlich.

Mein erster wirklicher Gedanke galt Jamie, doch ich wollte ihn nicht sehen. Was sollte ich auch zu ihm sagen? Es gab nichts, das die Situation für uns beide erträglicher gemacht hätte. Er trauerte um seine Vaterfigur und ich musste mit meinen Gefühlen klarkommen.

Tian? Als er mir nicht antwortete, wurde ich misstrauisch. Hatte er sich ebenfalls schlafen gelegt? Selbst wenn er als Vampir nicht viel Schlaf benötigte, hatte sein Körper gelitten. Dabei wusste ich nicht mal die Hälfte von dem, was ihm widerfahren war, während ich auf mich gestellt Hindernisraum für Hindernisraum überlebt hatte.

Einen Teil davon hatten wir uns auf dem Rückweg vom Palast zum Portal auf mentale Weise erzählt, aber ich war so müde gewesen, dass ich mich kaum noch hatte konzentrieren können.

Unsicher ging ich den Korridor entlang. Auch hier wirkte alles friedvoll und normal. Die Messingleuchter erhellten den langen Gang mit den leicht verstaubten Landschaftsgemälden und der breite Teppich verschluckte meine Schritte. Ich steuerte direkt auf Tians Zimmer zu, dessen Tür sperrangelweit geöffnet war. Kein Tian.

Wo konnte er sein? Unten bei den anderen? Oder in seinem Arbeitszimmer? Vielleicht in der Werkstatt?

Angst kribbelte in mir. Noch nicht greifbar, aber bereit, mich zu verschlingen.

Tatsächlich fand ich Tian im Speisesaal. Der Raum war

mit seiner u-förmigen Tafel aus dunklem Holz und mit den mehreren Dutzend Stühlen riesig. Hinter der Kopfseite des Tischensembles gab es ein beeindruckendes Wandgemälde in gedeckten Erdtönen, das eine Abbildung der Markthalle in Westwend an einem geschäftigen Tag zeigte. Weiße Amphoren zwischen schmalen Rundsäulen auf hohen Sockeln schmückten die linke Wandseite, während sich auf der rechten die Säulen mit Rundbogenfenstern abwechselten.

Vor einem dieser Fenster standen Tian und Jamie nebeneinander. Mit einem halben Meter Abstand zwischen sich. Jamie stützte sich mit einer Hand an der Wand ab, wohingegen Tian die Arme abweisend verschränkt hatte. Er war Jamie zugewandt. Wahrscheinlich, um jegliche Reaktion seinerseits wahrzunehmen. Es war deutlich, dass er ihm nicht vertraute. Trotzdem wunderte es mich, die beiden zusammen vorzufinden.

Dazu kam noch, dass Tian nicht auf mein Rufen reagiert hatte.

Ich räusperte mich.

Sofort zuckten sie zusammen, als hätte ich sie bei etwas Verbotenem erwischt. Mir kam der Gedanke, dass Tian mich absichtlich ausgesperrt hatte. Dieser verflüchtigte sich allerdings, als ich die Erleichterung spürte, die von ihm auf mich überging. Er freute sich, mich zu sehen.

»Eine überraschende Kombination, ihr zwei«, sagte ich möglichst leicht, während ich an den Tischen und dem riesigen offenen Kamin vorbeiging.

Jamie fuhr sich mit einer Hand übers verunstaltete Gesicht. Die Wunden hatten sich unwesentlich verbessert. Den Blick hielt er gesenkt. Fast wollte ich ihm glauben, dass er von seinem Gewissen geplagt wurde. Stattdessen war ich davon überzeugt, dass er mir etwas verheimlichen wollte.

»Jamie wollte sich entschuldigen. Noch mal. Und er hat mir

von Artac erzählt«, erklärte Tian, an dessen Seite ich mich stellte. Zwischen ihn und Jamie. »Hast du gut geschlafen?«

»Mehr oder weniger. Wie lange habe ich geschlafen?«

»Ein paar Stunden. Es ist überraschend ruhig da draußen.« Mit einem Kopfnicken deutete er aus dem Fenster, aus dem ich die Straße erblicken konnte. Einzelne Passanten gingen vorbei. Obwohl sie schnellen Schrittes voran gingen, fehlte ihnen die gehetzte Aura, die ich die letzten Male wahrgenommen hatte. Keine prüfenden Blicke über die Schulter. Keine sichtbaren Waffen.

Langsam sah ich zu Jamie. »Gibt es noch mehr zu erzählen?«

Der Blutfae legte den Kopf in den Nacken und lachte trocken auf. Mir war nicht ersichtlich, was an meiner Frage so witzig sein sollte.

Außerdem störte es mich, weil es eine Distanz zwischen uns kreierte, die vorhin nicht da gewesen war. Während meine Hand auf seinem Herzen gelegen hatte.

War es falsch von mir, so zu empfinden?

»Wir setzen uns besser. Das kann eine Weile dauern«, verkündete er und rückte sich den ersten Stuhl zurecht.

Da ich nicht in einer Reihe mit beiden sitzen wollte, zog ich meinen Stuhl zum Fenster. Tian tat es mir nach, sodass wir wie eine geschlossene Front wirkten. Ich wusste nicht, was ich davon halten sollte.

»Ich habe Tian schon in den Bannzauber eingeweiht.«

»Wichtig wäre vielleicht noch zu wissen, was wir von Artac zu erwarten haben. Wie bist du zu ihm gekommen? Wie lange hast du bei ihm gelebt?«, fragte Tian überraschend neugierig.

»Ich wurde von meinen eigenen Eltern in der Hölle ausgesetzt. Einer von Artacs Dienern hat mich vor dem Palast aufgelesen. Er hat mich zu ihm gebracht, und der Rest ist Geschichte.« Jamie wedelte mit einer Hand. Die Erinnerung wie eine lästige Fliege, die er zu vertreiben versuchte, während ich sie einfangen wollte.

Hör auf damit, bat ich ihn.

Seine Augen sprühten verärgert Funken, als er mich fixierte. *Womit?*

So zu tun, als würde dich all das nichts angehen. Erstens stimmt das nicht und zweitens zieht es das Gespräch nur unnötig in die Länge.

Ah, du willst mich schnell wieder loswerden.

Das war nicht …

»Er hat dich also aufgezogen und dir gesagt, was du zu tun hast?«, fasste Tian das Gesagte und Ungesagte zusammen.

»Du warst schon immer sehr nüchtern in deiner Erzählweise«, murrte Jamie.

»Ich bin nicht derjenige, der etwas zu erzählen hat.«

»Jaja, ich weiß. Aber du hast recht. Artac hat mir alles beigebracht, was er für wichtig erachtet hat, und mich dann durch eines der Portale geschickt. Sie haben sich nur sporadisch geöffnet und es war schwer, eines von ihnen zu erwischen. Den Spiegel habe ich erst durch meine Konvergenz mit dir kreieren können, Billie.« Holz knarrte auf dem Flur und der Wind ließ die Fenster klappern. Draußen zogen die ersten Wolken auf und schoben sich vor den dunklen Himmel. »Ich sollte mich zunächst im Hintergrund halten und Bericht erstatten. Dann ging es darum, die Vampire, die ihm den Rücken gekehrt hatten, zu bestrafen.«

»Dafür hast du mich benutzt.« Das Thema hatten wir bereits angeschnitten.

»Erst später. Anfangs habe ich das noch selbst erledigt. Während ich nach einer Möglichkeit gesucht habe, den Wilden Wald heraufzubeschwören. Ich war der einzige Blutfae hier. Artac hat mir nicht viel Spielraum gelassen, weil er befürchtete, erneut verraten zu werden.«

»Als ich dir von dem magischen Instrument erzählt habe,

das ich hier gefunden habe, hast du deine Chance gewittert«, schlussfolgerte Tian kühl.

»Ich wusste genauso wenig wie du, um was es sich dabei handelt. Erst nach ausführlicher Recherche habe ich seinen möglichen Nutzen herausgefunden.« Jamie klang indigniert. »Als ich dann auf dem Thron saß wollte Artac, dass ich ihm eine mächtige Hexe schicke. So war es abgemacht. Sie muss mächtig sein, weil sie die Hindernisse überwinden muss, damit sie zu ihm gelangen kann. Auf gar keinen Fall hatte ich dich dabei im Sinn, Billie. Außerdem habe ich nie etwas in diese Richtung unternommen. Doch Lucille hat ihm von dir erzählt und mich unter Druck gesetzt.«

Es war seltsam, endlich Antworten auf meine unzähligen Fragen zu bekommen. Jamie und ich hatten in derselben Welt gelebt, aber wir waren unterschiedlichen Geschichten gefolgt. Nur zusammen ergaben sie ein Ganzes. »Warum wolltest du ihm niemanden schicken?«

»Ich bin bei Artac aufgewachsen und kurz danach hergekommen«, antwortete Jamie, während er seine Hände massierte. Er hatte etwas mehr Farbe im Gesicht als vorhin. »Für mich gab es nur Vampire, Menschen und Hexen. Ich kannte keine anderen Blutfae, auch wenn sie von mir gehört hatten. Artac hat mich anfangs benutzt, um sich ihr Vertrauen zu sichern. Ich bildete seinen Pfad. Dann aber holte ich sie zu mir. Wir kamen ins Gespräch und ich realisierte sehr schnell, dass sie nur Frieden wollten. In ihrer Heimat.«

Alles Weitere hatte mir Jamie bereits gesagt. Warum die Blutfae Artac gehorchten und nicht ihm. Er fügte noch hinzu, dass Artac keinen anderen Herrscher neben sich duldete. Weder Jamie noch Lucille. Ob jene sich mit ihrer Rolle als seine Untergebene zufriedengab?

»Ich wünschte, du hättest uns irgendwie mitteilen können, dass wir auf *keinen* Fall in die Hölle gehen sollen«, sagte Tian.

»Ich habe es versucht, aber der Bannzauber ...« Ich erinnerte mich daran, dass er mich gewarnt hatte. Doch ich hatte ihn nicht ernst genommen. »Abgesehen davon war ich mir lange sicher, dass ihr nie bis zu Artac vordringen würdet.«

»Was meinst du damit?« Tian war genauso verwirrt wie ich.

»Keiner von euch beiden hat Artac je zuvor in meinem Beisein erwähnt und plötzlich kennt ihr seine Geschichte gut genug, um ihn aufzusuchen?«

»Ich wollte das Band zwischen uns allen zerstören«, sagte ich.

»Und wer hat euch davon erzählt?«, presste Jamie weiter. Ich erkannte, dass er längst darüber nachgedacht hatte und die Antwort kannte.

»Thali und ...« Ich stockte. Sie war nicht die einzige Person gewesen. »Ellewy.«

Zufrieden setzte sich Jamie mit verschränken Armen aufrecht hin. »Ich kenne sie nur aus der Ferne, aber ich bin sicher, sie arbeitet mit ihm zusammen. Schade, dass ich sie damals nicht erwischt habe. Ich war mir sicher, dass jemand aus dem Rat mit Artac in Kontakt steht.«

»Du hast nicht etwa geglaubt, ich sei es?« Tian wäre bei Jamies Überfall beinahe draufgegangen.

»Nicht für eine Sekunde.« Jamie hielt seinem Blick stand. »Wie ich dir bereits sagte, bereue ich es, dass ich Lucille freie Hand gelassen habe. Weil sie ebenfalls für Artac arbeitet, hatte ich zumindest bis dahin keine Wahl.«

»Das ist bloß eine Entschuldigung.« Tian wandte den Blick ab.

»Vielleicht. Sie ändert aber nichts daran, wie sehr ich meinen besten Freund vermisse.«

Tian erwiderte nichts. Da er seine Gedanken nicht vor mir verschloss, hatte ich eine Ahnung davon, wie er mit sich selbst rang. Einerseits wollte er seinen Freund zurück, andererseits war zu viel vorgefallen.

»Ich würde gern zu den anderen, damit wir uns zusammensetzen können«, verkündete ich in das unangenehme Schweigen hinein.

»Was bleibt noch? Du hast bereits einmal versucht, gegen Artac zu bestehen, und dir ist es nicht gelungen.«

»Danke für die Erinnerung, Jamie.« Unwillkürlich rieb ich mir über die verbundene Bissstelle an meinem Hals. »Ja, wir haben versagt, doch es gab Informationen, die uns im Vorhinein geholfen hätten. Dass meine Anwesenheit eine Schwäche darstellt, zum Beispiel. Wenn Tian allein gegangen wäre, hätte er ihn erledigen können. Ohne um mich fürchten zu müssen.«

Danke für dein Vertrauen. Tian meinte es ernst, fand es aber auch amüsant, dass ich ihn so verteidigte.

»Du musst ja nichts zu unserem Plan dazutun«, fügte ich noch in Jamies Richtung hinzu.

Als gäbe es noch die Möglichkeit, mich da rauszuhalten, sagte er lautlos.

Würdest du sie denn nutzen, wenn es sie gäbe?

Er blieb mir eine Antwort schuldig.

Letztlich setzten wir uns in Bewegung und wählten den kürzesten Weg über einige der unzähligen Dienstbotentreppen. Ich wollte Ellewy loswerden. Was, wenn sie bereits eine Nachricht an Artac gesandt hatte und er nun wusste, dass wir noch lebten? Verflucht.

Ich erreichte die unterste Stufe der letzten Treppe und stand vor einer von einem dicken Teppich verhüllten, unscheinbare Holztür. Staub kroch mir in die Nase und löste einen Niesreiz aus. Bevor ich diesem jedoch nachgeben konnte, drückte mir Tian die Nase zu und mein Niesen wurde auf halbem Weg gestoppt.

»W...?«

Er drückte einen Finger auf seine Lippen, während er sich an mir vorbeischob.

Jemand befindet sich im Haus, der hier nicht hingehört, sagte er mir durch unser Band.

Ungebetene Gäste, sandte mir Jamie gleichzeitig zu.

Götter, war das ärgerlich.

Tian öffnete die Tür. Ich hielt den Teppich zur Seite, damit ich mit ihm zusammen dahintersehen konnte. Der Korridor war leer. Doch jetzt, ohne die Dämpfung durch Teppich und Tür, konnte ich das hören, was die beiden anderen mit ihrem besonderen Hörvermögen bereits vernommen hatten.

Die Stimmen von Fremden. Auch wenn ich nicht ausmachen konnten, was sie sagten, so war der Tonfall unmissverständlich aggressiv. Es mussten mindestens drei oder vier Personen sein. Wahrscheinlich mehr, wenn sie die anderen überwältigt hatten.

Artac?, fragte ich Tian, als er die Tür wieder zuzog und sich uns zuwandte. Jamie stand noch immer auf der letzten Treppenstufe.

Lucille, antwortete er düster.

Hatte uns Ellewy tatsächlich ein weiteres Mal verraten? Was wollte Lucille nun? Artacs Drecksarbeit erledigen?

»Wer ist es?«, fragte Jamie, der schließlich nicht in Gedanken mit Tian kommunizieren konnte.

»Lucille«, antwortete Tian leise und mit unterdrückter Wut. Er hatte die Hände an den Seiten zu Fäusten geballt und war sich dessen vermutlich nicht mal bewusst. »Lucille und ihre Handlanger.«

»Verdammt.« Es folgte noch eine Reihe bildlicher Flüche, die ich eilig in mein eigenes Repertoire aufnahm. »Was ist mit deinen Bannzaubern? Warum haben die sie nicht aufgehalten?«

»Ich habe sie nicht mehr erneuert. Außerdem wären sie niemals stark genug gewesen«, erklärte Tian abwesend. Mit den Gedanken war er sicher bereits dabei, sich einen Plan zurechtzulegen, wie er unsere Freunde und Familie beschützen konnte.

»Ob sie hier ist, um uns zu töten?«, überlegte ich flüsternd. »Oder will sie Rosy befreien?«

»Wir können nur vermuten«, antwortete Tian.

»Wir müssen uns aufteilen«, verkündete Jamie.

»Und wie kommst du auf diese glorreiche Idee?«, fragte Tian staubtrocken. »Damit wir einzeln eingefangen werden können?«

»Hast du so wenig Vertrauen in jeden Einzelnen von uns?« Jamie lächelte spöttisch. »Falls einer von uns doch versagt, wird er mitgenommen und zu den anderen gebracht. Mit hoher Wahrscheinlichkeit. Die anderen haben immer noch eine Chance, sich von außen ein Bild zu verschaffen und anzugreifen. Aber wenn wir alle drei in die gleiche Richtung gehen und überrascht werden, weil wir die Situation nicht kennen, dann ist es aus.«

»Er hat nicht ganz unrecht«, gab ich widerwillig zu.

»Außerdem kann Billie mit dir und mit mir kommunizieren.«

Tians Miene verdüsterte sich zusehends.

»Ich könnte versuchen, mit meiner Magie zu erfühlen, wie viele Vampire sich im Haus aufhalten.«

»Spare dir deine Magie besser für den Kampf auf, den es sicher geben wird«, sagte Tian. »Auch wenn es mir nicht gefällt, stimme ich Jamie zu.«

Nach kurzer Besprechung verließ erst Jamie und dann Tian die Dienstbotentreppe. Ich stieg sie zum nächsthöheren Stockwerk hinauf, während ich gebannt darauf wartete, was mit dem Vampir und dem Blutfae geschah.

Sie würden sich in der Nähe der Küche umsehen und dabei jeweils aus verschiedenen Richtungen kommen. Das war der Gebäudeflügel, in dem sich die meisten von uns ständig aufgehalten hatten. Ich wollte Rosy aufsuchen, für den Fall, dass sie noch nicht entdeckt worden war. Selbst wenn ich lieber zu meiner Familie gegangen wäre, um mich davon zu überzeugen, dass ihnen nichts geschehen war.

Wenn Lucille ihnen auch nur ein Haar gekrümmt hatte, würde ich es sie büßen lassen.

Sie halten sich definitiv an einem Ort auf. Im schwarz-weißen Salon wahrscheinlich, meldete sich Tian als Erster. Jamie bestätigte dies wenig später.

Ich bin jetzt im ersten Flur vor Rosys Zimmer. Niemand zu sehen.

Mit meiner Magie löschte ich die Lichter in unmittelbarer Umgebung, um den Eindruck zu erwecken, dass es hier nichts zu sehen gab. Ich lief trotz der Dunkelheit zielstrebig geradeaus, da ich mir den Weg bereits eingeprägt hatte.

An der richtigen Tür hielt ich inne, legte eine Hand aufs Holz und flüsterte Obambos Namen. Eine Sekunde später schwebte er durch die Tür und verteilte sein gespenstisch grünes Licht im Gang.

Dass er sich noch hier befand, sagte mir bereits, was ich wissen wollte. Erleichterung durchfuhr mich, als ich den Schlüssel drehte und ins schmale Zimmer trat. Rosy lag mit den Handschellen auf ihrem Bett und wandte den Blick von der Decke zu mir.

Sie musste etwas in meinem Gesicht gelesen haben, da sie sich sofort auf die Bettkante setzte. Die Laterne auf dem Nachtschränkchen beleuchtete nur ihre eine Gesichtshälfte, die andere lag im Schatten, was ihre Unberechenbarkeit unterstrich.

»Was ist los?«

»Lucille hat uns gefunden.« Ich zog die Tür wieder zu. Obambo kehrte ins Zimmer zurück und blieb an der Wand schweben.

»Nicht sehr schwer ...«

»Was will sie?« Ich wollte ihr nichts von meinen eigenen Vermutungen sagen.

»Du bist heil aus der Hölle zurück? Das kann eigentlich nur eines bedeuten: Artac ist tot. Interessant. Damit habe ich nicht gerechnet.«

»Ist er nicht. Hat Lucille dir seinen Namen verraten?«

Irritiert schob sie die dunklen Brauen zusammen. »Er hat dich am Leben gelassen?«

»Sagen wir so, er hat mir eine Chance gegeben und ich habe sie genutzt. Jetzt ist er frei und in Westwend. Dank dir und Ellewy.«

»Dank mir? Ich habe dir gesagt, dass du manipuliert wirst.«

Sie hatte nicht unrecht. »Du hast gesagt, Jamie manipuliert uns. Nicht Ellewy.«

»Dir muss man auch alles vorkauen.«

»Was will Lucille?«, wiederholte ich.

»Abgesehen davon, meinen Bruder zu erledigen?«

»Was sie als seine Schöpferin aber nicht selbst tun kann.«

»Das wird sie wohl kaum davon abhalten, jemand anderen dafür zu benutzen, oder?«

»Du hast erwähnt, dass Lucille Artacs ... Partnerin ist? Seine Braut? Wird sie von ihm Befehle entgegennehmen?«

»Kann ich Gedanken lesen? Ich sitze hier seit Ewigkeiten fest. Was weiß ich schon?« Rosy stellte wirklich einen Test für meine Geduld dar.

Nachdenklich knibbelte ich mit dem Daumen an meiner Unterlippe.

Ich bin entdeckt worden und ergebe mich für den Moment, sagte Jamie. *Sobald ich bei den anderen bin, teile ich dir mit, wie die Lage aussieht.*

Sei vorsichtig, bat ich und versuchte, mich nicht davon aus der Ruhe bringen zu lassen. Lucille hatte keinen Grund, Jamie zu töten. Er saß nicht mehr auf dem Thron und stellte keine direkte Bedrohung für sie da.

Es sei denn, Artac hätte seinen Tod befohlen. Würde er Lucille tatsächlich erlauben, seinen Ziehsohn hinzurichten?

Götter, ich sollte mich besser beeilen.

Ich sandte die Informationen zu Tian.

Halte mich in der Bibliothek versteckt. Ich habe mindestens ein halbes Dutzend Vampirinnen gesehen. Wie sieht es bei dir aus?

Rosy zeigt sich nicht sonderlich kooperativ.

Bring sie an einen sicheren Ort und triff mich dann im Foyer an der Treppe zur Anlegestelle. Pass … Jäh wurde er unterbrochen.

Tian? Tian? Was ist passiert? Geht es dir gut? Tian! Panik stieg in mir auf. Eisige Kälte breitete sich in meinem gesamten Körper aus.

Es wäre einfach gewesen, wie erstarrt zu bleiben, doch ich würde nicht erlauben, dass ihm oder Jamie etwas geschah. Noch hatte ich ein Ass im Ärmel.

Ich ballte die Fäuste und betrachtete Rosy.

»Du willst deinen Bruder wirklich tot sehen?«

Sie öffnete den Mund und schloss ihn wieder. »Was ist das jetzt für eine Frage?«

»Willst du oder willst du ihn nicht tot sehen?« Ich trat weiter vor, bis sie ihren Kopf in den Nacken legen musste, um mich anzusehen. »Und wehe, eine Lüge kommt aus deinem Mund. Dann werde ich dich höchstpersönlich in die Hölle verbannen. Lucille ist da draußen und es besteht eine sehr reelle Chance, dass sie uns alle hinrichtet.«

Rosys Blick war starr. »Nein.«

34

Unser Plan konnte funktionieren, doch er konnte genauso gut gewaltig schiefgehen.

Jamie war zu Kit und den anderen Gefangenen gebracht worden. Wie er vorausgeahnt hatte, waren sie all im schwarzweißen Salon versammelt. Gefesselt und teilweise geknebelt. Er wollte mir nicht sagen, was mit Ruglio war, außer dass er noch lebte.

Mir wurde übel.

Lucille hüllt sich in Schweigen und antwortet mir nicht darauf, was sie will. Ein paar ihrer Leute durchkämmen noch das Anwesen. Viele sind zurückgekehrt, sagte er mir.

Es gibt nur noch zwei Personen, die sie nicht gefunden hat. Rosy und mich.

Tian war bewusstlos geschlagen worden. Lucille wollte warten, bis er erwachte, um dann vermutlich eines ihrer Spielchen zu spielen.

Wahrscheinlich kann sie noch ein paar Minuten an ihrer Geduld festhalten, aber länger nicht. Sie ist schlecht gelaunt, sagte Jamie. *Es ist nur überraschend, dass sie wartet.*

Vielleicht lautet ihre Anweisung auch anders? Kann es nicht sein, dass Artac doch die Entscheidung bereut, dich zurückgelassen zu haben?

Möglich ist alles, auch wenn ich mir das schlecht vorstellen kann. Eine Blutfae kommt gerade zurück. Jamie blieb ein paar Sekunden still. *Scheiße. Sie hat berichtet, dass sie dich und Rosy nicht finden kann. Lucille hat ihr das Herz rausgerissen.* Wieder eine Pause. *Sie schickt noch zwei weitere Blutfae los. Ich weiß nicht, wie viele insgesamt durchs Gebäude kriechen.*

Hm. Das war nicht optimal, doch Lucilles Kontrollverlust spielte mir in die Hände. Sie war vielleicht grausamer, wenn sie sich selbst nicht beherrschen konnte, aber sie war mit Sicherheit auch leichtsinniger.

Kit hat noch ihren Zauberstab, fuhr Jamie fort. *Sie wissen noch nicht, was sie ist. Ich kann mich befreien, wenn wir alle zusammen angreifen.*

Ich werde Rosy vorschicken.

Rosy und ich schlichen uns mithilfe von Obambo durch die Korridore. Wie auch damals im Rathaus schwebte Bam uns voraus und meldete uns, ob der Weg frei war oder nicht. Wir waren nicht mehr weit von dem Salon entfernt.

Ich war so aufgeregt, dass mir schwindelig wurde. Tief Atem zu holen war nicht so einfach, wenn einem das Herz bis zum Hals schlug.

Was?, rief Jamie entgeistert.

Vertrau mir und warte auf mein Zeichen. Schweigen. *Du tust es, oder? Mir vertrauen? Denk dran, dein Leben gehört mir. Tu nichts Leichtsinniges.*

Sein Lachen wärmte mich von innen. *Niemals. Beeil dich. Ich versuche, ein wenig Zeit zu schinden.*

Jamie!

Keine Sorge, nichts Leichtsinniges.

So wie er mir vertraute, musste ich lernen, ihm zu vertrauen. Für Tian und meine Familie.

Rosy und ich hatten den letzten Flur erreicht. Wie erwartet standen zwei Wachleute vor der Tür zum Salon. Sie würden jedoch erst mal kein Problem darstellen.

Ich wandte mich Rosy zu. Noch hatte ich sie nicht von ihren Handschellen befreit. Sie hätte mich wahrscheinlich auch so angreifen können, trotzdem wurde mir die Gefahr erst richtig bewusst, als ich sie davon erlöste. Lautlos legte ich sie mir selbst um. Allerdings würde ich sie problemlos wieder ausziehen können. Sie unterdrückten nicht meine Magie. Mussten nur kurz den Schein wahren.

»Warum willst du ihn doch nicht töten?«, fragte ich dann. Obwohl ich gehofft hatte, dass ihre anfängliche Aggression einem anderen Grund entsprang als ihrer Mordlüsternheit, hatte mich ihre Antwort überrascht.

Sie schien mit ihren großen blauen Augen alles in meinem Gesicht wahrzunehmen. Letztlich brachte es sie dazu, mir leise zu antworten.

»Weil nicht *er* unsere Familie getötet hat, sondern *ich*«, sagte sie und zog mich an den Handschellen um die Ecke. Zerstörte damit jede Chance für mich, etwas zu erwidern, geschweige denn ihre Worte zu verarbeiten.

Was bedeutete das? Sie hatte ihre Eltern getötet? Ihre Brüder? Das ergab doch keinen Sinn. Tian hätte das gewusst. Er hätte sich nicht all die Jahre solche Vorwürfe gemacht!

»Ihr da! Keine Bewegung!«, rief einer der beiden Vampire. Zumindest glaubte ich, dass es sich bei ihnen darum handelte. Ich traute mich nicht, meine magischen Fühler auszustrecken, um sicherzugehen. Für den Fall, dass ich mich selbst verriet.

»Mein Name ist Rosy und ich gehöre zu Lucille. Das ist meine Gefangene. Ich bin sicher, sie will uns sehen«, sagte Rosy mit eiserner Stimme. Sie musste ein Stück neben mir stehen bleiben, weil ich größer war als sie. Wenn sie hinter mir verharrt wäre, hätte sie nichts gesehen.

Die Wachleute warfen sich einen Blick zu, ehe einer von ihnen durch die offene Tür nach drinnen ging. Nur Sekunden später kam er mit großen Augen zurück und bedeutete uns mit einem Nicken, einzutreten.

Ein letztes Mal atmete ich tief durch, ehe ich mich in meine Rolle fallen ließ und ein besonders zorniges Bild abgab.

Ich wehrte mich beim Eintreten gegen die Schellen, indem ich meinen gesamten Körper abwechselnd nach links und rechts warf. Wie abgesprochen belohnte mich Rosy dafür mit einem so harten Schlag gegen meine Wange, dass es in meinem Ohr klingelte.

Ich spuckte Blut, noch während ich nach vorne stolperte. In den Raum hinein, in dem sich alle Personen befanden, die mir etwas bedeuteten.

Lucille sah genauso aus, wie ich sie in Erinnerung hatte. Seit unserer letzten Begegnung im Rathaus war etwas Zeit vergangen, doch sie hatte weder etwas von ihrer Scharfzüngigkeit noch von ihrer Schönheit eingebüßt. Heute hatte sie ihr schwarzes Haar zu einem langen Zopf geflochten, der ihr vorne über die Schulter fiel. Anstatt eines Kleids hatte sie sich für ein Leinenhemd mit grünem Mieder und schwarzer Hose entschieden. Sie trug offensichtlich keine Waffen, doch ihre Zähne waren scharf genug.

Als sie sich Rosy und mir zuwandte, wandelte sich der Ausdruck auf ihrem wunderschönen Gesicht in einem Sekundenbruchteil. Die dunkelrot geschminkten Lippen zogen sich auseinander und kreierten ein Lächeln, das eher Blutdurst als Freude zeigte.

»Ah, meine zwei Lieblinge vereint. Rosy, Rosy, Rosy, was habe ich mich doch in dir getäuscht!«, rief sie aus. Einer ihrer Leibwächter hielt einen Arm vor mir ausgestreckt, um uns zum Anhalten zu bewegen. Lucille stand genau zwischen mir und ihren Geiseln, sodass ich niemanden richtig erkennen konnte, ohne meinen Hals zu recken.

Ist das dein Plan?, rief Jamie erbost.

Vertrau mir, bat ich ihn. *Ist Tian wach?*

Hört er dich nicht? Ich kann es nicht sehen, ohne mich zu bewegen.

Er antwortet mir nicht, sagte ich, ehe ich mich wieder auf Lucille konzentrierte.

»Du hast an mir gezweifelt«, erwiderte Rosy staubtrocken.

»Kannst du mir das übel nehmen? Du bist einfach mit dem Blutfae verschwunden, ohne mir etwas zu sagen.« Sie schob die Unterlippe vor, als würde sie schmollen. »Ich dachte, du willst zu deinem verräterischen Bruder zurück, um dich mit ihm zusammenzutun. Wie albern von mir, wenn man bedenkt, dass ...«

»Du weißt besser als jeder andere, dass ich das nie tun würde«, unterbrach Rosy die Vampirin, ehe sie allen davon erzählen konnte, dass sie es gewesen war, die ihre Familie getötet hatte.

Tian?

Ich bin wach. Vor Erleichterung, seine Stimme zu hören, hätten mir beinahe die Knie versagt. *Das war eine ganz miese Entscheidung, herzukommen.*

Sie war notwendig. Rosy wird sich auf Lucille stürzen. Ich kümmere mich um die beiden Wächter neben mir. Du bildest mit Jamie einen Schild um die anderen. Die Hauptsache ist, dass wir zusammenarbeiten. In Ordnung?

Verstanden. Aber Billie ...

Ja?

Nichts. Pass auf dich auf.

Du auch.

Lucille befand sich immer noch zu weit von uns entfernt. Es war heikel. Wenn ich mich zur Seite warf, müsste Rosy an mir vorbeihechten und sich auf Lucille stürzen. Und das, bevor sie unseren Angriff realisierte, sich umdrehte und einen der unseren als Druckmittel zu fassen bekäme.

Vielleicht konnte ich noch einen weiteren Schritt wagen. Der Wächter neben mir hatte zumindest eine Hand zurückgezogen und schien gelangweilt. Abgesehen von ihm waren sieben weitere Personen anwesend, die uns neben Lucille feindlich gesinnt waren. Diejenigen nicht mitgezählt, die noch das Haus durchsuchten.

»Warum bist du hier? Artac ist zurück. Gibt es keine gigantische Hochzeit? Hat er schon genug von dir?«, fragte ich amüsiert. Meine Wange pochte, aber der Schmerz rückte schnell in den Hintergrund, wenn ich daran dachte, dass dieses Miststück schon bald seinen letzten Tropfen Blut getrunken hatte.

Wie erhofft, war Lucille es, die den Abstand zwischen uns verringerte. Ich musste nichts weiter tun, als sie zu provozieren und stehen zu bleiben.

»Er hat viel um die Ohren, nachdem sein eigener Sohn ihn hintergangen hat.« Damit spielte sie wohl auf Jamie an. »Ich leiste ihm einen großen Dienst, indem ich ihn von euch befreie, bevor ihr ein weiteres Problem darstellt. Dank Rosy kann ich Tian ganz leicht loswerden und du bist dadurch auch Geschichte. Jamie hätte sich besser darangemacht zu fliehen. Artac hätte dich leben lassen, wenn du nur nicht hiergeblieben wärst.«

»Jamie ist hier genau richtig.« Ich legte den Kopf schief. »Und du brauchst wirklich Rosy, um Tian zu töten? Klar, du kannst ihn als seine Schöpferin nicht erledigen, aber du hast doch genug Leute um dich herum. Warum zögerst du? Weil du dich davor fürchtest, ihn wirklich los zu sein? Keine Verbindung mehr zu haben, nachdem du ihn so lange Zeit an der Nase herumgeführt hast? Gib es zu, Lucille, dein Leben hat sich seit einem Jahrhundert um ihn gedreht. Deine beste Schöpfung. Um den Mann, den du haben wolltest, als du ihn nicht mehr haben konntest.«

Was tust du da?, riefen Jamie und Tian gleichzeitig in meinem Kopf. Es hätte mich amüsiert, wenn Lucille nicht in ebendiesem Moment meinen Hals umschlungen hätte. Mit den Händen drückte sie zu, als sie mich daran in die Höhe hob.

Planänderung. Fast hätte ich gelacht. Es war zu einfach.

Instinktiv kratzte ich mit den Fingernägeln über ihre Haut, als das Atmen fast unmöglich wurde. Die Ketten fielen herab.

»So schwach kann nur ein Mensch sein«, zischte Lucille. Ihr Gesicht nunmehr eine unnatürliche Fratze.

Ich ließ Lucilles Hände los und umfasste ihre Schultern. Gleichzeitig kreierte ich Hitze, die ich in Lucilles Körper sandte. Die Vampirin brüllte auf.

Das Zeichen!, rief ich.

Rosy setzte sich in Bewegung, um mir die Wachen vom Leib zu halten. Ich hörte außerdem weitere Kampfgeräusche hinter Lucille. Die Vampirin hatte mich mit ihren Krallen los- und damit fallen gelassen.

Bevor ich mich fangen konnte, knickten meine Knie ein. Lucille hatte sich ein paar Meter entfernt. Ihre einst makellose Haut war dunkelrot und hatte an einigen Stellen Blasen geschlagen.

Wäre sie ein Mensch, wäre sie bereits tot gewesen.

Ich hatte nicht vor, sie davonkommen zu lassen. Deshalb rief ich erneut meine Magie, wobei ich so entschlossen war, dass ich selbst das Brennen in meiner Seele nicht mehr wahrnahm. Auch Jamies Rufen, weil ich mich an einem Teil seiner eigenen inneren Magie bediente, ignorierte ich.

Es gab nur Lucille und mich.

Sie machte es mir nicht einfach. Ihre Haut heilte bereits, als sie sich vollends wandelte. Mir mit geschärften Klauen und spitzen Zähnen begegnete. Das Rot ihrer Augen eine Warnung an mich, dass sie mir die Kehle rausreißen würde.

Es würde kein Szenario geben, in dem ich sie erneut so nah an mich herankommen lassen würde. Ich spielte mit ihr und sie mit mir. Sie bewegte sich als Kronvampirin so flink, dass ich sie nicht direkt in Flammen aufgehen lassen konnte. Dafür konnte ich ihr Vorankommen jedoch verlangsamen, indem ich ihr Gegenstände in den Weg schleuderte.

Das gelang mir bloß, weil Rosy mir bis dahin den Rücken freihielt. Ich wusste nicht, ob sie überfordert war oder mich absichtlich auflaufen ließ. Wie aus dem Nichts packte mich dann jemand an der Schulter und riss mich herum.

Ich musste von Lucille ablassen und mich um den Vampir kümmern. Fast hätte er seine Zähne in meine Schulter gerammt, bevor ich ihm das Gleiche antun konnte wie Lucille vorhin. Dieses Mal ließ ich mich jedoch nicht abschütteln. Noch während ich eine Hand auf sein Gesicht presste und die andere auf seine Brust, drückte ich ihn nach unten.

Er schrie, bis nichts mehr von seinen Stimmbändern übrig war. Bis die Hitze selbst auf mich überging. Ich hörte erst auf, als der Geruch von verbranntem Fleisch Übelkeit in mir hervorrief und er sich nicht mehr unter mir rührte.

Das war auch der Moment, in dem das Rauschen in meinen Ohren von Jamies und Tians Rufen unterbrochen wurde. Ich konnte nicht sagen, wie lange sie schon nach meiner Aufmerksamkeit verlangten.

Mit zitternden Händen stieg ich über die verkohlte Leiche hinweg und sah mich um. Es fanden immer noch Kämpfe statt. Die Vampirinnen und Vampire, die durchs Haus gewandert waren, waren von den Kampfgeräuschen angelockt worden. Ein paar waren jedoch bereits gefallen. Tian hielt zwei Vampire von Ruglio und Hugh fern. Hugh hatte einen Schutzschild um sich und ihn gebildet.

Rosy und Jamie hielten drei weitere Blutfae in Schach. Frinn hatte sich von ihren Fesseln befreien können und setzte ihre Feuermagie ein. Damit blieb nur noch Lucille übrig. Jetzt erkannte ich auch, warum sie nach mir gerufen hatten.

Lucille hatte Kit in Gewahrsam. Elma lag auf dem Boden – verletzt, aber noch am Leben. Ellewy, die ich bis dahin nicht wahrgenommen hatte, saß neben ihr. Das irritierte mich fast noch mehr als die Tatsache, dass Kit in Gefahr war.

Ellewy und Lucille waren auf einer Seite. Warum half sie der anderen Vampirin also nicht?

Kit hatte ihren Zauberstab nicht. Sie musste ihn irgendwo verloren haben, sonst hätte sie sich längst befreien können.

Lucille hielt Kit mit einer Hand vorne an ihrem Hals an sich gedrückt. Als Schutzschild. Als Demonstration. Die Fingernägel blutrot. Ein Kontrast zu Kits dunkler Haut. Das Lächeln der Vampirin reichte über die toten Wächter hinweg, die zwischen uns lagen, und galt ausschließlich mir. Unüberwindbare Hindernisse. Nur ein falscher Schritt meinerseits, und es wäre vorbei.

Kit weinte nicht. Ich konnte die Angst nur in ihrem Gesicht erkennen, weil sie es mir erlaubte. Sie wollte nicht sterben. Ganz gleich, wie viele Jahre sie schon lebte. Sie wollte eine Chance darauf, endlich glücklich zu sein. Wieder ganz zu sein.

»Willst du dir wirklich ein ganzes Volk zum Feind machen? Das ist nicht in Artacs Sinne«, setzte Ellewy ein Gespräch mit ihr fort, dessen Anfang ich nicht mitbekommen hatte.

»Ich weiß besser, was er will als eine erbärmliche Kreatur wie du«, zischte Lucille, ohne den Blick von mir zu wenden. »Glaubst du, du kannst ihn mir wegnehmen? Weil du im Rat so treuherzig seinen Willen vertreten hast?«

»Wir haben ihm beide auf unsere Weise geholfen. Aber hier ist Schluss. Das ist allein dein Rachefeldzug.« Ellewy hob ein Knie an. »Das war nicht unsere Abmachung.«

Lucilles Blick schnellte zu ihr. Sie wirkte nicht mehr ganz bei sich. Als hätte der Schmerz, den ich ihr zugefügt hatte, auch einen Teil ihres Verstandes verbrannt. Unzählige Strähnen waren ihrem Zopf entflohen und schwebten um ihren Kopf.

»Was? Hast du geglaubt, ich würde Gnade walten lassen? Ich würde vergeben und vergessen? So würde Artac nie handeln. Das würde er nie akzeptieren. Er baut sein Imperium auf Vergeltung auf, und wer seine Brutalität nicht teilt, wird untergehen.«

»Selbst wenn, entbehrt das hier nicht jedweder Rache? Es ist reine Willkür, was du tust«, entgegnete Ellewy.

»Keinen Schritt weiter«, stieß Lucille hervor.

Ellewy hob die Handflächen. Ein Stück weit neben ihr, sodass Lucille sie nicht sehen konnte, regte sich Elma. Eine Platzwunde an ihrer Schläfe blutete heftig, während sie sich aufrappelte.

»Was willst du, Lucille? Freies Geleit? Fein. Lauf, so schnell du kannst. Wir folgen dir nicht. Aber lass Kit in Ruhe.« Ich zwang mich dazu, jedes Wort zu betonen. Meine Stimme nicht zittern zu lassen.

Lucille würde nie erfahren, dass ich unter Todesangst litt.

Ich würde Kit nicht verlieren. Das würde nicht geschehen.

Wir haben es fast geschafft. Lenk sie weiter ab, bat Jamie.

Die Kämpfe um uns herum ebbten ab. Meine Freunde hatten gesiegt. Es gab nur noch Lucille, die alles in der Hand hielt. Alles Glück. Alles Leid.

»Komm schon, wenn du Kit etwas antust, wirst du uns nie entkommen«, sagte Jamie, der sich nun schwer atmend neben mich stellte. Elma stand schräg hinter mir. Abwartend.

Rosy und Tian waren Kit und Lucille am nächsten, doch auch ihnen waren die Hände gebunden. Einer von uns musste bloß einen falschen Schritt wagen und sie könnte Kit die Kehle rausreißen.

Bitte nicht, flehte ich innerlich. *Bitte, bitte, bitte nicht.*

»Na schön. Geht zur Seite. Ich nehme sie bis zur Tür mit. Eine falsche Bewegung und sie stirbt schneller, als ihr blinzeln könnt«, drohte sie uns.

»Versprochen.« Ich hätte alles getan. Jeden Schwur geleistet. Wäre jeden Handel eingegangen.

Meine Magie kribbelte, doch ich unterdrückte sie. Es gab keine Garantie, dass ich sie treffen würde. Dass es *genug* wäre.

»Stellt euch da drüben an die Wand. Mit dem Rücken zum Raum.«

Mein Herzklopfen mischte sich zum Rauschen in meinen Ohren. Es war mir zuwider, ihr zu gehorchen. Lucille die Kontrolle zu überlassen.

Die anderen folgten ihrem Befehl mit dem gleichen Widerwillen.

Ich setzte mich in Bewegung, doch mein Blick glitt zurück zu ihr. Das war der Moment, in dem ich die Entschlossenheit in ihren Augen sah.

Sie konnte dem Reiz nicht widerstehen. Der Verlockung eines letzten Spiels. Eines letzten Gewinns über uns alle.

»Nein!«

»Ihr werdet mich nicht gehen lassen«, sagte sie.

Es ging alles so verdammt schnell, dass ich kaum begreifen konnte, was ich sah oder was ich tat.

Was wir alle taten.

Sie würde Kit töten.

Lucille holte mit dem Arm aus, als sie jäh von der Seite umgeschmissen wurde. Körper über Körper hinter dem Sofa, sodass ich nichts mehr erkennen konnte. Ein Gerangel und ein dumpfer Schlag. Ich vernahm ein Stöhnen und dann ...

Instinktiv setzte ich mich in Bewegung. Lief auf sie zu, nur um von Ellewys animalischem Schrei zurückgehalten zu werden. Weitere Krallen und Blut, das auf meinen Wangen landete. Ich blieb abrupt stehen, als ein abgetrennter Kopf vor meine Füße rollte.

Übelkeit schoss in mir hoch. Ich presste eine Hand auf meinen Mund, weil mein Verstand erst noch verarbeiten musste, was ich sah.

Es war nicht Kit.

Es ist nicht Kit, sagte ich mir selbst. Das war Lucilles langer Zopf. Ihre geöffneten Augen und ihre weiße Haut.

Nicht Kit.

Doch Ellewys Geschrei hörte nicht auf. Es schmerzte in meinen Ohren.

Ich verstand nicht ...

Entgegen dem, was ich hätte tun sollen, hob ich den Blick. Wenige Sekunden nur waren vergangen. Kaum genug Zeit, um sich einen Überblick über die ineinander verschlungenen Gliedmaßen zu verschaffen.

Ein kopfloser Körper, um den sich eine Lache gebildet hatte. Ellewy kniete in ihr, während sie einen anderen Körper zu befreien versuchte. Noch mehr Blut. Und ...

Dieses Mal kam ich nicht gegen die Schwäche an, die mir das Stehen unmöglich machte. Ich sackte vor dem Kopf zu Boden und konnte doch nur meine Tante ansehen. Wie war das passiert?

Hugh stolperte auf uns zu und fiel förmlich in sich zusammen.

Kit fing mit Entsetzen meinen Blick auf. Sie saß mir gegenüber auf der anderen Seite der beiden Toten und von Ellewy.

Elma.

Tot.

Elma.

Ich keuchte auf.

Und dann hörte ich Hugh, der nach seiner Mutter rief. Die Welt drehte sich so abrupt weiter, dass ich nicht sicher war, noch hier zu sein. An diesem schrecklichen Ort, der meine Familie auseinandergerissen hatte.

35

»Wir können hier nicht bleiben«, sagte Jamie zum wiederholten Mal.

Ich wusste nicht genau, wie viele Minuten vergangen waren, seit Elma sich für Kit geopfert hatte, doch jeder Augenblick fühlte sich schmerzhaft an. Als würde jemand Unsichtbares vor mir stehen und mit einem Messer auf meine Brust einhacken.

Immer und immer wieder.

»Das ist mir bewusst, aber wir haben gerade jemanden verloren. Ein bisschen Feingefühl würde dir guttun, Jamie«, entgegnete Tian harsch.

»Ich verzichte gern auf Feingefühl, wenn ich dafür Leben retten kann.«

Das Schlimmste war, dass ich Hugh nicht helfen konnte. Ich konnte nichts tun, um das Loch zu füllen, das er zweifellos in sich verspürte.

Ruglio, der mit etwas von Kits Blut wieder zu Bewusstsein gekommen war, nachdem ... nachdem Lucille ihm mehrere Knochen hatte brechen lassen für seinen Ungehorsam, hielt sich schweigend im Hintergrund.

Ich saß neben Frinn und Hugh auf dem Boden und betrachtete ihn starr. Wie er sich an seine leblose Mutter klammerte. Wie er weinte und fluchte und die Welt hasste.

Jemand hatte Lucilles Leiche weggetragen. Vielleicht auch die der anderen. Ich nahm kaum etwas anderes wahr.

»Jamie hat recht«, sagte Ellewy. Ihre Stimme bebte. »Lucille wird vielleicht nicht in Absprache mit Artac gehandelt haben, aber er mochte sie und wollte euch tot sehen.«

Unwillkürlich hatte ich eine Hand zur Faust geballt. Magie strömte durch sie hindurch. Langsam richtete ich mich auf und hob den Blick. Gleichzeitig wurde Ellewy von meiner Magie in die Luft gehoben. Ich drückte ihre Kehle zu. Auch wenn sie keine Luft zum Atmen brauchte, spürte sie doch den Schmerz, der damit einherging.

»Billie!« Wer war das? Wer wollte mich aufhalten? Ganz egal.

»Du!«, raunte ich heiser, als hätte ich stundenlang geschrien. »Was fällt dir ein? Wie kannst du noch hier sein und deine Meinung kundtun? Nachdem du uns alle nach Strich und Faden manipuliert hast! Ohne dich wäre das hier nie geschehen! Ohne dich hätten wir Artac nie befreit!« Wie auch jetzt wäre ich an dem Band zwischen Jamie, Tian und mir gestorben, aber immerhin meine Familie wäre noch heil gewesen. »Ohne dich hätte er nicht von unserem Überleben gewusst!«

»Ich ...«, würgte Ellewy hervor, bevor ich widerwillig den Griff lockerte. Nur gerade so viel, dass ich sie verstehen konnte. »Es tut mir leid.«

Ich lachte auf. Das Geräusch erinnerte mich selbst an ein verwundetes Tier. Erbärmlich. Ich war so erbärmlich.

»Dir tut es leid? Dass du unsere Gutmütigkeit ausgenutzt hast, um uns zu hintergehen?«

»Lass sie gehen, Billie«, sagte Jamie leise.

»Ich konnte nicht ... Ich ...« Die Magie floss viel zu schnell aus mir heraus. Trotzdem hätte ich Ellewy nicht gehen lassen, wenn Jamie mich nicht darum gebeten hätte. Ich hatte mich viel zu viel an seiner eigenen Kraft bedient.

Unsanft fiel Ellewy zu Boden.

»Ich will es gar nicht hören. Komm mir bloß nicht mehr unter die Augen.« Ich wandte mich bereits zum Gehen, als sie bis zu mir krabbelte und meinen Hemdsaum zu fassen bekam. Mit flehendem Blick sah sie mich an.

»Ich habe es zu spät erkannt«, sagte sie. »Ihr habt mir mehr gegeben, als ich je zurückzahlen könnte. Ich hatte nicht vor, euch zu hintergehen. Ich wollte ...«

Ich entriss ihr mein Hemd. »Verschwinde.«

Schneeflocken verfingen sich in meinem Haar und in meinen Wimpern. Wir standen zu dritt in Tians Garten, während Hugh und ich mit unserer Magie gefrorene Erde auf Elmas Körper legten. Frinn und ich halfen ihm so wenig wie möglich, weil wir wussten, dass er für seine Mutter stark sein wollte.

Tian hatte uns einen Platz unter einer Eiche gezeigt, der im Sommer schattig und im Winter vor zu viel Schnee geschützt war. Es hatte Hugh sehr viel Kraft gekostet, die letzte Ruhestätte auszuheben. Die Erde war unnachgiebig und hart. Trotzdem hatte er sich nicht beirren lassen. Niemand drängte ihn zur Eile.

Obwohl ich bleiben wollte, hatte Jamie recht. Wir mussten gehen, wenn wir nichts riskieren wollten. Wir waren alle erschöpft und ausgelaugt. Zu keinem weiteren Kampf bereit.

Ich bewegte mein Handgelenk und ließ ein Leuchten aus meinen Fingern fließen, das sich um den dunklen Hügel legte. Eine Versiegelung, die verhinderte, dass sich jemand an dem Grab zu schaffen machen konnte.

Hugh stellte sich neben mich und ergriff meine andere Hand. Er drückte sie so fest, dass sie zu kribbeln begann.

Ich beschwerte mich nicht, als ich zu ihm aufsah. Seine blutunterlaufenen Augen offenbarten so viel Traurigkeit ... Es war unerträglich.

Frinn legte einen Arm um seine Schultern und blickte schweigend aufs Grab.

»Glaubt ihr, wir wären glücklich, wenn wir zur Insel gegangen wären?«, raunte er heiser. Eine kalte Bö fuhr zwischen uns, als würde sie uns voneinander trennen wollen.

Ich wandte mich ihm und Frinn zu.

»Tu das nicht. Es ist niemandem geholfen, wenn du dich darin verlierst«, bat ich ihn nachdrücklich. »Ich kann dir nicht sagen, wie du dich fühlen sollst. Was du denken sollst. Natürlich nicht. Aber ich weiß, dass Elma dich geliebt hat. So sehr. Ihr Herz ist … war so groß, dass sie unser Wohl vor ihr eigenes gestellt hat. Wir müssen nun besser aufeinander achten. Damit ihr Opfer nicht sinnlos war.«

Ich klang so zuversichtlich. So weise. Im Inneren war ich zerrissen. Elma und Frinn waren die Eltern für mich gewesen, die meine nie für mich hatten sein können. Wie ungerecht war es, dass ich Elma verloren hatte?

»Warum sagst du das?«, fragte Hugh. Es war wie ein Schlag ins Gesicht. Doch bevor ich ihn missverstehen konnte, fuhr er eilig fort: »Du bist in der gleichen Situation wie ich, Billie. Sie war auch deine Mutter. Was ich fühle, fühlst auch du.«

Das war der Moment, in dem ich die Tränen nicht länger zurückhalten konnte. Meine Sicht wurde erst verschwommen und dann erkannte ich gar nichts mehr, als Hugh seine Arme um mich schlang.

»Ihr zwei«, sagte Frinn und umarmte uns beide.

Ich klammerte mich an sie und drückte mein Gesicht gegen Hughs Schulter. Wie wahrscheinlich war es, dass ich so verschwinden könnte? Dem Schmerz in meinem Herzen entfliehen?

Ihre Körper bebten ebenso wie meiner unter den Schluchzern, die wir nicht zurückhalten konnten.

Es ist besser so, sagte ich mir. Wir konnten die Qual nicht in uns halten und hoffen, weitermachen zu können. Wenn wir eine Chance haben wollten, andere Hexen und Hexer zu retten, mussten wir die Trauer zulassen.

Diese Erkenntnis setzte jedoch erst viel später ein. Davor hielt ich mich bloß an Hughs Tunika fest und hoffte, nicht unterzugehen.

Nachdem wir zu den anderen ins Haus zurückgekehrt waren, hatten sie sich längst zum Aufbruch bereit gemacht. Um die Leichen der Vampirinnen und Vampire hatten sie sich gekümmert. Ich wollte nicht wissen, was sie getan hatten. War nur froh, dass sie verschwunden waren.

Mein Blick glitt zu Rosy, die sich im Hintergrund hielt. Obambo schwebte neben ihr auf und ab, als wäre es immer noch seine Aufgabe, ihren Gefängniswärter zu spielen.

Als hätte sie meine Aufmerksamkeit gespürt, sah sie auf. Ihre Miene zeigte nicht die geringste Regung, während ich ihr wortlos drohte.

Entweder sie gestand Tian, was sie getan hatte, oder ich würde es tun.

Sie verstand mich. Dessen war ich mir sicher, als sich ihre Brauen unwirsch zusammenzogen und sie von mir zu Tian blickte.

»Wir können los«, sagte Hugh, tief Luft holend. Ruglio stand neben ihm, eine Hand an seinem Rücken.

»Während ihr …«, begann Kit und biss sich dann auf die Lippe. »Wir haben uns überlegt, dass es sicherer ist, uns für den Weg in zwei Gruppen aufzuteilen. Weniger auffällig.«

»Klingt logisch«, sagte ich, um die merkwürdige Stimmung aufzulösen.

Ich war zu müde, um mich an der Gruppenaufteilung zu beteiligen. Letztlich fand ich mich zwischen Tian, Hugh, Frinn und Ruglio wieder. Hugh hielt Obambos Haus fest an sich gedrückt, während wir anderen die notwendigen Dinge bei uns trugen. Ruglio hatte noch die Ställe von Salazar, Paddy und Tians anderen Pferden geöffnet, damit sie in den Garten hinauskonnten. Sie mussten für ein paar Tage genug Futter haben. Wenn wir bis dahin nicht zurückkämen, würden sie hoffentlich von sich aus über einen Teil niedriger Mauer springen.

Wir entfernten uns in unterschiedlichen Richtungen vom Haus. Als ich einen Blick zurückwarf, um mich so noch mal von Elma zu verabschieden, bemerkte ich, dass auch Jamie zurücksah.

Ich kann nicht ausdrücken, wie leid es mir tut, sagte er.

Obwohl du sie eine Zeit lang gegen mich verwendet hast, bedeutet dir der Verlust etwas? Da ich nicht gegen einen Baum rennen wollte, wandte ich mich wieder nach vorn.

Ich kann es dir nicht verübeln, dass du mir immer noch nicht glaubst. Ich hätte ihnen nie etwas getan.

Es war besser, das Thema zu wechseln. *Pass auf, dass Rosy nicht verschwindet. Sie muss mit Tian reden.*

Halb rechnete ich damit, dass er mich nach ihrem Geheimnis fragte, doch er gab mir bloß das Versprechen.

Der Weg über die Brücke und bis zur Lunar Uhr gestaltete sich ereignislos. Uns kamen ein paar Menschen entgegen, aber wir wurden nicht von Bestien attackiert. Jamie hatte gesagt, dass sich weniger Tore öffneten, nun da die Wilde Jagd den Wald nicht weiter konstant mit neuer Magie fütterte.

Unbemerkt in den Turm der Lunar Uhr zu gelangen stellte dann wiederum eine Herausforderung dar. Ein paar von Artacs Vampirinnen und Vampiren tummelten sich auf dem Vorplatz. Leicht zu erkennen an ihren graublauen Uniformen. Wir mussten den Platz außen umrunden, das Tor unter der Tür vermeiden und dann durch ein Gebäude nebenan in den Turm gehen. Kit hatte uns den Weg verraten.

Ich folgte bereits den anderen hinter ein Wohnhaus, als ich eine Bewegung wahrnahm, die meine Aufmerksamkeit auf sich zog. Ich blieb stehen. Artac. Er war hier.

Eine eisige Gänsehaut breitete sich auf meinem Körper aus, als ich seine Gestalt inmitten seiner Vampirinnen und Vampire erkannte. Sie hatten einen kleinen Kreis um ihn gebildet und lauschten seinen Worten. Er stand uns mit dem Rücken zugewandt, doch ich hätte ihn überall wiedererkannt.

Die Fäuste ballend tat ich eines der schwierigsten Dinge überhaupt.

Ich ließ ihn gehen.

Erst als er den Platz verlassen hatten, schloss ich zu den anderen auf, die weitergegangen waren und eine Straßenecke weiter auf mich warteten. Tian sah mich fragend an. Ich schüttelte bloß den Kopf.

Wie sollte ich meinen Hass in Worte fassen? Lucille war tot, doch die eigentlich verantwortliche Person für so viel Leid befand sich nur wenige Meter von uns entfernt.

Als wir schließlich im Gebäude der Lunar Uhr ankamen, wartete ihre Gruppe bereits am Fuß der Treppe, die nach oben führte.

»Dieser Ort ist wirklich sicher?«, fragte Tian zweifelnd.

»Hattie lebt seit vier Jahren hier. Sie ist eine Hexe wie du und hat jede Sicherheitsvorkehrung getroffen.« Diese Information war mir neu und überraschte mich. Hattie hatte sich so laut und selbstsicher auf dem Markt bewegt, dass ich geglaubt hatte, sie wäre bloß ein Mensch. Möglicherweise war genau das ihre Taktik gewesen. So gegensätzlich zum Verhalten anderer Hexen und Hexer.

»Du hast gesagt, sie gehörte zur Stadtwache, Kit. Wie ist das möglich?«, fragte ich, weil ich es mir wirklich nicht vorstellen konnte.

»Das erzählt sie dir vielleicht selbst. Doch im Grunde hat

sie jahrelang sämtliche Magie unterdrückt und sich taff gegeben.« Ihr Lächeln war sanft. »Ich habe ihr ins Buch geschrieben, dass wir kommen. Aber lasst mich am besten vorgehen.«

Wir anderen warteten zusammengepfercht in dem kleinen Vorraum und übten uns in Schweigen. Ich bemerkte, dass Rosy immer wieder Tians Hinterkopf fixierte und dann wieder wegsah. Obwohl es seltsam war, ergaben ihre Wut und ihr Verhalten Sinn für mich.

Sie hatte Tian nie töten wollen, aber sie hatte ihn für ihre eigenen Gefühle bestrafen wollen. Für ihren Selbsthass und ihre Einsamkeit. Auch Tian würde das verstehen. Nur dass er zusätzlich damit klarkommen musste, dass er unschuldig war und seine Schwester das Leben der anderen auf dem Gewissen hatte.

»Ihr könnt hochkommen«, rief Kit mit gepresster Stimme von oben.

Nacheinander stiegen wir hinauf. Ich ging zuletzt, um sicherzustellen, dass niemand zurückgelassen wurde.

Das Innere des Turms der Lunar Uhr war geräumig und sauber. Das Mobiliar in dem riesigen Raum war zusammengewürfelt, aber gemütlich. Mit vielen verschiedenen Stoffen wie Baumwolle, aber auch teurem Brokat in warmen Farben. Es prasselte nirgendwo ein Feuer, doch es war nicht kalt.

Hattie mochte nicht sonderlich stark sein, doch mit der Zeit hatte sie immer mehr Magie in ihre Bannzauber gegeben, sodass sie eine sichere Heimstätte für sich geschaffen hatte. Niemand würde das Kerzenlicht hinter dem riesigen Ziffernblatt der Uhr erkennen, wo wir uns aufhielten. Schatten würden von dem Bann verschluckt werden, genauso wie jedes Geräusch. Wahrscheinlich hatte sie auch einen Zauber kreiert, der Fremde davon abbrachte, in die Nähe des Inneren der Uhr zu kommen, aber das konnte ich auf den ersten Blick nicht bestimmen. Ich war beeindruckt von ihrer Finesse.

Ich hatte Hattie nur einmal gesehen, aber sie hatte einen bleibenden Eindruck hinterlassen. Ihr spitz zulaufendes Gesicht mit den riesigen haselnussbraunen Augen und der gebogenen Nase. Sie wirkte gut gelaunt, doch mit einer Scharfsinnigkeit dahinter, die mir imponierte. Ich konnte verstehen, warum Kit sie mochte.

»Setzt euch, setzt euch«, sagte sie. »Auf dem Tisch stehen Wasser und Tee bereit. Wenn ihr noch etwas braucht, meldet euch.«

»Danke, dass wir uns hier verstecken können«, sagte ich.

»Kein Problem.« Sie winkte ab, während Kit sie stolz anstarrte. »Ich habe ... gehört, was passiert ist. Mein herzliches Beileid. Euch allen.«

Ich nickte wortlos, weil sich meine Kehle zusammenschnürte. Alle anderen hatten sich bereits auf dem Teppich oder auf einem der beiden Sofas niedergelassen. Ich setzte mich ebenfalls vor dem schmalen Holztisch auf den Boden. Meinen Beutel, in den ich Kleidung und Waffen gestopft hatte, legte ich hinter mich.

Hattie versorgte uns mit Brot, Schafskäse und Salzgebäck. Als sie sicher war, dass es uns an nichts mangelte, verabschiedete sie sich.

»Ich weiß, dass ihr Wichtiges zu besprechen habt. Bedient euch an allem und bleibt, solange ihr wollt.« Sie lächelte unter dem Chor der Dankbarkeit. Kit begleitete sie noch nach unten und mit sich nahm sie Stimmung und Worte.

Ich knabberte an einem Stück Brot, obwohl ich keinerlei Appetit hatte. Ich wünschte, Obambo würde sein Haus verlassen und den Raum mit seinem monotonen Gestöhne füllen.

»Bevor wir uns dem weiteren Vorgehen widmen«, presste ich hervor, weil ich selbst von mir erwartete, weiterzumachen. »Rosy hat Tian etwas mitzuteilen.«

»Dass sie ihn nicht mehr töten will?«, murmelte Jamie.

»Musstest du das so laut ankündigen?«, beschwerte sie sich.

Hugh und Ruglio redeten lautlos miteinander. Nur Tian schien ungerührt und Kit, die gerade wieder ins Zimmer kam und nicht wusste, was vor sich ging. Frinn blickte auf die gefalteten Hände in ihrem Schoß.

»Du hast genug Zeit gehabt«, erwiderte ich.

Ich weiß es bereits, sagte Tian lautlos.

Was? Ich starrte ihn an. *Sie hat ...*

Ich weiß, sagte er betont. *Ich habe es mir bereits gedacht. Ihr Hass auf mich ... Ich habe ihr angesehen, dass es dabei um mehr ging. Sie hat unsere Familie getötet und ich habe sie im Stich gelassen. Das ändert nichts.*

Wie kannst du das sagen? Es ändert alles. All die Jahre, in denen du dir Vorwürfe gemacht hast. In denen du sterben wolltest, sobald du Lucille ...

Lass uns später darüber reden, hm?

»Führt ihr ohne uns eine Unterhaltung?« Jamies Blick glitt zwischen uns hin und her.

»Wir kommen später darauf zurück«, sagte Tian. »Jetzt sollte es erst mal darum gehen, wie wir Artac aus dem Weg räumen. Ideen?«

Ich fühlte mich wie vor den Kopf gestoßen. Tian hatte es bereits gewusst oder zumindest geahnt und er hatte diesen Gedanken nicht mit mir geteilt? Ich hatte mir solche Sorgen gemacht.

Was verheimlichte er mir noch?

Seltsamerweise sprangen meine Gedanken zu dem Moment zurück, als ich ihn und Jamie in einer ernsten Unterhaltung im Speisesaal erwischt hatte. Hatten sie über mich gesprochen? Oder war das zu egozentrisch gedacht?

Noch vor zwei Minuten war ich der festen Überzeugung gewesen, dass mir Tian niemals mehr etwas verheimlichen würde.

Jetzt war ich mir nicht mehr so sicher.

Es wurden ein paar Ideen in den Raum geworfen, die gleich darauf verworfen wurden. Sich entweder Thali oder Artac zu nähern stellte sich als unmögliches Unterfangen heraus. Wir würden nicht noch einmal ungesehen ins Rathaus gelangen. Nicht ohne Verluste jedenfalls. Und niemand wusste, wo Thali sich aufhielt.

»Sie müssen sich doch früher oder später zeigen«, rief Kit frustriert aus. »Hattie hat gesagt, dass Artacs Leute begonnen haben, auf den Straßen zu patrouillieren. Sie sammeln Hexen ein, auf der Suche nach Thali.«

»Wahrscheinlich versucht Artac so, sie zu provozieren«, überlegte Tian laut. Er saß mir schräg gegenüber, die Beine unter dem Tisch ausgestreckt, in einer Hand den Becher mit Tee. Als er seinen Blick hob, wich ich ihm aus. »Oder er will bloß herausfinden, wo sie sich versteckt hält.«

Die Lunar Uhr schlug zur vollen Stunde. Fünf Uhr morgens. Draußen war es noch undurchdringlich schwarz. Es hatte aufgehört zu schneien.

»Ah, wenn ihr mich kurz entschuldigen würdet.« Jamie erhob sich von dem durchgesessenen Sofa. Er klopfte sich über Hose und Weste.

»Wohin willst du?« Misstrauisch beobachtete ich, wie er sich einen Umhang umlegte.

»Ich treffe eine der wenigen, die mir noch treu sind. Resia. Hoffentlich gibt es neue Informationen.«

»Wo?« Sofort war ich aufgesprungen. »Ich komme mit.«

»Auf gar keinen Fall«, riefen Jamie und Tian wie aus einem Mund. Es war ihnen selbst peinlicher als mir.

»Hast du vergessen, dass ich auch sterbe, wenn du stirbst«, erinnerte ich Jamie.

Er murmelte etwas, das ich nicht verstehen konnte, und fügte dann lauter hinzu: »Es ist gleich hier unten. Du wirst nichts verpassen.«

»Lass mich das entscheiden.« Ich hatte mir eilig meinen Umhang angezogen und folgte Jamie dann die Treppe nach unten, ohne noch einmal zurückzublicken. Warum fühlte ich mich Tian gegenüber so seltsam? War ich wütend auf ihn? Verdiente er meine Wut?

Es war schwer zu sagen, was gerechtfertigt war und was nicht, wenn ich nur daran denken konnte, dass Elma tot war.

Jamie wartete im Vorraum auf mich. Sein Blick wanderte von meinen Stiefeln nach oben bis zu meinem Gesicht, ehe er seine Kapuze über den Kopf zog. Ich tat es ihm nach.

»Du solltest bei Tian bleiben«, sagte er, nachdem wir das andere Haus durch die Verbindungstür betreten hatten.

»Bist du wirklich Jamie oder ...?« Ich verdrehte die Augen.

»Ich will nur dein Bestes.«

»Auf einmal.« Ich schnaubte verächtlich. Er blieb jäh an der Tür nach draußen stehen, sodass ich in ihn reinrannte. »Autsch.«

Ich rieb mir die Nase, mit der ich gegen sein Brustbein gestoßen war. Er hatte sich zu mir gewandt. Irritiert sah ich zu ihm auf. Durch den Schatten der Kapuze blieb mir der genaue Ausdruck in seinen Augen verborgen, doch ... dass in ihnen Gefühle wirbelten, so viele Gefühle, ließ sich nicht leugnen.

»Dein Sarkasmus in allen Ehren, Billie, aber du brauchst ihn. Ihn und deine Familie.«

»Elma ist tot«, erwiderte ich tonlos.

»Sie ist nicht die einzige Person, die dich liebt.« Er sah von mir nach draußen. »Versuch einfach, nicht so streng mit Tian zu sein. Er war mir ein guter Freund, bevor ich ihn betrogen habe.«

»Nicht nur du«, entschlüpfte es mir. Das ließ ihn wieder mich ansehen, was ich fast nicht ertragen hätte. Die Hoffnung vermischt mit dem Schmerz auf seinen wie gemeißelten Zügen ...

»Was?«

»Ihr beide ... Oder wenn ich ehrlich bin, wir alle scheinen ständig zu vergessen, dass ich Tian auch betrogen habe. Mehr als einmal. Ich habe mich mit dir zusammengetan und dir das Instrument gegeben.«

»Das ist was anderes.« War er enttäuscht? Was hatte er erwartet?

»Warum? Weil ich fünf Minuten davor fast mit ihm geschlafen hätte? Wiegt der Verrat dann nicht schwerer?«

»Billie ...« Sein Stirnrunzeln verriet seine eigene Irritation. »Ich weiß nicht, was du damit erreichen willst, aber ...«

Ich atmete tief ein und wieder aus, weil ich selbst darüber nachdenken musste. Was wollte ich damit andeuten?

»Ich verzeihe dir, Jamie. Dieses eine Mal. Jetzt. Alles, was war, ist vergeben und vergessen. Ich habe keine Zeit, weiter einen Groll gegen dich zu hegen. Lass uns neu anfangen, ja?« *Solange ich noch eine ganze Seele habe.*

»Bist du dir sicher?« Er schien schwer zu schlucken.

Plötzlich war es gar nicht mehr so beängstigend, die Frage zu beantworten. All die schlimmen Gefühle, der Ärger und der Hass ... Sie waren von mir abgefallen und wie Regen in die Erde gesickert.

Jamie schlang seine Arme um meinen Körper und drückte mich an sich.

Überrascht rührte ich mich nicht.

Als mein Herz heftig zu klopfen begann, schob ich die Reaktion auf mein Erstaunen und das magische Band.

»Danke, Billie«, wisperte er an meinem Ohr, durch die Kapuze hindurch. Eine Hand an meinem Hinterkopf. »Du weißt nicht, wie viel mir das bedeutet.«

Noch einmal drückte er mich an sich, dann ließ er mich los.

Die Blutfae Resia erwartete uns in einer unscheinbaren Gasse unter der Krone eines Baumes, der vor einem Monat noch nicht hier gestanden hatte. Durch die tief heruntergezogene Kapuze konnte ich ihr Gesicht nur grob erkennen. Wir nickten einander zu, dann zog ich mich zurück und blieb an der Ecke zur nächstgrößeren Straße stehen, um uns den Rücken freizuhalten.

Tian hatte ich zwischendurch versichert, dass es uns gut ging, weil ich mich für meinen Ärger schämte.

Und für mein Herzklopfen.

Dem Gespräch zwischen der Blutfae und Jamie lauschte ich durch unser Band, was sein Vorschlag gewesen war. Ich ließ mich nicht erneut in diesen kuriosen Raum im Nichts ziehen, sonst hätte ich nicht mehr auf unsere Umgebung achten können, doch es fühlte sich an, als würde ich direkt neben Jamie stehen. Er hatte seine Mauern kurzzeitig fallen gelassen.

»... nach Sonnenuntergang. In White Bell. Die Herausforderung kam von der Sumpfhexe. Sie hat sicher was geplant. Artac weiß das auch, aber ...«

»Er ist zu stolz, um abzulehnen«, schloss Jamie. »Wir werden nicht zulassen, dass er eure Leben wegwirft.«

»Wir vertrauen dir«, sagte Resia mit großer Überzeugung. »Ich warte auf deine Befehle.« Sie verbeugte sich und war bereit zu gehen, als Jamie mich aus seinem Verstand warf.

Das geschah so abrupt, dass die Blutfae bereits verschwunden war, bevor ich zu mir gefunden hatte. Es war wie ein plötzlicher Fall, ohne dass ich hart aufgekommen wäre. Ich hatte mich bloß neu orientieren müssen. Dazu kam, dass meine Seele brannte und mich schon während guter Stunden ablenkte. Gerade jetzt war es ein Kampf, gegen das Feuer zu bestehen.

Ich wirbelte zu Jamie herum, der bereits vor mir stand. Die Kapuze war von seinem Kopf gerutscht und offenbarte sein silberblondes, leicht gewelltes Haar im Schein einer nahen Laterne.

»Was war das?«

»Lass uns gehen. Es ist gefährlich hier.« Er wartete, dass ich ihn vorbeiließ. Als das nicht geschah, stieß er ein leises Seufzen aus. »Ich habe sie freigesprochen. Von ihrem Schwur, mir mit ihrem Leben zu dienen.«

Blinzelnd tat ich einen Schritt zurück. Das hatte ich nicht erwartet.

»Warum?«

Anstatt mir zu antworten, presste er mich jäh gegen die Hauswand in meinem Rücken und baute sich vor mir auf. Er war mir so nahe, dass sich unsere Nasenspitzen berührten. Mein Herz schlug mir bis zum Hals.

Vampire, sagte er lautlos.

Es war so dunkel, dass ich seine Miene nicht lesen konnte. Genauso wenig konnte ich an ihm vorbeisehen, da er mein gesamtes Sichtfeld ausfüllte. Ich spürte seine Wärme und meine Hitze. Das Verlangen, das sich überall in meinem Körper ausbreitete.

»Jamie«, flüsterte ich rau.

Unsere Lippen näherten sich an. Was tat ich da?

Ein Pferd wieherte. Jamie zuckte zurück und blickte zur Kreuzung, die wieder frei war. Er räusperte sich, als er Abstand zwischen uns brachte.

»Warum?«, fragte er und griff unser eigentliches Gespräch auf, das ich längst vergessen hatte. »Ich habe den Schwur aufgelöst, weil ich nicht länger ihr Herrscher bin. Wenn mir Elmas Opfer eines gezeigt hat, dann, dass mein Leben nicht mehr wert ist als ihre. Sie haben das gleiche Recht, verschont zu werden, wie jeder andere auch.« Schritte näherten sich uns. Wir sollten uns beeilen, und dennoch ... »Ein Opfer, wie Elma es gebracht hat, ist nur so viel wert, weil es aus ihrem Herzen kam und nicht aus falschen Vorstellungen von Treue. Sie hat Kit geliebt. Deshalb berührt es uns so sehr.«

Das Lächeln, das er mir daraufhin schenkte, war traurig und glücklich zugleich. Er war froh, dass er die Chance erhalten hatte, Resia freizusprechen.

»Jamie?«

»Hm?« Unsere Blicke hakten sich ineinander fest. Mein Verstand war wie leer gefegt.

»Nichts. Komm, ich habe eine Idee.«

36

»Nein. Auf gar keinen Fall.«

»Nur über meine Leiche.«

»Wir haben Elma bereits verloren. Sollen wir dich auch verlieren?«

Die Proteste prasselten nur so auf mich ein, nachdem ich ihnen von meinem Plan erzählt hatte. Ich ließ sie über mich ergehen und wartete, bis ihnen keine weiteren Argumente mehr einfielen.

»Ich werde so oder so sterben«, sagte ich ruhig. Wir saßen wieder um den Wohnzimmertisch gruppiert. Kit war die Einzige, die geschwiegen hatte, weil ich sie vor der Besprechung zur Seite genommen und bereits eingeweiht hatte. Sie mochte die Idee nicht, aber sie würde mich unterstützen.

»Doch nicht sofort!«, rief Hugh.

Ich klopfte mir mit einer Hand aufs Herz und dann auf meinen Kopf. »Es tut weh, Hugh. Jede Minute. Jede Sekunde mehr. Die Magie reißt mich auseinander. Gerade so gelingt es mir, bei Verstand zu bleiben. Noch. Artac und Thali zu töten ist meine einzige Hoffnung zu leben.«

Betretenes Schweigen.

»Du hast mir nicht gesagt, wie schlimm es ist«, sagte Tian sanft, obwohl ich Ärger in seinen Augen aufblitzen sah. Nicht Ärger über mich, sondern über sich selbst. Über seine Unaufmerksamkeit.

»Es gab keinen Grund.«

Er setze zu einer Erwiderung an, doch Kit kam ihm zuvor. »Keiner von uns hat eine bessere Lösung. Wir könnten es schaffen. *Billie* kann es schaffen.«

»Ist es überhaupt möglich, was sie vorschlägt? Kannst du ihr Aussehen so verändern, dass sie Thali bis aufs Haar gleicht?«, fragte Jamie.

Danke, sagte ich ihm durch unser Band.

Das heißt nicht, dass ich an Bord bin, aber ich verstehe dich.

»Kann ich.« Kit nickte zur Untermalung. »Seit mein Zauberstab wieder ganz ist, kann ich meine Magie vollständig nutzen. So wie ich sie am besten beherrsche.«

»Wandlungsmagie«, sagte Tian laut.

»Ich will nicht, dass du dich in Gefahr begibst, Billie«, raunte Hugh.

»Nicht nach allem ...«, stimmte Frinn zu.

»Ich weiß.« Wir sahen uns an. Ich spürte ihre Liebe, doch sie mussten die Dringlichkeit akzeptieren. »Vertraut mir.«

Wir konnten uns letztlich auf einen Plan einigen. Ich befand mich nicht in der Position, dagegen zu protestieren, weil ich das größte Risiko einging. Die Vorstellung aber, einen weiteren von ihnen zu verlieren, schnürte mir die Kehle zu.

Die Zeit war knapp, da schon in wenigen Stunden die Sonne aufgehen würde. Wir wussten nicht, wie lange sie am Horizont stehen blieb, ehe sie der Ewigen Nacht weichen musste. Es war richtig, aufbruchbereit zu sein.

Hattie hatte zum Glück eine Stadtkarte in ihrem mit Büchern und Dokumenten gefüllten Regal. Ich fühlte mich schlecht, sie erst vertrieben zu haben, um dann in ihren Sachen herumzuwühlen.

»Es ist besser, wenn sie nicht hier ist«, sagte Kit, als ich meine Gedanken mit ihr teilte. Sie stand neben mir, die Karte eingerollt in ihren Händen. »Ich vertraue ihrer Diskretion, aber ich kann mich besser konzentrieren, wenn sie in Sicherheit ist.«

Mein Blick huschte zu den anderen, die sich über diverse Sicherheitsmaßnahmen austauschten. Rosy war die Einzige, die schwieg. »Ich weiß, was du meinst.«

»Es wird alles gut. Wir kriegen das hin.« Kit drückte meine Schulter.

»Wir müssen. Für Hugh und Frinn.«

»Für dich und Tian«, ergänzte sie leicht tadelnd.

Und Jamie.

Tian, Jamie und Ruglio waren nicht davon begeistert, dass sich unsere Wege vorerst trennten. Rosy hatte keine Meinung dazu gehabt. Sie hatte allerdings geschworen, dass sie auf unserer Seite kämpfen würde. Tian glaubte ihr, also tat ich es auch.

Kit, Hugh, Frinn und ich hatten uns nach White Bell begeben, noch während die Sonne den Schnee auf den Dächern schmolz. Wir mussten die Gelegenheit nutzen, draußen keinen Vampirinnen, Vampiren oder Blutfae über den Weg zu laufen.

Die Sumpfhexe und ihre Handlanger waren eine andere Sache. Deshalb nahmen wir uns weiterhin in Acht. Obambo wäre uns eine Hilfe gewesen, aber er musste bei Hattie bleiben. Immerhin einer von uns, dem nichts geschehen konnte.

Meine Gruppe blieb durch mich in ständigem Kontakt zu den anderen. Wir hatten zwar durch den Stadtplan eine Ahnung, wo sich die Sumpfhexe und der alte Vampir auf dem Schlachtfeld treffen würden, doch wir wollten uns die Stelle vorher ansehen. Möglichst unauffällig und im Geheimen.

Es war eines der wenigen Vorhaben, die recht ungefährlich waren und bei dem ich zuversichtlich war, dass alles nach Plan lief. White Bell – sosehr ich dieses Viertel normalerweise auch mied – war so verwinkelt und chaotisch, dass es ein Leichtes war, sich zu verlaufen. Oder sich versteckt zu halten.

Außerdem kannte sich Kit dort gut aus. Gekonnt lotste sie uns zwischen den mehrstöckigen Gebäuden hindurch, die bessere Tage gesehen hatten. Fensterläden hingen lose in ihren Angeln, Stoffreste von alten Fahnen flatterten im Wind und Unrat sammelte sich an allen Ecken. Die meisten Gassen waren gepflastert, einige andere nur geschottert.

Wir hatten nicht lange darüber nachgedacht, wo die Konfrontation stattfinden würde, was uns darin bestärkt hatte, dass wir richtiglagen. White Bell war nicht sonderlich groß und es gab nur einen Ort, der sich für den Kampf eignete. Selbst wenn es sich um einen Hinterhalt der Sumpfhexe handelte. Sie brauchte eine Scharade, um Artac überhaupt herzulocken. Und dafür eignete sich die lange Straße des Sündenpfuhls. Die Ironie war ihr sicher nicht entgangen, dass sich gerade dort auch die Häscher versammelten.

Häscher, die Jagd auf Hexen und Hexer gemacht hatten, um sie an das Vampirvolk zu verkaufen. Jamie hatte dies mit einem Erlass verboten, aber ob man sich daran hielt ...

Der Sündenpfuhl wurde beidseitig von hohen Häusern gesäumt. Manche von ihnen neigten sich einander so zu, dass sie sogar mit Stegen, Leitern oder Hängebrücken verbunden waren. Einmal in einem dieser Gebäude, musste man sich nicht mehr nach draußen begeben.

Nachdem wir einen unscheinbar wirkenden Eingang in ein graues, vergleichsweise gedrungenes Gebäude gefunden hatten, liefen wir von Haus zu Haus.

Es war beeindruckend, wie verwinkelt es im Inneren der Häuser war. Als würde diese Welt unabhängig von der draußen existieren. Die einzelnen Gebäude konnte man durch Löcher in den Wänden, versteckte Türen und Mechanismen sowie Außenstege und übers Dach betreten. Man musste nur einmal herausfinden, wie.

Natürlich begegneten wir einigem Gesindel, doch niemand

beachtete uns. Wir sahen nicht verdächtig aus. Trugen unauffällige Kleidung und hatten finstere Mienen aufgelegt. So wie alle anderen Personen hier.

Schließlich gelangten wir ungefähr in der Mitte der Straße in eines der oberen, leer stehenden Stockwerke eines Gebäudes. Von Motten zerfressene Decken, heruntergebrannte Kerzen und Messingtöpfe mit stinkenden Substanzen verrieten, dass sich hier zumindest ab und zu Leute aufhielten. Für den Moment war der Raum mit den drei Fenstern, die zur Straße zeigten, allerdings leer.

Ich versah die Tür hinter uns mit einem schnellen Bannzauber, ehe ich mich den anderen anschloss. Eines der Fenster war bereits vollkommen zersplittert, was uns aber zugutekam. Die anderen beiden waren so schmutzig, dass man nichts durch sie hätte sehen können. Hugh bekam sie außerdem nicht ohne Weiteres aufgezogen.

»Schon in Ordnung«, beschwichtigte ich ihn. »Bevor sie kaputtgehen und Lärm machen, reicht das hier aus.«

Zu viert drängten wir uns vor der eisigen Öffnung und erfassten die Situation auf der Straße. Gleichzeitig sandte ich Tian eine Nachricht, dass wir angekommen waren, und zeigte ihm durch eine Reihe mentaler Bilder, wo genau wir uns aufhielten. Er, Jamie, Rosy und Ruglio würden nachkommen, sobald die Sonne untergegangen war. Hoffentlich wären sie schneller als Artac und sein Gefolge.

»Niemand da«, sagte Frinn. »Wie kann das sein?«

Ich streckte eine Hand in die Kälte und schloss meine Augen. Meine Magie tanzte von meinen Fingerspitzen, fiel in den Abgrund und weitete sich aus, bis sie wie ein Echo zu mir zurückkehrte.

»Ein schwacher Bannzauber, um Menschen fernzuhalten«, antwortete ich und zog meine Hand wieder zurück. »Die Sumpfhexe ist bereits vor Ort. Oder zumindest ein Teil ihrer …« Etwas wehrte sich in mir, Hexen und Hexer als ihr zugehörig zu sehen. Sie nutzte sie bloß für sich aus. Ihr waren die Leben egal, die sie dabei vergeudete, ihren Stolz zu verteidigen. So war es vor siebzig Jahren gewesen. Warum sollte es jetzt anders sein?

»Von hier aus haben wir jedenfalls eine gute Sicht. Lasst uns warten«, sagte Hugh, bevor er sich neben dem Fenster an der Wand herabgleiten ließ.

Nach kurzem Zögern setzte ich mich neben ihn. Wir konnten jetzt nur noch hoffen, dass wir eine Möglichkeit bekamen, unseren Plan in die Tat umzusetzen.

Und wenn nicht? Wenn es keine Chance gäbe?

Im Notfall würde ich Artac auf dem offenen Feld begegnen und ihn zu einem Duell herausfordern. In der Hölle hatte er mich überrascht. Hier aber würde ich siegen.

Wir wechselten uns ab, aus dem Fenster zu schauen. Nur weil Artac erst nach Sonnenuntergang kommen würde, bedeutete das nicht, dass die Sumpfhexe bis dahin nichts täte. Doch zu meiner Überraschung blieb es ruhig.

Zwischendurch rüttelte jemand trotz meines Bannzaubers an der Tür, aber die Person wurde schnell entmutigt und verschwand wieder. Mir war kalt und meine Gelenke wurden starr, weshalb ich irgendwann im Raum auf und ab lief. Man würde unsere Silhouetten zwar von außen erkennen können, doch das bereitete mir keine Sorgen. Wir waren nicht die einzigen Personen hier drinnen. Die Sumpfhexe hatte lediglich dafür gesorgt, dass niemand die breite, verschmutzte Straße unten betrat.

»Sie sind hier«, verkündete ich und öffnete die Tür genau im richtigen Augenblick.

Ruglio, Tian, Rosy und Jamie kamen nacheinander ins Zimmer. Jeder von ihnen sah erst mir ins Gesicht, bevor er oder sie sich umblickte. Als würde ich ihnen mit meinem Ausdruck verraten, ob etwas nicht nach Plan lief.

Vielleicht tat ich das auch. Das Brennen war zunehmend stärker geworden und Ruhe zu bewahren war eine Herausforderung. Es war wichtig, dass mir zumindest meine Magie bis zum Schluss gehorchte.

»Es ist wie ausgestorben«, sagte Tian mit einem Nicken zum Fenster.

Ich verzichtete dieses Mal auf den Bannzauber, als ich die Tür schloss. Wir würden hier nicht mehr lange verweilen.

»Habt ihr Thali gesehen? Oder irgendwelche Hexen?«, fragte ich zu ihnen aufschließend. Ich schlang die Arme um meinen Körper, um etwas gegen die Kälte zu tun.

»Noch nicht.« Jamie blickte nicht in meine Richtung. War er etwa nervös?

»Aber jetzt«, kam es von Tian. Sofort gruppierten wir uns um das Fenster, was nicht ganz so gut funktionierte.

Hugh nutzte dann seine Magie, um Schmutz vom mittleren Fenster zu wischen, sodass sich unsere Gruppe aufteilen konnte. Ich blieb bei Tian, Jamie und Kit stehen, auch wenn mir kalt war. Der Wind blies direkt in mein Ohr.

Sei froh, dass du noch lebst, um überhaupt etwas zu spüren, dachte ich zynisch, nur damit ich nicht in Selbstmitleid verfiel. Ich sollte mich zusammenreißen.

Es hätte uns nicht überraschen sollen, dass sie sich penibel an die Zeitangaben hielten. Von links näherte sich Thali mit viel mehr Hexen und Hexern, als ich bereits befürchtet hatte.

»Sind das hundert?«, fragte Hugh.

»Eher hundertfünfzig«, murmelte ich.

»Artac hat mehr als die doppelte Anzahl«, kommentierte Jamie gepresst. »Blutfae und Vampire.«

»Genau das habe ich mir gedacht. Was ihnen an Magie

fehlt, werden sie mit Körperkraft wettmachen. Am Ende werden beide Seiten hohe Verluste einstecken«, sagte ich mit zunehmender Wut. Wenn Tian und ich doch nur in der Hölle gesiegt hätten. Wenn ich nicht gezögert hätte. Wenn ...

Gebannt beobachteten wir, wie sich kleine Gruppen von der Masse lösten. Einmal mit Thali in ihrer Mitte und einmal mit Artac. Sie näherten sich einander, um direkt vor unserem Gebäude stehen zu bleiben. Sie ließen zehn, fünfzehn Meter Abstand zwischen sich, weil sie sich gegenseitig nicht für eine Sekunde trauten.

»Du bist gekommen«, sagte Thali. Zu unserem Glück musste sie schon wegen des Abstands lauter sprechen, sodass auch wir sie verstehen konnten. Sie trug einen wehenden braunen Umhang um ihre Schultern. Darunter zeichnete sich ein dunkles Kleid ab. Das Licht der wenigen Straßenlaternen und der Lampen aus den Häusern reichte aus, um ihre aparten Gesichtszüge vorteilhaft zu beleuchten. Nur weil ich so von ihrem Gesicht fasziniert war, bemerkte ich die leichten Bewegungen ihrer Finger, die nur teilweise von dem Umhang bedeckt wurden. Entweder knetete sie nervös ihre Hände oder sie hatte etwas anderes im Sinn.

»Es sieht dir nicht ähnlich, Worte zu verschwenden«, erwiderte Artac. Ich hielt meinen Blick weiterhin auf die Sumpfhexe gerichtet, doch das minderte nicht meinen aufsteigenden Ärger über den Vampir. »Wir wissen beide, wie es heute endet. Du kannst mich nicht töten, aber ich kann dich vernichten. Du hast deinen Zweck längst erfüllt, indem du das Ritual damals vollzogen hast. Lass es gut sein, Thali. Du hast ausgedient.«

Sie stieß ein sprödes Lachen aus. »Ja, ich kann dich nicht töten, ohne selbst zu sterben. Glaubst du, ich weiß das nicht? Aber ich kann dich wieder dahin verbannen, wo du auch die letzten Jahrhunderte gehaust hast. Und damit wird der Herrschaft von Blutsaugern, egal welcher Rasse, ein endgültiges Ende gesetzt.«

»Hiermit? Mit einem Kampf, der nicht auf Augenhöhe ist?« Artac breitete die Arme aus. Die Blutfae, Vampire und Vampirinnen um ihn herum spannten sich an. So wie Thali hatte er sechs Begleitpersonen ausgewählt. Der Rest befand sich noch am Straßenende. »Wir werden euch ohne großen Aufwand vernichten.«

Alle Beteiligten wussten, dass auch er nicht sämtliche Hexen und Hexer töten konnte, wenn er seine Art nicht zum Aussterben verurteilen wollte.

»Arroganz war schon immer deine größte Schwäche«, sagte Thali ungerührt, ehe sie ihren Umhang mit den Ellbogen nach hinten warf. Dadurch wurden die dunklen Fäden offenbart, die sich zwischen ihren Fingern spannten. Ich erinnerte mich daran, dass sie eine Vorliebe für diese Art von Magie besaß. Auch wenn ich sie selbst nicht verstand, wusste ich um ihre Gefährlichkeit. »Du hast dich genau dorthin begeben, wo ich dich haben wollte. Einen Kampf wird es geben und am Ende kriege ich dich.«

»Was meinst du damit?« Der Vampir schien verärgert.

»Du wirst diese Straße erst dann verlassen, wenn ich dich zurück in die Hölle befördere und keinen Moment eher.« Die Fäden verglühten. Thali drehte sich um und schritt mit ihren Hexen und Hexern zurück. Jetzt erkannte ich erst, dass sowohl meine Mutter als auch mein Vater darunter waren.

Artac machte erst einen Schritt auf Thali zu, ehe er es sich anders überlegte. Wut zeichnete sich auf seinem scharf geschnittenen Gesicht ab, als er sich abwandte.

Seine vampirische Begleitung machte ihm Platz, bis er die letzte Reihe erreicht hatte. Und mit ihr eine unsichtbare Wand. Jeder andere konnte sie passieren. Nur er war gefangen.

Bei dem Brüllen, das seiner Kehle entkam, stellten sich mir die Nackenhaare auf.

»Worauf wartet ihr noch?«, schrie er. »Erledigt sie!«

»Sie hat ihn eingesperrt«, flüsterte ich überrascht.

»Immer wieder hat sie ein Ass im Ärmel«, murmelte Frinn am anderen Fenster.

Auch auf Thalis Seite setzten sie sich in Bewegung. Drei Völker rannten aufeinander zu, um sich bis auf den Tod zu bekämpfen. Die ersten magischen Flüche leuchteten auf. Wasser, Feuer, Blitz. Die Erde bebte und Dachziegel krachten zu Boden. Kehlen wurden herausgerissen, Blut spritzte und Körper brannten. Die schlimmste, abartigste Brutalität zeigte sich in den ersten Minuten.

Doch ich durfte mich nicht davon ablenken lassen. Wenn wir eine Chance haben wollten, musste ich das Gemetzel ignorieren.

»Es könnte uns zugutekommen«, merkte ich an. Meine Gedanken rasten.

Artac zog sich in ein Haus zurück, das sich am Straßenende befand. Genau so weit, wie er gehen durfte.

Am anderen Ende der Straße hatte sich Thali in Windeseile ein Zelt errichten lassen. Mit Magie wie der ihren war der Aufwand wohl kaum der Rede wert.

Wir hätten nicht ahnen können, dass sie sich aus dem Kampf herausziehen würden. Im Gegenteil, ich hatte angenommen, dass sie mitkämpfen würden. Zunächst an vorderster Front vielleicht, um sich dann zurückzuziehen und weiter hinten zu kämpfen. Um Blut zu schmecken. Macht zu zeigen.

»Warum hat er sie nicht direkt attackiert?«, fragte Hugh.

»Er weiß, dass sie erst geschwächt werden muss. Ihr Schutzbann ist zu stark für ihn, und wenn er in ihre Nähe kommt, wartet sie sicherlich mit einem Fluch auf, um ihn zu fesseln«, antwortete ich. »Zumindest wäre das meine Befürchtung.«

»Also lassen sie stattdessen erst einmal alle sterben?« Hugh schnaubte.

»Ihnen bedeuten die Leben nichts«, murmelte Jamie. »Aber es kommt uns zugute.«

»Genau. Ich dachte eigentlich, dass ich mich Artac im Kampf nähern müsste. Das wäre weitaus schwieriger gewesen.«

»Und jetzt? Willst du einfach da reinspazieren? Ins Haus? Ohne zu wissen, was sich darin abspielt?« Hugh schüttelte den Kopf. »Das ist Selbstmord.«

»Es ist meine Chance. Nichts weiter.«

»Sie wird nicht allein sein«, versprach Kit.

Entschlossen wandte ich mich ihr zu und nickte. »Tu es. Verwandle mich in die Sumpfhexe.«

37

»Ich habe deine Eltern gesehen«, sagte Frinn in einer ruhigen Minute.

In der letzten ruhigen Minute, um genau zu sein.

Kit hatte bereits ihre Arbeit erledigt und Tians, Jamies und mein Aussehen verändert. Sich selbst, Frinn und Hugh ließ sie unberührt. Artac würde die drei nicht erkennen. War ihnen vorher nie begegnet. Im besten Fall würde er nicht mal auf sie aufmerksam werden. Ich würde allein eintreten, mich ihm nähern und ihn dann mit meiner Magie töten. So, wie ich es schon etliche Male auf der Jagd nach Vampiren getan hatte.

Es würde ruhiger sein als auf dem Schlachtfeld, womit ich eigentlich gerechnet hatte. Er wäre zwar aufmerksamer, doch er würde mich auch nicht direkt attackieren. Zumindest war das meine Hoffnung. Ich musste ihn dazu bringen, mir zuzuhören. Andernfalls war alles vorbei.

»Es ist nicht überraschend, dass sie sich den Kämpfenden angeschlossen haben. Davon haben sie ein Leben lang geträumt«, sagte ich. Ich überprüfte ein letztes Mal sämtliche Waffen, die ich verdeckt an meinem Körper trug. »Willst du nach ihnen sehen, dann ...«

Ich wollte meine Eltern nicht sterben sehen. Aber ich hatte ein dringenderes Problem zu lösen.

»Ruglio tut es«, warf Hugh ein. »Während wir zu Artac gehen, wird er nach ihnen Ausschau halten. Zusammen mit Rosy.«

»Und mir«, fügte Frinn hinzu. »Ich ... Ich habe bereits eine Schwester verloren.«

»Bist du sicher? Sie hatten keine Hemmungen, der Sumpfhexe zu erlauben, dich zu manipulieren.«

»Ich bin sicher.«

Ich betrachtete Ruglio daraufhin nachdenklich. Er unterhielt sich mit Tian und Kit. Rosy überprüfte ihre Messersammlung. Zog eines nach dem anderen aus diversen Halterungen hervor und betrachtete ihren Zustand. Jamie blickte schweigend nach draußen.

Um Magie zu sparen, hatte Kit so wenig wie möglich an uns verändert, aber mit dem größtmöglichen Effekt. Unsere Größen hatte sie unangetastet gelassen. So wie unser Geschlecht. Stattdessen hatte Tian gelocktes, dunkelrotes Haar bekommen und hellblaue Augen, eine kürzere Nase und Sommersprossen auf dem runderen Gesicht.

Jamie hatte sie so langes schwarzes Haar verpasst, dass er sich einen kurzen Zopf binden musste. Ein paar Strähnen fielen in sein faltiges Gesicht, von dem die Narben verschwunden waren. Er wirkte direkt zwanzig Jahre älter.

Wir hatten keinen Spiegel, doch ich vertraute Kits Urteil und dem der anderen, dass ich der Sumpfhexe zum Verwechseln ähnlich sah. All das hatte Kit in weniger als fünf Minuten gemeistert. Die Schlachtrufe und Kampfgeräusche sirrten wie Pfeile in unsere Zuflucht. Drängten uns zur Eile.

»Was Ruglio anbelangt ... Er ist auch mein Freund, aber ich bin nicht sicher, ob es weise ist, ihn aufs Schlachtfeld zu schicken.«

»Es wird schon«, sagte Hugh bestimmt und ich ließ die Sache auf sich beruhen. »Und im besten Fall kommt er niemandem in die Quere.«

»Ich werde etwas körperliche Überzeugungskraft brauchen, wenn ich deine Eltern von hier wegschaffen soll.«

»Wie ihr meint.«

Nicht ganz überzeugt konnte ich dennoch nichts darauf erwidern. Ruglio musste schließlich selbst entscheiden, was er sich zutraute und was nicht. Schließlich begaben wir uns in die letzte Phase unseres angepassten Plans.

Artac befand sich uns schräg gegenüber im Gebäude. Das machte es schwierig, zu ihm zu gelangen, ohne vorher entdeckt zu werden.

Schwierig, aber nicht unmöglich.

Als wir eine der Türen öffneten, die auf die Straße führte, wirkte ich einen bemerkenswerten Teil meiner Magie, damit man uns keine Aufmerksamkeit schenkte. Das war ein Opfer, das ich unglücklicherweise bringen musste. Wenn wir erst gar nicht in die Nähe von Artac kämen, wäre sowieso alles umsonst.

Ruglio, Frinn und Rosy traten nicht mit uns nach draußen. Sie würden einen Ausgang nehmen, der näher am Zelt der Sumpfhexe lag.

»Bleibt möglichst nahe bei mir«, wies ich die anderen an. Die Kampfgeräusche waren so laut, dass ich rufen musste. Trotzdem wurde ein Teil meiner Worte verschluckt.

Tian ging neben mir, Jamie, Kit und Hugh hatten sich an unsere Fersen geheftet.

Wir hatten nicht den Ausgang unseres Gebäudes genommen, sondern waren so weit wie möglich nach rechts ausgewichen, um dem brutalsten Getümmel zu entgehen. Trotzdem fanden wir uns mitten in der Schlacht wieder.

Vor uns hatte sich ein Loch aufgetan. Im wahrsten Sinne des Wortes. Die Erde war aufgebrochen und ein Vampir steckte kopfüber fest. Ein Kumpan half ihm dabei, wieder rauszukommen. Seine Kleidung war blutdurchtränkt. Neben ihm lag die Leiche einer Hexe. Ihr Kopf beinahe abgetrennt. Die Augen in den schwarzen Himmel starrend.

Ich musste über sie hinwegsteigen, um einem Feuerball zu

entgehen. Ein weiterer streifte meinen Hinterkopf und ich roch verkokeltes Haar.

Weiter. Es sind noch alle da, sagte Tian.

Doch bevor ich einen Schritt tun konnte, wurde ich von einem Feuerball getroffen. Ich schlitterte über den Boden, konnte mich aber noch auf den Beinen halten. Trotz der Schmerzen, die sich in meiner Schulter ausbreiteten.

Verdammt, fluchte ich innerlich.

Alles in Ordnung?, fragte Tian.

Jamie war schon bei mir und stellte sich links von mir, wo er gegen eine Hexe zu kämpfen begann. Sie entsandte mehrere Salven Feuermagie, die er mit gekreuzten Armen vor seinem Gesicht abfing. Er zuckte nicht mal zusammen, obwohl sie ihn verbrennen mussten.

Ich ignorierte meinen eigenen Schmerz und setzte meine Magie ein. Hob die Handflächen in Richtung der Hexe und katapultierte sie mehrere Meter zurück, bis sie in eine Gruppe Kämpfender fiel.

»Los«, sagte ich zu Jamie.

Hugh, Kit und Tian hatten uns bis dahin den Rücken freigehalten. Doch je länger wir uns hier aufhielten, desto größer war die Gefahr, dass wir nie wieder wegkämen.

Jamie nickte mir zu. Es war seltsam, ein anderes Gesicht zu sehen. Trotzdem, seine Augen waren gleich. Selbst mit anderer Farbe.

Dann endlich hatten wir die andere Straßenseite erreicht. Anstatt den Eingang zu benutzen, den Artac genommen hatte, drangen wir zunächst in das Nebengebäude ein.

Ich brach mit meiner Magie und einem explosiven Ball aus Energie die Tür auf und rannte hinein. Nacheinander folgten Tian, Kit, Hugh und Jamie.

Eine Sekunde gönnte ich mir, um Atem zu schöpfen. Mich herzurichten und mir die arrogante Aura zuzulegen, die ein

Teil von Thali war, als hätte sie diese mit der Muttermilch aufgesogen.

Ach was. Sie machte Thali aus. Neben ihrer Magie und ihrer Arroganz hatte sie sonst nichts.

Das hier würde auch ihr Ende sein. Meine Vorfahrinnen und Vorfahren hätten sie nicht ins Exil schicken, sondern vernichten sollen. So jemand wie sie würde nie die Tragweite ihrer Taten realisieren. Sie würde nie einem Gewissen erliegen, weil sie nichts spürte außer ihren eigenen Bedürfnissen.

»Bereit?«, wisperte ich und blickte nacheinander in die Gesichter meiner Begleiter und Begleiterin. Sie wirkten so entschlossen wie ich.

Es dauerte nicht lange, bis wir einen Weg gefunden hatten, der uns ins andere Haus brachte. Sofort wurden wir von Blutfae entdeckt, die uns daraufhin den Weg versperrten.

Wir befanden uns in einem heruntergekommenen Flur. Abgerissene Wandbehänge, morsche Dielen und Spinnweben, die wie Kunstwerke zwischen den Balken hingen.

»Stopp!«, rief einer von ihnen und fletschte die Zähne.

Ich hielt mich nicht mit den Blutfae auf, weil auch die Sumpfhexe es nicht getan hätte. Mit einem Wink warf ich sie zur Seite. Sie knallten hart mit den Köpfen gegen die Wand. Noch während sie wieder zu sich kamen, stolzierte ich mit erhobenem Haupt an ihnen vorbei.

Artac befand sich in dem bisher größten Raum, den wir passiert hatten. Irgendwann einmal waren es mehrere Zimmer gewesen, bis jemand die Zwischenwände herausgeschlagen hatte, um daraus einen einzelnen Raum zu fertigen. Einen Saal. Wie passend.

Die Fenster waren geöffnet und boten Sicht auf den hinteren Teil der Gruppe seiner Blutfae, Vampirinnen und Vampire. Die Kämpfe konnte man nicht sehen, nur hören, weil sie weiter die Straße runter stattfanden.

Neben Artac, der lässig auf einem einfachen Stuhl saß, sahen uns sieben weitere Personen beim Eintreten zu.

Bis hierhin wären wir auch ohne Wandlung gekommen. Das war nicht das Problem.

Das Problem war, dass ich Artacs Stärke richtig einschätzte. Er würde meine Magie kommen sehen und sich gegen sie zur Wehr setzen können. Nähe war der Schlüssel.

Ich musste ihm direkt gegenüber sein. So nah, dass ich meine Hand auf seine Brust legen könnte. Dies würde er nur einer einzigen Person gestatten, nämlich derjenigen, die ihn nicht töten konnte, ohne selbst zu sterben.

Sicher. Das war ein Risiko. Er könnte sich immer noch davor fürchten, dass Thali ihn verfluchte. Erneut in die Hölle schickte. Doch ohne Portal war sie machtlos. Ohne Portal würde sie sofort von den Seinen angegriffen werden.

Das war meine Hintertür.

Mein Schlupfloch.

Unsere einzige Hoffnung.

Sollte ich es nicht in seine Nähe schaffen, müsste ich ihn aus der Ferne angreifen. Ihm vielleicht erst das Genick brechen, um dann zu ihm zu gelangen. Die anderen müssten sich um Artacs Gefolge kümmern.

Doch so weit war es noch nicht.

Mein Herz hämmerte in meiner Brust. Ich gab acht, meine Atmung zu bändigen, damit sie meine Aufregung nicht verriet. Für den Fall, dass der alte Vampir nicht längst misstrauisch geworden war.

Als er realisierte, wer ich war, oder vorgab zu sein, richtete er sich zunächst auf dem Stuhl auf, um dann doch aufzustehen. Egal wie lange er schon lebte, ich hatte etwas so Unerwartetes getan, dass er seine Mimik nicht sofort unter Kontrolle bekam. Gleichzeitig wurde sein Argwohn geweckt. Er sah an mir vorbei, fixierte meine Begleitung mit harschen Blicken, ohne scheinbar zu einer befriedigenden Schlussfolgerung zu gelangen.

Die Überraschung war von seinen Zügen radiert. Der Argwohn blieb.

»Thali?« Ein Tisch stand zwischen uns. Zwei Vampirinnen mit rot leuchtenden Augen waren links von mir, zwei Vampire rechts. Die anderen hielten sich vor den Fenstern auf. Niemand regte sich, nachdem Artac den Kopf geschüttelt hatte. »Haben wir uns nicht gerade erst gesehen?«

Als ich seine Vorsicht bemerkte, wusste ich, dass ich nicht zögern durfte. Das hier war der alles entscheidende Moment.

Ich verlagerte mein Gewicht auf das linke Bein und grinste so hochnäsig, wie die Sumpfhexe mich angegrinst hatte. Wenn sie sich mir überlegen gefühlt hatte. Wenn sie mich insgeheim für eine Schwäche bemitleidet hatte.

All die negativen Gefühle, die sie in mir hervorgerufen hatte, legte ich in meine Körperhaltung und in dieses Grinsen.

»Ich bin gelangweilt von dem Gerangel«, sagte ich gedehnt. Tiefer, als meine eigene Stimme war. Etwas, das Kit nicht hatte verändern können. Ich dachte nicht weiter darüber nach. Ließ keine Sorgen zu, dass er die Täuschung dadurch aufdecken würde.

Menschen, Personen im Allgemeinen, wir alle sahen das, was wir sehen wollten. Oder zu sehen fürchteten.

Artac würde keine Ausnahme darstellen, sosehr er dies vielleicht auch von sich selbst dachte. Hoffentlich.

»Bist nicht *du* es gewesen, die darauf bestanden hat?«

»Hast du vergessen, wie meine Launen sind?«

Seine Augen verengten sich. »Scheinbar.«

Sei vorsichtig, ermahnte mich Tian.

Ich setze alles auf eine Karte, gab ich zurück und machte meinen ersten Schritt nach vorn. An dem Tisch vorbei.

»Das da draußen ist für die Massen.« Ich machte eine ausholende Bewegung. So ähnlich, wie er sie draußen vollführt hatte. »Das hier hingegen ist für uns. Ich habe dich hier lediglich mit dem Zauber festgehalten, weil ich mit dir reden will.«

»Es fällt mir schwer, das zu glauben.« Die Arme verschränkend folgte er meiner Handbewegung und sah aus dem Fenster. Ich musste das Triumphgefühl unterdrücken, weil ich ihn an der Angel hatte.

»Warum? Du musst dich nicht davor fürchten, zu sterben, solange ich an meinem eigenen Leben festhalte«, sagte ich mit Bedacht und so, dass er an jedem Wort hing. Die Pause einzig dafür, damit er sich auf das Gesagte konzentrierte und mehr erwartete, ohne auf meine Schritte zu achten. »Ich bin diejenige, die sich mit meinem Besuch in Gefahr begibt. Wenn du mich tötest, bist du all deine Probleme los.«

»Nicht alle, aber ja, es ist verlockend«, gestand er amüsiert. Der Argwohn war verschwunden. Nur noch Neugierde blieb.

Als uns noch vier Schritte voneinander trennten, blieb ich stehen. Jetzt kam der heikle Teil.

So sehr ich Artac auch überzeugt hatte, die Sumpfhexe zu sein, er war nicht leichtsinnig. Würde ich weitergehen, würde er mich aufhalten oder das Gespräch beenden.

Er war es, der die letzte Distanz überwinden musste. Aus eigenem Antrieb.

»Wie wäre es stattdessen mit einem Vorschlag?«

»Ich bezweifle, dass es etwas gibt, was du mir anbieten könntest«, sagte er mit Bedacht. Mit einer Hand strich er sich über die dunklen Wangen, die im Schein der Laternen einen goldenen Schimmer aufwiesen. Ganz gleich, wie sehr ich ihn verabscheute, er war äußerlich perfekt.

»Wir haben ...« *Verdammt.* Wie lange genau waren sie voneinander getrennt gewesen? Ellewy mit ihrem unerschöpflichen Wissen wäre jetzt zu gebrauchen gewesen.

»Ja?«

Ich überspielte meinen Fehler mit einem breiten Lächeln. »Wir haben viel zu viel Zeit getrennt voneinander verbracht. Ich habe mich verändert.«

»Das klang vorhin noch anders.« Endlich! Er hatte einen Schritt auf mich zugetan.

Nur noch drei.

Zwei, wenn die Situation zu brenzlig wurde.

»Ach das.« Ich machte ein abwertendes Geräusch. »Du kennst das doch. Man muss vor seinen Leuten das Gesicht wahren.«

Ein weiterer Schritt.

Ich legte meinen Kopf in den Nacken und leicht zur Seite. Spürte seinen Blick, der meinen Hals hinabwanderte. Wie ich geahnt hatte, war er nicht vor Thalis Antlitz gefeit. Entweder fühlte er sich noch von ihr angezogen oder er stellte sich vor, wie er ihr ... mir das Genick brach.

Noch einen Schritt.

»Wie lautet dein Vorschlag?«

Er war mir so nah, dass ich seinen Atem riechen konnte. Minze vermischt mit etwas Süßlichem.

Sollte ich es wagen?

Nicht wagen?

Es riskieren?

Jetzt oder nie.

Ich blickte nach unten und legte eine Hand auf mein Herz. Ganz langsam setzte ich einen Fuß vor den anderen. Als ich unter meinen Lidern aufsah, fing ich sofort seinen Blick ein. Ich hielt ihn fest. Mit all den Gefühlen, die ich in mir trug und die ihn verwirren würden. Ihn für einen kostbaren Augenblick in Beschlag nähmen.

Seine Hand schoss vor und schloss sich um meinen Hals. Erschrocken kratzte ich mit den Fingern über seine Haut, ohne Schaden anzurichten.

»Hast du wirklich geglaubt, mich derart leicht täuschen zu können, Hexe?«, knurrte er, bevor er sich vorbeugte und an meinem Ohr ausatmete. »Ich kenne den Geschmack deines Bluts. Kenne den Geruch und den Takt deines Herzens.«

»Warum ...«, presste ich hervor, doch sein Griff war zu fest. Ich war ihm so nahe. Ich musste mich doch lang genug konzentrieren können, um meine Magie zu wirken! Wenn nur mein Körper gehorchen würde.

Halte durch, Billie, rief Tian. Ich ahnte, dass sie sich mit den anderen auseinandersetzen mussten, auch wenn ich nichts über das Rauschen in meinen Ohren hinweg hören konnte.

»Warum ich mitgespielt habe? Warum nicht? Ich sitze hier eh fest für den Moment.« Seine Fangzähne blitzten hervor.

Mein Schrei setzte sich in meinem Hals fest. Schmerz und Euphorie. Artac riss gefühlt meine Kehle auf, als er seine Fangzähne in meine Haut senkte. Dabei musste er seinen Griff lösen. Stattdessen packte er mich an den Oberarmen.

Ich sollte nicht glücklich sein. Ich sollte mich wehren. Er saugte mich aus und ich wehrte mich nicht?

Du bist stärker als er. Jamie.

War ich das? Ich spürte, wie mich das Leben verließ. Wie ich schwächer und schwächer wurde und selbst das Brennen in meinem Innersten kaum noch zu spüren war. Nicht mehr lange und ich würde wie das Mädchen enden, das während meiner ersten Brautschau gestorben war.

Und das war das Bild, das mich letztlich aus dem Schleier holte.

Ich würde nicht versagen.

Nicht heute.

Meine rechte Hand schnellte nach vorn. Ich presste sie auf sein Herz, noch während seine Zähne in meiner Haut waren, und ließ meine Magie durch sie hindurchgleiten. In ihn herein. Siedend heiß.

Er brannte von innen. Heiß und heißer.

Instinktiv ließ er von mir ab und der Schmerz ... Götter, der Schmerz brandete gegen mein Bewusstsein. Nur mit Mühe und Not hielt ich an meiner Konzentration fest. Wenn ich es nicht tat, würde ich sterben. Endgültig.

Ich wankte, da mich Artac nicht mehr festhielt. Meine Hand klebte aber förmlich an seiner Brust.

Der Geruch von brennendem Fleisch setzte sich in meiner Nase fest.

Selbst wenn ich gewollt hätte, hätte ich meine Hand nicht von ihm lösen können. Ich spürte, wie ihn das Leben verließ, doch der letzte Funke ... das letzte bisschen fehlte noch.

Ich brüllte auf, weil es mir alles abverlangte. Mein Blutverlust, meine Angst und meine innere Zerrissenheit arbeiteten gegen mich. Doch ich würde nicht nachgeben.

Nicht jetzt.

Als ich nach seinem letzten Funken greifen wollte, wurde ich brutal nach hinten geschleudert.

Der Kontakt zwischen Artac und mir war unterbrochen.

Ich schlug hart mit dem Hinterkopf gegen die Wand, bevor ich einen riesigen Knall hörte. Geröll prasselte um uns herum zu Boden. Für ein paar Augenblicke sah ich nichts anderes als Sterne, die im Pechschwarz aufflackerten.

Jemand umfasste meine Schulter. Versuchte, mich daran hochzuziehen, während ich heftig blinzelte.

Die Sumpfhexe ... Sie war es.

Sie hatte Artac vor mir gerettet. Wobei retten kaum das richtige Wort war.

Tian war neben mir. Er presste eine Hand auf meine Halswunde. Ich hätte beinahe das Bewusstsein verloren, so sehr schmerzte dieser Biss. Schlimmer als alle anderen davor.

»Tian«, sagte ich, ohne zu wissen, was ich ihm mitteilen wollte.

»Ich hab dich.« Er hielt mich mit einem Arm um meine Mitte aufrecht, während um uns herum die Kämpfe weitergingen. Hinter mir klaffte ein riesiges Loch in der Hauswand. War Thali da durchgekommen? Hatte ich nichts davon mitbekommen, weil ich beinahe mein Ziel erreicht hatte?

Ich blickte wieder nach vorn. Die Sumpfhexe baute sich vor mir auf. Hinter ihr lag Artac leblos und fast tot.

Ich wusste ganz genau, dass nicht mehr viel gefehlt hatte. Nur noch ein Quäntchen meiner Macht und es wäre vorbei gewesen.

Wie konnte er noch existieren? Obwohl ein Großteil seines Körpers verbrannt war?

»Hast du wirklich geglaubt, dass ich nicht bemerken würde, wenn sich mir jemand von deinen Leuten nähert?« Sie hatte ihren Umhang abgelegt. Ihr schwarz-weißes Haar bewegte sich in einem unsichtbaren Wind um ihr Gesicht, als würde sie die Welt und ihre Kräfte kontrollieren. »Ich bin nicht so leicht zu täuschen wie Artac.«

Sie bewegte ihre Hand und ich spürte regelrecht, wie die Maske von mir abfiel, die Kit mit Kirkenmagie kreiert hatte. Zwei verschiedene Arten von Magie, die eigentlich nicht miteinander in Verbindung standen. Doch Thali war stärker als jede andere Hexe, der ich je begegnet war.

Ich blickte zu Tian auf. Auch er sah wieder wie er selbst aus. Jamie und die anderen befanden sich hinter mir in Kämpfe verwickelt. Ich traute mich nicht, den Blick zu lange von Thali zu wenden. Vor allem, als neben ihr weitere Personen durch die Tür kamen.

Mein Herz sackte nach unten.

Meine Eltern traten ein und sie hatten Frinn, Ruglio und Rosy als Gefangene dabei. Blut rann dem Vampir von der Schläfe und auch Rosy blutete aus der Nase. Geknebelt und gefesselt wurden sie auf den Boden geworfen, wo sie sich mühsam auf die Knie kämpften.

Nur Frinn hatte wieder diesen gläsernen Ausdruck auf ihrem Gesicht, den sie in der Hexenkommune gehabt hatte. Die Sumpfhexe kontrollierte sie erneut.

Verdammt. Verdammt. Verdammt.

Ich war zu langsam gewesen. Wankend presste ich nunmehr meine eigene Hand auf meine Halswunde. Immerhin blutete sie nicht mehr, doch die Schwäche in meinen Beinen blieb.

»Fast hättest du all meine Pläne zunichtegemacht«, sprach Thali weiter, weil ich selbst nichts zu erwidern wusste. Ich hing noch immer an meinem Moment des Triumphs. Wie konnte er vorbeigezogen sein? Warum war ich nicht zehn Sekunden schneller gewesen? »Es ist allein meine Schuld. Ich hätte euren kleinen Widerstand längst im Keim ersticken sollen. Immerhin hast du mir die Mühe erspart, Artac zu überwältigen. Es wird nun so viel einfacher sein, ihn wieder in die Hölle zu schicken. Und euch ...«

Sie bewegte ihren Zeigefinger in der Luft erst nach links und dann nach rechts. Gleichzeitig wurden die Kehlen von Ruglio und Rosy aufgeschlitzt. Dunkles Blut quoll hervor. Sie konnten nichts tun.

Ich konnte nichts tun.

»Nein!« Ich lief nach vorn, prallte aber gegen eine unsichtbare Barriere, die sich fremd anfühlte. Ein Schutzschild von Kit. »Nein!«, rief ich erneut.

38

»Lass es uns beenden, Billie«, sagte die Sumpfhexe. Mit einem weiteren Zauber hatte sie den Schutzschild aufgelöst.

Sie sind noch nicht tot, sagte Tian in meinem Verstand. *Das bringt sie nicht um. Sie sind Vampire.*

Wollte er sich selbst oder mich überzeugen? Letztlich war die Antwort darauf nicht wichtig, weil ich die Sumpfhexe von Artac weglocken musste. Damit meine Freunde den Vampir köpfen könnten. Vollständig verbrennen. Ehrlich gesagt war es mir egal, wie sie es machten. Hauptsache, er und Thali wären für immer vernichtet.

Ich lief davon.

Das war die einzig logische Schlussfolgerung. Hier im beengten Gebäude würde ich niemandem eine geeignete Möglichkeit verschaffen.

Ich würde die Sumpfhexe, die mir provozierend gemächlich folgte, beschäftigen. Nur eine kleine Weile musste ich durchhalten. Auch wenn sich meine Lunge kaum mit Atem füllte. Auch wenn mir bei jedem Schritt schwindelte.

Es gab keine andere Möglichkeit.

Draußen schneite es heftig. Doch Schnee war nicht das Einzige, das auf mich niederrieselte. Asche legte sich auf meine Unterarme, als ich meinen Umhang abnahm und zur Seite warf. Ich musste meinen Körper nicht mehr verhüllen. Es war wichtiger, sich frei bewegen zu können.

Feuer brannte im Untergeschoss des Gebäudes gegenüber,

in dem wir uns vorher versteckt gehalten hatten. Nichts war mehr sicher. Die Hitze hatte die Scheiben gesprengt und Flammen züngelten in die Nacht hinaus. Rauch breitete sich aus, vermischte sich mit den Elementen, derer sich die Hexen und Hexer bedienten. Weil sich sämtliche Vampirinnen, Vampire und Blutfae in gewandeltem Zustand befanden – mit Krallen und roten Augen –, ließen sich die beiden Seiten sehr gut auseinanderhalten. Einzig der dichter werdende Rauch und der zunehmende Schneefall behinderten meine Sicht. Ich konnte nicht sagen, wer weniger Verluste eingesteckt hatte.

Das Durcheinander war groß und inmitten dessen machte mich die Sumpfhexe fast kalt.

Ich hatte einen guten Teil meiner Magie bei dem Versuch, Artac zu töten, verbraucht. Nun blieb mir kaum noch etwas übrig, um mich zu verteidigen. Blindlings griff ich nach der einzigen Energiequelle, die ich finden konnte, und diese war Jamie.

Bedien dich ruhig, bemerkte er daraufhin, während ich hinter einem Karren hockte und Eisspitzen kreierte, die Thali hoffentlich aufhielten. *Ich habe jede Menge Kraft.*

Schau lieber zu, dass du dich nicht umbringst.

Er sendete mir ein mentales Bild, wie er sich gegen Frinn und meine Eltern zur Wehr setzte. Kit neben ihm und Hugh hockte neben Ruglio und Rosy. Auch Hadaril mischte sich in den Kampf, wobei ich nicht sagen konnte, wen zu töten seine Priorität war. In seiner Nähe blieb Fend, der alte Griesgram, von dem ich nicht wusste, was er war. Er kämpfte nicht, aber er wurde auch nicht angegriffen. Als würde ihn niemand außer Jamie und mir wahrnehmen.

Frinn wird schon wieder manipuliert. Ich stand auf und zielte mit dem Eis auf die Sumpfhexe. Sie musste lediglich ihren Schild heben, und schon schmolz das Eis, ehe es überhaupt in ihre Nähe gekommen war.

Verfluchter Mist.

Das weiß ich und ich will sie auch nicht verletzen, aber sie ist nicht gerade unkreativ bei ihren Angriffen.

Du machst das schon.

Kit ist eine große Hilfe.

Das ist sie immer, stimmte ich zu.

Ich drehte mich wieder um und atmete tief durch. Jamies Energie ging auf mich über. Sie füllte mich aus und für den Moment übertönte sie sogar das Brennen in meiner Seele.

Mein Herz klopfte weiterhin heftig. Es musste einen Weg geben. Wenn Thali hier war, dann bewachte niemand Artac.

Wo bist du?, fragte ich Tian.

Ich komme nicht zu Artac durch. Er wird von einem Schild beschützt. Natürlich hatte er genau gewusst, was ich von ihm wollte. *Fend und Hadaril weichen ihm auch nicht von der Seite.*

Plötzlich bewegte sich der Karren hinter mir und mit ihm wurde ich zurückgeschoben. Da ich nicht von ihm eingeklemmt werden wollte, sprang ich kurz vor der Hauswand zur Seite und rollte mich ab. Alles, während mein Verstand arbeitete.

Ich fasste einen Entschluss.

Bring Ruglio und Rosy nach draußen und versuche, Artacs Diener abzulenken. Ich kümmere mich dann um ihn.

Schweigen. *Sei vorsichtig.*

Bevor ich die Hölle auf uns alle niederregnen ließ, wollte ich ihm sagen, wie viel er mir bedeutete. Wie sehr ich begonnen hatte, mich auf ihn zu verlassen. Ihm zu vertrauen. Doch etwas hielt mich zurück. Vielleicht wollte ich mich ihm nicht aufbürden. Wenn alles schiefging, wenn mein Leben verwirkt war, wollte ich nicht, dass er so lange an meiner Erinnerung festhielt, wie er es bei seiner Familie getan hatte.

Als ich mich neben einer Leiche aufrappelte, teilte sich der Qualm vor mir. Das Feuer breitete sich weiter aus. Ich streckte meine Hand nach vorne und verhinderte, dass eine Hexe von einem Blutfae gebissen wurde. Der Arm des Blutfae wurde gebrochen, so wirksam war Jamies Magie, obwohl ich eigentlich nur vorgehabt hatte, ihn zu verrenken.

Ich wandte meinen Blick von ihm zu Thali. Sie hatte ihre Arme ausgestreckt und mich fixiert. Hätte ich noch Zweifel gehabt, wären diese nun verschwunden. Sie wollte die Sache beenden – und zwar schnell.

Gut, dass wir uns da einig waren.

Wir attackierten uns gegenseitig mit Flüchen und verteidigten uns mit Schilden. Noch konnte Jamie mir seine Magie geben, doch ich wusste, dass das schon bald ein Ende haben würde. Deshalb bewegte ich mich so, dass die Sumpfhexe wieder direkt vor der Öffnung des Hauses stand, dessen Front gesprengt war. Dort, wo Artac unter ihrem Schutzschild lag.

»Hör auf dich zu wehren. Du zögerst das Unvermeidliche nur heraus«, ermahnte sie mich.

Sie hatte mich getroffen. Ein scharfes Messer aus Eis, das meinen Oberarm aufgeschlitzt hatte. Ich presste eine Hand auf die blutende Stelle. Versuchte, die Wunde zusammenzuhalten. Das Blut sickerte heiß und unangenehm zwischen meinen Fingern hindurch. Ich hatte nicht mehr viel, das ich entbehren konnte, ohne der Erschöpfung nachgeben zu müssen.

»Ja, lass es uns beenden«, wiederholte ich ihre eigenen Worte und streckte meinen Arm aus. Blut troff von meinen Fingerspitzen, als ich die gesamte Magie durch mich hindurchfließen ließ.

Ein gleißend heller Strahl schoss aus meiner Handfläche hervor und traf Thali mitten auf die Brust. Sie wurde zurückgeschleudert. Direkt in das Loch in der Hauswand hinein, ohne dass mein magischer Strahl an Kraft verlor. Ich ging weiter und weiter, bis meine Sohlen auf den Scherben und dem Geröll knirschten.

»Das ist … unmöglich«, stammelte sie, während sie versuchte, ihren Schild aufrechtzuerhalten. »So viel Magie kann nicht die deine sein.«

Ich folgte ihr entschlossen.

»Ist sie nicht.« Sie gehörte Jamie.

Der Tisch und die Stühle waren zu Kleinholz verarbeitet worden. Andere hatten sich hier bekämpft, aber es waren keine Körper zurückgeblieben. Auf Tian war Verlass gewesen. Er hatte sich um Hadaril und Fend gekümmert.

Niemand außer Artac war hier, der sich nun direkt neben Thali befand. Sie konnte sich noch auf den Knien halten, während ihr einstiger Geliebter einem Schreckgespenst glich. Würde ihm jemand Blut geben, würde er sich innerhalb weniger Stunden erholen. Er würde all seine Fehler wiederholen. Alles zerstören. Uns töten.

Nein.

Erst als die Sumpfhexe ihren Halt verlor und rücklings hinfiel, richtete ich den Magiestrahl auf Artac. Schon Sekunden danach zersprang der Schutzschild in tausend Teile. Meine Magie flackerte und setzte aus.

»Nein!«, echote Thali meinen eigenen inneren Ausruf.

»Doch.« Ich streckte beide Hände aus und nahm ein letztes Mal Magie in mich auf. Eine Sekunde danach richtete ich den vernichtenden Strahl auf meine Feinde, die einst Geliebte gewesen waren.

Geliebte, die aus Selbstsucht die Welt zu ihren Gunsten verschlechtert hatten.

Ich schloss die Augen, als die Decke über mir bröckelte. Als meine Umgebung in Flammen aufging. Als das Band zwischen Artac und Thali endlich riss und beide sterben ließ.

Billie!, riefen sowohl Tian als auch Jamie in meinem pochenden Schädel.

Etwas traf mich heftig an der Schläfe. Blut rann in mein Auge. Schweiß perlte mir von der Stirn.

Die Magie wurde gelöscht. Ich fiel nach vorne. Stützte mich mit den Händen auf und atmete durch, während das Brennen in meiner Seele anhielt.

Es war immer noch da. Es hatte sich nicht aufgelöst.

Ich hustete, als der Rauch immer dichter wurde und mein Hals kratzte. Mühsam kam ich auf die Beine. Ich fühlte mich so schrecklich schwach bei dem Brennen, das meine gesamte Seele auszumachen schien.

Wenn ich nicht gleich rauskam, würde das Gebäude einstürzen und mich unter sich begraben. Obwohl ich wegen des weiter bestehenden Brennens verzweifelte, wollte ich keinen kostbaren Moment verlieren. Wenn ich nur einmal noch meine Familie sehen könnte ...

Ein Schluchzen entfloh meiner Kehle. Ich hatte es geschafft. Ich hatte die Welt hoffentlich zu einem besseren Ort gemacht.

Doch die Anspannung ließ nicht nach. Die Schmerzen ebbten nicht ab.

Ich stolperte aus dem Gebäude und torkelte über die unebene Straße. Rauch und Schutt wallte um mich herum auf. Schneeflocken verfingen sich in meinen Wimpern.

Sekunden später versagten mir die Beine. Bevor ich aber fallen konnte, wurde ich aufgefangen. Jamie und Tian waren da.

Sie brachten mich rechtzeitig in Sicherheit, als das Haus mit einem ohrenbetäubenden Krachen in sich zusammenstürzte. Die Geröllwolke hüllte uns ein. Ich bekam leichte Panik, weil ich nicht mehr fähig war, saubere Luft einzuatmen, bis mich die beiden so weit weggezogen hatten, dass wir endlich sowohl sehen als auch atmen konnten.

»Ich will mich setzen«, sagte ich. Ehrlicherweise hatte ich keine Wahl. Ich *musste* mich setzen.

Aufgrund von Rauch, Schnee und Feuer konnte ich mich zunächst nicht orientieren. Geröll lag auf der Straße, überall tiefe Krater und Leichen über Leichen.

Ich presste meine Lider zusammen. Mit zittrigen Fingern fuhr ich mir übers Gesicht. Blut, Schweiß und Tränen blieben daran haften.

Es war nicht so gelaufen, wie ich gewollt hatte. Zu viele Leben waren geopfert worden, während ich gegen die Sumpfhexe gekämpft hatte. Trotzdem ...

»Du hast es geschafft«, sagte Tian, nachdem er sich vor mich gehockt hatte. Seine Hände auf meine Knie gelegt.

»Wie geht es Frinn?«

»Der Bann ist gebrochen«, kam es von Jamie, der schräg neben uns stand. Sein Blick war auf die Rauchwolke gerichtet, die sich noch eine Weile nicht verflüchtigen würde. »Die Kämpfe haben aufgehört. Wahrscheinlich sind alle verwirrt.«

»Was ist mit Hugh? Ruglio, Kit und Frinn?«

»Alle sind wohlauf.« Tian legte vorsichtig eine Hand an meine Wange. »Wie fühlst du dich?«

Ich blickte in seine kobaltblauen Augen und erinnerte mich jäh an unsere erste Begegnung. Wie ich seine Schönheit selbst in der Dunkelheit der Nacht erkannt hatte.

Wie sollte ich ihm sagen, dass das Band zwischen Jamie und mir nicht gerissen war? Dass ich immer noch lichterloh in Flammen stand?

Glaubst du, er weiß es nicht?

Ich sah Jamie an. *Warum sagt er nichts?*

Weil er dich liebt und alles tut, damit du glücklich bist. Wenn du nicht darüber sprechen willst, wird er dich nicht dazu zwingen.

Anders als du also? Ich schloss meine Augen und fand Jamie auf mich wartend. Dieses Mal war der mentale Raum, *unser* Raum nicht leer und trostlos. Überall befanden sich Pflanzen und Bäume. Es war grün und warm.

Jamie rieb das Blatt einer Sonnenblume zwischen seinen Fingern. Wir standen direkt nebeneinander, obwohl ich in der Wirklichkeit saß und er hinter Tian über uns wachte.

Im Gegensatz zu ihm werde ich das nicht mehr sehen.

Stirnrunzelnd versuchte ich, aus ihm schlau zu werden.

Ich werde schon nicht unglücklich sterben, sagte ich schließlich. *Das Brennen tut zwar weh, aber bis zum Schluss gebe ich mein Bestes, um …*

Er ließ mich nicht ausreden. Wie vor einem Tag an der Tür zog er mich unversehens an sich.

Jamie?

Mit einer Hand streichelte er mein Haar, das in dieser Dimension nicht angekokelt war, sondern seidig glatt über meinen Rücken fiel. Eine dunkle Vorahnung stieg in mir auf. Wie ein Gewitter, das man riechen, aber noch nicht ganz sehen konnte.

Erst jetzt fiel mir auf, dass ich meine alltägliche Kleidung von früher trug. Während meiner Zeit als Moths Auftragsmörderin. Und er war in schwarz gekleidet. Ohne Umhang. Nur mit Hemd, Hose und Stiefel. Wir beide waren unverletzt und sauber. Seine Narbe aber blieb quer auf seinem Gesicht, als hätte er sie längst als Teil von sich akzeptiert.

Ich wusste nicht genau, wie diese Dimension funktionierte, glaubte aber, dass wir beide eine Hand in deren Gestaltung hatten.

Was tust du da? Ich drückte Jamie von mir, damit ich sein Gesicht betrachten konnte. Meine Hände an seinen Unterarmen, damit er mir nicht entkam. *Was ist mir dir los? Wir haben gewonnen. Zumindest die Blutfae können endlich Frieden finden. Hier. Die Hexen sind befreit von einer Diktatorin, und ich nehme an, Vampire werden das tun, was sie immer tun. Überleben.*

Er lächelte schief. *All das haben sie dir zu verdanken.*

Sei nicht albern. Ich habe es auch aus egoistischen Gründen getan. Nur weil ich nicht davon profitiert habe, heißt das nicht, dass ich den Heldinnenstatus verdient habe.

Noch während ich ihn festhielt, ließ er seine Hände von

meinen Schultern über meine Arme gleiten, ehe sie an meiner Taille zum Halten kamen.

Darf ich dich küssen?

Was? Hatte er jetzt vollkommen den Verstand verloren? *Jamie, sei ernst.*

Ich bin ernst. Ich meine *es ernst.* Er beugte sich zu mir herab, überbrückte aber nicht den Abstand zwischen uns. Mein Herz flatterte wie eine Motte vor dem Licht. *Nur dieses eine Mal. Ich schwöre, ich werde nichts von dir verlangen. Ich möchte bloß diese Erinnerung loswerden.*

Welche Erinnerung?

Für einen Moment schloss er die Augen, als würde er Schmerzen erleiden. *Als ich dich unter Druck gesetzt habe. Als ich der Bösewicht gewesen bin. Es tut mir mehr leid, als du dir vorstellen kannst.*

Ich suchte in seinen grauen Augen nach irgendeiner Lüge. Nach einer Falle. Doch ich fand nur Aufrichtigkeit und die Tiefe der Gefühle, die er für mich hegte.

Nur ein einziges Mal. Als Belohnung und weil ich dir verziehen habe.

Dabei definierte ich nicht näher, für wen diese Belohnung eigentlich war.

Mit einer Hand berührte er mein Gesicht federleicht, während er mich mit der anderen näher zog. Er hauchte ein Danke, ehe er mich küsste.

Mein Herz stockte.

Ich wünschte, es wäre nicht so gewesen. Ich wünschte, es hätte mir gezeigt, dass ich Tian liebte. Die Wahrheit aber war komplexer als dies.

Irgendwann während unserer gemeinsamen Zeit hatte ich begonnen, mehr für den Blutfae zu empfinden. Doch das war nicht alles. Es gab etwas, das mich darüber hinaus störte.

Mein Herz doch wieder zum Schlagen brachte.

Der Kuss, der für mich nur ein leichtes Aufeinanderpressen

unserer Lippen in einer fremden Welt hätte sein sollen, wurde so viel mehr.

Ich legte meine Arme um seinen Hals und zog mich an ihm hoch. Gleichzeitig öffnete ich meinen Mund und lud ihn mit meiner Zunge ein, bis er mir folgte. Überallhin.

Sein Stöhnen hallte in meiner zerrissenen Seele wider. Er vertiefte den Kuss, als wir uns überall berührten. Als es keinen Zentimeter mehr gab, an dem ich ihn nicht spürte.

Ich wollte ihn. Jamie.

Ich wollte Jamie.

Das war der Moment, in dem mir außerdem bewusst wurde, was mich irritierte.

Was so allumfassende Furcht in mir hervorrief, dass ich tiefer in meine Erinnerungen sank.

Mit einem Mal setzten sich die Teile zusammen, die ich vorher nicht als zusammenhängend betrachtet hatte. Und sie zeichneten ein grausames Bild.

Wie ich Jamie und Tian im Speisesaal begegnet war. Beide allein und geheimnistuerisch. Ich hatte mir nicht mal richtig vorstellen können, dass sie etwas planten, das mich involvierte.

Und Resia, die Jamie von ihrem Schwur befreit hatte. Als gäbe es keine gemeinsame Zukunft mehr für sie als Herrscher und Untertanin.

Dann Jamies seltsame Worte.

Ich drückte ihn ein zweites Mal von mir. Starrte ihn mit Schrecken an. Seine Lippen waren leicht geschwollen. Der Blick verschleiert.

Ein Opfer, würgte ich hervor. *Ein Opfer …* Mir versagte die Stimme, als ich seinen wissenden Gesichtsausdruck erfasste.

Ein Opfer, hatte er zu mir gesagt, *wie Elma es gebracht hat, ist nur so viel wert, weil es aus ihrem Herzen kam und nicht aus falschen Vorstellungen von Treue.*

Es tut mir leid, Billie, sagte er jetzt.

Sie hat Kit geliebt, sagte der Jamie aus meiner Erinnerung. *Deshalb berührt es uns so sehr.*

Ich hob einen Finger. *Wage es dich nicht, Jamie! Wir finden eine andere Lösung.*

Ich habe eine Lösung gefunden. Nachdem Tian und ich uns einig waren, dass es nicht gegeben ist, dass sich bisherige Konvergenzen auflösen.

Tian weiß davon?, rief ich entsetzt aus, obwohl ich es bereits geahnt hatte. *Was willst du tun? Wenn du stirbst, sterbe ich auch.*

Sein sanftes Lächeln raubte mir beinahe den Verstand.

Du kannst alles von mir haben. Alles von mir nehmen. Und wenn nichts mehr übrig ist, wird sich das Band allein an Tian klammern. Du wirst überleben.

Aber du nicht! Das will ich nicht. Hör auf!

Es hat bereits begonnen. Seine Gestalt schimmerte vor mir. Nicht ganz da.

Nein! Ich schubste ihn von mir. *Wage es nicht! Das erlaube ich nicht. Nicht meinetwegen!*

Stell dir einfach vor, ich bin nur ein dunkles Kapitel in deinem langen Leben, und vergiss mich. Damit verschwand er und ließ mich an diesem verfluchten Ort allein.

Sofort kämpfte ich darum, zurückzukehren, aber es war schwieriger als gedacht. Ich spürte nunmehr die Magie, die er in mich lenkte. Die Kraft, die ich zuvor freiwillig von ihm genommen hatte und die er mir nun aufzwang.

Dann endlich kam ich zitternd in meinem geschundenen Körper an. Sofort sprang ich auf. In der Wirklichkeit. In der Katastrophe. Meine Knöchel knickten weg. Tian hielt mich an den Schultern fest.

Mir wurde schwarz vor Augen.

Jamie war fort.

»Wo ist er?«, rief ich panisch, während ich mich umsah. »Jamie! Wo ist dieser Bastard?«

Als ich Tians verschlossene Miene betrachtete, stieß ich ihn weg. »Du hast ihn gehen lassen!«

»Es war seine Entscheidung«, verteidigte er sich.

»Nein. Es war eure gemeinsame!« Tränen brannten in meinen Augen. Ich stolperte nach vorne. Eine Hand im Haar. Was sollte ich tun? Es war immer noch dunkel und alles voller Rauch und Schnee und Blut. Die Grausamkeit der Nacht in jedem Schatten.

»Billie, ohne sein Opfer wirst du sterben!« Tian umfasste meine Oberarme und drehte mich zu sich, während weiterhin Jamies Magie in mich floss.

»Aber wer gibt ihm das Recht zu sagen, dass sein Leben mehr wert ist als meines?« Meine Stimme brach. »Ich will das nicht. Es ist meine Schuld.«

»Er hat auch Fehler begangen. Nicht nur du.« Sanft zog er mich in seine Arme.

Er hatte recht. Der Einzige, den keine Schuld traf, war er selbst. Ich hatte ihn mit Lügen dazu gezwungen, sich mit mir zu verbinden.

Jamie hatte mich dazu gebracht, mich gegen meinen Willen mit ihm zu verbinden.

Aber nicht ganz. Letztlich hatten sie alle richtiggelegen. Ich hatte mich nach mehr gesehnt und deshalb hatte ich die Konvergenz zugelassen.

Jamie!

Als Antwort erreichte mich ein weiterer Schwall seiner Kraft. Bald schon wäre er vollkommen leer und dann würde er sich selbst das Leben nehmen, um das Band zwischen uns aufzulösen.

Das würde ich nicht zulassen.

Ich packte Tian am Kragen. »Wenn du mich wirklich liebst, dann hilfst du mir, deinen Freund aufzuhalten. Wir finden einen anderen Weg.«

»Billie …«

»Wenn du nicht mit mir gehst, gehe ich ohne dich.«

Für eine Sekunde glaubte ich, er würde mich aufgeben. Er hätte genug von mir.

Entschlossen mahlte er die Kiefer und nickte dann. »Er ist dort entlang.«

Nebeneinander bahnten wir uns einen Weg durch den dichten Rauch. Ich musste mir ein Stück Stoff vor das Gesicht halten, um besser atmen zu können. Weigerte mich vehement, auch nur ein kleines bisschen von Jamies Kraft zu nutzen.

Hektisch sah ich mich um. Blinzelte gegen die Tränen an. Lief nach vorne und wieder zurück, weil ich befürchtete, etwas übersehen zu haben.

»Da!«, rief Tian und deutete auf einen Hauseingang ohne Tür. Ich konnte nicht sehen, was er sah, beschloss aber, ihm zu vertrauen.

Das Gebäude befand sich direkt neben dem Haus, das noch immer lichterloh brannte.

Die Zeit wurde knapp. Der Magiestrom immer schwächer, was bedeutete, dass Jamie nicht mehr so viel zu geben hatte.

»Oben«, teilte mir Tian mit.

Ich rannte die Treppen hoch. Ignorierte die Splitter, die sich von der Balustrade in meine Haut gruben. Ignorierte jeden Schmerz und jede Schwäche, bis Tian und ich auf dem Dach angelangt waren.

Ich atmete erst auf, als ich Jamie auf dem flachen Dach stehen sah. Am Rand blickte er auf die Wolken in der Häuserschlucht hinab. Wind und Schnee umgaben ihn wie einen überweltlichen Schein.

»Jamie«, wisperte ich, als eine Bö das Wort von meinen Lippen riss und zu ihm trug.

Er sah uns nicht an. Neigte leicht den Kopf.

»Du hättest sie nicht herbringen sollen«, tadelte er seinen

langjährigen Freund. So ruhig, als hätte er nicht vor, zu springen. Aber würde das ausreichen? Ein Sprung? Würde das einen Blutfae wahrlich töten?

Wenn er nichts mehr an Magie hatte, gäbe es nichts mehr, das ihn heilen würde. Das war sein eigener Gedanke. Furcht presste meine Innereien zusammen.

»Sie hat recht.« Tian ballte die Fäuste an den Seiten. »Ich hätte dem niemals zustimmen sollen.«

»Du liebst sie.«

»Du bist mein Freund, Götter noch mal!«, brüllte Tian so außer sich, wie ich ihn noch nie erlebt hatte. So viel Frustration steckte in ihm.

»Es ist vorbei.«

Und da spürte ich es. Das Flackern seiner Macht. Das bisschen, das ich auch bei Artac entdeckt hatte, bevor ich es vernichtet hatte. Hier aber wollte ich es halten und beschützen.

Hier aber bedeutete es mir alles.

Als Jamie einen Schritt über den Rand setzte, stürzten Tian und ich gleichzeitig vor. Wir bekamen ihn zu fassen, doch das Momentum war gegen uns.

Wir fielen.

Wir fielen alle.

Ich war sicher, wir würden sterben. So fest klammerte ich mich an Jamie. Mit geschlossenen Augen ließ ich alles gehen. Streifte Magie und Macht und Stolz von mir, während ich mich an Jamie und Tian festhielt, als würde dadurch alles gut werden.

Das Überraschende war – unsere Magie brüllte. Tians inhärente Magie, die er zum Leben brauchte. Meine Magie, mit der ich geboren worden war und die durch Jamie erweckt wurde. Und schließlich Jamies Magie, die ich zurück durch das Band drängen wollte ... Im Gegensatz zu uns dreien hatte unsere Magie nicht aufgegeben. Sie bäumte sich auf, während sie unsere Leben zu retten versuchte.

Während sie sich selbst zu retten versuchte, entstand eine solche Hitze, dass es das Brennen in meiner Seele vollkommen überwältigte.

Ich spürte keinen harten Aufprall.

Weich und behutsam wurde ich abgelegt.

»Was zur Hölle geht in euch vor?«, schrie Kit, die uns wie Früchte aus der Luft gepflückt hatte.

Ich lag auf dem Rücken auf dem Boden. Meine Hand um Jamies verkrampft. Ich hörte ihn atmen. Ich vernahm Tians Stimme.

Das Brennen war verschwunden und mit ihm alles, was mich mit Vampir und Blutfae verbunden hatte.

Ich begann hemmungslos zu weinen.

Meine Magie war fort.

39

Ich konnte nicht behaupten, dass es mir nichts ausmachte, ohne Magie zu sein. Insbesondere, nachdem ich sie nur für kurze Zeit voll hatte ausschöpfen können. Doch im Gegenzug weiterleben zu können? Jamies Leben zu bewahren?

Es war ein kleiner Preis zu zahlen.

Nachdem wir uns aufgerichtet und realisiert hatten, was geschehen war, wollten wir nur noch weg von diesem Schlachtfeld.

Niemand von uns sagte ein Wort. Ich hatte Tian und Jamie nur gesagt, dass das Brennen fort war. Sie spürten selbst, dass die jeweilige Verbindung zu mir aufgelöst war.

Wir waren nicht länger miteinander verbunden.

Wir waren ...

Ich wusste nicht, was wir waren.

Wenig später fanden wir Frinn, Rosy und Ruglio, sodass unsere Gruppe wieder vereint war. Hugh und Kit ging es auch den Umständen entsprechend gut. Meine Eltern waren überraschenderweise von Ellewy in Sicherheit gebracht worden, als das Gebäude unter meiner Magie eingestürzt war.

»Ich verlange kein Dankeschön«, sagte sie, als wir am Ende der Straße aufeinandertrafen.

»Das trifft sich gut«, erwiderte ich, aber ohne Schärfe. Mein Ärger hatte sich in Luft aufgelöst. Elma war immer noch tot, doch wir hatten alle anderen retten und Thali und Artac töten können.

Ich wollte nach vorne sehen. Sosehr die Erinnerungen auch versuchten, mich mit ihrem Schmerz zurückzuhalten.

»Wohin gehen wir?«, fragte Kit, während wir verletzt und schmutzig durch White Bell stolperten. Um uns herum waren noch viele andere auf der Flucht. Sowohl Vampirinnen, Vampire und Blutfae als auch Hexen und Hexer. Niemand wusste mehr, wofür man kämpfen sollte.

»Zu Tian?«, fragte ich.

»Ins Rathaus?«, kam es von ihm.

Wir sahen uns an und lächelten knapp. Ich hatte keine Ahnung, wo wir standen, was geschehen würde und wie ich mich fühlte. Doch ihn lebend zu sehen machte mich glücklich.

»Wenn wir nicht Stellung beziehen und für Ordnung sorgen, wird wieder jemand versuchen, die Situation für sich zu nutzen«, sagte Jamie und stimmte Tian damit zu.

»Ich bin so verdammt müde«, murmelte ich und fuhr mir durchs Haar. »Aber ihr habt recht.«

»Ich denke, wir sollten uns aufteilen«, sagte Hugh, der Frinns Hand in seiner hielt. »Wir können nicht so viel ausrichten und sollten uns erst mal um uns selbst kümmern.«

»Natürlich.« Wir hielten nun endgültig mitten auf der schneebedeckten Straße an. Hier gab es überraschend wenig Ausläufer des Wilden Waldes und es fühlte sich fast wie eine ganz normale winterliche Nacht an.

Wenn ich vom Blut- und Magieverlust nur nicht so schwach gewesen wäre. Außerdem war ich durch die Gefühle, die Jamie und Tian in mir geweckt hatten, vollkommen ausgelaugt. Dieses Fass durfte ich jetzt nicht öffnen.

Ich war noch so verdammt wütend auf sie, dass sie hinter meinem Rücken über mein Leben entschieden hatten.

»Ich bleibe bei euch«, sagte Kit.

»Ich begleite die anderen«, sagte Rosy, die einen Arm um

Ruglio geschlungen hatte. Sie wich meinem Blick aus. »Wir hätten Thali nichts von unserem Plan, Artac zu täuschen, sagen sollen. Es tut mir leid.« Die Narbe an ihrem Hals leuchtete noch hellrot. Genauso wie bei Ruglio.

»Rosy …«, begann Tian.

»Ich bin froh, dass ihr es getan habt. So hatten wir noch eine Chance, euch zu retten.«

»Wir schicken eine Nachricht, sobald wir Genaueres wissen«, fügte ich noch hinzu.

Frinn umarmte mich im Vorbeigehen, was mich beinahe dazu brachte, auch das letzte bisschen Selbstbeherrschung zu verlieren. Nur für ein paar Sekunden klammerte ich mich an meine Tante und nahm ihren Geruch in mich auf.

»Ich hab dich lieb, Billie«, wisperte sie.

»Ich dich auch.«

»Und ich vertraue dir, dass du für die Hexen da bist. Es ist wichtig, Stärke zu zeigen.«

»Das werde ich.« Wir sahen einander an. Die Traurigkeit würde uns für immer verbinden.

»Elma wäre stolz auf dich. Ich bin es auch.«

Als sich unsere Wege trennten, dachte ich nur noch kurz an meine Eltern. Wir hatten sie wohlbehalten zurückgelassen. Ich war froh, dass sie lebten, aber ich wollte sie nicht mehr sehen. Sie waren schon lange kein Teil mehr meines Lebens, und es war falsch von mir gewesen, etwas anderes zu erwarten.

Der Weg bis zum Rathaus verlief schweigend. Es war so unglaublich anstrengend. Ich stolperte über meine eigenen Füße, weil sie so schwer waren. Wie sollte ich in diesem Zustand irgendwelche Entscheidungen treffen? Lag es überhaupt an mir?

Aber ja. Das musste es. Ich hatte so lange im Dunkeln dafür gekämpft, etwas Essenzielles für Hexen und Hexer tun zu können. Das war meine Chance.

»Hey, bleib wach«, wies mich Tian an und drückte kurz meine Schulter.

»Gebe mein Bestes.« Ich konnte ihn nicht ansehen, weil ich mich vor dem fürchtete, was zwischen uns noch kommen würde.

Es war besser, sich darauf zu konzentrieren, dass Hexen und Hexer wieder eine Chance auf Gleichberechtigung hatten. Dass der Krieg vorbei war. Dass die Ewige Nacht zurückgedrängt wurde. Apropos ... Darüber müssten wir auch noch reden.

Schließlich erreichten wir das Rathaus, in dem ein Teil des Personals zurückgeblieben war, den wir zunächst in das Geschehen einweihen mussten. Da die Blutfae Jamie und die Vampirinnen und Vampire Tian kannten, konnten wir sie schnell überzeugen.

Innerhalb weniger Minuten hatte sich eine Traube von zwei Dutzend Personen um uns versammelt.

»Sie sind beide tot. Es gibt keinen Grund, einen Kampf auszufechten, der jedweder Grundlage entbehrt«, endete Jamie.

»Wer hat ihn getötet?« Das war der Blutfae, der mich mit Resia aus dem Kerker geholt hatte.

»Billie«, antwortete Jamie, ohne dass ich seine Stimme deuten konnte.

»Wir haben das zusammen getan. Hexen, Vampire und Blutfae«, führte ich weiter aus.

Jemand rannte durch den Eingang in das hell erleuchtete Foyer. Resia. Sie suchte sofort Jamie, und als sie ihn erkannte, stützte sie sich an einer der weißen Ziersäulen ab.

Jamie lächelte ihr zu. Ganz kurz, doch mein Blick war nach ihrer Ankunft direkt zu ihm geschnellt.

»Und jetzt? Was geschieht mit der Stadt? Mit Wimborne?«, fragte eine Vampirin, die anfangs ihre Fänge gezeigt hatte. Jetzt wirkte sie eher hilflos als aggressiv.

Ich holte tief Luft und wandte mich ihnen dann zu. Ich

stellte mir vor, wie Elma und Frinn und Hugh neben mir standen. Meine Familie, für die ich mir eine bessere Zukunft erhoffte. Selbst wenn es für Elma zu spät war.

Aber wenn ich jetzt schwieg, würde ich es bereuen. Das war meine Chance. Ich wollte nicht regieren. Ich wollte keine Entscheidungen treffen. Doch wenn ich es in diesem Moment nicht tat, würde sich nie etwas ändern.

»Von heute an herrscht Frieden«, sagte ich laut. Meine Stimme zitterte und ich musste mich räuspern. »Hexen, Vampire, Blutfae und Menschen sind gleichberechtigt. Es ist verboten, Sklaven zu halten. Jemanden zu verkaufen, als wäre dieser ein Gegenstand. Konvergenzen sind ohnehin nicht mehr möglich.« Ich hoffte, dass zumindest dies der Wahrheit entsprach. Ein lautes Murmeln ging durch die Reihen. »Wir müssen zusammen unser Bestes geben, der *gesamten* Bevölkerung von Westwend und Wimborne zuzuhören und in ihrem Sinn zu entscheiden.«

»Wer wird entscheiden?«, war nur eine von vielen Fragen.

»Du, ich, wir alle«, sagte ich, ohne zu zögern. »Es sollte keinen einzelnen Herrschenden mehr geben. Wir sollten alle entscheiden. Ich denke ... ich denke, es wäre gut, wenn es für jede Art mehrere Repräsentanten gäbe.«

Tian nickte. »Es wird vermutlich eine Weile dauern, aber wenn wir alle an einen Strang ziehen, wird es uns gelingen. Davon bin ich überzeugt.«

»Warner, das ist dein Name, oder?«, fragte Jamie. Warner, ein schlaksiger Kerl mit schütterem Haar, trat vor. »Sorge dafür, dass die Nachricht verbreitet wird. Hängt Ankündigungen an den Tafeln in der Stadt auf, in denen steht, dass Sklavenhaltung verboten ist. Dass es keine Konvergenzen mehr gibt. Außerdem wird dafür gesorgt, dass die Tore zur Hölle vollständig geschlossen werden. Der Wald wird nicht gänzlich verschwinden, aber er wird sich beruhigen.«

Ich senkte den Blick und war froh, dass Jamie sich um diesen Teil der Aufgabe kümmerte.

Doch mit dem Schließen meiner Lider wurde mir schwummrig und ich wankte. Jemand legte mir eine Hand auf den Rücken.

»Ich muss …«, sagte ich, ehe ich in der Sekunde danach das Bewusstsein verlor.

Drei Wochen waren vergangen, seit wir Thali und Artac losgeworden waren. Entgegen meiner anfänglichen Befürchtung waren sie nicht als Gespenster zurückgekehrt, um mir das Leben zu erschweren. Ich wusste nicht mal, ob das überhaupt möglich war. Aber ich war froh, Obambo bei mir zu wissen. Er würde sich jedem feindlich gesinnten Geist in den Weg stellen.

Ich hatte Stunden um Stunden im Rathaus verbracht. Zusammen mit Jamie, Tian und Kit hatten wir unzählige Gespräche geführt. Jedem sollte Gehör geschenkt werden und so fanden wir schließlich Vertreterinnen und Vertreter, die vertrauenswürdig waren.

Im Gegensatz zu Jamie und Tian hatte ich nicht vor, auf irgendeine Art zu herrschen. Das passte nicht zu mir. Ich wollte lieber meine Zeit auf der Straße verbringen und dort für Ordnung sorgen. Menschen, Hexen, Vampire und Blutfae gleichermaßen beschützen.

Heute war mein erster freier Tag. Ich hatte ihn damit verbracht, auszuschlafen und dann bei Sonnenaufgang zur Markthalle zu schlendern.

Jamie hatte sein Versprechen tatsächlich gehalten und mithilfe von Hexen und Hexern den Wilden Wald zur Ruhe kommen lassen. Es öffneten sich keine Portale mehr, um Bestien auszuspucken, doch der Wald war mächtig genug, um den Blutfae das Überleben zu sichern.

Das Spiegeltor behielt Jamie noch für die Blutfae, die sich bisher unsicher gewesen waren, ob sie die Hölle verlassen wollten. Es stand jedoch unter durchgehender Bewachung.

Kit und Hattie gingen Hand in Hand neben mir und unterhielten sich lebhaft. Ich war froh, dass sie zueinandergefunden hatten und jetzt einer Zukunft entgegensahen, die uns friedvoller gesinnt war als jemals zuvor.

Natürlich hatte es viele Streitereien und großen Unmut während der Besprechungen gegeben. Trotzdem waren viele gute Entscheidungen getroffen worden. Allen Hexen und Hexern war durch den Tod von Thali und Artac ihre Magie zurückgegeben worden und Vampirinnen und Vampire konnten theoretisch neue erschaffen, ohne zum Kronvampir aufzusteigen. Auch wenn sie nicht mehr so mächtig waren wie vorher.

Die unheilvolle Verbindung hatte sich aufgelöst.

Ich fand den Hexer überraschenderweise wieder an seinem Stand vor, wo er magische Talismane verkaufte. Dieses Mal jedoch ohne das Stäbchen unter seiner Haut, das ihn als Sklaven gekennzeichnet hatte.

»Ah, wen haben wir denn da?« Zu meinem Erstaunen erinnerte er sich auch an mich.

»Ich bin überrascht, dich hier zu sehen.«

»Warum? Das ist meine Arbeit.«

»Aber du bist kein Sklave mehr.« Stirnrunzelnd betrachtete ich sein Gesicht. Wirkte er glücklicher als vorher? Oder hatte sich nichts verändert?

»Bis heute habe ich ein gutes Verhältnis zu der Vampirin, die mich gekauft hat. Wir sind Partner.«

Ich war also nicht die Einzige, die Gefühle für ihren Vampir entwickelt hatte.

»Das freut mich. Alles Gute.«

»Dir auch. Hier, nimm diesen Talisman. Er wird dir dabei helfen, klarer zu sehen.« Er zwinkerte mir zum Abschied zu.

Nachdenklich hielt ich den blauschwarzen Stofftalisman in meinen Händen und betrachtete die fremdartigen Symbole. Kit holte zu mir auf. Eine braune Tüte in ihrer Hand, aus der sie sich bediente.

»Was ist das?«

»Aberglaube«, sagte ich bloß und stopfte den Talisman in die Innentasche meiner Weste. »Woher habt ihr die Süßigkeiten?«

»Komm, hier entlang.« Lachend rannten wir zu Hattie, die noch an dem Süßwarenstand ausharrte, weil sie sich nicht entscheiden konnte.

Ich war glücklich, sie so glücklich zu sehen. Das Einzige, was mein Herz schwer machte, waren meine wirren Gefühle. Nachdenklich legte ich eine Hand auf den Talisman. Ob er mir tatsächlich Klarheit verschaffen konnte?

40

Wir befanden uns in der vierten Woche nach der Schlacht von White Bell. Mittlerweile waren wir zu einer großen Gruppe angewachsen, sodass wir den Speisesaal in Tians Anwesen festlich hergerichtet hatten, um bequem beieinanderzusitzen.

Ich lebte nicht mehr dort. Hatte mich zu Hugh und Frinn in den Wohnwagen zurückgezogen, weil wir einander mehr brauchten als je zuvor. Salazars und Paddys Anwesenheit spendete uns Trost, doch Elmas Verlust wog schwer.

Ellewy hatte sich nicht mehr blicken lassen, doch ich behielt sie durch Informanten im Auge. Ich würde nicht noch einmal den Fehler machen, ihr zu vertrauen.

Die Sonne war gerade erst untergegangen, viel später als in den Wochen davor, und ich machte mich daran, die Kerzen auf normale Art und Weise zu entzünden. Ich hatte mich überraschend schnell daran gewöhnt, keine Magie mehr wirken zu können.

Vor meiner Konvergenz hatte ich sie schließlich auch nur zur Not benutzt. Es war in Ordnung. So ging es mir gut. Ich musste keine Hexe sein.

Nachdem ich mit den Vorbereitungen zufrieden war, zog ich mich in mein ehemaliges Zimmer zurück, um mich umzuziehen. Ich hatte die riesige Kleiderauswahl nicht vergessen und mich direkt für ein smaragdgrünes Kleid entschieden. Es lag bis zu meiner Hüfte eng an und war dann weiter ausgestellt. Es streifte gerade so den Boden, nachdem ich in Sandalen mit Absatz gestiegen war. Schwarze Spitze verlieh der Seide eine schattenhafte Note. Sie lag um meine Taille und weitete sich netzartig bis zu meinem Dekolleté aus, von dem ich fast schon zu viel zeigte. Die Brandnarbe, die entstanden war, als Tian Jamies Tattoo von meiner Haut gebrannt hatte, wurde dabei offenbart. Es störte mich nicht, weil sie zu mir gehörte. Sie war Teil meiner Geschichte.

Die schulterfreien Ärmel waren aus Tüll und fielen am Ellbogen auseinander, sodass ich meine Arme frei bewegen konnte.

Nachdenklich hielt ich den blauen Talisman in den Händen, ehe ich ihn nach einem weiteren Moment weglegte. Ich sah bereits klar genug.

Obambo stöhnte neben mir.

»Ich habe eine Entscheidung getroffen. Du kannst stolz auf mich sein«, sagte ich dem Geist, den ich im Wohnwagen vermisste. Seltsamerweise war er zu einem meiner besten Freunde geworden.

Was das wohl über mich aussagte?

Es klopfte, als ich mich vor dem Spiegel drehte, um noch einmal mein Aussehen zu überprüfen. Neugierig ging ich zur Tür und öffnete sie.

»Tian!«

»Darf ich dich kurz stören?«

Als ich nickte, folgte er mir ins Zimmer, schloss die Tür hinter sich und blieb stehen. Unsicher geworden.

Obambo schwebte zwischen uns auf und ab, ehe er verpuffte. Wahrscheinlich war ihm die Situation mindestens genauso unangenehm wie mir.

»Gut siehst du aus«, sagte ich zu ihm. Er trug eine dunkelblaue Jacke mit silbernem Saum und Knöpfen über einer dunklen Stoffhose und einem gestärkten Hemd. Ganz zur

Mode passend hatte er sich ein Tuch aus blauer Seide, die die Farbe seiner Augen hervorhob, um den Hals geknotet.

»Ebenso.« Er lächelte sanft, während die Stimmung zwischen uns merkwürdig blieb. Ich hatte es schon während der letzten Wochen gespürt. Die Distanz, die sich zwischen uns aufgetan hatte, ohne dass einer von uns Anstalten gemacht hätte, sie zu überwinden.

»Was kann ich für dich tun?« Warum klang das so gestelzt?

»Ich ... Bevor wir unten auf alle anderen treffen, wollte ich wissen ... Ich wollte sagen ... Götter, seit wann ist es so schwer, mit dir zu reden?« Er kratzte sich am Hinterkopf, sodass sein schwarzes Haar wieder durcheinander war.

»Ich weiß, was du meinst«, stimmte ich lachend zu.

»Ich sage es jetzt einfach, bevor ich es nie rausbringe.« Er holte tief Luft. »Es ist vorbei zwischen uns, oder? Das, was wir hatten, ist nicht mehr. Ich ... Ich fühle mich dir immer noch sehr verbunden, aber ich glaube, es hat sich etwas verändert. Bei uns beiden.«

Ich schluckte. »Ich fühle es auch.« Nie im Leben war mir etwas so schwergefallen. »Ich habe wirklich tiefe Gefühle für dich gehegt, Tian, ...«

»Ich verstehe schon. In einer anderen Welt, zu einer anderen Zeit hätten wir vielleicht zueinandergefunden.« Sein verschmitztes Lächeln versetzte mir einen Stich ins Herz.

»Darf ich dich umarmen?«, entschlüpfte es mir, als ich die Tränen kaum zurückdrängen konnte.

»Komm her.«

Als er seine Arme ausbreitete, fiel ich förmlich in sie hinein.

»Danke, Tian. Für deine Geduld, deine Wärme und die Familie, die du mit mir teilst. Für alles.«

»Ich habe zu danken. Ohne dich hätte ich nie den Mut aufgebracht, mich dem Leben zu stellen.«

Irgendwann trennten wir uns, lachten und weinten und vertrieben die melancholische Stimmung zwischen uns. Ich wusste nicht, ob wir zu einer engen Freundschaft zurückfinden würden, aber was mich anging, würde er immer ein Teil meiner Familie sein.

Das Fest begann ohne uns, doch wir wurden mit offenen Armen begrüßt, als wir uns den anderen anschlossen. Neben den neuen Ratsmitgliedern waren Jamie, Frinn, Hugh, Ruglio, Kit, Obambo, Rosy und Ellewy da. Dazu waren noch persönliche Freundinnen und Freunde eingeladen worden wie Hattie.

Ich tat mein Bestes, die Leute zu begrüßen und Konversation zu betreiben, während ich meine Schwierigkeiten damit hatte, Jamie nicht anzustarren. Ihn zu sehen ...

Sofort war es, als würde mir das Herz sinken.

In den letzten Wochen hatte ich mein Möglichstes getan, ihn nicht anzusehen. Nichts von ihm wahrzunehmen außer dem, was er während der Besprechungen zu sagen hatte.

Heute sah er verdammt gut aus. Verboten gut. Viel zu attraktiv.

Er trug einen schwarzen Anzug mit weißem Leinenhemd darunter, hatte aber auf das modische Halstuch verzichtet, sodass ein Stück Haut zwischen den obersten, geöffneten Knöpfen zu erkennen war.

Seine Wangen wirkten glatt und frisch rasiert. Das blonde Haar war zurückgekämmt, reichte bis knapp über seine Ohren.

Er hob seine Lider und fing meinen Blick auf. Der riesige u-förmige Tisch trennte uns voneinander, trotzdem fühlte ich mich, als stünde er direkt vor mir.

Mir stockte der Atem, als er sich abwandte, um ein Gespräch mit einem Ratsmitglied fortzusetzen.

»Ruglio und ich haben überlegt, Westwend zu verlassen«, sagte Hugh. Wir standen zusammen mit Frinn in einer Ecke.

Ich umklammerte mein Weinglas, als würde es mich davor bewahren, den Abgrund, den Jamies Anwesenheit darstellte, runterzufallen.

»Was? Wohin wollt ihr?« Ich hatte wirklich versucht, nicht derart schockiert zu klingen. Hughs Lachen nach zu urteilen, war mir das nicht gelungen.

»Wir wollen einfach einen Neustart wagen. Den Kontinent erkunden. Uns besser kennenlernen.«

Frinn legte einen Arm um meine Schultern. »Billie weiß das sicher. Sie wird euch bloß vermissen. Genauso wie ich. Aber ich halte das für eine sehr gute Idee.«

»Ich habe mich bloß gefragt, wie du ohne deine große Cousine überleben willst. Das ist alles«, entgegnete ich beleidigt, aber im Scherz.

»Das wird bestimmt eine Herausforderung.« Hughs Blick wurde weich, als er erst Frinn und dann mich ansah. »Ich vermisse Mutter. Sehr. Doch wenn ich an die Zeit denke, die wir zusammen hatten, geht es mir besser. Sie hat uns allen so viel mitgegeben.«

»Das stimmt.« Frinns Stimme klang erstickt.

»Jetzt bring uns auch noch zum Weinen«, murmelte ich gerührt. »Elma hat uns allen ein Stück von ihrer Seele gegeben. So wird sie immer weiterleben.«

Nach diesem unerwartet emotionalen Gespräch war ich nicht sonderlich hungrig, trotzdem kostete ich von allem etwas. Ruglio hatte die Speisen mithilfe von Kit zubereitet und ich würde sie unter allen Umständen genießen.

Die einzelnen Ratsmitglieder verloren ein paar aufmunternde und ehrgeizige Worte, ehe wir uns über die Kartoffeln, das gedünstete Gemüse und das knusprig gebratene Fleisch hermachen konnten.

Ich hörte meiner Tante aufmerksam zu, machte Hugh Komplimente für die Fortschritte, die er in seiner Magiehandhabe machte, und grinste Hattie an, als sie Kit eine Traube in den Mund steckte.

Meinen Freundinnen, Freunden und meiner Familie ging es gut. Sie waren wohlauf. Warum fühlte ich mich wie aufgeschnitten?

Natürlich kannte ich die Antwort bereits.

Jamie.

Er saß auf der anderen Seite des Tisches und unterhielt sich mit einem menschlichen Ratsmitglied. Sein Gesicht war von mir abgewandt. Ich konnte lediglich sein Profil erkennen. Aber das reichte aus, dass ich weiter unruhig blieb.

Nachdem das Essen beendet war, wurden die Tische von Kits Magie an die Seite geschoben und die Leute tummelten sich in ihrer Mitte. Alkohol wurde ausgeschenkt und es wurde ausgiebig getanzt.

Ich bemerkte es sofort, als Jamie den Saal verließ, und ich hatte mich unbewusst in Bewegung gesetzt.

Er wartete im Foyer neben der Treppe auf mich. Der riesige Kristallleuchter, der von der Decke hing, war nicht entzündet worden. Nur eine Handvoll Kerzen flackerten in den Wandhalterungen.

Als sich Jamie zu mir umdrehte, raubte es mir den Atem. Das Grau seiner Augen leuchtete regelrecht.

Ich wagte es, mich ihm bis auf zwei Schritte zu nähern. Vielleicht wollte ich ihn damit auch provozieren. Herausfinden, ob er vor mir davonlaufen würde.

Er regte sich nicht.

»Du wolltest, dass ich dir folge«, sagte ich laut.

»Es war kaum zu übersehen, dass du mir etwas zu sagen hast.« Er klang verändert. Nicht so wie während der Besprechungen. Kälter vielleicht.

»Hast du mir denn nichts zu sagen?« Von Sekunde zu Sekunde verließ mich mein Mut mehr.

»Abgesehen davon, dass ich dich dafür schütteln könnte, für das, was du getan hast?«

Ich öffnete verblüfft den Mund und schloss ihn wieder, als Ärger sich dazumischte. Offenbar hatte er das Geschehen von vor ein paar Wochen noch nicht verarbeitet.

»Ich habe dein Leben gerettet, Jamie! Unser aller Leben!«

»Es war leichtsinnig! Du hättest sterben können. Das, was Tian und ich gemeinsam hatten verhindern wollen.«

»Hinter meinem Rücken! Ihr hattet nicht das Recht, das ohne mich zu entscheiden.«

Blinzelnd blickte er an die Decke. Ich brauchte einen Moment, bevor ich erkannte, dass er versuchte, seine Tränen zurückzuhalten.

»Jamie …«

»Ich weiß. Du hast recht. Götter. Bei den verfluchten Göttern, die Vorstellung, du könntest …« Seine Stimme brach. Er versteckte das Gesicht in seinen Händen, als sein Körper bebte.

Ich war so schockiert, dass ich zunächst nicht wusste, was ich tun sollte. Ich hatte ihn noch nie so erlebt. Schließlich schlang ich meine Arme um ihn und drückte mich an ihn. Tröstete ihn.

»Es ist alles gut geworden, Jamie. Wir leben alle drei.«

Er löste sich von mir und umfasste mein Gesicht. Seine Wangen waren feucht. Aus einem Impuls heraus beugte ich mich vor und küsste eine Träne fort. Als er sich mir nicht entzog, wiederholte ich dies. Noch mal. Und noch mal. Bis ich seine Lippen erreicht hatte.

»Bleib bei mir«, flüsterte ich.

»Was ist mit …«

»Er und ich sind vorbei. Versprochen.« Unsere Lippen waren einander so nahe. Berührten sich, und dann wieder nicht. »Ich mag dich, Jamie.«

Während er mit einer Hand in mein Haar fuhr, presste er

seinen Mund auf meinen. Ihn hielt nichts mehr zurück und mich auch nicht. Ich drängte ihn gegen die Wand, um ihm noch näher zu sein. Um alles von ihm zu berühren.

»Götter, ich hätte nie gedacht, dass du ...« Er küsste mich erneut, ehe er an mir herab zu Boden glitt und sich vor mich hinkniete. Er nahm meine Hand in seine. »Ich werde alles tun, um dich glücklich zu machen, Billie. Bei allen Göttern, ich schwöre es.«

Mit Tränen in den Augen sah ich den Blutfae an, dem ich mein ganzes Herz geschenkt hatte.

»Ich vertraue dir.«

»Für mich bist du kostbarer als der letzte Stern am Nachthimmel.« Wie sehr ich mir gewünscht hatte, diese Worte noch einmal zu hören. Jetzt, wo ich sie zu schätzen wusste. Mehr als jemals zuvor.

Wenige Momente später kehrten wir nicht zu den anderen zurück. Nein. Jamie führte mich in die Stallungen, wo seine Kutsche neben Tians stand. Ich hatte mit ihm in mein ehemaliges Zimmer gehen wollen, doch er hatte gelacht.

»Ich würde mich unwohl fühlen, dich unter seinem Dach anzufassen«, hatte er gesagt.

Grinsend verschränkte ich meine Hand mit seiner. »Ach, das hast du vor? Mich anzufassen? Wie genau?«

Der Stall war leer, als wir eintraten, und er presste mich gegen die geschlossene Tür. Seine Augen waren dunkel vor Verlangen.

»So«, raunte er und ging erneut auf die Knie. Dieses Mal flehte er jedoch nicht um Vergebung, sondern er führte seine Hände von meinen nackten Knöcheln hinauf bis zu meinen Knien. Noch höher. Und höher.

»Jamie«, wisperte ich. »Das hier ist immer noch Tians Haus.«

Er küsste die Innenseite meiner Knie. Nacheinander. Dann zog er sich zurück und nahm wieder meine Hand.

»Du hast recht. Komm.«

Eine weitere Einladung brauchte ich nicht.

Wir schafften es bis in seine Kutsche und befanden uns damit theoretisch immer noch unter Tians Dach, doch spätestens als unsere Lippen sich trafen, kümmerte es weder ihn noch mich.

Nicht nur mich dürstete es nach unserer Verbindung, die wir auf seelischer Ebene längst eingegangen waren. Auch er brauchte sie. Wollte sie.

»Lass uns gemeinsam fallen, Jamie«, flüsterte ich, mit einem Finger über seine Unterlippe fahrend. Als hätte er die Worte gesagt, die aus meinem Mund gekommen waren. Mein Finger war die Aufforderung, die er brauchte, um fortzusetzen, was wir im Foyer begonnen hatten.

Mit meiner Hilfe schob er meinen Rock hoch, sodass ich mich rittlings auf ihn setzen konnte.

Das Innere der Kutsche bot nicht viel Platz, doch es reichte aus. Ohnehin streichelten wir einander so heftig, so schnell, dass kaum Raum zwischen uns passte.

Schon nach kurzer Zeit spürte ich die Kälte kaum noch und Schweiß bildete sich in meinem Nacken.

Jamie verteilte mehrere Küsse auf die Brandnarbe, ohne etwas zu sagen. Das war nicht notwendig. Wir wussten beide, was sie bedeutete. Dass sie uns für immer miteinander verbinden würde.

»Götter, du fühlst dich so gut an«, sagte Jamie. Eine Hand hatte er in meinem Haar und damit meine Frisur längst zerstört, mit der anderen öffnete er die kleinen Knöpfe an meinem Rücken. Unsere Lippen nur Millimeter voneinander entfernt. Seine sahen in dem Halbdunkel unwiderstehlich aus. Unser Atem vermischte sich miteinander.

Wie hatte ich mich nur so lange gegen ihn wehren können?

»Lass mich nicht mehr los«, bat ich, küsste seine linke Braue und dann die rechte. Mir war zu weinen zumute, weil ich so glücklich war.

»Nie wieder«, schwor er, als er den letzten Knopf öffnete.

Allen Widrigkeiten zum Trotz hatten wir zueinandergefunden. Ich konnte es selbst kaum glauben, doch ich war bereit, das Schicksal anzunehmen.

Jamie faltete mein Kleid vorne auseinander, als wäre ich ein Geschenk. Kostbar und zerbrechlich.

Noch nie zuvor hatte mich ein Liebhaber so behandelt. Noch nie zuvor waren derartige Gefühle in diesen Akt involviert gewesen.

Auch wenn mich meine eigene Sehnsucht zur Hast trieb, ließ ich mich für wertvolle Momente auf dieser Woge treiben.

»Du bist unglaublich«, flüsterte er ehrerbietig.

»Trotz meiner Narben?«, fragte ich.

»Fragst du das jemanden, der aussieht wie ich?« Die Narben auf seinem Gesicht waren tatsächlich nicht verschwunden. Hell schimmerten sie auf seiner Haut. »Sie zeichnen uns aus, Billie. Sie sind Teil unserer Geschichte, unserer Kraft und unserem Drang, weiterleben zu wollen. Was soll daran schlecht oder hässlich sein?«

Tränen brannten in meinen Augen. Er hatte recht.

Bevor ich etwas darauf erwidern konnte, senkte er seinen Kopf und nahm eine Knospe in den Mund. Als er an ihr saugte, wäre ich fast nach hinten gekippt, hätte er mich nicht mit einer Hand an meinem Rücken gehalten.

»Vorsichtig«, sagte er sanft, amüsiert, ehe er sich wieder seiner selbst auferlegten Aufgabe widmete.

»Jamie«, stöhnte ich, weil ich nicht mehr sagen konnte als seinen Namen.

Mit fahrigen Bewegungen öffnete ich sein Jackett und dann sein Hemd. Ich wollte seine Haut an meiner spüren. Seine Wärme.

Wie während eines Fiebers entledigten wir uns der Kleidung. Weiße Wolken bildeten sich vor unseren Mündern. So warm waren wir und so kalt war unsere Umgebung, die sich allmählich aufzuwärmen begann. Aber auch das hielt uns nicht davon ab, einander zu erkunden.

Sein muskulöser Rücken wies noch vereinzelte Spuren von der brutalen Behandlung seines Vaters auf. Ähnlich wie bei mir. Schatten eines anderen Lebens. Ich küsste sie sanft, nachdem er sich kurzzeitig von mir abgewandt hatte.

»Darf ich?«, fragte er dann und blickte mir tief in die Augen.

Ich nickte und Jamie hob mich auf die gegenüberliegende Bank. Ich trug nichts weiter als die Schleife in meinem Haar und er streifte gerade seine Hose ab, sodass ich seine Erregung mit eigenen Augen sehen konnte.

Mir schwindelte es. Zum Glück ließ er mir keine Zeit, nachzudenken, als er sich vor mich hinhockte.

»Lass mich dich ansehen, Billie«, wisperte er und küsste mein Knie, während er mit den Händen an den Unterschenkeln entlangglitt.

Ich öffnete meine Beine und erlaubte ihm, sich das linke über die Schulter zu legen. Dabei strich er gemächlich mein Bein hinauf, um sich dann vorzubeugen.

Als einer seiner Finger mich an der empfindlichsten Stelle berührte, drohte ich bereits zu zerfließen. Oder aufzusteigen. So ganz konnte ich mich nicht entscheiden.

Unwillkürlich krallte ich eine Hand in sein Haar, das verboten weich war.

Dann ersetzte er den Finger mit seinen Lippen. Die Hitze seiner Zunge breitete sich in meinem gesamten Körper aus und steigerte sich ins Unermessliche, als er gleich zwei Finger in meine Feuchtigkeit gleiten ließ.

»Ich kann nicht ...«

»Ich habe so lange darauf gewartet. Darauf gehofft«, sagte er während einer kurzen Atempause. Ich wagte es, zu ihm nach unten zu sehen, und wäre fast zergangen. Der Anblick ... *Sein* Anblick war Perfektion. Eine übernatürliche Gestalt, die mich gefunden hatte, um mir Vollkommenheit zu zeigen. Das leicht zerzauste silberblonde Haar, das ihm in die Stirn fiel, die geröteten Lippen und sein verschleierter Blick.

»Ich liebe dich, Jamie«, flüsterte ich und strich mit einer Hand seine Wange entlang.

Anstatt mir zu antworten, brachte er mich mit seiner Zunge und seinen Fingern zum Höhepunkt. Ich schrie auf und senkte meine Fingernägel in seine Schultern.

Zum Glück ist niemand in unserer Nähe.

»Vielleicht haben sie dich selbst drinnen noch gehört«, witzelte Jamie.

»Jetzt hast du noch gut lachen«, entgegnete ich atemlos, ehe ich darüber nachdenken konnte, dass er auf einen meiner Gedanken geantwortet hatte. »Ich will dich in mir spüren. Jetzt.«

»Dein Wunsch ist mir Befehl«, sagte er.

Mit einer Hand an seinem Nacken zog ich ihn zu mir und küsste ihn. Schmeckte mich selbst auf seinen Lippen, ehe ich nur noch ihn wahrnahm.

Er hob mich auf seine Arme und setzte sich mit mir auf seinem Schoß wieder auf die andere Bank. Ich stützte mich auf seinen Schultern auf, bevor ich mich ganz langsam auf seine Erektion gleiten ließ. Er führte sie mit einer Hand in mich hinein. Die Empfindungen explodierten.

Wir waren nur noch Gefühle und Hitze.

Im ersten Moment, als er mich gänzlich ausfüllte, hielten

wir inne. Keiner von uns konnte sich auch nur rühren. Mein Blick war in seinem verhakt.

»Geht es so?«

Ich lehnte meine Stirn an seine. »Jamie ... Wenn du damals allein gesprungen wärst. Wenn du ... Ich hätte dir niemals verziehen.«

»Ich weiß.« Er knabberte zärtlich an meiner Unterlippe, ehe wir uns auf die Suche nach einem Rhythmus begaben.

Plötzlich wurden seine Fangzähne sichtbar und ich erschreckte mich für einen kurzen Moment.

»Ich würde nicht ...«, beeilte er sich zu sagen, doch ich schüttelte den Kopf.

»Ich will es. Ich will, dass du mich beißt.«

»Billie.« Fassungslos sah er mich an. Dann zeichnete sich ein dunkleres Gefühl in seinen Augen ab, das ich bereits gut kannte. Verlangen.

»Tu es, Jamie.«

Ich schüttelte mein Haar über eine Schulter und neigte ihm dann meinen Hals entgegen. Leicht gebogen. Dort, wo er mich schon einmal gebissen hatte.

Es hatte eine Zeit gegeben, da hatte ich mir nichts Schlimmeres vorstellen können, als von einem Vampir oder einem Blutfae gebissen zu werden. Jetzt bettelte ich förmlich darum.

Weil es Jamie war.

Weil er und ich füreinander bestimmt waren.

Weil ich ihn liebte.

Zärtlich umfasste er mein Gesicht.

»Es hat immer nur dich gegeben, Billie. Für mich bist es immer nur du gewesen«, raunte er, ehe er die Zähne in meine Haut grub.

Er trank mein Blut, während er weiter in mich stieß. Während ich ihn ritt, als würde mein Leben davon abhängen.

Gefühle der absoluten Glückseligkeit, Freude und Zufriedenheit überwältigten mich. Das Hoch des Bisses mischte sich mit der Befriedigung meines Körpers.

Nur noch wir beide existierten in seiner Kutsche. Wir hielten uns fest, als wir gegenseitig unseren Namen riefen, als würden wir einander segnen.

»Götter«, stöhnte er, nachdem ich ein weiteres Mal gekommen war und mich an ihn geklammert hatte.

Ich spürte, wie auch er den Höhepunkt erklomm und unter mir erzitterte. Ich ließ ihn nicht los. Grub meine Fingernägel förmlich in die harten Rückenmuskeln, während sich meine Atmung langsam beruhigte.

»Ich liebe dich, Wilhelmine Kron«, sagte er irgendwann in die Stille hinein und ich lächelte träge, aber glücklich.